Michael A. Stackpole
Festung Draconis

Zu diesem Buch

Die Nationen des Südens haben sich entschieden: Die grausame Zauberfürstin Kytrin, die erneut zum Angriff rüstet, soll auf eigenem Boden besiegt werden. Zu diesem Zweck führt der gefeierte jeranische General Markus Adrogans ein Koalitionsheer gegen die Aurolanenherrscherin. An dieser Expedition sind nicht nur die Abenteurer Kräh und Entschlossen beteiligt, sondern auch der Gauner Will, dem bestimmt ist, Kytrin zu vernichten. Doch weit Schlimmeres als nur der Kampf gegen Dunkle Lanzenreiter erwartet die Helden: Kytrin hat es auf die legendäre Drachenkrone abgesehen, die es ihr ermöglichen würde, mit einem Heer Feuer speiender Drachen die Welt in Schutt und Asche zu legen. Kann sich die Festung Draconis, in der die Teile der Krone lagern, gegen Kytrins anmarschierende Heerscharen behaupten?

Michael A. Stackpole, geboren 1957 in Wausau/Wisconsin, studierte Geschichte an der Universität von Vermont. Der bekannte Fantasy- und Science Fiction-Autor schrieb neben seinem aufsehenerregenden Zyklus »Düsterer Ruhm« zahlreiche Romane zu Serien wie »Battletech« und »Star Wars«. Überdies entwickelt er erfolgreich Computerspiele. Stackpole lebt und arbeitet heute in Arizona.

Michael A. Stackpole

Festung Draconis

DÜSTERER RUHM 3

Aus dem Amerikanischen von
Reinhold H. Mai

Piper München Zürich

Von Michael A. Stackpole liegen bei Piper Boulevard vor:
Zu den Waffen! Düsterer Ruhm 1 (9121)
König der Düsterdünen. Düsterer Ruhm 2 (9122)
Festung Draconis. Düsterer Ruhm 3 (9123)
Blutgericht. Düsterer Ruhm 4 (9124)
Drachenzorn. Düsterer Ruhm 5 (9125)
Der große Kreuzzug. Düsterer Ruhm 6 (9126)
Die Macht der Drachenkrone. Düsterer Ruhm 7 (9127)

Deutsche Erstausgabe
Januar 2006
Erstmals erschienen:
Ullstein Heyne List GmbH & Co. KG, München 2003

Titel der amerikanischen Originalausgabe:
»Fortress Draconis 2«, Bantam Books / Random House Inc.,
New York 2001

Umschlagkonzept: Zero, München
Umschlaggestaltung: Nele Schütz Design, München
Umschlagabbildung: Brom
Karte: Erhard Ringer
Satz: C. Schaber Datentechnik, Wels
Druck und Bindung: Clausen und Bosse, Leck
Printed in Germany
ISBN-13: 978-3-492-29123-1
ISBN-10: 3-492-29123-6

www.piper.de

Was bisher geschah

Kytrin, die aurolanische Herrscherin, hat geschworen, die Nationen des Südens zu unterwerfen – und ihre Invasion läuft. Überfälle in Alcida und Jerana und eine waghalsige, aber glücklicherweise gescheiterte Eroberung der Magikerinsel Vilwan lassen wenig Zweifel daran, wie ernst es ihr ist. Durch den Besitz eines Fragments der legendären Drachenkrone hat sie die Kontrolle über zwei Drachen, und deren Wirkung in diesem Krieg ist verheerend.

Die in der alcidischen Hauptstadt Yslin zusammengekommenen Fürsten der Welt müssen sich zwischen zwei Plänen für den Kampf gegen Kytrin entscheiden. Sie sind hin- und hergerissen zwischen weiterer Unterstützung für Festung Draconis, vor deren Mauern Kytrins letzte Invasion ein Vierteljahrhundert zuvor scheiterte und dem Okrannelfeldzug des brillanten jeranischen Generals Adrogans. Truppen aus aller Welt stehen bereit zum Kampf gegen Kytrins Truppen und ihre furchtbaren Generäle, die Sullanciri.

Teil dieser Expedition werden auch Kräh und Entschlossen sein, Abenteurer und Helden aus dem letzten Feldzug gegen die Aurolanenkönigin. Will Norderstett, Subjekt der legendären Vorqælfenprophezeiung, soll den Heerzug ebenfalls begleiten, denn ihm ist bestimmt, Kytrin zu vernichten, eine Auszeichnung, die ihn mit Generalin Alexia, der Thronerbin Okrannels, verbindet, der vorhergesagt wurde, ihre von den Nord-

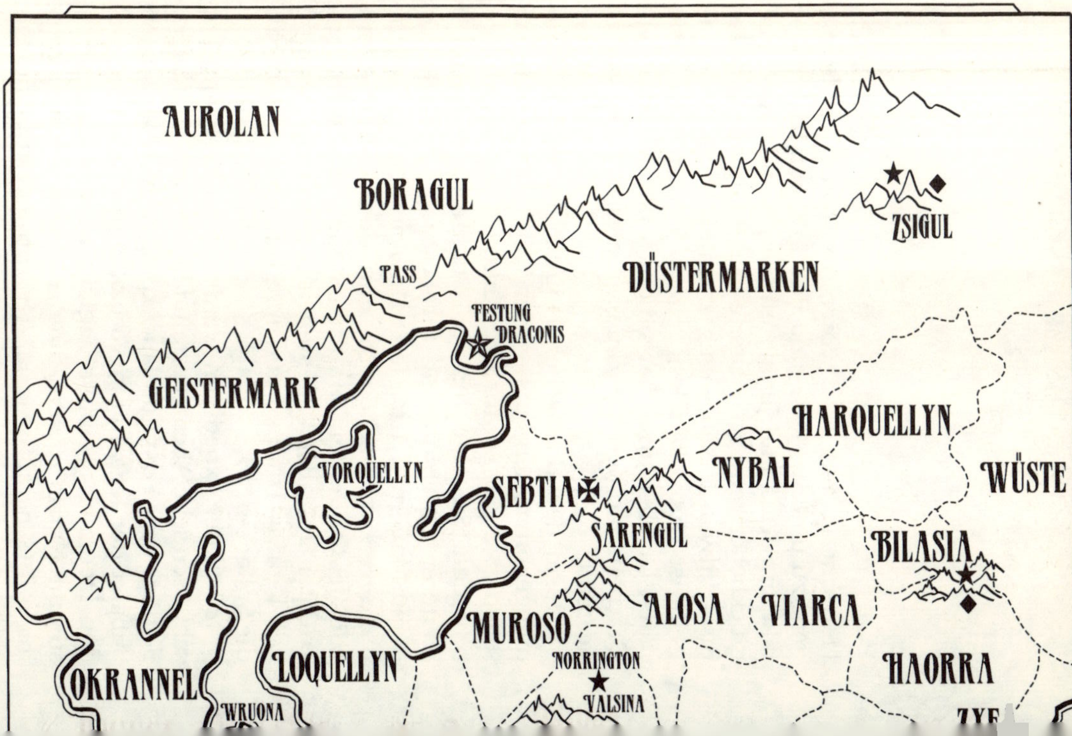
AUROLAN
BORAGUL
PASS
DÜSTERMARKEN
ZSIGUL
FESTUNG
DRACONIS
GEISTERMARK
HARQUELLYN
NYBAL
WÜSTE
VORQUELLYN
SEBTIA
SARENGUL
BILASIA
ALOSA
VIARCA
MUROSO
LOQUELLYN
NORRINGTON
VALSINA
HAORRA
OKRANNEL
WRUONA

ORIOSA
MADYS
VILWAN
CROQUELLYN
VARAGUL
VALSOGON
GUROL
GYRCIRGUL
YSLIN
VALITIA
TEYSROL
HELURCA
ALCIDA
TSAGUL
REQORRA
NALISERRO
SALNIA
SAVARRA
MALCA
MAEROL
SPRIJSA
DRACHEN
TANQUI

landhorden besetzte Heimat zu befreien. Und Kjarrigan Lies, ein junger Magiker von ungeheurer Macht, aber kaum erwähnenswerter Erfahrung wird von seiner Lehrerin Orla mitgeschleppt, um zu helfen, so gut er kann.

Kapitel Eins

Düstere, bedrückende fünf Tage vergingen zwischen der Konfrontation mit Myral'-mara und der Ankunft des gefeierten jeranischen Generals Markus Adrogans. In den Nachwehen des Massakers hatte Alyx sich mit den unterschiedlichsten Gedanken herumgeschlagen, aber nichts konnte die Erinnerung an die zerfetzten, langsam erkaltenden Körper und das leise Seufzen verdrängen, das von den Kinderleichen aufstieg, als sie erschlafften und die Luft aus ihren Lungen entwich.

Sie hatte Ähnliches schon vorher gesehen und gehört, nie aber auf diese Art. Sie hatte nach Aurolanenüberfällen niedergemetzelte Kinder gesehen. Sie hatte die Todesseufzer Erschlagener gehört. Sie war aber noch nie nahe genug am Schauplatz des Kindermordens gewesen, um ihr Blut noch fließen und ihre Augen langsam eintrüben zu sehen. *Und nie sind sie von meiner Hand gestorben.*

Peri hatte in der letzten halben Woche alles getan, Alyx' Stimmung zu bessern, ihre Schwester kannte sie jedoch gut genug, um zu erkennen, wann ihre Bemühungen keinen Sinn hatten, und sich zurückzuziehen. Ihr Vetter Mischa hatte es ebenfalls versucht und sogar das Kleid mit der bestickten Korsage in Schwarz und Gold über dem Rock aus gestärktem Goldsatin ausgesucht, das sie heute trug. Das Kleid ließ ihre Schultern und Arme frei, was ihr trotz der Jugendzeit unter den Gyrkyme, in der sie so wenig Kleidung wie möglich getragen hatte, unangenehm war.

Wenigstens durfte ich bei ihnen immer einen Dolch am Arm oder Bein tragen. Sie hatte versucht, einen Dolch um den linken Oberarm zu schnallen, und Peri hatte ihr eine passende Scheide besorgt, die mit demselben Brokatstoff verkleidet war wie ihre Korsage. Aber Großherzogin Tatjana hatte es verboten. Sie hätte den Dolch am Oberschenkel befestigen können, doch um ihn zu ziehen, hätte sie so umständlich unter den Röcken wühlen müssen, dass es von vornherein sinnlos schien. Die Großherzogin hatte ihr zugestanden, einen Dolch als Teil der Korsage zwischen ihren Brüsten zu verbergen, aber Alyx hatte beträchtliche Zweifel, dass er dort lange versteckt geblieben wäre. Dieser spezielle Teil ihrer Anatomie schien ganz besondere Aufmerksamkeit auf sich zu ziehen, vor allem von der Sorte widerlicher Lustmolche, die sie mit Freuden erdolcht hätte.

Alyx war schon früh auf dem Empfang erschienen, in der Hoffnung, entsprechend früh wieder gehen zu dürfen. Aus eingehender Betrachtung der Schlachten Adrogans' wusste sie, dass er verspätet und mit großem Tross erscheinen und reichlich Chaos anrichten würde. Als der Abend fortschritt und der Augenblick seiner Ankunft sich näherte, zog sie sich aus der Nähe der schwer beladenen Büffettische zurück, um nicht zwischen ihnen und dem jeranischen Generalstab in die Falle zu geraten. Die Durchsicht der Nachschubberichte zeigte deutlich, dass Adrogans' Truppen gehörig überfüttert waren und mehr Ähnlichkeit mit einer Büffelherde hatten als mit einer militärischen Organisation.

Sie trat hinaus in den Garten, wo die Kühle der Nachtluft ihr eine Gänsehaut verursachte. Hier draußen übertönte die Musik das Raunen der Gäste und zauberte ein angedeutetes Lächeln auf ihr Gesicht. Sie ließ sich von den Schatten umfangen und nippte langsam an dem süßen, nach Pflaumen duftenden Wein.

Das Lied, das gerade ertönte, war im Grenzgebiet zwischen Jerana und Okrannel recht beliebt – dadurch kannte auch Alyx es. Es hatte in den beiden Nationen unterschiedliche Namen und Texte, aber in Okrannel war es ein einfaches Lied über einen Schäfer und die Wunder, die ihm auf der Suche nach einem verlorenen Schaf begegneten. Seit dem Fall ihrer Heimat hatte der Text eine Metamorphose durchlaufen, und der vormals anonyme Schäfer trug nun den Namen ihres Vaters, während sie selbst mit dem vermissten Schaf gleichgesetzt wurde.

Auch der Garten war nach dem Fall Okrannels verändert worden. Die Exilanten hatten Steine aus den verschiedenen Städten und von den Schlachtfeldern des Landes nach Alcida gebracht und in proportionalem Abstand voneinander aufgestellt. Eine das Dniveptal repräsentierende tiefe Furche war durch den Garten gepflügt worden, allerdings spannte sich hier eine Brücke darüber, während die Radujabrücke in Okrannel zerstört war. Man hatte in den nördlichen Gefilden ihres Vaterlands heimische Pflanzen importiert, und – auch wenn einige Mitglieder der Exilgemeinschaft dies als böses Omen ansahen – sie gediehen prächtig in dem nur als vorübergehend verfügbar gedachten neuen Boden.

Alyx lachte, als ihr klar wurde, dass sie sich in dieselbe Richtung bewegt hatte wie die Pilger für ihre symbolischen Ausflüge und Traumjagden auf okranscher Erde, als sie aus dem jeranischen Empfang in den Garten gekommen war. »Die Träume, die ich hier hätte, würden dem Kronzirkel wohl kaum behagen.«

Ihr Atem stockte, als ein etwas entfernt in der Ecke stehender Mann, in der Nähe der Steine aus Swarskija, sich höflich räusperte. »Ich bitte um Vergebung, Prinzessin.«

Sie drehte sich zu ihm um. Es dauerte ein wenig, da sie sich vorsehen musste, sich nicht in den Röcken zu verheddern und zu stürzen. Er trug ein schwarzes, bis knapp über die Taille reichendes Hemd über einer schwarzen Hose und dazu dunkle Reitstiefel. Der weiße Bart war frisch gestutzt, das Haar geschnitten, und er hatte weder Schmuck noch Waffen angetan. »Ich habe Euch nicht bemerkt, Kräh.«

»Ich weiß, deshalb habe ich mich geräuspert, bevor ich etwas sagte.« Der alte Mann zuckte die Achseln. »Mir war klar, dass Ihr nicht zu mir sprecht, und ich habe nichts verstanden, aber ich wollte Euch nicht überrumpeln.«

»Ihr hättet Euch eher bemerkbar machen können.« Sie runzelte die Stirn. »Habt Ihr mich nicht gesehen? Seid Ihr nachtblind?«

»Ganz und gar nicht.« Ein Lächeln erhellte seine Züge, und selbst die Narbe auf Krähs rechter Wange wirkte seltsamerweise weniger brutal. »Ihr seid eine Vision holder Lieblichkeit und in so viel Gold ein prachtvoller Anblick. Aber wie Ihr, war auch ich in Gedanken verloren.«

Alyx deutete mit einer Kopfbewegung auf den weißen Steinturm, der ihn halb verdeckte. »Ihr dachtet an Swarskija?«

»So ist es. Ich war versunken im Heldentum und Opfermut derer, die dort fielen.« Er trat hinter dem Turm hervor und kam näher. Unterwegs schaute er sich noch einmal um. »Natürlich gibt es reichlich Lieder, die davon berichten. Schon einen Stein von dort zu sehen, lässt es trotzdem wirklicher erscheinen.«

Sie hob erstaunt den Kopf. »Ihr habt Erinnerungen an Swarskija.«

»An die Schlachten und die Belagerung? Ihr Götter, nein. Ich war damals nicht dabei.«

»Das wollte ich damit auch nicht andeuten.« Ihre violetten Augen fixierten ihn. »Nach unserer Begegnung habe ich mich nach Euch und Entschlossen erkundigt. Man sagte mir, er habe diesen Stein aus Swarskija gebracht. Er habe einen Turm von Schnatterfratzen und

Vylænz gesäubert, um einen Stein herausbrechen zu können, den mein Vater berührt hatte. Sie müssen gute Freunde gewesen sein, so etwas zu tun, und Ihr ein guter Freund, ihn auf der Reise zu begleiten.«

Kräh schenkte ihr ein schiefes Lächeln. »Entschlossen hat Euren Vater nie gekannt.«

»Aber warum dann?« Sie schüttelte den Kopf, ihr Haar strich über Rücken und Nacken. »Es wird allgemein vermutet, er habe es zu Ehren meines Vaters getan.«

»Oh, das hat er. Wir beide haben es zu seinen Ehren getan. Entschlossen weigerte sich vor Jahren, an der Expedition nach Swarskija teilzunehmen, weil sie nicht zur Befreiung Vorquellyns aufbrach. Im Nachhinein ist er zu der Überzeugung gelangt, es hätte Leben retten können, wäre er dabei gewesen.« Kräh strich mit den Fingern über den Felsen. »Es mag eine leere Geste gewesen sein, für Entschlossen aber bedeutet es eine Anerkennung der Schuld, die er gegenüber Eurer Familie und Nation empfindet.«

»Und warum seid Ihr gefahren?«

Seine Miene wurde verschlossener. »Ich habe Euren Vater getroffen. Ich habe sogar Euch gesehen, einmal, als Ihr noch ein Säugling wart. Euer Vater hat sein Leben in der Festung Draconis teuer verkauft. Er hat mir und so vielen anderen das Leben gerettet. Er hat getan, was niemand sonst konnte, und sich einem Sullanciri in den Weg gestellt.«

»So wie Ihr.«

»Verzeihung?« Krähs Augen weiteten sich etwas. »O Myral'mara.«

»Ja, auch wenn Ihr es aussprecht, als sei es gar nichts gewesen. Alle, die sich Sullanciri bisher entgegenstellten, sind entweder tot oder zu ihnen übergelaufen.« Alyx runzelte die Stirn. »Warum ist es uns nicht so ergangen? Sie hat uns dazu gebracht, Kinder abzuschlachten, aber das allein kann es nicht gewesen sein.«

»War es auch nicht. Myral'mara hätte uns nicht alle töten können.« Kräh verschränkte die Hände und ließ sie locker in Höhe seines Gürtels herabhängen. »Sie war nicht auf einen Kampf vorbereitet. Sie war unbewaffnet gekommen. Trotz ihrer Bemerkung, Entschlossen gegenüber hätte er sie umbringen können.«

»Wie kommt es, dass Ihr sie angegriffen habt? Ihr wisst, was meinem Vater zugestoßen ist. Nach dem, was Ihr erzählt, habt Ihr Sullanciri schon früher gesehen. Es gehört Mut dazu, zu tun, was Ihr getan habt.«

Kräh schmunzelte. »Ach je. Hätte ich auf jeranische Kritiken des Angriffs gehört, hätte ich Euch einen so subtilen Vorstoß auf meine Identität nicht zugetraut. Ihr wollt wissen, wer ich bin, nachdem ich beanspruche, Euren Vater zu kennen, obwohl in keiner Chronik Swarskijas oder der Festung Draconis Kedyns Krähe erwähnt wird. Ihr seid misstrauisch. Das ist gut so.«

Darauf war ich gar nicht aus, oder doch? Ihr Stirnrunzeln vertiefte sich. »Eigentlich habe ich mich gefragt, was für ein Mensch eine Sullanciri herausfordert. Die Frage Eurer Identität wäre ein Teil der Antwort, das stimmt, allerdings ein unerheblicher. Ihr könntet jeder von tausend Männern sein, die sich in Swarskija und Festung Draconis befanden. Euren jetzigen Namen habt Ihr erst später angenommen. Auf dieselbe Weise, was das betrifft, wie die Vorqælfen menschliche Begriffe als Namen annehmen, Begriffe mit einer bestimmten Bedeutung, habt Ihr Euch mit Eurer Wahl selbst zum Mythos gemacht. Euer Name ist ohne Bedeutung für die Frage, wer Ihr seid.«

»Eine beachtliche Erkenntnis für jemanden von Eurer Jugend.«

Alyx zuckte leicht die Achseln. »Gyrkymeweisheit, nicht meine. Sie ändern häufig den Namen als Erinnerung an vergangene Taten, gefallene Freunde oder Teil einer besonderen Unternehmung. Der Gyrkymu, der mich von Swarskija nach Gyrvirgul brachte, hieß für den Rest seines Lebens Eisenschwinge, weil er den langen Weg so schnell zurückgelegt hatte.«

Kräh dachte kurz nach. Dann nickte er. »Ich hätte es für Eure Einsicht gehalten.«

»Ihr überschätzt mich.«

»Nein. Ich habe gesehen, wie Ihr die Pläne für das Gebäude studiert und einen Plan für unseren Angriff aufgestellt habt, der funktioniert hat. Eure Bescheidenheit ehrt Euch.« Seine braunen Augen funkelten. »Und im Gegenzug für Eure Offenheit – eine Antwort. Mein Schwert hat mir die Bereitschaft verliehen, Myral'mara entgegenzutreten. Magische Waffen und Naturgewalten, das ist es, was wir brauchen, um Sullanciri zu vernichten. Ich hatte ein magisches Schwert, Tsamoc, und Entschlossen, nun ja, er hat etwas von einer Naturgewalt.«

Alyx trank einen Schluck Wein, dann hielt sie Kräh das halb volle Glas hin.

Er nahm es, dann lächelte er. »Was darf ich Euch bringen?«

Sie blinzelte. »Ihr sollt mir nichts holen. Ich habe Euch etwas angeboten.«

»Meine Fürstin, es wäre vermessen von mir, aus Eurem Glas zu trinken.«

Alyx warf den Kopf zurück und lachte. »Ihr habt einen Vylæn erschossen, der mich getötet hätte. Ihr habt eine Sullanciri in die Flucht geschlagen. Ich sollte Euch etwas zu trinken holen, aber darum geht es nicht. Wären wir im Feld, würden wir einen Weinschlauch teilen, ohne einen Gedanken daran zu verlieren.«

»Ah ja, aber wir sind nicht im Feld, oder?« Kräh spähte durch die Tür in die Festung. »Dies ist ein Schlachtfeld anderer Art.«

Sie folgte seinem Blick. »Und der Gegner hat die Heerstatt soeben betreten.«

General Adrogans war endlich eingetroffen und wurde von der jeranischen Königin mit den verschiedensten Gästen bekannt gemacht, unter anderem mit Will Norderstett. Die Hand des Knaben verschwand völlig in der riesigen Pranke des Militärs, der sie fest schüttelte. Er beugte sich vor, bis er Will in die Augen schaute. Während sie einander sichtlich als die einzige Hoffnung der Welt vorgestellt wurden, schien Adrogans beträchtlichen Wert darauf zu legen, dass Will sich klar machte, wer von ihnen die *größte* Hoffnung darstellte.

Kräh blickte sie an. »Auf diese Begegnung hat man gewartet, aber es werden noch Wetten auf Eure Begegnung mit ihm angenommen.«

»Ach?«

»Ihr seid ihm einen Zoll und fünfzig Pfund unterlegen, dafür seid Ihr allerdings zwanzig Jahre jünger.« Er zog die linke Augenbraue hoch. »Das Kleid behindert Euch in der Bewegung, aber es wird ihn ablenken.«

»Soll ich daraus schließen, dass Ihr auf mich gesetzt habt?«

Er schüttelte den Kopf. »Mich in Entschlossens Gesellschaft herumzutreiben, ist riskant genug. Ich spiele nicht. Außerdem wäre es unmoralisch, auf einen sicheren Ausgang zu wetten.«

Sie wandte den Kopf und starrte ihn an. »Was tut Ihr überhaupt hier?«

»Ich bin Wills Leibwächter und Gast.« Er nippte an ihrem Wein und gab das Glas zurück. »Das hier ist für Will alles fremd. Vor einer Woche wusste er selbst nicht, wer er war, und jetzt verbeugen sich Monarchen vor ihm. Wenn ihn das vom Weg abbringt, sind wir alle verloren.«

»Ich hatte nicht den Eindruck, dass diese Gefahr besteht.« Sie nahm das Glas entgegen. »Er scheint ein aufgeweckter junger Mann zu sein.«

»Wie Recht Ihr habt.« Er lächelte. »In Wahrheit bin ich hier, um sicherzustellen, dass all das Zeug, was er mitgehen lässt, zurück zum ursprünglichen Besitzer findet.

Ich beschütze weniger ihn vor der feinen Gesellschaft als umgekehrt.«

Alyx seufzte, als sie wieder zu dem jeranischen General hinüberschaute. »Ich komme um die Begegnung mit Adrogans nicht herum, oder?«

»Nein. Und wenn nur die Hälfte der Geschichten stimmt, die über ihn in Umlauf sind, ist er ein eingebildeter Schreihals, und die beste Art, ihn zu besiegen, besteht darin, einen verspiegelten Schild zu tragen, der den guten General Adrogans beim Anblick der darin eingefangenen Vollkommenheit völlig in den Bann schlagen wird.«

Die Bemerkung erwischte sie mitten im Schluck. Sie hustete vor Lachen und streckte gerade noch rechtzeitig den Arm mit dem Weinglas aus, sodass dessen überschwappender Inhalt ihr Kleid verfehlte. Sie wischte sich mit dem rechten Handrücken den Wein aus dem Gesicht und schleuderte den Überschuss mit einer schnellen Bewegung beiseite. »Warnt mich das nächste Mal.«

»Wie meine Fürstin befiehlt.« Krähs Stimme wurde lauter und er riss ihr das Glas aus der Hand. »Mehr Wein.«

»Das ist für den Augenblick reichlich Wein für sie.« Tatjana stand in der Tür und hatte sich bei Adrogans untergehakt. »General Adrogans, dies ist meine Urgroßnichte.«

»Urgroßnichte? Ganz unmöglich. Sicherlich meint Ihr Eure Nichte, vielleicht Eure Großnichte, falls Ihr bei der Hochzeit Eures Bruders noch Blumen gestreut habt.« Adrogans tätschelte die Hand seiner Begleiterin und widmete ihr vollste Aufmerksamkeit, während Alyx wartete. »Es wäre nicht übertrieben festzustellen, dass man Euch für Mutter und Tochter halten könnte, so hervorstechend ist die legendäre Schönheit okranscher Weiblichkeit in Euch beiden.«

Tatjana schenkte ihm ein Lächeln, das verdorrte, als ihr Blick zu Alyx schwenkte. »Ihr seht, Prinzessin Alexia, das Geschick mit der Waffe setzt keinen Mangel an gesellschaftlicher Eleganz voraus.«

»Ich habe es zur Kenntnis genommen, Tante Tatjana.« Alyx trug ein dünnes Lächeln zur Schau, doch in ihren Worten verbarg sich ein Knurren. Die honigtriefenden Komplimente, mit denen der General ihre Tante überschüttete, waren sichtlich nicht dazu gedacht, ihr zu schmeicheln, denn nur ein kompletter Schwachkopf hätte glauben können, Tatjanas Eitelkeit könnte ihre Sinne so leicht blenden. Adrogans widmete sich ihr, um Alyx zu ignorieren und dadurch an ihren Platz zu verweisen. *Oder an den Platz, den er für angemessen hält.*

Sie trat dicht vor den jeranischen General und blickte ihm in die Augen. Sie schob die Hand vor und verhinderte so, dass er ihre Finger zum Handkuss ergriff. Alyx schüttelte seine Hand mit festem Druck, nicht im Versuch, ihn zu verletzen, wohl aber, um ihn ihre Kraft spüren zu lassen.

»Es freut mich, eine Legende kennen zu lernen, General Adrogans.«

»Ihr erweist mir zu viel der Ehre, Prinzessin.« In seinen braunen Augen lag nichts von der Wärme, die sie gerade bei Kräh gesehen hatte, und das stahlgraue Haar des Mannes zeigte sein Alter zwar ebenso deutlich wie dessen weißer Schopf, ließ ihn aber keine Spur menschlicher erscheinen.

Adrogans setzte ein sorgsam eingeübtes Lächeln für sie auf. »Außerdem wissen wir beide, wo die Legende aufhört und zum Märchen wird. Uns verbindet in dieser Hinsicht etwas. Ich habe mir meinen Ruhm zu der Zeit erworben, als Ihr in die Gyrvirberge getragen wurdet.«

Kräh kehrte gerade zurück, als der General seinen Kommentar abgab. Er reichte Alyx das frisch gefüllte Weinglas und nickte. Dann drehte er sich zu Adrogans um. »Ich hätte Euch auch etwas zu trinken gebracht, doch ich weiß, der General bleibt lieber trocken.«

»Trocken?« Der Jeranser runzelte kurz die Stirn, dann nickte er zögernd. »Ja, trocken, ich verstehe. Tatsächlich, ja, mein Glückwunsch, Prinzessin, für Euren amphibischen Angriff auf das Haus in den Slums hier. Interessante Taktik, der Ihr Euch da bedient habt. Der einzige erfolgreiche Angriff per Schiff, von dem ich je gehört habe.«

Alyx lächelte. »Sicher ein besserer Erfolg gegen Kytrins Truppen als sie gegen die unseren hatte.«

Der General schnaufte leise. »Ihr habt Krieg gegen Kinder geführt, sie hat gegen Krieger gekämpft.«

Kräh trat neben Alyx. »Wenn Ihr Euch mit Vilwanern unterhaltet, General, werdet Ihr feststellen, dass auch Kytrin Krieg gegen Kinder geführt hat. Ihr Angriff war nie als ernsthafte Invasion beabsichtigt.«

»Das behauptet sie jetzt, oder es sagen die, die sich Entschuldigungen für sie ausdenken.« Adrogans schüttelte langsam den Kopf. »Ihr habt sie aus dieser Stadt gescheucht, Prinzessin, und ich werde sie aus Eurer Heimat jagen. Das habe ich Eurer Tante bereits versichert. Ich hoffe, Ihr werdet mich darin unterstützen.«

Tatjana nickte. »Das wird sie. Wir alle werden es tun, General.« Die dunklen Augen der alten Herzogin funkelten wild. »Wie alle okranschen Exilanten, wo sie heute auch leben, steht die Prinzessin bereit, Euren Wünschen zu folgen. Stimmt das nicht, Alexia?«

»Ich bin sicher, Tante, dass der General keine Sekunde daran zweifelt.« Sie unterdrückte ein Schaudern. »Okrannel wird befreit werden.«

»Es wird mir eine Freude sein, Euch auf meinem Feldzug begrüßen zu dürfen, Prinzessin.« Er verneigte sich, dann schaute er sich erneut zu Tatjana um. »Großherzogin, gestattet mir, Euch wieder hinein zu geleiten, bevor Ihr Euch erkältet.«

»Ihr seid zu gütig, General. Guten Abend, Prinzessin.«

Adrogans salutierte beiläufig, dann steuerte er ihre Urgroßtante zurück in den Ballsaal. Alyx ertappte sich dabei, wie sie ihm kurz nachstarrte, dann entspannte sie die verkrampfte rechte Faust. Sie konzentrierte sich auf ihre Atmung und zwang sich zur Ruhe.

Kräh schmunzelte. »Und Ihr mögt diesen charmanten Herren nicht. Wie ist das möglich?«

Sie zögerte, ging die Gründe in Gedanken durch und ordnete sie, dann wählte sie den, der sie am meisten verärgerte. »Er hat Siege gegen aurolanische Kräfte errungen. Daran kann es keinen Zweifel geben. Aber er ist ein Kavallerieoffizier. Ich habe seine Schlachten studiert. Er vergeudet die Fußtruppen. Darüber hinaus ist es in der ganzen Geschichte der Welt noch keiner Kavallerie gelungen, eine Festung erfolgreich zu belagern. Wenn auch nur ein Buchteil der Gerüchte über das, was er plant, stimmt, könnte er Okrannel zurückerobern – und wir werden nicht im Stande sein, es zu halten. Uns werden Menschen und Material ausgehen. Er plant einen Feldzug, der nicht mehr ist als eine größere Überfallaktion, und das wird nicht glücken.«

»Dann bevorzugt Ihr den Markgrafen Draconis und dessen Pläne?«

Sie schüttelte den Kopf. »Es stimmt zwar, dass Festung Draconis über Jahre wie eine Gräte in Kytrins Hals steckte, aber das garantiert nicht, dass die Hexe sie nicht eines Tages ausspuckt oder ganz herunterwürgt. Und seine Strategie könnte sie vielleicht ausbluten, wird aber Okrannel nicht befreien, ebenso wenig wie die Geistermark oder Vorquellyn. Wir brauchen etwas anderes, einen ganz anderen Ansatz, aber so, wie sich hier bereits die Fronten herausschälen, stehen die Chancen dafür schlecht.« Alyx schaute zu Kräh und bemerkte den seltsamen Gesichtsausdruck, mit dem er sie betrachtete. »Was ist?«

»Nichts, wirklich. Ich bin nur seit Jahren der Meinung, dass sich nichts ändern wird, solange wir weiter so handeln wie seit Jahrzehnten.« Er zuckte die Achseln. »Vielleicht gibt es jetzt, da Ihr und Will hier seid, die Möglichkeit, es anders zu machen.«

»Dann werden wir unsere Hoffnung wohl darauf setzen müssen.« Alyx trank einen Schluck Wein. Statt der erwarteten Süße überraschte sie ein herbsaurer Biss. »Was? Das ist nicht das, was ich erwartet habe.«

»Nein, das ist es nicht.« Krähs Augen verengten sich zu dunklen Schlitzen. »Es ist eine Lektion, Prinzessin. Wir sind nicht im Feld, und nichts hier ist das, was Ihr erwartet. Vergesst das nicht, und möglicherweise, nur möglicherweise, wird man Euch ins Feld schicken, wo neue Ideen große Wirkung haben könnten.«

Kapitel Zwei

In nur einer Woche war Will vom Anwärter auf den Thron der Düsterdünen zum gefeierten Helden der Oberstadt geworden. In den letzten zehn Tagen – der ersten vollen Woche des Laubfall – hatte er mehr Leute aus mehr Nationen kennen gelernt als in seinem ganzen Leben zuvor. Allein die Aufforderungen, Hände zu schütteln und sich zu einem Schluck oder Bissen niederzulassen, drohten ihn zu überwältigen.

Er sehnte sich beinahe nach den Tagen zurück, die er mit Entschlossen und Kräh auf der Reise verbracht hatte. Angefangen hatte alles nach seiner Rettung und dem Angriff auf Myral'mara simpel genug. Am nächsten Morgen war König Augustus' Schneider im Vilwaner Turm erschienen, um ihm mehr Maße abzunehmen, als Will für körperlich möglich gehalten hätte. Am Abend hatte Will einen Satz vollendet sitzender Kleidung erhalten, und schon das erforderte einige Gewöhnung. Er fühlte sich in der neuen Ausstattung beengt. Schlimmer noch, in diesem Aufzug zeichnete sich alles deutlich ab, was er über einen Blick hinaus stahl.

Bei späteren Lieferungen ließ der Schneider etwas Platz, damit Will hineinwachsen konnte, was den jungen Dieb ein wenig milder stimmte. Sein neuer Status verschaffte ihm Zugang zum einheimischen Adel. Er wurde auf Güter eingeladen, in die er nur in kühnsten Wunschträumen hätte einbrechen können. Auf diesen Besuchen versuchte er zwar, die Möglichkeiten auszukundschaften, unbemerkt einzudringen und zu entkommen, oft genug aber verlor er sich völlig in der prunkvollen Umgebung. Diese Paläste enthielten nicht nur fantastische Kunstwerke und Schätze aus fernen Ländern oder längst vergessenen Zeiten, ihre Besitzer hielten sich Hunde und Katzen als Schoßtiere, die besser aßen, besser gekleidet waren und besser wohnten als der reichste Mann der Düsterdünen.

Ein natürlicher Widerwille gegen die Reichen ließ ihn sich darauf freuen, sie auszurauben, wie sie es für ihren Wohlstand verdienten. Wills Gedankengänge verliefen dabei ungefähr wie folgt: Wenn sie von ihm erwarteten, als *der* Norderstett ihr Leben und ihren Reichtum vor Kytrin zu retten, schuldeten sie ihm einen Anteil an ihren Schätzen. Ohne ihn würden sie schließlich alles verlieren. So überlebten sie nur mit etwas weniger.

Aber so vollendet er seine Argumentation ausgearbeitet hatte, er brauchte sie nicht anzuwenden. Geschenke stürzten geradezu auf ihn ein. Erhielt er eine Einladung zu einem Ball, wurde sie von einer kompletten Abendgarderobe in seiner Größe begleitet. Kleine Dosen mit Tee, Flaschen mit Wein, seltener Weihrauch und exotische Speisen trafen für ihn ein. Mancher schenkte ihm einen Ring mit dem Norderstettwappen, ein anderer irgendwelche Dinge, die er von Wills Vater, Großvater oder einem anderen Familienmitglied erhalten zu haben erklärte. Am liebsten waren Will diejenigen, die ihre Wertschätzung mit Geldgeschenken zum Ausdruck brachten.

Der um Aufmerksamkeit konkurrierende jeranische General behagte Will gar nicht. Dessen Ankunft fünf Tage nach Wills Offenbarung hatte den Geschenkstrom spürbar reduziert, wenn auch nicht die Einladungen zu Feiern und Mahlzeiten. Die Aufmerksamkeit gefiel Will, und er fand sogar einen Silberstreif am wolkenverhangenen Horizont der Ankunft General Adrogans'. Die langweiligsten und selbstverliebtesten Gäste auf den

Feiern, die sie beide besuchten, drängten sich um den General und ließen Will zufrieden. Nur aus diesem Grund verzichtete er darauf, Adrogans den Smaragdring vom Finger zu ziehen, wenn sie einander wieder einmal vorgestellt wurden. Obwohl er es mit Leichtigkeit hätte tun können, ohne dass irgendjemand es gesehen oder der Jeranser selbst es bemerkt hätte.

Aber all diese Einladungen verblassten vor der, die ihn heute Abend auf das Gut geführt hatte, auf dem König Swindger und die Delegation Oriosas wohnten. Was Herrenhäuser betraf, gehörte es nicht zu den größten, auf die Will schon eingeladen worden war, aber es hatte ein paar seltsame architektonische Besonderheiten, die für Maskenträger angemessen schienen. Die Dienstboten trugen, da von niederer Geburt und zum größten Teil aus Yslin stammend, keine Masken. Zwischen den öffentlichen Teilen des Hauses und den privateren Räumen schränkten Vorhänge und Wandschirme die Sicht von Besuchern ein. Die Türen zu allen Privaträumen waren etwas vom Gang abgesetzt, um Platz für die Schirme oder schweren Stoffbehänge zu lassen, und selbst die Beleuchtung in den Gängen schien gedämpfter als auf anderen Gütern üblich. Die dadurch entstehenden Schatten konnten die Bewohner verhüllen, selbst wenn sie nicht wussten, dass sie beobachtet wurden.

Will hatte schon genug Einwohner der maskierten Nationen gesehen und empfand sie nur als ungewöhnlich, nicht als Exoten. In der Düsterstadt nannte man sie Häuter, einesteils wegen des Ledermaterials ihrer Masken, anderenteils weil diese wie eine zweite Haut über den Gesichtern lagen. Es erschien den Düsterstädtern mehr als seltsam, dass diese Leutchen Masken trugen, wenn sie ehrbaren Geschäften nachgingen, während das Düstervolk diese Bekleidung nur anlegte, um bei illegalen Aktivitäten unerkannt zu bleiben.

Natürlich wusste Will, dass die Tradition der Maskierung ein Überbleibsel vergangener Zeiten war, als die Adligen im Untergrund die Unabhängigkeit vom Estinischen Reich vorbereitet hatten. Aber auch wenn sie ihre Masken ursprünglich ebenso wie die Bewohner der Düsterstadt angelegt hatten, um dem Gesetz zu entgehen, verband kein Geist der Brüderlichkeit Diebe und Oriosen.

Es kam immer wieder einmal vor, dass ein heller Kopf als Tarnung für seine Raubzüge eine Orioser Maske überzog. Die meisten verschwanden irgendwann spurlos, so wurde es zumindest in der Düsterstadt erzählt. Doch ein paar fand man auch wieder, nachdem ihnen jemand das Gesicht abgeschält und die falsche Maske mit Polsternägeln am Schädel befestigt hatte.

Will schüttelte sich bei dem Gedanken und schaute sich in dem langen, schmalen Zimmer um, in das man ihn gebracht hatte, um auf seinen Gastgeber zu warten. Bis auf die Schmalenden, an denen hohe Doppelportale ihren Platz beanspruchten, waren die Wände vom Boden bis zur Decke mit Regalen bedeckt. Die gesamte Einrichtung war aus dunklem Holz gezimmert, was dem Raum etwas Höhlenartiges verlieh. Die Hälfte der Regale war mit Fächern für Schriftrollen versehen, der Rest war für Bücher ausgelegt. In jedem Winkel drängten sich die ledergebundenen Einbände, zum Teil lagen sogar Bücher quer über den in den Regalreihen stehenden Bänden.

Der Dieb schüttelte den Kopf. Falls sich nicht irgendetwas Gutes hinter der Phalanx von Büchern verbarg, enthielt dieses Zimmer nichts von Wert. Der Hauseigentümer hielt Bücher offensichtlich für Sammlerstücke, doch Will kannte auch Leute in der Düsterstadt, die ein Vermögen an hübschen Steinen ihr Eigen nannten. Beides war den Diebstahl nicht wert, weil das Verhältnis von Gewicht zu Verkaufspreis zu ungünstig schien. Das Mobiliar des Raumes war zwar sehr hübsch, aber auch von der Art stämmig robuster Bauweise, neben der Dranæ schlank wirkte, und vermutlich so schwer, dass selbst er es nicht hätte bewegen können.

Die Türen am gegenüberliegenden Ende des Zimmers öffneten sich mit einem Knacken. Will drehte sich um, dann zuckte er zurück, als eine blecherne Fanfare aufdröhnte. Entschlossen konnte ein Grinsen nicht unterdrücken, als er die Türen öffnete, doch es erstarb schnell genug. Der Vorqælf hatte eine Höflichkeitsmaske aus durchscheinendem schwarzem Stoff angelegt. Will hätte das Material als Spitze beschrieben, ihm war jedoch klar, dass Entschlossen äußerstenfalls Gaze zugegeben hätte. Wie dem auch sei, es war für den Augenblick kein Diskussionsthema, und Will sagte nichts.

Entschlossen hatte der Zeremonie nicht beiwohnen wollen. Er hatte nichts gesagt, sich aber hartnäckig geweigert, irgendeine der anderen Einladungen anzunehmen. Es war immer Kräh gewesen, der ihn begleitet, sich aber im Hintergrund gehalten hatte. Will wusste nicht, was sich zwischen den beiden abgespielt hatte, doch Kräh hatte ihm an diesem Abend schlicht mitgeteilt, dass der Vorqælf ihn auf den Empfang des Orioser Königs begleiten würde.

Entschlossen nickte Will kurz zu, dann trat er beiseite. Der Saal hinter der kleinen Bibliothek erstreckte sich quer zu dieser und besaß an Tiefe, was die Bibliothek an Länge auszeichnete. Der Saal reichte links und rechts ziemlich weit, möglicherweise bis zu den Außenmauern des Gebäudes, auch wenn Will das nicht mit Sicherheit sagen konnte. Die Bögen der hohen Decke waren mit bunten Wandgemälden bedeckt, die Szenen der Orioser Geschichte darstellten. Auf einem Balkon am rechten Ende saß eine kleine Gruppe von Musikern.

Ein smaragdgrüner Teppich verlief von der Tür zu einer fünf Schritte entfernten Empore. In das Gewebe war ein roter Saum eingearbeitet, der sich windende und ineinander verwobene Drachen darstellte. Der weit überwiegende Teil der Gäste, die sich auf der Empore und um den Läufer drängten, war ebenfalls in Grün mit rotem Saum gekleidet, aber nur ein Mann trug den aufsteigenden roten Drachen des königlichen Wappens auf der Brust.

König Swindgers grüne Maske reichte vom Ansatz des vollen weißen Haars bis zur Nasenspitze und in seitlichen Ausläufern hinab bis zur Kinnlinie. Mund und Kinn selbst lagen frei, die Winkel des breiten Lächelns aber verschwanden unter den Flügeln der Maske. Er klatschte einmal in die Hände, dann rieb er sie freudig, und der Saphirring an seiner Rechten funkelte bei jeder Bewegung. Mit einladendem Lächeln breitete er die Hände aus, dann nickte er und winkte Will näher.

»Wilmenhart Norderstett, komm er zu mir. Komm er zu seiner Nation.«

Will machte sich auf den Weg. Er hatte für diesen Empfang eine dunkelgrüne Samtjacke mit entsprechender Hose geschickt bekommen, dazu rote Manschetten an den Ärmeln und ein roter Streifen an der Hosennaht. Sämtliche Augen im Saal beobachteten ihn unter einer Maske. Die meisten Gäste trugen Höflichkeitsmasken wie die Entschlossens, und nur die wenigsten hatten so eng zusammenstehende Augen wie Swindger. Ein Teil aber waren echte Oriosen. Er erkannte Oberst Valkener aus Festung Draconis, mehr jedoch an der Uniform und dem silbernen Metallpanzer des Gesichts als an irgendetwas anderem. Ein paar andere Anwesende schienen vertraut, aber er nahm an, dass er sie einfach schon auf mehreren anderen Empfängen gesehen hatte.

Die Ironie, der Einzige im ganzen Saal zu sein, der keine Maske trug, entging Will keineswegs, doch er war sich nicht sicher, was er davon halten sollte. Oriosen machten sich enorme Umstände, um ja nicht ohne Maske gesehen zu werden, und waren zu beachtlichen Anstrengungen bereit, um sicherzustellen, dass die Tradition der Maskierung nicht missbraucht wurde. Und doch trug hier jeder außer ihm eine Maske.

Als er sich der Empore näherte, beschlich ihn das unangenehme Gefühl, dass Swindger dies alles zu seinem eigenen Vorteil arrangiert hatte. *Es geht ihm weniger darum, mich für sein Land zu reklamieren, als sich einen Teil meines Ruhms zu sichern.* Will hätte umdrehen und gehen können, nur um ihm dieses Vorhaben zu verderben, aber das hätte die Einladungen jäh abbrechen lassen. *Und ich wäre auf mich allein gestellt, mit Sullanciri, die Jagd auf mich machen.*

Der junge Dieb blieb vor der Empore stehen und König Swindger lächelte kurz zu ihm herab. Das Lächeln schien ebenso warm wie schon seit dem Moment, in dem sich die Türen geöffnet hatten. Aus der Nähe aber glitzerten die haselnussbraunen Augen unter der Maske wie Eis. Der Blick des Königs zuckte hoch, er musterte die Menge.

»Wir sind hoch erfreut, dass ihr alle es ermöglichen konntet, diesem erhabenen Augenblick beizuwohnen. Diejenigen von euch, die als Gäste hier sind, sind möglicherweise nicht vertraut mit den Ritualen, in deren Verlauf wir unseren Bürgern ihre Masken überreichen. Nur selten ist bei einer solchen Gelegenheit jemand anwesend, der nicht Teil der unmittelbaren Familie ist. Zudem findet dieses Ereignis üblicherweise am Mittsommertag des achtzehnten Lebensjahres des Maskenempfängers statt. Wilmenhart hat diesen Meilenstein in seinem Leben, soweit wir dies wissen, noch nicht erreicht, aber niemand hier kann bestreiten, dass er trotz seiner Jugend bereits die Verantwortung eines Erwachsenen auf sich genommen hat.«

Swindger streckte die linke Hand aus und legte sie mit genug Druck auf Wills Kopf, dass dem Knaben nichts anderes blieb, als geradeaus auf den Bauch des Königs zu starren. »Ihr alle kennt den Namen Norderstett, und viele von euch können darin nur das Monster sehen, doch war dies nicht immer so. Vor einem Vierteljahrhundert waren sie hier, Vater und Sohn, und führten das Heer an, das alle Dunklen Lanzenreiter Kytrins erschlug. Sie brachen ihrer Armee vor Festung Draconis das Genick. Hätten sie der Welt nicht so tapfer und standhaft gedient, läge die einzige Wärme, die irgendwer von uns heute kennen würde, im Bauch eines Temeryx. Ich kannte Wilmenharts Vater gut. Wenn ein Knabe seine erste Maske erhält, ist sie weiß. Sie wird Mondmaske genannt, und einen vollen Monat ist er frei, die Welt zu erforschen und zu entscheiden, was er als Erwachsener werden will. Boleif Norderstett entschloss sich, ein Held zu werden. Und ein Held war er schon mehrfach, noch bevor er seine Lebensmaske erhielt.«

Swindgers Stimme bekam einen leicht abwesenden Klang. Ein Zittern lief durch seine Hand und schickte ein Schaudern Wills Rückgrat hinab. Einen Moment lang wollte der Dieb sich losreißen, und er hätte es auch getan, hätte er nicht in diesem Moment zur Seite geblickt – und zwar in die Augen eines Mannes, der schräg hinter dem König stand. Er und Swindger sahen sich ähnlich genug, und zudem trug er einen goldenen Stirnreif, sodass Will in ihm einen der Söhne des Königs erkannte.

Was Will davon abhielt, die Flucht zu ergreifen, war die Leere in diesen Augen. Sie waren von dunklerem Braun als die seines Vaters, aber nicht einmal das reflektierte Licht der Kronleuchter konnte ihnen Leben einhauchen. Die leicht hängenden Schultern und der Bauchansatz ließen erkennen, dass der Wille dieses Prinzen restlos gebrochen war, und Will hatte plötzlich nicht den geringsten Zweifel daran, dass Swindger dasselbe mit ihm täte, um zu erreichen, was er wollte.

Soll er es nur versuchen. Wills Nasenflügel bebten, aber er ballte nicht die Fäuste oder ließ sich seinen wachsenden Zorn anderweitig anmerken. Er unterdrückte sogar ein Schaudern, nur, damit der König keine Genugtuung daraus ziehen konnte, seinen Abscheu mit Furcht zu verwechseln.

»Mit meinen eigenen Händen gab ich Boleif Norderstett seine erste Erwachsenenmaske ... seine Erntemaske. Zur selben Zeit gab Fürst Kenvin Norderstett dem Verräter dessen Maske – und wir alle kennen die tragische Konsequenz dieser Verkettung unglückseliger Umstände. Ich möchte gerne glauben, dass, vielleicht, Boleif ... Nun, nachdem Kytrins Sullanciri-Anführer, der Mann, der Boleifs Vater gewesen war, meine Mutter getötet hatte, kam Boleif zu mir und bat um meinen Segen für seine Mission der Rache für unsere Nation. Ich bat ihn zu warten, doch er war von so heiligem Zorn entflammt, dass er gegen meinen Rat aufbrach. Er vertraute der Prophezeiung, die einem Norderstett ankündigte, Kytrin zu vernichten.«

Der junge Dieb zitterte. Er kannte die Lieder, die von der unglücklichen Mission seines Vaters erzählten. Als er sie gehört hatte, hatte Will Boleif Norderstett immer für einen absoluten Narren gehalten, und nicht einmal jetzt, nachdem er von ihrer Verwandtschaft wusste, änderte das etwas an seiner Meinung. *Er war ein Narr, auf Kytrin loszugehen.* Will schluckte schwer. *Und die Küken entfernen sich nicht weit von der Henne.*

»Wir alle vertrauen dieser Prophezeiung. Und hier sehen wir den Norderstett, der sie erfüllen wird. Er steht hier vor uns, mit nacktem Gesicht, wie er sein ganzes Leben in Yslin verbracht hat. Wir haben ihn nicht erkannt, aber jetzt wissen wir um sein wahres Wesen.«

Swindger lies Wills Kopf los, dann drehte er sich um und winkte den Prinzen mit schneller Geste zu sich. Der junge Mann reichte seinem Vater einen schmalen grünen Lederstreifen, in den zwei Augenlöcher geschnitten waren. An der Unterseite eines der Löcher war an der der

Nase zugewandten Ecke eine kleine keilförmige Kerbe aus dem Material geschnitten. In dieser Hinsicht ähnelte sie der Maske des Königs. Dessen Maske besaß Kerben an beiden Augenschlitzen. Swindger hielt die Maske in die Höhe, damit alle im Saal sie sehen konnten. »Dies ist seine erste Erwachsenenmaske. Wir dekorieren die Maske, sodass sie unseren Lebensweg widerspiegelt. Diese Kerbe hier am rechten Auge bedeutet, dass seine Mutter tot ist. Die Maske ist grün, denn dies ist die Farbe Oriosas. Und nun werde ich sie mit meinem Siegel versehen, um ihn als loyalen Diener des Orioser Königs zu kennzeichnen.«

Der König schnippte mit den Fingern und sein Sohn hantierte in einem Beutel an seinem Gürtel. Er zog einen Siegelring heraus, den der Vater über den Mittelfinger steckte. Seine Lippen formten lautlos ein Wort, und die flache Bildfläche des Rings glühte rot auf, ohne dass Will irgendeine Hitze von ihm ausgehen spürte. Swindger drückte den Ring auf das Leder, etwas erhöht: mitten zwischen den Augenschlitzen. Eine säuerlich stinkende Qualmwolke stieg von dem Material zur Decke. Der Ring löste sich mit schmatzendem Geräusch und hinterließ einen roten, gewundenen Drachen.

Swindger reichte den Ring zurück an seinen Sohn, dann bedeutete er Will mit einer Handbewegung, sich zu den Gästen umzudrehen. Er gehorchte und fühlte die Blicke beinahe körperlich. Er wurde rot, und die Berührung der Maske hatte einen kühlenden Effekt, der aber nur einen Augenblick anhielt. Der König band die Maske mit einem festen Knoten, in dem er mehrere von Wills Haaren fing – aber Will ließ sich keinen Schmerz anmerken.

»Es ist uns eine Freude, euch Baron Wilmenhart Norderstett von Oriosa vorzustellen. Möge vergessen sein, was er war, und zum Stoff von Liedern und Legenden werden, was er wird.« Der König eröffnete einen allgemeinen Applaus, der Will erst recht rot werden ließ. Swindgers Hände fielen ihm auf die Schultern und hielten ihn fest. Ein, zwei Sekunden schwoll der nachlassende Beifall wieder an.

»Es ist Sitte, dass ein Mann beim Empfang seiner Erwachsenenmaske ein Geschenk erhält. Deshalb frage ich ihn, Wilmenhart, was er sich von uns wünscht?«

Der Dieb blickte kurz zu Boden, dann neigte er den Kopf und schaute sich um. »Ich wünsche mir nur, mein Fürst, Eure Hand zum Freundesgruß.« Will drehte sich um und hielt dem König unter lautem Keuchen der Gäste und vereinzeltem Applaus die ausgestreckte Hand hin.

Swindger zögerte kurz, sichtlich überrascht, dann schüttelte er dem Dieb die Hand. Will legte die Linke auf die Rechte des Königs – und der vervollständigte die Geste mit seiner Linken. Will grinste breit, der König tat es ihm nach. Dann löste er seine Hände nach einem letzten Schütteln.

Als der König sich zurückzog, trat Will auf das Podium und streckte dem Prinzen die Hand entgegen. Der junge Mann zögerte, dann reichte er Will seinerseits die Hand. Der junge Dieb stolperte und taumelte gegen den Prinzen, dann schüttelte er ihm die Hand und zog sich entschuldigend zurück. »Bitte um Vergebung. Ich muss mich erst noch daran gewöhnen, mich mit einer Maske vor dem Gesicht zu bewegen.«

»Er wird es lernen, Norderstett.« Der Kommentar des Prinzen war durchsetzt mit Widerwillen und Resignation, als verabscheue er Will, brächte aber nicht die Wut auf, seine Gefühle deutlich zu machen.

Will hob den Kopf, seine Stimme jedoch blieb leise. »Es ist nicht leicht, Sohn unserer Väter zu sein, was?«

Die Augen des Prinzen weiteten sich kurz, dann wurden sie schmal – und tot. »Es gibt Dinge, die wirst du nie lernen, Junge.«

Der Dieb wandte sich von dem Prinzen ab und trat hinunter in den Saal, um die Glückwünsche der Gäste in Empfang zu nehmen. Viele von ihnen wirkten ehrlich erfreut und er wärmte sich an dem Lächeln und den freundlichen Worten. Aber giftige Blicke und lasche Händedrücke zeigten ihm auch, dass manch anderer ihn ganz und gar nicht gerne sah. Er ging davon aus, dass sie neidisch waren oder zum Teil auch Angst hatten. Jedenfalls bestand die Gruppe, die ihm feindselig gegenübertrat, ausschließlich aus Oriosen mit reich dekorierten Masken.

Der letzte Glückwunsch kam von einem Mann, der ihm die Linke statt des in Leder gehüllten Metalls seiner Rechten entgegenhielt. »Ich bin Sallitt Valkener aus der Festung Draconis.«

Will lächelte ihn an. »Ich habe Euch schon einmal gesehen, mit Eurer Frau, als der Markgraf Draconis zum Erntefest eingetroffen ist.«

»Sie wären beide gerne hier gewesen und senden Euch ihre besten Wünsche, aber sie sind damit beschäftigt, die Pläne für das weitere Vorgehen zu überarbeiten, nachdem die Diskussion darüber nun ernsthaft wird.« Sallitts metallene Gesichtshaut klirrte leise, als er lächelte. »Ich sollte schnell zu ihnen zurückkehren, aber ich konnte nicht fern bleiben. Ich gehe davon aus, Ihr wisst, dass die Prophezeiung sagt: Wenn Ihr Kytrin vernichtet, wird ein Valkener an Eurer Seite stehen.«

Will blinzelte. »Nein, das habe ich nicht gewusst.«

Entschlossen tauchte an Wills rechter Schulter auf. »Ihr habt nicht Unrecht, Oberst, aber die Philosophen und Gelehrten streiten noch immer über die Nuancen der ælvischen Worte dieser Prophezeiung.«

»Das verstehe ich.« Der Meckansh nickte langsam. »Ich war zu alt, um Euren Vater gut zu kennen, aber ich erinnere mich, wie treu mein Vater Eurem Großvater gedient hat. Ihr habt gewiss Geschichten darüber gehört, dass die Valkeners den Norderstett allzeit gedient haben. Ihr sollt wissen, falls Ihr jemals Hilfe braucht, welcher Art auch immer, es gibt einen Valkener, auf den Ihr zählen könnt.«

Will fühlte, wie ihn bei Valkeners Worten eine Gänsehaut überzog. In der Stimme des Obersten lag nicht nur Ehrlichkeit, sondern Überzeugung, und der Drang, seine Pflicht Will – und durch ihn der Welt – gegenüber zu erfüllen. Der Preis spielte dabei keine Rolle. Und die Tatsache, dass er bereit gewesen war, sich in einen Meckansh verwandeln zu lassen, bewies eine Hingabe, die Will zweifeln ließ, ob er zu etwas Ähnlichem fähig gewesen wäre.

»Danke, Oberst. Danke.« Will nickte ernst. »Wenn ein Valkener und ein Norderstett gemeinsam gegen sie ins Feld ziehen, wird Kytrin sich bald nur noch dunkel daran erinnern können, jemals ruhig geschlafen zu haben.«

Der Mann nickte Entschlossen zu, dann drehte er auf dem metallenen Absatz um und humpelte davon. Will schaute zu dem Vorqælfen hoch, nachdem Valkener außer Hörweite war. »Stimmt das, was er gesagt hat?«

Entschlossen nickte ernst. »Die Prophezeiung enthält viele Einzelheiten, und was er ansprach, ist nur eine davon.«

»Aber es ist richtig, dass er mir wie eben seine Dienste anbietet?«

Die silbernen Augen des Ælfen blitzten kalt. »Das ist es. Doch es braucht mehr, als einen Norderstett und einen Valkener zusammenzubringen. Die Anstrengungen guter Soldaten – wie er einer ist – sind nur von Wert, wenn sie in der richtigen Position zum Einsatz kommen. Und noch wissen wir nicht, ob das geschehen wird.«

Will runzelte die Stirn. »Soll heißen?«

»Dies ist ein Rat der Könige, Junge, ein Marktplatz der Macht.« Entschlossens Stimme wurde zu einem schneidenden Flüstern. »Seit über hundert Jahren hält Kytrin meine Heimat besetzt, nicht, weil die Welt die Macht nicht besäße, es zu befreien, sondern, weil deren Fürsten keinen Gewinn darin sehen. In den Diskussionen des Rats wird Cavarr gegen Adrogans antreten, und alle anderen werden ihr eigenes Spiel mit ihren eigenen Zielen verfolgen. Wenn sie das große Ziel aus den Augen verlieren, können hunderttausend Valkeners an der Seite von hunderttausend Norderstetts nichts ausrichten.«

»Aber, aber, das ergibt doch keinen Sinn.«

»Nein, Junge, das ergibt keinen Sinn.« Der Vorqælf seufzte und klopfte Will auf die Schulter. »Aber in den Augen der Politiker ist es ein Sieg, wenn ihre Nation als Letzte von Kytrin überrannt wird. Diese Leute sind zu allem bereit, um einen Sieg zu schmecken. Denke daran und sieh dich vor.«

Kapitel Drei

König Swindger schob den Daumennagel unter einen Fingernagel und kratzte den Schmutz heraus. Er rollte ihn zwischen Daumen und Zeigefinger zu einem dunklen Kügelchen zusammen und schnippte ihn fort, dann musterte er seine Fingernägel erneut. Er nickte seinem Kämmerer, Graf Kabot Marstamm, zu.

»Die alte Hexe hat lange genug gewartet. Führe er sie herein.«

Marstamm verneigte sich tief, und die bunten Bänder an seiner Maske flatterten unter der Bewegung. »Wie mein Fürst befiehlt.«

Der König unterdrückte ein Knurren, bis der kleine Mann hinter dem Maskenvorhang verschwunden war. Marstamm hatte ihm einmal einen Gefallen erwiesen und machte sich seitdem nützlich, auch wenn er eine intrigante Kröte war. Er wusste zwielichtige Verbündete zu kultivieren, und es beruhte auch auf Marstamms Tun, dass Swindger sich jetzt diesem Treffen unterzog.

Er hätte es liebend gerne verschoben, doch Marstamm hatte darauf bestanden, es sei zu wichtig. Der Kopf des Königs pochte unter den Nachwirkungen des gestrigen Empfangs. Er hatte reichlich auf die Ehre Oriosas und seinen Anspruch auf den Norderstett angestoßen. Swindgers Wut über seinen Sohn, der das Staatssiegel verloren hatte, verschlimmerte die Kopfschmerzen noch. Was ihn dabei so in Rage versetzte, war weniger, dass Lüdwin den Ring verlegt hatte – das war nicht zum ersten Mal passiert –, sondern vielmehr, dass er dessen Fehlen schon um Mitternacht bemerkt, aber trotzdem zu Bett gegangen war und sich erst am Vormittag, nachdem er aufgewacht war, an die Suche gemacht hatte.

Seit seine Mutter ertrank, ist der Bursche zu nichts mehr zu gebrauchen. Der König schüttelte den Kopf. *Den Göttern sei Dank, er ist nicht mein Ältester.*

Der Verlust seines eigenen Rings verschlechterte die Laune des Monarchen zusätzlich. Der Materialwert des Schmuckstücks war unbedeutend, doch die darauf liegende Magik hatte sich als sehr wertvoll erwiesen. Er machte ihn zugleich auch einzigartig und ermöglichte eine magische Suche. Er hätte es vorgezogen, ihn zur Hand zu haben, aber er rechnete nicht damit, von seiner Besucherin irgendetwas befürchten zu müssen, was das Fehlen erträglich werden ließ.

Swindger setzte ein Lächeln auf, als der Maskenvorhang sich teilte und Marstamm die alte Frau in die kleine Bibliothek brachte. Er führte sie zu einem großen, ledernen Sessel und wollte ihr ein Glas Wein einschenken. Sie legte eine dünnhäutige, altersfleckige Hand auf seinen Arm, um ihn daran zu hindern, und schaute zu König Swindger hoch.

»Vielen Dank, dass Ihr bereit seid, mich zu empfangen, mein Fürst.«

Swindger neigte den Kopf. »Eure Bitte um eine Unterredung, Großherzogin, ehrt mich zutiefst. Ich nehme an, Ihr seid in Belangen Eures Neffen hier.«

Die alte Frau schlug die Kapuze des Mantels zurück und legte das straff im Nacken zu einem Dutt gebundene weiße Haar frei. Swindger schauderte leicht, als ihr eiskalter Blick ihn traf, dann zuckten ihre Augen zur Seite, zu Marstamm. »Meine Worte sind nur für Eure Ohren bestimmt, mein Fürst.«

Swindger wandte sich an seinen Kämmerer. »Lass er uns allein, Marstamm. Er kümmere sich um meinen Sohn und helfe ihm bei der Suche.«

Marstamm verneigte sich noch einmal tief und verschwand. Hätte Swindger ihm keinen direkten Befehl erteilt, hätte Marstamm sich unmittelbar hinter dem Maskenvorhang aufgestellt, wo er jedes Wort hören konnte, ohne gesehen zu werden. Swindger war sich zwar nicht sicher, was Tatjana von ihm wollte, aber er hatte kein Interesse daran, dass Marstamm es erfuhr, bevor er entschieden hatte, wie viel der Kämmerer zu wissen brauchte.

Swindger trat hinüber zu der alten Okranerin und setzte sich ihr gegenüber. »Er ist fort. Was habt Ihr mir zu sagen?«

Die zerbrechliche alte Adlige lehnte sich in die Polster des wuchtigen Sessels zurück. »Vielleicht zuerst ein Tropfen Wein, mein Fürst?«

Swindgers Nüstern blähten sich, aber er stand auf und füllte den rubinroten Nektar in ein Kristallglas. Obwohl es ihn selbst mächtig nach einem Glas verlangte, bediente er nur Tatjana und setzte sich dann wieder auf seinen Platz.

»Ihr leistet mir keine Gesellschaft?«

»Wie Ihr wohl wisst, Großherzogin, hilft Wein zwar oft beim Reden, aber nur selten beim Zuhören.«

»Wie wahr, mein Fürst, und er hilft auch selten beim Nachdenken … und Ihr werdet den Wunsch verspüren, das reichlich zu tun.« Sie nippte an dem Wein, dann lächelte sie. »Ausgezeichnet.«

»Wenn mir gefällt, was Ihr zu sagen habt, sollt Ihr morgen früh ein Fässchen davon erhalten.«

Die eisblauen Augen der Matrone wurden schmal. »Ich nehme Euer Geschenk an, obwohl das, was ich Euch zu sagen habe, Euch die weitere Herrschaft über Eure Nation gewährt – für diesen Preis fast geschenkt.«

Was treibt sie für ein Spiel? »Dann zwei Fässer jedes Jahr, solange Ihr lebt und ich auf dem Thron sitze.«

»Das ist besser.« Sie stellte das Glas auf den Tisch neben die Karaffe und lehnte sich vor. »In unseren Beratungen habe ich eine gewisse Einigkeit der Ansichten zwischen Euch und dem Markgrafen Draconis festgestellt.«

»Wir marschieren nicht im Gleichschritt, aber wir haben viel gemein. Er ist mit meiner Schwester verheiratet. Mein Ältester befehligt Festung Draconis in Cavarrs Abwesenheit.« Swindger riss die Augen auf, damit Tatjana sie unter der Maske deutlich sah. »Wie jeder andere Fürst auch, würde ich es vorziehen, wenn er das Geheimnis der Draconelle mit uns teilte, doch bisher hat er dies verweigert. Hat er Recht mit der Annahme, wir könnten gegeneinander in den Krieg ziehen, besäßen wir dieses Geheimnis? Ich will es nicht ausschließen.«

Sie faltete die Hände und legte sie auf die Knie. »Ich hätte Euch für klüger gehalten, mein Fürst.«

»Trinkt mehr, Großherzogin, und werdet deutlich.« Swindger rieb sich die linke Schläfe. »Ich habe weder die Zeit noch bin ich in der Stimmung, nach verborgenen Bedeutungen zu graben.«

»Dann will ich es in klare Worte fassen, König Swindger. Dieses Angebot, das Ihr mir gemacht habt, mir jedes Jahr meines Lebens oder Eurer Präsenz auf dem Thron Oriosas zwei Fässer Wein zu schicken. Es ist ein Angebot, dessen Ende ich zu Lebzeiten betrauern werde.«

Swindger hatte keinen Zweifel daran, dass Tatjana viel zu verbittert war, um in nächster Zeit der Welt Lebewohl zu sagen, doch er erwartete seinerseits noch lange Jahre zu regieren. »Ihr erwartet, dass ich gestürzt werde? Gestürzt von Cavarr? Vielleicht habt Ihr bereits zu viel getrunken, wenn Ihr Euch einbildet, er hätte Ambitionen auf meinen Thron.«

»Nein, mein Fürst, ich hänge keinen solchen Hirngespinsten nach. Er würde ihn nicht für sich beanspruchen, noch für die Kinder, die er Eurer Schwester gemacht hat, obwohl sie eher ein Recht darauf anmelden könnten. Nein, er würde ihn für Euren Sohn Ermenbrecht erobern. Er hat ihn vieles gelehrt, und Oriosa würde davon profitieren, säße er auf dem Thron. Der größte Teil der Welt würde es.«

»Ihr geht zu weit.«

»Nein, mein Fürst, Ihr seid zu weit gegangen.« Tatjanas Stimme verwandelte sich in ein frostklirrendes Zischen. »Bildet Ihr Euch ein, irgendeinem unter uns sei entgangen, dass Oriosa als Aufmarschplatz für Kytrins Truppen dient? Cavarr sieht Oriosa als Feind in seinem Rücken, der aus dem Weg geräumt werden muss. Das Heer, das Porasena belagerte, hier an Eurer Grenze zu Alcida, kam aus Oriosa. Das wissen wir alle. Die urSreiði reden nicht mit Außenstehenden über ihre Angelegenheiten, aber es sind Berichte aus Oriosa zu uns gedrungen, die von aurolanischen Truppen sprechen, die in Bokagul gegen die urSreiði kämpfen. Unter Eurer Herrschaft ist Oriosa eine schwärende Wunde, die droht, ihr Gift über die Welt zu ergießen.«

Swindger schnaubte verächtlich. »Ihr wisst sehr genau, dass ich ihre Truppen beobachte, sie zähle und diese Informationen mit anderen teile. Ihre Übergriffe sind auf ein Mindestmaß reduziert, und wir können unsere Armeen im Kampf gegen sie stärken. Seht Euch Eure eigene Prinzessin Alexia an. Das Blut auf ihrem Schwert war Aurolanenblut.«

»Ein guter und kluger Einwand.« Die alte Adlige legte die Fingerspitzen aneinander. »Aber die Tatsache bleibt bestehen: Falls der Rat sich zugunsten Cavarrs entscheidet und Adrogans' Bitte um Truppen nicht zustimmt, werden sich Armeen sammeln und durch Oriosa marschieren. Ihr wisst sehr gut, dass sie Euer Volk angreifen und für Eure Geschäfte mit Kytrin bestrafen werden.«

Swindger bekam eine Gänsehaut, als er auf seine verkrampften Hände hinabsah. Er konnte immer noch den Kopf seiner Mutter in ihnen sehen. Er fühlte ihr warmes Blut durch seine Finger rinnen. Er sah ihre Lippen sich in einer letzten Botschaft an ihn bewegen – ohne Lunge, die ihr auch nur den Atem für ein Flüstern geliefert hätte. Die zehn Sekunden Leben, die ihrem abgeschlagenen Kopf geblieben waren, dehnten sich in seiner Erinnerung zu einem Menschenalter, und jeder Herzschlag darin verkrampfte seine Eingeweide zu Stein.

Die okransche Mystikerin sprach in einem hohlen Flüsterton weiter. »Wie leicht wäre es für Cavarr, Euren Sohn nach Meredo zu schicken, damit er den Befehl übernimmt. Er löst Euch ab, möglicherweise ohne Blutvergießen, zwingt Euch und Lüdwin ins Exil – auf irgendeinem kleinen Bauernhof. Dann setzt er Oriosas Truppen gegen Kytrins Einheiten in Eurer Nation in Marsch und metzelt sie nieder. Er weiß, sie wird Euch dafür töten, und auf die schrecklichste Manier. Und Ihr wisst, Ermenbrecht wird ihr dabei keinen Stein in den Weg legen, denn er gibt Euch noch heute die Schuld am Tod seiner Mutter.«

»Er sollte sie Cavarr geben, denn er trägt die Schuld daran. Er hätte ihr bei so unberechenbarem Wetter niemals die Erlaubnis geben dürfen hinauszusegeln.«

Tatjana schüttelte langsam den Kopf. »Manch einer glaubt, er sei dabei nur ausführendes Organ gewesen, wisst Ihr. Eure Gattin war auf Besuch bei der seinen. Ihr empfandet keine Liebe für sie, was Eure zahlreichen Affären beweisen, und Sie liebte Euch ebenso wenig. Habt Ihr sie über Bord werfen lassen, oder ist sie gesprungen?«

Die braunen Augen des Königs wurden schmal. »Gleichgültig, was Ihr darüber denkt, Großherzogin, die Berichte, dass ihr Schiff kenterte und sie bei der Havarie ertrank, sind wahr. Hätte ich ihren Tod gewollt, hätte ich damit gewartet. Sie starb, bevor meine Jungen ihre Mondmasken erhielten, und um ihretwillen hätte ich gewollt, dass sie lange genug gelebt hätte, sie als Männer zu sehen.«

»Dann wollt Ihr Eure Regierung für ein Verbrechen untergehen lassen, das Ihr nicht begangen habt?«

»Ich werde sie nicht untergehen lassen.« Swindger schob das Kinn vor. »Ihr wollt, dass ich Adrogans und seinen Feldzug gegen Okrannel unterstütze? Ihr wisst sehr wohl, dass er Eure Nation nicht gegen Kytrin wird halten können, falls er sie zurückerobert.«

»Lasst das Schicksal Okrannels meine Sorge sein. Alexia ist nicht die Einzige, die das Kriegshandwerk gelernt hat. Wir haben viele Krieger, die zum Streit bereit sind und Kytrin Probleme machen werden, sollte sie es darauf anlegen, Okrannel noch einmal zu erobern.«

Der König tippte sich mit dem Finger an die Lippen. »Ihr ordnet Alexias Rolle der eines jeranischen Generals in einem Feldzug seiner Handschrift unter? Woher wisst Ihr, dass Adrogans Okrannel nicht einfach Jerana zuschlägt, sobald er es erobert hat?«

Die Alte lachte krächzend. »Alexia wird ihn im Auge behalten und vernichten, falls er das versucht.«

»Und genug über ihn erfahren, um Jerana einzunehmen, wenn die Zeit gekommen ist?«

»Das wird erst lange nach meinem Tod geschehen, König Swindger, und nach Eurem.« Großherzogin Tatjana griff wieder nach dem Weinglas. »Ihr lasst die Armeen auf eigene Gefahr durch Euer Land.«

»Ich erkaufe die Freiheit meines Reiches mit der Freiheit des Euren?« Der König nickte nachdenklich. »Und weshalb habe ich meine Meinung in diese Richtung geändert?«

»Aus dem einfachsten aller Gründe, mein Fürst. Kämpfen wir in Okrannel gegen Kytrin, führen wir den

Krieg auf ihrem Territorium. Meine Nation ist bereits von ihren Truppen verwüstet. Es gibt keinen Anlass, ihr die Gelegenheit zur Vernichtung unberührter Landstriche zu bieten. Die Unterstützung für Adrogans befreit nicht nur meine Nation, sie rettet so viele andere. Falls wir sie durch die Unterstützung für den Plan des Markgrafen Draconis einladen, die Festung anzugreifen, ist das eine Einladung an sie, ihr Herrschaftsgebiet auszudehnen. Schon jetzt gelingt es ihr, Truppen an Festung Draconis vorbeizuziehen. Es wäre leicht möglich, dass sie eine Belagerungsarmee in Stellung bringen kann, die unsere Truppen im Innern der Festung hält, während noch größere Armeen vorbeiziehen und ins Herz der südlichen Nationen vorstoßen. Nur durch einen Angriff in Okrannel können wir diese Heere aus ihrem Invasionskorridor abziehen.«

Swindger nickte langsam. »Das ist logisch und vertretbar. Die Jeranser haben sich keine Gedanken darüber gemacht, was es für ihr Land bedeutet, wenn fremde Armeen es durchqueren?«

»Adrogans geht es nur darum, genug Ruhm zu ernten, um den Thron und die Königin für sich zu beanspruchen. Sie teilt diesen Wunsch.«

»Dann will ich dem jungen Glück nicht im Weg stehen.« Swindger nickte.

»Eines noch, mein Fürst.« Tatjanas dünne Lippen verzogen sich zu einem katzenhaften Grinsen. »Wir könnten unsere Nationen enger verbinden. Freundet Euch mit dem Gedanken an, dass Alexia einen Gatten braucht.«

Mich? Nein, sie würde mir Alexia nicht überlassen. »Ermenbrecht. Er wechselt auf den okranschen Thron und überließe Oriosa Lüdwin?«

»Ihr würdet lange genug leben, um zu sehen, wie Lüdwins Kinder geboren werden und zu starken Erben heranwachsen.«

»Ihr habt mir in der Tat viel Stoff zum Nachdenken gegeben, Großherzogin.« König Swindger lächelte und stand auf, um sich ebenfalls ein Glas Wein einzuschenken. »Ich glaube, jetzt leiste ich Euch doch Gesellschaft. Wir wollen etwas Wein teilen, während wir für die Zukunft planen. Auf Euer Wohl.«

»Und auf das Eure und das Eurer Erben, mein Fürst.«

Kapitel Vier

König Augustus hob beschwichtigend die Hände. »Ihr seht das falsch, mein Freund. Ich lasse Euch nicht im Stich. Ich stimme Eurer Strategie voll und ganz zu.«

Dathan Cavarr kniff die von blauen Einsprengseln gezeichneten grauen Augen zusammen. »Vergebt mir, aber habe ich mich verhört, und Ihr habt mich nicht aufgefordert, das Draconellenwissen mit den Nationen des Rates zu teilen?«

Augustus warf einen Blick über die Schulter zu den Doppeltüren, die vom Garten in den Ratssaal der Feste Gryps führten. Er senkte die Stimme und zog den Markgrafen Draconis weiter hinaus in den Garten. »Ich habe nur etwas vorgeschlagen, was wir selbst in unseren Beratungen besprochen hatten. Ich habe mich dafür ausgesprochen, dass Ihr den verschiedenen Nationen einzelne Meckanshii-Kompanien für den Einsatz von Draconellen überlasst. Das würde ihnen geben, wonach sie zu ihrem Schutz verlangen, ohne ihnen die Möglichkeit zu liefern, sie zu Angriffen auf ihre Nachbarn zu missbrauchen.«

Cavarr seufzte laut. »Trotz ihrer Konstruktion aus Metall, Fleisch und Magik bleiben die Meckanshii Menschen. Sie haben Wünsche und Leidenschaften und man kann sie korrumpieren. Ihre Loyalität mir und Festung Draconis gegenüber erklärt sich daraus, dass wir ihrem Leben einen Sinn geben. Ohne unsere Hilfe wären sie als Krüppel geendet oder gestorben, aber wir haben sie zu etwas Besonderem gemacht. Sie beschützen ihre alte

Heimat vor der Bedrohung aus dem Norden, und das macht ihr Opfer heroischer, als wir uns überhaupt vorstellen können. Aber sie bleiben Menschen, und würde ich sie hierher nach Yslin schicken, oder nach Meredo oder Laskaslin, könnte das Leben dort sie verführen. Sie würden sich verändern, ihre Loyalitäten würden wechseln. Das Geheimnis der Draconelle könnte sich ungebremst ausbreiten. Die Völker würden sie gegen einander einsetzen, statt diese teuflischen Waffen für den Kampf gegen Kytrin zu reservieren.«

Der König Alcidas nickte. »Das Risiko ist mir bewusst, aber wenn Ihr ein derartiges Zugeständnis nicht einmal ansatzweise akzeptieren könnt, wird der Rat sich für Adrogans aussprechen. Die Truppen, die Ihr benötigt, wird er bekommen. Okrannel wird ein Schlachtfeld werden, und ich weiß nur zu gut, wie viel Blut seinen Boden düngen wird. Es kann eine offene Wunde werden, die Jahr um Jahr mehr Krieger verschlingt.«

»So ist es!« Cavarrs Augen funkelten, und nicht zum ersten Mal kam Augustus der Gedanke, dass eine Spur von Wahnsinn in diesem Blick lag. »Kytrin wird den Krieg endlos in Gang halten. So wie es Jerana bereits getan hat, werden mir auch andere Nationen die Truppen verweigern, die ich brauche. Königin Carus wird Geschäfte und Allianzen abschließen, die zusätzliche Einheiten nach Jerana und weiter nach Okrannel in Marsch setzen. Schlimmer noch, der Ruf nach Draconellen wird immer lauter werden, als ob sie diesen Krieg gewinnen könnten.«

Augustus schüttelte den Kopf. Okrannels gebirgige Lage behinderte den Einsatz von Draconellen erheblich, denn sie waren nur schwer zu transportieren und benötigten zu ihrem Einsatz einen ganz besonderen Nachschub. Zur Belagerung einer kleinen Festung bedurfte es nur ausreichend Holz und Steine, solange man sich auf konventionelle Belagerungsmaschinen stützte. Eine Draconelle war, außer vielleicht als Rammbock, ohne Feuerdreck und Munition nutzlos.

»Das werden wir zu verhindern wissen, Cavarr.« Augustus stöhnte unter einer einsetzenden Migräne, die seinen Schädel pulsieren ließ. »Es gibt genug von *uns*, mein Bruder, um die Sinnlosigkeit eines derartigen Vorgehens deutlich zu machen.«

Cavarrs Zögern zeigte Augustus, dass der Markgraf seine Betonung verstanden hatte. Sie gehörten beide der Altehrwürdigen und Höchst Geheimen Zunft der Ritter vom Phönix an. Die Ritter hatten hitzige Debatten darüber geführt, welche Folgen es hätte, wenn Adrogans' Plan in die Tat umgesetzt wurde. Und während ein Teil eine Chance für Adrogans sah, Kytrins Truppen in Okrannel schweren Schaden zuzufügen, waren sie sich alle darin einig, dass die Verteidiger dieser Region einen gewaltigen Vorteil hatten. Das Land drohte, für Kytrin dieselbe Aufgabe zu erfüllen wie Festung Draconis für den Süden, indem seine Befreiung Zeit, Material und Leben verschlang. Angesichts der Verwüstungen, denen Okrannel ausgesetzt gewesen war, erschien es beinahe unmöglich, Truppen gegen einen aurolanischen Gegenangriff auszustatten – und das versprach eine zusätzliche Belastung für die Mittel des Südens.

Obwohl alle Ritter Cavarrs Gründe für die Geheimhaltung des Wissens um die Funktion der Draconelle verstanden und ihm in diesem Punkt sogar zustimmten, war es ihnen bisher nicht gelungen, ausreichenden Einfluss auszuüben, um die Haltung ihrer Monarchen zu ändern. Die bloße Tatsache, dass es kleinen Gruppen aurolanischer Truppen gelang, sich in den Süden einzuschleichen, ließ die Menschen in der Festung Draconis nicht länger das mächtige Bollwerk sehen, das es einst für sie gewesen war. Da die Festung Schwächen zeigte und die Furcht vor einem katastrophalen Zusammenbruch umging, erwies sich der Plan für eine Offensive, die den Krieg zu Kytrin trug, für die Fürsten der Welt als höchst verlockend. Die Verlagerung von Draconellen in den Süden konnte helfen, einen Teil der Angst abzubauen, drohte aber in der Zukunft zusätzliche Probleme für die Draconis-Strategie aufzuwerfen.

Der Schneefuchs schnaubte. »Selbst wenn ich Eurem Plan zustimmen würde und selbst wenn die Kommandeure dieser Meckanshii-Kompanien sich *uns* anschlössen, das Geheimnis würde doch durchsickern. Und mehr, die Forderung nach Draconellen würde zusätzlichen Zeitaufwand oder einen Abbau der Verteidigungsanlagen in Festung Draconis erfordern. Bedenkt auch das, mein Fürst. Ich höre ihre Antwort schon. Sie werden sagen, ich bekomme die mir zustehenden Truppen, sobald sie Draconellen haben, die deren Nichtverfügbarkeit aufwiegen. Bis dahin aber werden sie Jerana unterstützen. Damit werden sie versuchen, mich unter Zeitdruck zu setzen, was Festung Draconis schwächt und die Welt schutzlos Kytrins Angriffen ausliefert.«

»Ist Festung Draconis im Augenblick stark genug, Kytrin abzuhalten?«

Cavarr verzog das Gesicht. »Wäre sie es nicht, hätte die Hexe sie schon in Schutt und Asche gelegt. Aber wenn mir vorenthalten wird, was ich brauche, könnte es sie entscheidend schwächen.«

»Dann müsst Ihr irgendeinen Kompromiss anbieten.« Augustus deutete zurück zum Ratssaal. »Ihr habt Swindger gehört. Er hat sich davon überzeugen lassen, dass ein Krieg in Okrannel Kytrin zwingen wird, Truppen aus den Ländern des Südens abzuziehen, um die okransche und die Geistermark zu verstärken.«

»Swindger ist ein Idiot. Kytrin verfügt über höchst fähige Generäle in beiden Marken. Adrogans hat ein paar Siege errungen, doch keiner davon war sauber, und alle waren sie das Ergebnis einer überwältigenden Übermacht auf seiner Seite. In Okrannel werden seine Truppen aufgesplittert und leichte Beute für feindliche Hinterhalte sein. Plötzlich scheint sich niemand mehr daran zu erinnern, dass Edamis Vilkaso – oder Malarkex, wie sie sich jetzt nennt – sich mit den Einsatzmöglichkeiten der Kavallerie sehr genau auskennt. Falls auch nur das Geringste an den Gerüchten über Herden von Großtemeryxen mit Vylænreitern zutrifft, die durch die Geistermark streifen sollen, sind alle da drinnen, die sich einbilden, Adrogans könnte in Okrannel irgendetwas gewinnen, ebensolche Schwachköpfe wie Swindger.«

»Ein ganzer Saal von ihnen wartet hinter uns.«

»Ich weiß.« Der kleinwüchsige Baron schaute zu Augustus auf und seufzte. »Kytrin beherrscht dieses Spiel wirklich hervorragend. Indem sie hier in Alcida zuschlug, hat sie gezeigt, dass keine Nation vor ihr sicher ist. Swindger und andere bieten die Hoffnung, sie ablenken zu können, aber sie haben ihr wahres Ziel völlig aus den Augen verloren: die Bruchstücke der Drachenkrone zurückzustehlen und die Südlande zu vernichten. Eine Ablenkung und verräterische Beschwichtigungspolitik zögert das Unvermeidliche nur hinaus.«

Der König rieb sich das Gesicht. »Was werdet Ihr tun, wenn sie sich für Adrogans entscheiden?«

»Ich werde tun, was ich immer getan habe, mein Fürst. Ich werde drei Fragmente der Drachenkrone beschützen, soweit es in meiner Macht steht.«

»Und Ihr werdet nicht einmal einen Spielraum für Kompromisse zugestehen. Ihr werdet nicht erklären, dass Ihr bereit seid, über die Draconellen nachzudenken?«

Der Markgraf schüttelte den Kopf. »Das kann ich nicht, denn sie würden es augenblicklich als Lüge durchschauen. Augustus, ich bin weder blind noch taub für die Politik und die möglichen Folgen all dessen, was hier vorgeht. Wirklich nicht. Aber in dem Augenblick, da ich Eure Mitmonarchen belüge, gebe ich ihnen eine Entschuldigung, alles anzuzweifeln, was ich danach sage, und viele von ihnen werden bezweifeln, was ich lange vorher festgestellt habe. Sie werden davon ausgehen, ich hätte zugunsten meiner eigenen Ziele die Situation schlimmer dargestellt, als sie in Wahrheit ist, und sich einreden, dass sie meine Mittel einsparen können. Sie werden sich weigern, mir weiter die verlangten Truppen und Nachschubkontingente zu senden.«

»Verdammt, verdammt, verdammt!« Augustus hob die Faust an den Mund, dann zwang er die Hand auf und strich sich den Schnauzbart glatt. »Wenn ich mich einem Beschluss des Rats verweigere, zerbreche ich unser Bündnis gegen Kytrin. Einzelne Nationen werden nach ihrem jeweiligen Gutdünken Adrogans unterstützen oder nicht unterstützen, oder noch schlimmer: Sie werden vielleicht sogar versuchen, einen Separatfrieden mit Kytrin auszuhandeln. Wenn sie sich für Adrogans entscheiden, muss ich ihn unterstützen, und ich werde es tun, bis auf den Buchstaben der Übereinkunft genau. Ich werde auch Euch unterstützen. Ich kann mir diesen Luxus leisten, und ich bin sicher, ich kann ein paar andere davon überzeugen, sich mir anzuschließen. Naliserro ist gar nicht begeistert davon, Heimat einer Sullanciri zu sein. Sebtia, Muroso und Viarca werden Euch ebenfalls unterstützen, da Ihr ihre erste Verteidigungslinie darstellt. Ich nehme an, wir können auch auf die Vilwaner zählen.«

»Nein, erspart mir die Zauberer. Seit dem Massaker an ihren Schülern sind die Fürsten wütend auf sie und misstrauen ihnen. Bei den kleinen Einheiten in Okrannel können sie mehr erreichen als bei mir. Ich habe genug in der Festung, um zusätzliche Meckanshii zu erschaffen. Wenn ich noch mehr brauche, ist ohnehin alles verloren.« Cavarr verengte die Augen. »Eines können wir noch tun, aber es wird schwierig werden.«

»Und das wäre?«

»Der Norderstett muss nach Okrannel.«

Augustus runzelte die Stirn. »Ich kann Eurem Gedankengang nicht folgen.«

»Der Norderstett ist die einzige wirkliche Bedrohung für Kytrin. Es ist zwar fraglich, ob er sie wirklich tötet oder nicht, aber es ist prophezeit, dass er Vorquellyn befreien wird. Kytrin hat das Kommando über die Insel ihrer Croqælf-Sullanciri, Winfellis, gegeben. Ihre Perversion einer Ælfe bewacht ihre Perversion einer Ælfenheimstatt. Solange der Norderstett dort ist, stellt er eine glaubhafte Gefahr für die Insel dar.«

»Ist er das nicht auch in Festung Draconis?«

»Kytrin würde zutreffenderweise davon ausgehen, dass ich keine Truppen für einen Angriff auf die Insel zur Verfügung stellen werde. Adrogans hingegen ist eine derartige Waghalsigkeit jederzeit zuzutrauen, erst recht, wenn seine Truppen sich in Okrannel festfahren und er keine Fortschritte sieht. Es dauert nicht mehr lange bis zum Winter, und der wird Kytrin helfen. Ihre Truppen sind gegen die Kälte abgehärtet und bringen ihre besten Leistungen unter diesen Bedingungen.«

Der König nickte. »Außerdem würde die Anwesenheit des Norderstett in Festung Draconis sie mit der Möglichkeit seines Todes zusätzlich zu der Anwesenheit von drei Fragmenten der Drachenkrone zu einem noch unwiderstehlicheren Angriffsziel machen.«

Der Schneefuchs seufzte. »Das Einzige, was gegen Kytrin arbeitet, ist ihre Ungeduld. Das Massaker an den jungen Zauberern wird uns in der nächsten Generation schwächen. Würde sie abwarten, hier und da auf Überfälle verzichten, den Eindruck von Schwäche erwecken, so ginge die Führung der Welt auf Monarchen über, die sich nicht an die Schrecken des letzten Kriegs erinnern. Alte Rivalitäten brächen wieder auf und interne Spannungen würden die brüchige Allianz zerreißen. Den okranschen Flüchtlingen erginge es wie den Vorqælfen. Sie würden verbittern, und niemand würde sein Leben riskieren, um ihnen bei der Befreiung ihrer Heimat beizustehen.«

Augustus stieß ein scharfes Lachen aus. »Sie hat sich selbst festgelegt, als sie Valkener vor all den Jahren mit ihrer Warnung zurückgeschickt hat. Sie hat versprochen, die Kinder dieser Generation würden die Volljährigkeit nicht erreichen. An den Kindern Vilwans und den Straßenkindern der Düsterstadt hat sie dieses Versprechen eingelöst. Ließe sie es dabei, könnte sie den Süden in der kommenden Generation im Spaziergang erobern.«

»So weit darf es nicht kommen.« Cavarr straffte die Schultern, dann deutete er mit einer Kopfbewegung zurück zum Ratssaal. »Ich werde alles fordern, was mir einfällt, einschließlich des Norderstetts. Ihr feilscht mich herunter, und wir werden uns am heftigsten über den Norderstett in die Haare geraten. Vielleicht können wir auf diese Weise erreichen, was nötig ist. Falls nicht …«

Augustus schüttelte den Kopf. »Wir werden erreichen, was nötig ist. In Kedyns Namen. Ich hoffe nur, es ist genug.«

Kapitel Fünf

Will bog von seinem Zimmer im Vilwaner Turm zweimal links ab und fand den Raum, zu dem er bestellt worden war. Die durch die hohen und schmalen Fenster scheinende Morgensonne verriet ihm, dass das Zimmer nach Osten lag. Allerdings war das unmöglich, denn wenn er auf dem Weg hierher zweimal links abgebogen war, hätte es neben seinem Zimmer an der Außenmauer liegen müssen – und seines schaute nach Westen.

Normalerweise hätte er sich darüber Gedanken gemacht, aber im Augenblick stellten sich dringendere Fragen. Zusätzlich zu Kräh, Qwc, Entschlossen und Dranæ befanden sich noch drei Personen im Zimmer. Die einzige Frau stand in ein Gespräch vertieft bei Kräh, und die graue Farbe ihrer Haare zeigte, dass sie von ähnlichem Alter war. Will erkannte die Kampfmagikerin, die sie beim Angriff auf Marcus' Unterschlupf begleitet hatte, Orla. Der Nichtmensch war ein Panq, oder zumindest nahm Will das an. Die Sonne glänzte hell und golden auf den Knochenplatten der riesenhaften Kreatur. Der Sprijt kreiste um den Panq, während das Biest und Dranæ einander abschätzten.

Die dritte Person verhieß Ärger für Will. Er erwartete, jeden Moment den Schimmer des Erkennens durch die grünen Augen des beleibten Knaben zucken zu sehen. *Er war es, den Narbenjack und Gerro von ihren Kindern haben zusammenschlagen lassen.* Dann musste Will grinsen. *Er erkennt mich nicht, weil ich die Maske trage.* Er nickte ihm kurz zu, dann hob er den Kopf und trat hinüber zu Kräh.

»Hier bin ich.«

Kräh lächelte freundlich. »Tatsächlich. Du erinnerst dich sicher noch an Magisterin Orla. Sie wurde uns als Hilfe zugeteilt – bei der Aufgabe, dich vor den Sullanciri zu schützen. Ihr Assistent ist Adept Kjarrigan Lies. Lombo ist ein Panq und begleitet die beiden.«

Orla nickte. »Schön, Euch wiederzusehen, Baron Norderstett.«

Die Worte sandten einen Schock sein Rückgrat hinab. Ihre Stimme war voller Respekt, und das Blut rann kalt durch seine Adern.

Kjarrigan trat vor, um ihm vorgestellt zu werden.

Will runzelte die Stirn. Er war schließlich *der* Norderstett. Ihm war bestimmt, die Welt zu retten, also war Orlas Respekt vor ihm nur recht und billig. Trotzdem war er ihm unangenehm, und möglicherweise zum ersten Mal in seinem Leben schämte er sich. Alle Welt wollte den Helden in ihm sehen, und er hatte auch ein paar Heldentaten geleistet, aber er war Kjarrigan nicht zu Hilfe gekommen. Es war nicht einmal so, dass er Angst davor gehabt hätte, von der Gerrobande verprügelt zu werden. Die meisten der Bälger hatten ohnehin keine Ahnung von richtigem Zuschlagen. Er hatte sich einfach nicht darum gekümmert, weil es nicht sein Kampf gewesen war. *Wenn ich das in einer so einfachen Situation getan habe, was könnte ich nicht noch alles tun, wenn ich* der *Norderstett sein muss?*

Der Adept streckte Will die Hand entgegen. »Ich bin Kjarrigan Lies.«

Will nickte. »Wir kennen uns, sozusagen.«

Kjarrigan runzelte die Stirn. »Ich entsinne mich jedoch nicht …«

Der Panq kam auf die Fingerknöchel gestützt herüber, viel zu schnell für Wills Gemütsruhe. Der Echsenmann sog seinen Geruch einmal tief ein, dann nickte er. »Beutenacht.«

»Ich weiß nicht …« Kjarrigan wurde tiefrot.

Will schob langsam die Maske hoch. Er konnte nicht fassen, was er sich sagen hörte. »Ich habe dir nicht geholfen, als Gerros Bande dich am Boden hatte.«

Die grünen Augen des Adepten wurden schmal, und seine Hängewangen bebten. »Ich habe Euch um Hilfe gebeten …«

Lombo schnaufte und verabreichte Will einen beiläufigen Rückhandhieb mitten auf die Brust. »Jäger du geworden, Kjarrigan. Lombo gesehen.«

Will musste husten und stolperte zurück. Er war sicher, dass Kjarrigan das Funkeln in den schwarzen Augen des Panqs nicht bemerkt hatte, doch Will hatte es mit solcher Gewissheit gesehen wie die Nacht auf den Abend folgte. *Wenn ich je etwas tue, wodurch Kjarrigan zu Schaden kommt, rammt mir Lombo das Herz zum Rücken hinaus.* Er rieb sich das Brustbein und nickte der Bestie zu. Er erhielt ein schnelles Nicken zur Antwort.

Entschlossens eiserner Griff schloss sich um Wills Nacken. »Was hast du getan?«

»Es geht darum, was ich nicht getan habe.« *Hätte ich den Mund gehalten, wüssten nur Lombo und ich davon, und wir hätten unsere Vereinbarung.* »Als ich in der Düsterstadt war, hat eine Straßenbande Kjarrigan überfallen. Er hat mich um Hilfe gebeten und ich habe sie ihm nicht gegeben.«

Der Vorqælf riss Will herum, packte ihn bei den Schultern und schüttelte ihn. »Warum konntest du ihm nicht …?«

Will schlug Entschlossens Hände weg. »Ich hatte was anderes zu erledigen. Ich war auf der Flucht vor allem, was mir passiert ist, nachdem ich euch getroffen hatte, und er war ein Teil davon.«

Rasiermesserscharfe Mondsicheln aus Silber fixierten ihn mit eisigem Blick. »Deine Rolle ist es …«

Der Dieb knurrte: »Ich kenne meine Rolle, danke, aber in dem Augenblick war ich nicht *der* Norderstett. Ich war *ich*. Und ich weiß, *ich* – oder wer immer ich war oder bin – war in dem Augenblick nicht *der* Norderstett. Aber, verdammt, ich habe ihm gestanden, was ich getan habe. Kjarrigan, es tut mir Leid, dass ich dir nicht geholfen habe.«

Der Adept zuckte die Achseln. »Ist schon in Ordnung.«

»Nein, das ist es nicht.« Entschlossen verschränkte die Arme vor der Brust. »Ich glaube, du verstehst nicht, wie kritisch die Lage inzwischen ist, Junge. Der Rat der Könige hat seine Entscheidung getroffen. Er unterstützt General Adrogans und die Okrannel-Offensive.«

Will runzelte die Stirn. »Was bedeutet das genau?«

Kräh kam herüber und winkte alle Anwesenden zu den um den Tisch bereitstehenden Stühlen. Als sie sich setzten, der Sprijt auf der Rückenlehne von Wills Stuhl und der Panq am Fußende des Tisches auf dem Boden, setzte er zu seiner Erklärung an. »Es bedeutet, Will, dass wir nach Okrannel reisen.«

Der Knabe gab sich keine Mühe, seine Verwirrung zu verbergen. »Aber ich dachte, ich meine, wir wollten doch nach Festung Draconis. Und von da aus nach Norden, um Kytrin zu erschlagen und diese ganze Sache hinter uns zu bringen.«

Kräh, Orla und sogar Entschlossen grinsten einander an, bevor der alte Mann antwortete. »Wäre es nur so einfach, wie du glaubst. Das war der Plan vor einem Vierteljahrhundert, und er ist nicht aufgegangen.«

»Wie konnte das passieren?« Will machte seinem Widerwillen Luft. »In Festung Draconis wartet ein Valkener, und selbst Entschlossen hat gesagt, ich bräuchte einen an meiner Seite, wenn wir Kytrin erschlagen gehen.«

Kräh nickte. »Ich habe mir sagen lassen, der Markgraf Draconis hat diesen Punkt angesprochen. Er hat lange und laut für deine Entsendung zur Festung Draconis argumentiert, doch General Adrogans hat dich für seinen Feldzug reklamiert.«

»Wenn ich ihm das nächste Mal die Hand schüttele, gehört sein Ring mir.«

Entschlossen verzog das Gesicht. »Die Diskussion war ausgeglichen, bis Swindger sich auf die Seite der Jeranser schlug. Wenn du dich an jemandem rächen willst, sollte er das sein.«

Will kicherte leise. »Schon geschehen.«

Krähs linke Augenbraue zuckte hoch. »Was?«

Wills Grinsen wurde breiter, und er schob die Hand in den Beutel an seinem Gürtel. »Na, der König ist ein rechter Idiot, und ich mag ihn nicht, also habe ich seinen Ring befreit, während ich ihm die Hand schüttelte.« Er hob den Saphirring in die Höhe und zeigte ihn stolz herum.

Orla schlug die Hand vors Gesicht und Kräh schüttelte den Kopf. »Das ist nicht dein Ernst.«

»Aber Entschlossen hat gerade gesagt … Ich war nur etwas schneller.«

Kräh nahm ihm dem Ring aus der Hand und legte ihn auf den Tisch. »Entschlossen, mein Freund, ich entschuldige mich bei dir. Während unserer Suche nach und auf der Reise mit Will dachte ich, du wärst zu gründlich, zu hart mit ihm. Ich hatte gehofft, er hätte mehr von seinem Vater, oder vielleicht weniger.«

»Ist nicht dein Fehler, Kräh.« Der Vorqælf, der sich rechts neben Will gesetzt hatte, drehte sich zu dem Knaben um. »Her mit deiner restlichen Beute.«

»Wovon redest du?« Will hatte sich unter Kontrolle. Er zuckte weder zusammen, noch fiel ihm die Hand auf den Beutel. »Der König hatte es verdient.«

Entschlossens Stimme wurde leise und kalt genug,

um die ganze Wärme aus dem Zimmer zu ziehen. »Die Wahl liegt bei dir, Junge. Ich habe dich gegen den Prinzen fallen sehen. Soll ich dir abnehmen, dass du ein Tollpatsch bist? Oder sollte ich annehmen, du seiest so geschickt, dass es dir gelungen ist, mich bis jetzt zu täuschen?«

Will zögerte. Täuschte er Tollpatschigkeit vor, würde Entschlossen ihn und seine Sachen einfach durchsuchen. Brachte er den anderen Ring, den Siegelring, mit dem der König seine Maske markiert hatte, so gab Entschlossen zumindest zu, dass er den Diebstahl nicht bemerkt hatte. Die Strafe würde in beiden Fällen dieselbe sein, also war der einzige mögliche Lichtblick Entschlossens Eingeständnis.

Der Dieb zog den Ring aus dem Beutel und legte ihn neben den anderen. »Es liegt Magik darauf.«

Kjarrigan, der links von Will saß, griff nach den Ringen. Norderstett versetzte ihm einen schnellen Rückhandschlag mit der Linken. Seine Knöchel prallten mit einem Knall vom Unterarm des Adepten ab.

»Au!« Will schüttelte die Hand und saugte an den schmerzenden Knöcheln. Er starrte Kräh wütend an. »Der Prinz war auch ein Idiot.«

»Will, auch wenn es stimmen mag, dass Lüdwin, wäre er eine Kuh, verhungern würde, weil er zu blöde ist, sich an einen Grashalm anzuschleichen, so gibt dir das noch nicht das Recht, ihn zu bestehlen. Erst recht keinen Ring, der als offizielles Siegel des Königs dient. Du kennst König Swindger nicht. Er leidet unter irrwitzigem Verfolgungswahn und könnte das Verschwinden schon eines dieser Ringe als Indiz für ein Komplott gegen sich auslegen. Er könnte es als Rechtfertigung benutzen, Kytrin zusätzliche Einheiten in Oriosa zu gestatten. Er könnte Verbündete angreifen, in dem Glauben, sie wollten ihn stürzen.«

»Schon gut. Ich habe es verstanden.« Will seufzte laut.

»Ich kann in das Haus einbrechen, in dem er wohnt, und beide Ringe zurückbringen, ohne dass sie es merken. Entschlossen hat nichts gesehen, also hat niemand etwas bemerkt.«

Orla legte Kräh die Hand auf die Schulter. »Vielleicht wäre es keine so gute Idee, dass Will die Ringe zurückbringt, wenn man das Omen des letzten ungebetenen Besuchs eines Norderstetts bei einem Orioser Monarchen bedenkt. Wenn Ihr möchtet, kann ich dafür sorgen, dass der König sie zurückerhält. Wir werden ihm mitteilen, dass wir von ihrem Verschwinden erfahren und eine Suche veranlasst haben, die von Erfolg gekrönt war. Wir werden die Nachricht so abfassen, dass er nicht erfährt, wo und wie …«

Kräh nickte. »Das sollte gelingen.«

Eine blaue Aura leuchtete um Kjarrigans Hände auf. In der Linken hielt er den Ring des Königs, in der Rechten leuchtete das Siegel rot auf. »Auf beiden Ringen liegt Magik. Der Siegelring hat einen einfachen Siegelzauber.«

Der Adept legte den Ring ab, dann streckte er eine fette Hand nach Wills Maske aus. Es blitzte blau vor dessen Augen auf, dann zog Kjarrigan die Hand wieder zurück und nickte. »Die Markierung auf der Maske stammt von diesem Ring. Eine einfache Art, sich zu vergewissern, dass Befehle vom König stammen.«

Das Sirren der Sprijtflügel füllte das Zimmer, als Qwc vom Ring zur Maske und zurück schwirrte. »Ja, ja. Gleich.«

Kjarrigan hob den Saphirring in der linken Hand. »Dieser hier ist faszinierend. Er ist mit einem recht einzigartigen Spruch investiert. Er muss aktiviert werden und meldet feindselige Absichten in einem Umkreis von etwa vier Schritt um den Träger.«

Entschlossen lachte. »Er wird ihn wohl nie benutzen können oder es würde ihn erschlagen.«

Der Adept runzelte die Stirn. »Der Spruch ist mit verschiedenen Einschränkungen behaftet. Eines ist sicher: Er warnt ihn besonders vor Feinden aus der Norderstett-Linie.«

»Er hat ihn offenbar erst nach dem Tod seiner Mutter anfertigen lassen, denn hätte er eine Vorwarnung bekommen, wäre er sicher vor dem Sullanciri geflohen.« Krähs dunkle Augen wurden schmal. »Warum hat der Ring ihn nicht vor Wills Diebstahl gewarnt?«

Orla nahm den Ring von Kjarrigan entgegen und schloss ihn in beide Hände. Ein blaues Leuchten drang zwischen ihren Fingern hervor. Sie dachte kurz nach, dann nickte sie. »Auf diese Frage sind mehrere Antworten möglich. Die Erste wäre, dass Will nicht wirklich ein Norderstett ist.«

Entschlossen winkte ab. »Er ist einer. Das steht außer Frage.«

Lombo fuhr eine einzelne Kralle aus und kratzte sich am Auge. »Dieb stiehlt. Kein Hass.«

Orla nickte. »Wills Neigung zum Diebstahl hat offenbar keinen Gefühlsanteil. Als der Zauber gesprochen wurde, muss der Magiker, der ihn komponiert hat, den Begriff *feindselig* auf seine Weise gedeutet haben. Es könnte sein, dass Wills Diebstahl diese Schwelle nicht erreicht hat. Schließlich hat er es nicht darauf angelegt, dem König zu schaden, sondern es ging ihm nur darum, sich zu bereichern. Es würde eine gewisse Zeit benötigen, das zu überprüfen, doch ich vermute, dass es daran lag.«

Will schürzte die Lippen. »Vielleicht hatte er ihn auch nicht aktiviert.«

Orla nickte. »Eine andere gute Idee.«

»Bei einer derartigen Versammlung und dem Auftritt des Norderstetts?« Der Vorqælf lachte rau. »Er hatte ihn aktiviert. Hätte Kytrin Entsetzen unter den Fürsten der Welt säen wollen, hätte sie es mit Leichtigkeit bei dieser

Gelegenheit gekonnt, indem sie angegriffen und unsere einzige Hoffnung auf Rettung ausgelöscht hätte.«

Dranæ, der zwischen Orla und dem Panq auf der anderen Seite des Tisches saß, hob die Hand. »Wir stehen also vor einer seltsamen Situation. *Falls* König Swindger herausgefunden hat, dass Will den Ring gestohlen hat, und der König das als feindselige Handlung ansieht, muss er davon ausgehen, dass Will in Wirklichkeit *nicht* der Norderstett ist. Das könnte erklären, warum er bereit ist, Will nach Okrannel zu schicken.«

Aufs Wills Stirn erschienen tiefe Furchen. *Falls er nicht weiß, dass ich ihn gestohlen habe, hält er mich für* den *Norderstett, falls er es aber doch weiß, weiß er, dass ich es nicht bin? Es sei denn, natürlich, er weiß, dass der Diebstahl nicht feindselig war, und in dem Falle hält er mich* für *den Norderstett. Oder, falls die Magik nicht aktiv war …* Er hob die Finger an die Schläfen und massierte sie.

Kräh tippte sich mit der Fingerspitze an die Lippen. »Interessanter Gedanke, aber ich halte die einfachsten Lösungen für die wahrscheinlichsten. Erstens, er weiß nicht, dass Will den Ring gestohlen hat. Swindger ist kleinlich und rachsüchtig, aber gleichzeitig ist er auch verschlagen. Er hätte Will zu sich bestellt, ihm erklärt, er sei unterwegs nach Festung Draconis, und ihm eine Menge Geld dafür geboten, dort eine Probe Draconellenpulver mitgehen zu lassen. Viel wichtiger aber: Es gibt einen einfacheren Grund für ihn, Will nicht zur Festung Draconis zu schicken. Wir würden über Land durch Oriosa ziehen. Kytrin hat Truppen dort und Will wäre sehr verwundbar. Würde sie ihn in Oriosa töten, würden die anderen Nationen des Südens Swindgers Königreich aus Wut, Angst und Rache zerfetzen.«

Er wandte sich zu Orla um. »Bitte sorgt dafür, dass die Ringe zurück zu König Swindger gelangen. Ihr könntet Euren Boten vielleicht sogar den Vorschlag machen lassen, dass es vernünftig wäre, den Saphirring in Richtung einer allgemeineren Auslegung des Begriffs ›feindselig‹ umzugestalten.«

Dranæ lächelte. »Dadurch könnte Swindger möglicherweise einen Angriff von Kytrins Truppen überleben. Wäre ein anderer Monarch nicht besser für Oriosa? Wäre es nicht für uns alle besser, wenn jemand anders auf dem Thron säße?«

»Swindger ist unzuverlässig und intrigant, aber solange er lebt, stellt er für Kytrin ebenso ein Problem dar wie für uns. Käme er um, könnten ihre Kräfte für Lüdwin kämpfen, andere für Ermenbrecht oder sogar für Rautrud. Oriosa bräche unter Umständen auseinander, andere Nationen würden sich einmischen. Es wäre keine gute Wendung.«

»Aber was, wenn er sich auf Kytrins Seite schlägt und gegen uns kehrt? Der Ring könnte seinen Tod verhindern, wenn wir ihn bräuchten.«

Bevor Kräh auf Dranæs Frage antworten konnte, klopfte Entschlossen mit einem Fingerknöchel auf den Tisch. Er schaute zu Orla. »Der Spruch auf dem Ring … Um ihn auf die Blutlinie der Norderstetts zielen zu können, muss der Ring etwas von einem Norderstett enthalten.«

Sie nickte. »Ein Haar. Vermutlich vom Sohn.«

Der Vorqælf nickte. »Was einschließen kann, kann auch ausschließen?«

Orla nickte zögernd. »Dein magisches Wissen ist beachtlich, Entschlossen.«

»Ihr ehrt mich, Magisterin.« Er zupfte sich ein einzelnes weißes Haar aus dem Kamm, der über seinen Schädel lief. »Wenn Ihr den Ring umgestaltet, sorgt dafür, dass er mich nicht wahrnimmt.«

Wills Augen wurden groß, als Entschlossen an ihm vorbei Kjarrigan das Haar reichte.

Kräh streckte die Hand aus und packte den Arm

des Vorqælfen. »Jäger und Krieger, ja, aber Attentäter, Entschlossen?«

Entschlossen nickte langsam. »Du, ein Mensch, hast geschworen, meine Heimat von Kytrins Truppen frei zu sehen. Ich will nur sichergehen, dass mir ein Hindernis weniger im Weg steht, wenn es für mich an der Zeit ist, das zu vergelten.«

Kapitel Sechs

Alyx und Peri wanderten durch die Gärten der Feste Gryps. Im Tageslicht und an der Seite ihrer gefiederten Schwester erschien die Umgebung wie verwandelt. Die okransche Landschaft wirkte lebendig und Alyx konnte sich in die Täler ihrer befreiten Heimat versetzt fühlen.

Trotzdem schmeckte sie im hinteren Bereich des Gaumens noch die bittere Schärfe des Weins, den Kräh ihr geholt hatte. Die Lektion hatte sich als sehr treffend erwiesen, denn die weitere Debatte darüber, wie man auf Kytrins Kräfte reagieren sollte, hatte sie völlig ins Abseits gedrängt. Mit Zustimmung ihres Großvaters – in der Stimme Tatjanas – war Alexia einer Gruppe von Beratern zugeteilt worden, die Adrogans begleiten sollte. Auch der Alcider General Caro würde mit von der Partie sein, um das Kontingent seines Heimatlandes zu befehligen. Er und seine Reitergarde sollte sich nach Okrannel einschiffen und den Befehl über die Armee übernehmen, bis Adrogans eintraf. Alyx' Wölfe würden offiziell unter seinem Befehl stehen.

Die okranschen Truppen bestanden bei dieser Expedition aus Kavallerie und Infanterie. Die schwere Reiterei der Königsmannen verfügte über einen großen Anteil an Adligen, während die Fußtruppen weitgehend von Bauern gebildet wurden.

Die ›Partisanen‹ der Infanterie galten als unerfahren und unzuverlässig, auch wenn niemand an ihrer Entschlossenheit zweifeln konnte, die besetzte Heimat zu befreien. Sie waren als Kundschafter, Späher und Reserve vorgesehen, was mit ziemlicher Sicherheit jede ernsthafte Beteiligung an der Art von Feldschlacht ausschloss, für die Adrogans berühmt war.

Peri hüpfte auf einen der Steine, die Swarskijas Türme repräsentierten. »Aber in den Augen deines Großvaters ist dies die beste Lösung. Du bist zur Befreiung Okrannels anwesend. Du wirst den Befehl über das Reich übernehmen und es gegen Kytrin halten.«

Alyx verzog das Gesicht. »Willst du damit etwa behaupten, geschenktes Fleisch schmecke besser als eine selbst erlegte Beute?«

»Normalerweise nicht, aber kannst du die Art von Beute erlegen, die Adrogans zu erlegen vermag?« Peri legte den Kopf nach rechts. »Ich kenne dich, Schwester, und ich weiß, du könntest es leicht. Andere wollen dir die Truppen nicht anvertrauen, die es dir ermöglichen würden. Er hat diese Schlacht gewonnen, jetzt lass ihn auch die anderen schlagen.«

Alyx knurrte und stützte sich schwer auf den Sockel, den Entschlossen und Kräh aus Swarskija geholt hatten. »Genau da liegt das Problem, Peri. Ich könnte Okrannel mit weniger Truppen befreien als er. Er verlangt immer zu viel, er ist zu ängstlich. Er braucht eine Riesenkeule, um ein winziges Häschen zu erschlagen.«

»Den Anschein mag es haben, Prinzessin, aber was, wenn das Häschen so klein doch nicht ist?«

Sie drehte sich um, als Peri von ihrem Steinsitz glitt. König Augustus war in den Garten gekommen und lächelte sie milde an. »Ich verstehe deine Enttäuschung, Alyx. Ohne Zweifel könntest du mit weniger mehr erreichen, aber meine Mitmonarchen haben zwei Jahrzehnte lang Geschichten von Adrogans' Können gehört. Ich selbst habe solche Geschichten erzählt. Ich erzähle zwar bessere über dich, doch die Tatsache bleibt bestehen, dass du kleinere Einheiten befehligt hast. Ich würde deine Erfolge ebenso hoch einschätzen, aber ich gelte als befangen, weil du deine Erfolge in meinem Reich errungen hast.«

Alyx nickte. »Mein Fürst, bitte glaubt keinen Moment, ich würde Euch die Schuld für meine Lage geben. Alles, was Ihr sagt, stimmt, und ich akzeptiere es. Was ich nicht hinnehme ist, wie verschwenderisch Adrogans mit Menschen und Material umgeht. Der Nachschub, den er für unsere Truppen angefordert hat, würde reichen, das anderthalbfache an Soldaten zu verpflegen. So wichtig es ist, starke und gut genährte Krieger zu haben, wenn es in die Schlacht geht, so einladend ist das Ziel, das ein so gewaltiger Tross für Kytrins Truppen darstellt. Angesichts der Schwierigkeiten, sich durch die Landschaft Okrannels zu bewegen, die Ihr auf Eurem Feldzug dort selbst bestens bewiesen habt, bestünde die einzige Möglichkeit, unseren Nachschub zu bewachen, darin, seine Truppen so weit auseinander zu ziehen, dass sie nichts mehr zustande bringen können, wenn es zur Schlacht kommt.«

Er breitete die Hände aus. »Erwarte nicht, dass ich dir widerspreche, was diesen Punkt betrifft. Mir wäre es weit lieber, du hättest den Befehl über diese Expedition, aber das war nicht möglich. In deiner Position wirst du ihn studieren können.«

»Ich habe ihn schon studiert.« Sie seufzte laut und verschränkte die Arme vor der Brust. »Ich habe all seine Schlachtberichte gelesen. Sie strotzen von Nachlässigkeit und Verschwendung. Ohne die schiere Masse seiner Truppen und sein Glück, kleinere Gegner zu finden und auszuradieren, würde niemand auch nur seinen Namen kennen. Dumme Feinde machen keinen brillanten General. Jede einzelne seiner Schlachten hätte sich besser führen und gewinnen lassen. Das Enttäuschendste daran ist die Tatsache, dass er regelmäßig so dicht davor stand, die beste Lösung zu sehen, und sich trotzdem immer von ihr abgewandt hat. Die meisten hat er arrogant verworfen, andere gar nicht erwähnt. Es steht alles in seinen Berichten.«

Die Augen des Königs wurden hart. »Ich bestreite auch diese Deutung nicht. Dass du diese Tendenzen bei ihm siehst, ermöglicht dir, sie zu bekämpfen.«

Alyx schnaubte wütend. »Von mir wird er sich nichts sagen lassen.«

»Aber von General Caro, und Caro wird auf dich hören. Ich habe ihn angewiesen, das zu tun und mit dir zusammenzuarbeiten, damit sich die Vernunft durchsetzen kann.« Augustus schüttelte den Kopf. »Wir haben im Monarchenrat einen umsetzbaren Plan zusammengeschustert, aber er ist alles andere als optimal. Keine Nation hat sich dieser Anstrengung ganz verschrieben, alle haben sich für den Fall eines Fehlschlags zurückgehalten. Alle haben taktiert und sich geweigert, an eine reelle Gefahr zu glauben, dass Kytrin die Bruchstücke der Drachenkrone rauben könnte. Es ist, als würde man in die Dunkelheit knurren, um einen unsichtbaren Wolf zu verscheuchen. Ist der Wolf wirklich da, bist du verloren, und ist er es nicht, wärst du auch so sicher. Da sie wissen, sie sind verloren, falls es der Nordlandhexe gelingt, die Krone wieder zusammenzusetzen, weigern sie sich, an diese Möglichkeit auch nur zu denken. Das Beste, was wir hier hätten erreichen können, war einfach zu beschreiben: Adrogans Truppen zur Befreiung Okrannels zur Verfügung stellen, Cavarr Truppen zur Verstärkung der Festung Draconis und dir eine Armee für den Angriff auf Aurolan.«

Peri blinzelte mit den großen gelben Augen. »Keine Befreiung Vorquellyns?«

Augustus lächelte. »Ich hätte das als dein erstes Ziel vorgeschlagen, Alexia, und die Ælfen hätten protestiert und ihre eigene Armee dafür ausgehoben.«

Alexia begriff die Logik hinter Augustus' Vorgehensweise. »Dann hättet Ihr den Ælfen unsere Hilfe angeboten, richtig? Und sie hätten uns andere Truppen zur Verstärkung unserer Bemühungen angeboten, um uns von Vorquellyn fern zu halten?«

Der König zuckte die Achseln. »Das hätte auch gelingen können. Ich hatte an die umgekehrte Strategie gedacht und hätte angedeutet, dass wir keine Ælfen in unserer Streitmacht bräuchten, weil wir die Gyrkyme haben.«

Peris Kamm stellte sich auf. »Und Ihr hättet die Ælfen unseren Ausschluss diktieren lassen, als Preis für ihre Teilnahme?«

Augustus hob abwehrend die Hände. »Beruhige dich, Perrine, eine solche Respektlosigkeit deinem Volk gegenüber würde ich mir nicht zu Schulden kommen lassen. Wir hätten es so arrangiert, dass ihr beide hättet teilnehmen können. Und mit der zusätzlichen Beteiligung der urSreiði hätten alle drei Völker ihr Bestes gegeben.«

Die Gyrkymsu stieß ein Raubvogelkreischen aus, das in Gelächter mündete. »Es wäre geglückt.«

Alyx grinste trotz ihrer Verärgerung. »Vergesst das beide nicht, wir könnten es durchaus noch einmal brauchen. Der andere Aspekt des okranschen Feldzugs, der mir Sorgen macht, mein Fürst, ist die Generalin des Gegners. Sie nennt sich jetzt Malarkex?«

Der König nickte ernst. »Sie hieß ursprünglich Edamis Vilkaso und kam aus Naliserro. Ihr hättet Schwestern sein können, sowohl vom Aussehen als auch vom Hintergrund her. Sie kommandierte eine Nalesker Reiterstaffel und war eine Könnerin im taktischen Einsatz kleiner Einheiten. Wie du bereits bemerkt hast, bietet ihr das in der okranschen Landschaft einen Vorteil. Außerdem war sie sehr gewitzt und erkannte die Bedeutung der Draconelle. Sie war es, die das Geschütz eroberte, das Kytrin vor der Festung Draconis einsetzte. Manche Berichte – die Adrogans als Hirngespinste verwirft – sprechen davon, dass sie eine Einheit mit Draconetten bewaffneter Reiter zusammengestellt hat. Unsere Bogenschützen sind aus der Entfernung treffsicherer, aber eine Salve aus diesen Draconetten kann Soldaten zerfetzen.«

»Was mir die meisten Sorgen bereitet, ist die erschreckend deutliche Neigung, Malarkex als ungefährlich abzutun, weil sie nur für den Einsatz kleiner Einheiten bekannt war.« Alyx verzog heftig das Gesicht. »Und das liegt nicht daran, dass es mir ebenso ergeht. Mir fallen hundert Methoden ein, die Invasionsstreitmacht anzugreifen. Selbst wenn ich ihr nur ein Zehntel dieser Ideen zugestehe, wird der Kampf um Okrannel zu einem Blutbad.«

Augustus nickte. »Erinnere dich an meine Kämpfe in Okrannel, Alyx. Der Feldzug wird als heldenhafter Sieg dargestellt, aber du hast genug Berichte gelesen, um die Wahrheit zu kennen. Ja, wir sind durch die Geistermark geprescht und konnten Flüchtlingsgruppen zusammenführen, um mit ihnen gemeinsam aus Okrannel zu entkommen. Aber wäre ich so erfolgreich gewesen, wie es heute viele behaupten, bräuchtest du natürlich gar nicht zu dieser Expedition aufzubrechen.«

»Zumindest seid Ihr Euch dessen bewusst.« Sie schüttelte den Kopf. »Zu viel von seiner Planung ist unbestimmt. Alle sind sich einig, dass wir Okrannel befreien werden, aber wie genau er das zu tun gedenkt, wurde nicht diskutiert. Mir scheint es so, als würde dieser Feldzug mehr wie ein Spiel geführt als irgendetwas anderes. Aber Spielsteine bluten nicht.«

»Vorsicht, Prinzessin, übertreibt es nicht.« Augustus schüttelte den Kopf. »Er mag nicht über Euer Planungstalent verfügen oder es nicht für notwendig erachten, Euch in seine Planungen einzuweihen – oder beides. Ihr müsst ihn begleiten, müsst von ihm lernen.«

Alyx kniff die Augen zusammen. »Vergebt mir, mein Fürst. Ich habe Schwierigkeiten, mit diesem Ärger fertig zu werden. Ich sehe so viel, nur keine Gelegenheit, weiterzugeben, was ich weiß. Was ich von Adrogans lernen muss, findet sich in keinem seiner Berichte oder Pläne. Er stützt sich auf die traditionelle Aufteilung Okrannels in sechs Herzogtümer, wogegen nichts einzuwenden wäre, aber mehrere davon sind rein politische Einheiten, die nur für den Exiladel irgendeine Bedeutung haben. Das Herzogtum der Swojinseen erstreckt sich um einen riesigen See und wird von ihm und seinen Zuflüssen in zwei Hälften gespalten. Vom militärischen Standpunkt aus handelt es sich um zwei separate Regionen, und es wäre Selbstmord, eine Armee um den See oder die Flüsse zu teilen. Und die Bhayall-Steppen um das Herzogtum bestehen in Wahrheit aus vier taktischen Regionen. Selbst das Herzogtum Krost hat zwei separate Teile, und ich weiß von keinen Berichten, dass Kytrins Truppen die Radujabrücke wieder aufgebaut hätten, also besteht die reale Möglichkeit, dass der nördliche Teil der Halbinsel ebenso gut eine Insel sein könnte.«

Das Grinsen, das sich auf Augustus' Zügen ausbreitete, ließ eine steile Falte zwischen ihren Augen wachsen. »Was? Was ist?«

»Es ist nur schon eine Weile her, dass ich von jemandem über okransche Geographie belehrt wurde, und noch nie von jemandem, der selbst nicht wirklich dort gewesen ist. Das ist als Feststellung gemeint, nicht als Tadel. Was du sagst, stimmt, und Caro weiß das. Deshalb ist es so wichtig, dass du mitfährst.«

Peri lachte schrill auf.

Alyx drehte sich zu ihr um. »Was entgeht mir, Schwester?«

Die Gyrkymsu strich die Daunen auf ihren Brüsten glatt. »Nur der Grund, aus dem wir nach Okrannel geschickt werden.«

»Ich verstehe nicht …« Alyx zögerte. »Oh …«

Augustus nickte und legte ihr die Hände auf die Schultern. »So ist es. Du siehst all das. Falls Adrogans es nicht erkennt, wird man ihm das Kommando entziehen. Und ich werde nicht der Einzige sein, der froh ist, dass du zur Stelle bist, um ihn abzulösen.«

Kapitel Sieben

Auf der Kuppe des ersten Berges westlich von Yslin drehte Alyx ihr Ross um und schaute zurück über die Marschkolonne, die sich im Regen langsam aus der alcidischen Hauptstadt ins Gebirge bewegte. General Adrogans war so freundlich gewesen, ihren Wölfen zu gestatten, die Stadt an der Spitze des Heeres Richtung Okrannel zu verlassen. Alyx war stolz durch die Straßen getrabt und hatte ihrem Großvater zugewinkt, der den Ausmarsch von einem Balkon der Feste Gryps aus beobachtet hatte.

Die Stadt selbst trotzte dem Regen mit trutzigen Mauern und hohen Türmen, deren harten Kanten auch der graue Himmel und der Wolkenbruch nichts anhaben konnten. Den Reitern fiel das nicht so leicht. Ihre bunten Wimpel hingen triefend nass und schlapp herab. Dunkle Ölzeugmäntel schützten die Soldaten. Wasser tropfte von Säumen und Stiefeln oder spritzte nach allen Seiten, wenn die Pferde die Mähne schüttelten. Mit jedem Huftritt spritzte Brackwasser hoch und verdreckte Beine und Stiefel.

Das Herz war ihr beim Ritt aus der Stadt in der Brust geschwollen. Es hätte gar nicht anders sein können, denn ihre Landsleute, eine aus ihrer Heimat vertriebene Generation, hatten ihr und den Wölfen und dem schweren Reitereibataillon der Okranner Königsmannen zugejubelt. Kleine Kinder waren an der Straße entlanggerannt, durch Pfützen gesprungen, hatten gelacht und mit kleinen schwarz-goldenen Fähnchen gewunken. In der okranschen Exilgemeinde schien nicht der geringste

Zweifel daran zu bestehen, dass die Expedition die aurolanischen Besatzer aus dem Land fegen und ihnen den Weg freimachen würde, auf die Landgüter zurückzukehren, die in ihrer Erinnerung oder den Geschichten der Eltern makellos und unversehrt erstrahlten.

Alyx blieb stehen und ließ die Kolonne an sich vorbeiziehen. Sie war dankbar, dass die Entfernung den Jubel gedämpft und der kalte Regen das Feuer des Stolzes gelöscht hatte. Es war eine schlichte Tatsache, dass nichts an dem beschlossenen Feldzug schlicht und einfach war. Die Nationen aus der westlichen Hälfte des Kontinents würden ihre Truppen direkt durch Jerana ins Shusker Hochland im Südwesten Okrannels schicken.

Dieser kleine, grob dreieckige Zipfel des Landes war nie erobert worden. Vor der aurolanischen Invasion waren die Shusken für ihre wilde Unbotmäßigkeit berüchtigt gewesen und hatten auf ihrer Autonomie bestanden. Die Könige Okrannels hatten immer wieder Strafexpeditionen ins Hochland entsenden müssen, um Aufstände niederzuschlagen. Etwa ein Viertel der Invasionsstreitmacht würde seinen Weg unter eigener Regie dorthin suchen.

Über die Hälfte der Truppen für Adrogans' Expedition bestand aus Infanterie. Und ein komplettes Regiment – die Schwere Königsgarde – kam aus Alcida. Diese Truppen hätten, ebenso wie einige aus Naliserro, Helurca und den okranschen Exileinheiten, fast zwei Monate benötigt, um die fünfhundert Meilen von Yslin nach Okrannel zu Fuß zurückzulegen. Das hätte das Invasionsheer in den ersten Tagen des Schneemonds im Shusker Hochland eintreffen lassen, und dort wären sie bis zum Frühjahr geblieben.

Also war eine Flotte zusammengezogen worden, um Caros Kavallerie, die Fußtruppen und den Nachschub nach Okrannel zu bringen. Dank der vorherrschenden Herbstwinde würde die Fahrt drei Tage dauern. Niemand rechnete mit Schwierigkeiten vonseiten der Wruoner Piraten nach deren Niederlage vor Vilwan, aber trotzdem ließ die Planung Raum für Verzögerungen. Die gesamten über See transportierten Truppen sollten sich nach achtzehn Tagen am Ziel versammelt haben, und danach würde alle sechs Tage zusätzlicher Nachschub eintreffen.

Adrogans hatte den Mangel an Laderaum als Vorwand genutzt, um die Kavallerie-Elemente seines Heeres über Land nach Okrannel zu schicken. Die Reiter würden etwa zur selben Zeit wie die letzten Fußtruppen eintreffen und den Schiffen eine Passage ersparen. Alyx hatte sich zwar dafür eingesetzt, zumindest einen Teil der Reiterei über See vorauszuschicken, um eine bessere Vorbereitung des Angriffs zu ermöglichen, doch der jeranische General hatte das abgelehnt. Er hatte seine persönliche Abneigung gegen Schiffsreisen nicht erwähnt, aber ihr war klar, dass seine Angst vor dem Meer ihn im Griff hatte.

Nicht, dass er damit alleine gestanden hätte. Tagostscha, der Weirun des Kreszentmeers, war ein Feind der letzten Expedition gegen Kytrin – eine Generation zuvor – gewesen. Zu Beginn hatten die Krieger den Meergeist übertölpelt, dann hatten sie ihn in Swarskija bestochen. Sie erinnerte sich dunkel, dass König Swindger ihm seinen Ehering als Opfergabe überlassen haben sollte, und das galt als ein Grund dafür, dass Tagostscha sich Swindgers Frau geholt hatte.

Wie es schien, hatten alle, die zur Einschiffung nach Norden vorgesehen waren, aus Swindgers Lektion gelernt. Die Soldaten opferten dem Weirun Gold und Wein, lebende Tiere – auch wenn sie ihr Leben bald verloren –, und Wertsachen aller Art, in der Hoffnung, sich bei ihm beliebt zu machen. Für den Fall eines Schiffsunglücks wollten sie sicherstellen, dass der Herrscher der Wellen ihnen freundlich gesonnen war. Alyx hatte zahllose Geschichten über Weirun und die Wälder, Felder, Berge und Flüsse gehört, die den Verirrten und Unschuldigen halfen oder die Edlen und Ehrenhaften belohnten. Tagostscha war berüchtigt für seine Wankelmütigkeit und seine Habgier, aber mit dem Hunger nach Gold konnte man auch seine Neigung zu üblen Streichen besänftigen.

Da Adrogans Bestechung für unter seiner Würde hielt, oder auch möglicherweise nur aus einer kreatürlichen Angst vor dem Meer, machten über tausend Männer und Frauen sich hoch zu Ross auf den Weg, allesamt mit drei Pferden pro Kopf. Darüber hinaus hätte ein langer Wagentross Teil ihrer Expedition sein müssen, aber in der Vorbereitung des Feldzugs waren Arrangements für ihre Verproviantierung und Versorgung entlang des Weges getroffen worden. Jeden dritten Tag würden sie Nachschub aufnehmen und einen Teil der Pferde auswechseln.

Selbst Alyx musste zugeben, dass Adrogans diesen logistischen Aspekt der Kampagne gut durchdacht hatte, wenn ihr seine Forderungen auch aufgeblasen erschienen. Sie war bereit, ihm zuzugestehen, dass er Verzögerungen einkalkuliert und die Diebstähle mit eingerechnet hatte, die bei der Anlegung von Nachschubdepots beinahe zwangsläufig vorkamen. Trotzdem hätte das requirierte Material locker ausgereicht, eine anderthalb Mal so große Armee zu versorgen.

All das war typisch für Adrogans. Der Mann war erfahren genug, um sicherzustellen, dass seine Truppen alles bekamen, was sie zum Kampf benötigten, aber er verstand es nicht, sie richtig einzusetzen. In der Bewegung tauschte er Schnelligkeit gegen Stärke ein, was selbst unter günstigsten Umständen eine zweifelhafte Strategie war. Es war ihm zugegebenermaßen gelungen, Jerana vor aurolanischen Angriffen zu schützen, aber seine Kampfberichte ließen den Schluss zu, dass seine Siege mehr auf Glück als aus Planung beruhten.

Falls sein Glück ihn verlässt, bevor der Nachschub zur Neige geht, ist er erledigt.

Sie schüttelte sich und sah den die Straße hinabtrabenden Kavallerieeinheiten hinterher. Während sie die Kolonne vorbeiziehen sah, wurde ihr ein weiterer Widerspruch bewusst. Ihre Wölfe und Matraves Reiterei, eine Söldnerlegion, stellten die einzige leichte Reiterei der Streitmacht. Sie hatten Kundschafteraufgaben erhalten, was auf jeden Fall sinnvoll war. Die drei schweren Kavallerieeinheiten waren entlang der Straße auseinander gezogen und würden Zeit brauchen, sich zu formieren und zum Angriff loszupreschen, falls die Späher den Feind hinter der nächsten Bergkuppe oder Straßenbiegung entdeckten. Vilwaner Kriegsmagiker und verschiedene sie begleitende Beamte waren in der Mitte der Marschkolonne untergebracht, wo sie am sichersten schienen oder den geringsten Schaden anrichten konnten, je nachdem, wie man es sehen wollte.

Diese Aufstellung der Truppen entsprach der, die sie vorgeschlagen hätte, wäre sie um ihre Meinung gefragt worden. Es überraschte sie nicht, dass das nicht geschehen war. Aber Adrogans bewies wieder eine intuitive Einsicht in die taktischen Besonderheiten einer Marschkolonne, und doch zeigte sich nichts von dieser Intuition in seinen Schlachten. Alyx runzelte die Stirn und drehte Streiter um. Sie reihte sich hinter ihren Rotkappen wieder in die Formation ein und fand sich neben Kräh. Er nickte ihr zu. Wassertropfen fielen ihm von der Kapuze des Ölzeugmantels – und einer hing ihm an der Nasenspitze. Er pustete ihn weg und lächelte ihr zu.

»Eure Wölfe haben ein paar Kompanien zugelegt.«

»Schwarz und Silber sind hinzugekommen. Gold wurde auf volle Kompaniestärke aufgestockt und ich besitze eine neue Leibgarde.« Die Wölfe waren eine verstärkte Legion von einhundertfünfzig Soldaten gewesen, aber vor dem Aufbruch der Expedition hatte sie zwei zusätzliche Kompanien erhalten. Zusammen mit den zusätzlichen Stabsoffizieren befehligte sie jetzt zweihundertzwanzig Mann. Kaum genug, um eine Generalin als Kommandeurin zu rechtfertigen, aber Einheit und Rang waren ihr von König Augustus verliehen worden, daher erhob niemand irgendwelche Einwände.

Sie schaute sich entlang der Kolonne um. »Ihr solltet dort hinten beim Norderstett sein.«

»Ihr solltet ihn Will nennen.« Kräh zuckte beiläufig die Achseln. »Ich ziehe es vor, mit den Spähern zu reiten. Ich passe nicht in die Schwere Reiterei, und es liegt mir auch nicht, auf den Schutz anderer zu vertrauen. Aber falls Euch meine Gegenwart stört …«

Sie wollte den Kopf schütteln, zögerte aber einen Augenblick. Normalerweise hätte sie ihn nicht zum Begleiter gewählt, aber Peri war nach Gyrvirgul vorausgeflogen, und sie hatte niemanden, mit dem sie reden konnte. Ihr Vetter Mischa ritt zwar bei den Königsmannen mit, aber ihr Rang und ihre Position machten es schwierig für sie, mit ihm zu reden, ohne sich den Zorn seines vorgesetzten Offiziers zuzuziehen.

»Nein, keineswegs.« Sie schaute an ihm vorbei, als Entschlossen heran und weiter an die Spitze der Kolonne trabte. »Ich habe den Eindruck, es würde die Mitglieder Eurer Gruppe nicht sonderlich stören, wohin Adrogans oder ich euch stellen.«

Kräh lachte. »Nun, manchen von uns wäre das wirklich egal, das stimmt. Aber andere würden sich fügen. Ich zum Beispiel.«

Sie hob die rechte Augenbraue. »Ihr scheint nicht der Mann, der Befehle annimmt, Kräh.«

»Nur von denen, deren Urteilsvermögen ich respektiere.«

»Ich verstehe.« Sie hätte seine Antwort leicht als leere und anbiedernde Schmeichelei auslegen können, aber sie hörte seiner Stimme an, dass es ernst gemeint war.

Alyx wandte den Kopf und musterte ihn näher. »Habt Ihr Euch eine Meinung über unseren Kommandeur gebildet?«

»Mehr als eine, meine Fürstin.«

»Nennt mich Alyx.«

»Und würdet Ihr es mir auf dem Sterbebett befehlen, meine Fürstin.« Der Mann starrte sie aus den dunklen Tiefen der Kapuze an. »Ich kenne meinen Platz in der Welt sehr gut. Nein, wartet. Ich will damit nicht sagen, was Ihr jetzt glaubt. Eure Bereitschaft, mir diese Vertrautheit zu gewähren, ist mir sehr lieb und teuer, um nicht weniger Eure Entscheidung, mich als Gleichgestellten anzureden. Und wie schon in unserer letzten Unterhaltung angesprochen, wäre ich mehr als bereit, hier im Feld einen Becher mit Euch zu teilen und würde mich glücklich schätzen, dies tun zu dürfen. Es geht mir nicht darum, dass ich von niederem Stand bin und solcher Vertrautheit nicht würdig. Dies stimmt zwar, aber die schlichte Tatsache ist vielmehr die, dass unsere Missionen im Augenblick zwar parallel laufen, es aber im Verlauf des Kriegs gegen Kytrin dazu kommen könnte, dass unsere Ziele voneinander abweichen. Was ich tun muss, könnte sehr gut geeignet sein, General Adrogans oder König Augustus oder jede Menge anderer zu verärgern, deren Unterstützung Ihr benötigt, um Okrannel befreien zu können. Deshalb sollten wir zumindest den Anschein der Förmlichkeit bewahren, um zu verhindern, dass Ihr durch den Kontakt mit mir zu Schaden kommt.«

Alyx runzelte die Stirn. »Ich wurde von den Gyrkyme aufgezogen. Abgesehen von den fehlenden Schwingen und Federn und einem von meinen Lehrern erworbenen Überzug von Manieren bin ich eine Gyrkymsu. Sie kommen ohne all dieses Getue aus, und es fällt mir schwer, es zu erkennen.«

Kräh nickte. »Wie es auch mir erging, bis die Ereignisse mich zwangen, meinen Blick dafür zu öffnen. Und selbst dann bin ich daran fast erblindet.«

»Ich verstehe, was Ihr sagen wolltet, Kräh, aber in einem Punkt widerspreche ich Euch.«

»Meine Fürstin?«

»Ihr habt angedeutet, es gehe mir darum, Okrannel zu befreien. Das stimmt, aber dies ist nur die halbe Wahrheit. Mein Ziel ist es, Okrannel frei zu halten. Die einzige Möglichkeit, das zu erreichen, liegt in der Vernichtung Kytrins. Das lässt unsere Missionen enger verwoben erscheinen, als Ihr glaubt.«

Der ältere Mann schürzte kurz die Lippen, dann nickte er. »Ihr habt Recht, meine Fürstin. Ich bedanke mich für die Korrektur.«

»Ohne Zweifel habt Ihr nur selten Anlass dazu.« Sie grinste ihn an. »Nachdem das geklärt ist: Ihr sagtet, Ihr habt Euch mehrere Meinungen über General Adrogans gebildet?«

Kräh schaute sich an der Marschkolonne entlang zur Jeranser Reitergarde um. Ihr Ölzeug war dunkelbraun eingefärbt, und auf der linken Brustseite prangte ein weißer, zum Sprung geduckter Panther. Ihre Lanzen stießen trotzig in den Himmel, als wollten sie die Wolken aufreißen, um sich für den Regen zu rächen. Sie umgaben Adrogans und beschützten ihn mit einem Wald aus Lanzen.

»Auf dem Empfang fand ich ihn hochmütig, aber das war wirklich nicht schwer. Danach hatte ich Gelegenheit, ein paar seiner Leute zu beobachten. Nicht seine Offiziere, sondern einfache Soldaten. Sie sind gut trainiert. Sie kümmern sich gewissenhaft um ihre Pferde. Sie trinken, aber nicht im Übermaß, und ich sah sie weder sinnlos prahlen noch sich prügeln. Milde Provokationen wurden statt mit schnellen Hieben mit harten Blicken beantwortet.«

»Dann habt Ihr denselben Widerspruch bemerkt, der mir aufgefallen ist.«

»Die Schwierigkeit liegt darin, festzustellen, welches Bild das richtige ist. Ist er wirklich ein Kommandeur von der Art, die es ihm ermöglicht, seine Truppen zu inspirieren und ihnen eine solche Disziplin einzuflößen, nun, das würde seine Siege erklären. Ist er aber andererseits ein arroganter Nichtskönner – nun, der Stolz auf ihre Einheit könnte seine Soldaten dazu bringen, über das hinauszuwachsen, was ihr Kommandeur verlangt.«

»Die zweite Möglichkeit verspricht nichts Gutes für unseren Feldzug.«

»Kaum das Schlimmste, um das wir uns Sorgen zu machen brauchen.« Kräh beugte sich über das Sattelhorn vor, dann kreiste er die Schultern nach links und rechts, um die Rückenmuskulatur zu lockern. »Die Gyrkyme, die sich uns noch anschließen werden, sind sehr nützlich, aber die von Loquellyn angeschiffte ælfische Infanterie wird sich weigern, mit ihnen zusammenzuarbeiten. Die Nalisker Infanterie hat etwas zu beweisen, weil die Sullanciri mit dem Befehl über die Aurolanenhorden aus Naliserro stammt. Die okranschen Königsmannen und die Infanterie werden ebenfalls den Drang verspüren, Heldentaten zu vollbringen, was es noch schwieriger machen wird, ein Heer aus so vielen verschiedenen Elementen unterschiedlicher Größe und Erfahrung zu befehligen.«

Sie nickte zustimmend. »Dann wäre da noch die Frage, wie stark die Kräfte eigentlich sind, gegen die wir antreten. Die Berichte, über die wir verfügen, scheinen ungenau und alt, also könnte Kytrin die Verteidiger verstärken oder einfach warten, bis wir uns verzetteln und dann zusätzliche Truppen in den Kampf werfen, um uns nacheinander wegzufegen.«

»Möglich, aber unwahrscheinlich.«

»Warum?«

Kräh zuckte die Achseln. »Das Letzte, was Kytrin will, ist eine wirklich gegen sie vereinte Welt. Ihre Truppen in

Okrannel zurücktreiben zu lassen, könnte uns auf den Geschmack bringen. Es würde den Völkern des Südens zeigen, dass sie verwundbar ist. Der erfolgreiche Gegenangriff könnte als Verzweiflungsakt ihrerseits oder Pech unserer Seite abgetan werden. Wichtiger wäre, dass sie Schwäche gezeigt hätte, und das hätte weitere Angriffe zur Folge. Nein, sie muss uns in Okrannel das Genick brechen und dann Festung Draconis zerschlagen. Wenn ihr das gelingt, wird der Mut, sich ihr entgegenzustellen, sich in Rauch auflösen, und sie wird die Möglichkeit haben, mit einzelnen Nationen einen Waffenstillstand auszuhandeln, der es ihr ermöglicht, ihre Nachbarn zu verschlingen.«

Alyx schnippte sich einen Regentropfen von der Nase. »Ihr habt Euch gründliche Gedanken über ihre Motive gemacht.«

»Ich hatte reichlich Zeit dazu. Vor einer Generation hat sie uns gewarnt, dass sie käme. Warum?« Er seufzte. »Damit wir in Panik geraten und wachsam werden, um dann im Laufe der Jahre erst zu ermüden, träge zu werden und schließlich zu vergessen, wie und warum wir kämpfen. Jetzt greift sie wieder an und wir geraten in Panik. Es ist nie empfehlenswert, unter solchen Umständen in den Kampf zu ziehen.«

Sie nickte. »Und unter Adrogans in die Schlacht zu ziehen ist besser?«

»Ich weiß es nicht. Zumindest kämpft er schon lange gegen sie.« Ein Lächeln spielte um seine Lippen. »Er hat möglicherweise seine eigenen Gründe dafür, *warum* er gegen sie kämpft, aber wenigstens weiß er *wie*. Was Omen betrifft, ist das so schlecht nicht.«

Kapitel Acht

Will gefiel seine zweite Reise nach Westen erheblich besser als die erste. Entschlossen fühlte sich in größeren Gruppen sichtlich unwohl, was dazu führte, dass er Abstand zu Will hielt, vor allem, wenn der sich entschied, mit der Reitergarde oder den Königsmannen zu reiten. Selbst die Saveresser Ritter, Krieger, die Dranæ in Statur und Aussehen ähnelten, auch wenn sie etwas kleiner waren, wirkten in ihrer abweisenden Art etwas auflockernd, wenn er zwischen ihnen ritt. Es gefiel ihnen offenbar, *den Norderstett* in ihrer Mitte zu haben, und die Arbeiten, die Entschlossen ihm aufgetragen hatte, übernahm häufig einer der Soldaten.

Abgesehen von Entschlossen gaben Will nur zwei andere Mitglieder der Expedition irgendeinen Anlass zur Sorge. Einer davon war General Adrogans. Der andere war Lombo. Der Panq schien zwar die Tatsache als gerechtfertigt anzusehen, dass Will Kjarrigan den Straßenräubern überlassen hatte, aber er behielt ihn trotzdem im Auge und beobachtete ihn. Das nahm zwar keine so entnervenden Formen an wie eine ständige Verfolgung, aber er sah den Panq immer wieder einmal neben seinen Fußstapfen hocken, sie mit einem Finger abfahren oder den Kopf senken und sie beschnuppern.

Will hatte weniger den Eindruck, beschattet zu werden. Vielmehr schätzte Lombo ihn als mögliche Bedrohung ein. Der Dieb bemerkte, wie Lombo andere auf dieselbe Weise studierte, oder zumindest machte es den Eindruck, aber nicht mit derselben Regelmäßigkeit, mit der Will es auf sich selbst bezogen sah. Gleichzeitig ärgerte er sich etwas darüber, dass Lombo sich wie ein Dienstbote Kjarrigans benahm. Immerhin war der Adept verglichen mit *dem Norderstett* nichts, aber hatte Will auch nur einen Lakai, der sich um seine Bedürfnisse kümmerte?

Der Dieb verwarf den Gedanken wieder. Es war vermutlich ganz gut, dass das Biest sich um Kjarrigan kümmerte, denn abgesehen von seiner Magik wirkte der reichlich unfähig. Es gab Hunderte von Dingen, von denen Kjarrigan keine Ahnung hatte, die Will aber beherrschte. Er hatte nicht vergessen, dass Entschlossen ihm die meisten davon auf der ersten Reise nach Westen gegen seinen Willen eingetrichtert hatte, aber das verdrängte er bequemerweise, wo es den jungen Adepten betraf. Und die gelegentlichen Reibereien zwischen Orla und Lombo über die Behandlung Kjarrigans gefielen ihm auch.

Qwc und Dranæ schien die Reise zu bekommen. Wegen seiner Größe und der erforderlichen Schwere seiner Reittiere verbrachte Dranæ viel Zeit mit den Männern der Schweren Kavallerieeinheiten. Der Söldner Matrave hatte eine schwere Reitereikompanie in seiner Legion und bot Dranæ sogar eine Stellung an. Wenn die Kolonne über Nacht ihr Lager aufschlug und die Soldaten zur Abendunterhaltung die Kräfte maßen, wurde Dranæ regelmäßig zum unschlagbaren Favoriten, vor allem bei den Ringkämpfen.

Auch Qwc wurde schnell zu einem Liebling des ganzen Heeres, aber aus völlig anderen Gründen. Der grüne Sprijt schwirrte beinahe pausenlos umher und staunte über völlig alltägliche Dinge. Die Soldaten begriffen schnell, wie sie seine Unschuld ausnutzen konnten. Wenn sie durch einen Obsthain ritten, wettete zum Beispiel einer von ihnen mit Qwc um eine Feder, dass der Sprijt unmöglich einen Apfel von der Krone eines der Bäume holen könne. Qwc sauste prompt ans Ziel, pflückte den Preis und erhielt seine Feder … oder seinen Knopf … oder welches andere Stück Ramsch der Soldat ihm anbot.

Darüber hinaus hatte alles, was Qwc tat, ungeahnte Folgen. Mehr als einmal kehrte er von irgendeinem Ausflug über eine Wiese mit einem fest auf dem Kopf sitzenden Blütenhelm zurück. Die Hälfte der Zeit schien er ihn gar nicht zu bemerken oder zu wissen, wie der Blumenkelch dorthin gelangt war. Wenn man ihn aber darauf ansprach, schob er ihn keck seitwärts und wirbelte durch enge Spiralbahnen, an deren Ende er selbst taumelte.

Wenn Will ihn beobachtete, konnte er nicht anders als lächeln, oft musste er sogar lachen. Selbst Entschlossens normalerweise miserable Laune besserte sich in der Gegenwart des Sprijts, was Will als einen Sieg betrachtete, der es mit der Vernichtung Kytrins aufnehmen konnte. Wenn Qwc seine Wetten gewann, brachte er die Beute Will, damit er sie begutachtete und für ihn aufhob – und verkündete: »Traut dir, Will, Qwc traut dir. Schatz sicher jetzt.«

Selbst diese ehrliche Feststellung löste Gelächter aus, denn es war allgemein bekannt, dass Will von Hause aus ein Dieb war. Aber es waren die Soldaten, die Qwc beschwindelten, denen der Sprijt erklärte, dass er Will vertraute. Das hatte einen allmählich guten Einfluss auf sie. Nach den ersten Tagen unterwegs beobachteten immer weniger Leute Will misstrauisch, wenn er nachts durchs Lager ging.

Nicht, dass ihre Vorkehrungen mich daran hindern könnten, mir zu holen, was immer ich will. Will grinste. Sie verstanden ihr Gewerbe, und er verstand das seine. Er war sich zwar nicht sicher, wie ihm sein Wissen helfen sollte, Kytrin zu besiegen, aber er war damit zufrieden, sich vom Lauf der Dinge mittragen zu lassen und vertraute darauf, es schon herauszufinden, wenn es an der Zeit war.

Spät am zweiten Abend der Reise näherte das Heer sich Stellin. Man hatte ein brach liegendes Feld eines der örtlichen Bauern als Lagerplatz für die Truppen arrangiert. Will suchte Kräh und wollte sich gerade um sein Pferd kümmern, als einer der jeranischen Soldaten herübertrabte. Der Mann stieg ab und reichte Will die Zügel seines Pferds.

»General Adrogans reitet in den Ort. Er möchte, dass Ihr ihn begleitet, Will Norderstett.«

Will schaute sich zu Kräh um. Der nickte und stand auf.

Der Soldat winkte ihn zurück. »Der General möchte, dass der Norderstett ihn allein begleitet. Es wird ihm nichts geschehen.«

Kräh kniff die Augen zusammen. »Na schön.«

Der Mann half Will in den Sattel, dann deutete er in die Richtung, in der der General und ein Trupp Lanzer warteten. Will drückte dem Pferd, einem kastanienbraunen Wallach, die Fersen in die Seite. Es reagierte so schnell, dass er fast aus dem Sattel fiel. Die Lanzer machten ihm Platz, als er sie erreichte und verteilten sich, sodass keiner von ihnen aufschnappen konnte, was Adrogans und Will besprachen.

Der Kommandeur der Expedition begrüßte ihn mit einem Nicken. »Die Reise macht Euch nicht viel aus.«

Will zuckte die Achseln. »Die Arbeit leisten die Pferde.«

»Stimmt.« Der General lächelte, aber Will erkannte die höfliche Maske. »Ihr seid schon einmal in diesem Dorf gewesen?«

»Ja, vor einem Monat. Kräh, Entschlossen und die Prinzessin waren auch hier. Es gibt nicht viel zu sehen.«

»Aber ansehen müssen wir es uns.« Die grauen Augen des Offiziers wurden schmal. »Erzählt mir, Will, was spricht man über mich?«

Die leise Frage ließ Will zusammenzucken. »Nein, der Herr.«

Adrogans riss die Augen auf, und seine Nüstern blähten sich. »Was?«

Will schob das Kinn vor. »Wenn Ihr wissen wollt, was die Leute reden, fragt sie selbst. Ich bin kein Plappermaul, das seine Freunde verrät.«

Sie ritten eine Weile schweigend weiter, dann zuckten Adrogans' Mundwinkel unter der Andeutung eines Lächelns. »Dann habe ich nicht zu befürchten, dass Ihr ihnen meine Worte verratet?«

»Ihr seid kein Freund.«

Adrogans' Lächeln wurde breiter. Er drehte sich um und musterte Will eingehender. »Damit habt Ihr natürlich Recht, aber ich *bin* ein Verbündeter. Wir haben einen gemeinsamen Feind, und zusammen werden wir Kytrin viel Ärger bereiten.«

Will nickte. »Ich will sie töten.«

»Ein bewundernswertes Ziel, allerdings. Um das zu erreichen, werden wir zusammenarbeiten müssen. Eine funktionierende Allianz, wie wir sie brauchen, lässt sich nur auf der Grundlage gegenseitigen Vertrauens aufbauen.« Seine Augen wurden wieder schmal. »Also verratet mir, warum sollte ein Zufall der Geburt mich veranlassen, einem wilden kleinen Dieb zu trauen?«

»Warum sollte die Tatsache, dass Ihr mehr Glück habt als Ihr arrogant und selbstgefällig seid, mich veranlassen, einem General zu trauen?«

Adrogans gluckste. »Das denken Sie also von mir?«

Wills Wangen glühten vor Scham. »Ihr habt mir eine Falle gestellt. Das schafft kein Vertrauen.«

»Nein. Ihr habt Recht, das tut es wirklich nicht.« Die Miene des Generals wurde wieder nüchtern, doch in seiner Stimme schwang Leidenschaft mit. »Aber es ermöglicht mir, Euch einzuschätzen. Ihr seid loyal, allerdings etwas unreif und möglicherweise impulsiv. Aber Ihr habt Schneid und einen Kämpferinstinkt. Richtig trainiert und eingesetzt sind das unbezahlbare Talente.

Die Tatsache, Will, ist schlichtweg die, dass mein Erfolg von mir verlangt, Euch zu vertrauen. Ich bin der Meinung, ich *kann* Euch trauen, aber ich musste herausfinden, inwieweit.«

Der Dieb knurrte. »Und wie weit ist das?«

»Weit genug. Ihr könnt eine wertvollere Rolle als die eines Köders erfüllen. Ihr seid clever genug zu erkennen, dass Ihr für diese Rolle vorgesehen seid. Wir befinden uns auf einem Feldzug. Hier gibt es nichts zu stehlen. Ihr seid ein Symbol, um das sich die Massen scharen sollen, die den Glauben an Kytrins Besiegbarkeit brauchen, und Ihr seid eine Zielscheibe, die sie ablenkt.«

Will nickte. »Um das herauszufinden, braucht man nicht der Großmagister von Vilwan zu sein.«

»Noch ein guter Einwand.« Adrogans rieb sich das Kinn. »Ihr müsst verstehen, Will, dass ich diesen Feldzug als äußerst wichtig betrachte. Ich bin mir bewusst, wie viel er für alle Beteiligten bedeutet. Ich werde ihn auf eine Weise führen, die ich für die beste halte, und ich bin mir ziemlich sicher, Ihr und Eure Begleiter werdet den Eindruck bekommen, dass ich Euch und Eure Ratschläge ignoriere. Falls ich eine Verwendung für Euch oder sie erkenne, werde ich Euch einsetzen. Falls nicht, werdet Ihr in der Reserve bleiben ... und daran wird sich nichts ändern, gleichgültig, wie sehr Ihr murrt oder bettelt.«

»Unsere Rolle besteht also darin, gar nichts zu tun, bis Ihr uns etwas zu tun gebt?«

»So ist es.«

»Und wenn wir nicht mit dem einverstanden sind, was Ihr tut?«

Adrogans hob den Kopf und fuhr sich mit der lederbedeckten Hand über den Hals. »Man hat mir aus gutem Grund den Befehl über diese Expedition erteilt. Ich weiß, dass ich Gegner habe und aus den verschiedensten Gründen kritisiert werde. Seltsamerweise gewinne ich trotz all dieser Kritik meine Schlachten. Diese einfache Tatsache wird immer herabgewürdigt.«

Will runzelte die Stirn, als sie die Hügelkuppe erreichten und auf die Häuser Stellins hinabschauten. »Aber was, wenn es stimmt, was man über Euch sagt? Was, wenn sie auf Punkte hinweisen, die Eure Niederlage bedeuten? In der nächsten Schlacht könnte es so weit sein.«

»Das weiß ich weit besser als Ihr, Will, und ich treffe zahllose Vorkehrungen dagegen.« Der Offizier betrachtete ihn kurz, dann nickte er zum Dorf hinab. »Kommt, es wird Zeit, dass die Menschen von Stellin den Retter der Welt sehen.«

Adrogans gab seinem Ross die Sporen, und Wills Pferd folgte ihm eifrig. Eine kleine Menge Dorfbewohner drängte aus dem *Hase und Stall.* Als sie die Pferde zügelten, sah Will Quintus nach vorne treten.

Der General lenkte das Pferd bis unmittelbar vor Quintus und zwang den Mann einen Schritt zurück. »Ich bin General Markus Adrogans aus Jerana. Sie haben natürlich von mir gehört und sind von Ehrfurcht erfüllt. Aber dafür haben wir wenig Zeit. Sie mögen sich verbeugen und mir huldigen, und dann können wir uns weitere Zeremonien ersparen.«

Quintus stolperte zurück. Dann senkte er den Blick und neigte den Kopf. »Es ist uns eine Ehre, mein Fürst.«

»Ja, ja, natürlich ist es das.« Adrogans schnupperte, dann rümpfte er die Nase. »Es ist ihnen eine zusätzliche Ehre, dass ich den Norderstett zur Begleitung habe, ihren Landsmann und die Rettung der Welt.«

Die Mengte keuchte auf und verneigte sich vor Will. Er war überrascht, dass niemand ihn erkannte, aber unter der Maske und nach dieser Vorstellung war die Chance gleich Null, dass sie ihn mit dem jungen Burschen seiner früheren Besuche in Verbindung brachten. *Es sei denn …*

Er schaute sich nach Sephi um, sah sie aber nicht. Er wollte nach ihr fragen, doch das hätte die Stelliner ihn mit Sicherheit erkennen lassen, und darauf legte er keinen Wert. Er war sich nicht sicher, warum, aber zum Teil lag es wohl an der Hoffnung, die er in ihren Augen aufkeimen sah. *Wüssten sie, wer ich wirklich bin, würde sie erlöschen.*

Adrogans klatschte laut in die Hände. »Ja, ja, sie sind begeistert, ohne Zweifel. Es ist deutlich zu sehen, wie es uns alle erleichtert. Es gibt mehrere Punkte, die sie zu beachten haben. Erstens werden sie sich von der Nordmontweide fern halten. Wie vereinbart hat meine Armee sich dort niedergelassen. Die Verpflegung ist annehmbar, aber nicht mitreißend. Haben sie in diesem feinen Etablissement zwei, drei Fässer Branntwein, den ich requirieren kann? Zweitausend Mann entwickeln einen beachtlichen Durst.«

Der Herbergswirt wischte sich die Hände an der fleckigen Schürze an. »So viel nicht, mein Fürst. Ich könnte einen Wagen mit Bierfässern füllen, und Branntwein für Euch, falls Ihr möchtet.«

»Hervorragend.« Adrogans nickte einem seiner Soldaten zu, und der Mann warf Julian einen dicken Lederbeutel hin, in dem Goldmünzen klingelten, als der Wirt ihn fing. »Des Weiteren brauche ich fünfzig Kopf Vieh, die sie am Morgen zur Nordmintweide treiben werden. Natürlich werden sie mit gutem Gold dafür bezahlt. Dorfvorstand, er wird die Anforderung auf die Bauern verteilen, sodass niemand sich dadurch über Gebühr bereichert oder verarmt. Wenn nötig, wird er das Los entscheiden lassen. Alle auf der Nordmontweide von uns zurückgelassenen Vorräte sind in den Dorfvorrat zu verbringen, um dort für unsere Rückkehr oder schlimme Wintersnöte aufbewahrt zu werden.«

Will bemerkte ein halbes Dutzend junger Burschen mit Ranzen. Alle trugen einen Bogen und einen mit Pfeilen gefüllten Köcher. Sie waren wenig älter als er und auf ihren Gesichtern stand ein eifriges, breites Grinsen. Ihre Absicht, sich dem Heer anzuschließen, war unübersehbar.

Adrogans hatte sie sichtlich ebenfalls bemerkt. »Gut. Ich sehe, Stellin verfügt über eine Miliz. Sie werden sie brauchen. Ich erwarte, dass sie ihr Dorf gut bewachen, Männer. Ihre Gegenwart hier befreit mich von der Notwendigkeit, einen Trupp meiner feinsten Soldaten abzustellen. Eine Sorge weniger für mich, eine mehr für Kytrin.«

Ein Schaudern durchlief Will, als er Adrogans zuhörte. Einiges von der Arroganz und Selbstherrlichkeit, die er in Yslin gesehen hatte, haftete dem Mann immer noch an, aber nun machte sich daneben ein anderer Aspekt bemerkbar. Mit diesen paar Worten war es ihm gelungen, die Bauernsöhne, deren Hoffnung er gerade zerschlagen hatte, in seine Truppen einzugliedern und bei ihnen den deutlichen Eindruck zu hinterlassen, dass er ihnen für ihre Gegenwart in Stellin dankbar war. Das verhinderte nicht nur, dass eine Bande unerfahrener, untrainierter und miserabel ausgerüsteter Halbstarker seiner Armee folgte, es garantierte, dass sie umso verbissener kämpfen würden, wenn es nötig wurde, ihr Heimatdorf zu verteidigen.

Diese neue Seite des Generals war zwar deutlich Teil des gewitzten Analytikers, mit dem er auf dem Ritt ins Dorf geredet hatte, aber zugleich schienen diese beiden Adroganse so verschieden wie Erde und Luft. Adrogans lenkte die Dorfbewohner Stellins mit dem Geschick eines Betrügers, der sein Opfer ausnahm. Wenn er davonritt, würde bei den Stellinern das Bild eines abweisenden, hochmütigen Offiziers zurückbleiben, der darin aufging, ein Heer gegen Kytrin zu führen. *Und sie werden glauben, das Heer sei doppelt so groß, wie es in Wahrheit ist.*

Adrogans blickte zu ihm herüber. »Kommt, Baron Norderstett, unsere Arbeit hier ist getan. Ich entbiete ihnen, den feinen Einwohnern Stellins, meinen herzlichen Dank und die besten Wünsche für eine sichere Zukunft.«

Damit wendete Adrogans sein Pferd und der gesamte Trupp machte sich auf den Rückweg zur Nordmontweide. Will hielt sich etwas zurück. Er verspürte keinen Drang, mit Adrogans gleichzuziehen oder ihre Unterhaltung fortzusetzen. *Wenn er mit mir reden will, kann er ja langsamer reiten.*

Wieder schauderte es ihn. Er bewunderte die Geschicklichkeit, mit der Adrogans die Dorfbewohner gelenkt hatte, aber gleichzeitig stellte sich ihm eine wichtigere Frage. *Lenkte er uns auch?* Der Dieb zählte schnell nach und stellte fest, dass er vier verschiedene Versionen des Generals benennen konnte: den Manipulator, den arroganten Salonlöwen, den unfähigen Krieger und den cleveren Analytiker. Er war sich nicht sicher, an welchen davon er glauben sollte, dann schüttelte er den Kopf, denn sie bewohnten alle vier denselben Körper.

Vielleicht ist er so wie ich. Niemand hat den Norderstett in mir gesehen, bis die Zeit gekommen war. Er musterte Adrogans' breiten Rücken. *Wollen wir nur hoffen, dass der wahre Markus Adrogans sich auch offenbart, wenn die Zeit gekommen ist.*

Kapitel Neun

Sein Verstand sagte Kjarrigan natürlich, dass er es eines Tages wieder warm und trocken haben und sich an einem vollen Magen würde erfreuen können, aber gefühlsmäßig schien dieser besagte Tag so weit entfernt wie Vilwan und sein Turmzimmer. Obwohl sie noch keine halbe Woche unterwegs waren, fühlte er sich, als wäre er bereits bis nach Aurolan geritten. Auf dem Weg hinauf in die Berge Gyrvirguls wurden die Reiter von Regen und – schlimmer noch – Schneeregen überschüttet. Alle waren sich einig, dass dies für die Jahreszeit ungewöhnlich war, und die meisten der Soldaten übersetzten das in ›durch Magik verursacht‹. Dementsprechend merkte man ihnen die Überlegungen an, warum niemand aus der vilwanischen Legion etwas dagegen unternahm.

Die Kriegsmagiker ignorierten die Blicke und das Tuscheln der Truppen. Kjarrigan hatte sein Möglichstes versucht, zu erklären, dass Kriegsmagiker nicht mehr Ahnung von der Beeinflussung des Wetters hatten als Soldaten vom Bierbrauen oder Segeln. Aber wann immer er diesen Vergleich anbrachte, fand sich mindestens ein Soldat, der erklärte, sich bestens mit dem Brauhandwerk oder der Schiffahrt auszukennen, und seine Verallgemeinerung krachte in sich zusammen.

Kjarrigan gestand zu, dass er den Soldaten auf die Nerven ging, aber sie ließen sich davon nicht zu irgendeinem Entgegenkommen bewegen. Zum Beispiel bekam er zu verstehen, sein Schnarchen würde ganz und gar nicht gern gehört, da es den Feind alarmieren könnte.

Die schiere Absurdität dieser Behauptung angesichts eines Heerlagers, von dessen Lagerfeuern, um nur ein Beispiel zu nennen, jede Nacht gewaltige Rauchsäulen in den Himmel stiegen, enttäuschte ihn. In anderer Umgebung hätte das Vorurteil der Soldaten gegen sein Schnarchen unter Umständen einen Sinn ergeben, aber ihr Heerwurm war so unübersehbar, dass ganze Kompanien laut hätten schnarchen können, ohne dass es einen Unterschied gemacht hätte. Mit dieser Logik gewann er jedoch keine Freunde. Die kleingeistigen Militärs fanden es einfacher, sich an ihre eingefahrenen Meinungen zu klammern, als ihren Verstand zu benutzen.

Auf gewisse Weise beneidete er sie um ihre Dumpfheit, denn sie erlaubte ihnen, sich an einfachen Banalitäten zu erfreuen. Sie waren zum Beispiel begeistert, der großzügigen Rationen wegen, die sie erhielten, essen zu können, so viel sie wollten. Kjarrigan hasste die Verpflegung. Gepökeltes Rindfleisch und Zwieback, der hart genug war, Steine zu spalten, entsprach ganz und gar nicht seiner Vorstellung von gutem Essen. Annehmbarere Speisen wie Obst und Gemüse aus der Umgebung wurde in gleichen Portionen verteilt, und nichts, was er dem Sprijt anbot, damit er ihm etwas brachte, konnte die Kreatur erweichen.

Qwcs Weigerung, auf seine Angebote einzugehen, unterstrich die Isolation noch, die Kjarrigan fühlte. Die Kriegsmagiker erkannten Orla an. Sie waren alle jünger als sie und ihre Versuche, mit ihnen mitzuhalten, erschöpften sie. Darum hatte sie wenig Geduld mit ihm. Wenn sie überhaupt sprachen, verlangte sie von ihm, sich um kleine Lagerarbeiten zu kümmern, die Lombo gerne übernommen hätte. Kjarrigan sah keinen Sinn darin, sie selbst ausführen zu müssen, und entsprechend schleppend und widerwillig erledigte er sie.

Orla wies ihn auch an, mit den Kriegsmagikern zu trainieren, aber diese Anstrengungen endeten schnell in allgemeiner Frustration. Mit ausreichender Vorbereitung war er in der Lage, jeden Zauber zu neutralisieren, den sie gegen ihn schleuderten. Er wählte die Sprüche, mit denen er sie seinerseits angriff, mit Bedacht und führte sie gewissenhaft aus. Die Kriegsmagiker sahen seine Wahl voraus und errichteten ihre Verteidigung, aber seine Angriffe waren von solcher Gewalt, dass sie diese Abwehrversuche davonwirbelten. Sie lernten nichts von ihm, er lernte nichts von ihnen, also zog er sich aus ihrer Gesellschaft zurück.

Lombo bot ihm eine gewisse Kameradschaft, aber der Panq war auf dem Feldzug ebenso ein Außenseiter wie Kjarrigan. Der Echsenmann stromerte nah und fern herum, verschwand manchmal für Stunden und brachte bei der Rückkehr irgendeine Blume, ein Stück Holz oder eine ähnliche Denkwürdigkeit mit, die dem jungen Adepten einen Augenblick der Ablenkung verschaffte. Viel zu selten kam er mit etwas Essbarem zurück.

Ganz besonders ärgerlich allerdings war Orlas Verbot, seine Situation durch Magik zu verbessern. Es wäre ein Kinderspiel für ihn gewesen, einen Ledereimer zu verzaubern, um ihn an einem Bach eine Viertelmeile hangabwärts zu füllen, aber Orla ließ es nicht zu. Kjarrigan bot ihr an, den Zauber so zu ändern, dass er Wasser für mehrere Personen lieferte, für das ganze Heer sogar. Sie ließ sich nicht erweichen und zwang ihn, zu dem Bach hinunter zu stiefeln und den Eimer von Hand zu füllen. In seinen Augen ergab das nicht den geringsten Sinn, auch wenn ihm die ebenso zwischen Lager und Bach hin und her wandernden Soldaten kameradschaftlich zunickten.

Während das Pferd den schmalen Gebirgspfad entlang trottete, schloss der junge Magiker die Augen. Grauer Himmel, Nebel, Regen, nasse Felsen und noch nassere Soldaten, mehr gab es hier nicht zu sehen. Die Wände der Schlucht, durch die sie ritten, ragten bis in die Wolken, und selbst die wabernden Nebeltentakel, die sich herabsenkten und die Wimpel kitzelten, langweilten ihn. Schlimmer noch. Sie nervten ihn, denn er hätte mit Freuden einen Zauber entwickelt, um den Effekt nachzustellen. Doch Orla ließ ihn nicht.

Kjarrigan rieb sich mit der Hand über den knurrenden Bauch. Das Ölzeug, das er über der Robe trug, hielt die Kälte kaum ab. Er zitterte und schniefte, dann zog er die Hand unter dem Mantel vor, um sich die Nase am Ärmel abzuputzen. Die nasse Wolle stank, aber hätte er den Gestank ausgeschnaubt, hätte das seine Nase erst recht laufen lassen.

Dann blieb das Pferd stehen. Er hörte ein Keuchen des Reiters vor ihm. Mit mürrisch verzogener Miene öffnete Kjarrigan die Augen. Er blinzelte einmal, um sie scharf zu stellen, dann keuchte er ebenfalls auf.

Der Weg hatte sich an einer leichten Erhebung empor und um deren Kuppe gezogen, dann führte er in Serpentinen abwärts und gen Westen. Eine Abzweigung bog nach rechts ab und führte etwa zwölf Meter entfernt zu einem gigantischen Torbogen. Zwei riesige Figuren, beide männlich, waren aus dem Fels gehauen und bildeten die Pfosten des Torbogens. Sie schauten drohend auf die Reiter hinab. Ihre hinter dem Rücken ausgebreiteten Schwingen spannten zwischen ihnen den Bogen und schwangen sich an dessen Außenseite nach Osten und Westen.

Das Pferd vor ihm setzte sich wieder in Bewegung und Kjarrigan folgte ihm. Seine Gedanken rasten. Er kannte die Legende der Gyrkyme. Kajrûn hatte einen ælfischen Prinzen und dessen Gefolge gefangen genommen und sie mithilfe von Magik gezwungen, sich mit Araftii zu paaren, *mythischen, bestialischen Vogelfrauen.* Das Ergebnis dieser Vereinigung waren die ersten Gyrkyme gewesen. Die Gyrkyme hatten sich als fortpflanzungsfähig erwiesen, aber für die Ælfen waren sie das

Ergebnis einer Vergewaltigung und nicht besser als Tiere. Sie weigerten sich, irgendetwas mit ihnen zu tun zu haben, und die urSreiði hatten ihnen aus eigenen Beweggründen die Gyrvirberge als Heimstatt erschaffen.

Bis er die Kunstfertigkeit dieses Torbogens sah, waren das leblose, sterile Fakten für ihn gewesen. Die urSreiði erschufen Gebirgsfestungen. Das wusste Kjarrigan so sicher, wie er wusste, dass die Woche zehn Tage hatte und der Monat drei Wochen. Aber der Torbogen machte unmissverständlich deutlich, welche Anstrengung erforderlich war, einen Ort wie diesen aus dem Nichts zu erschaffen. Er erinnerte sich, dass viele Menschen glaubten, die urSreiði hätten Gyrvirgul aus einer Art Ablehnung erschaffen, die sie für die Ælfen empfanden, aber dieser Bogen allein sagte ihm, dass etwas Größeres als bloße Animosität die Zwerge dazu bewegt hatte.

Der Bogen schwang sich über ihm zu gewaltiger Höhe auf, und für einen kurzen Augenblick hielt er ihn für fürchterlich ineffizient. Er schaute hoch, folgte mit den Augen der Bahn der herabfallenden Sturzbäche, und bemerkte schattenverhangene Tore hoch in der Deckenwölbung des Monuments. Ein Lächeln breitete sich auf seinen Zügen aus, als er begriff, dass eine derartige Höhe für Menschen sinnlose Extravaganz gewesen wäre, dieser Bogen aber für ein *geflügeltes* Volk geschaffen war. Genau genommen hätte ihn mehr als dessen Höhe die Tatsache überraschen müssen, dass es überhaupt einen für Pferde geeigneten Weg durch den Bogen gab.

Der Weg führte weiter in den Berg und änderte noch einige Male die Richtung. Flammen tanzten knapp über Augenhöhe in Metall-Leuchtern, doch sie verrieten kaum die Farbe der Wände. Ihre wabernden Schatten und das goldene Licht neckten den Blick mit kurzen, lockenden Ausblicken auf die bodennah in die Felswände gearbeiteten Schmuckfriese. Sie schienen recht idyllisch, Darstellungen gemeinsam durch die Lüfte tanzender,

Obst sammelnder oder jagender Gyrkyme. Offensichtlich war dies nur die unterste Ebene weit höher hinauf reichender Verzierungen, und das Fehlen von Leuchten in diesen höheren Bereichen ließ ihn vermuten, dass Gyrkyme über ausgezeichnete Nachtsicht verfügten.

Fast hätte er sich mit der Hand über die Augen gestrichen und einen Zauber gesprochen, der ihm ermöglichte, ebenfalls zu sehen, was sie sahen. Aber er zögerte. Seltsamerweise stellte er fest, dass es ihm völlig gleichgültig war, was Magisterin Orla von diesem Einsatz seiner Fähigkeiten gehalten hätte, um im Dunkeln sehen zu können. Stattdessen verzichtete er darauf, weil Gyrvirgul, bis er den Eingang gesehen hatte, für ihn nichts weiter als ein Name gewesen war, ein Faktum. Es hatte weder Leben besessen noch Majestät oder Mysterium. Mithilfe seiner magischen Fähigkeiten wäre es ihm leicht gefallen, seine Geheimnisse zu enthüllen, aber damit hätte er es wieder in das Reich der Fakten zurückgedrängt. *Durch zu viel Wissen kann ich es umbringen, und das will ich nicht.*

Diese Erkenntnis überraschte ihn. Sein ganzes Leben war auf *Verstehen* ausgerichtet gewesen. Freiwillig darauf zu verzichten, etwas zu verstehen, widersprach allem, was er je gelernt oder erfahren hatte. Und trotzdem schien es auf eine seltsame Weise, die er noch nie erlebt hatte, richtig.

Der Gang senkte sich auf eine ebene Höhe und endete in einer riesigen, kegelförmigen Höhle, die in hellem Licht erstrahlte. Der Saal hätte mit Leichtigkeit den gesamten Turm des Großmagisters aufnehmen können. Dunkle Eingänge zogen sich in einer Spirale an den Wänden entlang und ein gewaltiges Feuer donnerte im Herzen der Höhle. *Wenn jeder dieser Eingänge in eine Wohnung führt …*

Nach dieser Schätzung beherbergte Gyrvirgul zwar weniger Einwohner als eine Metropole wie Yslin, aber doch sicherlich einige Tausend. *Was weit mehr Gyrkyme sind, als ich je geglaubt hätte, dass es auf der Welt gibt.*

Flammen sprangen aus dem Lohfeuer in die Höhe. Kjarrigan sah einen feurigen Tentakel sich aufwärts winden, dann lächelte er, obwohl ihm die Dunkelheit nach dessen Zusammenbruch für einen Augenblick die Sicht raubte. Als er wieder etwas erkennen konnte, sah er Orla ihn dorthin winken, wo sie mit Will Norderstett und den anderen wartete. Er drehte das Pferd in ihre Richtung und bemerkte Lombo, der neben ihm herlief.

Kjarrigan stieg ab, so gut er konnte, und war schlau genug, sich am Sattel festzuhalten, sodass seine Beine nicht nachgaben. »Magisterin, das ist unglaublich.«

Die grauhaarige Kampfmagikerin nickte. »Das ist es wirklich. Ich hatte ja keine Ahnung.«

Kjarrigan bemerkte einen seltsamen Unterton in ihrer Stimme. »Wusstet Ihr, dass wir hierher unterwegs waren?«

Orla schüttelte den Kopf, als Kräh herübertrat. »Niemand von uns hat das gewusst. Wir sind durch Gyrvirgul geritten, weil es unsere Reise um Tage verlängert hätte, das Gebirge zu umgehen. Ich war mit Prinzessin Alexia vorausgeritten, um unsere Route auszukundschaften, als Perrine uns fand. Ursprünglich war sie hierher gekommen, um die Kompanie Kriegsfalken zu versammeln, die sich unserem Heer anschließen wird. Als sie alles berichtete, was sich in Yslin zutrug, einschließlich der Anwesenheit General Adrogans' und des Norderstett in unserer Gruppe, hat Ausai Tingo befohlen, dass die Expedition hierher gebracht, willkommen geheißen, gastfreundlich aufgenommen und zu einem Festmahl eingeladen wird.«

Der letzte Punkt dieser Mitteilung ließ Kjarrigans Magen knurren.

Orla warf ihrem Schützling einen tadelnden Blick zu,

dann drehte sie sich wieder um. »Ihr wart auf Euren Reisen schon einmal hier, Kräh?«

Der alte Mann schüttelte den Kopf. »Ich? Nein. Die ur-Sreiði haben diesen Ort hervorragend versteckt. Hätten die Tirigo nicht gewünscht, dass wir ihn finden, wären wir an seinem Eingang vorbeigezogen, ohne es auch nur zu ahnen. Soweit ich weiß, gehören zu unserem Heerzug fünfzig Mal so viele Menschen, wie diesen Ort je vorher gesehen haben. Prinzessin Alexia ist hier aufgewachsen, doch vor ihrem Eintreffen hatte mindestens ein Jahrhundert kein Mensch mehr das Herz Gyrvirguls betreten. Seitdem sind ein paar Vereinzelte hier eingelassen worden, um sie zu unterrichten.«

Hastig setzte er hinzu: »Und das weiß ich auch nur, weil ich dabei war, als Peri der Prinzessin die Einladung überbrachte. Sie hat mir die Details unterwegs erzählt.«

Will grinste und plusterte sich ein wenig auf. »Nun, wir sind auch eine ziemlich außergewöhnliche Gesellschaft. Es ist nicht wirklich verwunderlich, dass sie uns treffen wollen.«

Kräh lachte. »Oh, ich habe mich anscheinend nicht deutlich genug ausgedrückt. Der Tirigo hat uns nicht hierher eingeladen, um *uns* zu ehren. Sie planen, die Prinzessin zu ehren, und wir sind als Zeugen dieser Ehrung hier. Sie sind überaus stolz auf sie und wollen sichergehen, dass niemand den geringsten Zweifel daran haben kann.«

Kapitel Zehn

Sobald sie den riesigen Kuppelsaal im Herzen Gyrvirguls erreicht hatte, warf Alyx Streiters Zügel Hauptmann Agitar hinüber und sprang aus dem Sattel. Sie zog sich das Ölzeug über den Kopf und warf es einem der zwitschernden Nestlinge zu, die sich in den Schatten duckten. Die Kinder fingen den Mantel auf und balgten sich darum. Aus dem Augenwinkel sah sie einen der Beizen gewinnen, und es überraschte sie kein bisschen.

Sie lachte laut und schrill und tat ihr Bestes, den Klang an den Siegesschrei des Beizen anzupassen. Es störte sie weniger, dass ihre Wölfe sie einen solchen Schrei ausstoßen hören könnten, als dass sie die Gyrkyme durch den Verzicht darauf hätte beschämen können. Wäre sie allein gewesen, hätte sie jede menschliche Zurückhaltung abgelegt, sich bis auf den Schwertgurt ausgezogen und an den Aufstieg zur Wohnung ihrer Familie gemacht. Aber da sie diese Möglichkeit nicht hatte, beschränkte sie sich notgedrungen darauf, Stiefel und Handschuhe abzulegen, bevor sie an den Verzierungen einer der Säulen emporkletterte, die das Kuppeldach des Saales stützten.

Die Kletterpartie verlangte den zu lange nicht mehr derart beanspruchten Muskeln einiges ab, aber das Ziehen zauberte ein Lachen auf Alyx' Gesicht. Zwei Jahre war sie aus Gyrvirgul fort gewesen. Sie war sich bewusst gewesen, ihr Zuhause zu vermissen, doch bis sie wieder in die Große Kammer geritten war, hatte sie nicht geahnt, wie tief die Sehnsucht in ihrem Herzen wirklich gewesen war. *So vieles andere hat meine Zeit und meine Aufmerksamkeit beansprucht, aber nichts davon konnte das Verlangen nach meiner Heimat stillen.*

Sie schwang sich auf der obersten Beizebene von der Säule und rannte den schmalen Sims entlang zu einem großen runden Loch. Sie duckte sich hindurch und kreischte eine Begrüßung. Unmittelbar hinter dem Eingang ließ sie sich in die Hocke sinken, dann grinste sie froh auf die fünf Gyrkyme hinab, die auf sie warteten.

Perrine stand vor ihr, flankiert von ihrer Mutter Lanlitgri und ihrem Vater Preiknosery. Sie und ihr Bruder Octras waren unverkennbar Nachkommen der zwei Beizen. Beide Geschwister teilten das dunkelbraune Daunenkleid auf dem Rücken, das fleckig braun-weiße Gefieder der Brust und die unverkennbare dunkle Zeichnung um die Augen und abwärts entlang der Wangen – so wie ihre Eltern. Octras war als Mann größer als Peri, stand ihr aber weder in kämpferischem Können noch in wilder Pracht nach.

Alyx war sich ziemlich sicher, dass sie die fünfte Person in der Gruppe vorher noch nicht gesehen hatte. Sie war sichtlich weiblich und tiefschwarz gefiedert, bis auf leuchtend rote Federn an den Schultern und am vorderem Flügelgelenk. Diese Färbung und der schlanke, leichte Körperbau kennzeichneten sie als Seglerin. Als sie sah, wie leidenschaftlich eng Ocras sie umarmte, hatte Alyx keine Zweifel daran, dass mancher Beiz bereits seinen Verlust in der nächsten Kriegergeneration bedauerte.

Sie sprang auf den Boden der Kammer und wurde von Küssen und Umarmungen fast erdrückt. Jetzt wünschte sie sich, sie hätte sich doch ausgezogen, musste sich aber mit der warmen Liebkosung der Daunen auf Gesicht und Händen zufrieden geben.

»Ich war zu lange fort.« Sie wollte mehr sagen, doch die aufquellenden Gefühle schnürten ihr die Kehle zu.

Sie löste sich, um die Tränen abzuwischen. Preiknosery half ihr und strich ihr mit dem Daumen, dessen Kralle sicher eingezogen war, über die linke Wange. Sie nahm seine Hand und drückte sie ans Gesicht, dann drehte sie sie um und küsste die Handfläche.

Der alte Gyrkymu lächelte. »In diesem Nest ist für dich immer Platz, Alexia.«

»Danke.«

Octras streichelte Alyx über die Schulter, dann schob er mit der freien Hand die Seglerin vor. »Schwester, das ist Sergrai, meine zukünftige Frau.«

Die Seglerin lächelte scheu und reichte Alyx die Hand. Die Prinzessin nahm sie vorsichtig, dann zog sie Sergrai in eine Umarmung. Sie spürte anfängliche Steifheit, die sich aber schnell gab. Sergrai gab ihr einen kurzen Kuss auf den Hals, dann lösten sie sich von einander.

Alyx nickte. »Freut mich, dich kennen zu lernen, Sergrai. Wie ich sehe, ist Octras noch immer ein Glückspilz.«

Sergrai nickte, dann schmiegte sie sich unter Octras' Arm.

Starke Hände griffen nach Alyx' Schultern und drehten sie herum. Lanlitgri trat einen Schritt zurück und betrachtete sie einen Moment lang mit scharfem Bernsteinauge. »Du siehst gut aus, soweit ich das feststellen kann.«

»Ja, Mutter, ich fühle mich sehr wohl.« Alyx lächelte. »Jetzt noch besser, und geehrt von der Einladung zurückzukehren.«

Peri kreischte abgehackt. »Ich hätte dich entführt, hätten sie deiner Rückkehr nicht zugestimmt.«

Preiknosery schüttelte den Kopf. »Ihre durch ganz Gyrvirgul hallende Absicht hat beträchtliche Diskussionen zwischen den Fächern und den Weisen ausgelöst. Perrine hat von so manchem deiner Abenteuer erzählt.«

»Sie hat vom Norderstett erzählt und von Kämpfen

gegen einen Sullanciri und dem Drachen!« Sergrais dunkle Augen wurden groß. »Und sie hat die Geschichten sehr gut erzählt.«

Alyx nickte. »Lob für deine Erzählkunst von einer Seglerin, Schwester? Das ist höchst beeindruckend.«

Peri lächelte stolz. »Ich wurde sogar eingeladen, die Geschichten dem Tirigo persönlich vorzutragen. Er hat die Debatte beendet und erklärt, er werde dich zu einer Schwinge ernennen.«

Die Prinzessin blinzelte. »Aber …«

Preiknosery legte ihr die Hand auf die Schulter. »Ich weiß, es ist seltsam, diesen Titel zu erhalten, ohne Schwingen zu haben.«

Alyx hob die Hände. »Nein, nein, das ist es nicht. Aber ich habe nichts geleistet, was diese Ehre rechtfertigen würde. Du, du hast dir den Titel Eisenschwinge hundertfach verdient. Was ich geleistet habe, ist ein Nichts.«

»Nein, Tochter, was du geleistet hast, macht uns alle stolz auf dich.« Preiknosery legte eine dreifingrige Hand auf die Brust. »Ich bin ein Beiz, kein Segler oder Fächer, aber selbst ich verstehe, was du und dein Erfolg für uns bedeuten. Weil Kajrûn uns schuf, waren wir immer gezeichnet. Als dein Vater dich uns anvertraute, uns auftrug, dich aufzuziehen, und als Augustus die anderen überzeugte, dich bei uns zu lassen, begannen sie, uns mit anderen Augen zu sehen. Sicher nicht die Ælfen, aber die Menschen. Augustus und andere schickten ihre besten Lehrer, dich in den Dingen zu unterrichten, die wir dir nicht beibringen konnten. Was sie sahen, hat den Blick verändert, mit dem die Menschen uns sehen.«

»Das habe ich nicht geleistet, ich war nur hier, als die Fremden kamen, und sie haben mich gesehen.«

»Ich bin sicher, die Weisen haben diesen Punkt besprochen.« Eisenschwinge lächelte. »Du könntest vorbringen, du hättest nichts getan. Aber du übersiehst, was du geleistet hast, um hier aufwachsen zu können.

Wir sind keine Menschen. Wir behandeln unsere Brut nicht wie Menschen ihre Kinder. Du hast hier überlebt, du hast dich prächtig entwickelt. Es gab manche, die dich als untergeschoben betrachteten, in ein fremdes Nest gelegt, um dessen wirkliche Brut zu verdrängen. Du hast sie Lügen gestraft, und all das, ohne Flügel zu besitzen. Du hast dir deinen Titel verdient. Dein Leben beweist es.«

Alyx setzte zu einem erneuten Protest an, aber Peri griff sie an den Schultern. »Schwester, du kannst stottern und staunen und protestieren, so viel du willst, es ist beschlossen. Es wird geschehen. Jetzt müssen wir dich für die Zeremonie fertig machen.«

»Äh, Schwester, ich habe nur Reisekleidung dabei, und zusammengenommen besitzen wir zwei den Modesinn einer Fressmade.«

Peri zwinkerte ihr zu. »Deshalb hat Sergrai hier angeboten, uns zu helfen.«

»Es wäre mir eine Ehre, Prinzessin.«

Alyx zögerte nur einen Herzschlag, dann nickte sie. »Du wirst darauf achten, dass ich den Gyrkyme keine Schande mache?«

»Schwingen im Leben, im Tod und noch ungeschlüpft werden stolz auf dich sein.«

»Gut.« Sie schaute Peri an. »Was werden die Wölfe denken?«

»Wen kümmert das? Sie sind nur Geher.« Peri legte den Arm um Alyx' Schultern und steuerte sie auf den Durchgang zu ihrer alten Schlafkammer zu. »Du bist eine von uns, und das ist alles, was zählt.«

Will grinste, hauptsächlich, weil er sich in der kleinen Kammer, die man ihm zugeteilt hatte, ganz aufrichten konnte – Kräh aber nicht. Wobei es nicht Krähs Unbequemlichkeit war, die ihn freute, sondern dass er sich keine Sorgen zu machen brauchte, sich an der niedrigen

Decke den Schädel anzuschlagen. Die Gyrkyme hatten ihre kleine Gesellschaft in einen Korridor geführt, der sich in einer gewissen Entfernung um die Haupthöhle zog. Kleinere Gänge zweigten von ihm ab, deren Wände dunkle Löcher säumten. Hinter den Löchern, die klein genug waren, um auch Will zu zwingen, sich zu ducken, wenn er hindurchtrat, lagen kleine, zylinderförmige Kammern mit aus dem Felsen gehauenen Betten und einer Reihe kleiner Nischen für Gepäck und Lampen.

Will sagte nichts, bis die schwarze Gyrkymsu mit den roten Flügeln sie allein gelassen hatte. Sie war nicht größer als Will gewesen, und ihre Schwingen erst halb geformt. Genau genommen war er sich nicht einmal sicher, ob sie wirklich weiblich gewesen war. Er hatte es einfach aus ihrer schlanken Gestalt geschlossen, obwohl sie keine Brüste besaß, und nicht einmal die Kurven von Alexias Adjutantin. Er ging davon aus, dass sie noch nicht in die Pubertät gekommen war, und sich ihr Körper und die Flügel deshalb noch nicht voll entwickelt hatten.

Kräh streckte sich auf der geflochtenen Strohmatte aus, die auf dem steinernen Schlafsims lag, und stöhnte.

»Warm, trocken und etwas weicher als der Boden letzte Nacht. Gut genug.«

»Ihr wollt schlafen?«

»Als Alternative wozu?«

»Auf Erkundung zu gehen.« Will deutete in die ungefähre Richtung, in der er das Feuer vermutete. »Habt Ihr all das da draußen gesehen? Dieser Ort ist gewaltig, der ganze Berg ist hohl. Und die Gyrkyme, habt Ihr sie gesehen? Da gibt es die, die wie Falken aussehen, dann die Räbin, die uns hierher gebracht hat. Es gibt gewiss noch mehr und …«

»Will, es ist dir vielleicht nicht in den Sinn gekommen, aber wir können nicht einfach auf Erkundung losziehen.«

»Klar können wir das. Es ist einfach. Ich habe keine

Wachen oder sonst was gesehen.« Er verschränkte die Finger und streckte sie. »Die verzierten Säulen lassen sich bestimmt leicht besteigen …«

Kräh erhob sich auf einen Ellbogen und schaute ihn aus schmalen Augen an. »Dazu will ich dir zwei Dinge sagen. Erstens, angesichts deiner früheren Karriere ist es dir möglicherweise entgangen, aber wenn Leute möchten, dass du dich in ihrem Zuhause umsiehst, laden sie dich dazu ein und führen dich herum.«

Will rümpfte die Nase. »Das weiß ich, aber sie haben es vielleicht vergessen.«

»Du weißt genau, dass das nicht stimmt. Der zweite und weit wichtigere Punkt: Du bist *der* Norderstett. Die Gyrkyme sind unsere Verbündeten. Sie wollen uns helfen. Dass sie uns hierher eingeladen haben, ist ganz und gar außergewöhnlich, und als ihre Gäste sollten wir uns bemühen, uns so gut wie möglich zu benehmen.«

»In Ordnung, aber liegt das nicht bloß daran, dass du alt bist?«

Kräh wälzte sich auf den Rücken und lachte schallend. »Oh, autsch. Will.« Der Mann lachte, bis er sich die Tränen aus den Augen wischte. »Das war wirklich komisch.«

»So war es nicht gemeint.«

»Ich weiß, und das macht es noch komischer.« Kräh schaute zu ihm hinüber. »Manchmal glaube ich, du hast den Ernst unserer Lage erfasst, und dann gibt es Augenblicke wie diesen, da ich weiß, du hast ihn vergessen.«

»Ich habe ihn nicht vergessen.« Will setzte sich Kräh gegenüber auf sein Bett. »Es ist nur manchmal verflucht langweilig.«

»Wie die Schlacht um Vilwan?«

»Nein, die war sehr aufregend.« Der Dieb grinste. Dann erstarb das Lächeln, als ihn ein Schaudern schüttelte. »Und wirklich grauslich.«

»So sind die Dinge nun einmal, Will. Du kannst dir zahllose Lieder über Feldzüge anhören, doch die erwähnen nur die Stellen, die den Zuhörer packen oder entsetzen. Falls einmal Lieder über uns geschrieben werden, könnte es sein, dass sie unseren Besuch hier erwähnen, aber sie werden ganz sicher die regennassen Lager, kalten Mahlzeiten und von Tausenden Pferdehufen zu Schlamm zerstampften Straßen vergessen.« Kräh grinste. »Deshalb lege ich mich jetzt schlafen. Wenn man uns braucht, wird man uns holen kommen, und dann sind wir ausgeruht.«

»Aber ich kann nicht schlafen.«

»Dann zieh wenigstens trockene Socken an, wenn du unbedingt herumstromern musst. Das Gequietsche in den Stiefeln verrät dich nur.«

Will murrte, aber er zog die Stiefel aus. Dann schälte er sich die Socken von den Füßen. Er wrang sie aus und hängte sie über die Kante einer der Felsnischen. Danach suchte er in seinen Satteltaschen nach einem trockenen Paar und zog es an. Er beschloss, sich vor dem Streifzug ein wenig auszuruhen. Er weigerte sich zwar, so laut zu stöhnen wie Kräh, als er sich hinlegte, aber sein Rücken schmerzte entsetzlich, als die Muskulatur sich entspannte.

Er bewegte die Schultern ein wenig und schloss die Augen. *Nur, bis mir der Rücken nicht mehr wehtut.* Er dachte daran, was die dunklen, schattigen Höhen Gyrvirguls wohl verbergen mochten. Bevor die Habgier sich in seiner Fantasie zu voller Blüte entfalten konnte, lullte ihn die Dunkelheit, über die er nachsann, in den Schlaf.

Der einzige Hinweis darauf, wie lange Will geschlafen hatte, war das Rumoren seines Magens. Ein kleiner, brauner Gyrkymu war in die Kammer gekommen, um Kräh und ihn abzuholen. In ziemlich leiser, eintöniger Stimme teilte der Bote ihnen mit, die Zeit für das Festmahl sei gekommen. Er reichte ihnen je einen durchscheinenden, seidenen Tuchstreifen, der als Schal oder Lendenschurz hätte dienen können, dann erklärte ihr Führer, sie jetzt allein zu lassen, damit sie sich fertig machen konnten.

Der junge Dieb schaute zu Kräh hinüber. »Ich habe mich ja beinahe daran gewöhnt, mich für Festmähler umzuziehen, aber ich habe keine von den eleganten Klamotten dabei.«

Kräh grinste. »Ich bin auch nicht sicher, ob das hier meine Größe ist.« Er zog das Rehlederhemd aus, und Will sah drei parallele Narben, die sich durch einen dichten weißen Haarpelz vom Schulterbein bis zur Hüfte zogen. Noch verschiedene andere Narben zeichneten den Körper des alten Mannes hier und da, aber nichts davon reichte in Schwere oder Alter an diese langen Wunden heran.

»Die Gyrkyme haben nicht viel Verwendung für Kleider, deswegen ist ihnen ziemlich gleichgültig, was wir tragen.«

»Dann macht Ihr daraus einen ihrer Lendenschurze?«

Der alte Mann schüttelte den Kopf und schlang sich das silberne Tuch als Schärpe von der rechten Schulter zur linken Hüfte. Er verknotete es an der Taille und schob sich die Enden unter den Gürtel. »Nicht, dass ich erwarte, an diesem Riesenfeuer zu frieren, und auch das Essen sollte heiß sein, aber warum ein Risiko eingehen?«

Will sah ihn skeptisch an, während er sein Tuch zusammenlegte und als Stirnband über der Maske um den Kopf band. Er knotete es sauber zusammen und ließ sich die langen Enden über den Rücken baumeln. »Dann versucht Ihr nicht, die Narben zu verstecken? Drei lange Spuren wie diese könnten von einer Gyrkymehand stammen.«

Kräh runzelte kurz die Stirn, dann schüttelte er den

Kopf. »Ich dachte, du hättest sie schon früher bemerkt. Offenbar nicht. Das war kein Gyrkymu.«

»Was dann?« Will dachte nach. »Frostkralle?«

Sein Begleiter nickte. »Es ist schon lange her. Eine Frostkralle wollte vor der Mahlzeit mit dem Essen spielen.«

»Ich kann mich an kein Lied über Kedyns Krähe erinnern, in dem das erwähnt wird.«

»Es gibt keines. Ist ohnehin eine langweilige Geschichte. Hübsches Stirnband.« Kräh zwinkerte Will zu, dann stand er auf und zog den Kopf ein, um zu ihrem Führer auf den Gang zu treten. »Ich bin sicher, das Fest wird viel unterhaltsamer.«

Will wollte eine respektable Distanz bewahren, aber die Gyrkyme machten es ihm nicht leicht. Die gesamte Expedition und Bevölkerung Gyrvirguls schien sich für die Feier um das Lohfeuer versammelt zu haben. Der äußere Ring der Gäste hatte sich nicht auf dem Boden der Höhle niedergelassen, sondern saß oder stand auf den Simsen, die sich rund um die zentrale Höhle zogen. Soweit Will das erkennen konnte, waren sie jung, ohne voll entwickelte Flügel, und mit aufsteigenden Etagen – grob nach Typen von kleinen braunen zu größeren und sehr bunten Gyrkyme gestaffelt.

Unten auf dem Boden des Saals aber wurde es wirklich interessant. Die Besucher waren kompanieweise in sieben Rängen platziert, beginnend mit einem Mann, dann zweien, dann dreien, und so weiter bis zur siebten Reihe aus sieben. Die restlichen zwei Mitglieder der Kompanie, in der Regel der befehlshabende Offizier und der Soldat mit den meisten Auszeichnungen, waren zu einer separaten Gruppe gemischter Gäste abgezogen. Alle Besucherkeile deuteten zum Feuer und waren auf beiden Seiten von ebenfalls sieben Rängen tiefen Gyrkymekeilen umgeben, deren Breitseite zum Feuer hin lag. Es brauchte zwei aus solchen abwechselnden

Keilen bestehende Ringe, um alle Gäste aufzunehmen, dann folgte ein dritter Ring, der ganz aus Gyrkyme bestand.

Nur die besonderen Gäste hatten die Seidentücher erhalten und trugen sie ganz nach individuellem Geschmack. Entschlossen nutzte den seinen als Lendenschurz und wirkte fantastisch. Mächtige Muskeln spielten unter der mit gewundenen Tätowierungen verzierten Haut. Die Gyrkyme mit ihrem leuchtenden Gefieder boten einen atemberaubenden Anblick, aber Entschlossen kam ihnen auf seine Weise gleich.

Kjarrigan hatte sich ebenfalls an die Gebräuche ihrer Gastgeber angepasst, aber das war so ziemlich das Letzte, was Will sich zu sehen gewünscht hätte. Er schätzte, dass Kjarrigan und Dranæ etwa dasselbe Gewicht auf die Waage brachten, doch bei Dranæ war es weit ansehnlicher verteilt, und er hatte sich wie Kräh entschieden, sein Tuch als Schärpe zu tragen. Ein paar andere hatten sich für Stirn- oder Schulterbänder entschieden. Orla trug es um die Schulter, aber statt die Enden lose herabhängen zu lassen, hatte sie den Stoff um den linken Arm geflochten und am Handgelenk abgebunden. Qwc hatte das Band um die Taille gebunden und zog es wie eine silberne Rauchfahne hinter sich her, wenn er flog, während Lombo es als Halstuch trug und zu einer großen, wippenden Schleife gebunden hatte, die ganz und gar lächerlich wirkte. Will verspürte jedoch kein Bedürfnis, ihm das mitzuteilen.

Doch es war Alexia, die alle anderen ausstach. Sie trug drei Schärpen, zusätzlich zu der silbernen eine schwarze und eine goldene. Die nicht durchscheinende schwarze Seidenbahn lag als Lendenschurz, dessen Enden ihr bis zu den Knien hingen, um ihre Hüften. Das goldene, ebenfalls undurchsichtige Tuch lag um ihren Hals und bedeckte über Kreuz die Brüste, bevor es auf dem Rücken verknotet war. Das silberne Band lag ihr um die

Taille und hielt den Lendenschurz. Die losen Enden hingen an der linken Hüfte herab.

Bei ihrem Erscheinen stieg ein kollektives Keuchen aus der Versammlung empor und löste sich in Raunen auf. Will erschien sie über allen Ausdruck schön. Sie war schon immer ein angenehmer Anblick gewesen und durch ein paar seiner Träume gegeistert, aber weder ihre Rüstungen noch ihre Kleiderauswahl hatten ihre Schönheit je so deutlich zur Schau gestellt. Noch beeindruckender als ihre körperliche Schönheit war allerdings die königliche Haltung, mit der sie sich neben dem Tirigo bewegte.

Wann immer Will sie auf einem Empfang gesehen hatte, hatte sie sich elegant bewegt, aber nie so frei und flüssig. Hier, in ihrem Zuhause, unter den Gyrkyme, die sie aufgezogen hatten, war sie völlig entspannt und sie selbst – und das ließ sie noch attraktiver und bezaubernder erscheinen.

Zugleich erhob ihre königliche Präsenz sie weit über das hinaus, als das Will sie bis dahin wahrgenommen hatte. Wie immer hatte er andere so gesehen, wie sie in seine Legende als Will Flinkfuß passten. Doch als er sie nun neben dem Herrscher der Gyrkyme an den Ehrenplatz treten sah, wurde ihm klar, dass sie die Heldin ihres eigenen Liederzyklus war. So wie man in den Düsterdünen von Kedyns Krähe und der Blauen Spinne sang, würde ihre Geschichte die Adligen der Welt erfreuen. Falls Will Flinkfuß jemals in einem ihrer Lieder erwähnt wurde, daran war kein Zweifel möglich, würde er die Rolle des Narren spielen.

Er lachte in sich hinein. *Und wenn sie in einem meiner Lieder erwähnt würde, würde ich auch den Narren spielen.* Der Zufall seiner Geburt hatte ihn in die Rolle eines möglichen Helden geschleudert, aber ihr war dies ganz ohne Zweifel schon über Generationen in die Wiege gelegt gewesen. Was auch immer die Omen und Prophezeiungen sagten, sie würde für die Welt wichtiger sein, als er es jemals sein konnte. Obwohl er etwas von seinem Traum sterben fühlte, schwor er sich in Gedanken, alles zu tun, was nötig war, um ihren Erfolg sicherzustellen.

Alexia hatte den Ehrenplatz zur Rechten des Tirigos erhalten. Die Tirogsa, seine Hauptkönigin, saß zu seiner Linken, und links von ihr stand General Adrogans. Der jeranische Militärführer trug seinen Tuchstreifen ebenfalls als Lendenschurz. Er war zwar nicht so muskulös wie Entschlossen, besaß weniger Narben und keine sichtbaren Tätowierungen, aber immerhin hing seine Haut nicht teigig herab wie die Kjarrigans. Adrogans gelang es, trotz nahezu vollständiger Nacktheit Würde zu bewahren.

Der Tirigo schaffte es, alle anderen zu übertrumpfen, gleichgültig, wie sie gekleidet waren. Er hatte einen silbernen Lendenschurz angelegt, der von schwarzen und goldenen Bändern gesäumt wurde. Er bat seine Gäste, Platz zu nehmen, während er selbst stehen blieb. Dann breitete er seine Schwingen in einem erstaunlichen Farbenspiel weit aus. Schillernde blaue Federn bedeckten seinen gesamten Körper bis auf eine glänzend schwarze Zeichnung an Gesicht und Brust, aber die Zeichnung der Schwingen ließ ihn noch imposanter erscheinen. Mit Spuren aus Rot und Grün, umgeben von Blau, starrten zwei Augen die Versammlung an. Das Keuchen, das Alexia begrüßt hatte, erscholl erneut, dann verklang es zu ehrfürchtiger Stille.

»Geehrte Gäste, ein stolzerer Tag ist nie in Gyrvirgul angebrochen. Bis heute war unser Stolz von Alexias Ankunft als Säugling geprägt. Nun lässt ihre Rückkehr als mächtige, legendenumrankte Generalin unsere Herzen vor Bewunderung schneller schlagen. Auch unsere Ehrfurcht vor Eurem Feldzug – mit dem Ziel, Kytrin zu vernichten – kennt keine Grenzen, und dieses Festmahl ist nur ein kleines Symbol unserer Dankbarkeit für Eure Bemühungen im Namen der Welt.«

Damit faltete er die Schwingen ein und setzte sich, dann nickte er einem schwarz geflügelten Gyrkymu zu. Der klatschte einmal in die Hände und der Saal erwachte zum Leben.

Junge Gyrkyme liefen durch die Reihen und verteilten Schalen von der Größe der Waschschüsseln, die Will aus den Schlafzimmern reicher Haushalte kannte. Andere folgten ihnen mit kleinen Servierwagen, aus denen sie Reis und Speisen aller Art verteilten, warm und kalt. Falls es irgendein Schema gab, dem sie dabei folgten, gelang es Will nicht, es zu erkennen. Er drehte seine Schale einfach, um für jedes neue Angebot eine freie Stelle zu finden.

Die meisten Mahlzeiten, die Will in seinem Leben zu sich genommen hatte, hatten aus Resten bestanden: schimmligem Käse, dünner Suppe und Obst oder Gemüse, das sich leicht stehlen oder von Misthaufen aufsammeln ließ. Die feinen Speisen, die ihm auf den Empfängen in Yslin angeboten worden waren, hatten seinen kulinarischen Horizont zwar bereits erheblich erweitert, ihn aber in keinster Weise auf die süßen, pikanten und scharfen Genüsse vorbereitet, die seinen Gaumen an diesem Abend erwarteten.

Als Besteck hatten die Gyrkyme kleine Holzspatel verteilt, geformt wie ein Löffel, aber flacher und äußerst biegsam. Damit ließ sich ein wenig Reis aus der Mitte der Schale aufnehmen, mit Fleisch in eine Soße tunken und zu einer kleinen Scheibe pressen, die man dann aufkratzte und in den Mund steckte. Manchmal badete das Essen seine Zunge in Süße. Ein anderes Mal explodierte es mit einem die Stirnhöhlen freipustenden Aroma, das ihm den Schädel in Brand zu setzen schien. Anfangs schaufelte er sich das Essen hastig hinein, aber nach dem ersten Bissen einer scharfen Speise, der ihm die Augen tränen und die Nase laufen ließ, zwang er sich, langsamer zu essen und sich mehr Zeit zu nehmen.

Schweiß trat ihm auf die Stirn und lief den Nacken hinunter. Er warf einen Blick hinüber zu Kräh, der ebenfalls schwitzte, und dann zu Entschlossen, der seine kleinen Portionshappen mit großer Sorgfalt und Präzision formte. Beide schienen die Mahlzeit zu genießen, und ein kurzer Blick in ihre Schalen ließ Will zu dem Schluss kommen, dass sein Geschmack mehr dem Entschlossens ähnelte als dem Krähs.

Irgendwann winkte der Tirigo ab, und die Diener verließen die Halle. Als der Letzte verschwunden war, trieb der sanfte Klang von Flöten und anderen Blasinstrumenten aus den Höhen der riesigen Kammer herab. Will schaute auf, zusammen mit allen anderen Gästen, und erhaschte einen Blick auf etwas, das frei vom höchsten Punkt des Saals herabfiel.

Das Etwas stellte sich als riesiges, langes Banner aus schwarzem Stoff heraus, das sich im Fallen entrollte. Goldene Lettern in allen nur denkbaren Schriften dekorierten es über die gesamte Länge. Will hatte keine Ahnung, was sie bedeuteten, aber sie funkelten im Feuerschein auf eine Weise, die ihnen Majestät und Macht verlieh. Das Ende des Banners knallte laut, als es sich vollends entfaltet hatte, dann leckte eine Zunge des Lohfeuers zu ihm hinauf.

In einem Sekundenbruchteil ging das gesamte Banner in grellweißen Flammen auf. Sein Licht stahl Will die Sicht, doch als er wieder etwas erkennen konnte, wirbelte es erneut von oben herab. Gyrkyme, schwarz bis auf rote Flecken an Schultern und Flügeln, segelten in einem komplexen Lufttanz aneinander vorbei. Manche stießen herab und schossen dicht über den Köpfen der Zuschauer herab, andere kreisten so eng, dass ihre Flügelspitzen sich beinahe berührten, Gyrkyme jagten einander, griffen nach den freien Enden goldener Lendenschurze, schlugen Rollen und Pirouetten, stürzten herab und stiegen mit mächtigem Schwingenschlag wieder auf.

Das Klirren von Beckenschlägern begleitete die Musik zu diesem Luftballett. Sein Tempo veränderte sich von langsam zu frenetisch, von kühl zivilisiert zu barbarisch. Will konnte den Blick nicht von den Tänzern losreißen und beneidete sie um ihre Freiheit. Ihre Schreie, die in den Pausen der Musik im Chor erklangen, drückten eine ungehemmte Lebensfreude aus, die ein breites Grinsen auf die Züge des kleinen Diebes zauberte.

Nach viel zu kurzer Zeit kreiste die Gruppe so schnell und flach über ihrem Publikum, dass der Flugwind Will das Haar zerzauste und an den Enden des Stirnbands zog. Ihr Kreis wurde enger, dann kamen sie tiefer und setzen auf. Sie knieten nieder und ihre Schwingen legten sich zu einem schwarz-roten Kreis um das Feuer übereinander. Ihre Leiber hoben und senkten sich unter heftigem Atmen, aber sie hielten den Kopf unten und außer Sicht. Ungebremster, begeisterter Applaus stieg aus den Reihen der Menschen auf, während die Gyrkyme spitze Schreie ausstießen, die durch den ganzen Saal hallten. Der begeisterte Lärm füllte die Luft, wie es die Tänzer zuvor getan hatten, und machte keine Anstalten nachzulassen. Will klatschte, so fest er konnte und pfiff, was die Lunge hergab. Er hatte nie etwas Vergleichbares gesehen und konnte sich nicht vorstellen, es jemals wieder zu sehen.

Der Tirigo stand auf. In seinen dunklen Augen spiegelte sich das goldene Licht des Feuers und langsam wurde es wieder still im Saal. Er lächelte, sein Kamm schwoll, und er neigte den Kopf zu den Tänzern hinab. »Die Schönheit eurer Darbietung ehrt unsere Tochter mehr, als es Worte und Auszeichnungen je könnten.« Er klatschte einmal in die Hände und gestattete den Tänzern aufzustehen und unter neuem Applaus den Saal zu verlassen.

Als sie fort waren, bat der Tirigo Alexia aufzustehen. »Wir kennen in unserem Volk eine Tradition, die Besten unter uns mit dem Titel ›Schwinge‹ zu ehren. Die Keile, in denen ihr sitzt, spiegeln die Formation, in der wir fliegen, und die Person an der Spitze führt die Formation. Dies ist die schwierigste Position des Schwarms, nicht allein deshalb, weil sie eine große Verantwortung enthält, sondern auch, weil sie die größte körperliche Anstrengung erfordert. Wir, die wir unserer Schwinge folgen, werden vom Wind seiner Anstrengung getragen. Unsere Schwingen kennen wir unter ihrem Ehrentitel. Ihn, der Alexias Vater wurde, nachdem er sie aus dem fernen Okrannel hierher brachte, kennen wir als Eisenschwinge. Unter seinen Fittichen wuchs Alexia zu der Anführerin heran, als die ihr sie kennt. Nun wird sie mit euch nach Okrannel zurückkehren, um die Mission zu erfüllen, für die sie ausgebildet wurde. In Anerkennung all dessen, was sie ist – und ihres Wertes für uns und die Welt – verkünden wir hiermit: Ihr Name sei Goldschwinge.«

Eine kleine braune Gyrkymsu trat mit einem von einem Tuch bedeckten Tablett heran. Der Tirigo hob eine goldene Kette mit einem goldenen Federamulett auf und legte sie um Alexias Hals. Die Feder kam unmittelbar unter ihrer Kehle auf dem Brustbein zu liegen. Als sie den Kopf hob, zog er ihr Haar unter der Kette vor, dann verbeugte er sich vor ihr.

Alexia schluckte mühsam, dann lächelte sie zögernd. Eine Hand hob sich an das Amulett, dann schloss sie kurz die Augen. Als sie sie wieder öffnete, geschah es unter dem Applaus der Gäste und dem Kreischen der Gyrkyme. Ihr Lächeln wurde breiter. Sie hob kurz die Hand an die Lippen, dann schaute sie hinaus auf die Versammlung.

»Danke, Ausai Tirigo, und euch, den Gyrkyme. Hier war ich immer der Nestling, dessen Flügel nie gesprossen sind. Ihr hättet mich bedauern und verachten können, aber das tatet ihr nicht. Ihr alle habt die Mission angenommen, die mein Vater Eisenschwinge auferlegt hatte.« Sie breitete weit die Arme aus. »Ihr seht keine Federn an meinem Körper, aber ich bin gefiedert mit allem, was ihr mich über Mut, Ehre, Entschlossenheit und Adel gelehrt habt. Es mag Stimmen geben, die behaupten, meine Abstammung hätte mich zu einem Diamanten gemacht, aber ohne eure Mühen wäre ich stumpf geblieben und niemand hätte mich beachtet. Goldschwinge getauft zu werden, das …«

Ihre Stimme versagte für einen Moment, und sie senkte den Blick, bevor sie weitersprechen konnte. »Es ist ein Traum, den wir alle hier geteilt haben, und doch halte ich mich für dieser Ehre nicht würdig. Euer Vertrauen in mich will ich als Investition betrachten, und ich werde es euch reich vergüten. Welche Erfolge mir auch vergönnt sein werden, alle sollen wissen, dass sie ohne euch unmöglich gewesen wären.«

Alexias Blick glitt streng über die anwesenden Menschen. »Und ihr, meine Kameraden, kennt nun den stolzen und prächtigen Schoß, dem ich entsprungen bin. Gemeinsam werden wir aus Gyrvirgul neugeboren in die Welt aufbrechen. Nach Westen und Norden werden wir ziehen, ins Land meiner Geburt, und gemeinsam können wir wieder eine Heimat daraus machen.«

Kapitel Elf

Vermutlich war es nur Einbildung, doch ein Schauder überlief Alexia, als sie die Grenze von Jerana nach Okrannel überschritt. Ein Granitobelisk markierte die Grenzlinie zwischen beiden Nationen – er musste einstmals stolz in den Himmel geragt haben, aber inzwischen wirkte er so zerhackt und zerborsten, dass sie vom Sattel aus seine kantige Oberseite sehen konnte. Sie lächelte und verspürte keinen Zorn wegen des zerstörten Obelisken, denn die verwitterte Oberfläche des Steins bewies, dass er lange vor der Invasion Okrannels durch die Aurolanen zertrümmert worden war.

Es war ein gutes Gefühl, in Okrannel zu sein. Wie bei ihrem vorigen Besuch, als sie zu einer Traumjagd in ihre angestammte Heimat eingedrungen war, konzentrierte sie sich darauf, ob sie ihr Blut vor Freude über die Rückkehr singen spürte. So viele der anderen Exilokraner hatten davon berichtet, dass sie sich jetzt fragte, wie normal sie war, da sie nichts dergleichen fühlte. Doch obwohl sie vor Jahren sehr enttäuscht darüber gewesen war, und ein wenig auch diesmal noch, machte sie sich nicht zu viele Gedanken über die stumme Flüssigkeit in ihren Adern. *Die Romantik der Heimkehr hat nichts mit der Wirklichkeit zu tun.*

Aber ganz konnte Alyx sich nicht erlauben zu entspannen, und auch das hatte nichts mit der Anwesenheit aurolanischer Invasoren zu tun. Die Küstenstraße führte das Heer an der jeranischen Hafenstadt Uris vorbei und hinauf ins Shusker Hochland. Dort war ein Volksstamm heimisch, der zwar schlicht war, aber auch trotzig und schwer zu fassen. Adrogans hatte die Wahl des Hochlands als Standort für sein Hauptquartier mit der Bereitschaft der Shusken erklärt, ihnen zu helfen, weil ihnen die Aurolanen noch verhasster waren als Okraner und Jeranser.

Die Shusken stellten seit Jahrhunderten beide Königreiche vor Probleme. Unter gewöhnlichen Umständen war der Bergstamm für keines der beiden Reiche eine Bedrohung, aber gelegentlich fand sich ein Anführer, der mit seinen Banditen talwärts ins Swojinbecken zog und Uris oder sogar Teile der Krosthalbinsel unsicher machte. Strafexpeditionen gelang es zwar, ein paar Banditen zu stellen oder einzelne Dörfer niederzubrennen, aber der dichte Waldbestand des Hochlands verhinderte die Art einer offenen Feldschlacht, die eine Chance gehabt hätte, die Shusker ein für allemal als Gefahr auszuschalten. Glücklicherweise waren die zahlreichen Sippenverbände dieses Volkes meistenteils völlig damit ausgelastet, sich gegenseitig zu bekriegen, was die Gefahr für die umliegenden Gebiete verringerte, aber gleichzeitig trainierte das ihre kämpferischen Fertigkeiten.

Es waren auch die Shusken gewesen, die den Obelisken zerstört hatten. Sie hatten nie hingenommen, dass Okrannel einen Teil ihres Plateaus an Jerana abgetreten hatte. Alyx verließ sich zwar auf Adrogans' Wort, dass die Shusken für den Augenblick ihre Verbündeten waren, aber sie konnte die möglichen Schwierigkeiten nicht einfach übergehen. Dabei fürchtete sie weniger um ihre persönliche Sicherheit. Viel mehr Angst machte ihr der Gedanke, die Unterstützung der Shusken könnte im entscheidenden Augenblick versiegen. *Aber wenn Adrogans ihnen traut, werde ich seine Position nicht untergraben, solange es nicht unumgänglich wird.*

Die Reise von Gyrvirgul nach Okrannel hatte über

eine volle Woche gedauert – zwölf Tage –, auch wenn der Weg nicht allzu schwierig gewesen war und sie gut vorangekommen waren. Mit einer vollen Kompanie Kriegsfalken als Langstrecken-Kundschafter war es nahezu unmöglich, in einen Hinterhalt zu geraten. Auf halber Strecke durch Jerana waren mehrere der Gyrkyme nach Lakaslin geschickt worden, um Königin Carus Bericht zu erstatten. Adrogans hatte Alyx beeindruckt, indem er mehrere Boten mit derselben Nachricht losschickte und ihnen auftrug, sich ihren Bericht quittieren zu lassen, damit er bei ihrer Rückkehr genau feststellen konnte, wer die Nachricht wann in Empfang genommen hatte.

Dass er geflügelte Boten statt Arkantafaln benutzte, überraschte sie. Sie hatte ihn nach dem Grund gefragt und erwartet, mit irgendwelchem hohlem Geplapper abgespeist zu werden, doch er hatte ernsthaft geantwortet. »Eine handfeste Botschaft kann ich selbst versiegeln und abschicken – und festlegen, wer sie lesen darf. Bei einer Arkantafal kennt allermindestens der Magiker, der sie schreibt, den Inhalt der Nachricht. Arkantafaln sind nützlich, wenn es vor allem um Schnelligkeit geht, aber die Geheimhaltung steht bei ihrem Einsatz auf einem ganz anderen Blatt.« Und die Nachrichten an die Königin enthielten geheime Informationen.

Auf dem Weg nach Norden war der Zug dem gurolschen Felsenherzbataillon begegnet. Die schwere Infanterie marschierte mit festem Schritt und war durchaus bereit zu Tagesmärschen, die länger waren als erforderlich. Die Gurolanen wirkten recht verschlossen und blieben im Lager unter sich, aber nachts versammelten sie sich und trugen mitreißende Balladen heldenhafter Taten aus ihrer Geschichte vor.

Man traf am späten Nachmittag in Adrogans' Basis ein, und General Caro übergab ihm augenblicklich den Befehl. Die Armee breitete sich in einem ganzen Tal aus, dessen Mitte seit Jahren gerodet war. Im Herzen des Lagers erhob sich eine Ansammlung mit Stroh gedeckter Lehmhütten, die offensichtlich shuskischen Ursprungs waren. Um sie herum lagerten nach Nationalitäten getrennt die aus Yslin übers Meer verschifften Truppen. Helurca, Alcida, Jerana, Naliserro, Valitia und Loquellyn waren bestens vertreten, und die Kavallerieeinheiten schlossen sich beim Aufbau der Lager ihren jeweiligen Landsleuten an. Die Vilwaner, Gyrkyme, Savaresser Ritter und Söldner steckten ihre Territorien etwas weiter entfernt vom Dorfzentrum ab. Die Gyrkyme wählten einen flachen Berg im Nordosten, der ihnen eine erhöhte Startposition lieferte und den zusätzlichen Vorteil hatte, so weit wie möglich vom Lager der Ælfen entfernt zu liegen.

Alyx übergab ihr Pferd einem der Wölfe, dann begleitete sie General Caro zum dem Langhaus, in dem Adrogans sich einquartiert hatte. Das Gebäude war mindestens doppelt so lang wie breit, und das Drittel an der Tür war mit Schlafmatten und Gepäck gefüllt. Weder die Art noch die Organisation der Unterbringung bestätigte die Einschätzung des Jeransers als hochtrabender Stutzer. Angesichts der restlichen Einrichtung des Langhauses wäre es ohnehin unmöglich gewesen, diese Illusion aufrecht zu erhalten, aber trotzdem überraschte Alyx das Fehlen jeglichen Versuches.

Der allergrößte Teil des Gebäudes wurde von an den Wänden hängenden Karten und einem riesigen Tisch in Beschlag genommen, auf dem Okrannel in Miniatur nachgebildet war. Kleine Holzblöcke waren in den entsprechenden Regimentsfarben bemalt und auf der Landschaft platziert, um die für den Kampf gegen Kytrin versammelten Koalitionsstreitkräfte darzustellen. Seltsamerweise stellte Alyx fest, dass die Platzierung des Hauptquartiers sie nach dem Maßstab der Darstellung zwanzig Meilen nördlich ihrer tatsächlichen Position ansiedelte. *Rechnet er mit einem Spion, der uns an Kytrin verraten könnte?*

Abgesehen von Caro, Adrogans und ihr selbst, sowie einem halben Dutzend jeranischer Soldaten, die mit Greifzirkeln an den Wandblättern oder dem Modelltisch Maß nahmen und auf die jeweils andere Karte übertrugen, befanden sich nur zwei weitere Personen im Innern des Langhauses. Der Mann war dürr und klein, mit von Schmutz und Sonne dunkler Haut, und grinste sie mit einem Gebiss an, das von Lücken starrte. Das wenige Haar, das ihm blieb, reichte bis auf die Schultern. Perlen und Knochen, die er um den Hals, in den Ohren oder an kleinen, durch die ledrige Haut gestochenen Metallringen trug, schienen Shusker Talismane zu sein. Ein von einem breiten Ledergürtel gehaltener Lendenschurz aus Webstoff war sein einziges Kleidungsstück.

Der Kontrast zwischen ihm und der Frau hätte krasser nicht ausfallen können. Ihre Haut war ebenso hell wie die von Alyx, aber ihre Augen waren von tiefem Himmelblau. Ihre Kleidung bestand aus Hemd, Hose und Mokassins aus hellem Leder mit einer ungewöhnlichen Verzierung. Die Nähte waren mit Bändern aus Lederflechtwerk übernäht. Alyx wusste genug über ihre Heimat, um die Frau als Einwohnerin der im Westen liegenden Guraninhochebenen zu erkennen – und hätte sie das Flechtwerk lesen können, wäre sie in der Lage gewesen, sogar ihren Heimatort und ihre Sippe zu bestimmen.

Adrogans lächelte. »General Turpus Caro kennt Ihr bereits. Ph'fas von den Shusken und Beal mot Tsuvo, darf ich Euch Prinzessin Alexia von Okrannel vorstellen.«

Der Shuske grinste noch breiter und gackerte ein wenig, sprach aber kein verständliches Wort.

Die Guraninkriegerin fiel auf ein Knie und senkte das Haupt. Das blonde Haar fiel ihr wie ein Schleier vor das

Gesicht. »Es ist eine Ehre unsagbaren Ausmaßes, Euch vorgestellt zu werden, meine Fürstin.«

Alyx nickte langsam. »Die Ehre ist meinerseits, und der Ruhm gebührt der Tsuvosippe. Die Fähigkeit der Hochlandsippen, den Aurolanen standzuhalten, ist unter den Exilanten legendär, aber hierher zu gelangen, auf einem Weg, der es erfordert haben muss, das von ihnen besetzte Gebiet zu durchqueren, erfordert einen Mut, wie man ihn nur in Hochländeradern findet.«

Ph'fas schnaubte. »Fragt, wer sie hierher geführt hat, Swarskija.«

Die Prinzessin neigte den Kopf, als der Shuske den Namen der okranschen Hauptstadt als Beleidigung benutzte. »Verzeiht mir, Ph'fas, aber mir war längst klar, wer ihre Führer gewesen sein müssen. Nicht nur hätten sie sonst niemals hierher gefunden, sie hätten ohne die Duldung der Shusken hier nicht bleiben können. So wie sie nicht hier sein könnten, wäre ich es auch nicht, denn in diesen Wäldern schlief ich als Säugling in den Armen von Preiknosery Eisenschwinge. Ohne Euren Segen hätten weder ich noch er Okrannel je verlassen.«

Der kleine Mann lachte gackernd. »Als Ihr hier wart, hattet Ihr Okrannel schon verlassen.«

»Ein Faktum, das unserem gemeinsamen Feind entgangen ist.«

Ph'fas zupfte an der Knochenschnitzerei eines Raben im lang gestreckten rechten Ohrläppchen. »Weise Worte aus Swarskija zu hören ist ein hoffnungsvolles Omen.«

Adrogans trat an die große Modellkarte. »In der Hoffnung auf weitere solcher Omen: Wenn Ihr so freundlich wärt, mir Gesellschaft zu leisten.«

Beal erhob sich und schob sich an Adrogans vorbei. Alyx glitt um den Tisch neben sie, während Adrogans und Caro an der Südgrenze stehen blieben. Ph'fas hockte an der Ecke mit seinem geliebten Hochland, und man sah kaum etwas von der unteren Hälfte seines Gesichtes.

Der Jeranser General kniff die Augen zusammen. »Dies ist eine Darstellung der momentanen strategischen Lage, soweit wir sie feststellen können. Unsere Truppen hier zählen ungefähr siebzehnhundert Reiter und dreitausend Infanteristen. Unser Ziel ist der Vorstoß aus der Hochebene hier und die Belagerung Swojins. Als die aurolanischen Truppen sie eroberten, war die Stadt die Heimat von fast zwanzigtausend Männern, Frauen und Kindern sowie einer kleinen Vorqælfenpopulation. Wir schätzen, dass sie derzeit noch ein Viertel dieser Anzahl beherbergt. Sie dient als Hauptquartier für eines der Regimenter Kytrins, das von einer Vorqælfenlegion verstärkt wird.«

Caro schüttelte den Kopf. »Vorqælfen, die für Kytrin arbeiten? Das kann ich nicht glauben.«

Ph'fas' Kopf hob und senkte sich, als treibe er in einem aufgewühlten Meer. »Die Hexe hat sie auf Jagd nach uns geschickt, aber ohne Erfolg.«

Adrogans nickte. »Wie es scheint, halten die Aurolanen eine Reihe von Vorqælfen als Geiseln. Ich weiß nicht, ob es uns möglich sein wird, sie vor der Belagerung zu befreien, aber ich bin gerne bereit, mir entsprechende Pläne anzuhören.«

Alyx runzelte die Stirn. »Einen Stoßtrupp in eine vom Feind gehaltene Stadt einzuschleusen, um nach Personen zu suchen, deren Existenz nicht einmal sicher ist, und sie zu befreien, während ein Heer sich zur Belagerung der Stadt sammelt, wäre Selbstmord.«

»Muss ich daraus schließen, dass Ihr die Mission nicht übernehmen wollt, Prinzessin?«

Alyx' Kopf zuckte hoch. »Was?«

Die Augen des jeranischen Generals waren unter den halb geschlossenen Lidern kaum zu sehen. »Nur eine Frage, inspiriert von Eurem Überfall auf das Gebäude in Yslin. Es scheint mir eine Aufgabe, der Ihr und Euer Team gewachsen sein könntet.«

»Das will ich nicht ausschließen, aber ich würde es vorziehen, gewichtigere Probleme zu besprechen.« Alyx deutete auf einen Satz aus zwölf Holzblöcken auf halber Strecke zwischen Swarskija und Swojin, im Herzen der Bhayall-Steppen. »Dieses aurolanische Regiment scheint, falls ich die Markierungen richtig deute, aus gemischter schwerer und leichter Infanterie sowie schwerer und leichter Kavallerie zu bestehen. Was für Truppen sind das?«

»Leichte aurolanische Infanterie sind Schnatterer unter dem Befehl von Vylænz, Schwere sind Schnatterer unterstützt von einer ansehnlichen Zahl Hôrgun. Wir haben keine Meldungen über Draconettiere, aber unter der schweren Infanterie sind auch Menschen.« Adrogans verzog das Gesicht. »Die Riesen sind langsam und schwerfällig, aber zäh.«

»So berichtet es die Legende, General.« Alyx erstickte ein Knurren. »Mein Vater starb von eines Riesen Hand.«

Beal legte ihr die Hand auf die Schulter. »Das war ein Sullanciri, meine Fürstin. Niemand minderer hätte Euren Vater bezwingen können.«

»Ich weiß es zu schätzen, mot Tsuvo, aber es wäre ein schwerer Fehler, anzunehmen, ein Hôrgun wäre nicht in jedem Fall ein tödlicher Gegner.« Alyx schaute über den Tisch zu Adrogans. »Die Kavallerie sind Temeryxen?«

»Die Leichte besteht aus Frostkrallen, ja. Die Schwere aus Großtemeryxen mit gepanzerten Menschen und Schnatterern als Reitern. Auch hier keine Draconetten.«

»Und die Sullanciri?«

Adrogans deutete auf Swarskija an der bei Alyx gelegenen Nordküste. »Malarkex befindet sich mit zwei Regimentern in der Hauptstadt, eines sind Fußtruppen, das andere Reiterei. Die rote Fahne an der Stadt zeigt an, dass unsere Informationen über ihre Position zu alt sind, um zuverlässig zu sein. Die gelbe Fahne bedeutet beim marschierenden Regiment, die Informationen sind drei

Tage alt, während die grüne Fahne in Swojin aktuelle Berichte kennzeichnet.«

»Erhalten von Vorqælfen aus der Stadt, die in Expeditionen gegen die Shusken ›gefallen‹ sind?«

Adrogans grinste, und Ph'fas gackerte. »Ihr seid sehr aufmerksam, Prinzessin.«

»Zu gnädig, General.« Sie seufzte. »Die Schwierigkeiten bei der Befreiung Swojins sind gigantisch. Das Marschregiment ist in Stellung, die Belagerung der Stadt aufzuheben. Das Land um Swojin ist, falls Ihre Karte auch nur annähernd den Tatsachen entspricht, sumpfig, und der Sommer dieses Jahr war nicht annähernd heiß genug, es auszutrocknen. Das bedeutet, die Reiterei wird es schwer haben. Es wird auch nicht leicht werden, Belagerungsmaschinen in Stellung zu bringen und einzusetzen.«

Der Jeranser schüttelte den Kopf. »Es war ein trockener Winter und der Sommer hat auch nicht viel Regen gebracht. Das Grundwasser steht in dieser Gegend zwar hoch, aber der See hat Niedrigwasser. Der Boden ist fest genug für unsere Zwecke.«

»Das ist gut, aber für beide Seiten.« Alyx kaute einen Moment auf der Unterlippe. »Wenn die Stadt auch nur eine Weile standhält, kann uns ein von Swarskija kommendes Entsatzheer im Becken einkesseln. Uns den Weg freizukämpfen, wird hohe Verluste fordern.«

»Da habt Ihr Recht, aber wenn wir die Stadt in unserem Besitz haben, werden wir die Entsatztruppen leicht zurückschlagen.«

»Es ist reichlich zuversichtlich, anzunehmen, Ihr könntet Swojin mit dem, was uns zur Verfügung steht, einnehmen und die Belagerungsschäden schnell genug reparieren, um Malarkex abzuwehren, und selbst das setzt voraus, dass sie sich auf dem Weg von Swarskija Zeit lässt.«

Adrogans winkte ab. »Die Stadt wird nicht lange genug Widerstand leisten, um eine Rolle zu spielen. Unsere Kundschafter melden, dass sie keine Chance hat. Guraninüberfälle aus dem Hochland in die Swarskijaregion werden einen Teil der aurolanischen Truppen nach Westen ziehen und mindestens zwei Flüsse zwischen sie und unsere Stellungen bringen. Natürlich müssen zahlreiche Einzelheiten berücksichtigt werden, aber ich habe keinen Zweifel, dass wir unser Ziel erreichen können.«

Alyx blickte zu General Caro. »Was meint Ihr?«

Caro rieb sich das Kinn. »Riskant, aber machbar. Realistisch gesehen ist Swojin das einzige Ziel, das wir vor Wintereinbruch einzunehmen und zu halten überhaupt eine Chance haben, und ich möchte diese Hochebene verlassen haben, wenn der erste Schnee fällt. Die Planung wird je nach Position der feindlichen Truppen, ihrer Stärke und dergleichen angepasst werden müssen, aber mit verlässlichen Kundschaftern halte ich es für möglich.«

Sie nickte langsam. »Na schön. In Ordnung, ich freue mich darauf, die Einzelheiten des Feldzugs auszuarbeiten.«

Adrogans schüttelte den Kopf. »Damit braucht Ihr Euch nicht zu bemühen.«

»Was?«

»Das ist eine Aufgabe für General Caro, seine Gegenüber bei den anderen Kontingenten und mich. Ihr müsst Euch darum kümmern, wie wir die Geiseln am besten befreien können. Im nächsten Gebäude findet Ihr einen Plan der Stadt. Wir haben ihre Position so sicher bestimmt, wie es uns möglich war.«

Ihre violetten Augen funkelten. »Das kann nicht Euer Ernst sein.«

»Das ist es sehr wohl.« Er schob das Kinn vor und starrte ihr geradewegs in die Augen. »Ihre Rettung ist für diesen Feldzug von entscheidender Bedeutung. Eine erfolgreiche Rettungsaktion wird den Leuten Hoffnung geben und einen Grund liefern, sich zu widersetzen, wenn der Feind droht, ihre Stellungen zu überrennen. Außerdem wird es uns die Dankbarkeit der Vorqælfen sichern. Ich hätte nichts dagegen, wenn ihre Freiwilligen sich uns anschließen. Und letztlich: Ph'fas hier besteht darauf, dass sie befreit werden müssen.«

Der Shuskenschamane nickte.

Alyx blinzelte. »Ich halte Euren letzten Grund für den entscheidenden, aber ich brauche eine eingehendere Erklärung.«

»Nein, Prinzessin, die braucht Ihr nicht.« Adrogans setzte ein dünnes Lächeln auf, dessen Anblick die Wut in ihr aufsteigen ließ. »Ihr habt Eure Aufgabe. Falls Ihr versagt, scheitern wir auch. Es gibt niemanden sonst, dem ich die Planung und Ausführung dieser Mission anvertrauen würde.«

Alyx verzog das Gesicht. »Warum hasst Ihr mich?«

Der jeranische General runzelte die Stirn. »Euch hassen? Ich bewundere Eure Fähigkeiten, Prinzessin. Ich vertraue Euch diese Mission an, weil sie das einzige Problem bei diesem Unternehmen darstellt, für das ich selbst keine Lösung finde. Falls es euch gelingt, könnte das die Befreiung Okrannels ernsthaft in den Bereich des Möglichen rücken.«

Kapitel Zwölf

Will wickelte sich die Decke wie einen Mantel um den Leib, um die Kälte abzuhalten, die sich mit der einbrechenden Dunkelheit ins Lager schlich. Qwc, der bei der ersten Bewegung aufgeflogen war, flatterte sirrend wieder heran, um sich erneut auf der linken Schulter des jungen Diebes niederzulassen. Will grinste, obwohl er einen leichten Schmerz verspürte, als ein Flügel sein Ohr traf. »Vorsichtig, Qwc, das Ohr brauche ich noch.«

»Hören Lob, hören.« Der Sprijt streckte die Hand aus und zupfte am Ohr. »Werden getroffen, getroffen, weil sie groß werden von Lob.«

»Das ist nicht wahr.«

»Lüge, dreckige Lüge.«

Obwohl die Stimme des Sprijt freundlich blieb und Will nicht einmal einen Hauch von Bosheit in den Worten entdecken konnte, trafen sie ihn. Die meisten Soldaten im Lager hatten ihn in Yslin vorbeireiten sehen – es war überdeutlich, dass die Geschichten darüber, wer er war und was er tun würde, sich schneller als Syphilis im Lager verbreitet hatten. Die Kavalleristen verstärkten den Effekt noch mit Erzählungen davon, was sie unterwegs gesehen und gehört haben wollten … was eigentlich nicht viel hätte hergeben dürfen, denn er hatte nichts weiter getan als zu reiten, zu schlafen und zu reden. Trotzdem lächelten und nickten ihm die Soldaten zu, die ihn nur drei Monate eher auf der Stelle zurück in die Düsterstadt geprügelt hätten.

Zum Teil konnte er verstehen, was sie in ihm sahen.

Das Wissen um die Prophezeiung, die voraussagte, er würde Kytrin erledigen, ließ sie zuversichtlich werden. Seine Anwesenheit auf ihrer Seite der Schlacht gab ihnen den Vorteil. Kytrins Niederlage war vorherbestimmt, die einzige Schwierigkeit blieb, ihr das deutlich zu machen. Will bemerkte allerdings eine Besonderheit in den guten Wünschen und Prahlereien, die er aufschnappte. Die jeranischen Truppen koppelten ihn grundsätzlich an Adrogans und erklärten sie zu einer unschlagbaren Paarung. Die okranschen Soldaten bezogen in ihrem Lob Alexia mit ein, und die Guranin-Hochländer waren darin besonders lautstark.

Die Shusken neigten dazu, Abstand von Will zu halten, was ihn, ehrlich gesagt, überraschte. Ph'fas, ihr Häuptling, hatte ihn gründlich begutachtet. Er war ihm mit den Händen durchs Haar gefahren, hatte seine Zähne geprüft, ihn an den Armen gezogen, Hände und Füße untersucht. Der alte Mann hatte eine lange Zeit damit zugebracht, ihm in die Augen zu starren, und wann immer Will den Blick abwandte, knurrte und brummelte Ph'fas, oder er räusperte sich und spuckte. Verstanden hatte der Knabe kein Wort von dem Gemurmel.

Auf Will wirkte der Shuske ebenso fesselnd wie abschreckend. Während Entschlossen seinen Leib mit magisch geladenen Tätowierungen verziert hatte, trug Ph'fas Knochenschnitzereien, Steinfigürchen und Metallteile der unterschiedlichsten Formen an die Haut geheftet. Will war sich nicht wirklich sicher, aber er hatte den Eindruck, dass ein Teil der Talismane von Zeit zu Zeit ausgewechselt oder versetzt wurden, konnte jedoch weder ein Muster darin erkennen, noch kam ihm ein Grund dafür in den Sinn.

Was Will einschüchterte, und aus Ph'fas mehr als einen Greis machte, den er in Yslin als Irren abgetan hätte, war die Kraft in den Händen des alten Mannes. Stahlharte Finger bohrten sich ihm in den Leib. Wenn der alte Mann ihn an den Armen riss oder ihm einen Stoß versetzte, verlor Will das Gleichgewicht. Und bei seinem einzigen Versuch, einen solchen Stoß zu erwidern, war ihm gewesen, als hätte er leichter Gyrvirgul versetzen können.

Irgendwas an Ph'fas stimmt nicht. Aber was immer es war, Will kam nicht darauf. Dementsprechend war ihm ganz recht, dass der Shuske und sein Volk Abstand hielten. Will hätte Entschlossen gefragt, aber seit Alexia sie am ersten Abend zusammengerufen hatte, um über den bevorstehenden Feldzug und die Schlacht im Swojin zu reden, hatte der Vorqælf eine außergewöhnlich üble Laune.

Will widmete sich wieder Qwc. »Findest du wirklich, ich höre zu sehr darauf, was die anderen über mich sagen?«

»Mehr, mehr hören auf Alexia, ist meine Meinung.« Qwc deutete mit zwei Armen zum Langhaus, in dem die Prinzessin ihren Part des Feldzugs vorbereitete. »Hilf, Will, hilf ihnen.«

Er seufzte und legte den Kopf in den Nacken. Dann schloss er die Augen. »Entschlossen setzte mir in einem fort zu, weil Vorqs für Kytrin arbeiten. Mir ist klar, warum ihn das wütend macht, aber was habe ich denn getan?«

»Mehr, du kannst mehr tun.«

Will knurrte, dann rollte er die Schultern, öffnete die Augen und marschierte ins Dorf. »Es kann einem wirklich auf die Nerven gehen, wie Recht du hast, Qwc.«

Der Sprijt lachte, flog auf, schlug einen Salto in der Luft und drehte sich um. Rückwärts fliegend winkte er Will weiter. »Will, tapferer Will, klug, Will, klug.«

Qwc flog voraus und produzierte sich mächtig bei dem Versuch, den Vorhang am Eingang für ihn beiseite zu ziehen.

Der Dieb zog den Kopf ein und suchte beim Eintreten

mit schnellem Blick den Raum ab. Alexia, Perrine, Kräh, Beal mot Tsuvo und Orla drängten sich um den Tisch. Orla verbarg ein Gähnen hinter vorgehaltener Hand, und die anderen hatten dunkle Schatten unter den Augen. In einer hinteren Ecke lag Kjarrigan und schnarchte leise.

Ihm gegenüber schärfte Entschlossen mit einem Wetzstein ein Langmesser. Von Lombo und Dranæ war nichts zu sehen und er schaute sogar zur Decke, um zu schauen, ob der Panq sich in den Schatten dort versteckt hielt.

Kräh kommentierte sein Erscheinen mit einem kurzen Nicken. »Wieder da? Willkommen.«

»Danke.« Will näherte sich leise dem langen Tisch in der Mitte der Hütte, weniger um Alexias Konzentration nicht zu stören, als um Entschlossen keinen Anlass für einen neuen Tadel zu liefern. Soweit er das beurteilen konnte, hatte sich die Situation auf der Karte seit dem frühen Morgen nicht verändert. Ein halbes Dutzend Gebäude war mit Fahnen gekennzeichnet, die markierten, dass dort Geiseln festgehalten worden waren, aber alle Fähnchen waren gelb und deuteten darauf hin, dass der Wert dieser Information rapide sank.

Alexia schüttelte den Kopf. »Du hast Recht, Schwester. Du oder die Kriegsfalken, ihr könntet über die Stadt fliegen und ihre Position feststellen, falls die Geiseln ein Zeichen auf Tür- oder Fensterstürze malen oder Stofffetzen aus dem Fenster hängen konnten. Dabei gibt es aber zwei Probleme: Eine schnelle Verlegung der Geiseln würde eure Information entwerten, und, was weit schlimmer wäre, sollte der Feind von diesen Zeichen erfahren, könnte er sie dazu benutzen, uns in eine Falle zu locken.«

Orla runzelte die Stirn. »Es wäre möglich, die Geiseln magisch zu entdecken, falls es gelänge, Gegenstände aus ihrem unmittelbaren Besitz aus der Stadt zu schmuggeln und mit deren Hilfe eine Verbindung zu etablieren. Allerdings könnte der Einsatz von Magik die Aurolanen vor uns warnen. Außerdem ließen sich auch diese Informationen so verändern, dass sie uns in eine Falle locken würden.«

Alexia schüttelte nachdenklich den Kopf. »Die ganze Operation könnte eine Falle sein. Ich kann Adrogans' Einschätzung der positiven Auswirkungen einer Geiselbefreiung nicht widersprechen, aber der Aufwand ist gewaltig. Ph'fas drängt uns zu dieser Aktion, und das behagt mir gar nicht.«

Beal nickte. »Ich verstehe Eure Vorbehalte gegen Ph'fas, Prinzessin. Ihr wisst, wir Hochländer sind den Shusken alles andere als grün, doch seit ich hier angekommen bin, habe ich manches gelernt. Ich kann nichts davon in Worte fassen, aber Ph'fas besitzt eine besondere Einsicht. Ich habe den Eindruck, er sieht das Land anders als wir, und die Rettung der Vorqælfen beeinflusst möglicherweise den Weirun. Die schlichte Tatsache hier ist, solange wir die Rettung der Vorqælfen planen, haben wir die Unterstützung der Shusken, und ohne die kann dieser Feldzug nicht gelingen.«

Die Prinzessin seufzte. »Ich weiß, und genau deshalb stehen wir hier. Wir müssen die Geiseln an einem Punkt sammeln. Wenn wir keine Magik einsetzen können, ohne bemerkt zu werden, bleibt als einzige andere Möglichkeit die Infiltration. Ist das machbar?«

Die Guraninkriegerin streckte die Hand aus und deutete nacheinander auf jedes der vermuteten Verstecke, während sie sie abzählte. »Sechs. Viel zu viele, und viel zu weit auseinander, um uns zu verteilen und sie alle zu halten. Wenn die Schätzungen stimmen, müssen wir hundert Geiseln befreien, aber so zerfleddert ist diese Aufgabe nicht zu schaffen.«

Will kratzte sich am Nacken. »Diese Entdeckungsmagik, wie funktioniert die?«

Bevor Orla antworten konnte, knurrte Entschlossen:

»Hör auf, ihre Zeit zu verschwenden, Junge. Du hast keine Ahnung von militärischen Missionen wie dieser. Du wirst uns erst etwas nützen, wenn wir in der Stadt sind und jemanden brauchen, der uns die Schlösser knackt.«

Kräh schaute ihn an. »Woran denkst du, Will?«

Will zuckte jäh die Schultern und der Sprijt verlor den Halt.

Qwc packte mit allen vier Händen Wills Hemd und hing ihm vor der Brust. »Verzeihung, bitte Verzeihung.« Der Sprijt zog sich langsam wieder hoch.

Der Dieb zuckte noch einmal die Achseln, diesmal verhaltener. »Na ja, ich denke, Entschlossen hat Recht. Ich kenne mich mit militärischen Sachen nicht aus. Ich bin nur ein Dieb und betrachte das Ganze dementsprechend. Also, wenn ich darauf aus wäre hundert Sachen zu stehlen, die zur Sicherheit aufgeteilt worden sind … Das wäre herb. Also habe ich mir überlegt, vielleicht kann man die Aurolanen dazu bringen, sie alle zusammenzulegen. Oder wenigstens sie irgendwohin zu bringen, damit ihr wisst, wo sie sind.«

Die vilwanische Kampfmagikerin hob fragend die rechte Braue. »Und was spielt Entdeckungsmagik dabei für eine Rolle?«

»In Ordnung, Ihr habt daran gedacht, durch die Kanalisation einzudringen, ja? So nahe wie möglich bei den Gebäuden an die Oberfläche steigen, wenn es geht, gleich im Innern, richtig?«

Alexia nickte zögernd. »Wir müssen unbemerkt in die Stadt kommen, und das ist der einfachste Weg.«

Will grinste. »Gut, der Plan hat mehrere Teile. Erst einmal müssen wir sie glauben machen, die Stellen, an denen sie die Geiseln jetzt festhalten, taugen nichts. Würde ich versuchen, etwas zu stehlen, würde ich möglicherweise einbrechen und Hinweise hinterlassen, dass ich dort war, so, als wäre ich fast erwischt worden. Wenn wir Leute in der Kanalisation hätten, die Entdeckungsmagik einsetzen, könnten wir sie glauben machen, wir suchten nach den Geiseln.«

Entschlossen stand von seinem Platz auf und trat an das dreidimensionale Modell Swojins. »Sie würden wissen, wo wir zuschlagen werden, und die Geiseln verlegen.«

»Genau. Und Peri oder einer der Kriegsfalken könnte über der Stadt fliegen und sie dabei beobachten. Auf diese Weise finden wir heraus, wo sie hingebracht werden. Da es nur ein paar Gebäude in der Stadt gibt, die solide genug sind, alle Gefangenen aufzunehmen, haben sie keine allzu große Auswahl.«

Die silbernen Augen des Vorqælfen wurden schmal. »Du verlässt dich zu sehr auf die Dummheit des Gegners, Junge.«

Beal nickte zustimmend. »Außerdem, wenn wir den Aurolanen verraten, dass wir durch die Kanalisation in die Stadt gelangen können, werden sie Truppen in Position haben, um uns aufzuhalten, falls wir tatsächlich angreifen.«

Will grinste. »Und woher wollen sie wissen, wann wir kommen?«

Entschlossen schnaufte. »Worauf willst du hinaus, Junge?«

Der Dieb seufzte. »Ich denke mir, sie werden ihre Vylænz ansetzen, um nach Magik in der Kanalisation Ausschau zu halten, und sobald sie etwas finden, schicken sie Trupps von Schnatterern runter, um uns zu jagen.«

Kräh runzelte die Stirn. »Ich dachte, das ist genau das, was wir vermeiden wollen, Will.«

»Stimmt, deshalb dachte ich mir, vielleicht gibt es einen Weg, so was wie Kanalratten magisch zu machen, sodass sie statt uns die Ratten entdecken, die durch die Gänge laufen.«

Der Vorqælf schüttelte den Kopf. »Solche Zauber gibt es nicht.«

»Könnten wir sie nicht tätowieren, so wie dich?«

»Nein, Junge.« Entschlossen schüttelte wieder den Kopf. »Die Tätowierungen sind schwierig anzubringen und erfordern Intelligenz, um sie einzusetzen. Habe ich Recht, Magisterin?«

Orla nickte. »Es existiert kein Zauber, der die Ratten Magik ausstrahlen ließe.«

»Verzeiht mir, Magisterin, aber das ist nicht ganz korrekt. *Derzeit* existiert kein derartiger Spruch, aber ich könnte einen entwickeln.« Kjarrigan gähnte und rieb sich den Schlaf aus den Augen, während er sich aufrichtete. »Es wäre zu machen und gar nicht schwer.«

Alexia wirbelte herum. »Wirklich? Wie?«

Der fette Adept wälzte sich auf. »Nun, es wäre eine Variation des Arkantafalzaubers, ausgelöst durch das Gesetz der Übertragbarkeit. Wir würden einen großen Stein brauchen, den wir zerschlagen. Jedes Bruchstück wäre an jedes andere gebunden. Wir verzaubern sie, um diese Beziehung zu verstärken, dann binden wir den Ratten kleine Bruchstücke an den Leib. Ein großes Stück behalten wir hier, und ein Magiker wirft einen Zauber auf den Stein, der auf alle anderen Bruchstücke übertragen wird. Ließe er den großen Stein im Dunkeln leuchten, würden auch die kleinen Steine leuchten. Jeder nach Magik Ausschau haltende Vylæn würde den Zauber bemerken. Und das Schöne an dem System ist: Verschiedene Magiker könnten verschiedene Zauber einsetzen, oder ein und derselbe Magiker könnte es auch, um verschiedene, aber ähnliche Signale zu erzeugen und die Vylænz glauben zu machen, wir würden mit einer gewaltigen Invasionsstreitmacht angreifen.«

Will nickte und deutete zu Kjarrigan. »Genau.«

Entschlossen zog die rechte Augenbraue hoch. »Willst du damit behaupten, du hättest verstanden, was er gesagt hat?«

»Äh, na ja, nicht genau, aber es klang, als könnte es gelingen.«

»Es wird gelingen.« Kjarrigan nickte und seine fleischigen Wangen zitterten.

»Es könnte tatsächlich gelingen.« Orla stützte sich schwer auf ihren Stock. »Der Trick wird darin bestehen, selbst in die Stadt zu gelangen. Wenn wir die Kanalisation nicht benutzen können, sind wir leicht zu entdecken.«

Alexia drehte sich wieder zur Karte um und tippte sich ans Kinn. »Nicht unbedingt. Die Städter benutzen den See noch immer zum Fischfang und für andere Tätigkeiten. Vielleicht sollten wir unsere Leute unter die Einheimischen schmuggeln, wenn sie nach Swojin zurückkehren.«

»Dazu müssten unsere Leute unbewaffnet sein, meine Fürstin.« Kräh rieb sich das Gesicht. »Ich bin möglicherweise zu müde, um Euch zu folgen, aber Unbewaffnete werden die Geiseln nicht befreien können.«

»Richtig, Kräh, aber unsere Leute werden die Stadt nur unbewaffnet *betreten*. Ich möchte die Kriegsfalken in Nachtangriffen auf die Stadt einsetzen. Sie würden Pfeile abschießen, Speere werfen und den Garnisonstruppen auf den Mauern anderweitig das Leben schwer machen. Im Anschluss an diese Angriffe sollte es ihnen möglich sein, Bündel mit Waffen und leichten Rüstungen abzuwerfen, die unsere Vorqælf-Verbündeten für uns verstecken können. Falls das nicht möglich ist, werden wir Wills Plan zur Ablenkung der Vylænz benutzen, indem wir eine rattenfreie Route wählen. Falls die Vylænz das Geschehen nicht auf einer Karte des Kanalisationssystems verfolgen und ein Gebiet bemerken, in dem nichts geschieht *und* dorthin Truppen in Bewegung setzen, sollten wir schnell ans Ziel gelangen.«

Orla nickte. »Wir können die Route danach auswählen, wo sie die Geiseln unterbringen. Wir rücken durch die Kanalisation wieder ab, oder kämpfen uns möglicherweise den Weg zum Hafen frei und entkommen per Schiff.«

Peri schnipste eine Kralle gegen eines der Schiffsmodelle im Hafen. »Flammhähne würden die Verfolger bremsen.«

»Guter Gedanke, Schwester.« Alexia sah sich unter den um den Tisch Versammelten um. »Schwachpunkte?«

»Es gibt sicher welche, meine Fürstin.« Kräh legte ihr die Hand auf die Schulter. »Aber ich bin ziemlich sicher, wir sind alle zu übermüdet, um mehr als die offensichtlichsten zu bemerken.«

Der Vorqælf beugte sich vor und stützte die Ellbogen auf die Tischkante. »Das Eindringen in die Stadt wird schon sehr riskant werden, aber das Entkommen mit den Geiseln erst recht. Ein Gebäude zu besetzen und gegen die Aurolanen zu halten, ist unmöglich, denn früher oder später werden sie uns überwältigen. Ein Rückzugsgefecht durch die Kanäle oder Straßen wäre für die Geiseln der Tod. Wir müssen sie schnell evakuieren. Hätten wir tausend Kriegsfalken, könnten wir sie alle durch die Luft in Sicherheit bringen, aber die haben wir nicht.«

»Ein ausgezeichneter Einwand, Entschlossen. Und dasselbe gilt für Krähs Feststellung.« Alexia schob sich das blonde Haar hinters rechte Ohr. »Ich schlage vor, wir essen erst einmal etwas und legen uns dann schlafen. Morgen früh sehen wir weiter. Ich bin sicher, es gibt eine Lösung für Entschlossens Problem und auch für alle anderen, die wir noch finden.«

Sie lächelte und nickte Will zu. »Und Will, danke für deinen Beitrag. Du hast Recht, das ist weniger ein militärisches Problem als ein Diebstahl. Wir werden die Geiseln aus Swojin stehlen. Irgendwie wird es uns sicher gelingen – und das war ein hervorragender Anfang.«

Will strahlte bei diesem Lob. Und trotz Entschlossens

finsterer Miene und Qwcs Spott strahlte er den ganzen Abend. Er lächelte sogar noch, als er einschlief, und seine Träume ließen das Lächeln noch breiter werden. Nicht, weil er von Alexia geträumt hätte, sondern weil er eine Lösung für Entschlossens Problem fand. Als er aufwachte, erinnerte er sich an genug Aspekte des Traums, um sich die Lösung wieder zusammenzureimen. Und Will Flinkfuß, der König der Düsterdünen, wusste: Das klappt.

Kapitel Dreizehn

Alyx erschien Wills Plan für die Evakuierung der Geiseln hochinteressant. Sie freute sich über die Überraschung auf Adrogans' Gesicht, als der Dieb ihm die Einzelheiten erklärte, doch der Jeranser erklärte sich für ihre Seelenruhe etwas zu schnell einverstanden. Der Plan war logisch, setzte aber logistische und materielle Unterstützung voraus, von der sie nicht glaubte, dass die Expedition sie zur Verfügung stellen konnte. Doch diese Details auszuarbeiten fiel an Beal mot Tsuvo. Für sie selbst hatte Adrogans eine neue Aufgabe.

Der jeranische General erklärte seine Absicht, augenblicklich gegen Swojin zu marschieren. »Eure Wölfe werden die Shusken bei einer bewaffneten Erkundung begleiten. Ich will wissen, was uns erwartet. Ihr werdet beobachten und größere feindliche Einheiten nicht angreifen. Aber holt Euch kleinere Truppen, bringt über Swojin und die aurolanischen Truppen in Erfahrung, so viel Ihr könnt. Das wird noch wichtig werden.«

Adrogans gestattete ihr, die Wölfe mit Entschlossen, Kräh, Dranæ, Peri und zwei Kriegsfalken zu verstärken. Er erklärte, den Norderstett im Lager behalten zu wollen, damit er mit Beal an der Rettung der Geiseln arbeiten konnte, aber sie wussten beide, wie dumm es gewesen wäre, Will auf einer Kundschaftermission in Gefahr zu bringen. Seine Anwesenheit bei der Hauptstreitmacht stärkte die Kampfmoral, und sein Verlust in ihrer Kompanie hätte sie irreparabel geschädigt.

Der Trupp für die bewaffnete Erkundungsmission bestand aus knapp dreihundert Soldaten. Die Shusken ritten auf zähen kleinen Bergponys, die mit bemerkenswertem Gleichmut über Pfade zockelten, die sich eng an die steilen Berghänge schmiegten. Die Pfade wanden sich in langen Serpentinen tief in Täler, deren wuchernde Vegetation die Sonne verbarg, und an hohen Wasserfällen vorbei, in deren Gischt Regenbögen schimmerten. Die Shusken schienen ihrer Umgebung kaum Beachtung zu schenken, waren sich aber jedes aurolanischen Vorstoßes in ihr Territorium geradezu übernatürlich bewusst und deuteten häufig auf Lagerstellen und andere Anzeichen der Invasion.

In der Gyrkymefluglinie hätte die Strecke zwischen dem Lager und Swojin zu Pferd nicht länger als vier Tage beanspruchen dürfen. Die Hauptstreitmacht ihres Heeres kam weit langsamer voran und benötigte zu Fuß fast eine Woche. Alyx schauderte bei dem Gedanken, wie die Nachschubwagen die schwierige Strecke zurücklegen sollten, und war froh, dass sich Adrogans über dieses Problem Gedanken machen musste. *Nachdem er das Anderthalbfache des tatsächlich Erforderlichen requiriert hat, kann er Verluste gut verkraften und trotzdem mit einer kampfstarken Truppe vor Swojin eintreffen.*

Die Kundschafter rückten nur langsam und vorsichtig weiter. Auf diese Weise bestand keine Gefahr, dass sie die Hauptstreitmacht weit genug hinter sich ließen, um irgendwelchen Aurolanen Gelegenheit zu geben, unbemerkt in die Lücke vorzustoßen und einen Hinterhalt zu legen. Die meiste Zeit bewegte Alyx' Truppe sich so schnell wie verantwortbar an einen bestimmten Zielpunkt und sandte von dort aus Kundschafter zu den Seiten und ein Stück voraus, um eine Ahnung zu erhalten, was der nächste Tag bringen würde. Die Berichte wurden sorgfältig aufgestellt und von einem Gyrkymu zurück zu Adrogans gebracht, der ihren Empfang bestätigte und in der Antwort Informationen über bestimmte Ziele anforderte.

Nach drei Tagen erreichten sie das Vorgebirge am Rand des Hochplateaus zum Swojin-Becken, und die Kundschafter meldeten reges Treiben in einem Eisenbergwerk. Von Schnatterern, Vylænz und mindestens einem Vorqælfen bewachte menschliche Sklaven bauten Erz ab und luden es auf Maultierkarren für den Transport zurück nach Swojin, damit die Schmiede der Stadt das Gestein zu Eisen und Stahl verarbeiteten.

Gemeinsam mit Agitar, Kräh und Entschlossen entschied Alyx, das Bergwerk einzunehmen und die Gefangenen zu befreien. Da die Kundschafter nur ein Dutzend Aurolanen gemeldet hatten, sah sie keine Schwierigkeiten für einen Angriff der Wölfe voraus. Sie entschied, bis zur Dunkelheit zu warten, um ihren Schutz für Shusken und Alciden gleichermaßen zu nutzen. Gleichzeitig gab ihnen dies die Chance, den Wagentross aufzuhalten, der das Bergwerk verließ.

Der bestand aus einem halben Dutzend klappriger alter Kastenwagen, gezogen von jeweils sechs Maultieren und zwei menschlichen Sklaven pro Wagen. Ein Vorqælf mit lang wallendem schwarzem Haar, tief blauen Augen und ein paar Tätowierungen ritt der Kolonne voraus, zwei Schnatterer mit Piken marschierten an ihrem Ende, und je einer links und rechts in der Mitte.

Peri behielt den Wagentross aus der Luft im Auge, während ein Dutzend Shusken Entschlossen, Kräh, Alyx und Ph'fas auf einem schnellen Vorstoß über parallel zur Straße verlaufende Wildpfade begleiteten. Kräh und die Shusken waren mit Pfeil und Bogen bewaffnet, Entschlossen hatte seine Langmesser und Alyx ihr Schwert. Ph'fas trug keine Waffen. Ursprünglich hatte Alyx befürchtet, er könnte den Trupp aufhalten, aber auf dem Weg durch den Wald bewies er eine erhebliche Beweglichkeit und Ausdauer. Sie alle kamen ins Schwitzen, während sie zu Fuß einen niedrigen Berg hinaufliefen, an dessen Fuß der Tross seine ohnehin geringe Geschwindigkeit noch weiter zurücknehmen musste, um die schwer beladenen Karren den Hang hinauf zu zwingen.

Sie erreichten den vorgesehenen Hinterhalt lange vor den Wagen. Alyx teilte die Shusken in zwei Gruppen auf und schickte sechs von ihnen mit Kräh auf die andere Seite der Straße. Beide Schützenabteilungen waren so aufgestellt, dass sie die Straße schräg hinabfeuerten und keine Gefahr bestand, sich mit ihren Pfeilen gegenseitig zu treffen. Alyx, Entschlossen und Ph'fas blieben in der Nähe der Bergkuppe, denn Entschlossen hatte seine eigene Methode, mit dem Vorqælfrenegaten abzurechnen.

Nachdem alle auf Posten waren, hieß es warten. Links von ihr regte Entschlossen keinen Muskel. Da seine silbernen Augen keine Pupillen hatten, konnte Alyx nicht einmal ahnen, wohin er schaute. Auf gewisse Weise ging sie davon aus, dass er die sich vor ihm ausbreitende Szenerie überhaupt nicht betrachtete, sondern ganz andere Bilder aus dem Gedächtnis aufrief. Er wirkte zu gelassen, um sich auf den Kampf vorzubereiten. Sie schauderte. Sie konnte sich kaum jemanden vorstellen, der mehr Angst einjagte.

Ph'fas saß im Schneidersitz auf dem Boden und strich mit kindlicher Hingabe mit den Fingern über Pflanzenblätter und Blüten. Er hob Matten aus nassem, braunem Laub in die Höhe und beobachtete das chaotische Wimmeln der Ameisen, die Eier davontrugen. Seine Bewegungen und das leise Summen, das er dabei ausstieß, liefen keine Gefahr, den Hinterhalt zu verraten, und sie verliehen ihm eine kindliche Unschuld, derer sie ihn nicht für fähig gehalten hätte. Aber gelegentlich verklang das Summen, das Lächeln gefror, und sein Blick schweifte in unbestimmte Fernen. In diesen Momenten fragte sie sich, ob er Entschlossens Vision teilte oder vielleicht etwas völlig anderes sah. Etwas Düsteres, Böses, ganz und gar nicht Kindliches.

Alyx selbst betrachtete die Straße. Sie beobachtete, wie das Sonnenlicht auf Laub und Boden schimmerte und in der leichten Brise tanzte, die durch die Bäume fuhr. Pragmatisch stellte sie fest, dass der Wind von der Hochebene herabwehte und die Schnatterer den Hinterhalt nicht wittern konnten. Ihre romantischere Ader genoss den sanften Kuss des Lufthauchs auf der Wange und die Kühlung an Hals und Gesicht. Dann brach der Pragmatismus sich wieder Bahn und veranlasste sie, das Schwert in der Scheide zu lockern und sich mit einer Berührung zu vergewissern, dass die Dolche an Gurt und Stiefel einsatzbereit waren.

Einen Augenblick fragte sie sich, wie Kräh sich wohl die Zeit vertrieb. Sicher hatte er einen Pfeil auf der Sehne. Sie hatte keine Mühe, sich vorzustellen, wie er an der schwarzen Lackschicht des Bogens kratzte und einzelne Schuppen vom Silberholz darunter abschälte. Nur Ælfen stellten Silberholzbögen her, und sie hatte noch nie einen im Stil des Reiterbogens gesehen, den Kräh benutzte. Eine derartige Waffe im Besitz eines Menschen bedeutete: Die Ælfen hielten ihn einer besonderen Ehrung für würdig. Und dass er in Yslin die wahre Natur der Waffe verborgen hatte, gab Anlass zur Spekulation.

Ph'fas' Kopf zuckte hoch und riss sie aus den Gedanken. Entschlossen streckte sich nur und richtete sich auf ein Knie auf. Am Fuß des Berghangs hatte der Wagentross angehalten und die Sklaven des zweiten Karrens lösten ihr Gespann, um es mit dem des ersten Wagens zu koppeln, bevor die Tiere ihn hinauf auf die Kuppe zogen. Die Schnatterer liefen am Ende des Zugs durcheinander, während der Vorqælf auf seinem schwarzen Hengst auf halbe Höhe heraufritt, bevor er sich im Sattel umdrehte, um das Treiben hinter sich zu beobachten. Zusätzlich zum Schwert an der Hüfte war er mit einem über den Schultern des Pferdes liegenden Silberholzlangbogen bewaffnet, und vor seinem rechten Knie hing ein Sattelköcher mit einem Satz Pfeile.

Entschlossen glitt lautlos aus der Deckung und bellte scharf auf Ælvisch.

Der Rappen des Vorqælfen drehte sich, der Silberholzbogen kam hoch. Der Vorqælf legte an, spannte und schoss im Zeitraum eines Blinzelns. Da ihr Plan vorgesehen hatte, ihn wenn irgend möglich lebend gefangen zu nehmen, hatte keiner der Bogenschützen den Befehl erhalten, auf ihn zu schießen. *Und selbst wenn, hätte keiner ihm zuvorkommen können.*

Alyx drehte sich zu Entschlossen um, sicher, einen Pfeil in seiner Brust zittern zu sehen, aber er stand nur da, überrascht, mit weiten Augen und unverletzt. Nichts verstellte ihr den Blick auf ihn oder auf den Pfeil, der sich kaum einen Schritt vor seiner Brust langsam in der Luft drehte. Die Blätter um die Lücke im Geäst, durch die sie blickte, zitterten, im Einklang mit Ph'fas' ausgestreckter Linken.

Unter ihr sangen Bogensehnen und jaulten Schnatterer. Kräh stieß einen lauten Pfiff aus und teilte ihnen auf die vereinbarte Weise den Tod der Schnatterfratzen mit. Aber all das waren nur Hintergrundgeräusche, als Entschlossen die rechte Hand hob und den Pfeil aus der Luft pflückte. Er betrachtete ihn kurz, dann warf er ihn über die Schulter.

Der andere Vorqælf stieß einen kurzen ælvischen Kommentar aus, dann schob er den Bogen in den Sattelköcher. Er schwang das rechte Bein über den Pferdehals und glitt mit einer flüssigen Bewegung aus dem Sattel, um ein gerades Langschwert zu ziehen. Der ebenso wie Entschlossen in ärmelloses Lederzeug Gekleidete winkte ihn heran.

Entschlossen zog beide Langmesser und setzte sich in Bewegung. Das Fenster im Geäst schloss sich, und Alyx musste sich drehen, um die Straße zu sehen. Ph'fas trat zu ihr, etwas erschöpft, mit schweißnasser Haut. Sein Mund öffnete sich zu einem lautlosen Kichern, das ihr einen Schauder über den Rücken jagte.

Entschlossen ragte über seinem Gegner auf, und das lag nicht nur an der Höhe des schlohweißen Haarkamms. Er war in jeder Hinsicht größer als sein Gegenüber, aber den kleineren Vorqælfen schien das nicht zu berühren. Er ließ sich in eine Abwehrhaltung sinken, winkte Entschlossen weiter heran, dann warf er sich in einer schnellen Attacke nach vorne.

Entschlossen wich dem Stoß mit einem Seitschritt aus und drehte sich, um das Schwert von links nach rechts vor seinem Leib vorbeizucken zu lassen. Er drehte das Langmesser in der rechten Hand, sodass die Klinge an seinem Unterarm anlag, und hob den Arm, um mit ihr den Rückhandhieb seines Gegners zu parieren. Der kleinere Vorqælf wurde vom Schwung des Angriffs in seine Reichweite getragen. Entschlossen brachte den linken Ellbogen hoch und rammte ihn ihm ins Gesicht.

Der Renegat stolperte einen halben Schritt zurück. Entschlossens rechte Hand zuckte herum, das Langmesser löste sich wieder vom Unterarm. Er hätte dem Gegner mit einer Bewegung die Kehle durchschneiden können, stattdessen versetzte er dem schwarzhaarigen Ælfen aber nur einen Hieb ins Gesicht, der ihm den Kopf zur Seite schlug.

Der Vorqælf stolperte zwei Schritte weit, und Entschlossen brauchte nur einen weiten Satz, die Entfernung zurückzulegen. Der silberäugige Vorqælf versetzte seinem Opfer einen harten Tritt in die Magengrube, der es auf die Knie zusammenklappen ließ. Der feindliche Vorqælf ließ das Schwert fallen und presste die Hände auf den Leib, dann erbrach er seine letzte Mahlzeit in eine dickflüssige Pfütze. Hinter ihm scheute sein Pferd.

Entschlossen griff in die schwarze Haarmähne und riss den Kopf des Vorqælfen nach hinten. Aus seiner

Nase rinnendes Blut mischte sich mit der Spur aus Erbrochenem auf dem Kinn. Entschlossen schleuderte ihm harte Worte ins Gesicht, dann ließ er los. Der besiegte Vorqælf erbrach sich erneut und rollte sich dabei so zusammen, dass die Enden der langen Haare in die Pfütze auf der Straße hingen.

Alyx trat aus dem Versteck. Sie schaute auf den am Boden liegenden Pfeil hinab, dann hoch zu Entschlossen. Blinde Wut verzerrte seine Züge und spiegelte den Ton seiner Stimme wider. Sie wollte gar nicht wissen, was er gesagt hatte, und sie brauchte es auch nicht zu wissen. Der andere Ælf presste die Arme um den Leib und schluchzte.

Entschlossen schnaubte. »Er sagt, er heiße Mechanisch. Ohne Zweifel hat er den Namen ausgewählt, als er in Kytrins Dienste trat. Wenigstens hatte er vor einem Vierteljahrhundert noch ein Schamgefühl.«

»Entschlossen!« Kräh, der auf der Straße vom Fuß des Bergs den Hang heraufkam, wo die Shusken die Sklaven befreiten, blieb vor Mechanisch stehen. Der Vorqælf hatte sich zu seinem Schwert geschleppt und hob es auf. Einen Augenblick lang befürchtete Alyx, der Ælf würde es sich in den Leib stoßen, doch er blieb weit vornüber gebeugt am Boden kauern und drehte die Spitze nicht auf sein Herz oder seinen Bauch.

Stattdessen legte er sie flach auf beide Hände und hob sie Entschlossen entgegen.

Mit einem erneuten verächtlichen Schnauben ging Entschlossen hinüber und trat die Waffe aus den Händen des anderen Vorqælfen. »Was soll ich mit einem Schwert, das kein Langmesser besiegen konnte? Selbst Mechanisch ist noch ein zu guter Name für dich. Erbärmlich solltest du heißen oder Jämmerlich. Oder Nichts.«

Die abgrundtiefe Verachtung in seiner Stimme ließ den schwarzhaarigen Ælfen den Kopf heben. »Vielleicht würde Unrettbar passen.«

»Das solltest du besser nicht hoffen oder du wirst noch weit mehr Blut auf dieser Straße vergießen.« Entschlossen schüttelte den Kopf. »Du willst mir nützen? Wie viele aurolanische Truppen befinden sich beim Bergwerk?«

»Sechzehn. Vier Vylænz, acht Schnatterer, zwei menschliche Aufseher und zwei Spione unter den Sklaven.« Der Vorqælf drehte sich hangabwärts um. »Der rothaarige Fahrer ist auch ein Spion.«

»Und warum soll ich dir das glauben?«

Mechanischs Kopf flog herum und seine blauen Augen funkelten. »Du hast mich besiegt. Ich habe dir mein Schwert angeboten.«

»Kytrin hat dich besiegt. Du hast ihr dein Schwert angeboten.«

Die Nüstern des knienden Ælfen blähten sich. »Ich biete dir mein Ehrenwort. Meine Familie …«

»Deine Familie ist tot. Alle unsere Familien sind tot. Hättest du eine Ehre, hätte ich dich nicht hier gefunden.«

»Ich habe getan, was nötig war, um zu überleben.« Mechanisch seufzte und schien in sich zusammenzufallen. »Ich wusste, dieser Tag würde kommen. Es gibt Dinge, die ich gesehen habe, Dinge, von denen ich weiß, dass du sie erfahren musst.«

Entschlossens Augen wurden schmal. »Dann spuck sie aus.«

»Nein. Ich kann dir viel sagen, aber nicht alles. Ich werde dir sagen, was ihr braucht, um Swojin einzunehmen. Das andere … Wenn ich es erzähle, wird sie es erfahren und mich töten.«

»Das ist jämmerlich.« Entschlossen schüttelte mit ernster Miene den Kopf. »Allein schon für diesen durchsichtigen Anbiederungsversuch sollte ich dich erschlagen.«

»Nicht, wenn du Vorquellyn erlösen willst.« Der Vorqælf wischte sich mit dem Handrücken über den Mund und verschmierte das Blut über seiner Wange. »Ich will

Jämmerlich heißen, wenn du willst. Wie auch immer, es spielt keine Rolle. Nehmt Swojin ein, tötet Malarkex. Sobald sie tot ist, werde ich dir alles sagen, was ich weiß, und du wirst froh darüber sein.«

»Und warum das, Jämmerlich?«

Der Vorqælf spuckte Blut auf den Boden. »Nach Okrannels Fall haben sie mich nach Hause gebracht, nach Vorquellyn. Ich habe Kytrin dort eine Sullanciri erschaffen sehen. Ich weiß, was sie noch plante, und warum sie scheiterte. Ich weiß nicht, wie man sie aufhalten kann, doch ich weiß, wie man viel von dem beheben kann, was sie angerichtet hat.«

Er tippte sich mit einem schlanken Finger an die Stirn. »Es ist alles hier drin. Wenn du mich jetzt tötest oder sterben lässt, ist Vorquellyn auf immer verloren.«

Kapitel Vierzehn

Kjarrigan war letztlich zu dem Schluss gekommen, dass ihm ein Tagebuch helfen würde, bei Verstand zu bleiben – falls es ihn nicht vorher in den Wahnsinn trieb. Der Gedanke, eine Chronik seiner Abenteuer zu führen, war ihm durch einen zufällig aufgeschnappten Kommentar Entschlossens zu einem von Wills Reimen gekommen. Der Vorqælf hatte gesagt: »Wenn dir nichts Besseres für ein Lied einfällt, werden die Bänkelsänger deine Ballade sterben lassen.«

Der Adept weigerte sich einzugestehen, dass eine beträchtliche Triebfeder dieser Entscheidung schockierte Beleidigtheit über die Vorstellung war, spätere Generationen könnten von Will singen und ihn selbst vergessen. Beinahe augenblicklich war das Bild der Großen Geschichte Vilwans in sein Gedächtnis gerückt, und er hatte entschieden, eine Chronik seiner Erlebnisse würde ein wichtiges Kapitel in der Geschichte der Magiker werden. Immerhin hatte er den Mord an den unschuldigen Kindern überlebt, er hatte eine neue Magik entwickelt, um einen Panq zu retten, in Yslin eine Begegnung mit Dämonen überstanden und Gyrvirgul besucht. Das allein hätte schon für einen netten kleinen Reisebericht genügt, aber die bevorstehende Belagerung Swojins und seine Rolle bei der Rettung der Geiseln versprach eine wahrhaft heldenhafte Saga.

Will arbeitete an seinen kleinen Reimen und Liedern, aber Kjarrigan wählte für seine Geschichte einen anderen Weg. Er verwarf die Route, die der Norderstett gewählt hatte, nicht, weil er keinerlei Talent zum Reimen hatte und eine Melodie nicht hätte halten können, wäre sie mit großen, griffigen Henkeln ausgestattet gewesen. Die Unsterblichkeit, wie sie Bänkelsänger anboten, war einfach zu gewöhnlich und ohne Zweifel für Analphabeten gedacht. Zivilisiertes Volk beherrschte die Schrift, und eine niedergeschriebene Chronik war weitaus zuverlässiger als eine auswendig gelernte und auf die Bedürfnisse der jeweiligen Zuhörerschaft abgestimmte Geschichte.

Wills Ballade wird nur Unterhaltungswert *besitzen.* Ich *werde Geschichte schreiben!*

Das Problem der Geschichtsschreibung war allerdings, dass sie höhere Materialanforderungen stellte als eine Ballade. General Adrogans hatte zwar für reichlich Nahrungsmittel und militärischen Nachschub gesorgt, aber Schreibmaterial war knapp und unterlag strikter Rationierung. Kjarrigan schien es, als hätte der General eine beinahe pathologische Angst, irgendjemand könnte seinen Papiervorrat mit der Art Zauber belegen, die zur Herstellung von Arkantafaln benutzt wurden, um die Befehle und Nachrichten an die Königin, die er darauf verfasste, mitlesen zu können. Adrogans' Verfolgungswahn sorgte dafür, dass die Papiervorräte streng bewacht wurden.

Dieser Papiermangel wurmte Kjarrigan ungemein – und das hinderte ihn am Einschlafen. Eines Abends, als er durchs Lager wanderte, bemerkte er drei Jeranser Krongardisten. Der Mittlere hielt ein Blatt Papier in der Hand und versuchte sichtlich, zu lesen, was darauf geschrieben stand. Daran, wie er das Blatt drehte und wendete, war allerdings deutlich zu erkennen, dass es ihm alles andere als leicht fiel.

Der Größte der drei Kavalleristen versetzte dem Leser einen heftigen Schlag gegen die Schulter. »Bist du sicher, da steht, dass meine Flora einen Jungen vom Bäcker bekommt?«

Der Leser zuckte die Achseln. »So stehts hier, Fossius.«

Kjarrigan lächelte schüchtern. »Wenn Ihr wollt, kann ich es Euch vorlesen.«

Die drei musterten ihn misstrauisch, dann stieß Fossius den Leser von hinten. »Gib ihm den Brief.«

Der Adept nahm das Blatt und las, auch wenn es eindeutig nicht in Vilwaner Minuskel verfasst war, was ihn etwas behinderte. »Ah, hier steht es. Fossius, Eure Flora stillt den Sohn des Bäckers. Die Frau des Bäckers hat Zwillinge bekommen, und hier steht, sie sei recht zierlich.«

Fossius grinste stolz. »Das stimmt, kaum größer als ein Kind die Kleine, und meine Flora wird ihr gerne aushelfen, weil unser Mädchen jetzt bald entwöhnt gehört. Und du hast mir schon richtig Angst gemacht, Pirius.«

Kjarrigan las den Brief zu Ende. Er schien von einer Nachbarin geschrieben und enthielt neben lokalem Tratsch Nachrichten an alle drei Soldaten. Sie wollten unbedingt antworten, und Kjarrigan erklärte sich bereit, ihren Antwortbrief zu schreiben, falls sie ihm leeres Papier besorgten. Sein Angebot machte im Lager ziemlich schnell die Runde, und eilig brachten die Soldaten ihm jeden Fetzen Papier oder Leder und sogar Stoffstreifen, die sich als Schreibmaterial eigneten.

Noch im Aufbruch des Lagers für den Marsch nach Swojin blühte und gedieh Kjarrigans Schreibstube. Wills mürrische Bemerkungen, Silber sei eine bessere Bezahlung als Papier, bestätigten dem Knaben, wie gut es lief. Er war sich ziemlich sicher, dass Will sich wünschte, Kjarrigan hätte Geld genommen, um es stehlen zu können. Der Adept sammelte seine Papierfetzen in einem in Leder gebundenen Holzordner, mit dem ein helurianischer Offizier ihn für eine teilweise Geschichte seiner Legion von Stahl bezahlt hatte, und gab ihn Lombo zur Aufbewahrung.

Doch ihm wurde erst klar, wie gut er sich machte, als zwei Jeranser Reitergardisten ihn abholten. Sie packten ihn ohne großes Federlesen an den Oberarmen und schleppten ihn im Laufschritt zu Adrogans' Langhaus. Dort setzten sie ihn knapp hinter der Tür ab und zogen sich wieder zurück. Der junge Magiker blieb allein mit Adrogans und Orla zurück, die sich auf der anderen Seite des großen Kartentisches leise unterhielten.

Orla nickte, dann drehte Adrogans sich um und kniff die Augen zusammen. Seine dröhnende, ernste Stimme hallte durch das Langhaus. »Er hat doch wohl nicht vor, ein Problem für mich zu werden, Adept Lies?«

»Nein, mein Herr, nein.«

»Aber er ist eines geworden.« Der Jeranser schüttelte ärgerlich den Kopf. »Er hat eine Masse an Korrespondenz verfasst, die jeden Gyrkymekurier erheblich belasten wird.«

»Ich wollte keine, ich meine …«

Der General hob die Hand. »Wenn ich will, dass er antwortet, werde ich ihn dazu auffordern. Hat er verstanden?«

Kjarrigan setzte zu einer Entgegnung an, dann klappte er den Mund zu und nickte nur.

»Ihr habt Recht, Magisterin, er ist lernfähig.« Adrogans' braune Augen wurden schmal. »Das Problem, Adept Lies, ist nicht das Gewicht der Briefe, es ist ihre Menge. Orla hat mir versichert, dass er tatsächlich keine Ahnung davon hat, wie ein Feldzug funktioniert, also werde ich es ihm in einfachen Worten erklären. Alle Briefe, die er schreibt, müssen von meinem Stab gegengelesen werden, um sicherzugehen, dass sie keine Informationen enthalten, die für den Feind von Nutzen sein könnten. Meine Befehle und die Berichte, die ich nach Lakaslin sende, sind verschlüsselt, sodass der Gegner nichts mit ihnen anfangen könnte, sollte er einen Kurier abfangen. Die Briefe jedoch könnten kleine, aber verräterische Details enthalten, etwa die Bemerkung, dass ein Soldat einen Berg wegen der Umrisse des Gipfels ›Adlerhorst‹ getauft hat. Das würde dem Feind verraten, dass unser Lager sich in der Nähe eines solchen Berges befindet. Versteht er das?«

»Ja, mein Herr. Ich könnte in zukünftigen Briefen alle derartigen Hinweise auslassen.«

»Das könnte er, aber er wird es nicht tun.« Der jeranische General verzog die Lippen zu einem Schmunzeln. »Ich werde ihm eine Liste von Aussagen geben, die er gegen derartige Bemerkungen austauschen wird. Für die Familien in der Heimat ist deren Wahrheitsgehalt ohne Bedeutung. Für sie ist vor allem wichtig, dass sie überhaupt eine Antwort erhalten. Der Feind – und wenn er glaubt, es gäbe keine Spione in Lakaslin, ist er noch naiver als ich bereit bin, ihm zuzugestehen – wird sich von diesen Informationen täuschen und dorthin dirigieren lassen, wo ich ihn haben will.«

»Aber das wäre gelogen. Ich meine, ich würde die Empfänger der Briefe damit belügen.«

»Ja, das würde er, aber was meint er: Wäre es den Empfängern daheim lieber, belogen zu werden, und der Absender bliebe dadurch am Leben, oder die Wahrheit zu erfahren, und er kommt um?« Adrogans' Schmunzeln wurde zu einem Lächeln. »Ich habe mir sagen lassen, er hat eine Sammlung von Papierfetzen angelegt, häufig halbe Briefe, deren Rückseite er für eine Antwort benutzt hat. Ist sie so bunt gemischt wie die Briefe, die er schrieb?«

»Ja. Ich wollte eine Geschichte des Feldzugs darauf verfassen.«

»Eine Geschichte, interessant.« Der Mann rieb sich das Kinn. »Ich werde ihm ein gebundenes Journal für seine Geschichte geben, Adept Lies. Tinte, Federkiel, was immer er braucht. Aber dafür wird er mir einen Gefallen erweisen. Er wird seine Sammlung von Fetzen nehmen und Briefe darauf verfassen, erfundene Briefe von Soldaten in die Heimat.«

Adrogans trat an die Karte und deutete auf eine Stelle in der Nähe der Berge, die das zentrale Tiefland Okrannels von der Krosthalbinsel trennten. »Diese Truppe wird aus dreitausend Mann bestehen, die sich über unzureichende Verpflegung, lange Märsche und meinen irrwitzigen Plan beschweren, die Swarskijagarnison zur Entsetzung Swojins nach Süden zu locken, während sie nach Norden vorstoßen, um Swarskija zu befreien. Er hat aus den Briefen, die er bereits geschrieben hat, erfahren, was Soldaten bewegt. Kann er die Korrespondenz dieser erfundenen Armee schreiben?«

Kjarrigan runzelte die Stirn. »Das kann ich schon, ich verstehe nur nicht, wozu.«

Der General schaute sich zu Orla um. »Er mag brillant sein, was die Magik betrifft, aber davon abgesehen habt ihr ihm wirklich nichts beigebracht, was?«

Sie schüttelte den Kopf. »Es ist meine Aufgabe, ihm praktisches Wissen zu vermitteln, aber es gibt so viel, was er noch lernen muss.«

Adrogans winkte Kjarrigan näher und deutete auf der Karte auf Swojin. »Wir werden diese Stadt einnehmen. Wir verfügen über ungefähr die nötige Anzahl Truppen dazu, aber wir werden Zeit brauchen, um Belagerungstürme und einiges andere zu bauen, das wir für diese Aufgabe benötigen. Die Wälder bieten uns das Rohmaterial dafür, also geht es nur darum, uns die nötige Zeit zu sichern. Das Problem dabei ist: Malarkex kann ohne Schwierigkeiten Entsatztruppen aus Swarskija heranführen, die uns zum Rückzug zwingen. Das Heer, das wir hier versammelt haben, ist groß, und Verluste sind zu erwarten. Letztens haben wir einen Mann durch Schlangenbiss verloren, und wir haben den Leichnam magisch konserviert. Ich kann ihn in eine Kurieruniform stecken und hier platzieren, wo Malarkex' Kundschafter ihn finden werden. Sie werden die Briefe lesen und zu dem Schluss kommen, dass sich in den Bergen wirklich eine Armee aufhält und auf Swarskija zubewegt. Ich habe bereits Shusken dort, die Lagerspuren herstellen. Es wird sie nicht lange täuschen, aber jeder Tag, den es die Entsatzaktion hinauszögert, kann genug sein.«

Kjarrigan grinste. »Ihr stellt eine Illusion her.«

»So ist es. Mit seiner Hilfe. Mit etwas Papier und Tinte kann er die Größe meines Heeres verdoppeln.«

Der Adept nickte. »Ich tue es.«

»Was er tut, wird unser Geheimnis bleiben müssen.«

»Ja, mein Herr, das verstehe ich.«

»Gut, sehr gut. Orla hier hat mir versichert, dass er das Zeug hat, überaus mächtig zu werden, aber ich vermute, nicht einmal sie ahnte, dass seine Macht in anderen Talenten stecken könnte.« Adrogans legte ihm die Hände auf die Schultern. »Und Adept Lies, diese Geschichte, die er schreibt …«

»Ja, Herr General?«

»Verschweige er nichts. Ich vermute, seine Beobachtungen hier werden der Wahrheit am nächsten kommen.«

Irgendwie gelang es Kjarrigan, all seine Verpflichtungen zu erfüllen, und niemand war darüber überraschter als er selbst. Aus einem einfachen Adepten hatte er sich zum Historiker, Schreiber und Konteragenten entwickelt, was in seinen Augen weit besser war als ein schlichter Spion. Er bemühte sich, die falsche Korrespondenz fertig zu stellen, bevor die Armee ausrückte, schrieb aber zusätzlich noch ein paar Briefe in einem der Wagen, weil er davon ausging, dass die durch die Bewegung holprige Handschrift sie glaubhafter machte. An seiner Geschichte schrieb er während des Marsches nicht. Kjarrigan erschien es nicht ratsam, die gefälschten Briefe in seinem Tagebuch zu erwähnen, also beschränkte er sich auf unbestimmte Hinweise über Schreibarbeiten. Falls er je die Erlaubnis erhielt, die ganze Wahrheit zu erzählen, konnte er die Andeutungen ausführen und sicherstellen, dass zukünftige Generationen Zugriff auf alle Einzelheiten hatten.

Sein Wunsch, alles so offen und ehrlich wie möglich niederzuschreiben, zwang ihn, seine Umgebung genauer zur Kenntnis zu nehmen, als er es zu tun gewohnt war. Zum Beispiel studierte er die gekreuzigten Leichen der beiden menschlichen Spione am Eisenbergwerk, obwohl es ein grauenhafter Anblick war, und notierte deren Namen und andere Einzelheiten. Er suchte die Wagenfahrer, und hörte von ihnen eine Geschichte, wie der Pfeil eines Vorqælfen in der Luft stehen geblieben war, bevor er Entschlossen umbringen konnte. Er ging davon aus, dass die Männer sich irrten, weil ein derartiger Zauber ungeheuer schwierig gewesen wäre. Schon die Vorbereitung hätte eine zu lange Zeit in Anspruch genommen, selbst ohne die Schwierigkeit, den Pfeil magisch genau genug zu identifizieren, um ihn aufhalten zu können.

Aber sicherheitshalber nahm er sich vor, Entschlossen danach zu fragen, auch wenn dieses Vorhaben schnell an Dringlichkeit verlor, als er sich die knappe, harsche Antwort ausmalte, die er von dem Vorqælfen erwarten konnte.

Kjarrigans Beobachtungstalent wurde auf eine harte Probe gestellt, als das Heer sich aus den bewaldeten Bergen auf den Wrijinsee und das an dessen Ufer gelegene Swojin zubewegte. Drei Flüsse kamen von Süden aus dem Gebirge an der jeranischen Grenze und speisten den See. Ein breiter, träger Strom, der Swojin, verließ ihn nach Norden, um sich schließlich auf dem Weg ins Kreszentmeer mit dem Swar zu vereinen.

Die Stadt selbst war landeinwärts durch ein Halbrund hoher, mit Türmen befestigter Mauern vor Angriffen geschützt. Der Boden stieg zur Stadt hin bemerkenswerterweise an, da sie auf einem Felsenplateau errichtet war, und eine Serpentinenstraße führte zum Haupttor. Aus der Ferne konnte Kjarrigan ein Stück weit in die Stadt hineinsehen, aber nichts allzu deutlich erkennen. Eine Mischung aus Neugier und Gewissenhaftigkeit beim Verfassen seiner Geschichte ließ ihn sich wünschen, ihm stünden die Ballons und Seilkörbe Yslins zur Verfügung, die ihm eine Gyrkymeansicht der Stadt hätten liefern können.

Die Umgebung der Stadt war früher sichtlich extensiv landwirtschaftlich genutzt worden. Die Felder waren plan und von Grenzsteinen und niedrigen Mauern eingefasst. Jetzt wuchs nur auf wenigen Äckern Getreide, und als die Armee näher rückte, kamen Sklaven aus der Stadt, um zu ernten, was sie konnten. Orla erklärte ihm, dass dies den Angreifern die Nahrung verweigern sollte, und wie um diesen Punkt zu unterstreichen, setzten die Verteidiger die Felder, die sie nicht rechtzeitig abernten konnten, in Brand.

Falls das Adrogans in irgendeiner Weise beeindruckte, ließ er es sich zumindest nicht anmerken. Er stellte einen Teil der Truppen ab, im Wald zu bleiben und Bäume für die Belagerungstürme, Katapulte, Sturmdächer und Rammböcke zu fällen. In der Ebene ließ er die Infanterie in einem großen Bogen ausschwärmen, der die Stadt landseitig abriegelte. Aushungern konnte er Swojin nicht, da er den Hafen nicht zu blockieren vermochte, aber so spät im Herbst, nachdem die Ernte fast völlig eingefahren war, wäre ein derartiger Versuch ohnehin zum Scheitern verurteilt gewesen.

»Entweder wir erobern sie, bevor der erste Schnee fällt, oder wir ziehen ab«, erklärte Orla. »Auch wenn der Boden jetzt noch trocken ist, er wird den ganzen Winter unter einer dichten Schneedecke liegen und im Frühjahr ein einziger Sumpf sein.«

Abgesehen von den Kavallerieeinheiten, die auf Kundschaft ritten oder die Holzfäller beschützten, war der Rest der Reiterei weit hinter den Infanterielinien in Stellung gegangen. Von dort konnte sie leicht gegen Ausbruchsversuche der Verteidiger im Innern der Stadt eingesetzt werden und war in Stellung, um aus Swarskija anrückende Entsatztruppen zu stoppen. Der günstigste Einfallspunkt ins Swojin-Becken für eine solche Aurolanenarmee war das Ufer des Swojin, aber Adrogans verteilte Kundschafter in der gesamten Umgebung, falls die Sullanciri sich für eine weniger offensichtliche Anmarschroute entschied.

Kjarrigan zeichnete alle Einzelheiten der Aufstellung des Generals gewissenhaft und sorgfältig auf. Soweit er es beurteilen konnte, hatte Adrogans alles im Griff. Sobald die Belagerungsmaschinen anrollten, würde Swojin fallen – und er konnte den ersten Sieg des Okranschen Feldzugs beschreiben.

Kapitel Fünfzehn

Alyx hielt mit der Rechten einen Pfeil an der Fiederung und klopfte mit dem Schaft auf die linke Handfläche. Das Paradox namens Adrogans ließ ihr keine Ruhe. König Augustus hatte ihr gesagt, sie sei hier, um Adrogans abzulösen, falls er sich als Dummkopf erwies, und die Hälfte der Zeit schien ihr daran kein Zweifel möglich. Und dann tat er immer wieder irgendetwas, das ihre Meinung erschütterte, zumindestens für ein, zwei Minuten.

Die Aufstellung der Truppen für die Belagerung machte ihr wenigstens etwas Mut. Der jeranische General hatte die Truppen so aufgebaut, dass sie Swojin gegen jeden Landangriff abschirmten, ohne sie auseinander zu reißen. Ein Kontingent riegelte die von Norden am Swojin entlanglaufende Küstenstraße ab. Alexia hätte die Truppen weiter nördlich im Gebirge aufgestellt, aber sie gestand Adrogans zu, dass seine Aufstellung ebenfalls in der Lage war, einen Angreifer aufzuhalten, und so der Kavallerie die Chance bot, in die Flanke der Aurolanen vorzustoßen.

Er hatte die Truppen sogar klug gemischt. Schwere Fußtruppen stellten die Mitte der Belagerungslinie, während beide Flügel hauptsächlich aus leichter Infanterie bestanden. Das gurolsche Felsenherzbataillon war auf der Straße in Stellung gegangen. Alyx war sicher, es würde lange genug standhalten, um der Reiterei die Zeit zum Ausrücken zu liefern.

Die Kavallerie war in vier Blöcke geteilt, und ihre Wölfe hielten gemeinsam mit den Okraner Königsmannen die nördlichste Stellung. Sie würden eine Entsatzarmee als Erste angreifen. Die anderen Einheiten waren weiter südlich aufgestellt, mit den Savaresser Rittern und der Alcidischen Reitergarde in der Mitte. Zwei Gruppen beschützten den Tross und das Versorgungslager im Süden der Stellungen. Die Jeranische Reitergarde fungierte als Adrogans' Leibwache und beschützte sein ebenfalls südlich liegendes Hauptquartier.

Auf derselben Seite befand sich auch das Holzlager, wo die Belagerungsmaschinen gebaut wurden, Ballistas und Katapulte zuerst. Nach Fertigstellung wurden sie bei der Infanterie aufgestellt. Sobald diese ihre Belagerungsmaschinen erhalten hatte, schob sie sich näher an die Stadt heran. Die effektive Reichweite der auf den Mauern Swojins installierten Geschütze lag bei etwa dreihundert Schritt. So viel wussten sie inzwischen, denn der Vormarsch der Infanterie provozierte Abwehrfeuer.

Adrogans setzte sogar die Kriegsfalken genau so ein, wie Alyx es getan hätte. Wenn die aurolanischen Verteidiger auf die Bodentruppen feuerten, fackelten die Gyrkyme mit Flammhähnen die Abwehrgeschütze ab. Ein breitflächiger Einsatz der Brandsätze hätte ganz Swojin in Flammen aufgehen lassen, was keiner der Invasoren wollte, also endete der Beschuss immer recht schnell. Die Verteidiger waren erkennbar darauf aus, ihre Munition für den tatsächlichen Sturm aufzusparen, bei dem sie den größten Schaden anrichten konnten.

Der General hatte den Rettungsplan für die Geiseln umgesetzt, und die erste Infiltration der Stadt war erfolgreich verlaufen. Die Magiker meldeten zunehmende Zauberaktivität in Swojin – als Reaktion auf den Einsatz von Magik in der Kanalisation. Kjarrigan und die anderen Magiker waren damit beschäftigt, Steinfragmente zu verzaubern. Nicht einmal der Befehl an die Truppen, Ratten aus der Stadt und ihrer Umgebung zu fangen, erregte sonderliches Erstaunen, da gleichzeitig das Gerücht ausgestreut worden war, die Shusken könnten sie zu einem leckeren Eintopf verarbeiten, der die Haut zäher machte.

Aber eben diese Shusken stellten sie zugleich vor eine aus einer ganzen Reihe von Fragen, die zu beantworten Adrogans keinerlei Anstalten machte. Die Shusken-Kämpfer – sie zögerte, sie mit dem Begriff Krieger zu beschreiben – wanderten kreuz und quer herum, versammelten sich scheinbar nirgends und beantworteten oder ignorierten an sie gerichtete Fragen, wie es ihnen gerade in den Sinn kam. Eine überwältigende Mehrheit von ihnen schien älter, und abgesehen von einem Messer oder einem knorrigen Knüppel trug keiner von ihnen eine Waffe.

Alyx war sich der Geschichten über die Shusken und deren erbitterten Widerstand gegen Swarskija zu Zeiten ihres Großvaters sehr bewusst. Selbst im Exil wurden okransche Kinder noch damit erschreckt, die Shusken könnten sie holen. Sie erinnerte sich, wie Mischa auf ihrer Traumjagd gehofft hatte, dass sie keinem Shusken begegneten. »Lieber tausend Schnatterer als ein Shuske«, hatte er geflüstert.

Sie hätte sie als nutzlos abgetan, hätten ihre Pfeile bei der Befreiung des Bergwerks nicht mit tödlicher Sicherheit ihr Ziel gefunden. Weitaus beunruhigender noch als dies war allerdings Ph'fas' Fähigkeit, einen Pfeil im Flug anzuhalten. Das zeugte von einer Macht, die sie nicht verstand, und ihr schwante nichts Gutes, denn es sah ganz so aus, als würde Adrogans sich auf eben diese Macht verlassen.

Alyx hatte Orla um eine Erklärung für das gebeten, was sie gesehen hatte, aber die vilwanische Kriegsmagikerin hatte ihr nicht helfen können. »Ein Zauber könnte eine Rüstung verstärken, um den Pfeil abprallen zu lassen, aber was Ihr beschreibt … Ich weiß nicht, wie das gelingen könnte.« Entschlossen war zu diesem Punkt noch verschlossener als ohnehin schon, und als sie Kräh gefragt hatte, hatte der nur die Achseln gezuckt.

Ph'fas hatte nur gegackert und sie stehen lassen, als sie versucht hatte, eine Erklärung von ihm zu bekommen.

Ein anderer Befehl, mit dem Adrogans sie verwirrte, war die Anweisung an die Truppen, Löcher und Erdwälle auszuheben. Grundsätzlich war das nicht weiter ungewöhnlich, nur stand das Grundwasser in diesem Gebiet so hoch, dass schon bei weniger als einer Unterarmlänge Wasser in die Löcher sickerte. Adrogans ließ die Soldaten mal hier, mal dort graben, in einem wirren Flickenteppichmuster, das, wie Peri ihr nach einem Überflug bestätigte, nicht den geringsten Sinn ergab. In alle Richtungen zogen sich die Erdlöcher strahlenförmig von der Stadt fort und verwandelten ein für einen Kavallerieangriff geeigneten festen Boden in einen gefährlichen Morast.

Nicht einmal das hätte ein allzu großes Problem dargestellt, da ein großer Teil des Schadens weit hinter den Linien angerichtet wurde. Doch das änderte sich mit der Ankunft von Kundschaftern aus der nördlichen Bergregion. Sie meldeten zwei aurolanische Armeen. Eine, deren Stärke sie auf zwei Infanteriebataillone schätzten, näherte sich über die Küstenstraße. Die andere, die ebenfalls über zwei Bataillone Fußtruppen und eines mit gemischter Reiterei verfügte, zog in gerader Linie südwärts an, durch die Berge, und würde nordöstlich der Belagerungslinien eintreffen.

An der Spitze dieser Truppen ritt Malarkex.

Die Aurolanen lagerten in den bewaldeten Bergen eine Meile nördlich und hatten Kundschafter auf der Kammlinie postiert. Eine Kompanie Herolde rückte bis an den Rand des Tieflands vor und pflanzte Legionsstandarten auf. Das Banner mit neun Totenschädeln gehörte einer Legion, die an der Belagerung Swarskijas beteiligt gewesen war. An der Beschreibung erkannte Alyx keines der anderen, und als die Okraner Königsmannen vom Neun-Schädel-Banner hörten, wollten sie auf der Stelle losreiten und es sich holen.

Sie verbot ihnen, die Stellungen zu verlassen, dann machte sie sich auf die Suche nach General Adrogans. Auf dem Weg zu seinem Zelt legte sich ihr eine Hand auf die rechte Schulter. Sie schüttelte sie ab und drehte sich um, einen scharfen Befehl auf den Lippen. Sie ging davon aus, dass die Hand ihrem Vetter Mischa gehörte, der hoffte, sie dazu bringen zu können, das Verbot, die Standarte zu erobern, aufzuheben … Niemand sonst hätte es gewagt, sie zu berühren. Zu ihrer Überraschung sah sie jedoch Kräh, der sie mit nicht weniger weiten Schritten einholte, als sie selbst sie machte.

Das wütende Funkeln ihrer Augen entging ihm nicht und er zog die Hand zurück. »Vergebt mir, meine Fürstin, doch Ihr hattet nicht reagiert, als ich Euren Namen rief. Ich hätte es besser wissen müssen. Es hat Zeit.«

Eine Spur von Enttäuschung durchzuckte seine braunen Augen und löste Bedauern in ihr aus. »Nein, Kräh, bitte. Ich bin abgelenkt und auf dem Weg zum General. Es ist vielleicht besser, wenn ich nicht wutschnaubend bei ihm auftauche.«

»Wutschnaubend?«

Sie seufzte. »Hier läuft es weder geordnet noch chaotisch. Ihr habt sichtlich Erfahrung in militärischen Dingen, und dieses Lager ist gut geführt, aber Adrogans lässt seine Leute ganz und gar sinnlose Arbeiten durchführen.« Sie deutete mit einer winkenden Bewegung Richtung Norden. »Die ganze Graberei hat ein Schlachtfeld in einen Flickenteppich von Tümpeln verwandelt. Eine große feindliche Armee lagert nördlich unserer Stellungen, und trotzdem verlagern wir keine Truppen in ihre Richtung, um dem Angriff zuvorzukommen. Ich muss verstehen, was hier vorgeht, aber ich bin mir sicher, er wird nichts erklären, und das macht mich wütend.«

»Das ergibt durchaus Sinn. Adrogans macht es einem nicht leicht, ihm zu vertrauen.«

»Und doch bleibt uns nichts anderes übrig.« Sie schüttelte den Kopf. »Doch Ihr habt mich nicht gesucht, um Euch meine Probleme anzuhören. Was kann ich für Euch tun?«

Kräh schenkte ihr ein verschmitztes Lächeln. »Ich habe gehört, Ihr hättet verboten, dass irgendjemand die Stellungen verlässt, um eine Standarte zu stehlen.«

Alyx starrte ihn mit offenem Mund an. »Fragt gar nicht erst, Kräh. Ihr vor allem hättet es besser wissen müssen, statt an eine solche Dummheit auch nur zu denken.«

Er zuckte die Achseln. »Ich habe ein Vierteljahrhundert mit Entschlossen verbracht. Verglichen mit manchen der Dinge, die wir uns in der Zeit geleistet haben, wäre der Diebstahl eines dieser Banner ein leuchtendes Beispiel an Intelligenz.«

»Das mag sein, aber Euch ist ja wohl klar, dass diese Standarten eine Falle sind.«

»Natürlich sind sie das.« Kräh grinste, und die rechte Wange spannte sich um die Narbe. »Entschlossen hat mit ein paar Magikern geredet, und die Banner pulsieren geradezu vor Aurolanenzaubern. Eines auch nur zu berühren, würde den sicheren Tod bedeuten.«

»Was wollt Ihr dann von mir?«

»Ich wollte mich nur vergewissern, dass Euer Befehl sich allein auf den Diebstahl einer Standarte bezieht und auf nichts anderes. Wir unterstehen zwar nicht Eurem Befehl, aber wir werden Eure Wünsche und Anweisungen beachten.«

»Ihr habt doch nicht vor, Selbstmord zu begehen?«

»Nein, meine Fürstin.« Krähs Stimme wurde sanfter. »Das hieße: Euch mit Will, Adrogans und einem wütenden Entschlossen allein zu lassen. So etwas würde ich Euch nicht antun.«

»Freut mich zu hören.« Sie zögerte einen Augenblick und war verlockt, Kräh zu verbieten, was immer er plante. Sie wusste, sie konnte ihn beim Wort nehmen und er würde gehorchen. Gleichzeitig traute sie ihm allerdings zu, keine Dummheit zu begehen. Im Gegensatz zu ihrem Cousin und viel zu vielen anderen war Kräh nicht der Mann, der einen Plan durchführte, nur weil er gesagt hatte, er würde es tun. Falls ein Vorhaben sich als unmöglich erwies und nicht das Leben eines anderen auf dem Spiel stand, würde er sich zurückziehen.

Alyx schenkte ihm ein ehrliches Lächeln. »Ich will gar nicht wissen, was Ihr vorhabt. Aber bevor Ihr es tut, geht zu Peri und holt Euch das Passwort für unsere Linien ab. Nur für den Fall, dass es sich als nützlich erweisen könnte.«

Kräh zwinkerte ihr zu. »Ich bedanke mich für Euer Vertrauen. Wir werden es nicht enttäuschen.«

»Ich weiß. Arel schütze Euch.«

»Hebt Euch Arel für die Begegnung mit Adrogans auf.«

»Ihr missachtet die Götter?«

Er grinste. »Das erledigt Entschlossen schon seit Jahren für mich. Außerdem habe ich alles Glück, auf das ich irgendeinen Anspruch hätte, schon vor langer Zeit verbraucht.«

Kräh drehte um und winkte ihr ein letztes Mal zu, dann verschwand er schnell im Qualm und Truppengewimmel des Heerlagers. Alyx schaute ihm nach. Auf ihren Lippen lag ein Lächeln, als ihr klar wurde, dass sie keine Angst hatte, er könne nicht wiederkehren. *Der kommt zurück – und er wird was zu erzählen haben. Und irgendwie befürchte ich, das wird die einzige gute Nachricht werden, die ich heute zu hören bekomme.*

General Markus Adrogans wandte sich von den Gefechtsfeldkarten zum Eingang um und nickte Prinzessin Alexia zu. »Guten Tag, meine Fürstin. Ich habe von Eurer Order gehört und bin vollends damit einverstanden. Danke. Gibt es sonst noch etwas?«

Das Feuer in ihren violetten Augen überraschte ihn nicht. »Es gibt noch einiges sonst, General Adrogans.« Sie warf einen Blick auf Ph'fas, die einzige andere Person im Zelt. »Ich möchte unter vier Augen mit Euch sprechen.«

»Sagt, was Ihr zu sagen habt, meine Fürstin.«

»Ich möchte Euch nicht in Verlegenheit bringen.«

»Ich bezweifle, dass es Euch gelingen könnte.« Er verschränkte die Arme. »Bitte vergeudet nicht meine Zeit.«

Sie hob langsam und beherrscht den Kopf. Er sah ihr an, dass sie einen Wutausbruch unterdrückte. *Das ist gut, meine Fürstin. Es freut mich zu sehen, wie gut Ihr Euch in der Gewalt habt.* Adrogans lüpfte die linke Augenbraue, löste damit aber keine weitere Reaktion aus.

»General Adrogans, Ihr seid Euch offensichtlich bewusst, dass fünf aurolanische Bataillone in Stellung gehen, unsere Linien aufzurollen. Ihr habt keine Truppen verlegt und keine Befehle erlassen, die dieses Problem ansprechen. Meine Wölfe und die Königsmannen sind so aufgestellt, dass sie das Hauptgewicht des Angriffs treffen wird. Dagegen haben wir nichts einzuwenden, aber wir sind Kavallerie, und ohne Infanterieunterstützung werden wir Malarkex nicht abschrecken können.«

Adrogans nickte. »Das ist tatsächlich ein Problem, aber ich werde es beheben.«

»Wie?«

»Eine verständliche Frage. Ihr werdet mir vertrauen müssen, dass ich mich darum kümmere. Es wäre sehr ratsam, wenn Ihr Eure Truppen vorbereitetet, denn Morgen werdet Ihr kämpfen müssen. Euch wird die Schlüsselrolle bei der Zerschlagung dieser Entsatzarmee zukommen.«

»Wie könnte ich Euch vertrauen, General?« Die Okranerin stampfte zur Schlachtfeldkarte und stieß den ausgestreckten Finger darauf. »Die zwei Bataillone auf der Seeuferstraße werden hier auf die Felsenherzen treffen und sie binden. Wenn die Aurolanen zusätzliche Truppen aus Swojin in den Kampf schicken, fallen sie den Felsenherzen in den Rücken und treiben die okranschen Freiwilligen in deren Reihen. Das wird das Nordende unserer Linien aufbrechen. Malarkex bewegt ihre Truppen vor, um uns an einer Flankenbewegung gegen ihre Einheiten zu hindern und bedrängt uns an derselben Flanke. Bei einem erfolgreichen Gegenangriff unsererseits zieht sie sich in die Berge zurück, wo wir schwer im Nachteil sind. Im schlimmsten Fall gelingt es ihr, zusätzliche Truppen nach Swojin durchstoßen zu lassen.«

Adrogans nickte langsam. »Ich gratuliere Euch zu dieser Analyse, meine Fürstin. Ich nehme an, dass Malarkex es genauso sieht. Ihr habt vergessen zu erwähnen, dass unsere Angriffslinie gegen ihre Truppen ein Schlammloch – ihre Route zu den Felsenherzen aber weitgehend frei ist.«

Alexias blickte ihn von der Seite an, und ihre Nasenflügel bebten. »Macht Euch nicht über mich lustig, General. Ihr verlangt von mir, Euch zu vertrauen, Euch zu glauben, dass Ihr alles unter Kontrolle habt, aber Ihr spielt nicht mit offenen Karten. Das fördert nicht gerade das Vertrauen. Ihr wisst genau, dass ich eine kompetente Kommandeurin bin. Eine gute Kommandeurin.«

»Ihr verratet Euch, meine Fürstin. Es ist deutlich zu erkennen, dass Ihr mich weder für einen kompetenten, noch für einen guten Kommandeur haltet.«

»Ich habe Hinweise sowohl dafür wie dagegen, General.«

»Ich verstehe.« Seine Augen wurden schmal. »Ich möchte, dass Ihr etwas begreift, Generalin. Ich weiß sehr gut, wer Ihr seid und welche Ausbildung Ihr hattet. Ich bewundere Eure analytischen Fähigkeiten. Ihr besitzt ein großartiges Planungstalent. Ihr habt in Euren Gefechten mit weniger Truppen mehr erreicht, als ich für möglich gehalten hätte, und ich habe aus den Berichten Eurer Kämpfe gelernt. Ja, Ihr braucht nicht überrascht zu sein, ich habe sie gelesen.«

Sie schob das Kinn vor. »Und ich Eure.«

»Und meine Taktiken missfallen Euch.«

»Allerdings.«

»Das könnte mein Fehler sein oder …«

»Oder, General?«

»Vielleicht waren die Berichte über meine Schlachten fehlerhaft?« Adrogans' Stimme klang hart. »Fasst dies nicht als Kritik auf, Prinzessin, aber während Ihr Eure wirklich ausgezeichnete Ausbildung absolviert habt, war ich hier draußen und habe gegen die Aurolanen gekämpft. Was ich in all den Jahren gelernt habe, hat mir ein Wissen über aurolanische Gefechtstaktiken beschert, von dem ich hier guten Gebrauch zu machen denke. Malarkex hat sich noch nie zuvor herabgelassen, gegen mich anzutreten, und morgen wird ein bedeutender Tag sein. Ein Tag, auf den ich mich seit Jahrzehnten vorbereite.«

Alexia nickte. »Ich gestehe Euch zu, dass Ihr Wissen besitzt.«

»Gut. Ich habe noch etwas anderes gelernt. Loyalitäten verändern sich. Ich weiß zum Beispiel, dass manche Kräfte in Lakaslin in mir eine Bedrohung für ihre Interessen sehen und über die Nachricht meines Todes in dieser Schlacht hoch erfreut wären. Ich habe nicht den geringsten Zweifel, dass Kytrin über meine Planung informiert ist. Ich bitte nicht um Euer Vertrauen, ich *fordere* es. Der Eindruck, ich würde Euch nicht vertrauen, erklärt sich aus der Tatsache, dass ich es nicht kann, um keinen Verrat zu riskieren.«

»Vertrauen ist kein Fluss, der nur in eine Richtung strömt, General Adrogans.«

»In meiner Armee schon, Prinzessin. Es ist nicht anders möglich.« Der jeranische Soldat schnaubte. »Machen wir es kurz: Ihr wisst sehr gut, dass ich nichts dadurch gewönne, Euch zu verraten. Ich habe keinerlei Vorteil davon, Euch auf eine Position zu stellen, auf der Ihr den Tod findet. Ich will Okrannel in Eurer Hand sehen. Allein schon deshalb, weil es meine Heimat gegen Aurolan abschirmt. Außerdem läuft den Handelsprinzen Jeranas bei dem bloßen Gedanken an die möglichen Gewinne beim Wiederaufbau Okrannels das Wasser im Munde zusammen. Der halbe okransche Exiladel hat Töchter der jeranischen Handelsfamilien geehelicht, und ich kann mit einer reichen Belohnung von ihnen rechnen, wenn ich Eure Nation zu neuem Leben erwecke. Hinzu kommt, Prinzessin, dass ich Euch und Eure Fähigkeiten über alle Maßen respektiere. Ich versichere Euch, es war kein Zufall, dass Eure Truppen gerade an dieser Position stehen, denn ich musste davon ausgehen, dass Malarkex zur Entsetzung Swojins anrückt und von Norden her angreift. Ich wollte Euch genau dort, wo Ihr steht, nicht, um Eure Truppen sinnlos aufzureiben, sondern um Euch die Chance zu geben, anzugreifen und denen, die Euch Euer Heimatland geraubt haben, die erste Wunde zuzufügen. Eure Truppen sind wunderbar. Ich kann mich auf sie verlassen, und sie sind die Spitze der Lanze, mit der ich das aurolanische Heer durchbohren will.«

Alexia nickte. »Danke.«

»Anders ausgedrückt, meine Fürstin, ich kann und werde Euch keine Informationen anvertrauen, die Ihr nicht benötigt, aber ich vertraue darauf, dass Ihr alles tun werdet, was nötig ist, um Malarkex zu besiegen.

Wie, das werdet Ihr erkennen, wenn es an der Zeit ist. Aber der Weg zum Sieg wird Euch offenstehen.«

Sie verzog das Gesicht. »Das gefällt mir nicht.«

»Nein, vermutlich nicht, aber das ist ein Schwachpunkt Eurer Ausbildung. Ihr wurdet darauf trainiert, eine große Kriegerin zu werden, und das seid Ihr, aber Ihr habt nicht gelernt, Befehle auszuführen. Ich bin keiner Eurer Lehrer, aber ich scheue mich nicht, Euch diese Lektion zu erteilen.«

Alexia schnaufte leise. »Falls es sich nicht als nützliche Lektion erweist, werde ich Euch die Rechnung präsentieren.«

»Falls es nicht gelingt, werden wir eine Ewigkeit Zeit haben, unsere Fehler im Grab zu überdenken.« Er seufzte. »Einen Befehl habe ich. Heute Nacht bleibt das Lager kalt. Keine Feuer.«

Alexia kräuselte verärgert die Stirn. »Malarkex wird keine Lagerfeuer zählen, um herauszufinden, wie viele wir sind. Diese Information hat sie längst aus der Stadt erhalten, und die Verteidiger dort hatten reichlich Zeit, uns zu zählen.«

»Vertrauen, meine Fürstin, Vertrauen.«

Sie kniff die Augen zusammen, dann nickte sie. »Kampfbereit im Morgengrauen?«

»Nicht, wenn sie es uns nicht aufzwingt. Gebt Euren Leuten zu essen. Ich erwarte die Schlacht am Vormittag.«

»Wir werden bereit sein.«

»Gut, meine Fürstin. Ich zähle auf Euch.«

Sie salutierte, und er erwiderte den Gruß. Er schaute ihr nach, bis sie das Zelt verlassen hatte, dann blickte er sich zu dem kichernden Shusken um. »Was ist?«

»Falls Ihr morgen versagt, habt Ihr eine neue Todfeindin.«

»Falls ich morgen versage, bin ich bereit zu sterben.« Er schüttelte den Kopf. »Ist alles bereit?«

»Ja, alles bereit. Wir werden unseren Teil der Abmachung einhalten.«

»Und ich den meinen.« Adrogans atmete tief ein und ließ die Luft in einem tiefen Seufzer entweichen. »Hier und jetzt wird Kytrin uns zum ersten und einzigen Mal unterschätzen. Wir dürfen diese Chance nicht verstreichen lassen. Wenn die Götter und alles andere uns gewogen sind, wird es gelingen.«

Kapitel Sechzehn

Nach einer Nacht im kalten Lager konnte der Morgen nicht schnell genug anbrechen. Die Nacht war nicht wirklich frostig gewesen, aber die Feuchtigkeit in der Luft ließ sie weit kälter erscheinen, als sie tatsächlich war. Der Verzicht auf heißes Wasser für Tee oder eine warme Mahlzeit, die für einige der Soldaten die letzte sein würde, kam gar nicht gut an, aber schnell verbreitete sich das Gerücht im Lager, Kytrin könnte Feuer benutzen, sie auszuspionieren. Es zeigte sogar Kreativität, indem es Flammenzungen mit losen Zungen gleichsetzte, und so kam eine alte Soldatenlegende zu neuen Ehren und diente dazu, manches Grummeln verstummen zu lassen.

Die Nacht war bis auf zwei Punkte, die beide erst wirklich klar wurden, als das erste Tageslicht die Schatten über der Ebene verdrängte, friedlich verlaufen. Im Dunkeln hatten die Truppen an Alexias Position Geräusche aus der Richtung der Aurolanenstandarten gehört. Sie konnten nichts erkennen, aber jeder, der einen Moment Zeit hatte, starrte in diese Richtung. Fast hätte sie einen vilwanischen Kampfmagiker gebeten, ihr einen Spruch zu leihen, damit sie feststellen konnte, was geschah, aber sicher verfügten auch die aurolanischen Vylænz über entsprechende Zauber. Also hatten Kräh, Entschlossen und ihre Verbündeten sich bestimmt dagegen geschützt.

Und doch, obwohl sie genau wusste, dass sie nichts sehen würde, ertappte sie sich hin und wieder dabei, zu den Bannern zu starren. Zwei Stunden vor Sonnenaufgang wurde ihre Mühe belohnt. Ein greller Lichtblitz vom Silberglanz der Augen Entschlossens zuckte durch die Nacht. Der Kreis der Standarten brannte sich als schwarze Silhouetten in ihre Sicht. In dessen Mitte war eine neue Standarte gehisst, anderthalbmal so hoch wie die der Aurolanen. Sie erwies sich als ebenso grausig wie die sie umgebenden Banner und bestand aus einem gekreuzigten Vylæn. Sein Körper zuckte, als der silberne Blitz ihn umspielte, und die Schnatterer, die versucht hatten, ihn herunterzuholen, zuckten und wanden sich ebenfalls.

Danach blitzten rote und grüne Funken auf, als die Schnatterer gegen die aurolanischen Banner geschleudert wurden und die tödliche Magik auslösten, mit der sie belegt waren. Das Kreischen und Heulen variierte von Wut bis Schmerz, dann senkte sich die Nacht wieder über die Szene, gestört nur von gelben Flammen, die aus Kadavern und zerbrochenen Fahnenstangen schlugen.

Das Schauspiel schien die Soldaten mehr zu wärmen, als es eine heiße Mahlzeit gekonnt hätte. Kräh und Entschlossen schlichen fast unbemerkt durch die Linien zurück, gefolgt von Dranæ. Alle drei hatten Gesicht und freie Hautflächen mit Ruß geschwärzt und sich in dunkle Mäntel gehüllt. Als Alexia sie sah, hatten sie Mühe, ihre Begeisterung im Zaum zu halten. Abgesehen von ein paar kleineren Schrammen und Striemen, die wohl vom Unterholz stammten, waren sie unverletzt geblieben.

Alyx lächelte Kräh an. »Das war eine ziemliche Aufregung da hinten.«

Kräh nickte. »Wirklich? Wir waren auf einem Spaziergang. Um die morschen Knochen ein wenig aufzulockern, bevor die Schlacht beginnt.« Er zwinkerte ihr zu.

Sie erwiderte die Geste. »Wirklich ungeschickt von den Aurolanen, ihre Falle selbst auszulösen.«

Entschlossen wischte sich mit einem Lappen das Gesicht ab und hellte dessen Farbe zu Grau auf. »Die Aurolanen können manchmal ziemlich dumm sein. Ihr solltet General Adrogans vielleicht warnen, damit er seine Leute aus der Nähe der Standarten fern hält. Etwa hundert Meter Ost und West. Irgendjemand hat da reichlich Krähenfüße verloren, vergiftete. Ob sie durch Stiefelsohlen dringen, kann ich nicht mit Sicherheit sagen, aber schwielige Schnattererfüße sind jedenfalls kein Schutz dagegen.«

»Ich werde es weitergeben, danke.« Sie schaute zu Dranæ. »Und Ihr werdet diese Scharade aufrechterhalten?«

»Was geschehen ist, ist wichtiger als wer es getan hat, meine Fürstin.« Dranæ grinste breit. »Es wird morgen genug Helden zu preisen geben. Das gerade war nur ein Spaß. Die Schlacht wird mehr Mut erfordern.«

Alyx nickte zögernd. »Aber das erste Blut geht an uns. Danke.«

Kräh erwiderte ihr Lächeln. »Dankt nicht uns. Dankt denen, die es getan haben, wer immer sie sind. Dranæ hat Recht, und das Letzte, was Ihr jetzt braucht, bei all dem, was vor sich geht, ist eine Ablenkung.«

Sie wandte sich mit einem leisen Schmunzeln ab und machte sich auf den Weg, um die Vorbereitungen für die bevorstehende Schlacht zu überwachen. Das war der zweite Punkt, der den Frieden der Nacht störte. Bei der Aufstellung der Truppen für die Belagerung hatte Adrogans die Infanterie in sechs Gruppen aufgeteilt. Er hielt die Felsenherzen in Stellung, zog die zweite Gruppe aber zurück, um deren östliche Flanke zu decken. Die nächste Gruppe, bestehend aus den Okraner Freiwilligen und einem kompletten Regiment der Alcider Schweren Königsgarde, wurde in vier Teile gespalten. Die Freiwilligen, ein Bataillon leichter Fußtruppen, schlossen die Lücke zwischen der Schweren Garde und der Einheit in deren Westen. Die Garde teilte sich in drei

Flügel, mit zwei Bataillonen in der Mitte und je einem links und rechts in einer Linie, die Alexias Reiterei vor den Aurolanen schützte.

Die Aufstellung fand im Dunkeln statt, und Shusker Kundschafter lotsten die Truppen in Position. Nur die Disziplin der Alcider Soldaten machte dieses Manöver möglich. Als das Morgenlicht das Schlachtfeld erreichte, stand die Königsgarde in ihren blauen Wappenröcken über dem Kettenhemd, den runden Schilden und den langen Speeren in fester Front als Bollwerk gegen Kytrins Truppen.

Während sie auf das Erscheinen des Gegners warteten, verzehrten die Soldaten ihre Trockenrationen. Wenn überhaupt, das war ihnen allen klar, bekamen sie heute erst in Stunden wieder Gelegenheit dazu. Die meisten schienen guten Mutes, als sie an den Reihen entlangritt. Doch sie bemerkte auch einzelne düstere oder nervöse Mienen. Viele gruben mit den Dolchen den Boden auf und steckten etwas Nahrung oder eine Münze in die Erde, um den Weirun der Stadt zu besänftigen. Vermutlich hofften die wenigsten, die dieses Ritual befolgten, dadurch dem Tod zu entgehen. Vielmehr wollten sie verhindern, als Geister an das Schlachtfeld gefesselt zu bleiben.

Als die Sonne höher stieg und es Vormittag wurde, drangen die aurolanischen Legionen nach und nach aus den Wäldern im Norden. Ihre Standarten, die immer noch in einem geschwärzten Kreis westlich der Linien vor sich hin qualmten, hatten sie zwar verloren, sie sammelten sich aber trotzdem. Gelegentlich wagte sich ein Schnatterer in die Richtung der Banner, dann heulte er auf und griff nach einem Fuß. Manchmal hüpfte er eine Weile herum, aber meistens fiel er einfach um und verendete unter Zuckungen.

Die Legionen waren leichter als die alcidischen Truppen, doch in ihren Rängen ragten einige Hôrgun auf. Die

Gletscherriesen waren von bleicher Haar-, Haut- und Augenfarbe und neigten zu langen Bärten und noch längerem Haupthaar, die sie beide gelegentlich mit schwarzen Bändern zu Zöpfen flochten. Sie erreichten leicht die dreifache Körpergröße eines Menschen. Ihre Beine waren stämmig genug, das gewaltige Gewicht dieser Muskelmassen zu tragen, und sie hatten riesige, breite Füße, mit denen sie über Schnee gingen, ohne einzusinken. Alexia fragte sich, ob Adrogans' Gruben dazu gedacht waren, das Schlachtfeld sumpfiger zu machen. Das behinderte zwar ihre Reiter, es würde diese Riesen aber leicht bremsen. Die meisten der aufmarschierenden Giganten waren mit Keulen bewaffnet, doch mindestens zwei trugen riesige, doppelblättrige Äxte, und einer schwang einen eisernen Streitkolben, der aussah, als hätte er ursprünglich einer enormen Glocke als Klöppel gedient.

So zerlumpt und abschreckend die aurolanische Infanterie wirkte, so beeindruckend und farbenprächtig war ihre Reiterei. Sie nahm in stolzen Reihen Aufstellung, die langen Lanzen erhoben, sodass das Sonnenlicht auf der Elle scharfen Stahls an ihrer Spitze glänzte. Rechts und links, dreihundert Mann stark, reihten sich leichtere Kavallerielegionen aus Frostkrallen auf, die Vylænz oder Schnatterer trugen.

Alyx hatte schon früher Temeryxen gesehen, aber noch nie lebend und erst recht nicht mit Reiter. Von der Nase bis zur Spitze des steifen, gefiederten Schwanzes waren sie in eisenbeschlagene Lederpanzer gehüllt, eng anliegend, aber geschmeidig genug, um jede Muskelbewegung abzubilden. Die mächtigen Vogelbeine endeten in drei Zehen, an deren innerster sich eine riesige, sichelförmige Kralle befand. Der schmale Kopf wies zwei frontal ausgerichtete bernsteingelbe Augen und ein von scharfen Zähnen strotzendes Maul auf. Auch ohne Reiter waren diese Frostkrallen gefährliche Gegner und blieben selbst nach dem Tod ihrer Herren eine Gefahr.

Aber die mittlere Legion aus schwerer Kavallerie schien noch beeindruckender, denn sie ritt auf Großtemeryxen. Während ihre kleineren Vettern von schneeweißem Gefieder bedeckt waren, leuchtete deren Federkleid in allen Farben des Regenbogens. Seine Pracht spiegelte sich in den Lagen bunten Leders wider, mit denen sie gepanzert waren. Bei manchen erhoben sich farbenprächtige Federkämme aus den Lederhauben, und die Bänder, die von den Kopfpanzern herabhingen, ließen Alyx sich die Frage stellen, ob Kytrin aus irgendeinem Grund versuchte, mit dem Aussehen ihrer Bestien die Oriosen zu verspotten.

Im Sattel der Großtemeryxen saßen hauptsächlich Schnatterer, aber auch einzelne Menschen. Alle Reiter waren in Stahl gehüllt, und ihre Lanzen endeten in Furcht erregenden Dreizacken, darauf ausgelegt, die Rüstung eines Feindes zu durchstoßen und alles zu zerfetzen, was sie darunter fanden.

Allen voran ritt Malarkex, und bei ihrem Anblick blieb Alyx die Spucke weg. Der Temeryx, auf dem die Sullanciri ritt, hatte die Größe eines Großtemeryxen, aber ein glänzend schwarzes Federkleid, auf das die aufgehende Sonne goldene Glanzlichter warf. Während die Augen der anderen Tiere gelb waren oder golden, oder sogar hellbraun, besaß ihr Reittier Augen, die im Gelborange glühender Kohlen leuchteten, und das sogar einschließlich der eingesprenkelten Ascheflecken. Aus den Augenhöhlen des Tiers aufsteigende Rauchfäden ließen Alyx sich fragen, was genau sie da tatsächlich sah, aber im Vergleich zu seiner Herrin verblasste der Temeryx zur Bedeutungslosigkeit.

Dass Malarkex eine Frau war, wusste Alyx, weil sie sich darüber im Klaren war, wer sie ursprünglich gewesen war, aber ohne diese Information hätte sie es nicht schließen können. Edamis Vilkasos in ständiger Bewegung wallende Gestalt bot keinerlei Anhaltspunkt für ihr

Geschlecht. Ein schwarzer Mantel hüllte sie ein und schien zu brennen, ähnlich dem des Sullanciri bei Porasena, aber Malarkex' Umhang blieb weitgehend schwarz. Am Saum war ein unregelmäßiges Netz aus roten Linien sichtbar, das kleine Schattenzungen nachzeichnete, die sich vom Mantel lösten und verpufften. Ihre Augen, die im Innern eines geschlossenen Vollhelms aus Stahl glühten, waren von derselben silbernen Farbe wie der Krummsäbel in ihrer Hand. Die Waffe schien ebenso wenig natürlich wie ihre Besitzerin, denn sie reflektierte kein Sonnenlicht. Stattdessen funkelte sie mit fahlgrünem Feuer, das sich an der Klinge entlang auf und ab schlängelte.

Ein Kurier der jeranischen Reitergarde hielt neben Alyx an. »General Adrogans schickt seine Grüße, Generalin. Er bedankt sich für die Nachricht über die Gefahr bei den Standarten. Seine Befehle an Euch lauten wie folgt. Die Schwere Garde wird auf Zeichen dreihundert Schritte vorrücken und in Abwehrstellung gehen. Beim folgenden Signal wird sich rechts und links eine Lücke öffnen. Die Königsmannen werden die linke Lücke benutzen, Eure Wölfe die rechte. Ihr werdet wie eine gewaltige Flutwelle der Strömung folgen und Eure Gegner ertränken. Habt Ihr diese Befehle verstanden?«

Sie nickte. »Schlicht und ein wenig lyrisch. Ich habe verstanden.« Sie zeichnete die Quittung ab, die der Kurier ihr entgegenhielt, dann rief sie die Kommandeure der Königsmannen und der Schweren Gardeflügel zu sich und gab die Anweisungen weiter. Sie entfernten sich, um ihrerseits ihre Untergebenen zu unterrichten, dann meldeten sie über Boten Bereitschaft.

Kräh ritt heran und hielt neben ihr an. »Der General überlässt Euch Malarkex?«

Alyx nickte, dann schaute sie sich zu dem Zelt um, das Adrogans als Quartier diente. Rauch stieg aus der Öffnung in der Mitte auf, und Shusker Kundschafter schleppten Wassereimer heran. »Wie es scheint, genehmigt er sich ein heißes Bad, während wir kämpfen. Meine einzige echte Sorge ist, dass der Sturmangriff der Königsmannen die aurolanischen Truppen vermutlich ostwärts treiben wird, und damit weiter hinter uns.«

»Ja, aber er wird sie daran hindern, sich mit den Legionen zu vereinen, die am Seeufer anrücken.« Er drehte sich im Sattel und deutete zurück zu einer zweiten Kavallerieformation. »General Caro und die Savaresser Ritter scheinen auch kampfklar. Sie können nach Westen so gut wie nach Osten vorstoßen, also könnten sie leicht als Eure Reserve dienen.«

»Keine Frage.« Sie seufzte. »Ich weiß, hier gehen Dinge vor, von denen ich nichts weiß. Mir bleibt nur zu hoffen, darauf zu *vertrauen,* dass General Adrogans weiß, was er tut.«

»Und vertraut Ihr ihm?«

Alyx runzelte die Stirn und ließ sich die letzte Begegnung mit ihrem Feldherrn durch den Kopf gehen. »Im Augenblick ja. Mir bleibt nichts anderes übrig. Und Ihr?«

Kräh nickte, dann ließ er die Linke auf den Schwertknauf fallen. »Ich muss. Nur herzlich wenige von uns besitzen die Mittel, eine Sullanciri zu töten. Ich vertraue darauf, dass Adrogans mich nahe genug an sie heranlässt. Edamis war findig und tapfer. Ohne Zweifel hat sie den gewünschten Ablauf der Schlacht genau geplant. Ich will hoffen, Adrogans findet eine Möglichkeit, sie zu enttäuschen.«

»Diese Hoffnung teilen wir, Kräh. Ich will sie aufhalten und ihnen das Kreuz brechen.« Alexia zog blank, als die Trompeter das Signal zum Vormarsch gaben. »Begleitet mich – und wir werden beide bekommen, was wir uns wünschen.«

Will kochte vor Wut. Schon wieder war er gezwungen, beim Tross zu warten, als die Trompeten ertönten und die Soldaten in die Schlacht schickten. Kräh hatte ihm sehr deutlich klar gemacht, warum er an dem Kampf nicht teilnehmen konnte. Zwar bezweifelte niemand Wills kämpferische Fähigkeiten, aber es war nun einmal eine Tatsache, dass er über keinerlei militärische Erfahrung verfügte. Der Sieg in diesem Kampf würde von Disziplin und Ausbildung abhängen. Wills Mangel an beidem hätte ihn mit ziemlicher Sicherheit umgebracht.

Er hatte es hingenommen, aber trotzdem hasste er es. Auf Vilwan war er zu müde und verwirrt gewesen, um die Gefühle einzuordnen, die in ihm tobten. Diesmal hatte er zugesehen, wie Kräh und Entschlossen sich auf den Kampf vorbereitet und losgeritten waren, und ihm war klar geworden, dass sie eine sehr reelle Chance hatten, in dieser Schlacht zu fallen. Der bloße Gedanke daran hatte ihm die Kehle zugeschnürt.

Das war eine Gefühlsregung, die ihm gänzlich fremd erschien. Er hatte zwar Freundschaften mit anderen Kindern in Marcus' Bande geschlossen, aber sie waren nie in einer Lage gewesen, in der sie wirklicher Todesgefahr ausgesetzt waren. Es kam wohl vor, dass Kinder starben, und andere verschwanden, aber es hatte nie eine Gelegenheit gegeben, die Möglichkeit ihres Verlustes vorauszuahnen. Erst nachdem es geschehen war, hatte er sich irgendwie damit abgefunden. Marcus hatte diese Gelegenheiten immer in eine Lektion umgemünzt, soll heißen, er hatte sie so lange verprügelt, bis allen klar wurde, wie ungesund es ist, Fehler zu begehen.

So wenig er den Tod seiner Freunde wollte, und so wenig er sie sterben sehen mochte, das Trompetensignal der Herolde lockte ihn dennoch aus der relativen Sicherheit des Nachschublagers auf den Hügel mit Adrogans' Zelt. Die als Wachen aufgestellten Reitergardisten lächelten nur und nickten ihm zu, und das erlaubte ihm, sich auf die Hügelkuppe zu schleichen und im Schatten des Zelts zu verstecken.

In der Ferne marschierte die Schwere Alcider Garde über relativ ebenen Grund vor. Das Land stieg nach Norden ein wenig an, aber nicht genug, um den Aurolanen einen Vorteil zu verschaffen. Die vorrückenden Reihen wogten ein wenig, als die Soldaten über Bodenwellen marschierten. Ihre Köpfe hoben oder senkten sich nur ein, zwei Schritte lang, aber auch so wirkte die ganze Formation wie ein buntes Tuch, das von einer trägen Brise über den Boden getragen wurde.

Die langen Speere löschten diese Illusion zum Teil wieder aus. An einigen Speeren knallten und flatterten Wimpel, und die der vorderen Reihen senkten sich zum Feind hin. In der dichten Formation der Infanterie, mit drei Reihen drohender Speere, stellten sie eine undurchdringliche Wand im Weg der gegnerischen Reiterei dar.

Hinter den Fußtruppen kam, ebenfalls mit Speeren und Lanzen bewaffnet, die Kavallerie. Irgendwie verliehen die düsteren schwarzen Wappenröcke der Okraner Königsmannen der Einheit zusätzliche Substanz. Obwohl dies ihr erster echter Kampfeinsatz war, spornte das Verlangen, ihre Heimat zu befreien, alle in Stahl geschürzten Männer und Frauen dort unten im Sattel an. Auch die Pferde trugen schwere Rüstungen, die mit Stacheln und Hörnern versehen waren, und manche besaßen sogar kurze Stangen am hinteren Sattelstück, von denen lange Banner wehten.

Rechts von ihnen trabten die Alcider Wölfe. Ihre blauen Wappenröcke waren mit einem von der rechten Schulter zur linken Hüfte gezogenen goldenen Streifen gekennzeichnet, und ein Streifen an der linken Schulter war in der Farbe der Kompanie gehalten. Sie wirkten ebenso farbenprächtig wie die Großtemeryxen, auf die sie zuritten.

Dreihundert Schritt vor ihrem Ausgangspunkt hielt die Infanterie an. Auf Befehl der Offiziere richteten die Speere sich nach vorne, in einer stählernen Dornenhecke, bereit, das Fleisch der Aurolanen zu zerfetzen. Wie ein Mann stießen die Alcider Truppen einen alten Kampfruf aus, bei dessen Klang Will ein Schauder über den Rücken lief.

Blut und Bein, für unser Heim.
Für König, Volk und Vaterland.

Will schwoll die Brust, obwohl sich bei seinem unwillkürlichen Lächeln die Maske an den Wangen rieb. *Auch wenn Oriosa mich beansprucht, ich bleibe ein Alcide.*

Trommler in den aurolanischen Formationen ließen ein Donnern ertönen, bei dessen Klang die Nordlinge vorwärts stürmten. Sie hielten auf ihrem Vormarsch halbwegs eine Frontlinie ein, obwohl die Kavallerie die Linie in der Mitte unterbrach. Auf Will wirkte es wie ein Wolf, der seine Zähne versteckt hielt. Doch die Drohung blieb.

Näher und immer näher rückten die Aurolanen. Die Hôrgun bewegten sich an die Spitze der Legionen. Sie schwangen Waffen, die in der Lage waren, riesige Breschen in die Alcider Reihen zu schlagen. Ein Hieb dieser Keulen konnte die Speere beiseite fegen, die Männer, die sie hielten, in ihre Kameraden schleudern und ein Chaos stiften.

Und die Lücke in der Mitte schließt sich nicht. Sie haben irgendetwas vor.

Will runzelte die Stirn und konzentrierte sich, versuchte zu erkennen, was die Aurolanen vorhatten. Es gelang ihm nicht. Zum einen, weil ihm die militärische Erfahrung fehlte, aber auch auf Grund der aus dem Zelt dringenden Geräusche. Neben dem Gesang der Shusken, den er erkannte, aber nicht verstand, fing Will Keuchen und Stöhnen auf, zusammen mit unmenschlichem Knirschen und knallenden Geräuschen. Er wusste nicht, was da vor sich ging, aber das konnte so gewiss nicht in

Ordnung sein. Und ganz davon abgesehen müsste Adrogans sich im Innern befinden, und sich ausrechnen, was Will am Vorgehen der Aurolanen unverständlich blieb.

Ohne zu überlegen lief der junge Dieb um das Zelt und duckte sich ins Innere. Seine Augen brauchten einen Moment, um sich an die Dunkelheit zu gewöhnen, aber was er in diesem Moment sah, ließ ihm den Atem stocken.

Adrogans lag nackt und blutend an ein kreuzförmiges Gestell gefesselt, über einem wassergefüllten Loch im Boden. Eiserne Nägel durchbohrten seine Brust, den Bauch, Oberschenkel und Arme. Qualm hing erstickend dicht im Zelt, und es stank nach schmorendem Fleisch. Ein Shuske hielt mit einer Zange einen glühenden Nagel, ein anderer zog an Adrogans' linker Schulter die Haut in die Höhe. Einen zischelnden Fluch murmelnd stieß der Shuske mit dem Nagel zu, während ein Dritter mit einer dünnen Kordel ein seltsam geformtes Gewicht daran befestigte.

Bevor Will Alarm schlagen konnte, drehte der alte Shuskenhäuptling sich um und winkte. Die Hand des alten Mannes zitterte, dann ballte er sie zur Faust. Will fühlte, wie ihm die Luft aus der Lunge wich, dann wurde ihm schwarz vor Augen. Er war ohnmächtig, noch bevor er auf den Boden aufschlug.

Kapitel Siebzehn

Markus Adrogans bemerkte den kurzen Lichtschein kaum, der Will ins Zelt begleitete, und hörte auch das erstickte Keuchen nur von ferne, mit dem er zu Boden sank. Die grausamen Schmerzen, die seinen Körper peinigten, beanspruchten nahezu seine gesamte Aufmerksamkeit. Rot glühende Eisen bohrten sich ihm durch die Haut, seine Gelenke knirschten und wanden sich unter seinen Leiden. Die Brust schien ihm unter dem Aufschrei bersten zu wollen, den er mit aller Gewalt unterdrückte, und in einem Augenblick der Ruhe gelang ihm ein raues Flüstern.

»Mehr, noch mehr.«

Er presste die Kiefer zusammen, erstickte das ihm in der Kehle zitternde Aufheulen, als flinke Shuskenhände seine Haut in Falten zogen, durch die sie heißes Metall stießen. An den Spießen befestigten sie Drähte, an deren Ende Talismane hingen. Sie zogen und zerrten, setzten Nervenenden neu in Brand, die Wellen der Agonie durch seinen Körper sandten. Der Schweiß, der ihn bedeckte, brannte in den Wunden. Blut rann ihm über den Leib und kochte, wo es noch glühende Nägel berührte. Sein Fleisch und Blut stieg in Dutzenden kleiner Fahnen aus Opferqualm zum Zeltdach, und der Gestank bedeutete eine zusätzliche Tortur.

Er öffnete den Mund, um noch mehr zu verlangen. Er brauchte mehr, wollte mehr. Aber stattdessen protestierte sein Körper mit einem Hustenanfall. Ph'fas bellte ein einzelnes Wort. Adrogans verstand das Geräusch nicht, wusste aber, dass es einen Sinn haben musste. Die Seile an Hüften und Handgelenken lösten sich, die Schmerzen in den Schultern ließen einen Augenblick nach. Dann kippte das Kreuz. Er rutschte nach vorne, mit den Füßen voran. Der schweiß- und blutnasse Leib des Generals fing sich reichlich Splitter vom Holz des Gestells ein, als er hinunterglitt.

Einen Augenblick flog er durch die Luft, gehüllt in nichts als Luft und Schmerz, dann stürzte er ins löschende Wasser. Es umfing ihn, es verzehrte ihn und nahm ihn in sich auf. Es schlug über ihm zusammen, schreckte das Metall ab, trieb die Hitze aus dem Leib, drang mit einer Kälte in sein Innerstes, die ihn taub machte. Er sank langsam tiefer, in einem vom Wasser vorgegebenen Gewicht und Tempo. Es trug seine müden Arme und ließ ihn mühelos treiben, als habe sein Körper Pulsschlag um Pulsschlag aufgehört zu existieren.

Adrogans öffnete die Augen und war eins mit dem Wasser. Durch das Nass, durch die Feuchtigkeit im Boden, konnte er sich ausbreiten, sehen und hören, tasten und riechen. Mit einem Schlag war er ein Teil des Schlachtfelds. Er sah die aurolanische Infanterie vorstürmen, fühlte, wie er von ihren Leibern rann, im Weiterrennen ihr Fell durchnässte. Die Temeryxkrallen rissen an seinem Fleisch. Pferdehufe hämmerten auf ihn ein.

Blut strömte in ihm herab.

Plötzlich sah und fühlte er alles, jede Einzelheit. Das Auf und Ab der Schlacht, das schrille Lied der kreischenden Verwundeten, das dumpfe Geräusch einer von einem Speer durchbohrten Brust, alles erreichte ihn. Der warme Nebel aus Blut, der schwere Schlag eines zu Boden stürzenden Körpers, das Zittern eines fest auf den Boden gepflanzten Speerendes, als die Waffe sich in den Leib eines Temeryx bohrte, bevor sie bog und brach, Krieger mit Splittern überschüttete, das ängstliche Peitschen der Beine der verwundeten Frostkralle, das Winden des mit gebrochenen Beinen unter ihr liegenden Reiters – und das hallende Brüllen des Kriegers, der mit seinem Schwert in der Hand anrückte, um beiden ein Ende zu machen: All das wob sich in seinem Geist zum Gemälde der Schlacht.

Gemälde. Undeutlich bemerkte jener Teil seines Geistes, der noch menschlich war, wie unpassend dieses Wort schien. Es deutete auf Schönheit und Kunstfertigkeit hin, aber was sich über dieser Landschaft abspielte, war eine Leinwand aus Schmerz und Tod, aus Blut und zerfetztem Fleisch, geborstenen Gliedern, sterbenden Träumen und endlosen Schrecken. Wie die Schwerter die Leiber zerschlugen, so zerschlug sie Geist und Seele, schlug Wunden, die nie verheilen konnten.

Adrogans konzentrierte sich, engte seine Wahrnehmung auf menschlichere Proportionen ein. Er erhob sich im Morgennebel über die Walstatt, beobachtete, wie die aurolanischen Linien am linken Flügel auf die alcidische Infanterie trafen. Hôrgun schwenkten Keulen, die einige Speere zertrümmerten, doch andere hoben sich an ihrer Stelle und stießen zu, bohrten sich hier und dort in die Riesen, wehrten sie einen Augenblick ab. Wie gewaltige Pendel senkten die Keulen sich erneut, ließen Speerschäfte bersten, aber die Hôrgun waren gespickt mit den Waffen, fast, als wäre die Infanterie ein riesiges, stählernes Stachelschwein und die Speere seine Stacheln.

Durch die offene Mitte griff die aurolanische Reiterei an. Die leichte Kavallerie traf auf die bereits in den Kampf verstrickte Linie und hämmerte auf sie ein. In der Mitte traf die schwere Kavallerie noch härter. Die Großtemeryxen sprangen über die Speere hinweg, segelten über die vorderen Ränge, um bei ihrer brutal harten Landung die Soldaten in den Schlamm zu quetschen. Krallen zerfetzten Rüstungen, rissen die Leiber auf, Raubtierzähne blitzten und Männer fielen mit halbem Gesicht oder einem Arm weniger. Manche Speerkämpfer spießten die Temeryxen im Flug auf, aber selbst das Gewicht einer ins Herz getroffenen Frostkralle genügte, die Soldaten unter ihr zu begraben.

Und Malarkex, die Sullanciri, brach durch die Alcider Formation mit der Leichtigkeit einer Schulmeisterin, die mit dem Rohrstock eine Horde Kinder auseinander trieb. Er nahm nicht viel von ihr wahr – außer Hass und Wut. Ihr schwarzes Reittier schmeckte nach Blasphemie. So elegant das Biest schien, es war schon lange tot gewesen, bevor Magik es ihr zu Diensten gestellt hatte. Kein Herz schlug in dieser Brust, keine Lunge pumpte, nur ein wilder, bösartiger Geist stärkte die Glieder und trieb es an.

Gegen sie und den Kreis des Todes, den ihr Schwert um sie zog, konnte er nichts unternehmen, aber das hatte er schon immer gewusst. Sie zu vernichten war nicht seine Aufgabe – sie war nur ein Teil des Kampfes. Die ganze Schlacht war der Schlüssel, und alles, was er hatte über sich ergehen lassen, diente dem Sieg.

Adrogans streckte sich, spreizte die Finger, ließ lange genug das Gefühl in sie zurückkehren, um das in seiner Reichweite fließende Wasser zu packen. Er zwang seine Finger, in das Wasser zu fließen, die Reichweite zu vergrößern, ihn in das Reich zu bewegen, in dem sie kämpften. Die Angst, den Weg zurück nicht mehr zu finden, stellte sich ihm in den Weg, doch er überwand sie.

Ich tue, was nötig ist.

Sein Kopf nickte langsam, hob und senkte sich mit dem Wasser. Dann verzog er das Gesicht zu einer wilden Grimasse und ballte die Hände zu Fäusten.

Zwei Geysire brachen auf dem Schlachtfeld auf, schleuderten gewaltige Säulen braunen Wassers hoch in den Himmel. Einer riss Teile der vordersten aurolanischen Infanteriereihen in die Luft, der andere schlug einen Hôrgun beiseite. Die Wassersäulen brachen, einen Regenbogen hinterlassend, zusammen – ein Sumpf brodelte auf und hielt die Aurolanen fest.

Hinter Alyx und ihren Wölfen stießen die Herolde ins Horn. Der linke Flügel und die Mitte der Königsgarde steckte mitten im Kampfgetümmel und konnte sich nicht bewegen, sodass sich den Okraner Königsmannen keine Gasse öffnete. Dann bewegte sich der rechte Flügel der Alciden, und zu Alyx' Überraschung trocknete der Boden vor ihr aus und wurde hart, riss auf – wie von jahrelanger Trockenheit ausgedörrt. Sie hob das Schwert, bohrte Streiter die Absätze in die Flanke und führte die Wölfe in einen Sturmangriff, der die schwere Reiterei der Aurolanen in der Flanke erwischen sollte.

Sie hatte keine Ahnung, wie oder warum das Schlachtfeld sich veränderte. Das Strömungsverhalten des Wassers stank nach Magik, so viel war klar. Vermutlich würden Kytrins Truppen schnell einen Weg finden, die Zauber zu neutralisieren. Der kleine See, der sich jetzt ausbreitete, um den rechten Aurolanenflügel aufzuhalten, würde wieder schrumpfen, aber das war ein Problem für später. Jetzt versprach der harte Boden unter Streiters Hufen eine schnelle, schlagkräftige Kavallerieattacke.

Ein paar Großtemeryxen an der Aurolaner Flanke drehten sich dem Angriff entgegen, doch das spielte kaum eine Rolle. Die schiere Masse und Wucht des Angriffs schleuderte die Frostkrallen zurück, warf teilweise die Reiter aus dem Sattel – sie wurden von peitschenden Krallen und stampfenden Hufen zerfetzt und erschlagen. Die meisten wurden zurück in die Reihen ihrer Kameraden getrieben und nahmen der restlichen schweren Kavallerie jede Möglichkeit zum Manöver oder zur Verteidigung. Lanzer links und rechts von ihr durchbohrten Tiere und Reiter.

Die Wölfe trieben mit einer Legion eine Speerspitze in die schwere Reiterei, dann schwang die andere weit nach rechts und zog vor der im Schlamm stecken gebliebenen Mitte der aurolanischen Reihen vorbei, griff die linke Seite der Infanterie an. Agitar führte dieses Manöver an, stand in den Steigbügeln, schwenkte das Schwert und brüllte Befehle.

Die Rotkappen fraßen sich durch die Aurolanen wie Feuer.

Der Zusammenhalt der schweren Reiterei löste sich in Wohlgefallen auf, als die entfernte Flanke unter dem Druck brach. Die schwere Alcider Königsgarde trieb eine Kompanie vorwärts, um die verwirrten Reiter zusätzlich zu bedrängen und Agitars Legion den Rücken frei zu halten. Das rettete zwar ihre Landsleute, versperrte den Okraner Königsmannen aber immer noch den Weg zum Feind, zog den Dolchstoß dem Schwerthieb vor.

Mit einem Schrei, in dem sich das Heulen des Nordwinds mit dem Kreischen einer ausgeweideten Katze mischte, riss Malarkex ihr Reittier herum und sprang in die Formation der Wölfe. Die Krallen des Temeryx rissen den Leib eines Pferdes auf, zerfetzten den Kettenpanzer wie Spinnweben und kosteten den Reiter im selben Schlag das Bein. Der Säbel der Sullanciri flog in einem Hieb herum, der den Mann in zwei Hälften gespalten hätte, aber Krähs Schwert fing den Schlag ab und parierte ihn hoch.

Malarkex' Temeryx wirbelte herum und säbelte seinem Pferd mit dem Schwanz die Beine weg. Sie brachen wie dürre Zweige, und die Wucht des Schlags schleuderte das Tier durch die Luft davon. Kräh strampelte sich endlich frei und stieß sich ab, doch es gelang ihm nur mühsam. Er kam hart auf der rechten Schulter auf, rollte zwar in den Stand ab, aber dann schlug ein reiterloses Pferd ihm ins Kreuz und er fiel hilflos vornüber in den Schlamm.

Die Sullanciri zog ihren Temeryx herum und beugte

sich zu einem Säbelhieb hinab, der Krähs Rücken gespalten hätte. Ein harter Schlag gegen ihr Reittier ließ den Hieb sein Ziel verfehlen, als Lombo der Frostkralle die Schulter in die Seite rammte. Malarkex flog aus dem Sattel und wirkte wie ein Bündel brennender Lumpen. Der Temeryx drehte den Hals, um nach dem Panq zu beißen, aber schneller als die blitzenden Raubtierfänge zuschlagen konnten, hatte Lombo ihn an Unterkiefer und Schädelkrone gepackt und ihm das Genick gebrochen.

Alyx riss Streiter herum und galoppierte auf die sich vom Boden erhebende Sullanciri zu. Die aurolanische Generalin duckte sich unter dem Hieb weg, dann schlug sie zu und schnitt Streiter den Leib auf. Alyx sprang aus dem Sattel des sterbenden Pferdes – es gelang ihr, auf den Füßen zu landen. Die schattengleiche Kriegerin trieb auf sie zu. Blutdämpfe stiegen von ihrer Klinge auf. Sie schlug zu, aber Alyx parierte den Hieb abwärts, dann riss sie den gepanzerten Ellbogen herum und rammte ihn der Sullanciri ins Gesicht.

Der Arm glitt geradewegs durch ihren Kopf, und ein Schock zuckte durch Alyx' Körper, so, als wäre sie gerade mit Hechtsprung in einen eiskalten Fluss gesprungen. Sie stolperte einen Schritt zur Seite, dann wirbelte sie herum, als Malarkex eben die Richtung umkehrte. Die Sullanciri drehte sich weniger als dass sie sich *wendete.* Plötzlich erschien ihr schattenhaftes, hasserfülltes Gesicht, wo unmittelbar zuvor noch die Rückseite der Kapuze gewesen war.

Wieder parierte Alyx einen Schlag, dann hieb sie zurück und traf nichts als schwarzen Nebel und eine an ihrem Säbel entlangzuckende Kältewelle. Sie wich zurück, als ihr klar wurde, dass sie in dem enthusiastischen Angriff ihre Deckung vernachlässigt hatte, aber noch verzichtete die Sullanciri darauf, ihren Vorteil auszunutzen. Wie eine vom Wind getriebene Wolke glitt

Malarkex auf Krähs reglose Gestalt zu und zwang Alyx, sie abzufangen.

Immer wieder tauschten sie Säbelhiebe aus – und immer wieder zerteilten Alyx' Schläge nur dunklen Nebel und ernteten Kälte. Reif formte sich auf der Klinge, und ihre Finger wurden taub, doch sie kämpfte weiter, blieb in Bewegung. Sie wusste, sie war eine bessere Schwertkämpferin als die Sullanciri, aber das half nicht viel in einem Kampf, in dem ihre Waffe keine Wunde schlagen konnte. Jeder einzelne ihrer Treffer hätte genügt, einen gewöhnlichen Gegner zu Boden zu schicken, und einen Augenblick lang fragte sie sich, ob sie wie ihr Vater von der Hand eines Dunklen Lanzenreiters sterben sollte.

Malarkex täuschte einen niedrigen Seithieb ab, dann zuckte ihre Waffe von rechts hoch. Alyx parierte, aber dieser Hieb war härter und stärker als alle zuvor. Der Säbel der Sullanciri schlug ihr eine Scharte in die Klinge, und was noch schlimmer war, er schlug ihr das Schwert aus der Hand. Alyx versuchte zurückzutänzeln, wusste, der nächste Hieb würde Rüstung und Leib zerteilen, aber sie schlug mit den Stiefelabsätzen gegen ein Hindernis und fiel.

Der Schlag der Sullanciri pfiff harmlos vorbei.

Alyx rollte sich nach rechts, weg vom Rückhandschlag, und fand mit der Linken einen Schwertknauf. Sie stand in der Drehung auf und legte beide Hände um den Griff der neuen Waffe. Im Heft der geraden Klinge war ein schillernder Edelstein eingesetzt. Das wie der Schlussstein eines Torbogens geformte Juwel pulsierte einmal mit kräftigem Schein, und ihre Rechte wurde wieder warm.

Sie trat vor und stellte sich über Kräh, über dessen Schultern sie gestürzt war. Sie hob sein Schwert abwehrend in die Höhe. Malarkex' flacher Hieb prallte ab, dann sprang Alyx nach vorne und riss Tsamoc nach oben. Bei einem gewöhnlichen Gegner hätte seine Spitze sich zu Beginn der Bewegung zwischen den Knien befunden und im Aufwärtsschub den Unterleib gespalten.

Malarkex schrie auf und Schatten floss in einer tintengleichen Pfütze zu Boden. Ein lächerlich schwacher Hieb bedrohte Alyx' linke Hüfte, aber Tsamoc parierte ihn aufwärts, hob sich und schlug in der Antwortbewegung in die rechte Flanke der Sullanciri. Die Schattengestalt waberte einen Augenblick, dann zerfloss ihre dunkle Essenz auf dem Boden, und nur eine Pfütze und der auf dem Boden tanzende Säbel blieben als Spuren ihrer Existenz zurück.

Alyx starrte auf das Schwert mit dem pulsierenden Edelstein in ihrer Hand. *Das nenne ich ein magisches Schwert!*

Rings um Alyx tobte die Schlacht weiter. Temeryxen schnappten, Soldaten schrien, Schnatterer stürmten auf sie ein. Sie hielt trotzig die Stellung, stand breitbeinig über dem reglos am Boden liegenden Kräh, von Kopf bis Fuß mit Blut und Schlamm bespritzt. Ein paar Schnatterer kamen bis zu ihr durch, aber dazu mussten sie erst einen Spießrutenlauf aus Lanzen und Schwertern überstehen oder dem kaum mit den Augen zu erfassenden Hieb einer Panquitatze entgehen. Mehr als ein Schnatterer brach unter der Wucht dieser Rückhandschläge mit zertrümmertem Genick zusammen. Und es wären noch weit mehr geworden, hätte Lombo nicht ein besonderes Vergnügen daran empfunden, sich auf reiterlose Frostkrallen zu stürzen und deren Schädel zwischen seinen Fäusten zu zerquetschen.

Hinter den Linien schallten Trompeten, und sie konnte hören, wie die Alcider Infanterie sich zum Vormarsch sammelte.

Andere Trompeten antworteten, jedoch von Norden, was sie überraschte. Aber sie hatte nicht die Zeit, sich darüber Gedanken zu machen. Die vorderen Elemente der im Schlamm steckenden Aurolanen hatten sich gerade aus dem Sumpf befreit, als das Wasser versiegte. Sie stählte sich für den Ansturm und versprach sich, ihre Haut teuer zu verkaufen, als erneut Trompeten gellten und das Donnern von Hufen das Wummern der aurolanischen Kriegstrommeln übertönte.

Von Norden brachen drei Legionen jeranischer Leichter Reiterei durch die hinteren Linien der Aurolanen. Auf der Rechten löste der See sich auf, der die Alcider schwere Königsgarde von der Nordlandflanke trennte. Jeranische schwere Infanterie marschierte von Nordosten an. Der bedrohte linke Flügel der Aurolanen zog sich zurück, traf auf die Mitte, und beide brachen auseinander.

Dann galoppierten zu ihrer Linken neue Rösser heran. Die Okraner Königsmannen, die keine Lücke in der Schweren Garde gefunden hatten, waren um die Schlacht herumgeritten und kamen jetzt von Westen, rollten diese Seite auf und zerrieben die rechte Flanke der Aurolanen zwischen sich und Agitars Legion. Schwarz blutende, mit Speeren gespickte Hôrgun wankten und stürzten, als Lanzen ihre Schenkel durchbohrten und Säbel auf ihre Schienbeine einhackten.

Wie von Sinnen durcheinander rennende Schnatterer stürzten nach allen Seiten davon, zum Teil auch auf Alyx zu. Tsamoc machte mit einigen von ihnen kurzen Prozess, und Entschlossens Ankunft mit dem Rest einen noch kürzeren. Der eine Großtemeryx, der auf sie zustürmte, hätte eine wirkliche Gefahr sein können, doch ein Dampfgeysir traf ihn mitten im Sprung und kochte ihn. Er war zwar noch nicht tot, als er landete, aber so schwer verletzt, dass er wenig mehr tun konnte als Jaulen und Zischen. Alyx versetzte ihm den Gnadenstoß.

Entschlossen packte die Zügel eines reiterlosen Pferdes und winkte Alyx. »Reitet, Generalin.«

»Nein.«

»Doch. Ihr müsst.« Entschlossen nickte ihr zu. »Ich

kümmere mich um Kräh. Und Ihr werdet Euch um ihn kümmern können, wenn Ihr ihm Tsamoc zurückbringt. Bewegung, Generalin. Es wird der Schlacht ein Ende machen.«

Alyx nickte und saß auf. Als sie das Schwert hob, stieg lauter Jubel aus den Alcider Reihen auf, in den die Königsmannen einstimmten. Dann erhob der Rest der Belagerungsarmee die Stimmen. Die Schwere Garde zog die Formation zusammen und stürmte vor, donnerte an Kräh vorbei, schloss das Aurolanenheer ein und erdrückte es.

Vom Sattel aus verfügte Alyx über die notwendige Perspektive, um zu erkennen, was geschehen war. Irgendwie hatte Adrogans von irgendwoher ein volles Bataillon leichte Kavallerie und ein ganzes Regiment schwerer Infanterie aufgetrieben. Beide kamen aus Jerana und hatten sich offensichtlich in den Bergen versteckt gehalten. Der vom Wasser auf dem Feld aufsteigende Nebel hatte die Gefahr in ihrem Rücken und der Flanke vor den Aurolanen verborgen gehalten, bis es zu spät war.

Allmählich wurde ihr einiges klar. Adrogans' übertriebene Proviantanforderungen waren keine Extravaganz gewesen. Er hatte von den Resten des Feldzugs eine zweite Armee verpflegt. Deren Existenz hatte er vor ihr und allen anderen verborgen gehalten, was nur bedeuten konnte, dass er einen Spion im Kreis der Fürsten befürchtete. Sie fragte sich, ob all seine Schlachtberichte bewusst so manipuliert worden waren, dass sie den Eindruck erwecken mussten, er hätte nur durch glückliche Zufälle gewonnen statt durch Strategie und Können. Und sie fragte sich, ob das in der Absicht geschehen war, Kytrin zu täuschen.

Ich bin mir noch nicht sicher, ob ich mich bei Adrogans entschuldigen muss, aber er hat sich auf jeden Fall einiges an zusätzlichem Vertrauen verdient.

Die schwere Infanterie, Jeranser und Alciden, schloss die Reihen und rückte westwärts. Königsmannen und Jeranser Leichte Reiterei ritten voraus, schlugen in die Flanke der aurolanischen Formation, die über die Uferstraße gekommen und von den Felsenherzen gestoppt worden war. Die Aurolaner Legionen wichen zurück, doch die Felsenherzen rückten vor. Die Aurolanen flohen, rannten in die Berge davon, aber die Kavallerie metzelte sie nieder.

Kapitel Achtzehn

Alyx war überrascht, Kräh mit bloßem Oberkörper auf einem Stuhl im Schatten des Vilwaner Kriegsmagikerpavillons sitzen zu sehen. Er hob zum Gruß die linke Hand, und sie stellte mit einer gewissen Genugtuung fest, dass das Licht der kleinen Kohlenpfanne neben seinen gestiefelten Füßen keine neuen Wunden enthüllte. Seine rechte Schulter war dunkel verfärbt. Sie war froh, dass das schwache Abendlicht keine Farben erkennen ließ. Dass er den Arm dicht am Körper behielt und damit drei Narben auf dieser Seite des Oberkörpers halb verdeckte, überraschte sie nicht im Mindesten.

Sie runzelte die Stirn. »Solltet Ihr …?«

Kräh lächelte gelassen und deutete auf einen freien Stuhl neben sich. »Bitte, meine Fürstin, setzt Euch. Ich kann Euch gar nicht genug dafür danken, dass Ihr mir das Leben gerettet habt. Entschlossen erzählte mir, was Ihr getan habt. Lombo ebenfalls. Ihr habt ihn gehörig beeindruckt.«

Alyx lachte. »Das beruht auf Gegenseitigkeit. Wie er die Schnatterer abgehalten hat und die Temeryxen … Ihr würdet es nicht für möglich halten.«

Der Mann nickte. »Er bedauert es übrigens, Euch diese Beute gestohlen zu haben. Er hält sein Verhalten für selbstsüchtig.«

»Ich vergebe ihm.« Sie lächelte. »Wie geht es Euch?«

Kräh zuckte die Achseln, oder zumindest die linke. »Während Ihr unterwegs wart, das Aurolanenlager zu erkunden, hat Lombo mich hierher getragen. Kjarrigan wollte mich komplett heilen, aber ich habe ihm gesagt, er solle erst mal nachsehen, was mir überhaupt fehlt. Ein paar Prellungen und eine Beule am Kopf. Ich habe ihn weggeschickt, damit er sich um ernstere Fälle kümmert. Ich komme auch so wieder auf die Beine.«

»Warum seid Ihr dann noch hier?«

Er zeigte zum Zelt. »Will ist drinnen. Er war bei Adrogans und hat die Schlacht beobachtet, dann wurde er ohnmächtig. Jetzt ruht er sich aus. Er ist wach, erinnert sich aber an nichts, was uns zu Leidensgefährten macht. Ich erinnere mich auch an kaum etwas nach unserer Unterhaltung.«

»Ihr hattet eine lange Nacht da draußen mit Entschlossen und Dranæ. Wie geht es ihnen?«

»Die beiden fühlen sich hervorragend. Entschlossen hat ein paar Kratzer. Dranæ hat Bissspuren einer Frostkralle am rechten Oberschenkel, aber das Biest hat es kaum durch Kettenhemd und Haut geschafft, bevor er es tötete.« Kräh nickte in Richtung Schlachtfeld. »Sie sind da draußen, den Verwundeten helfen und die Schnatterer erledigen. Entschlossen wird genug Langmesser für einen Himmel voller Klingensterne einsammeln. Und die Vilwaner sind wohl auf der Suche nach Kandidaten für die Verwandlung zu Meckanshii. Ohne Euch könnte ich froh sein, wenn ich auch einer wäre.«

Alyx streckte die Hand aus und tätschelte sein Knie. »Ihr habt mir auch das Leben gerettet, wisst Ihr. Nachdem sie mich entwaffnet hatte, hätte mich ihr nächster Hieb gespalten, wenn ich nicht über euch gestolpert und aus dem Weg des Schlags gestürzt wäre.«

»Das hatte ich natürlich genau so geplant, meine Fürstin.«

»Ah, dann war es sicher auch Euer Plan, das hier für mich liegen zu lassen.« Alyx zog Tsamoc. »Euer Schwert hat sie erledigt.«

»Es ist der Zimmermann, der ein Haus baut, nicht sein Hammer.«

»Soll ich Euch mal was sagen, Kräh: Wir verschwenden beide eine Menge Zeit mit diesen Höflichkeiten. Tatsache ist, dass Ihr einem meiner Männer das Leben gerettet habt, aber das geschah nur nebenbei, denn Euer Angriff galt Malarkex. Bestreitet es nicht. Ihr wusstet, dass sie sterben musste, und ich habe Euch zugestimmt. Ihr habt sie zuerst aufgehalten, dann habe ich es getan. Wir haben sie gemeinsam aufgehalten. Wir haben eine Sullanciri getötet.«

Kräh verzog schmerzhaft das Gesicht. »Seht Euch vor, das zu laut zu sagen, meine Fürstin. Bisher ist das noch niemandem bekommen. Boleif Norderstett ist jetzt selbst ein Sullanciri. Tarrant Valkener ist tot – von eigener Hand. Ich wünsche Euch weder das eine Schicksal, noch das andere.«

»Und was ist mit Euch selbst?«

»Auch nicht.« Kräh nahm Tsamoc wieder entgegen, dann hebelte er sich mithilfe des Schwerts steif aus dem Stuhl hoch. »Nein, meine Fürstin, bleibt sitzen. Ich lege Tsamoc nur zu meinen Sachen und hole uns etwas Wein. Ihr habt einmal gesagt, Ihr wärt bereit, im Feld einen Schlauch mit mir zu teilen, und da drinnen haben sie welchen. Es dauert nur einen Augenblick.«

Sie nickte und schaute ihm nach. Das weiße Haar, der Bart, und die Steifheit der Bewegungen, die seine Verletzungen ihm aufzwangen, machten es ihr leicht, ihn sich in einem Alter vorzustellen, das ihm ermöglicht hätte, ihrer Großtante den Hof zu machen … auch wenn der Gedanke an diese Paarung ihr kalte Schauder über den Leib jagte. Tatjana war kalt genug, Malarkex im Vergleich wie glühende Kohle erscheinen zu lassen.

Alyx lehnte sich auf dem Feldstuhl zurück und lauschte dem Knirschen der Holz- und Segeltuchteile, aus denen das Klappmöbel gefertigt war. Die Wärme der

Kohlenpfanne breitete sich langsam in ihr aus, schmolz kleine Wehwechen und hinterließ nur Müdigkeit. Sie schloss kurz die Augen und genoss den Kuss der Wärme auf den Wangen, dann zuckte ein Schock durch ihre Glieder.

Obwohl sie wusste, dass sie die Augen geschlossen hatte, konnte sie das Lager, das glühende Feuer und Krähs leeren Stuhl sehen. Darüber hinaus stand der Schwarze Drache vor ihr, auf der anderen Seite des Kohlenbeckens. Rote Glanzlichter tanzten über seine Schuppen und den Arm, den er zur Begrüßung hob.

»Verzeih mir mein plötzliches Erscheinen, Tochter. Ich kann nicht lange bleiben, die Anstrengung ist zu groß. Du musst Adrogans aufsuchen. Wruoner Piraten sind über Land nach Lakaslin vorgestoßen. Die Blaue Spinne konnte das Fragment der Drachenkrone stehlen und die Arkantafal zerstören, die der Hauptstadt die Verbindung mit Mallin an der Küste ermöglicht. Wir wissen nicht, wie viel Zeit zwischen dem Diebstahl und seiner Entdeckung vergangen ist, es ist also möglich, dass sich das Fragment bereits auf der Insel befindet.«

Alyx nickte. »Ich werde mit ihm reden. Wir senden Truppen aus.«

Der Schwarze Drache schüttelte den Kopf. »Du kannst es ihm nicht sagen, Tochter, denn nichts von dem, was ich dir soeben mitgeteilt habe, wird dir über die Lippen kommen. Du musst einen Weg finden, ihn dazu zu bringen, es selbst herauszufinden. Ich weiß, du wirst es schaffen. Geh zu ihm, jetzt.«

Sie setzte sich kerzengerade auf, die Hände verkrampft um die Stuhllehnen haltend. Sie blinzelte und erwartete halb, den Schwarzen Drachen zu sehen, wo Kräh jetzt mit erschreckter Miene stand.

»Ich wollte Euch nicht erschrecken, meine Fürstin.«

»Vergesst es. Wir müssen mit Adrogans sprechen.«

Kräh warf sich den Weinschlauch über die unverletzte Schulter und machte sich auf der Stelle durch die Dunkelheit auf den Weg zum Feldherrnhügel, auf dessen Kuppe Adrogans' Pavillon wie ein Geisterpilz sanft leuchtete. »Ich habe ihn heute noch nicht zu Gesicht bekommen, aber ich habe es auch nicht versucht. Es steht allerdings immer noch ein Kordon Gardisten um das Zelt.«

»Das spielt keine Rolle.«

Er runzelte die Stirn. »Was ist los?«

Alyx setzte an, es ihm zu sagen, da der Schwarze Drache ihr schon bei der ersten Begegnung erklärt hatte, dass sie Kräh trauen konnte, aber auf dem Weg zwischen Verstand und Mund lösten die Worte sich in Wohlgefallen auf. »Ich kann es Euch nicht sagen, aber es ist dringend. Ihr müsst mir einfach vertrauen.«

»Ich vertraue Euch mit meinem Leben, meine Fürstin.«

Sie erreichten den Kordon am Fuß des Hügels. Ein Kavallerist versuchte Alyx aufzuhalten, indem er ihr den Weg versperrte und erklärte, sie könne nicht hinauf. Doch sie wich ihm ohne anzuhalten aus, sodass er sich drehen und wenden musste. Als er schließlich nach ihrem Arm griff, zerrte sie sich los und versetzte ihm mit der Rückhand eine Ohrfeige, die ihn zu Boden schleuderte.

Zwei Schritte weiter, auf halber Höhe des Hügels, stoppte sie ein Sergeant der Reitergarde. »Meine Fürstin, bei allem Respekt …«

Alexia hob den Kopf und ihre Antwort troff vor Zorn. »Respekt, Sergeant, würde verlangen, dass er mich führt, statt mir den Weg zu verstellen. Er trete beiseite, oder General Adrogans wird von seinem Verhalten erfahren.«

»Es sind seine Befehle, die ich ausführe, meine … Generalin.«

Kräh wich nach links aus und der Sergeant packte ihn

beim rechten Arm. Der Mann schrie vor Schmerzen, und der Soldat zuckte zurück, was Alyx Gelegenheit gab, sich an ihm vorbeizuschieben. Sie erreichte die Hügelkuppe – von dem keuchenden Gardisten verfolgt. Aber nun verstellte Ph'fas ihr den Weg.

Der Shuskenhäuptling schüttelte bedächtig den Kopf. »Er soll nicht gestört werden.«

Alyx senkte die Stimme, doch ihr Zorn blieb unvermindert. »Ginge es um einen Kampfbericht oder irgendetwas ähnlich Triviales im Vergleich zu dem, was ich zu sagen habe, würde ich es auf den Morgen verschieben. Tretet beiseite.«

Ph'fas kleines braunhäutiges Gesicht schien noch weiter zu schrumpfen, bis die Augen im Netz der Falten kaum noch zu erkennen waren. »Verschwindet, Swarskija.«

»Ph'fas«, drang Adrogans' leise Stimme aus dem Zelt. »Lass sie vorbei.«

Der Häuptling gab den Weg frei, dann fing er Kräh augenblicklich ab. Alyx wandte den Kopf, aber Kräh winkte ab. »Geht. Ich kann warten.«

Alyx schob sich durch den Eingangsvorhang und sah Adrogans sich mühsam auf dem Bett aufrichten. Er trug einen Lendenschurz wie die Shusken. Weit bemerkenswerter allerdings waren die an seiner Haut – der geschwollenen, fleckigen Haut – befestigten Talismane, die ihn wie Ph'fas dekorierten. *Aber so viel mehr, und größere.*

Adrogans betrachtete sie aus halb geschlossenen Augen. »Meine Mutter kam aus Okrannel, wisst Ihr. Sie war eine Händlerstochter, die mit einer Händlerfamilie in Mallin verheiratet werden sollte, um eine Allianz zu besiegeln. Sie reiste über die Küstenstraße und Shusker Banditen entführten sie. Jeranische Soldaten befreiten sie. Der jüngere Bruder ihres Bräutigams führte die Einheit an. Bei der Ankunft in Mallin war deutlich, und sie hat es selbst zugegeben, dass man sie geschändet hatte. Der Soldat, mein Vater, hatte auf der Reise eine große Zuneigung zu ihr entwickelt, und die Allianz wurde durch die Hochzeit der beiden doch noch besiegelt. Drei Jahreszeiten später wurde ich geboren.«

Der General ging langsam zu einem an der Seite des Zelts stehenden Tisch und schenkte zwei Pokale Wein ein. Er nickte ihr zu, sich einen zu nehmen. »Erst als ich Truppen ins Shuskengebiet führte, stellte sich heraus, was ich wirklich bin: ein Shuskenbastard. Und es war nicht das Einzige, was Ph'fas in mir erkannte. Ich habe ihm zu verdanken, dass ich vom Stamm angenommen wurde, was mir seit Jahren ermöglicht, hier zu operieren. Trotz meiner Anerkennung der Beziehung zu ihnen, einer Verbindung, die ich aus Angst vor einer Ablehnung durch Euren Großvater verschwiegen habe, hatte ich auf eine vollständige Initiation in ihre Gesellschaft verzichtet.«

Alyx nahm den Wein an, nippte aber kaum daran. Ihre Botschaft brannte drängend in ihren Gedanken, aber die leise Gewalt in Adrogans' Beichte hielt sie auf. Sie nickte ihm zu. »Die Talismane.«

»Die Shusken sind ein primitives Volk. Sie erkennen die Existenz der Götter und Weirun an, aber sie ziehen es vor, sich mit unmittelbareren Naturgewalten zu befassen. Sie nennen sie Yrûn. Wasser, Luft, Feuer, Erde, ein ganzes Heer anderer Elementarkräfte teilt eine gemeinsame Essenz. Ein Fluss mag einen Weirun haben und ein See einen anderen, aber beide teilen dasselbe Yrûn. Und sie können beeinflusst und beherrscht werden.«

Er deutete zum Eingang. »Wollt Ihr wissen, wie es Ph'fas möglich war, den Pfeil zu stoppen, der Entschlossen das Herz durchbohrt hätte? Das Yrûn der Luft ist sein Gefährte. Nachdem er vorbereitet und gestochen wurde, hat man ihn von einer Klippe geworfen. Hätte das Yrûn ihn nicht angenommen, wäre er auf den Felsen an ihrem Fuß zerschellt und gestorben. Aber die Bindung ließ die Luft unter ihm fest werden, und er konnte sich retten – so, wie er den Pfeil gestoppt hat.«

»Ihr seid ans Wasser gebunden? Ihr habt die Geysire, den Sumpf und den See geschaffen? Der Nebel, das wart Ihr?«

Adrogans lächelte angestrengt. »Wenn man spät initiiert wird und selbst über eine gewisse Macht verfügt, eine gewisse Weisheit und Einsicht, sucht einen das Yrûn ebenso, wie man selbst nach ihm sucht.« Er berührte den Talisman an der linken Brust. »Wasser wollte mich, und ich wollte es. Feuer ebenfalls, deshalb wurden die Spieße erhitzt, und Erde, deshalb waren sie aus Metall. Holz für die Splitter in meinem Rücken und Wasser, um das Brennen zu löschen. Aber vor allem ist es ein anderes, das Yrûn des Schmerzes, das sich mit mir verbunden hat. Ich konnte dort draußen durch das Wasser sehen und durch die Erde tasten, aber ich sah, hörte, tastete, schmeckte und roch auch durch den Schmerz.«

Er schnaufte. »Er wird ein harter Lehrmeister sein, der Schmerz, aber es wird eine lange und leidenschaftliche Beziehung werden. Ich habe die Initiation lange genug hinausgezögert, und beim ersten Mal, wenn die Bindung hergestellt wird, ist die Macht am stärksten. Es tut mir nicht Leid, dass ich sie hier und jetzt benutzt habe.«

»Mir auch nicht.« Alyx nickte ernst. »General, dies wird sich jetzt sicher verrückt anhören, aber das ist es nicht. Ihr müsst sofort mit Eurer Arkantafal Verbindung zu Königin Carus aufnehmen.«

Adrogans musterte sie misstrauisch. »Wie kommt Ihr darauf …?«

»Vertrauen, General, Vertrauen. Ihr habt Euch heute das meine verdient, indem Ihr verborgene Mächte eingesetzt habt. Ich glaube, das Eure erworben zu haben, indem ich eine Sullanciri tötete. Ihr müsst mir einfach vertrauen und mir glauben, dass Ihr auf der Stelle Verbindung mit ihr aufnehmen müsst. Jetzt. Sofort. Es duldet keinen Aufschub.«

Der jeranische General zögerte noch eine Sekunde, dann stellte er die Weinkaraffe und das Tablett mit zwei weiteren Pokalen auf den Boden. Die Tischplatte glitt beiseite, und darunter wurde eine Aushöhlung sichtbar, aus der er eines der magischen Kommunikationsgeräte hob. Er schob ein Stück Holz in eine schmale Kerbe – und in einer winzigen, grazilen Schrift erschienen leuchtende Buchstaben auf der Oberfläche.

Alyx konnte die Nachricht auf diese Entfernung nicht entziffern, aber das war auch nicht nötig. Adrogans versteifte sich, dann sackten seine Schultern. Er drehte sich zur Prinzessin um, als die Schrift verblasste.

»Woher wusstet Ihr das?«

Alyx schüttelte den Kopf. »Ich habe Euer Vertrauen verdient, denn ohne meine Warnung hättet Ihr es noch lange nicht erfahren. Sagen wir, es kam mir in einem Traum – und belassen es dabei.«

Adrogans warf die Arkantafal auf die zerwühlte Bettdecke. »Ein Fragment der Drachenkrone auf Wruona. Vionna versucht sich an einem Spiel, das Welten jenseits ihrer Möglichkeiten liegt, und die Blaue Spinne hilft ihr dabei. Wenn sie das Bruchstück Kytrin übergibt …« Er verstummte.

»Wir müssen sie aufhalten.« Alyx zögerte. »Wir können die Armee nicht einschiffen. Unsere Flotte ist zu klein für einen Angriff auf Wruona.«

»Das stimmt. Wir haben gerade genug, um ebenso kläglich zu scheitern wie die Piraten vor Vilwan. Würden wir die Armee in Marsch setzen, würde Kytrin es bald genug erfahren und auch, warum, falls ihre Agenten in Lakaslin es ihr nicht ohnehin schon mitgeteilt haben. Ich werde der Königin raten, das Gerücht auszustreuen, der Diebstahl sei vorgetäuscht worden, während wir das Fragment in Wahrheit an einen unbekannten Ort verlegt haben, wo niemand seiner habhaft werden kann. Das wird Zweifel an den Berichten der Spione und Piraten wecken.«

»Das kann zwar hinauszögernde Wirkung haben, General, aber Kytrin wird mit Sicherheit versuchen, sich des Fragments zu bemächtigen. Vionna wird ihr bei der ersten Gelegenheit davon erzählen. Wir haben keine Zeit zu verlieren.«

Adrogans nickte. »Ihr werdet euch darum kümmern müssen, Prinzessin. Ihr und Eure Freunde.«

»Meine Freunde?«

»Kräh, Entschlossen, die anderen.«

»Aber wir haben uns auf die Befreiung der Geiseln in Swojin vorbereitet.«

»Ich weiß, aber deren Leben bedeuten nichts, falls Kytrin das Drachenkronenfragment in die Hände fällt. Es ist dieselbe Art Operation wie die Geiselbefreiung. Infiltration, Suche, Inbesitznahme und Evakuierung.«

»Nein, nein, nein.« Sie starrte ihn an. »Es ist nicht im Mindesten dasselbe. Wir kennen Wruona nicht, wir waren noch nie in Port Gold. Die Insel ist voller Piraten …«

»Nicht so viele wie noch vor einem Monat.«

»Nein, es ist unmöglich. Wir kennen die Stadt nicht …« Aber bevor sie weitersprechen konnte, wurde es vor dem Zelt laut. Sie drehte sich zum Eingang um, als Lombo hereinstürmte, zwei Reitergardisten hinter sich herziehend, die vergeblich versucht hatten, ihn aufzuhalten. Hinter ihm kamen Ph'fas und Kräh herein.

Einer der Gardisten, der Sergeant, dem sie unterwegs begegnet war, glitt zu Boden und salutierte. »Bitte um Verzeihung, mein Herr, aber …«

»Ist schon klar. Wegtreten.«

Als die beiden Soldaten abzogen, segelte ein Sprijt durch den Eingang und landete auf Lombos Schulter. Der Panq nickte, dann schaute er zu Alyx. »Port Gold. Lombo kennt. Stehlen dort leicht.«

»Sehen Sie, Generalin. Zuversicht.«

Der Panq knurrte. »Entkommen, sehr schwer.«

Alyx atmete langsam durch. »Ich weiß, dass manche Panqui Piraten waren, aber du …?«

Lombo schlug sich mit der Faust auf die Brust, und die Erschütterung ließ Qwc den Halt verlieren. »Lombo bester Pirat. Kommt leicht nach Port Gold.«

Adrogans zog die linke Augenbraue hoch. »Leicht?«

Der Panq nickte. »Piraten Lombo nie verdächtigen.«

»Warum nicht?«

Der Echsenmann fletschte in einem erschreckenden Grinsen das Gebiss. »Piraten denken, Lombo tot.«

Kapitel Neunzehn

Kjarrigan rutschte unbehaglich auf dem Stuhl hin und her. Die Reise aus dem Shusker Hochland hatte beim Abstieg eine knappe Woche gedauert, aber der Rückweg und die Strecke weiter bis in die jeranische Hafenstadt Uris hatten sie in drei Tagen zurückgelegt. Drei sehr *langen* Tagen, in denen sie die Pferde bis zur Erschöpfung getrieben hatten und sich selbst noch darüber hinaus. Alle Lager auf dem Weg waren kalt gewesen, nicht aus Angst vor Entdeckung oder Mangel an Brennholz, sondern aus Zeitmangel. In ein paar Shuskendörfern waren sie auf frische Pferde umgestiegen und hatten eine warme Mahlzeit bekommen, aber davon abgesehen hatten sie so gehetzt, dass sich selbst Lombo vor Müdigkeit kaum noch auf den Beinen halten konnte.

Schließlich waren sie in den frühen Morgenstunden im Hafen angekommen. Lombo hatte sie geradewegs zu den Docks geführt, wo sie hastig aus dem Reisezeug gestiegen und sich eine farbenfrohe – und erheblich angenehmer riechende – Verkleidung besorgt hatten. Alexia und Entschlossen hatten sich darüber hinaus die Haare färben müssen. Sie hatte sich zu Schwarz entschlossen, er für Eisblau entschieden.

Kjarrigan hatte sein ganzes Leben in Roben verbracht, und der Wechsel zu Stiefeln, Kniehosen und Pluderhemden mit Ärmeln aus mehreren, teilweise geschlitzten Stofflagen in einem Regenbogen von Farben war ihm völlig fremd. Er hasste es, die Haare unter einem Tuch zu verstecken, bis er sah, wie gut Dranæ darin aussah. Die beiden sahen einander sogar so ähnlich, dass die anderen sie als Brüder ausgaben, die gemeinsam zur See fahren.

Kjarrigan wartete zusammen mit Dranæ und Orla in einer kleinen Hafenkneipe mit niedrigen Deckenbalken, noch tiefer hängenden Lampen und einer Kundschaft, der beides zu behagen schien. Orla hatte sich für Fischfrauentracht entschieden, wirkte aber mehr als bereit, den Rocksaum in den Gürtel zu stopfen, wenn es die Arbeit an Bord erforderte. Dranæ trug zwar ein Pluderhemd wie Kjarrigan, hatte aber den Rock behalten, was nicht weiter auffiel, denn sie sahen eine ganze Reihe Seeleute in ähnlicher Bekleidung.

Alexia und Lombo waren unterwegs, ein Boot für die Überfahrt nach Wruona zu besorgen. Kräh, Entschlossen und Will passten auf sie auf, während Qwc und Perrine sich bereit hielten, um nach Bedarf einzugreifen oder als Boten zu fungieren. Die beiden geflügelten Mitglieder ihrer Truppe gehörten nicht zu den Rassen, die zum Piratenleben neigten. Man begegnete ihnen außerhalb ihrer Heimatregionen kaum. Deshalb blieben sie außer Sicht und würden die Reise im Krähennest oder unter Deck verbringen.

Alle anderen ließen sich durchaus als Piraten ausgeben, selbst Will, so jung er war. Beinahe hätten sie ihn seiner Größe wegen in Swojin gelassen, bis jemand auf den Gedanken gekommen war, er könnte die Blaue Spinne vielleicht dazu überreden, ihnen das Drachenkronenfragment zu überlassen. Keiner von ihnen, nicht einmal Will, hielt das für sonderlich wahrscheinlich, doch es war eine Möglichkeit, auf die sie nicht verzichten konnten. Und falls es ihm nicht gelang, der Blauen Spinne das Fragment abzuschwatzen, konnte er es immer noch stehlen.

Kjarrigan war froh, nicht mehr im Sattel sitzen zu müssen und sich eine Weile ausruhen zu dürfen. Aber die Aussicht, wieder in See zu stechen, begeisterte ihn ganz und gar nicht. Schon beim Gedanken an seine letzte Seereise brach ihm der kalte Schweiß aus. Aber vor allem ärgerte ihn das Verbot, sein Journal zu führen. Auf dem Ritt hatte er keine Gelegenheit gehabt, seine Eindrücke festzuhalten, und im Hafen hatte Orla ihn gewarnt, dass es Verdacht erregen würde, wenn jemand ihn schreiben sah. Er weigerte sich zwar, das zu glauben, bemerkte aber, dass sie ihren Stock im Gepäck ließ, um noch weniger nach einer Zauberin auszusehen.

Das Problem, wie ein Seemann aussehen zu müssen, verschärfte ein weiteres Problem noch, das er seit der Schlacht vor Swojin hatte. Er hatte viel gesehen und fühlte sich von den Eindrücken überwältigt. Er wollte darüber reden, aber unterwegs hatte niemand die Kraft zu einem Gespräch gehabt. Und solange sie sich als Matrosen ausgaben, wäre eine derartige Debatte ganz und gar unpassend gewesen.

Selbst wenn sich jemand dazu bereitfinden würde.

Durch den Verlust des Bootes bei der Evakuierung von Vilwan war Swojin nicht das erste Gefecht gewesen, das er gesehen hatte, wohl aber die erste Feldschlacht. Alle historischen Berichte, die er darüber gelesen hatte, waren neutral abgefasst gewesen. Sie hatten diesen oder jenen Fehler der Kommandeure verzeichnet, Verlustzahlen angegeben und so weiter. Er hatte sie mehr zur Unterhaltung gelesen und gedacht, auf Swojin vorbereitet zu sein, dann aber gemerkt, dass es schwer fiel, neutral zu bleiben, wenn vor Schmerzen kreischende Soldaten wie Kinder um Hilfe oder einen schnellen Tod bettelten. Die einzige Ælfeneinheit, ein Bataillon Bogenschützen, hatte zwei Magiker umfasst. Die beiden und Kjarrigan waren die einzigen Magiker in der ganzen Armee gewesen, die in der Lage waren, Verwundete zu heilen. Manche Wunden aber konnte selbst Zauberei nicht reparieren. Sie konnten dafür sorgen, dass ein Soldat, der einen Arm oder ein Bein verloren hatte oder dem ein Schnatterer oder Temeryx das halbe Gesicht oder die Geschlechtsteile abgebissen hatte, überlebte, aber die so Behandelten betrachteten das keineswegs immer als Segen.

Einige der Verwundeten, die er behandelte, hatten ihn angefleht, Briefe für sie nach Hause zu schreiben, und er hatte ihnen versichert, es zu tun, so wie schon zuvor. Aber er erinnerte sich weniger an diejenigen, die ihn darum gebeten hatten, als an diejenigen, für die es dafür schon zu spät war. *Tot, noch bevor ihre Briefe daheim angekommen sind.*

Das Gemetzel; die von der Gewalt des Angriffs und Gegenangriffs umgepflügte Erde; Waffen, die mit solcher Wucht in Knochen gedrungen waren, dass sie sich nicht mehr herausziehen ließen; all das zerschmetterte die sicheren Grenzen, in denen sich seine Vorstellung der Kriegsführung bis dahin bewegt hatte. Die Mehrzahl der Leichen, die er gesehen hatte, war zusätzlich zu den tödlichen Schlägen auf Kopf und Brust von furchtbaren Beinwunden und Abwehrverletzungen an den Armen bedeckt gewesen. Mit anderen Worten, sie waren nicht sauber mit einem Hieb umgekommen, sondern brutal abgeschlachtet worden, erst von einem Beintreffer zu Boden gestreckt, wo sie kauernd versucht hatten, den Gegner mit den Armen abzuwehren, bevor sie die Kraft verließ und sie schließlich den Tod fanden. Serien von Hieben auf Kopf und Brust, die jeder für sich schon tödlich gewesen wären, belegten die Brutalität der Angreifer.

Er ließ sich von diesen Eindrücken nicht zum Kriegsgegner machen. Philosophische Debatten über das Übel des Krieges endeten grundsätzlich in zwei Schlussfolgerungen. Erstens: Krieg war böse. Zweitens: Es gab Zeiten, in denen er sich nicht vermeiden ließ, weil manche Personen getrieben schienen, andere zu unterjochen. Seine Freiheit zu verteidigen, war keine böse Handlung, und zur Verteidigung vergossenes Blut war leichter zu rechtfertigen als das aus einer Aggression heraus vergossene.

Aber der Anblick der Gewalt zeichnete sein Weltbild neu. Auf Vilwan war seine Existenz in einfachen, friedlichen Bahnen verlaufen, idyllischen Bahnen sogar, trotz aller Probleme. Das Gemetzel auf See oder die Prügel, die er in Yslin bezogen hatte, ließen sich als Verirrungen erklären, als das Tun von Verbrechern. Das hatte sein grundlegendes Gefühl der Sicherheit bewahrt. Swojin jedoch hatte ihm gezeigt, dass selbst die Guten zu furchtbarer Grausamkeit im Stande waren.

Bin ich das auch? Er konnte nicht bestreiten, dass er die Piraten an Bord des Schiffes getötet hatte, das er zerschmettert hatte, doch er hatte nicht darüber nachgedacht, was auf ihrem Schiff geschehen war. *Hätte ich darüber nachgedacht, was ich ihnen antat …* Er schüttelte den Kopf und schaute Orla an. Sie hatte die Piraten gezielt angegriffen und verletzt, aber das machte sie nicht böse. *Könnte ich das auch? Könnte ich jemanden umbringen, wenn ich mir dessen bewusst bin?* Kjarrigan schauderte. *Will ich die Antwort darauf wirklich wissen?*

Will war nicht sicher, ob er glücklich war oder nicht, und das ärgerte ihn. Er schlich durch die dunklen Gassen von Uris, auf dem Weg zur Taverne *Zum Gebrochenen Kiel,* um die anderen zu holen. Lombo und Alexia hatten eine Passage an Bord einer kleinen Galeasse ausgehandelt, die angeblich als Fischerboot diente, aber keinerlei Fanggerätschaft an Bord hatte und ohne Zweifel ein Schmugglerboot war. Der Handel mit Wruona konnte hohen Profit abwerfen, besonders durch den Verkauf von Grundnahrungsmitteln wie Getreide oder Bier, auf die man zwar nicht verzichten konnte, die Piraten üblicherweise aber nicht als Beute nahmen.

Wieder in einer Stadt zu sein und fort von der Armee, dies gefiel Will auf jeden Fall. Das Lagerleben hatte ihm nicht behagt. Vor allem nicht, weil alle gewusst hatten, wer er war. Seine Erziehung hatte ihn gelehrt, auf Anonymität zu achten, und selbst die wohlwollendste Aufmerksamkeit war ihm unangenehm.

Die Geschichte, er sei beim Anblick des Gemetzels in der Schlacht bei Swojin in Ohnmacht gefallen, störte auch ihn gewaltig. Kurz nachdem er sich auf den Weg hoch zu Adrogans' Zelt gemacht hatte, setzte seine Erinnerung aus, und darum musste er sich mit dem Gefühl herumplagen, dass ihm etwas Wichtiges verloren gegangen war. Als er wieder aufgewacht war, hatte man ihm mitgeteilt, die Schlacht sei vorüber und er wäre in Ordnung. Doch seine Rippen schmerzten und er fühlte sich, als hätte er einen Ringkampf mit Lombo hinter sich.

Und Will war sich ziemlich sicher, dass ihm von einer Ohnmacht allein die Rippen nicht hätten wehtun dürfen.

Eines bedauerte er beim Verlassen des Lagers, nämlich die verpasste Gelegenheit, an der Geiselbefreiung teilzunehmen. Adrogans hatte in seinem Heer eine Handvoll Soldaten mit krimineller Vergangenheit gefunden – normalerweise waren diese in einer Armee zahlreicher, für den Okrannelfeldzug waren jedoch hauptsächlich Elitetruppen ausgewählt worden, und bei denen waren Unterschichtrekruten seltener. Zusammen mit Will waren sie auf die verschiedenen Trupps verteilt worden, die zur Rettung der Geiseln in die Stadt eindringen sollten, weil sie in der Lage waren, Schlösser oder Fesseln zu öffnen, wo es für die Befreiung nötig war.

Es überraschte Will, dass es ihm nicht darum ging, das Lob für seine Rolle in der Planung der Rettungsaktion einzuheimsen, und auch nicht um den Kampf, denn wie bei jedem gut geplanten Diebstahl würde es, solange alles lief wie erhofft, kaum oder gar keinen Kampf geben. Stattdessen, und das beunruhigte Will enorm, wollte er dabei sein, um zu helfen, denn er empfand ein Gefühl der Verantwortung für die Sicherheit der Geiseln.

Will betrachtete Verantwortung mit derselben Skepsis, die er einem ihm unbekannten, Zähne fletschenden Straßenköter entgegengebracht hätte. Sein ganzes Leben war er nur für sich selbst verantwortlich gewesen. Die Prophezeiung hatte ihm eine sehr viel größere Verantwortung auferlegt, aber das war alles recht unbestimmt geblieben. Er hatte Kytrin zu seiner Feindin erklären können, was ihm geholfen hatte, das Bild scharf zu stellen, gleichzeitig aber hatte er den Konflikt damit auf einen Zweikampf zwischen ihnen eingeengt. Die Geiseln waren ins Spiel gekommen, ohne dass er sich dessen wirklich bewusst gewesen wäre.

Doch solange er an der Rettungsmission beteiligt gewesen war, hatte sein persönliches Gefühl der Unbesiegbarkeit ihm deren Erfolg garantiert. Jetzt konnte er in Gedanken sehen, wie Geiseln verletzt oder getötet wurden, und jeder Blutstropfen, den sie verloren, ihm angelastet wurde. *Denn wenn ich dabei wäre, könnten sie alle gerettet werden.*

Einerseits war das natürlich barer Unsinn, andererseits aber kam er nicht davon los. Und das, mehr als alles andere, überraschte ihn, denn nicht allzu lange vorher hätte er eine derartige Verantwortung ohne einen weiteren Gedanken hinter sich gelassen … *so wie Kjarrigan in Yslin.* Das nicht mehr zu können, und es auch nicht mehr zu wollen, bohrte sich in sein Selbstbild und eiterte.

Es hätte ihn ganz und gar in den Wahnsinn getrieben, wäre da nicht die Art der Aufgabe gewesen, die sie zur Abreise gezwungen hätte. Trotz der Prophezeiung und all der Ausbildungen, die er absolviert hatte, wusste er kaum etwas über die Drachenkrone und ihre Bruchstücke. Er akzeptierte, dass es schlecht war, wenn eines der

Fragmente sich nicht länger in der Hand verantwortungsbewusster Aufpasser befand, und noch sehr viel schlimmer, sollte Kytrin sich seiner bemächtigen. Die Demonstration auf Vilwan, wozu ein Drache unter ihrem Einfluss fähig war, hatte ihn vom letzteren Punkt mehr als gründlich überzeugt.

Er stimmte mit den anderen überein, dass sie das Fragment zurückholen mussten, was mit ziemlicher Sicherheit bedeutete, er würde es zurückstehlen müssen. Das hieß, er würde gegen die Blaue Spinne antreten. Der bloße Gedanke bescherte ihm eine Gänsehaut, und in deren Fahrwasser auch große Angst. Die Blaue Spinne war von Küste zu Küste berühmt und gefeiert als Schwertkämpfer, Liebhaber und Dieb. Will hatte immer gehofft, seinen Helden als König der Düsterdünen zu übertreffen, ihn aber in seiner eigenen Festung zu bestehlen, war nicht Teil des Plans gewesen.

Will hatte sich das Hirn zermartert, um sich alle Einzelheiten ins Gedächtnis zu rufen, die er von Marcus über die Blaue Spinne gehört hatte. Er wünschte, die Spinne hätte irgendeine einfache Schwäche besessen, etwa einen Schwur, nie eine Waise im Stich zu lassen, oder eine Verwundbarkeit einem bestimmten komplexen Fechtmanöver gegenüber. Aber so ziemlich das Einzige, was ihm einfiel, war Marcus' verächtliche Andeutung, dass der Mann jedes Interesse an seiner Beute verlor, wenn die Erregung des Diebstahls vorbei war. Will hätte sich gerne darauf verlassen, dass ihm das helfen würde, aber bei der Planung für die Geiselbefreiung hatte er gelernt, nicht auf die Dummheit des Gegners zu bauen.

Der junge Dieb betrat den *Gebrochenen Kiel* und bahnte sich den Weg an den Tisch mit seinen Gefährten. Kjarrigan ähnelte mehr einem Clown als einem Seemann, aber zumindest bestand keine Gefahr, dass ihn jemand als Magiker erkannte. Dranæ und Orla nahm man ihre Rollen ab. Sie tranken ihr Bier aus, bevor sie aufstanden, im Gegensatz zu Kjarrigan. Will griff sich den Humpen und leerte ihn.

Dann nickte er den anderen zu. »Die Flut geht in einer Stunde raus. Wir segeln auf der *Pumilio.*«

Dranæ legte Kjarrigan die Hände auf die Schultern und steuerte ihn durch die Menge. »Kein Ärger?«

»Bis jetzt nicht.«

»Das ist gut.«

»Jedenfalls vorerst.« Will folgte dem Hünen und seufzte. »Ich will nur hoffen, wir sparen ihn uns nicht nur für später auf.«

Alyx wartete am Kai, während Lombo beim Steuermann auf dem Steuerdeck stand. Sie bewegte unbehaglich die Schultern. Es gefiel ihr nicht, ohne das vertraute Gewicht eines Kettenhemds am Körper dicht hinter dem Horizont Gefahr und Feindseligkeit zu spüren. Auch wenn sie sich verstandesmäßig eingestand, dass die leichtere Bekleidung ihr eine größere Beweglichkeit gestattete, die als Ausgleich für den fehlenden Schutz diente.

Ein weiterer Grund für ihre Besorgnis war das Schwert am Gürtel. Nach der Schlacht hatte sie ihren Säbel vom Schlachtfeld geholt, durch den Kampf gegen Malarkex war das Metall jedoch brüchig und schartig geworden. Adrogans hatte darauf bestanden, dass sie sich durch die Tötung Malarkex' das Recht auf die Waffe der Sullanciri erworben habe. Abgesehen davon, dass es eine angemessene Entschädigung für den Verlust Streiters war, hatte es den zusätzlichen Vorteil, eine magische Waffe zu sein und sich dadurch für den Kampf gegen andere Dunkle Lanzenreiter zu eignen.

Die Vorstellung, gegen andere Sullanciri antreten zu müssen, träufelte leise Furcht in ihre Magengrube. Kräh hatte sie gewarnt, gegen Kytrin nicht allzu viel von dem Säbel zu erwarten, denn ganz sicher würde keine Waffe, an deren Erschaffung sie beteiligt gewesen war, ihr einen Schaden zufügen. Doch er war sich mit Entschlossen darin einig, dass die Klinge gegen die Kreaturen der Nordlandhexe äußerst wirkungsvoll sein würde.

Alyx hatte sich etwas Zeit genommen, sie in Übungskämpfen gegen Kräh auszuprobieren. Da auch Malarkex' Schwert ein Säbel war, eignete es sich nicht besonders für Fechtduelle, wenn Balance und Gewicht es für schnelle Hiebe auch prädestiniert erscheinen ließen. Sie fand in Kräh einen Könner als Gegner, und es gelang ihr, einige Grenzen der Waffe zu erkennen. Trotz Krähs Kunst der Verteidigung hatte sie sich aber immer ein wenig zurückgehalten.

Ein Aspekt der Waffe, der ihr besonders verhasst war, war das Gefühl, das deren Einsatz in ihr weckte. Zusammen mit der Hitze und dem Fluss des Gefechts stieg eine kalte, emotionslose Distanz in ihr auf. Unwillkürlich kam ein Punkt, an dem ihre Zuneigung zu Kräh verblasste, und jede menschliche Regung folgte kurz darauf. Irgendwann nahm sie ihn nur noch als eine Ansammlung von Energieströmen wahr, als Muskeln, die sie durchtrennen, Organe, die sie durchbohren, Knochen, die sie zerschlagen und Gelenke, die sie brechen wollte. Der Sullancirisäbel überlagerte den Kampf mit Anatomie und Duellkunde, und verband seinen Tod mit keinen weitergehenderen Konsequenzen als beim Lösen einer Rechenaufgabe oder dem Ermitteln einer Sternenposition.

Ihre Sorge speiste sich aus der Erkenntnis, dass sie sich in gewisser Weise nach diesem Abstand sehnte. Sie war sich bewusst, dass die Kriegsführung sich in weiten Bereichen auf Zahlen und Positionen, Winkel, Vektoren und Timing reduzieren ließ, auf quantitative Faktoren, die qualitative Elemente wie Moral und Tradition als Bruchvariablen behandelte, die man so weit wie möglich auszuschalten versuchte. Die Wissenschaft der Kriegsführung ignorierte Schmerz und Leiden völlig. Die Motive, aus denen ein Kampf geführt wurde, wurden unwichtig, und die Verluste reduzierten sich auf Zahlenwerte bei der Berechnung der nächsten Schlacht.

Bis hierhin gestattete Alyx ihren Gedanken zu wandern, bevor sie sich zusammenriss. Eine Generalin mit diesen Neigungen zu haben, war für Kytrin von Wert, denn so wurde es leichter, dem Gegner ohne einen weiteren Gedanken die furchtbarsten Verluste beizubringen. Sah Alyx, dass eine Schlacht verloren war, zog sie ihre Truppen zurück, um sie für einen späteren Kampf zu retten, aber Malarkex hätte alles daran gesetzt, dem Feind den größtmöglichen Schaden zuzufügen. Überwältigende Verluste waren geeignet, die Kampfmoral der südlichen Nationen zu brechen, und darauf legte Kytrin es an.

Aber Kytrin hatte nicht mit den Opfern gerechnet, die Männer wie Adrogans bereit waren, für den Widerstand gegen sie auf sich zu nehmen. In Kytrins Augen war der einzelne Kämpfer ohne Bedeutung, denn selbst der erfolgreichste Feldzug hing vom Nachschub ab, der aus dem Süden kam. Eine einzige Abstimmung in einem weit entfernten Ratssaal genügte, Adrogans zu stoppen. Dessen Anstrengungen hatten einen solchen Sieg errungen, dass Swojin für die Aurolanen aller Voraussicht nach verloren war. Aber noch immer konnten politische Winkelzüge die Aufgabe der Stadt und den Abbruch des Feldzugs bewirken.

Alyx wünschte Adrogans Glück, da sie weder seinen Tod, den ihres Cousins oder den irgendeines anderen an der Expedition beteiligten Soldaten wollte. Die größte Angst hatte sie um Beal mot Tsuvos Volk, aber zugleich auch beträchtliche Hoffnung. Die Geiseln würden befreit werden, zumindest die meisten von ihnen.

Allerdings wünschte sie Adrogans zwar Glück, aber nicht *alles* Glück. Sie hatte wenig Zweifel daran, dass es ihnen gelingen würde, nach Port Gold zu gelangen. Sie war sich ziemlich sicher, dass sie das Fragment der Drachenkrone finden würden und sogar einen Funken Hoffnung, es zurückstehlen zu können. Es aber von der Insel und zurück in die sichere Verwahrung zu schaffen ... Die Chance dazu sah sie als sehr gering an, und die Chance, ohne Verluste zu entkommen, als nicht existent. Es war ohnehin ausgeschlossen, das Drachenkronenfragment Kytrin zu überlassen, und es wiederzubeschaffen war das Risiko wert – selbst den möglichen Tod des Norderstetts. Seine Fähigkeiten als Dieb machten ihn für dieses Unternehmen unverzichtbar.

Sie schaute auf und sah Will mit den dreien aus der Taverne am Hafen eintreffen. Hinter ihnen glitten Entschlossen und Kräh lautlos aus den Schatten. Über ihnen flogen Peri und Qwc unbemerkt in die Takelage des kleinen Zweimasters. *Zehn von uns, um einen der kostbarsten Schätze dieser Welt von einer vor Piraten strotzenden Insel zu stehlen. Wer wird bluten? Wer wird sterben?*

Alyx zwang sich zu einem Lächeln. »Hier entlang, Freunde. Willkommen auf der *Pumilio.* Zieht den Kopf ein, wenn ihr unter Deck geht. Sie ist für Winzlinge gebaut.«

Kräh lachte. »Haben wir ein Recht, uns zu beschweren, solange sie uns trocken hält?«

»Nein«, gab sie zu und ließ die Hand etwas länger als nötig auf seiner linken Schulter liegen. »Wenn wir uns später zurückerinnern, werden alle Unannehmlichkeiten dieser Reise im großen Gefüge des Schicksals ganz und gar unbedeutend erscheinen.«

Kapitel Zwanzig

Markus Adrogans bewegte vorsichtig die Schultern, um das Gewicht des Kettenhemds zu verlagern. Obwohl ein lederner Waffenrock zwischen Metall und Haut lag, zerrte es an den noch immer wunden Befestigungen der Talismane. Die Schmerzen hatten sich in den vier Tagen seit der Schlacht, in der Malarkex gestorben war, bis auf ein dumpfes, aber dauerhaftes Brennen erledigt.

Er schaute sich zu Beal um, die eine leichtere, mit dem Flechtwerk ihrer Sippe verzierte Lederrüstung trug. »Eure Vorbereitungen für die Befreiung der Geiseln sind abgeschlossen?«

Sie nickte ernst. »Bis auf eine Kleinigkeit, General.«

Das veranlasste ihn, sich zu einer schwarzhaarigen Loqælfe umzudrehen. »Ich entsinne mich. Meisterin Gilthalarwin, ich hatte eigentlich den Eindruck, wir hätten eine Übereinkunft betreffs Eurer Schwarzfedern und ihrer Rolle bei der Befreiung erzielt.«

Die Ælfe neigte den Kopf. »So war es auch, General, bis die Pläne gestern verändert wurden. Ursprünglich war ein respektabler Abstand zwischen dem Einsatz der Tiere und unserer Beteiligung vorgesehen. Jetzt wird von uns erwartet, unsere Aktionen mit ihnen zu koordinieren. Das ist unmöglich. Es wird nicht geschehen.«

Adrogans hatte Mühe, die aufsteigende Wut im Griff zu behalten, und Ph'fas' gackerndes Lachen aus der Zeltecke half ihm dabei ganz und gar nicht. Will Norderstett, der in Yslin aufgewachsen war, hatte vorgeschlagen, die Geiseln mit Ballons zu befreien. Magiker konnten Steine aufheizen, die für die nötige Heißluft sorgten, um die Ballons mit den in Körben untergebrachten Geiseln in die Luft zu heben. Lenkseile am Boden sollten die Ballons aus der Stadt ziehen, während die Schwarzfedern Bogenschützen und Vylænz ausschalteten, die versuchten, die Ballons abzuschießen. Es war vorgesehen gewesen, die Ballons, die danach keine weitere Rolle bei der Befreiungsaktion gespielt hätten, von den Gyrkyme-Kriegsfalken in die Stadt bringen zu lassen.

Eine letzte Besprechung hatte allerdings mehrere Schwachstellen dieser Planung aufgedeckt. Es war ihnen nicht gelungen, genügend Ballons herzustellen, um die Evakuierung schnell genug durchführen zu können. Was noch wichtiger war: Ein Vylæn brauchte nur einen Kältezauber auf die Ballons zu schleudern, um sie zum Absturz zu bringen und die Geiseln zu töten. Also war der Plan abgeändert worden, allerdings hatte das eine direktere Beteiligung der Gyrkyme erfordert, und die Loqælfen weigerten sich, mit ihnen zusammenzuarbeiten.

Der menschliche General verschränkte vorsichtig und mit einem Klirren des Kettenhemds die Arme vor der Brust. »Meisterin Gilthalarwin, Ihr habt Jahrhunderte Erfahrung – gegen meine Jahrzehnte – und seht die Dinge aus einer Perspektive, die zu verstehen ich kaum erhoffen kann. Ich bin nicht so dumm, Euch und Euren Schwarzfedern mit dem Tod zu drohen. Es ist auch nicht meine Art, Verbündete umzubringen. Ich bin mir bewusst, dass Euch Vorwürfe und die Verachtung von Menschen gleichgültig sind, denn nach Euren Begriffen ist jeder Einzelne von uns in Kürze tot. Aber Ihr bringt mich in eine unangenehme Lage, und das gefällt mir überhaupt nicht. Ihr werdet kaum wollen, dass das bekannt wird. Die Lage, von der ich spreche, ist diese: Ihr zwingt mich, als Menschen, wieder einmal Vorqælfen zu retten. Wieder einmal müssen wir Menschen tun, wozu die Ælfen nicht in der Lage sind. *Und* Ihr zwingt mich, das mit Unterstützung der Gyrkyme zu tun. Ihr überlasst das Schicksal der Kinder, für die Ihr seit mehr als hundert Jahren Eure Verantwortung vernachlässigt, bewusst uns Menschen und denen, die Ihr als Tiere betrachtet.«

Die Ælfe schüttelte den Kopf. »Ihr habt keine Ahnung …«

»Ich habe eine sehr gute Ahnung, eine ganz ausgezeichnete sogar, Meisterin.« Adrogans' Augen wurden schmal. »Ihr betrachtet die Gyrkyme als Ergebnis einer Vergewaltigung, der erzwungenen Verbindung von Ælfen und Tieren. Ihr seht die Araftii ganz ähnlich wie viele Jeranser und Okranen die Shusken. Ich bin das Ergebnis der Vergewaltigung meiner Mutter durch einen Shusken, doch ich wurde von beiden Seiten anerkannt.«

Gilthalarwin wischte seinen Einwand mit einem abfälligen Schnauben beiseite. »Shusken sind eindeutig Menschen, also ist Euer Vergleich nicht passend.«

»Aber die Gyrkyme sind zweifellos keine Araftii. Sie sind vielleicht auch keine Ælfen, aber sie sind keine Tiere.«

Die dunklen Augen der Ælfe funkelten. »Die Diskussion ist beendet.« Sie schob das Kinn vor. »Ihr werdet ohne Zweifel eine Mission für uns finden, bei der wir als *Bestrafung* für unser Zaudern zu Tode kommen.«

Adrogans schüttelte den Kopf. »Nein. Geht Heim.«

»Wie?«

Selbst Beal wirkte von diesem Befehl überrascht.

Der General breitete die Hände aus. »Meisterin, Ihr habt offensichtlich überhaupt nicht verstanden, worum es bei dieser Übung geht. Kytrin legt es darauf an, unsere Einheit zu zerschlagen, um uns einzeln überwältigen zu können. Indem Ihr Euren Verstand den Forderungen des Rassenhasses unterordnet, helft Ihr der Hexe bei diesem Vorhaben. Das werde ich auf keinen Fall zulassen. Ihr seid entlassen. Ich bitte nur um Euer Wort, dass Ihr jetzt nicht auf Kytrins Seite gegen uns in den Kampf zieht.«

Die Ælfe bekam den Mund nicht zu. Adrogans war sich nicht sicher, ob es der Zweifel an ihrer Ehre und Loyalität gewesen war, der sie schockiert hatte, oder einfach nur die Tatsache, dass ein Mensch gewagt hatte, so mit ihr zu sprechen. Und ehrlich gesagt, es kümmerte ihn auch wenig, ob es das eine oder das andere gewesen war, oder vielleicht ganz etwas anderes.

Er schaute sich zu Beal um. »Ph'fas wird Euch seine besten Bogenschützen mitgeben. Das dürften etwa fünfzig sein. Die Nalisker Bergläufer sollten auch genügen. Bitte teilt Euren Leuten mit, dass ihr Opfer eine Inspiration für uns alle sein wird. Die Vorqælfen, die sie retten, werden ihre Tapferkeit nie vergessen.«

Beal nickte, salutierte vor Adrogans und drehte sich zum Ausgang, aber die Ælfe hielt sie an der Schulter fest. »Wartet.«

Adrogans setzte eine interessierte Miene auf. »Ihr habt noch ein Abschiedswort, Meisterin?«

Die Züge der Ælfe wurden hart. »Was Ihr von uns verlangt, ist undenkbar.«

»Ah ja. Und von meinen Leuten zu verlangen, dass sie sehenden Auges in den Tod ziehen, das ist es nicht?«

Gilthalarwin schüttelte den Kopf. »Ihr habt nicht annähernd die Freiheit, die Ihr vortäuscht, General. Ihr wisst sehr wohl, dass die, die unser Handeln im Licht des Morgens bewerten, uns alle zerfetzen werden.«

»Wenn es schon dazu kommen muss, dann besser, für einen Sieg verdammt zu werden als für ein Scheitern.« Adrogans wies mit dem Zeigefinger auf sie. »Was würde Euch besser gefallen? Nie für Euer Handeln kritisiert zu werden, oder all diese Kritik zu ertragen, damit auch nur eine einzige Stimme eines Überlebenden gegen Eure ungerechte Behandlung protestieren kann?«

Die Ælfe zitterte förmlich, während sie Gedanken und Gefühle abwog. Der tiefe Hass der Ælfen auf die Gyrkyme war offensichtlich unvernünftig, denn die Gyrkyme konnten nichts für ihre Natur. Gleichzeitig war dieser Hass aber ein ebenso fester Bestandteil ihres Lebens geworden wie die Gewissheit, dass auf die Nacht ein neuer Morgen folgte. Der Unterschied war, dass sich der Hass ablegen ließ, ohne das Gefüge der Natur zu erschüttern.

Und zum Wohle der Gerechtigkeit und der Geiseln musste es geschehen.

Gilthalarwin schnaubte, dann zog sie die Schultern zurück. »Ihr werdet den Gyrkyme befehlen, sich aus unserem Schussbereich zu halten.«

»Eure Bogenschützen haben viel zu scharfe Augen, um sie mit Schnatterern zu verwechseln.«

»General, Ihr werdet die Gyrkyme anweisen, sich aus unserem Schussbereich zu halten.«

Adrogans nickte. »Das werde ich.«

Die Ælfe senkte den Kopf. »Wir werden uns bereitmachen. Ihr wollt die Aktion unverändert bei Sonnenuntergang beginnen?«

»Ihr und die Gyrkyme besitzt eine so hervorragende Nachtsicht, dass es die Operation möglich macht. Wir bereiten uns heute vor, damit es aussieht, als wollten wir bei Tagesanbruch angreifen, aber zuschlagen werden wir heute Nacht.«

Die ælfische Bogenschützin nickte. »Mit einer Nachtaktion geht Ihr ein großes Risiko ein.«

»Der See wird die Kanalisation blockieren. Wenn wir Schnatterer hineinlocken können, sitzen sie fest. Viel ist es nicht, aber jedes bisschen hilft.« Adrogans schaute zu Beal. »Gebt den Kampfmagikern Bescheid. Die Rattenoperation beginnt heute Nachmittag. Morgen früh ist Swojin unser.«

Von ihrem Standort am Südrand der Stadt sah Beal mot Tsuvo die Sonnenscheibe die Berge im Westen berühren. Auf den Hochebenen wäre ihnen jetzt noch eine Stunde Tageslicht geblieben, aber im Tal dehnten sich bereits die Schatten, umspielten das ferne Seeufer und scheuchten die Schiffe in den Hafen. Sie beobachtete den Sonnenuntergang und das Farbenspiel der Wolken, fragte sich, ob sie wohl Gelegenheit haben würde, noch einen weiteren Sonnenuntergang zu erleben, und zog einen beträchtlichen Trost aus dem Fehlen von Blutrot in den Wolken.

Im Osten ertönten Trompetensignale und die Belagerungsarmee zog den Kessel um Swojin enger. Schwerfällige Belagerungsmaschinen schoben sich langsam vorwärts, auf die Steinhalden zu, die zu ihrer Bestückung aufgetürmt waren. Katapulte mit riesigen Hebelarmen, die gigantische Felsbrocken auf die Mauern schleudern sollten, rollten heran. Zwischen ihnen bewegten sich Ballistas wie überdimensionierte Armbrüste, die mit Speeren und Bolzen die Verteidiger von den Mauern fegen sollten. Hinter ihnen krochen über freigeräumte Gassen die Belagerungstürme, dicht gepackt mit tapferen Soldaten, die auf die Zinnen stürmen und die Verteidiger niederkämpfen würden, vorausgesetzt, die Türme wurden nicht zertrümmert oder in Brand gesetzt, bevor sie die Stadtmauern erreichten.

Kleinere Ballistas und Katapulte auf den Mauern eröffneten das Feuer auf die Angreifer. Der weiche Boden um Swojin war den Verteidigern keine Hilfe, denn ihre Steingeschosse sanken ein, statt wild durch die Reihen der Angreifer zu hüpfen, Glieder zu zerschmettern und Leiber zu zerquetschen. Aber auch so traf ein Stein direkt auf ein Sturmdach und zertrümmerte es in einer Wolke aus Blut und Splittern, bevor er abprallte und einen weiteren Soldaten erschlug.

Auf der anderen Seite des Swojiner Osttors leuchteten Flammen auf. Ein wild strampelnder Schnatterer stürzte brennend von der Mauerkrone. Andere kämpften wild gegen das Feuer, das ihre Ballista verzehrte, während hoch über ihnen ein Kriegsfalke einen Salto schlug, um den direkten Treffer seines Flammhahns zu feiern. Pfeile schossen zu ihm hinauf, doch sie wurden langsamer, als sie sich ihm näherten, und er griff einen verächtlich aus der Luft und schleuderte ihn zurück auf die Schnatterer.

Weitere Flammhähne explodierten und brennende Geschosse senkten sich in hohem Bogen auf die Belagerungstürme. Ein Turm fing Feuer. Soldaten sprangen ins Freie, während Kriegsmagiker sich um ihn drängten, um die Flammen zu löschen. Trotziges Gebrüll von den Mauern und kämpferische Rufe der Angreifer wetteiferten, bevor die Kombatanten nahe genug für einen direkteren Schlagabtausch waren.

An ihrer Front wurde es nun ebenfalls laut. Ein Katapult und zwei Ballistas waren vorgerückt, unterstützt von den Schwarzfedern und den Nalisker Bergläufern. Aber ihre Landsleute fluchten und knurrten, denn ein Belagerungsturm kam nicht voran. Seit Beginn der Aktion hatte er sich keine Handbreit bewegt. Männer gruben fluchend vor den Rädern im Boden, andere rannten mit Fackeln herum. Es herrschte Chaos.

Die Schnatterer auf den Mauern heulten und höhnten. Schwärme ælfischer Pfeile brachten einige zum Verstummen, und explodierende Flammhähne fegten ganze Bereiche der Mauern frei. Trommeln dröhnten und Schnatterer bewegten sich über die Mauern zum Osttor, als ein Rammbock die Straße hinabholperte. Sturmdächer und Schilde schützten die Männer, die ihn bewegten, und die Versuche der Verteidiger, ihren

Vormarsch aufzuhalten, spickten sie schon bald mit Pfeilen.

Das Katapult hatte endlich seine Position erreicht. Ein Teil der Besatzung schlug Ankerpflöcke in den Boden, während sich andere mit aller Kraft an den Flaschenzug hängten, der den Schwungarm senkte. Am unteren Ende, auf der anderen Seite der Achse, hob sich langsam ein als Gegengewicht mit Steinen gefüllter Kasten. Wieder andere Männer hievten einen dreihundert Pfund schweren Felsblock in Position auf der Schlinge. Die Enden der Schlinge wurden am Katapultarm befestigt, dann wurde der Haltekeil gezogen. Das Gegengewicht fiel herab, der Schwungarm hob sich, dann flog der Felsblock beinahe unsichtbar hoch durch den Nachthimmel.

Er traf das Ziel mit gewaltigem Getöse und pulverisierte sich und den Mauerblock, den er getroffen hatte. Eine Mauerzacke wankte kurz über dem Krater. Mehrere Schnatterer waren von der Erschütterung gestürzt, schienen sonst aber unverletzt. Die Mauern der Stadt waren dick und solide gebaut – es würde noch reichlich Mühe kosten, sie zum Einsturz zu bringen. Da das Katapult Geschosse von unterschiedlichem Gewicht schleuderte und mit jedem Schuss durch den Rückstoß die Position veränderte, ganz abgesehen von berstendem Holz und reißenden Seilen, war die Chance, eine bestimmte Stelle mehrmals zu treffen, gering.

Die Südfront der Belagerung würde niemand als gefährdet betrachten.

Das war Absicht, denn dort sollten die Geiselbefreier zwar nicht eindringen, wohl aber entkommen.

Drei Flammhähne explodierten kurz nacheinander auf den Mauern. Das war das Signal, auf das sie gewartet hatte. Im Widerschein konnte sie zusätzliche Schnatterer nach Osten rennen sehen. Die Andeutung eines Lächelns trat auf ihr Gesicht. Sie drehte sich zu dem Vilwaner Kampfmagiker neben sich um. »Adept Jarmy,

Eure Leute können anfangen. Das war unser Zeichen. Wir haben keine Zeit zu verlieren.«

Die Dreierdetonation im Süden zog Adrogans' Aufmerksamkeit an, und er konzentrierte sich darauf. Seine Haut kribbelte, das Yrûn des Schmerzes filterte ihn in die Gefühle der Stadtbewohner. Das Strampeln und Ersticken der Schnatterer in den überfluteten Kanalisationsrohren lieferte ein Fundament, über dem die überwältigende Angst der in Swojin gefangenen Menschen sich aufbaute. Die Furcht hatte sich seit Tagen aufgebaut, denn die Menschen fürchteten, von den Schnatterern abgeschlachtet zu werden – und die Schnatterer befürchteten dasselbe von den Angreifern.

Er schob sich an den Gefühlen vorbei und beobachtete die Schlacht. Das Zeichen aus dem Süden signalisierte, dass die Geiseln am vereinbarten Platz versammelt waren. Er konnte nur vermuten, welche Kämpfe die Guraninsippe Bravonyn ausgefochten hatte, um sie alle an einen Ort zu schaffen. Der Gedanke an die Trauergesänge ihrer Hochlandwitwen jagte ihm einen kalten Schauer über den Rücken.

Hoch auf den Mauern in der Nähe der Tore blühte grünes Feuer auf und zuckte in lodernden Kugeln hinab auf den Rammbock. Das magische Feuer explodierte auf den Schilden, warf die Männer darunter um und zerschmolz das Metall. Die Überlebenden rappelten sich auf und kehrten an ihren Posten zurück oder zogen ab. Andere, die im Schatten der Ramme gewartet hatten, liefen vor, um sie zu ziehen statt zu schieben. Die Belagerungsmaschine näherte sich dem Tor immer weiter.

Ballistas schwangen herum, um den Teil der Mauer zu beschießen, von dem die Magik geschleudert worden war. Pfeilschwärme schwirrten hinauf, prallten teilweise von den Mauerzacken ab, andere aber bohrten sich in die Verteidiger. Weitere Pfeilschwärme senkten sich über die Mauern und fielen wie ein tödlicher Regen auf Schnatterer und Vylænz hinab.

Katapulte schleuderten Felsen. Manche trafen das Tor, andere schlugen in die Türme ein. Flammhähne explodierten. Ein grüner Feuerstoß schoss aufwärts und verwandelte einen Kriegsfalken innerhalb eines Lidschlags in eine lodernde Fackel, die unter wilden Todeszuckungen aus der Luft stürzte und vor den Mauern aufschlug, um dort weiterzubrennen.

Adrogans marschierte den Hügel hinab, von dem aus er den Angriff verfolgt hatte, und stieg in den Sattel. Er nahm den Helm, den Ph'fas ihm reichte, setzte ihn auf und zog den Kinnriemen fest. Als er die Reitergarde erreichte, war der Rammbock am Tor angekommen.

Bis er es aufgebrochen hat, sind wir bereit für den Sturmangriff. Er atmete tief durch, dann trabte er los, die Reitergarde im Gefolge. Hinter diesem Tor erwarteten sie Tod und Schmerzen. Die Barden würden sie in ihren Liedern zu Ruhm und Ehre verwandeln. Einen kurzen Augenblick lang fragte er sich, ob die Fähigkeit zu dieser Transformation sie als Narren oder als Zauberer auswies, dann schob er derlei Spekulationen beiseite und stählte sich für den Kampf.

Kapitel Einundzwanzig

Will arbeitete in der Takelage und half bei der Anfahrt in den Hafen von Port Gold das Hauptsegel reffen. Die Passage war recht schnell und sogar sicher verlaufen, und das, obwohl sie beträchtliche Zeit nachts unterwegs gewesen waren. Die Besatzung der Galeasse kannte sich mit der Handhabung ihres Bootes bestens aus und nahm auch die angebotene Hilfe an. Wills Rolle in der Takelage bestand darin, die Matrosen vom Krähennest fern zu halten, in dem sich Peri und Qwc bis unmittelbar vor Sonnenaufgang versteckt gehalten hatten. Dann hatten sie die Insel gesehen und waren hinübergeflogen.

Entschlossen sah in der Verkleidung als Pirat ganz anders aus als gewohnt, und benahm sich sogar anders. Er kannte sich sichtlich an Bord eines Schiffes aus. Trug das Pluderhemd, als wäre es seine zweite Natur, und ahnte die Befehle für die Takelarbeiten voraus. Sein blaues Haar wirkte in der Nacht dunkel, und gelegentlich vergaß Will, wer er tatsächlich war. Besonders, wenn Entschlossen eine Serie nautischer Fachbegriffe abspulte, die ebenso gut Aurolanisch hätten sein können, denn Will verstand keine Silbe.

Seeleute würden vermutlich sagen: Ich weiß nicht, ob es trocken ist oder nass. Er schüttelte den Kopf und rutschte am Tau zum Deck hinab. Dann trat er zum Bug. Port Gold, an der Nordküste Wruonas gelegen, besaß einen natürlichen Hafen, der von einer von Osten vorragenden Landzunge geschützt wurde, hinter der im Westen ein schmaler, aber tiefer Zufahrtskanal blieb. Den Matrosen zufolge herrschte Tagostscha bis zum Eingang der Bucht, dann übernahm deren Weirun das Kommando.

Vom Meer aus und im Morgennebel, der bis in den Vormittag in der Luft hing, wirkte die Stadt wie eine an einem Baumstamm wachsende Pilzkolonie. Der höchste Hügel, eigentlich schon ein Berg, lag im Nordosten und trug eine Festung. Zum tiefsten Punkt im Nordwesten des halbkreisförmigen Hafens wurden die Hügel langsam kleiner und runder. Es gab keine Stadtmauer, die Port Gold landeinwärts abgrenzte, aber die Berge blockierten Wills Blick. Weiter entfernt, im Innern der Insel beherrschte ein von Urwald überwucherter Vulkan die Landschaft, und von den Schmugglern hatte er erfahren, dass es in der Nähe kleinerer Häfen noch ein paar winzige Dörfer gab.

Abgesehen von der aus grauen Granitblöcken gebauten Burg wirkte die Siedlung ziemlich primitiv. Ein paar Häuser waren aus Holzstämmen gebaut, doch sie hingen windschief neben Lehmhütten, die irgendwann einmal weiß getüncht worden waren. Was einem fertigen Gebäude am nächsten kam, waren die Häuser, die allem Anschein nach aus alten Schiffsplanken gezimmert waren.

Wie zu erwarten, waren die Docks allerdings solide gebaut. Ein halbes Dutzend große Schiffe lag im Hafen vor Anker oder hatte an den Kais festgemacht. Will erkannte keines von ihnen vom Angriff auf Vilwan wieder. Aber eines war dabei, das größte und am prächtigsten bemalte, schwarz von der Wasserlinie aufwärts, bis zu einem roten Streifen, dann weiß hinauf zum Vorderdeck und Halbdeck, das nur Vionnas *Meerhexe* sein konnte.

Lombo schlenderte mit Kjarrigan herüber. Der Panq deutete an der *Meerhexe* vorbei zu einem etwas kleineren, in Braun, Grün und Weiß bemalten Schiff, an dessen Heck ein weißer Hai auf einem roten Feld prangte. »Das Schiff Lombos Schiff.«

Der Magiker zog die rechte Augenbraue hoch. »Die *Weißer Hai?* Aber in dem Lied, das ich letzte Nacht in Uris gehört habe, hieß es, ihr Kapitän sei Trûdman Reych.«

Lombo schnaubte. »Setzt Lombo aus als Meerschluck.«

Will war sich nicht sicher, was der Panq mit Meerschluck meinte, aber es klang nicht sonderlich angenehm. Der Panq machte sich nicht die Mühe, es zu erklären, sondern setzte sich wie eine ziemlich hässliche Gallionsfigur an den Bug. Der junge Dieb dachte sich, falls Reych ebenso abergläubisch war wie sämtliche Matrosen, die er in Yslin jemals kennen gelernt hatte, würde er Lombos Rückkehr als ausgesprochen böses Omen auffassen.

Die Galeasse setzte ein kleines Boot aus, das um das Schiff kam, eine Schleppleine aufnahm und sie an den Kai zog. Bevor sie vertäut war, sprang Lombo schon von Bord und auf dem Weg die Docks entlang zu einer Ansammlung Lagerhäuser und Tavernen unter der Burg. Der Panq duckte sich in eine düstere Gasse zwischen zwei Gebäuden, die Will sich gut merkte.

Die Gruppe verließ das Schiff so schnell wie möglich und folgte ihm hinaus in die Stadt. Obwohl es später Morgen war, rührte sich kaum etwas in den Straßen, nicht einmal Ratten und anderes Ungeziefer. Deren Fehlen in der Nähe von Abfallhaufen und in anderen Gassen markierte Lombos Weg ebenso wie gelegentliche flüchtige Abdrücke im Schlamm. Als sie sich aber ihrem Ziel näherten, brauchten sie sich nicht länger auf die Augen zu verlassen, sondern konnten dem Lärm folgen.

Es erschwerte die Suche auch nicht gerade, dass er zur Begrüßung einen Matrosen durch die Tür hinaus in die Gasse geworfen hatte. Die Taverne hatte kein regelrechtes Wirtshauszeichen über der Tür, nur das ausgebleichte Gebiss eines riesigen Hais. Der Putz an den Wänden war von derselben verwitterten Elfenbeinfarbe, abgesehen von den Stellen, wo sich pinkelnde Gäste mit gelblichen Flecken an der Wand verewigt hatten oder der Regen Grünspan vom Kupferdach gewaschen hatte.

Sie mussten sich den Weg durch eine Horde flüchtender Piraten frei kämpfen. Ein Blick ins Innere machte klar, was sich abgespielt hatte. Eine gerade Spur umgeworfener Tische und beiseite geschleuderter Stühle, inklusive bewusstlos darüber drapierter, darunter eingeklemmter oder sich dahinter versteckender Matrosen, zog sich von der Tür bis zu einem großen runden Tisch in der hinteren Ecke. An der Rückwand hielt Lombo einen schlanken rothaarigen Menschen, der beide Hände um das linke Handgelenk des Panqs geschlungen hatte, bei der Kehle. Seine Füße baumelten ein gutes Stück über dem Boden und sein Gesicht hatte eine ungesund violette Farbe.

Kräh streckte die Hand aus. »Lombo, du erstickst ihn.«

Der Panq nickte, als die Augen des Mannes aufblitzten. »Nicht ersticken.«

Eine schnelle Handbewegung, und der Hals seines Opfers wurde ein gutes Stück länger. Will schauderte, als Lombo den Leichnam beiseite warf. Die Art, wie sein Kopf lose baumelte, erinnerte ihn an die Schnatterer, denen Dranæ die Kehle zerquetscht hatte.

Kräh zuckte zusammen. »Der viel zu früh verblichene Trûdman Reych, vermute ich?«

Ein paar Matrosen nickten, aber Lombo bellte scharf: »Nicht zu früh.«

Die Matrosen, unsicher, ob das nur eine Feststellung oder ein Befehl gewesen war, taten ihr Bestes, sich zu fassen und stellten langsam die Tische wieder auf. Der einhändige Barmann sammelte an Zinnkrügen ein, so viel er fassen konnte. Eine Reihe Matrosen half ihm, während andere blutende Wunden stillten und mindestens zwei versuchten, einem Dritten die Schulter wieder einzurenken.

Lombo tat das seine, indem er den großen Tisch erneut an den Platz stellte, ebenso wie einen riesigen Stuhl. Dann hob er Reych auf und setzte ihn auf einen Stuhl links neben sich. Lombo setzte ihm sogar die mit einer Feder geschmückte Mütze wieder auf den Kopf und drückte sie ihm in die Stirn. Der Druck schien das Genick des Toten ausreichend zusammenzudrücken, um den Schädel sicher auf den Schultern zu befestigen.

Will hielt sich im Schatten, den Rücken zur Wand, in der Ecke am nächsten zur Tür. Er stellte zufrieden fest, dass Orla eine entsprechende Stellung auf der anderen Seite der Tür bezog. Entschlossen, Kräh und Alexia setzten sich an einen Tisch in der Mitte der Taverne, während Dranæ und Kjarrigan an der Theke Platz nahmen.

Lombo setzte sich mit fürstlichem Gehabe auf seinen Thron, dann winkte er mit gekrümmtem, krallenbewehrtem Finger einen Matrosen heran. »Geh, mach *Hai* seejetzt.«

Der Matrose, ein hässlicher Kerl, dessen Gesicht deutlich öfter von Stahl als von roten Lippen geküsst worden war, zögerte kurz, dann nickte er und verließ die Kneipe. Ein paar andere schauten ihm nach und Lombo winkte sie davon. Ein oder zwei der restlichen Seeleute suchten sich einen Platz um die äußeren Tische, andere bewegten sich langsam hinaus auf die Gasse.

Der Barmann verneigte sich tief, als er an Lombos Tisch trat. »Und was möchte Käp'n Lombo haben?«

»Warten.«

Will fragte sich, worauf Lombo warten wollte, aber er erhielt schnell eine Antwort. Keine halbe Stunde nach Reychs Tod kam ein Mann durch die Tür. Der zäh und dürr wirkende Mensch trug Lederschützer an den Unterarmen und einen breiten, mit Eisennägeln beschlagenen Gürtel um den Leib. Zwischen dem Gürtel und kniehohen Stiefeln wallte eine lose, blauseidene Pluderhose, die lächerlich hätte wirken können, wäre da nicht die tödliche Drohung in seinem Gang gewesen. Sein Schädel war rasiert, im Nacken aber trug er einen langen schwarzen Zopf, der Will an die Haartracht der Vilwaner Kampfmagiker erinnerte. Da sie kein Hemd überdeckte, war die Tätowierung einer regenbogenfarbigen Schlange, die sich ihm um den Oberkörper schlang, deutlich zu sehen. Das Ende der Schlange war nicht zu sehen, aber der Kopf lag auf der linken Schulter.

Der harte Blick des Mannes glitt über Will und Orla, registrierte jedoch keine Gefahr. In Wills Augen machte ihn das entweder sehr selbstsicher oder sehr dumm, denn die zwei Schritte, die er in den Schankraum tat, ließen seinen Rücken ungedeckt. Wills Hand glitt an den Gürtel zum Klingensternbeutel, aber ein kurzer Blick des Fremden ließ Zweifel in ihm aufkommen, dass er es schaffen würde, eines der Wurfgeschosse unbemerkt zu ziehen und zu schleudern.

Der Mann ballte die Fäuste. »Du hättest nicht zurückkommen sollen, Lombo. Du hättest tot bleiben sollen. Bist du Tagostschas Gesellschaft überdrüssig oder er deine?«

»Reden Reden, Rahd.« Lombo stand langsam auf und stützte die Fäuste auf den Tisch. »Allein jetzt.«

»Und bald tot.« Die rechte Hand des Mannes hob sich und beschrieb eine Serie komplexer Bewegungen. Zu seiner Linken keuchte Kjarrigan auf, was Rahds Kopf herumzucken ließ. Er setzte zu einer Bemerkung an, die vermutlich mit dem verwirrten Ausdruck auf seiner Miene zu tun hatte, da traf ihn von rechts ein goldener Lichtblitz. Das Licht floss wie Gischt über ihn, verdrehte erst seinen Rücken, dann warf es ihn nach vorne, wo er als Häufchen Elend liegen blieb.

Will wollte nach ihm sehen, aber Orla kam ihm zuvor und winkte den Dieb zurück. »Bleib weg von ihm, Junge.«

Er blieb stocksteif stehen, und nur zur Hälfte ihrer Warnung wegen. Zur anderen Hälfte, weil die Tätowierung sich leicht wand und räkelte. Es war keine großartige Bewegung, aber immer noch weit mehr als genug, um Will das Blut gefrieren zu lassen.

Lombo befahl zwei Matrosen, Rahd zu Vionna zu schleppen, dann setzte er sich wieder und wartete weiter. Der Wirt brachte ihm eine riesige Schüssel Bier, danach machte er sich daran, für den Rest der Gruppe Essen zuzubereiten. Will aß bei Orla, deren Gesellschaft er der Entschlossens weit vorzog.

»Die Tätowierung, Orla. So was habe ich noch nie gesehen.«

Die alte Frau nickte, als sie ein dunkles Stück Brotkrume in Eigelb tunkte. »Es gibt seit Jahren Gerüchte darüber, aber das war auch das erste Mal, dass ich eine zu Gesicht bekommen habe.«

»Was war das?«

Sie runzelte die Stirn, dann senkte sie die Stimme. »Als die Helden auszogen, um gegen Kytrin zu kämpfen, befand sich auch ein auf Vilwan ausgebildeter Magiker bei ihnen. Er war an Land geschickt worden, um für deinen Großvater zu arbeiten, denn die ælfische Prophezeiung war nicht der erste Hinweis darauf, dass die Norderstett-Linie einmal von Bedeutung sein würde. Vermutlich hatte dein Großvater keinen Schimmer, wie mächtig Heslin tatsächlich war. Möglicherweise hat er in Swarskija eine Andeutung davon mitbekommen, als Heslin ganz allein die Abwehrzauber um das vilwanische Konsulat aufhob. Bei dieser Aktion wurde Heslin schwer verwundet, möglicherweise sogar getötet.«

Will nickte. »Er ist zu einem der Sullanciri geworden.«

»Das wurde er in der Tat. Jetzt nennt er sich Neskartu.« Ihre braunen Augen schauten in eine unbestimmte Ferne. »Wenn man den Omen glauben darf, trug Kytrin ihm auf, tief in Aurolan eine Schule der Magik zu gründen, ähnlich Vilwan. Menschen wie Rahd, die Talent besitzen, aber keine Geduld, gehen dorthin, um den einfachen Weg zu magischer Macht zu erlernen.«

Der Dieb zog die linke Augenbraue hoch. »Den einfachen Weg?«

»O ich höre die Habgier in Eurer Stimme, Will.« Sie schüttelte den Kopf. »Die Sprüche, die wir auf Vilwan lehren, sind nicht die einzige Möglichkeit, eine Wirkung zu erreichen. Als Dieb weißt du selbst, dass man ein Schloss mit einem Dietrich öffnen oder es zertrümmern kann. Es zu zertrümmern erfordert weniger Können, ist aber gefährlicher. Genauso verhält es sich mit der Magik. Die vilwanischen Zauber sind sicher und erfordern Können, die Magikerei, die Rahd beherrscht, nicht.«

Ein dröhnendes Lachen und ein in die Taverne hüpfender Farbschemen unterbrachen das Gespräch. Ein menschlicher Zwerg, mit kurzen Gliedern und Kleidung in einem Kaleidoskop leuchtender Farben, rollte, sprang und tanzte durch den Schankraum. Dann hüpfte er auf einen Stuhl. Der kleine Kerl kippte ihn, sodass die Rückenlehne gegen Lombos Tisch fiel, dann marschierte er auf die Tischplatte, als wäre er Adrogans persönlich.

»Kapitän Lombo!«

Der Panq knallte die Handflächen auf den Tisch und die Erschütterung ließ den Burschen eine Handbreit in die Luft hüpfen. »Pet Nacker.«

Der Geselle verneigte sich, dann lief er auf dem Tisch im Kreis, bevor er die Fäuste auf die Hüften stemmte. »Ich bin von der allerfürchterlichsten Vionna, Königin von Wruona, beauftragt, Euch willkommen zu heißen. Die Nachricht von Reychs Havarie ist an ihr Ohr geschwemmt worden, wo sie angenehm kitzelt. Sie bittet

Euch und Eure Begleiter, mit ihr zu speisen, wenn der Tag in die Nacht fließt.«

»Lombo einverstanden. Bringe Botschaft.«

Der Menschenzwerg lachte schallend, dann ließ er sich in den Schneidersitz fallen. »Ich habe ihr schon gesagt, dass Ihr annehmen werdet. Ich soll Euch führen. Also warte ich hier und erspare mir den weiten Weg – und wir zwei können reden. Ich will hören, wie Euch das Leben bekommen ist, nachdem Vionna sein Ende befahl.«

Will schüttelte sich, um nicht ganz und gar in Tiefschlaf zu versinken. Lombo mochte eine Menge zu erzählen haben, aber zuzuhören, wie es ihm in Etappen von zwei, drei Wörtern aus der Nase gezogen wurde, war alles andere als mitreißend. Nacker bewies eine Hartnäckigkeit, die Will überraschte und ihn bald vermuten ließ, dass der Bursche an Intellekt wettmachte, was ihm an Körpergröße fehlte.

Erst als sich der späte Nachmittag dem Abend zuneigte, beendete Vionnas Bote das Gespräch. Lombo hob Nacker auf den Arm und ging der Gruppe voraus den Berg hinauf, durch Gassen und ungepflasterte Straßen mit abbröckelnden Böschungen zu beiden Seiten. Will fiel auf, dass er keine Katzen, Hühner oder andere Tiere sah, ausgenommen ein paar dürre, winselnde Hunde, die bei ihrem Anblick hastig das Weite suchten, und fragte sich, was für ein Mahl sie in der Festung wohl erwartete.

Er sah keine Spur von Peri oder Qwc, hatte aber ebenso wenig einen Zweifel, dass sie unsichtbar über ihnen am Himmel hingen.

Von der Bucht aus hatten sie die Türme an den Mauern gesehen, doch die Festung selbst bedeckte die gesamte Bergkuppe und die dicken Mauern ergänzten steile Klippenwände auf der Süd- und Ostseite. Als sie durch die letzte Serpentine und den langen Tunnel kamen, der durch die Mauern führte, erkannte Will, wie alt die Festungsanlage war, und auch, warum sie so schwer einzunehmen schien. Die Bergkuppe hatte die Form einer Senke, daher schienen der Hauptinnenhof und Bergfried von unten gesehen recht niedrig, doch je näher sie kamen, desto höher wurde er. Will kam unwillkürlich der Gedanke, dass mehrere Etagen vermutlich in den Berg hinein gebaut waren.

Seine Vermutung erwies sich als richtig, denn sie betraten den Bergfried im Erdgeschoss und stiegen eine lange Treppe hinab in einen riesigen Saal mit einer auf wuchtigen Säulen ruhenden Kuppeldecke. In der Eingangswand führte eine Wendeltreppe zu den oberen Etagen, doch Will schenkte ihr kaum Beachtung. Der große Saal war Vionnas Schatzkammer. Ringsumher stapelten sich die Goldbarren, Fässer platzten fast vor Münzen, Tuchballen waren über reiches Mobiliar drapiert, Waffen lagen in Ständern, auf Stapeln und in ungeordneten Haufen, und an Wänden und Säulen hingen schief ein paar Gemälde.

Inmitten all der Reichtümer war ein langer Tisch mit goldenen Tellern und Besteck gedeckt. Riesige, weit ausladende Kandelaber erhoben sich an drei Stellen wie Bäume und am Ende jedes der zahlreichen Äste brannte eine Kerze. Kristallkelche standen in dreifacher Ausfertigung an jedem Platz bereit. Körbe voller Brot und Platten, überhäuft mit dampfendem Fleisch, füllten die Lücken zwischen Gedeck und Kerzenhaltern. Piraten in sauberen Kleidern standen als Diener oder Wachen an den Wänden, und Will behagten sie weder in der einen, noch in der anderen Funktion.

Am hinteren Ende stand eine gut aussehende Frau vor einem hohen, an einen Thron erinnernden Sessel und winkte sie näher. Altersmäßig irgendwo zwischen Alexia und Orla, mit vollem, brünettem Haar, das sie lang und offen trug und halb unter einem roten, im Nacken verknoteten Tuch versteckte. Sie war in eine Bluse und Pluderhosen aus schwarzer Seide gekleidet. Beides stand ihr weit besser als Rahd. Sie lächelte und deutete mit behandschuhten Händen auf die Stühle.

»Lombo, er sitzt hier neben mir. Seine Freunde, um uns herum.« Ihr Lächeln wurde etwas glatter. »Ich bin, wie Sie sich sicher bereits denken können, Vionna.«

Sie suchten sich jeder einen Platz. Zwei Stühle waren noch frei. Der Platz an Vionnas Rechter blieb leer, bis ein großer, schlanker Mann in türkisfarbenem Hemd, dessen eine Hälfte mit einem schwarzen Spinnennetzmuster verziert war, die Treppe herabkam. Er blieb an ihrem Fuß stehen und schaute unschuldig auf, als sei er überrascht, sie zu sehen, dann nickte er ihnen nacheinander zu.

Als der Mann ihn anblickte, starrte Will mit offenem Mund zurück. Dann wurde er rot und schaute weg. Das Fantasiebild von der Blauen Spinne, das er über Jahre in Gedanken mit sich herumgetragen hatte, begegnete der Wirklichkeit. Ein paar Details stimmten nicht überein, etwa, dass sein Held glattes statt lockiges Haar hatte. Aber das spielte keine Rolle. Die Leichtigkeit der Bewegung, die subtile Eleganz der langen Gliedmaßen, die Andeutung eines Lächelns für Alexia und Orla, all das erklärte deutlich, warum Marcus den Mann so gehasst hatte.

Will setzte an, etwas zu sagen, sich als einer von Marcus' Schützlingen zu erkennen zu geben, doch die Worte blieben ihm im Hals stecken. Zum Teil einfach aus der Ehrfurcht, die er in Gegenwart der Blauen Spinne fühlte. Nicht einmal die Gesellschaft von Königen hatte ihn auf dieses Treffen vorbereiten können. Darüber hinaus aber erkannte er, dass die Blaue Spinne genau diesen Effekt beabsichtigt hatte. So unschuldig es zunächst ausgesehen hatte, Will erkannte die Wahrheit, als er die Positur einen Pulsschlag zu lange beibehielt.

Er war vielleicht einmal mein Held, aber hätte ein wahrer Held das getan? Entschlossen ganz sicher nicht, ebenso wenig Kräh oder Alexia oder irgendein anderer seiner Begleiter. Diese Erkenntnis versetzte Will einen Stich, und er schloss langsam den Mund.

Die Blaue Spinne ahnte nichts von dem, was im Kopf des jungen Diebes vorging. Er schwebte an Vionnas Seite und küsste sie auf die Wange. »Verzeih meine Verspätung.«

Vionna nickte. »Dies ist die Blaue Spinne und der Grund für Eure Anwesenheit.«

»Lombo gekommen für Schiff. Lombos Schiff.«

Die Piratenkönigin schüttelte den Kopf. »Er wird mir vergeben, Lombo, aber ich glaube nicht an Zufälle.« Sie streckte die Hand aus und hob den silbernen Deckel von einer Servierplatte vor ihrem Platz. Darunter lag auf einem Bett aus grünem Samt ein Saphir von der Größe eines Gänseeis. Will kannte sich aus mit Edelsteinen, und selbst ohne die Goldfassung schien der dunkelblaue Stein mehr wert zu sein als das Lösegeld für einen König.

Vionna nahm ihn in die linke Hand und hielt ihn empor, sodass Will das Licht der Kerzen darin glitzern sah. »Ja, das ist das Lakaslinfragment der Drachenkrone. Deshalb seid ihr nach Wruona gekommen. Möglicherweise werdet ihr die Insel sogar damit verlassen können.«

Die Haut um Entschlossens Augen spannte sich. »Nennt Euren Preis.«

»Den Preis lege nicht ich fest. Das ist eure Sache, meine Gäste.« Sie nickte kurz, dann wurde ihr Lächeln breiter. »Ah, wir sind vollständig. Jetzt können wir beginnen.«

Will sah etwas aus den Schatten am Kopf der Treppe

Gestalt annehmen. Schlank, aber nicht allzu groß, in einem Mantel, der von leckenden Flammenzungen gesäumt schien.

»Es ist ganz einfach, bitte sehr. Soll die Drachenkrone mit euch zurück übers Meer, werden wir bieten, Stich um Stich, und Ihr müsst bieten mehr als ich.« Der Sullanciri Nefrai-laysh verbeugte sich mit wedelnder Geste, dann stieg er herab. »Natürlich werde ich hier gewinnen, darum bitte, lasst die Auktion beginnen.«

Kapitel Zweiundzwanzig

Ein Jahrhundert zuvor hatten Menschen die Tore Swojins aus dicken, überlappenden und in zwei Lagen über Kreuz angeordneten Eichenbohlen gezimmert. Lange Eisennägel in sechs Zoll Abstand hielten die Bretter zusammen, Pech versiegelte die Ritzen – und die Zeit hatte das Holz fleckig werden lassen. Hinter den Torflügeln schlossen drei separate Eisenriegel in wuchtigen eisernen Halterungen. Bei der Belagerung der Aurolanen war es nicht beschädigt worden, denn die Stadtbewohner hatten Versprechungen geglaubt, nichts befürchten zu müssen, wenn sie kooperierten – und es geöffnet.

Als der Rammbock das Stadttor erreichte, liefen die Männer, die ihn gezogen hatten, ans hintere Ende, um zu stoßen. Der Rammbock selbst war eine einfache Konstruktion, im Grunde nur ein Fahrgestell und ein Gerüst, an dem ein langer Baumstamm hing. Der Stamm hatte eine Eisenkappe erhalten, um ihm zusätzliches Gewicht zu geben, und das Eisen wies in verschiedene Richtungen ragende Zacken auf, um das Holz des Tors aufzureißen. Über dem Ganzen lag ein bereits von Pfeilen gespicktes und stellenweise angebranntes Schutzdach.

Die an dem Rammbock arbeitenden Soldaten zerrten an den Seilen, um den gewaltigen Holzstamm nach hinten zu schwingen. Die Seile rutschten durch raue Hände, als der Stamm sich dem Scheitelpunkt des Rückwärtsschwungs näherte, dann fiel er vor und rammte das Tor. Der Schlag dröhnte durch die Nacht. Der Holzstamm erzitterte und prallte zurück, die Männer zogen an den

Seilen, um den Schwung dieses Zurückprallens auszunutzen, dann ließen sie wieder los.

Die Eisenkappe krachte mit Wucht in das Holz. Die Krallen fraßen sich in die Bohlen, legten weißes Kernholz frei, schälten Eisenbolzen heraus. Wieder und wieder bohrten sie sich in die Bretter, nie allzu tief, aber nach jedem Schlag rissen sie einen Teil Eichenholz mit und ließen Splitter und Späne zu Boden regnen. Mit genügend Zeit hätten sie sich nach und nach bis auf die andere Seite gefressen, doch die schiere Gewalt der Schläge hatte gute Chancen, die Torflügel aus dem Steinrahmen zu brechen, bevor ihr Hunger gestillt war.

Die Verteidiger versuchten ihr Bestes, den Rammbock zu stoppen, aber die Ballistasalven der Belagerer machten die Mauer über dem Tor zu einem sehr gefährlichen Aufenthaltsort. Flammhähne badeten sie in Feuer und Pfeilschwärme fegten die Verteidiger hinweg. Aus weiter entfernten Positionen geschleuderte Brandtöpfe erreichten die Ramme nur selten, und auf weite Entfernung abgefeuerte Pfeile trafen zwar einzelne Soldaten, prallten aber meist von deren Rüstung ab.

Die Belagerungstürme krochen unaufhaltsam näher, während die Katapulte ihre Felsgeschosse in hohem Bogen durch den Himmel schleuderten. Wo sie niedergingen, zerschmetterten sie Mauerzacken, zertrümmerten den Fels, schwächten die steinernen Stadtmauern. Adrogans wusste, dass sie zu wenig Zeit hatten, um die Mauern vollends zu durchbrechen, aber das wollte er auch gar nicht. Eingestürzte Mauern ließen sich kaum rechtzeitig zur Abwehr eines Gegenangriffs der Aurolanen wieder instand setzen. Was er brauchte – und bei Arel, es sah ganz danach aus, als würde er es bekommen – war gerade genug Zerstörung an der Oberseite einer Mauer, um den Verteidigern die Abwehr der Belagerungstürme zu erschweren.

Ein lautes Krachen und das Kreischen von Metall zogen seine Aufmerksamkeit auf das Stadttor. Der rechte Torflügel hing nach innen. Die obere Angel hatte sich aus der Mauer gelöst. Noch ein wummernder Schlag und dann noch einer vergrößerte die Lücke. Die Soldaten brüllten und versetzten den Rammbock einen kurzen Schritt nach rechts, um sich auf diesen Flügel zu konzentrieren. Das Torblatt erzitterte unter jedem neuen Schlag. Lücken tauchten zwischen den Bohlen auf, dann wurde das Gewicht für die letzte Angel zu groß.

Mit gellendem Kreischen – wie eine waidwunde Frostkralle – riss sich die Torangel los, und das Holz sackte weg. Die Angeln auf der anderen Seite hielten noch einen Pulsschlag länger, dann wurden sie ebenfalls aus dem Stein gezerrt und das ganze Doppelflügeltor krachte zu Boden. Die linke Seite schrammte an der Mauer des Torbogens entlang und kam nicht ganz flach zu liegen, aber die rechte Seite schon – und sie zerquetschte die Schnatterer, die hinter ihr gewartet hatten.

Die Männer am Rammbock schoben die Maschine ein letztes Mal vor und füllten die Toröffnung. Die Räder schafften es zwar nicht über die Schwelle des umgestürzten Tors auf das Holz, aber die Ramme selbst fungierte als teilweise Barrikade. An den Rändern drangen ein paar Verteidiger heraus, wurden aber sofort von den Schwertern der Soldaten niedergemacht.

Der Strom der Verteidiger versiegte schnell und Adrogans wusste, warum. Er gab ein Zeichen, Trompeten gellten. Die Männer am Rammbock zogen das Gerät beiseite, und da, am hinteren Ende des Tunnels, stand eine Phalanx Schnatterer mit Schilden und Langmessern. Sie riegelten das jenseitige Ende des Durchgangs ab und häuften langsam Schutt vor sich auf. Sie sollten Angreifer aufhalten und im Tunnel festhalten, damit die Krieger in der Kammer über dem Durchgang sie durch die Mordlöcher in der Decke mit Pfeilhageln und geschmolzenem Blei erledigen konnten.

Zwei leichte Ballistas gingen in Stellung, als der Rammbock den Weg frei machte. Beide feuerten in den Gang, schleuderten wuchtige Speere und ganze Salven von Pfeilen. Durchbohrte Verteidiger stürzten reihenweise zu Boden. Andere traten an ihre Stelle, und die Explosion eines Flammhahns hinter ihnen tötete einige, trieb sie aber nicht auseinander.

Adrogans zog das Schwert und streckte es hoch in die Luft. *Es gibt nur einen Weg, das Loch frei zu machen.* »Reitergarde, um mich formieren. Die Befreiung Swojins steht bevor.«

Beal mot Tsuvo sah die Kriegsmagiker fieberhaft arbeiten, und ihre Anstrengungen zeigten prachtvolle Ergebnisse. Die Zauberer erhitzten große Steine, und die Shusken sorgten für eine leichte Brise, die Luft über die Steine und in die dicht vernähten Seidenhüllen trieb. Die Hüllen stiegen auf und zogen Seile nach, die an zwei festen Tauen hingen. Am anderen Ende der Taue zog je ein Gyrkymu und schleppte die Seile nach Swojin.

Beide Taue waren mit einem Ende an der Spitze des Belagerungsturms befestigt. Es war nie vorgesehen gewesen, dass dieser Turm sich bewegte. Er war ganz im Gegenteil von Beginn an mit schweren, tief in den Boden versenkten Holzpfeilern an dieser Position verankert worden. Die Taue hatten eine Länge von mehr als dreihundert Metern und ein beträchtliches Gewicht. Die Ballons machten die Last leichter und halfen den Gyrkyme, die freien Enden in der Stadt zu befestigen. Danach würden ihre Leute die Taue spannen.

Die Schwarzfedern näherten sich der Wand, verkürzten die Schussweite und spickten jeden Verteidiger, der auch nur die Nasenspitze aus der Deckung schob, mit ihren Schäften. Das Katapult schleuderte weiter Steine und hämmerte auf einen Teil der Mauer ein, in der Hoffnung, den Verteidigern den Weg abzuschneiden. Ballistas fanden in ihrem Dauerfeuer immer weniger Ziele, aber denen, die sie fanden, erging es schlecht.

Ein Gyrkymu stürzte aus der Stadt herab und durchtrennte mit dem Dolch das Seil, an dem der erste Ballon hing. Während er weiter an den Seilen säbelte, bellte Beal einen Befehl und ihre Sippenmitglieder hasteten den Belagerungsturm hoch. Sie packten das schwere Tau und zerrten. Ihre Stiefel verwandelten den Boden in ein Schlammbad, aber Zentimeter um Zentimeter spannte sich das Kabel.

Die Turmklemmen wurden festgezurrt, das Tau zusätzlich gebunden. Ein Trompetensignal sang auf und erhielt Antwort aus dem Swojiner Gebäude, in dem die Geiseln versammelt waren. Nur das Zucken des Seils verriet Beal, was geschah, bis sie die erste Vorqælfe an einem der auf den Mauern lodernden Feuer vorbeisausen sah. Auf einer zwischen den Tauen aufgehängten Halterung, die Röcke flatternd und knallend, rutschte sie in die Freiheit.

Das Holztor knapp unter der obersten Etage des Belagerungsturms klappte herab. Zwei Hochländer packten die Ælfe, sobald sie in Reichweite kam, ein Dritter löste ihre Hände vom Seil. Der aus einer Kohlenpfanne gebaute Sitz wurde von den Seilen gelöst und zur Spitze des Turms geworfen, wo ein Gyrkymu wartete, um sie zurück nach Swojin zu bringen.

Beal stimmte in das begeisterte Lachen und Jubeln der anderen ein. Der Plan war ein einziges Wagnis gewesen, aber das Wagnis hatte sich ausgezahlt. Die Bravonynsippe hatte die Geiseln im höchsten Gebäude versammelt, zu dem sie sich Zugang verschaffen konnten, und die Gyrkyme hatten die Taue auf dessen Dach befestigt. Weil das Dach deutlich höher lag als die Stadtmauern und der Belagerungsturm, funktionierte die Rutsche. Einer nach dem anderen glitten die Vorqælfen in die Freiheit.

Die Jeranser Reitergarde bewegte sich in Sturmposition, die Besatzung drehte an zwei leichten Katapulten die Maschinen herum und lud dick in Öl getränkte Lappen gewickelte Holzbalken. Die Geschosse wurden mit Fackeln angezündet, dann schleuderten die Katapulte sie durch die Nacht. Sie zogen breite Spuren aus dichtem schwarzem Qualm hinter sich her, die die Sterne verdunkelten, aber Detonationen greller Funken markierten ihre Landung. Beide trafen präzise ins Ziel, prallten von den umgestürzten Toren ab und verkeilten sich sicher in der Mitte des Durchgangs.

Ph'fas' trat heran und streckte die Hand zum Tor hin aus. Eine leichte Brise erhob sich, speiste das Feuer und entlockte den brennenden Tüchern eine erstickend dichte Wolke aus tiefschwarzem Qualm. Der größte Teil stieg durch die Mordlöcher hoch, der Rest füllte den Gang.

Die Savaresser Ritter, dreihundert Mann stark, trabten unter der Deckung des Rauchvorhangs vor und formierten sich zu Zehnerreihen. Die erste Kompanie trabte los und spornte die Rösser hundert Meter vor dem Tor zum Galopp. Nur die vorderste Reihe hatte die Lanzen gesenkt, denn die späteren Reihen hätten im Qualm nicht gewusst, wen sie aufspießten. Mit geschlossenem Visier verschwanden die schwer gepanzerten Ritter unter seltsam hallendem Hufgeklapper im Qualm.

Hinter ihnen folgte die zweite Kompanie, und die dritte, die erste von drei in den Kampf geworfenen Legionen.

Ein Gyrkyme-Kriegsfalke stieß aus dem Himmel herab und schrie, dass die Ritter durchgebrochen waren. Doch das wusste Adrogans schon. Er spürte den Schreck und Schmerz der durchbohrten und beiseite geschleuderten Schnatterer, das erstickende Brennen in ihren Lungen, das Stechen der Schwerter, das Reißen der durch die Leiber schlagenden Lanzen.

Adrogans stieß dem Pferd die Fersen in die Seite und führte seine Legion voran, galoppierte auf das Tor zu. Das Ross jagte über die Torbohlen, die Hufe donnerten, dann eine Pause, und ein härterer, knallenderer Lärm, als die Hufeisen Funken schlagend über Pflastersteine trommelten. Der Rauch nahm ihm die Sicht, also ritt er nach Gefühl, lenkte sein Pferd in die Mitte des Ganges. Das Klappern und Bersten, das hallende Singen von Stahl auf Stahl wurde lauter, dann plötzlich war er hindurch, ritt mit tränenden Augen durch die Straßen von Swojin.

Adrogans zog die Zügel nach links und stürmte die an der Stadtmauer entlangführende Südliche Halbmondstraße hinab. Sein Säbel hob sich und fiel, hackte nach flüchtenden Schnatterern. Sie starben kurz, wenn auch kaum schmerzlos. Ihre Schreie erstarben schnell und er jagte weiter.

Tausend Meter die Straße hinab genau nach Osten – dort fand er sein Ziel. Schnatterer verstopften die Straße, griffen ein Gebäude an, von dessen Dach sich zwei Seile über die Mauer spannten. Als er herangaloppierte, gelang es einem Schnatterer, ein Seil über eines der Taue zu werfen und die Gleitfahrt einer Vorqælfe in die Freiheit zu stoppen. Die Ælfe hing hoch über der Straße, während Steine und Knüppel zu ihr aufflogen und ein Pfeil ihr Bein durchbohrte. Sie schrie auf. Vom Dach des Gebäudes brüllte man ihr zu, sich festzuhalten, doch es gelang ihr nicht. Sie stürzte in die brodelnde Masse der Aurolanen und wurde zerfetzt.

Ihre Todesschmerzen explodierten in Adrogans' Geist und ließen ihn taub und kalt zurück, während sein Streitross in den Schnatterfratzenmob preschte. Der bloße Aufprall eines galoppierenden Pferdes genügte, Rippen und Rücken zu brechen. Adrogans schlug nach rechts, trat nach links, riss einem Schnatterer sogar mit den Sporen die Kehle auf. Er hieb mit dem Säbel nach dem über dem Gleittau liegenden Seil, dann riss er es los, ohne sich um die krallenbewehrten Tatzen zu kümmern, die an seinen Beinen zerrten.

Dann schlug der Rest der Reitergarde in einer Woge aus Fleisch und Metall in die Menge. Körper prallten aufeinander. Pferde bäumten sich mit wirbelnden Hufen auf. Ein Tritt schleuderte einen Schnatterer fast vier Meter durch die Luft. Der noch im eingedrückten Helm steckende Kopf flog doppelt so weit.

Die Bravonyns auf dem Gebäudedach jubelten, als die Reitergarde die Belagerung ihrer Stellung brach. Auf der Stadtmauer stellte sich ein Vylæn auf und bereitete einen Zauber vor. Dann durchschlugen zwei Pfeile von hinten seinen Leib und schleuderten ihn zuckend in die Straße.

Die Schnatterer stürzten in panischer Flucht durch Straßen und Gassen davon. Adrogans schickte Reiter los, zu töten, so viele sie fanden, und danach die Stadt zu erkunden. Die Informationen, die er von den Vorqælfen erhalten hatte, waren gut, aber alt, und auch wenn er sich ziemlich sicher war, dass die Mauern drei Viertel der Verteidiger als Besatzung gefordert hatten, blieb ein ganzes Bataillon, über dessen Verbleib er nichts wusste. Er musste es finden und vernichten, bevor ihr Anführer die Schnatterer losschicken konnte, um die Stadt abzufackeln und ihre Bewohner niederzumetzeln.

Adrogans stieg hastig ab und betrat das Gebäude, von dem aus die Geiseln evakuiert wurden. Er schob sich durch die dichte Menge der Vorqælfen und bemühte sich, auf dem Weg zum Dach die verängstigten Gesichter zu ignorieren. Es beruhigte ihn etwas, als er, oben angekommen, keinen goldenen Feuerschein auf den Straßen sah, aber was nicht war, konnte immer noch werden.

Ein Guranin-Hauptmann salutierte fahrig. »Wir kommen schnell voran, General. Ein paar haben wir verloren, einen Teil durch Pfeile, andere waren einfach zu schwach, sich lange genug festzuhalten, aber die meisten schaffen es in Sicherheit.«

Adrogans nickte, dann rief er einer Gyrkymsu, die gerade landete, um eine Ladung Sitze abzuladen, zu: »Sie muss die Stadt überfliegen. Ich muss wissen, wo der Feind steht.«

Die Kriegsfalkin nickte und flog davon. Kurz darauf war sie in der Nacht verschwunden. Während er auf ihre Rückkehr wartete, beobachtete Adrogans, wie die Vorqælfen aufs Dach kamen, unter die Taue stiegen und losrutschten. Manche schrien vor Entsetzen, andere juchzten begeistert und zauberten ein Lächeln auf die Gesichter aller Umstehenden.

Die Kriegsfalkin kehrte zurück und deutete in die Stadtmitte. »Sie sammeln sich dort, General. Wenn wir mehr Flammhähne hätten …«

Adrogans winkte ab. »Flieg sie nach Osten, finde General Caro und übermittle ihm meine Grüße. Sie teile ihm mit, der Feind steht auf dem Marktplatz und wird nach Süden vorrücken. Er soll auch die Königsmannen einsetzen.«

Sie erhob sich wieder in die Nacht, und Adrogans kehrte auf die Straße zurück. Er schickte noch zwei Reiter mit derselben Nachricht an Caro, dann sammelte er seine Legion und machte sich auf den Weg nach Norden zum Markt. Seine Leute füllten die Straße in Fünferreihen, in der Nähe des Marktplatzes, wo die Straßen breiter wurden, in einer Zehnerreihe.

Es überraschte Adrogans, dass die Fenster über ihnen dunkel blieben, die Läden geschlossen. Der Mangel an Neugierde bei den Bewohnern verwirrte ihn. Er schauderte bei der Vorstellung, dass die meisten Wohnungen leer stehen könnten. Oder schlimmer noch, dass der Wille der Menschen hier so gebrochen sein könnte, dass sie nicht mehr in der Lage waren zu hoffen.

Am Rand des Marktplatzes ließ er die Soldaten anhalten. Dreihundert aurolanische Infanteristen füllten den Platz. Die meisten waren Schnatterer, ein Vylæn kam auf zehn von ihnen. Dazu eine Hand voll Hôrgun. Vermutlich waren die Riesen im gewaltigen Erlinsaxtempel am Westrand des Platzes untergebracht gewesen. Der offene Torbogen war groß genug, sie einzulassen, ohne dass sie den Kopf einzuziehen brauchten.

Adrogans trabte vor die Linien. »Sie werfen die Waffen fort und senken ihre Banner.«

Die Schnatterer heulten und brüllten in Antwort auf seinen Befehl. Sie hoben ihre Legionsstandarten höher und schüttelten sie, teils aus Trotz, teils aus Spott. Vylænz bellten Befehle, Reihen schlossen sich. An der ihm zugewandten Seite hoben – oder senkten – sich Schilde und Speere. Ein Hôrgun bückte sich und stand mit einem langen Granitbordstein in den Pranken wieder auf, bereit zuzuschlagen. Adrogans entdeckte beinahe eine gewisse Würde in ihrem Handeln, doch das Gefühl verschwand bei der Erinnerung an den Tod der aus den Seilen stürzenden Vorqælfe.

Dann brachen Caros Gardereiter aus dem Osten auf den Platz und erwischten die Aurolanenformation in der Flanke. Der Angriff trieb eine riesige Schneise durch das Bataillon. Der geschleuderte Bordstein tötete mehrere Pferde und Reiter, konnte den Angriff aber nicht aufhalten. Vylænz brüllten wieder Befehle, versuchten vergeblich, ihre Truppen neu auszurichten.

Dann griffen die Okranser Königsmannen von Süden aus an. Sie schnitten im wörtlichen Sinne ein Drittel des Nordländerbataillons vom Rest der Einheit ab, trieben es zurück zum Tempel, dann kesselten sie es ein und zogen die Schlinge zu, bis selbst der letzte Hôrgun am Boden lag.

Adrogans setzte seine Reitergarde ebenfalls ein, aber nur am Rand des Marktplatzes, um flüchtende Aurolanen zu stoppen. Seine Leute konnten nichts Wesentliches mehr zum Gefecht beitragen und hätten nur Caros Sieg geschmälert.

Der jeranische General atmete langsam aus. *Sieht aus, als hätten wir hier heute Abend einen Sieg errungen, und die Schlächterrechnung wird nicht allzu hoch ausfallen.* Den nächsten Zug würde Kytrin haben und Adrogans schauderte. *Der Preis für die Einnahme der Stadt war gering, aber ich habe das ungute Gefühl, es wird sehr, sehr teuer werden, sie zu halten.*

Kapitel Dreiundzwanzig

Will starrte die Kreatur an, die Vionna am Fußende der Tafel gegenübersaß. *Dieses Ding ist mein Vater?* Er schüttelte sich und hatte das Gefühl, das Blut in seinen Adern wolle gefrieren. Er hatte zwar akzeptiert, ein Norderstett zu sein, sogar *der* Norderstett, aber das machte es nicht leichter zu ertragen, wie der Waisentraum vom berühmten Vater, der ihn aus dem Elend befreite, von der Erkenntnis verdrängt wurde, dass diese Scheußlichkeit sein Vater war.

Er schüttelte den Kopf. *Das ist ein Ding, das meinen Vater geschluckt hat. Ich weigere mich,* sein *Sohn zu sein.*

Alexia, die an Wills rechter Seite stand, zwischen ihm und Lombo, drehte sich zu Vionna um. Er betrachtete das als Zeichen des Vertrauens ihm gegenüber, denn sie trug einen Dolch auf dem Rücken. Es wäre ihm ein Leichtes gewesen, ihn zu ziehen und ihr zwischen die Schulterblätter zu stoßen. *Wäre ich meines Vaters Sohn.*

Die Prinzessin hob den Kopf. »Ihr wollt, dass wir einen Preis für diesen Teil der Drachenkrone nennen? Woher wisst Ihr, dass wir bezahlen werden? Wie könnt Ihr darauf vertrauen, dass *ihr* Agent Euch bezahlt?«

Vionna setzte sich auf ihren Thron und lehnte sich zurück, die gestiefelten Füße auf den Tisch gelegt. Sie hielt den Saphir wie einen Kelch mit Wein in der Hand und drehte ihn, um das Spiel der Lichtreflexe in den Facetten zu bewundern. »Nun, Alexia, Euch würde ich vertrauen, wenn Ihr mir Euer Wort gäbet … und bis zur Bezahlung des Preises als mein Gast hier bliebet. Was Kytrin betrifft, habe ich reichlich Beweise, dass sie diejenigen, die ihr dienen, recht gut belohnt.«

Kräh stieß ein gezwungenes Lachen aus. »Ihr braucht nur ans andere Ende der Tafel zu blicken, um Eure Belohnung zu sehen.«

Der Sullanciri beugte galant den Kopf. Einen Moment lang tanzte ein Licht in den blauen Augen wie in einem Saphir, dann starben sie. »Ein großer Fisch im kleinen Teich oder ein kleines Licht im gewaltigen Reich. Das eine die Wahl, das andre die Qual.«

Entschlossen stand Alexia gegenüber, zwischen der Blauen Spinne und Kräh. Er schaute den Sullanciri an. »Ist das dein Angebot, ein Teil von Kytrins Eroberungen?«

»Stets von Unruh geplagt, von Wut gehetzt und gejagt, kennt Entschlossen nur Streit, selbst wenn's für Nachgiebigkeit Zeit.« Nefrai-laysh verzog langsam den Mund zu einem Lächeln, dann hob er den Deckel vor sich, um zu sehen, was die Piratenkönigin ihm serviert hatte. »Bereitet es ihr Behagen, will ich nichts dagegen sagen.«

»Es bereitet mir sehr großes Behagen, danke.« Vionna setzte eine fragende Miene auf und schaute zu Alexia. »Ihr seid dran.«

»Er bietet eine Zukunft, die ihm nicht gehört. Kytrins Eroberungen werden nicht unangefochten bleiben. Sie wird verlieren.«

»Aber nicht, wenn sie das hier hat, nicht wahr?« Die Piratin lachte. »Das ist der springende Punkt. Selbst wenn ich Euch dieses Fragment gäbe, Alexia, und Eurer tapferen Heldenschar hier, würdet Ihr es niemals einsetzen. Ihr würdet die Drachen niemals unter Eure Herrschaft zwingen, und ohne sie könnt Ihr Euch nicht gegen Kytrin und ihre Verbündeten durchsetzen. Sicher, er verspricht, was er nicht hat und was seine Herrin auch nicht hat, aber mit größerer Wahrscheinlichkeit erringen wird, falls sie diesen Teil der Krone erhält.«

Wieder schüttelte Will sich angesichts der kalten Berechnung in Vionnas Antwort. Auf der anderen Seite des Tisches hörte die Blaue Spinne zu und nickte – ohne eine Spur von Überraschung. Er kannte die Argumentation offensichtlich schon, hatte sie sich durch den Kopf gehen lassen, und – so viel schien Will deutlich –, er war schon vor dem Raubzug mit ihren Gedankengängen einverstanden gewesen. Um genau zu sein: Ohne diese Argumentation hätte die Blaue Spinne ein derartiges Wagnis wohl kaum auf sich genommen.

Falls dieses Fragment der Drachenkrone in Kytrins Hände gelangte, würde es Tod und Leid über Tausende bringen. Die Berichte über das Elend der Bewohner Swojins, über das Brennen Porasenas, selbst die Drachen über Vilwan – all das zeigte Will, welches Verderben Kytrin mit diesem Teil der Drachenkrone über die Welt bringen würde. Sich das vorzustellen, und danach daran mitzuarbeiten, es in ihre Hände zu spielen, zeugte von einer Verderbtheit, von der Will außerhalb von Kindermärchen noch nie gehört hatte – und die waren alle offensichtlich erfunden.

Kräh kam Alexias Antwort zuvor und deutete an Orla und Kjarrigan vorbei auf den Sullanciri. »Ihr würdet also, bereitwillig wie er, Euch am Leiden der Welt laben? Er war einmal ein Mensch, das wisst Ihr ja wohl, ein ehrbarer Mensch.«

Der Sullanciri schaute von einem abgenagten Vogelkadaver auf und knurrte. »Opfer von eines Freundes Verrat, weißt wohl alles von dieser Tat. Ein Schlag war es jäh, Kräh. Versuch zu leugnen es nicht, 's nicht nur meine Geschicht. Ein Mensch bin ich gewesen und werd es nie wieder sein, doch besser wie ich nun einmal bin ein Wesen, als ein Schicksal wie es ist dein.«

Nefrai-laysh leckte sich die vom Bratenfett klebrigen Finger, dann nickte er. »Haben sie nichts zu bieten, keinen Schatzhort zu hüten, der könnte stillen Eure Gier?

Dann bringt das Spiel zum Schluss, einen Gewinner es ja haben muss, und das Juwel wird meiner Herrin Zier.«

Mit einem Schlag begriff Will, dass Vionna nie vorgehabt hatte, den Edelstein zu versteigern. Nefrai-laysh war gekommen, um ihn abzuholen. Als Nächstes würde Vionna Kytrins Stellvertreter die Gefährten anbieten. Und der Verlust dieser Gruppe an Kytrin würde ein noch schwererer Schlag für ihre Verbündeten sein als der Verlust des Kronenfragments.

Das konnte er nicht zulassen.

Noch während er zu diesem Schluss kam, ertönte plötzlich ein lautes Sirren im Zimmer. Aus dem linken Augenwinkel bemerkte Will einen grünen Lichtblitz, als Qwc zwischen den Knöcheln eines an der Treppe stehenden Piraten hindurchflog und unter dem Tisch verschwand. Will hob die rechte Hand, als der Sprijt vor Vionna auftauchte, mit wild schlagenden Flügeln anhielt und ihr Netzfäden ins Gesicht spie.

Die Piratin schrie auf und riss die Hände ans Gesicht. Ihr Sessel kippte und stürzte nach hinten. Qwc fing den Edelstein geschickt auf und wollte davonfliegen, doch das Gewicht des Juwels verwandelte den Flug in einen Sturz und er landete mit einem dumpfen Knall auf der Servierplatte, auf der das Fragment gelegen hatte. Die Blaue Spinne schlug den Deckel wieder auf die Platte und fing den Sprijt darunter ein.

Das wäre das Ende des Dramas gewesen, hätte Will nicht den Dolch aus der Scheide auf Alexias Rücken gezogen. In einer flüssigen Bewegung schleuderte er die Klinge. Das Messer war nicht mehr als ein breites, schweres Ding ohne jede Balance, aber es flog so, wie Will es beabsichtigt hatte und traf den Sullanciri mitten ins Gesicht. Nefrai-laysh stolperte nach hinten, mehr vor Überraschung als aus Schmerz, denn ihn hatte nur der Dolchgriff mit der Breitseite getroffen, dann zuckte seine Rechte zum Schwertgriff und er zog ein Langschwert, das sich mit einem erbarmungswürdigen Stöhnen aus der Scheide löste.

Entschlossen traf die Blaue Spinne mit einem Schwinger auf der Brust und schleuderte den Piraten nach hinten. Die Spinne fiel um, drehte aber im Fallen die Beine und kam wieder hoch. Er zog ein Langschwert mit geschwungenem Heft und erstaunlich schmaler Klinge und stürzte sich auf den Vorqælfen. Entschlossen parierte mit einem Langmesser und stieß mit dem anderen zu. Die Blaue Spinne tanzte geschickt zurück und parierte seinerseits, mit einem Hieb, der eine schmale Scharte in Entschlossens Blatt hinterließ.

Kräh sprang an Kjarrigan und Orla vorbei und riss Tsamoc aus der Scheide. Er fing den Hieb ab, mit dem Nefrai-laysh die Kampfmagikerin erschlagen wollte, dann zuckte seine Waffe aus der hohen Parade hinab auf das linke Bein des Dunklen Lanzenreiters. Der Sullanciri sprang zurück, aber nicht schnell genug. Krähs gerade Klinge schlug eine Wunde, aus der schwarzes Blut spritzte, das qualmte, wo es auf dem Boden landete.

»Es fließt mein Blut, das ist nicht gut, doch du wirst nicht mehr alt, denn jetzt mach ich dich kalt.« Kytrins Kreatur griff an und peitschte das Schwert herum, als wäre es ein Weidenzweig. Kräh parierte einen Stoß und ließ einen zweiten links an seinem Körper vorbeizucken. Er versuchte, dem Rückhieb in einer Drehung auszuweichen, prallte aber gegen Kjarrigan und stieß den korpulenten Knaben gegen den Tisch. Nefrai-layshs Hieb schnitt durch Krähs mehrlagiges Pluderhemd und zog eine dünne, rote Spur über die rechte Hüfte seines Gegners.

»Aha, ich bin so frei, eine Narbe gegenüber den drei!«, höhnte der Sullanciri.

Kjarrigans Sturz gegen den Tisch erwies sich als ein Glück. Lombo hatte sich schon umgedreht und mit zwei Säcken Goldmünzen bewaffnet, die er wie Dreschflegel gegen einen Trupp Piraten schwang. Alexia hatte das Schwert gezogen und kämpfte ebenfalls abseits der Tafel gegen Vionna. Dranæ an Wills linker Seite hatte einen eisernen Kerzenständer gepackt und benutzte ihn als Waffe im Duell mit zwei Piraten, während Orla einem anderen die rechte Hand entgegenstieß und eine grelle Stichflamme erzeugte, die ihn für einen kurzen Augenblick völlig einhüllte.

Als einziges Mitglied der Piratentruppe hatte Nacker keinen Gegner. Er war auf den Tisch gehüpft, packte mit der rechten Hand den Deckel, unter dem Qwc hockte, und hielt eine Serviergabel in der Linken, bereit, den Sprijt aufzuspießen. Kjarrigans Stoß gegen den Tisch erschütterte die Tafel genug, um die Kerzenständer und den Menschenzwerg umzustoßen. Der Deckel fiel zur Seite. Qwc spie Nacker eine Netzmaske ins Gesicht, dann schaute er zu Will hinüber. »Helfen, Qwc, schnell.«

Will packte mit beiden Händen die Tischkante und schwang sich hoch, um Nacker beide Füße auf die Brust zu rammen. Der kleinwüchsige Pirat grunzte und flog an Entschlossen vorbei, der das Schwert der Blauen Spinne zwischen den Langmessern einklemmte und den leichteren Menschen zurückdrängte. Will griff nach der Platte, auf der Qwc lag, und stieß sie über den Tisch zu Kjarrigan.

Der Aufschrei des um die eigene Achse wirbelnden Sprijt hätte Wills »Hilf Qwc« fast übertönt. Der junge Dieb richtete sich auf dem Tisch hastig auf und packte den Metalldeckel mit beiden Händen, bevor er sprang. Er schlug den Deckel der Blauen Spinne mit ganzer Kraft auf den Kopf. Der Pirat stöhnte, dann brach er zusammen, als Will auf ihn aufprallte. Der Knabe rollte sich über den legendären Dieb ab und kam in die Hocke hoch, den Rücken an einer dicken Steinsäule.

Am Kopf der Tafel duellierten sich Vionna und Alexia. Ihre Schwerter waren gleich lang, was Alyx die größere

Reichweite verschaffte. Vionna konnte ihre Hiebe parieren, jedoch erst im letzten Moment, und mehr als einmal musste sie zurückweichen und Boden aufgeben, um ihre Haut zu retten. Allerdings ging ihr der Boden schnell aus, als sie bei ihrem Rückzug gegen eine offene Truhe mit Goldmünzen prallte. Sie fiel jäh auf den Hintern, und Alexia kam auf sie zu, das Schwert auf die Kehle der Piratenkönigin gerichtet.

»Ergebt Euch oder sterbt.«

Nefrai-laysh bedrängte Kräh in einem Winkel, der ihn an der Tischkante in der Falle hielt. Kräh parierte einen Hieb, schlug aber mit dem Schwertgriff gegen den Tisch, als er versuchte, den nächsten Schlag abzuwehren. Die Klinge des Sullanciri hätte ihn von einer Hüfte zur anderen aufgeschlitzt, aber Entschlossen hechtete vor, rutschte auf den Knien durch den Saal und lenkte den Hieb ab. Das Schwert des Dunklen Lanzenreiters schnitt durch das Langmesser wie durch Rauch, dann zuckte es hoch und in einem hohen, schwungvollen Zug herum, um drei Viertel vom anderen Langmesser des Vorqælfen zu stutzen.

Entschlossen warf mit den Griffen nach Nefrai-laysh. Der Sullanciri schlug einen beiseite, der andere aber knallte gegen seine Brust. Der Vorqælf stand in einer Drehung auf und wich zurück, doch Kytrins Marionette rückte mit peitschenden Schwerthieben vor. Immer wieder sprang Entschlossen davon, aber mit jedem Hieb wurde die Gefahr größer, dass der nächste ihn in zwei Teile spalten würde.

Will schob die Schuhspitze unter das Heft des Schwerts der Blaue Spinne und trat es in die Luft. Im Aufspringen packte er die seltsame, lederumwickelte Stärke der Klinge mit der Linken. Noch während er den Biss spürte, wo zwei Finger das blanke Metall berührten, schleuderte er Entschlossen die Waffe zu. »Fang!«

Das Schwert war nicht das Einzige, was in diesem

Augenblick durch den Saal flog. Vionna riss die linke Hand hoch und schleuderte Alexia einen Hagel Goldmünzen ins Gesicht. Die Prinzessin wehrte einen Teil mit der freien Hand ab, andere aber trafen. Sie zuckte zurück, ihre Gegnerin sprang auf und rückte wieder vor. Dann stolperte sie über Vionnas umgestürzten Thron. Alexia stürzte, schlug hart mit dem Kopf auf den Steinboden. Die Piratenkönigin ragte über ihr auf, das Schwert erhoben, um die Prinzessin zu durchbohren.

Kräh packte einen der Kandelaber und sprang. Vionnas Schwerthand verfing sich im Netz der Kerzenarme. Heißes Wachs spritzte ihr ins Gesicht. Sie wirbelte herum und riss den Kerzenhalter aus Krähs Hand. Keinen Lidschlag später prallten ihre Körper zusammen und Kräh schleuderte Vionna in und über die Schatztruhe. Die kippte um und begrub die Piratenkönigin halb unter einer Flut von Goldmünzen.

Entschlossen schnappte mit der Linken das Schwert aus der Luft und lenkte Nefrai-layshs nächsten Hieb mit Leichtigkeit ab. Die rechte Faust des Vorqælfen zuckte hoch, streifte das Kinn des Sullanciri und trieb ihn zurück. Die düstere Kreatur stolperte nach hinten, schlug gegen den Tisch. Ein Raubtiergrinsen verzerrte ihre Züge, als sie Entschlossens nächsten Schwertstoß mit der Linken parierte, indem sie das Schwert packte. Nefrai-laysh zischte, als Entschlossen die Klinge freizerrte, dann schmierte er schwarzes Blut über den Esstisch. Eine halbe Sekunde qualmte die dunkle Pfütze, dann ging sie in Flammen auf, und das Feuer wuchs über den ganzen Tisch.

Nefrai-laysh nickte dem Ælfen kurz zu. »Eine neue Prophezeiung bringt dir auch keine Befreiung. Freu dich des Lebens, solange es glimmt, auch ist es vergebens, denn schrecklich Leid ist dir bestimmt. 's ist wahr, mein Eid: in Flammen verloren, im Feuer geboren.«

Der Sullanciri schlug den Kopf nach hinten und brachte die Fersen hoch. Sein Mantel floss in das Feuer auf dem Tisch, dann verschwand er und ließ die Tafel unter dichten Qualmwolken lodernd zurück.

»Entschlossen, ich brauche hier etwas Hilfe.« Kräh hatte Alexia auf die Beine gehoben und sich ihren Arm um die Schultern gelegt, aber sie hing schlaff in seinem Griff. Der Ælf schob sich an der Tafel vorbei, um sie zu holen, während Lombo und Dranæ vorstürmten und die Piraten zwischen ihnen und der Treppe in die Flucht schlugen. Orla folgte ihnen, Kjarrigan folgte ihr. Er trug noch immer das Tablett mit Qwc, und der Sprijt klammerte sich an den Saphir.

Will machte ebenfalls, dass er ins Freie kam, so schnell er konnte – was bedeutete, dass er nur kurz anhielt, um sich ein paar goldene Ketten umzuhängen und einen Lederbeutel zu schnappen, der von Gewicht und Gefühl mit Edelsteinen prall gefüllt war. Er entschied sich, die Nachhut zu übernehmen, zog eines der in der Schatzkammer lagernden Schwerter und war stolz darauf, dass er nicht das am prächtigsten verzierte gewählt hatte, sondern eine Waffe, die ein wenig praktischer schien.

Er folgte den anderen die Treppe hinauf und auf den Hof. Die Posten am Tor machten ihnen keine Schwierigkeiten, und Will fragte sich, warum nicht, bis er Peri über ihren Leichen kauern sah. Die Gyrkymsu kam herüber zu Kräh und Entschlossen, die Alexia zwischen sich trugen, und schaute der Prinzessin in die Augen.

»Dafür werden noch mehr sterben!« Peris krallenbewehrte Finger schnitten durch die Luft. »Noch sehr viel mehr.«

»Sie hat sich nur den Kopf angeschlagen, Perrine. Das wird wieder. Ihr müsst das Drachenkronenfragment hier wegschaffen.« Kräh deutete mit der freien Hand auf Kjarrigan und Qwcs Schatz.

Die Gyrkymsu schüttelte den Kopf. »Ich lasse sie nicht allein.«

»Ihr müsst, Peri.« Krähs Tonfall wurde ein wenig sanfter. »Ihr wisst sehr gut, sie würde es so wollen. Sie würde es Euch anvertrauen, wie sie Eurem Vater anvertraut wurde.«

»Mag sein, aber erinnert Euch, was aus den anderen Gyrkyme wurde, die versuchten, mit einem Stück der Drachenkrone zu entkommen. Sie starben in Swarskija.«

Entschlossen nickte. »Aber von denen war niemand Preiknosery Eisenschwinges Tochter.«

Das ließ Peri sich stolz aufrichten. »Wohin bringe es?«

»Wohin, Qwc weiß wohin.« Der Sprijt stand auf dem Tablett auf und schwang sich den Saphir auf die Schulter, dann stolperte er unter dem Gewicht rückwärts gegen Kjarrigans Brust. »Wir fliegen, Perrine. Qwc weiß, wohin.«

Die Gyrkymsu nahm ihm das Juwel ab, dann kniff sie die gelben Augen zusammen. »Wenn ihr etwas zustößt …«

»Niemals.« Kräh schüttelte entschieden den Kopf. »Ihr habt mein Wort darauf.«

Orla klopfte Perrine auf den Rücken. »Beeilt Euch. Wir haben keinen Augenblick zu verlieren.«

Die Gyrkymsu und der Sprijt stiegen auf, dann kreisten sie um den Turm und glitten nach Süden davon. Sie verschwanden hinter der Mauerkrone. Will nickte, froh, sie entkommen zu sehen, dann schaute er seine Gefährten an. »Wie kommen wir hier weg?«

Lombo stieß ein donnerndes Brüllen aus, so laut, dass Will sich entsetzt die Ohren zuhielt. Aus der Ferne antwortete ihm ein halbes Dutzend ähnlicher Geräusche. »Lombos Schiff.«

»*Dein* Schiff? Wohl kaum.« Rahd kam, von einer Horde Piraten gefolgt, durch den Torgang und blieb am Rand des Burghofs stehen. »Orla, mein Meister hat die Reste deiner Magik an mir entdeckt. Er lässt dich grüßen.«

Die Vilwanerin schob sich zwischen Rahd und die anderen. »Bleibt hinter mir. Er gehört mir.«

»Er hat mir gesagt, du hättest Mut, mehr Mut als Verstand. Es wird mir Spaß machen, ihm von deinem Tod zu erzählen.« Der Mann lachte und zog einen schmalen Zauberstab aus dem rechten Stiefelschaft. »Diesen Stab habe ich aus seiner Hand erhalten, um ihn gegen Vilwangewürm einzusetzen.«

Er wirbelte den Stab zwischen den Fingern, dann schlug er sich damit auf die Handfläche und stieß sie ihr entgegen. Ein grüner Flammenstrahl schoss auf sie zu, doch Orla bewegte mit gelangweilter Miene die Hand und lenkte ihn auf den Boden ab. Das magische Feuer setzte den Granit in Brand und sammelte sich kurz in einer brennenden Pfütze, deren tanzende Flammen bizarre Schatten auf die Wände des Burghofs warfen.

Orla drehte sich langsam zur Seite, dann stellte sie sich auf den rechten Fuß. Ihr linker Fuß zuckte vor, auf Rahd zu, und ihre linke Hand kam ebenfalls hoch. Ein goldener Funken flog auf ihn zu wie eine Biene auf eine Blüte. Auch Orlas Rechte hob sich und schleuderte einen Schauer von Funken in den Gang.

Sie trafen auf die Mauern, teilten sich und prallten ab, dann stürzten sie sich auf die Piraten. Der erste Funke traf einen der Männer und ließ ihn in Flammen aufgehen. Ein anderer, dessen Beil von einem Funken getroffen wurde, sah es in seiner Hand zerschmelzen. Die Piraten schrien entsetzt auf und rannten davon, einschließlich des Brennenden.

Der Funken traf Rahd mitten auf der Brust, und die Zunge des Schlangenkopfes zuckte vor und leckte die Magik auf. Der Pirat schüttelte sich einen Moment, dann ging er in Flammen auf. Aber er lachte dabei. »Du machst es mir zu leicht, Orla, so wie er es vorausgesagt hat. Du hast dich für deine Freunde geopfert, und die werde ich mir auch holen.«

Rahd stieß den Stab in ihre Richtung. Ein grüner Blitzschlag bohrte sich in ihren Leib und schleuderte sie zurück gegen Kjarrigan. Sie packte das silberne Tablett und riss, als sie vor ihm zu Boden sank, es ihm aus der Hand.

Kjarrigan brüllte wütend auf und stieß Rahd beide Handflächen entgegen. Ein Tornado aus goldenen Funken tanzte wirbelnd auf ihn zu, zog sich zu einem funkelnden Energiestrahl zusammen, der einen Teil der Flammen davonpeitschte, aber hauptsächlich vom Feuer aufgesogen wurde. Rahds Magik loderte greller als zuvor.

»Dein Lehrling ist ein Narr, Orla. Er beobachtet und begreift nichts. Eure Magik kann mich nicht verletzen.«

»Meine Magik nicht«, keuchte sie, und hob eine zitternde Hand. »Aber deine ...«

Mit ruckartiger Geste und schmerzverzerrtem Gesicht schleuderte Orla die Silberplatte auf einer magischen Woge durch die Luft. Sie drehte sich langsam und ruhig, aber zielgerichtet, schwebte nicht, sondern schoss auf den feindlichen Magiker zu. Auf dem Weg wurde sie schneller, drehte sich mit immer höherer Geschwindigkeit, reflektierte den Feuerschein auf Rahd, die Burg, die Mauern. Im letzten Augenblick kippte die Platte aufrecht und drang in voller Breite stehend durch Rahds brennende Rüstung.

Erst in diesem letzten Moment erkannte er die Gefahr.

Das Metall glühte erst rot auf, dann weiß. Es schlug mit einem nassen Platschen auf und legte sich wie ein Laken aus Metall um ihn. Es floss ihm wie geschmolzenes Wachs über Kopf und Schultern. Sein Aufschrei war zu schwach, das flüssige Metall zum Blubbern zu bringen, doch es schmiegte sich um die gepeinigten Züge seines Gesichts. Zerfließendes Silber füllte Rahds Mund und rann ihm den Körper hinab. Dann zuckten Flammen auf. Einen Augenblick lang hüllte schwarzer Rauch ihn ein, dann verschwand er zusammen mit den meisten der Flammen. Rahds qualmender Leichnam kniete in der Mitte des Burghofs, den Kopf in den Nacken gelegt, und schleuderte einen stummen versilberten Schrei hinauf zu den kalten Sternen.

Sein Zauberstab fiel klappernd auf den Stein.

Lombo hob Orla auf. »Der Stab, der Stab«, murmelte sie, bevor sie erschlaffte.

Will erreichte ihn vor dem Adepten, dann stürzte er aus der Burg. Er widerstand der Versuchung, dem schluchzenden Magiker davonzurennen, und verzichtete auch darauf, ihm den Stab über das ausladende Hinterteil zu ziehen. Stattdessen steckte er den Zauberstab in den Gürtel, schaute sich nach Verfolgern um und drohte jedem auch nur entfernt verdächtigen Schatten mit dem Schwert. Dank seiner Bemühungen – oder vielleicht auch trotz ihrer – gelangte die Truppe unbehelligt zum Hafen und machte sich hastig an die Flucht.

Kapitel Vierundzwanzig

Kjarrigan saß auf dem Achterdeck der *Weißer Hai,* die Beine über Kreuz und die Hände um einen schlanken Ebenholzstock gelegt, der auf seinen Knien lag. Er starrte angestrengt über das helle Fahrwasser des Schiffs und suchte nach Anzeichen für Verfolger. Seine Sicht wurde nicht behindert. Die Heckreling und mehrere Pfosten waren abgerissen und hatten ein klaffendes Loch zwischen ihm und dem Meer hinterlassen. Seit sie den Hafen von Port Gold verlassen hatten, war kein Schiff in Sicht gekommen, doch er wagte nicht, sich zu entspannen.

Hinter ihm grunzten und stöhnten Matrosen, Taue knarzten, Segel und Wimpel knallten, als die *Hai* westwärts fuhr. Auf der Flucht durch die Stadt hatte niemand versucht, sie aufzuhalten, und sie hatten Lombos altes Schiff leicht genug erreicht. Perrine und Qwc waren vor ihnen angekommen und hatten die vier Panqui befreit, die als Rudersklaven in Ketten gehalten worden waren. Sie hatten kurzen Prozess mit den zu Rahd und Reych haltenden Matrosen gemacht, und der Rest der Crew hatte sich mit Freuden bereit erklärt, wieder unter Kapitän Lombo zu segeln.

Der Panq hatte Orla unter Deck in die größte Kabine gebracht und auf die Koje gelegt. Kjarrigan war ihm gefolgt, in der Hoffnung, sie heilen zu können, aber Orla hatte sich weit genug aufgerappelt, ihn zurück an Deck zu schicken. »Halte die Schiffe auf, Adept, sonst sind wir verloren.«

Auf Deck herrschte ein an Panik grenzender Zustand.

Matrosen sprangen auf die Ruderbänke und legten sich in die Riemen, um das Schiff in Fahrt zu bringen, während andere die Ankertaue kappten oder die Segel setzten. Lombo brüllte laut und schnell Befehle. Die Crew reagierte bewunderungswürdig, und das Schiff setzte sich in Bewegung. Im Widerschein der brennenden Festung glitten sie aus dem Hafen.

Kjarrigans Gesicht glühte vor Scham. Er hatte deutlich gesehen, dass Orlas Spruch Rahd nicht hatte töten können. Warum hatte er geglaubt, eine stärkere Version desselben Zaubers könnte mehr Erfolg haben? Während er gesehen hatte, wie die magische Rüstung des Kerls seine Magik aufsog und stärker wurde, hatte er nach Sprüchen gesucht, um sie aufzulösen, das Feuer und Rahd zu ersticken, aber die Auswahl war so groß gewesen und Orla hatte im Sterben gelegen und …

Der Adept riss sich zusammen, fest entschlossen, den Fehler wieder gutzumachen. Als die *Hai* aus dem Hafen zog, trat er ans Achterdeck und studierte die anderen Schiffe. Er zwang sich zur Ruhe, zwang sich, das Chaos zu vergessen, das um ihn herum tobte, dann setzte er denselben Zauber ein, mit dem er das erste Piratenschiff zerstört hatte. Er wählte Vionnas *Meerhexe* als sein erstes Opfer. Doch er hob sie nicht aus dem Wasser, weil er seine Kraft für die anderen Schiffe aufsparen musste. Stattdessen packte er den Mast und schüttelte ihn wie in einem gewaltigen Orkan. Er riss ihn vor und zurück, nach links, nach rechts, dann rammte er ihn mit einem heftigen Stoß abwärts durch den Kiel.

Wasser schoss aus den Luken in Rumpf und Deck. Matrosen liefen davon, sprangen in die Bucht, als das Schiff sank. Kjarrigan widmete sich dem Nächstkleineren, dann dem Dritten, riss Ruder ab, brach Maste, zertrümmerte Ruderdecks und Riemen. Danach ballte er die rechte Hand zur Faust und schlug sie sich aufs Bein. Mit jedem neuen Schlag explodierte ein Teil des Landungsstegs und scheuchte Seeleute landeinwärts.

Der letzte, durch tränenblinde Augen geführte Schlag, hatte die Heckreling zertrümmert. Dann hatte Lombo seine Hand gepackt, bevor er das Schiff weiter zerschlagen konnte, und sie festgehalten, bis Kjarrigans Wut verraucht war und seine Kraft ihn verließ. Schließlich hatte er nur noch geschluchzt. Lombo hatte ihn hochgehoben und unter Deck getragen, wo er ihn neben Orla in einem Sessel absetzte.

Vor Erschöpfung wollte er einschlafen, doch er stemmte sich dagegen an. Stattdessen hievte er sich auf die Beine und sprach einen Diagnosezauber über seine Lehrerin. Was er fand, war eine schwere Verbrennung, ähnlich der Art von Wunde, wie sie ein Blitzzauber verursachte. Kjarrigan hatte einmal denselben Diagnosespruch auf ein Kaninchen angewandt, das von einem solchen Zauber getroffen worden war, und ähnlichen Schaden gespürt.

Es war eine Art Verletzung, die sich heilen ließ, aber bevor er zu Werk gehen konnte, öffnete Orla die Augen. »Nein, Kjarrigan.«

Er blinzelte. »Ich will Euch heilen.«

»Nein. Sieh noch einmal nach. Spuren von Magik.«

Kjarrigan warf einen zweiten Zauber über sie, der Magik anzeigte, und fand tatsächlich Restzauber an ihr. Das überraschte ihn, denn ein Kampfzauber wie der Blitzspruch konnte keinen Eindruck hinterlassen haben. *Spuren bleiben nur bei einer Verzauberung zurück.*

Er verlegte sich auf einen behutsam tastenden Forschungszauber. Der zog die Grenzen einer Verzauberung nach und wurde von den Gelehrten auf Vilwan benutzt, um das Wesen beliebiger Verzauberungen zu ergründen. Augenblicklich erreichte Kjarrigan der Eindruck von zwei in Orlas Körper tätigen Zaubern. Einer war tätig und vergiftete sie langsam, der andere hatte schlafende Fühler um dem Ersten gelegt. Was ihn an dem zweiten Zauber überraschte, war dessen Schwäche. Er erhielt einen so unbestimmten Eindruck von seiner Existenz, dass er ihn beinahe übersah. Ein Magiker von geringerem Talent hätte ihn sicher nicht bemerkt.

Kjarrigan richtete sich auf und dachte kurz nach. Dann dachte er länger nach. *So wie Rahds Zauber meinen Spruch aufgesogen und benutzt hat, um seinen zu verstärken, könnte der zweite Zauber das mit dem ersten machen – und ihren Tod beschleunigen?* Er wollte etwas unternehmen, wusste aber nicht, was.

Er nahm ihre Hand. »Orla, Ihr müsst mir helfen. Sonst sterbt Ihr.«

Sie stöhnte. Ihr Gesicht war grau und verkniffen. Ihre braunen Augen öffneten sich nur einen Spalt. »Ich sterbe in jedem Fall.« Die Worte kamen hastig. Bevor sie antwortete, hob sich ihre Brust, und sie sank schnell, während sie sprach. »Als du mich geheilt hast … hast du mehr repariert, ja?«

Kjarrigan nickte zögernd. »Kleinigkeiten. Abnutzung.«

Orla lächelte dünn. »Deshalb bin ich noch nicht tot.«

»Was?«

»Heslin wusste, wer ihn jagen würde.« Sie machte eine Pause. Ihre Lider sanken herab. Ihr Körper zuckte unter einem neuen Schmerzanfall, aber sie drückte seine Hand. »Der Stab hat … meine Magik gelesen … den Zauber modifiziert. Heslin mochte Raffinement. Hat ihn auf mich abgestimmt. Aber ich bin nicht ich. Dank dir.«

»Ich werde Euch noch weniger zu Euch machen. Es sind zwei Zauber. Einer vergiftet Euch. Der andere schirmt den Ersten ab.« Kjarrigan lächelte und zwang eine Zuversicht in seine Stimme, die er nicht fühlte. »Ich brauche die beiden Zauber nur zu trennen und den Ersten aufzulösen.«

Orla schloss die braunen Augen, doch sie nickte. »Ja, aber du kannst es nicht.«

»Ich muss. Ich kann einen Weg finden.«

Sie schüttelte den Kopf, ohne die Augen wieder zu öffnen. »Kjarrigan, du bist nicht für eine derartige Arbeit geschaffen. Sie haben einen Knüppel aus dir gemacht. Das hier erfordert ein Stilett.«

»Ich weiß, ich hole den Stab.«

»Nein!« Ihr heftiger Widerspruch erschöpfte sie, dann wurde sie von einem Hustenanfall geschüttelt. »Nein.«

»Aber er hat den Zauber geworfen. Er sollte mir helfen können, ihn umzukehren.«

»Nein.« Sie zog die Hand aus seinem Griff. »Geh an Deck. Stopp die Piraten. Tu, was du kannst. Schick mir Entschlossen.«

Verwirrt und mehr als nur ein wenig verletzt verließ Kjarrigan Lombos Kabine und ging zur nächsten Tür. Peri, Entschlossen und Kräh drängten sich um Alexias Koje. Er wartete in der Tür und nickte Entschlossen zu. »Magisterin Orla verlangt nach dir, Entschlossen.«

Der Vorqælf verließ die Kabine, aber es war noch immer nicht genug Platz für Kjarrigan, selbst wenn er sie hätte betreten wollen. Er starrte nur auf Alexia hinab, die mit einem blutigen Verband um den Kopf auf der Koje lag. Im Gegensatz zu Orla wirkte sie friedlich und hatte eine gesunde Farbe. *Sie wird überleben.*

Entschlossen steckte den Kopf aus Lombos Kabine und rief nach Kräh. Der weißhaarige Mann stand sichtlich ungern auf. Seine Sachen waren von eigenem Blut rot, die Schulter fleckig vom Blut der Prinzessin. Er quetschte sich an Kjarrigan vorbei und zischte leise, als die Schnittwunde in seiner Seite über den Bauch des Adepten scheuerte.

Kjarrigan streckte die Hand aus und hielt Kräh fest. »Ich kann das für Euch in Ordnung bringen.«

»Ich bin sicher, das kannst du, Sohn, aber heile lieber

Alexia.« Kräh warf ihm ein grimmiges Lächeln zu. »An meinem Korpus macht eine Narbe mehr oder weniger nichts aus.«

Unter Perrines scharfen Blicken warf Kjarrigan denselben Diagnosezauber auf Alexia, den er bei Orla eingesetzt hatte. Sie hatte einen harten Schlag auf den Kopf bekommen, ihr Schädel war aber nicht gebrochen. Er nahm den Schmerz ihrer Heilung, des Zusammenwachsens ihrer Kopfhaut, gerne auf sich, als Buße dafür, dass er Orla mindestens zweimal enttäuscht hatte.

Im Dunkeln kehrte er an seinen Posten auf dem Achterdeck zurück. Er nahm ein Stück der zerschmetterten Heckreling und glättete es in den Händen. Während er die See beobachtete, bearbeitete er das Holz mit seiner Magik, erschuf Orlas Stock zum zweiten Mal neu. Dann saß er einfach nur da und streichelte ihn.

Als die Sonne wieder aufging, orangerotes Licht über das Deck spülte und sein langer Schatten aufs Wasser fiel, brannten Kjarrigans Augen. Er hätte liebend gerne geschlafen, doch er hielt die Müdigkeit zurück. Er hatte Orla nicht retten können, das Mindeste, was er tun konnte, war ihre letzte Anweisung zu beachten.

Auf dem Deck hinter ihm wurden Schritte laut. »Kjarrigan …«

»Ich habe keine Zeit, Eure Seite zu heilen, Kräh.«

»Ist nicht nötig, danke. Entschlossen hat die Wunde genäht, während wir mit Orla sprachen. Sie möchte mit dir reden.«

Kjarrigan wälzte sich auf die Knie, und sah sich Kräh gegenüber, der die rechte Hand gehoben hatte, um ihn aufzuhalten.

»Was?«

»Sie hat mich gebeten, zuerst mit dir zu reden, über den Zauberstab.«

Der Adept stieß ein lautes Schnaufen aus. »Was wisst Ihr von dem Zauberstab?«

Kräh stützte die Ellbogen auf die Knie. »Von dem Stab gar nichts, aber über Heslin und Kytrin viel zu viel. Nefrai-laysh war einmal Boleif Norderstett. Als Kytrin zuletzt gegen den Süden zog, kam er in den Besitz eines Schwerts, das Temmer genannt wurde. Es machte ihn im Kampf unbesiegbar und wie du da hinten gesehen hast, hatte er diese Hilfe bitter nötig. Ohne irgendeine Zauberwaffe hätte er gegen Entschlossen oder mich keine Chance. Aber so großartig Temmer auch war, es forderte von dem, der es benutzte, einen furchtbaren Preis. Es nahm ihn allmählich in Besitz, beherrschte ihn, vernichtete ihn schließlich. Mit diesem Beispiel vor Augen könnte Heslin sehr leicht ähnliche Vorsichtsmaßnahmen in den Zauberstab integriert haben. Denk darüber nach. Es wäre die geeignete Bremse für jeden Schüler, der zu hoch hinaus will.«

Kjarrigan nickte zögernd. »Und eine Falle für mich?«

»Das befürchtet sie.«

Der Adept knurrte und schlug mit der Faust aufs Deck. »Hätte ich schneller reagiert, wäre ich schlauer gewesen, hätte er sie nie verletzen können.« Kjarrigan hämmerte mit der Faust auf die Planken, dann brach er zusammen und schluchzte.

Schrecken durchzuckte ihn, als Kräh ihn an den Schultern packte und gegen einen festen Rest der Heckreling drückte. »Hör mir zu, Kjarrigan, und hör mir gut zu. Wenn du dir die Schuld für Orlas Verletzungen, für ihren Tod gibst, minderst du ihr Opfer herab. Du hast gesehen, dass sie sich Rahd aus eigenem Entschluss entgegengestellt hat. Du hast ihn sagen hören, dass sie sich opferte. Sie wusste von Anfang an genau, was sie tat, und wenn du dir dafür die Schuld gibst, beleidigst du ihre Würde.«

Kjarrigan ließ den Kopf hängen. »Das würde ich nie tun.«

»Gut. Jetzt sieh mich an, Sohn. Sieh mir in die Augen. Sieh mich an.« Krähs braune Augen funkelten und die

Narbe auf seinem Gesicht leuchtete grellrot. »Wir alle machen Fehler, manche mehr als andere, aber keiner von uns ist fehlerfrei. Ich schätze, dich hat man vor den Folgen deiner Fehler beschützt.«

»Ich mache keine.« Kjarrigan erinnerte sich an das Gewicht des Mehlsacks, der ihm auf die Brust schlug, und an die Hiebe und Tritte der Straßenkinder in Yslin. »Jedenfalls nicht viele.«

»Du bist weitab von Vilwan, Kjarrigan. Hier draußen sind Fehler schmerzhaft und Missionen fordern ihren Preis. Orla ist schwer verletzt und wird vielleicht sterben. Wir alle hätten sterben können, aber wir haben Kytrin einen Teil der Drachenkrone vorenthalten. Vor Swojin hat sie eine Sullanciri verloren, und ihre Piratenverbündete hat einen riesigen Teil ihrer Flotte eingebüßt. Ich will auf gar keinen Fall andeuten, Orlas Leben wäre nicht mehr wert, aber selbst sie ist froh über den Schaden, den wir angerichtet haben. Was ich sagen will, Sohn, ist Folgendes: Wir lernen aus unseren Fehlern. Es bleibt uns gar nichts anderes übrig. Du kannst dir überlegen, was du deiner Meinung nach hättest besser machen können, und dir dann vornehmen, es dir zu merken. Tu es für mich. Tu es für *uns.*« Kräh stieß ihm mit dem Finger gegen die Brust. »Tu es für *dich.* Für uns, sicher, für Orla, aber vor allem für dich selbst.«

Kjarrigan schloss die Augen und runzelte die Stirn. Der Finger drückte hart gegen seine Brust. Ein Teil von dem, was Kräh gesagt hatte, ergab Sinn, das meiste, genau genommen. Aber trotzdem hielt Kjarrigan die Angst in den Klauen, Orla zu verlieren, seine letzte Verbindung nach Vilwan.

Der Adept nickte langsam, dann blickte er auf. »Sie will mich sehen, habt Ihr gesagt?«

Kräh nickte, dann trat er einen Schritt zurück, bückte sich und reichte Kjarrigan den Stock. Er nahm ihn, dann stieg er hinunter zum Hauptdeck und in den Gang zu

Lombos Kabine. Er fand Orla halb wach vor. Sie sprach flüsternd mit dem Sprijt, der auf ihrem Kissen saß. Qwc nickte und flog aus der Kabine.

Orla lächelte schwach, als Kjarrigan einen Stuhl heranzog. »Du bist gekommen.«

»Ja. Ich habe Euch etwas mitgebracht.« Er legte den Stock neben sie ans Bett und schloss ihre linke Hand um ihn. »So gut wie neu.«

»Danke.« Ihre Lippen formten die Antwort, aber sie war so leise wie der Schatten eines Flüsterns.

Kjarrigan feuchtete ein Tuch an und hob es an ihre Lippen, damit sie daran saugen konnte. Er hielt es für sie, bis sie nickte, dann warf er es wieder in die Schüssel, die auf dem Kabinenboden stand. »Kräh hat mit mir über den Zauberstab gesprochen. Ich verstehe.«

»Gut. Du musst versprechen …«

»Ich verspreche, ich werde den Stab nicht benutzen.«

»Ja, das. Und noch mehr.«

»Was?«

Orla lag eine Weile schwer atmend auf der Koje, dann nickte sie. »Du kannst nicht nach Vilwan zurück.«

Er schüttelte den Kopf. »Ich verstehe nicht.«

»Versprich es mir.«

»Ich verspreche es, aber warum nicht?«

Sie sprach weiter, als hätte sie die Frage nicht gehört. »Höre auf Kräh. Höre auf Entschlossen. Versprich es.«

»Ich verspreche es.« Er nahm ihre Linke in die Hand. »Sagt mir den Grund.«

Orla hob ihr Gesicht zu ihm hoch. Schmerz zuckte über ihre Züge, aber er wusste, es war kein körperlicher Schmerz. »Es gibt Schicksale, Kjarrigan. Wills ist ihm prophezeit. Alexias ist angeboren. Deines wurde geschmiedet …«

»Geschmiedet?« Er zögerte. »Wie von einem Schmied, fest und stabil aus Eisen und Stahl, oder wie man einen

Plan schmiedet, eine mögliche Entwicklung, die von den Umständen überholt werden kann?«

»Diejenigen, die es geschmiedet haben, werden Letzteres meinen.« Sie schüttelte leicht den Kopf. »Ich weiß, es ist das Erstere. Ich fürchte, Vilwan würde dich jetzt vernichten. Das darf nicht geschehen.«

»Warum sollten sie das tun?«

»Sie wollten, dass du vieles wirst. Du könntest all das werden, aber unmöglich alles zugleich.« Ihr Lächeln versiegte. »Die Welt braucht *dich.* Du weißt, wie du vieles tun kannst. Jetzt musst du entscheiden, was du tun musst.«

Orlas Augen schlossen sich, ihr Atem wurde gleichmäßig, blieb aber flach und mühsam. Kjarrigan blieb bei ihr und erlag allmählich dem Schlaf, doch es war weder ein tiefer, noch ein erholsamer Schlummer. Wann immer er aufschreckte, schaute er zu ihr hinüber und hoffte, eine Erholung festzustellen, aber es war unübersehbar, dass es zu Ende ging.

Die *Weißer Hai* segelte seit dem Aufbruch von Wruona genau nach Osten. Qwc flog dem Schiff voraus und erreichte Loquellyn vier Stunden vor ihnen. Er benachrichtigte die Loqælfen und sie schickten der *Hai* ein Schiff entgegen. An Bord waren zwei der besten in Rellaence verfügbaren Heiler. Sie weckten Kjarrigan auf und scheuchten ihn aus der Kabine, bevor sie sich an die Arbeit machten.

Kjarrigan gähnte und stolperte den Gang entlang, um nach Alexia zu sehen. Perrine hatte weiter Wache gehalten und lag jetzt, in eine Decke gewickelt, in der Koje, während Alexia in der Ecke auf dem Stuhl saß. Sie lächelte zu ihm auf. »Ich bin Euch Dank schuldig, Adept Lies. Ich habe schon früher harte Schläge auf den Kopf einstecken müssen, aber so schnell habe ich mich noch nie davon erholt.«

Er zuckte die Achseln. »Ich war froh, überhaupt jemandem helfen zu können.«

Ein Schrei gellte aus Lombos Kabine. Eine Woge von Zauberei schlug durch die Wand und traf Kjarrigan. Ein feuriges Ätherschwert schien ihn in Hüfthöhe zu zweiteilen. Seine Beine wurden taub, er fiel hilflos zu Boden. Zitternd stand er wieder auf, dann packte er eine Hand mit der anderen, um das Schütteln zu stoppen.

Alexia sprang über ihn und an ihm vorbei, traf Kräh und Entschlossen, die zwei Besatzungsmitgliedern von Deck herab folgten. Aus dem Augenwinkel sah Kjarrigan zwischen ihren Beinen, wie die Matrosen einen der Loqælfen aus der Kabine zerrten. Er schien völlig steif, als sei er schon seit einer ganzen Weile tot. Der andere Ælf wankte durch die Tür. Entschlossen fing ihn auf und brachte ihn nach oben.

Alexia kehrte an Kjarrigans Seite zurück, als das Gefühl in seinen Beinen in einem Schwarm von Nadelstichen erneut auftrat. »Wie geht es Euch?«

»Helft mir hoch. Ich will nach ihr sehen.« Er stieß sich von Deck und Kabinenwand ab, versuchte sich aufzurichten, aber Alexias sanfter Druck auf den Schultern hielt ihn unten. »Bitte, ich muss sie sehen.«

»Nein, das musst du nicht, Kjarrigan. Du brauchst sie so nicht zu sehen. Das würde sie nicht wollen. Peri, hilf mir.«

Alexia packte einen seiner Arme, die Gyrkymsu den anderen, und sie zerrten ihn zu der noch warmen Koje. Sie zwangen ihn auf das Bett und ignorierten das protestierende Knirschen der Bretter und Seile. »Du bleibst hier und schläfst, Kjarrigan. Träum von Orla und all dem, was sie sich von dir gewünscht und von dir erwartet hat.«

Alexia schaute zu Peri hoch. »Er bleibt liegen. Setz dich auf ihn, wenn es sein muss.«

Peri nickte und stieß den jungen Adepten mühelos

zurück, als er einen schwachen Versuch unternahm, sich aufzurichten. »Bleib liegen, Kjarrigan. Wenn ich mich entscheiden muss, ob ich meine Schwester enttäusche oder dich verletze, weißt du, welche Wahl ich treffen werde.«

Kjarrigan nickte und ließ sich zurück aufs Kissen fallen. Die Wärme der Laken war verführerisch. Die Decke, die Perrine über ihn zog, duftete von einem exotischen, ablenkenden Aroma. Er versuchte, es zu bestimmen, aber seine Konzentration ließ ihn schnell im Stich, und die Müdigkeit übermannte ihn.

Kapitel Fünfundzwanzig

Wenn der Nachtangriff einen Vorzug gehabt hatte, entschied Markus Adrogans, dann wohl den, dass er die jammervollen Zustände in Swojin verborgen hatte. Die Gründe dafür, dass niemand hinter verschlossenen Fensterläden hervorgelugt hatte, waren zugleich einfach und erschreckend. Erstens hielten sich nur noch sehr wenige Menschen in der Stadt auf. Zweitens schienen diejenigen, die hier noch lebten, grausam unterernährt. Und drittens hatten sie seit einer Generation gelernt, dass es ihr Leben retten konnte, unbemerkt zu bleiben.

Die Menschen, die sie aus dem Bergwerk befreit hatten, waren so lange aus Swojin fort gewesen, dass sie keine Ahnung von den wahren Umständen in der Stadt hatten.

Die Vorqælfen hatten die Notlage der Menschen in der Stadt nicht erwähnt und schienen Adrogans und sein Heer bewusst in dem Glauben gelassen zu haben, es ginge ihnen nicht besser als den Menschen. Wie sich jetzt herausstellte, hatte selbst der erbärmlichste Vorqælf weit besser gelebt als nahezu jeder Mensch in Swojin. Adrogans vermutete, Kytrin hatte diese Behandlung der Vorqælfen angeordnet, um unter den Menschen Hass zu schüren. Die Vorqælfen Swojins hatten diese Politik allerdings untergraben, indem sie den Menschen geholfen hatten, wo es ihnen möglich war. Sie waren sich ihrer Schuld den Menschen gegenüber aus der Zeit der Flucht aus ihrer Heimat sehr bewusst. Und ihre selektive Berichterstattung war verständlich, denn selbst Adrogans hätte sich geweigert, für so wenig so viel zu riskieren.

Swojin war einmal eine Stadt von fünfundzwanzigtausend Einwohnern gewesen, und damit die größte des südlichen Okrannel. Sie hatte vom Handel mit Jerana profitiert und die nahen Berge hatten köstlichen Wein und Eisenerz geliefert. Der See hatte reiche Fischgründe geboten und nahe Bauerndörfer hatten die Kost gegen Handelsgüter und Handwerkswaren ergänzt. Der Handel auf den Flüssen hatte floriert und Swojin einiges an Wohlstand gebracht.

Nach einem Vierteljahrhundert unter aurolanischer Herrschaft war die Bevölkerung auf unter fünftausend geschrumpft – und den Fischern ging es noch am besten. Der See lieferte immer noch reichlich Fisch, der zusammen mit Wasserpfeffer und etwas Getreide von den mit Sklavenarbeit bestellten Feldern zum Hauptnahrungsmittel der Stadt geworden war.

Adrogans war durch die Stadt geritten, und wohin er kam, hatte er ausgemergelte, hohläugige Gestalten gesehen, deren Leiber von mehr offenen Wunden als Lumpen bedeckt waren. Ein Mann hatte am Wundschorf gekratzt, bis die Verletzungen wieder bluteten, und Hilfe verweigert, als Adrogans einem der Shusken befohlen hatte, ihn zu behandeln. »Nicht, mein Fürst«, hatte er gesagt. »Die Schnatterer sehen es nicht gerne, wenn wir die Krusten essen.«

Diese Antwort hatte ihm einen kalten Schauder über den Leib gejagt, und für einen Augenblick war er in der Lage gewesen, die Stadt zu sehen, wie die Aurolanen es taten. Nicht als eine Siedlung, ein Zentrum für Handel und Industrie. So hätte er sie betrachtet, hätte er sie einnehmen wollen. Nein, für sie war Swojin ein riesiges Viehgehege. Sie schlachteten die Menschen nach Belieben, folterten und verspeisten sie, und ihr Verschwinden half, den Rest der Bewohner in Angst und Schrecken zu halten.

Die ängstlichen Blicke, die ihm folgten, als er durch die Straßen ritt, sprachen Bände. Diese Menschen hatten Unaussprechliches getan, um zu überleben. Was hätte er getan, wenn Schnatterer seine Heimatstraße herabgezogen wären, um sich eine Mahlzeit zu besorgen? Hätte er seine Familie versteckt? Sicher. Hätte er sie zu anderen geschickt? Nicht unbedingt. Er betete, dass Kedyn ihm den Mut geschenkt hätte, das zu vermeiden. Aber durch Unterlassung? Und wenn er gezwungen gewesen wäre, zwischen seiner Mutter und einem Bruder oder Schwager zu entscheiden, welche Wahl hätte er getroffen?

Zum Glück hatte das Schicksal dem Jeranser General diese Entscheidungen erspart. Aber es hätte tödliche Wunden geschlagen, sie treffen zu müssen, und das Leiden, das er tief in die Gesichter der Menschen eingegraben sah, selbst in den Zügen von Kindern, bestätigte es. Sicher gab es auch Beispiele von Heldenmut, Eltern, die sich geopfert hatten, um ihre Kinder zu retten, kleine Widerstandszellen, die sich zumindest einen Augenblick lang gewehrt hatten.

›Lieber tot als entehrt‹ war ein weit überbewerteter Wahlspruch, fand er, doch in dem Elend, das sich Swojin nannte, war die Flucht in den Tod die vernünftigste Entscheidung. Dies war ein Ort, an dem es keine Hoffnung mehr gegeben hatte, seit König Augustus nach Jerana gezogen war.

General Caro trat aus einem Gebäude, das die Alcider Reitergarde als Hauptquartier requiriert hatte. »Habt Ihr einen Augenblick Zeit, General?«

»Ich war gerade auf dem Weg zu Euch, Turpus. Habt Ihr die Bestandsaufnahme abgeschlossen?«

Der breitschultrige Offizier seufzte schwer. »Es gibt keine Vorratslager, die den Namen verdient hätten. Die Aurolanen scheinen geglaubt zu haben, jede über das absolute Überlebensminimum hinausgehende Verpflegung würde die Menschen veranlassen, sich zu erheben oder die Flucht zu versuchen. Die Boote haben nur eine begrenzte Anzahl Netze. Wir haben sie aufs Wasser geschickt, damit sie fangen, was sie können, und wir räuchern den Fang nach Kräften, aber wir brauchen mehr als nur Fisch.«

Adrogans nickte. »Was ist mit dem Plan, Sammeltrupps in die Berge zu schicken? Die Reben sind zwar eine Ewigkeit nicht mehr gepflegt worden, aber sie tragen noch Trauben. Das haben wir auf dem Herweg gesehen.«

»Schön und gut, mein Herr, aber das werden unsere Leute tun müssen. Die meisten der Einwohner hier haben nicht einmal die Kraft, ein Bündel Trauben zu heben, und diejenigen, die arbeiten könnten, sind starr vor Angst, die Schnatterer könnten zurückkommen. Ohne die Vorqælfen hätten wir niemanden, der auch nur theoretisch bereit wäre, einen Fuß durchs Stadttor zu setzen. Ein Glück, dass wir wenigstens sie haben.« Caro schüttelte den Kopf. »Ich würde ja vorschlagen, sie alle nach Jerana zu evakuieren, aber das überleben sie nicht. Ich bin mir auch nicht sicher, ob wir hier überwintern können. Ganz ehrlich, dieser Ort macht mir Angst.«

Adrogans fühlte, wie es ihm selbst eiskalt das Rückgrat entlang lief. »Ich muss zugeben, mich fröstelt es hier auch. Aber Ihr habt Recht, wir können sie nicht abtransportieren. Es wäre vermutlich eine gute Idee, sie alle in einem Viertel zu sammeln, um die Lagerung und Verteilung der Nahrungsmittel zu konsolidieren. Beal hat ihre Leute schon daran gesetzt.«

Ein braun-weißer Gyrkyme-Kriegsfalke landete vor General Adrogans auf der Straße, faltete die Schwingen und verbeugte sich. »General, ich bringe Neuigkeiten.«

»Was gibt es, Lansca?«

Der Gyrkymu schaute mit großen, gelben Augen zu ihm hoch. »Ein Reiter nähert sich von Nordosten. Er trägt eine Parlamentärsflagge. Es ist ein Aurolane.«

»Woher weiß er das? Ist es ein Schnatterer oder Vylæn?«

»Es scheint ein Mensch zu sein, General, aber er reitet ein brennendes Pferd, das auf Drachenflügeln fliegt.«

Caro und Adrogans schauten sich an. Der Alcider Kavallerieoffizier lächelte. »Wollt Ihr jemanden als Begleitung, wenn Ihr ihn trefft?«

»Wie kommt Ihr auf den Gedanken, ich wäre so dumm, mich mit einem Sullanciri zu treffen, nur weil er eine Parlamentärsflagge trägt?«

»Ich würde es tun.«

»Und würdet Ihr einen Begleiter dabei haben wollen?«

Caro lachte bellend. »Allerdings, einen möglichst großen, mit einem magischen Schwert. Aber da wir gerade keinen zur Verfügung haben, auf den diese Beschreibung passt, biete ich mich als Ersatz an.«

Adrogans nickte und bedauerte einen Augenblick, Malarkex' Schwert Alexia überlassen zu haben. *Ich hoffe, sie hat es gut genutzt.* »Ich warte am Osttor.«

Caro salutierte kurz, dann lief er los, um sein Pferd aus dem Stall zu holen. Adrogans drehte sich um und nickte Lansca zu. »Ich danke ihm für diese Nachricht, Kriegsfalke. Er suche bitte nach Beal mot Tsuvo und teile ihr mit, wohin General Caro und ich unterwegs sind. Es besteht keine Notwendigkeit, uns zu begleiten. Sie soll aber Gilthalarwin und die anderen Kommandeure in Kenntnis setzen und sich auf die Verteidigung der Stadt vorbereiten.«

Der Gyrkymu nickte. »Und Ph'fas?«

Adrogans lächelte. »Ich vermute, er wartet bereits am Tor.«

Der Kriegsfalke schoss himmelwärts und gab Adrogans den Weg frei. Mit einem kurzen Schenkeldruck setzte er das Pferd in Bewegung und bahnte sich den

Weg zur Stadtmauer. Er hatte Swojin einmal, vor langer Zeit, als Kind besucht, als es eine riesige, fremde Stadt gewesen war, und der Markt ein Strudel der Eindrücke, Bilder, Geräusche und Gerüche, besonders Gerüche. *Meine Mutter hat mir süßen Ingwer gekauft.*

Er lächelte und wünschte sich, er hätte jetzt etwas Ingwer, um den Magen zu beruhigen. Wie erwartet fand er Ph'fas am Tor, in einem klapprigen Eselskarren. Sie warteten schweigend auf Caro, dann ritten sie zu dritt aus der Stadt hinaus aufs Schlachtfeld. Die Belagerungsmaschinen waren längst demontiert, um Brennholz zu liefern, aber die tiefen Narben, die sie in den Boden gerissen hatten, waren noch deutlich zu erkennen.

Ph'fas deutete nach Nordosten, wo ein Reiter auf einem brennenden Pferd in engen Kreisen um die Stellen ritt, wo einmal die aurolanischen Banner gestanden hatten. Ganz so erstaunlich wäre es nicht gewesen, nur kamen die Hufe des Pferdes dem Boden nicht näher als etwas über einen Schritt. Adrogans sah keine Spur von Drachenflügeln, doch eine aus Feuer bestehende Kreatur konnte Körperteile vermutlich erschaffen, wie sie gerade benötigt wurden.

Er sah allerdings die Parlamentärsflagge. Ph'fas hob einen größtenteils weißen Lumpen, den er an einen Holzstock gebunden hatte.

Der Reiter schien zwar nicht in ihre Richtung zu blicken, aber sobald ihre Flagge sich hob, zog er sein Ross herum und galoppierte auf sie zu.

Es war etwas gespenstisch zu sehen, wie Erdbrocken hinter ihm aufflogen, als hätte das Pferd sie losgetreten, und kleine Grasfeuer seinen Weg nachzeichneten, obwohl die Hufe den Boden nicht berührten.

Caro schaute zu ihm herüber. »Ihr kennt die Geschichten?«

Adrogans nickte. »Das dürfte Nefrai-kesh sein, der ehemalige Kenvin Norderstett. Kytrin muss Swojin einen hohe Bedeutung zumessen, wenn sie den König ihrer Sullanciri schickt, es zurückzuerobern.«

»Vielleicht hat Malarkex' Tod ihre Aufmerksamkeit erregt.«

»Wäre möglich.«

Der Dunkle Lanzenreiter zerrte an den Zügeln und hielt sein Flammenross an. Das Biest schnaubte, und eine warme Bö wusch über Adrogans, konnte aber die Kälte nicht vertreiben, die ihn gepackt hatte. Der Reiter, dessen brennender Kapuzenmantel aus der Haut eines Großtemeryxen geschneidert war, nickte ihnen zu, dann stieß er die Fahnenstange in den Boden. Die Parlamentärsflagge flatterte in der Hitze, die wellenartig von ihm ausging.

»Ich bin Nefrai-kesh, und ich komme vom Hofe Kytrins. Meine Herrin hat mir aufgetragen, Euch zur Eroberung Swojins zu gratulieren.« Die Augen des Sullanciris hatten keine erkennbare Pupille, ähnlich denen eines Vorqælfen. Stattdessen stellten sie eine Mixtur aus Weiß und Blau dar, wie dünne Streifenwolken, die durch einen Winterhimmel zogen. »Persönlich möchte ich hinzufügen, dass Eure Täuschungsmanöver sehr beeindruckend waren, General Adrogans. Malarkex schickte einen Teil ihrer Streitmacht aus, Jagd auf Euer mythisches Gebirgsheer zu machen, und kam hierher in den Tod.«

Adrogans nickte. »Danke. Ihr seid gekommen, die Kapitulationsbedingungen Swarskijas auszuhandeln?«

Nefrai-kesh sagte eine Weile gar nichts. Adrogans sah ein Flickern in den blau-weißen Augen, als versuche er sich zu erinnern, was Humor oder Ironie bedeutete. Dann schüttelte der Sullanciri nur den Kopf. »Wäret ihr in der Lage, Eure Truppen innerhalb einer Woche dort zu versammeln, wäre das tatsächlich möglich, aber Verstärkungen sind bereits unterwegs. Ich bin gekommen, um Euch mitzuteilen, dass ich Eure Evakuierung der Stadt nicht behindern werde.«

Der Jeranser General konnte seine Überraschung nicht verbergen. »Das ist äußerst zuvorkommend von Euch. Unglaublich zuvorkommend.«

»Ich wäre bereit, Euch mein Wort zu geben.«

»Ihr würdet es verstehen, wenn ich es nicht annehme.«

»Ja. Der Betrüger lässt sich ungern selbst betrügen.« Nefrai-kesh nickte nachdenklich. »Na schön. Ich werde Euch Folgendes gewähren. Bis zum Frühjahr werdet Ihr keine aurolanischen Truppen hier sehen. Vorerst gehört das Swojinbecken Euch. Im Frühjahr werdet Ihr die Stadt verlieren.«

Caro runzelte die Stirn. »Ihr werdet den Einwand verzeihen, aber das ergibt keinen Sinn. Wir können und werden die Stadt verstärken. Kytrin mag das als Auffüllen der Speisekammer betrachten, doch sie wird sie schwer zu öffnen finden.«

Der Sullanciri schnaubte verächtlich. »Ihr seid keine Dummköpfe. Was glaubt Ihr, war Swojin für uns? Welchen Zweck, glaubt Ihr, hat die Stadt? Ihr habt uns dreitausend Truppen und eine Sullanciri gekostet. Letzteres schmerzt, aber das Erstere? Ein Bruchteil der Horden, die wir versammelt haben. Und was habt Ihr gewonnen, außer fünftausend Mäulern, die sich nicht selbst ernähren können? Bringt Eure Nahrung. Bringt Eure Soldaten, Eure Zimmerleute und Steinmetze, Eure Händler und Exilanten. Was sie sehen werden, wird ihnen den Magen umdrehen. Jeder Einzelne von ihnen wird sich fragen, wie es seiner Familie ergehen wird, wenn wir zurückkehren, um seine Heimatstadt einzunehmen. Ihr würdet Euch vielleicht nie ergeben. Ihr seid Krieger, Militärs. Aber Händler, Steuerzahler? Landadlige? Andere einflussreiche Bürger, was werden die wohl tun, wenn sie vor der Wahl zwischen diesem lebenden Tod und Friedensverhandlungen stehen? Ihr habt eine Schlacht gewonnen, aber Eure Beute ist ein Schlangennest. Hätten wir Euch besiegt, hätte das unseren Zwecken gedient. Die Niederlage dient ihnen auch.«

Alle Überlegungen des Generals, wie er sich verhalten hätte, stürzten wieder auf ihn ein. Er schloss für eine Sekunde die Augen, dann schauderte er. Endlich öffnete er sie wieder, und seine Stimme wurde schärfer. »Aber wir haben gesiegt, Nefrai-kesh. Wir haben eine Sullanciri getötet. Das wird den Völkern Mut machen. Und wir haben Swojin.«

»Nein, Markus Adrogans, Ihr habt Swojin nicht.« Nefrai-kesh strich langsam mit der behandschuhten Rechten durch die Luft. Die Geste schloss die Stadt ein. »Wir haben uns bereits darüber unterhalten, wie die Stadt unseren Zwecken jetzt dienen wird. Und, General Caro, Eure Einschätzung Swojins als Vorratskammer ist korrekt, aber unvollständig.«

Ph'fas zischte. »Gift!«

»Ja, kleiner Shuske, es ging uns um das Gift. Wir vergiften die Seelen der Bevölkerung, und wir vergiften die Seele der Stadt.« Der Sullanciri hob die rechte Hand und spreizte die Finger. Dann schloss er sie unmerklich, als tastete er nach etwas Substanzlosem. Als er es fand, ballte er die Hand zur Faust. Er riss sie in einem harten Ruck zurück und zog etwas Ätherisches aus Swojin hervor.

Adrogans sah die ganze Stadt kurz verschwimmen, so, als betrachte er sie durch flimmernde Wüstenluft. Etwas dünnes Weißes stieg aus der Stadt auf. Erst nahm es die Gestalt einer zauberhaften jungen Frau von strahlend weißer Farbe an, doch sie alterte schnell und verdüsterte sich zum drohenden Blauschwarz einer Gewitterwolke. Ihr Buckel drückte sie nieder und sie bewegte sich mühsamer und unsicherer als ein Wagen mit gebrochenem Rad.

»Ja. Das ist die Weirun Swojins.« Die Stimme des

Sullanciris zischelte. »Sie war stolz, doch jetzt ist sie gebrochen, und so wird es allen ergehen, die sich Kytrin entgegenstellen. Ihr habt Euren Sieg, General Adrogans, aber Ihr habt nichts gewonnen. Ihr könnt Swojin bis zum Frühjahr nicht heilen. Euer Geist ist gebrochen, beinahe tot, und dasselbe gilt für Swojin. Alle Versuche, daran etwas zu ändern, werden scheitern.«

Nefrai-kesh öffnete die Hand, und die Weirun löste sich in einen grauen Nebel auf, der sich zurück in die Stadt stahl. Adrogans konnte ein Schaudern unter der kühlen Liebkosung der Nebelschwaden nicht unterdrücken. Ph'fas' Haut hatte einen Stich ins Grüne entwickelt, und Caro war bleich.

Der Sullanciri drehte sein Ross und trottete mehrere Meter davon, bevor die Flammen aufloderten und der Kreatur Drachenflügel wuchsen. Er erhob sich in die Luft, dann drehte er sich noch einmal im Sattel um und hob die Hand zum Gruß. »Im Frühjahr werden wir uns wiedersehen. Unsere Heere die Waffen, Okrannel der Preis. Ich freue mich schon darauf.«

Adrogans sagte nichts, erwiderte den Gruß aber. Schweigend schaute er zu, wie der Dunkle Lanzenreiter in den Himmel stieg und nordwärts nach Swarskija davonflog. Er spuckte ihm nach, dann trieb er das Pferd vorwärts und trat die Parlamentärsflagge um.

Caro knurrte: »Er ist nicht der Einzige, der sich auf den Kampf freut.«

»Ich nicht.«

Caro schaute Adrogans mit großen Augen an. »Ihr nicht?«

»Nein. Wir haben deutlich genug gesehen, dass unser Freund alles andere als ein guter Verlierer ist.«

Caro fuhr sich mit den Fingern von der Stirn aus durch das weiße Haar. »Das stimmt. Und er hat Recht, was Swojin betrifft. Wir können es nicht retten.«

Adrogans nickte. »So ist es. Damit bleibt uns nur eine Wahl.«

»Ich verstehe nicht.«

»Das ehrt Euch, General Caro.« Adrogans drehte sich nach Swojin um. »Unsere Wahl ist leicht für den Kopf, aber schwer fürs Herz. Das Einzige, was wir für Swojin noch tun können, ist es niederzubrennen.«

Kapitel Sechsundzwanzig

Will saß in den Webeleinen der Wanten und betrachtete das Loqælfenschiff, als ein Aufschrei aus der Kapitänskabine drang. Er rutschte aufs Deck und kam unten an, als die Matrosen und Entschlossen die beiden Loqælfen gerade heraus ins Sonnenlicht zogen. Der Erste war völlig grau, und seine Haut war schuppig. Er zitterte heftig, seine Haut bröckelte aufs Deck ab. Seine Lippen waren zurückgezogen, und die Zähne lagen frei, aber der Ausdruck ähnelte nichts so wenig wie einem Grinsen.

Der andere Loqælf konnte sich noch bewegen, aber seine Hände waren verformt und erinnerten an Krallen. Außerdem waren sie schwarz, möglicherweise sogar verbrannt. Will erinnerten sie an verkohltes Geäst.

Der Dieb war sich ziemlich sicher, dass der erste Loqælf dem Tod geweiht war, was ihn überraschte, denn er hätte nicht gedacht, dass Ælfen sterben konnten. Der Zweite schien furchtbare Schmerzen zu haben. Entschlossen setzte ihn ab, und der Loqælf legte nur die Unterarme auf die gebeugten Knie, und Tränen strömten ihm stumm das Gesicht hinab.

Will schaute zu Kräh. »Was ist mit Orla?«

Der alte Mann schüttelte nur den Kopf. Er winkte hinüber zu dem längsseits liegenden Schiff. »Ihr müsst diese beiden zurückbringen, zurück nach Rellaence. Beeilt Euch, wir können ihnen hier nicht helfen.«

Ein halbes Dutzend ælfische Matrosen schwärmte über die Reling, sie sprangen vom tieferen Deck ihres Schiffes aufs Dollbord der *Hai.* Die beiden Vordersten zögerten, als sie den Zustand ihrer Magiker erkannten, dann schob sich ein Offizier nach vorne und gab auf Ælfisch Befehle. Er stellte eine Frage und Entschlossen antwortete. Der Offizier schien überrascht, als Kräh zustimmend nickte.

Der Ælfenoffizer und seine Crew halfen den beiden Magikern auf die loqælfische Galeere. Das gab Will Gelegenheit, das Schiff eingehender zu betrachten. Es lag tiefer im Wasser als ein Menschenschiff und hatte starke Ähnlichkeit mit einem Hai. Es war aus Silberholz gebaut, und weil er den Preis kannte, den selbst ein kleines Kästchen aus diesem Material einbrachte, wusste er, wie selten es war. Er hatte selbst nie etwas aus Silberholz in die Finger bekommen, aber unter Menschen waren ælfische Artefakte immer hoch begehrt. Markus hatte seinen Schützlingen regelmäßig eingeschärft, die Augen danach offen zu halten.

Das ælfische Schiff war am Bug mit einem kräftigen Rammsporn ausgestattet, der ein Stück unter der Wasseroberfläche lag. Die Decks hoben sich aus der Schiffsmitte und flachten zu den Seiten ab, außer zum Vorderdeck hin. Das Hauptdeck bot Platz für Ruderer, aber das Schiff besaß weder sichtbare Riemen noch einen erkennbaren Ort, sie anzusetzen. Der einzelne Mast erhob sich in der Mitte zwischen Vorderdeck und Achterdeck und das Heck des Schiffes senkte sich schmaler werdend ab. Will sah kein Ruder, aber das Steuerrad war auf dem Achterdeck deutlich zu erkennen. Wie sich das Schiff fortbewegte, konnte er nicht sagen, aber die Ruderer legten sich schwer ins Zeug, um es in Bewegung zu setzen – und es zog ein aufgewühltes Fahrwasser hinter sich her.

Die Loqælfen hatten einen Lotsen an Bord gelassen, um die *Weißer Hai* in den Hafen Rellaences zu steuern. Will fragte sich, ob die Ælfenheimstatt Gyrvirgul ähnelte und man sie ebenso wie die Heimat Perrines nur finden konnte, wenn man erwünscht war. Der Gedanke schien nahe liegend, bis er sich erinnerte, dass die Aurolanen Vorquellyn erobert hatten, und es hatte ja wohl kein Vorqælf Kytrins Truppen an seine Küste geführt.

Andererseits, falls doch ... Er schauderte und trat hinüber zu Kräh und Entschlossen. »Was ist passiert?«

Der Vorqælf runzelte die Stirn. »Sie dachten, Orla und Kjarrigan verstünden zu wenig von Magik. Sie und der Adept hatten einen Teil der Zauberei enträtselt, die auf ihr lag. Ich habe ihnen erzählt, was die beiden mir gesagt hatten, aber sie hörten mir kaum zu. Sie haben sich an Magik versucht, die sie nicht völlig verstanden, und sie haben einen furchtbaren Preis dafür bezahlt.«

»Wird es sie umbringen?«

»Ihr Hochmut sollte es, aber das hängt davon ab.« Entschlossen schaute nach Osten. »Falls sie wirklich die besten Heiler in Rellaence waren, dann ja, sehr wahrscheinlich.«

Die *Weißer Hai* brauchte noch vier weitere Stunden, bis sie Rellaence erreichten. Der ælfische Lotse brachte das Schiff von Nordwesten durch einen schmalen Kanal, dann hart nach Backbord. Die hohen Klippen waren von Grün überwuchert, und der Seewind bewegte breite, flache Blätter, die in Gischt und Sonnenlicht glitzerten. In Felsennischen nistende Vögel schwangen sich herab und kreischten trotzig, als sie mühelos das Schiff umsegelten.

Als die *Hai* um die Landzunge bog, öffnete sich vor ihnen der Hafen und gab den Ausblick auf Rellaence und das gewundene Silberband des Flusses frei, der nach Osten ins Innere Loquellyns verschwand. Die sich vor ihm ausbreitende Pracht zog Will fast an den Bug, um sie zu bestaunen. So viele verschiedene Elemente wetteiferten um seine Aufmerksamkeit, dass er keinem mehr als einen Pulsschlag schenken konnte, bevor er abgelenkt wurde – und zwar immer weiter, in einem überwältigenden Kaleidoskop von berauschender Tiefe.

Doch es war mehr als nur der visuelle Reiz, der ihn gepackt hatte. Weite Haine Silberholzbäume mit ihren tanzenden, glitzernden Blättern wären schon mehr als genug gewesen, ihn beschäftigt zu halten, aber er konnte die Bäume ebenso deutlich fühlen, wie er sie sah oder das Laub rascheln hörte. Etwas im unmittelbaren Wesen Loquellyns schien greifbar, aber nicht wie die schwere Luft eines schwülen Sommertags. Stattdessen war es eine freundliche, einladende Präsenz. Nicht wie die Liebkosung einer Geliebten, nicht ganz so intim, aber dennoch verlockend.

Er konnte nicht genau feststellen, was es war, bis das Gegenteil sich aus seiner Erinnerung erhob. Es hatte zahllose Gelegenheiten in seiner Kindheit gegeben, bei denen er sich gehetzt und allein gefühlt hatte, getreten und ängstlich, das Gefühl gehabt hatte, nichts und niemand würde es je bemerken, falls er einfach verschwand. Hier und jetzt, in Loquellyn, spürte er die Gewissheit, selbst nach dieser kurzen Begegnung bereits vermisst und betrauert zu werden.

Die Stadt selbst erinnerte kaum an eine Stadt, weil Bäume und Pflanzen ihr Bild beherrschten. Es ragten Häuser durch die Wipfel, hier ein Turm, dort ein Gebäudeflügel, und am Hafen Spuren von Lagerhallen. Aber selbst diese Nutzbauten waren von Efeu überwuchert, und in den Nischen wuchsen Blumen.

Die Häuser selbst wirkten anders als alle, die Will in Yslin oder jenseits seiner Heimatstadt bisher gesehen hatte. Nicht nur waren sie nicht aus Stein gemauert, die Holzkonstruktionen hatten eine seltsam fließende Qualität. Soweit er das aus der Ferne feststellen konnte, waren sie aus kaum bearbeiteten Baumstücken errichtet. Ein Turm mit Zinnen und allem Drum und Dran glich einem gigantischen Stück Treibholz, das von den Wellen glatt und grau geschliffen worden war. An anderen Stellen waren Äste und Stämme wie ein Puzzle zusammengefügt. Als das Schiff näher heran glitt, suchte er nach Nahtstellen, fand aber keine. Fenster und Türen schienen auf natürlichen Einbuchtungen und Knoten im Holz zu beruhen.

Das bedeutete keineswegs, dass es überhaupt nicht bearbeitet worden war, denn Türblätter und Fensterläden waren ganz eindeutig gezimmert und nicht gewachsen. Helles und dunkles Holz, silbern, rot und sogar braun waren in Einlegearbeit zu Bildern und Wappen gefügt oder formten Worte in einer prächtig gewundenen Schrift. Will konnte keine Silbe davon entziffern, doch die sanfte Form und fließende Art der Buchstaben verzauberte ihn.

Zwei kleine ælfische Boote näherten sich vom Landungssteg und fingen Schlepptrossen auf, die ihnen vom Bug der *Weißer Hai* zugeworfen wurden. Die menschlichen und die Panqui-Ruderer holten die Riemen an Bord und refften die Segel, während die Boote das Piratenschiff ans Dock zwischen zwei Haigaleeren zogen. Ælfen belegten das Schiff, aber bevor jemand es verlassen konnte, näherte sich eine Delegation aus der Stadt.

Qwc ritt auf der Schulter eines weißhaarigen Ælfen mit langem Gesicht und breitem Kinn. Er neigte den Kopf, als er an Bord kam. »Ich grüße Euch, Kapitän Lombo. Ihr und Eure Leute sind willkommen. Ich bin Dunerlan und habe die Ehre, als Euer Gastgeber zu fungieren.«

Lombo setzte sich aufs Deck und schnupperte. »Reichleben, dieser Ort. Lombo freut sich.«

Dunerlan breitete die Arme aus und sein Lächeln wurde breiter. »Euch allen: Willkommen.« Er hob den Kopf, und das Lächeln spannte sich etwas, als Kjarrigan aufs Deck trat und Perrine ihm folgte. Mehrere der anderen

Ælfen wichen ein wenig zurück, als sie die Gyrkymsu sahen, Dunerlan aber hob die Rechte, um möglichen Kommentaren zuvorzukommen.

»Qwc, als du uns von Peri erzählt hast und wie sie dir half, das Drachenkronenfragment in Sicherheit zu bringen, hast du nicht erwähnt, dass sie …«

»Mädchen? Qwc hat gesagt Mädchen.«

»Das hast du in der Tat, aber wir hatten den Eindruck, du würdest von einem *Sprijsa*-Mädchen sprechen.« Ein Ausdruck der Besorgnis trat auf das Gesicht des Ælfen. »Das könnte schwierig werden.«

Will runzelte die Stirn. »Weshalb?«

Dunerlan lächelte ihm gönnerhaft zu. »Ihr seid der Norderstett. Es ist mir eine Ehre.«

»Und Ihr weicht meiner Frage aus.« Will seufzte. »Ich kenne die Geschichten, wie die Gyrkyme entstanden sind – und das alles. Ich weiß, Ihr haltet sie für Tiere, aber ich weiß auch: Das stimmt nicht. Als ich sie zum ersten Mal sah, hat sie einen Schnatterer aufgespießt, der sich Strumpfbänder aus meinen Eingeweiden schneiden wollte. Sie hat gekämpft, sie hat erkundet und sie hat das Fragment der Drachenkrone in Sicherheit getragen.«

Ein anderes Mitglied der Delegation, eine schlanke Ælfe mit blauen Augen und kastanienbraunem Haar, trat neben Dunerlan. »Ein gut trainiertes Tier würde all das für seinen Herrn tun. Sie hat nur Befehle befolgt.«

»Ja, aber sie wollte das Fragment nicht nehmen. Sie wollte nicht fort. Alyx, ich meine, Prinzessin Alexia war verletzt und sie war besorgt um sie, aber sie hat ihre persönlichen Sorgen für das Wohl der Welt hintangestellt.« Wills Miene wurde hart. »Ich kenne kein Tier und verdammt wenige Menschen, die das getan hätten.«

Der ältere Ælf stellte eine Augenbraue auf. »Ein interessanter Ansatz für eine Diskussion, Will Norderstett.«

Der junge Dieb verschränkte die Arme. »Na, dann

habe ich noch etwas für Euch. Wo sie nicht willkommen ist, will ich es auch nicht sein. Ich gehe nirgends hin, wo sie nicht erwünscht ist.«

Die Ælfen hinter Dunerlan wirkten überrascht und drängten sich zu einer leisen Beratung. Die Ælfe trat näher an Dunerlan heran, um mit ihm zu reden, und Qwc flog auf, um nicht im Weg zu stehen, aber nach ein paar geflüsterten Worten winkte Dunerlan sie fort. »Wäret Ihr bereit, die volle Verantwortung für Ihre Handlungen zu übernehmen?«

»Natürlich.«

Dunerlan nickte, und seine Miene löste sich. »Dann darf Euer Tier Loquellyn betreten.«

Wills Augen funkelten. »Sie ist nicht mein Tier.«

»Nicht?«

»Nein!«

»Doch, Will.«

Perrines leiser Einwand ließ Will mit großen Augen herumfahren. »Nein, Peri. Ich lasse nicht zu, dass sie Euch so behandeln.«

Die Gyrkymsu lächelte. »Doch, Will, du kannst es ruhig zulassen.«

»Aber …«

»Es ist Teil der ælfischen Tradition, einer Tradition, die wir respektieren.« Peris Stimme erhob sich klar und laut. »Wenn ein Fremder in ein ælfisches Heim eingeladen wird, übernimmt ein Mitglied der Familie die Aufgaben seines Gastgebers. Der Gastgeber trägt die Verantwortung für das Verhalten des Gastes. Diese Loqælfen sind hier, um als unsere Gastgeber zu fungieren, und das ist eine große Ehre für uns. Ihr, Will, werdet gebeten, als mein Gastgeber aufzutreten. Ich bin Euch dankbar, dass Ihr diese Verantwortung akzeptiert. Ich werde Euch weder beschämen noch enttäuschen.«

Will wollte weiter aufbegehren, aber die Wirkung ihrer Rede auf die Ælfen stoppte ihn. Die meisten in der

Gruppe hinter Dunerlan waren bleich geworden und zurückgeschreckt. Um Dunerlans Lippen spielte ein seltsames, nicht ganz ergründliches Lächeln, und die Ælfe neben ihm schien zu gleichen Teilen fasziniert und verängstigt zu sein.

Der Dieb blickte Peri an. »Seid Ihr sicher?«

»Absolut.«

»Na ja, wenn das so ist, in Ordnung.«

Dunerlan klatschte in die Hände. »Ausgezeichnet.« Der Anführer der Ælfen drehte sich um und stellte die Gastgeber ihren jeweiligen Gästen vor. Das gab Will Gelegenheit, Perrine beiseite zu ziehen.

»Warum lasst Ihr das zu? Und kommt mir nicht mit diesem Traditionsgesülze.«

Peri zwinkerte ihm zu. »Ganz einfach, Will. Wir sind unterwegs nach Festung Draconis. Auf einer dieser Ælfengaleeren schaffen wir die Strecke in fünf Tagen, wenn nicht noch schneller. Zu Pferd würde es fast einen Monat dauern, bis wir dort wären, und ich müsste einen Umweg durch Saporitia nehmen.«

Will nickte. »Daran hatte ich nicht gedacht.«

»Goldschwinge und ich haben das auf der Fahrt ausgetüftelt.« Peri zuckte die Achseln. »Wenn es uns hilft, kann ich ein paar Unbequemlichkeiten auf mich nehmen, und wenn wir dadurch Gelegenheit haben, ein paar Vorurteile über die Gyrkyme zu zerschlagen, umso besser.«

»O das werden wir bestimmt.«

Schließlich kam Dunerlan auch zu Will, und die brünette Ælfe folgte ihm. »Will Norderstett, dies ist Trawyn. Ihr werdet bei ihr wohnen.«

Will schaute in die blauen Augen der Ælfe. »Reicht der Platz auch für mich und mein ›Tier‹?«

»Das will ich doch hoffen.« Sie deutete zu einem Silberholzhain an der Nordseite des Hafens. »Schließlich ist der Palast recht groß und weiträumig gehalten.«

Kapitel Siebenundzwanzig

Will schreckte hoch, dann sank er zurück auf die weiche Matratze und genoss die Wärme des dicken Oberbetts. Seit sie Yslin verlassen hatten, hatte er keinen derartigen Luxus mehr gekannt, und seit dem Aufbruch aus Swojin hatte er ohnehin nur hier und da ein kurzes Nickerchen einschieben können. Er reckte sich und fand nicht einmal den Schatten der Schmerzen, die ihn in den Tagen zuvor geplagt hatten.

Er öffnete die Augen und hob ein wenig den Kopf, um in die Zimmerecke zu schauen. Perrine hatte mehrere Kissen aus dem großen Bett und ein paar der zusätzlichen Decken genommen und sich ein kleines Nest gebaut. Sie hatte eine Decke zwischen zwei Stühle gespannt, um eine gewisse Privatsphäre zu schaffen, und Will brauchte ein, zwei Momente, bis zu ihm durchdrang, dass ihr Lendenschurz und der Stoffstreifen, den sie als Oberteil trug, über einem der Stühle hingen.

Er wurde rot und schaute hastig beiseite, genau in einen Schaft Sonnenlicht, der durch das Fenster ins Zimmer fiel. Er jaulte erschreckt auf und rollte sich fast blind wieder auf den Rücken. Peri sprang augenblicklich auf, ohne einen Gedanken daran zu verschwenden, dass sie nackt war, und machte Will gleichzeitig froh und traurig über die großen Flecken, die ihm vor den Augen tanzten.

»Schon gut, Peri. Ich habe nur die Sonne in die Augen bekommen.«

Die Gyrkymsu nickte und streckte Arme und Flügel.

Das eiförmige Zimmer war groß genug, sie die Schwingen weit ausstrecken zu lassen. Der dunkle Farbton des Holzes glich dem ihrer Federn. Im Gegensatz zu den Wänden eines menschlichen Hauses waren diese Wände nicht plan, sondern flossen in natürlichen Formen, mit großen Nischen, in denen Schränke standen, und kleineren für Blumen und andere Pflanzen.

Die Tür des Zimmers öffnete sich, und zwei Dienstboten unbestimmten Alters – *ach, Ælfen sehen alle alterslos aus* – schwebten Prinzessin Trawyn voraus. Ein Mädchen trug Kleider und Handtücher, ein Bursche ein Tablett mit Obst, Käse und frischem Brot, das noch so warm war, dass es dampfte.

Trawyn lächelte ihm zu. »Guten Morgen, Will. Ich bin guter Hoffnung, dass Ihr einen erholsamen Schlaf hattet.«

»Hatte ich, sehr erholsam.«

Ihr Lächeln wurde breiter. »Hervorragend. Wir haben gehofft, dass die Mahlzeit, die wir für Euch vorbereitet hatten, beruhigend sein würde.«

»Hä?«

Trawyn zählte an den Fingern ab. »Der Wein nicht zu stark oder herb, das Brot aus fein gemahlenem Mehl, die Suppe aus verschiedenen Gemüsen, nicht zu scharf gewürzt. Fisch, kein Fleisch, um Euer Blut nicht in Wallung zu versetzen. Wir hofften, es würde bei einem Menschen Wirkung zeigen.«

»O ja.« Will zwang sich zu einem Lächeln, auch wenn er im Grunde nichts von dem verstanden hatte, was sie sagte. Nach einem Monat Armeeverpflegung und dem, was an Bord diesen Namen trug, hatte er sich den Bauch mit frischem, heißem Essen vollgeschlagen und nicht die geringste Schwierigkeit gehabt, sich in einem weichen Bett zu räkeln und einzuschlafen. »Und danke für das Essen für Perrine.«

Trawyn nickte, ohne sich zu der Gyrkymsu umzudrehen. »Es ist auch Nahrung für sie unterwegs. Nach dem Ihr gefrühstückt, gebadet und Euch angekleidet habt, dachte ich mir, Ihr möchtet vielleicht im Garten trainieren. Euer … Eure Freundin wird vermutlich die Flügel strecken wollen. Danach werden wir im königlichen Rat bei der Diskussion Eurer Pläne für das Drachenkronenfragment erwartet.«

Will hörte aus ihrer Stimme ein Missfallen heraus, das mehr den Plänen für das Fragment galt als Peris Flugwunsch. Bevor er danach fragen konnte, stellte das Dienstmädchen das Frühstückstablett vor ihm aufs Bett und zog sich zusammen mit Trawyn zurück. Der Diener ging zu einer Stelle des Ovals rechts neben dem Bett. Er zeichnete mit dem Finger die Maserung des Holzes nach. Lautlos klappte ein Teil der Wand heraus und brachte eine Badewanne aus nahtlosem Holz zum Vorschein. Wasser drang aus den Wänden der Wanne und ein duftender Dampf stieg zur Decke.

Will aß hastig und warf Peri eine Frucht zu, die er für einen Apfel gehalten hätte, hätte sie nicht eine bläuliche Schale besessen und nach Melone gerochen. Der ælfische Diener bemerkte es entweder nicht, weil er in diesem Augenblick gerade nicht zum Bett geschaut hatte, oder er hatte sich entschieden, alles zu übersehen, was diesen seltsamen Menschen und sein widerwärtiges Haustier betraf.

Nachdem er die Mahlzeit beendet hatte, sprang Will aus dem Bett, zog sich das geliehene Nachthemd über den Kopf und stieg in die Wanne. Er schrubbte sich gründlich mit einer nach Blumen duftenden Seife, weniger aus Sorge, nicht sauber genug zu werden, als weil der Dienstbote bereitstand, ihn mit der Bürste zu bearbeiten, falls es nötig wurde. Will schickte den Ælf mit dem leeren Geschirr in die Küche, was ihn ein wenig zu beleidigen schien.

Kaum hatte sich die Tür hinter ihm geschlossen, als

Peri lachte. »Sie werden noch Jahre über dich lästern, Will. Du hast einem Leibdiener eine Küchenmädchenarbeit zugemutet.«

»Ich glaube kaum, dass das weiter auffällt. Ich habe meine Schoß-Gyrkymsu nach Loquellyn gebracht. Sie werden bis in alle Ewigkeit über mich lästern.« Er schauderte, als ihm etwas in den Sinn kam. »Wenn Ælfen so lange leben, bedeutet das, diese Dienstboten bleiben eine Ewigkeit Diener?«

Peri schüttelte den Kopf. »Höchstwahrscheinlich war er gestern noch kein Leibdiener und wird morgen keiner mehr sein.«

Will schüttelte verwirrt den Kopf und Wasser spritzte ihm aus den Haaren. »Wie?«

»Ælfen sind nicht so strikt in Kasten unterteilt wie wir.« Peri setzte sich und zog die Knie an die Brust. »Das ist einer der Punkte, den die Ælfen an den Gyrkyme hassen. Meine Färbung macht mich zu einer Beiz, die sich zum Kampf eignet. Unser Adel und unsere Anführer sind Fächer, die Weisen sind unsere Philosophenkaste. Wir sind, was unsere Mutter war, und das ändert sich nicht.«

Er griff sich ein Handtuch und legte es um, als er aus der Wanne stieg. Das Becken sog das Badewasser langsam auf, und die Pfütze um seine Füße versickerte im Fußboden. Mit einem zweiten Handtuch trocknete Will sich das Haar und dachte dabei nach. »Aber willst du nicht manchmal etwas anderes tun?«

Sie schüttelte den Kopf. »Mein Talent ist der Kampf. Das ist meine Verpflichtung dem Rest des Volkes gegenüber. Ich könnte die Aufgaben einer Seglerin nur ebenso schlecht erfüllen wie eine von ihnen kämpfen würde. Das System verleiht unserer Gesellschaft seine Stabilität.«

»Aber falls du ein Gedicht schreiben wolltest, könntest du das, oder?«

»Eine Pflicht auf einem Gebiet schließt keine Fähigkeiten auf anderen Bereichen aus.« Die Gyrkymsu zuckte mit den Schultern. »Wir sind nicht eindimensional, nur pflichtbewusst. Alles andere, und das ist ein weites Feld, ist von zweitrangiger Bedeutung.«

Will warf die Handtücher auf den Boden und zog sich an. Der Leibdiener kehrte zurück, um die Handtücher und das Nachthemd zu holen, dann tauchte das Küchenmädchen wieder auf und schob Perrine mit dem Fuß einen kleinen Eimer mit Obst und etwas Fleisch hinüber. Es zog sich zurück, bevor Peri zugreifen konnte, schloss die Tür aber nicht. Will machte sich auf den Weg, es nachzuholen, aber bevor er Gelegenheit dazu hatte, erschien Trawyn im Rahmen.

Die Ælfe hob die Hände und zupfte an den Schultern von Wills Hemd, dann strich sie die Ärmel glatt. »Sehr schön. Die Näher werden sich freuen, dass ihre Arbeit so gut sitzt.«

»Zu Recht.« Will kehrte zum Bett zurück und setzte sich, um die Stiefel anzuziehen. Sie waren der einzige Teil seiner Kleidung, den die Ælfen nicht ersetzt hatten. Es fiel ihm aber auf, dass sie sauber und auf Hochglanz poliert waren, was ihn beeindruckte. Er grinste. So, wie er jetzt aussah, hätte er sich früher vermutlich in einer Menge von Leuten als reichen Mann entdeckt und herausgepickt, von dem sich ein Vermögen stehlen ließ.

Trawyn nickte, als hätte sie seine Gedanken gelesen, als er aufstand. »Sehr angemessen. Wenn Ihr möchtet, können wir uns jetzt in den Garten zurückziehen.«

Peri kam angezogen aus ihrem Nest, zwei Äpfel als Wegzehrung auf die Krallen gespießt. »Bitte.«

Trawyn gab vor, sie nicht gehört zu haben, und Will nickte. »Ich schätze, wir sind so weit.«

Die ælfische Prinzessin hakte sich ein und führte Will

durch den Palastflügel, Korridore entlang, die nicht geradlinig liefen, sondern sich wie ein Termitengang wanden.

In verschiedenen Nischen standen Statuetten oder lagen hübsche Steine, und an manchen Stellen verwirbelte sich die Maserung des Holzes zu geisterhaften Wandgemälden. Es war alles sehr hübsch, aber Will hatte den Eindruck, durch einen Nebengang geführt zu werden, weil er Peri im Schlepptau hatte.

Sie traten aus einem Tunnel, der einer langen Luftwurzel ähnelte, hinaus in den Garten. Weiches, feuchtes Moos bedeckte die Erde unter den Wipfeln Tausender von Bäumen. In ihrem Geäst wuchsen Hunderte verschiedener Blütenpflanzen. Manche wuchsen unmittelbar auf den Ästen, die Wurzeln und Stängel in die Luft gestreckt, andere waren erkennbar kultivierte Schlingpflanzen, deren Ranken sich um den Stamm der Bäume in die Höhe wanden, wieder andere saßen in Töpfen, die in Astgabeln befestigt waren.

Der kombinierte Effekt von Duft und Farbenspiel überwältigte Will zunächst, und es freute Traywn sichtlich, als er nur ein paar Schritte innerhalb des Kaleidoskops der Naturschönheit stehen blieb.

Peri atmete tief ein, dann entfaltete sie die Flügel und erhob sich in die Luft. Trawyn schaute ihr nach, und das Lächeln auf ihrem Gesicht verdüsterte sich um keinen Deut … jedenfalls nicht, bis sie bemerkte, wie Will zu ihr hochschaute. Ihre blauen Augen wurden kaum merklich schmaler, aber das Lächeln erschien noch strahlender und reichte bis zu ihnen hinauf.

»Die Palastgärten hier in Rellaence sind in allen Heimstätten für den Reichtum ihrer Pflanzenwelt berühmt. Wir haben Exemplare aus allen Heimstätten hier, selbst aus dem Verlorenen Vorquellyn.«

»Damit die Vorqs etwas haben, das sie nach Hause bringen können, wenn die Insel zurückerobert ist?«

Trawyn nickte. »Wenn Ihr sie befreit habt, Will Norderstett.«

Will lächelte und ließ sich von ihr durch den Garten führen. Viele der Pflanzen waren – oder ähnelten – Arten, die ihn Entschlossen zu erkennen gelehrt hatte. Weniger vertraut wurde es in den Silberholz- und Magilexhainen. In den Zweigen der Silberholzbäume wuchsen Pflanzen, deren Früchte und Blüten deutlich Körperteilen oder Tieren ähnelten. Trawyn erklärte ihm, wie ein Elixir aus herzförmigen Blättern den Kreislauf stärkte oder eine großzügig aufgetragene Salbe aus einer fußförmigen Frucht Fußpilz bekämpfte.

An den Magilexeichen wuchsen eine Menge Pflanzen ähnlicher Form, aber diese besaßen magische Kräfte. »Ein Tee aus solchen herzförmigen Blättern wäre ein Liebestrank.«

Will deutete auf eine ledrige Blume. »Und die hier?«

Trawyn versteifte sich. »Das ist eine Vermächtnispflanze, die wir nur für die Nachwelt erhalten. Wir benutzen sie nicht.«

»Wozu diente sie ursprünglich?«

»Man nennt sie Traumschwinge. Sie setzte im Schlaf die Gedanken frei, und in dem durch sie ausgelösten Rauschzustand hat sie manchen zu unorthodoxen Ansichten verführt. Sie wird seit Jahrhunderten nicht mehr benutzt.« Sie zog ihn von den violetten Blüten mit dem goldenen Rand fort. »Hier drüben gibt es einen Teich, an dem wir uns entspannen können.«

Das schien Will eine deutliche Absage an weitere Gespräche über Traumschwinge, also wechselte er das Thema. »Ich habe gehört, dass Diener hier nicht ständig Diener sind, was ziemlich hart wäre, wenn man bedenkt, wie lange, lange Ihr lebt.«

Trawyn breitete die Röcke aus und setzte sich, dann klopfte sie neben sich auf die Wiese. »Das ist richtig. Dein Leibdiener von heute Morgen könnte morgen aufs

Meer hinausfahren, um zu fischen, und übermorgen im Garten arbeiten.«

Will setzte sich. »Ist das nicht ziemlich verwirrend? Woher wisst Ihr, wer was erledigen soll?«

Sie lachte hell, dann tippte sie sich mit einem Finger an das rechte Auge. »Euer Entschlossen hat einfarbige Augen. Er ist nicht an seine Heimstatt gebunden wie wir es an Loquellyn sind. Weil unser Wesen an unser Land gebunden ist, wissen wir, was nötig ist, es zu pflegen.«

Er schüttelte den Kopf. »Verstehe ich nicht.«

Die Prinzessin lächelte verständnisvoll. »Ihr wisst, dass die Sprijsa ein Gespür dafür haben, wenn sie zu einer bestimmten Zeit an einem bestimmten Ort benötigt werden.«

»Ja.«

»Bei uns ist es ähnlich, aber weniger dringend. Manchmal wissen wir einfach, dass wir von einer bestimmten Person etwas lernen oder sie etwas lehren müssen, und die dabei erworbenen Fähigkeiten setzen wir ein, wo Bedarf besteht. Würde Loquellyn angegriffen, wäre es unsere Bestimmung, zu kämpfen, und wir würden in den Krieg ziehen. Die Schwarzfedern sind nach Okrannel gezogen, weil sie Loquellyn so am besten dienen konnten. Wenn sie zurückkehren, werden sie vielleicht Getreide anbauen oder ausfegen, was gerade anfällt.«

»Und selbst zu einer Prinzessin werden?«

»Nein, das nicht.« Sie legte die Stirn in sanfte Falten. »Heiraten zwischen den Heimstätten sind nicht verpönt, und jeder Ælf ist an sein Geburtsland gebunden, aber innerhalb einer Heimstatt entstammt der Adel Generationen auf Generationen an diese Heimstatt gebundener Einzelner. Unsere Bindung ist stärker, und daher ist auch unsere Verantwortung größer und tiefer. Unser Lebensweg ist etwas starrer.«

Will hatte das Gefühl, eine Sehnsucht nach Freiheit

aus ihrer Stimme herauszuhören, die andere Ælfen genossen. »Mehr Verantwortung und Ihr müsst führen. Ist Euer Hass auf die Gyrkyme deshalb so stark?«

Sie riss schockiert die Augen auf. »Ich empfinde keinen Hass eurer … Freundin gegenüber.«

»Ha! Ihr bringt nicht einmal ihren Namen über die Lippen. Und Ihr schaut sie nicht an, jedenfalls nicht, wenn es irgendjemand sehen könnte.« Er verzog das Gesicht. »Wenn das kein Hass ist, weiß ich es nicht.«

»Es ist kein Hass, mein lieber Will.« Trawyns Stimme wurde sanft. »Andere mögen die Gyrkyme hassen, aber ich hasse Eure Perrine nicht. Seht Ihr, ich habe ihren Namen ausgesprochen. Doch Ihr habt Recht, es fällt mir schwer sie anzuschauen.«

»Ich bin nicht überzeugt.«

»Es ist kein Hass, Will, wirklich nicht.« Die ælfische Prinzessin schüttelte ernst den Kopf. »Sie ähnelt den Vorqælfen. Durch das Übel aus Aurolan sind die Gyrkyme und die Vorqælfen auf ewig von der Erfüllung ihrer ælfischen Natur ausgeschlossen. Sie können nicht Teil ihrer Heimstätten werden. Aus dem Wissen, wie sehr mich erst die Verbindung zu Loquellyn komplett macht, trauere ich um das Fehlen dieser Bindung. Ich kann sie nicht anschauen, weil ich in ihr sehe, was sie ohne den Makel des Bösen hätte sein können und ihre Wirklichkeit ist zu schmerzhaft, um sie zu ertragen.«

Kjarrigan Lies stand eine Mannslänge vor der aufgebahrten Orla. Ein Tuch bedeckte ihren Leichnam, und ein einzelner Sonnenstrahl fiel durch ein kleines, hohes Fenster und tauchte sie ins Licht. Sie wirkte kleiner als je zu Lebzeiten.

Die Piraten hatten ein Leichentuch aus Segelstoff für sie genäht. Es war leuchtend blutrot, was zufälligerweise sehr gut passte, denn die Farbe hatte ihre Meisterschaft der Kampfmagik ausgedrückt. Er war ziemlich sicher, dass weder Lombo noch die Crew das ahnten, aber Orla hätte es sicher gefallen.

Obwohl sie in meiner Gegenwart nie rot getragen hat. Er dachte an die kurze Zeit zurück, die er sie gekannt hatte.

Sie hatte ihn keine Kampfzauber gelehrt. Er hatte alle gelernt, die sie kannte, und noch mehr dazu, lange, bevor sie seine Lehrerin geworden war. Stattdessen hatte sie versucht, ihm beizubringen, sich wie ein Krieger zu verhalten. Jetzt, aus diesem Abstand, sah er das, und auch, wie er sie enttäuscht hatte. Er hatte so viel gelernt, dass ihm fast alles möglich war, und sie hatte versucht ihm beizubringen, Entscheidungen zu treffen, Verantwortung zu übernehmen und zu handeln.

Er schaute nach rechts, zu dem Ælfen, der hinter ihm in der würdevollen, halbdunklen Kammer stand. »Danke für die Gelegenheit, von ihr Abschied zu nehmen. Wir können jetzt weitermachen.«

Arristan glitt lautlos vorbei und trat an eine Position ihm gegenüber auf der anderen Seite des Leichnams. Der Ælf breitete die Hände aus, die Handflächen eine Handbreit über dem Leichentuch. »Es ist noch immer dort. Lomardel und Osthelwin waren Narren, Euch fortzuschicken und Magisterin Orlas Sorgen leichtfertig abzutun.«

Kjarrigan trat näher an den Leichnam und hob den Block Magilex, um den er seinen Gastgeber am Abend zuvor gebeten hatte. Er war einen Fuß lang und an den schmaleren Enden drei Zoll breit. Und er war leichter, als Kjarrigan erwartet hätte. Er streichelte das Holz mit der Rechten. »Wenn Ihr bitte das Leichentuch öffnet.«

Der braunhaarige Ælf bewegte langsam die Hand und die Naht öffnete sich. Das Tuch fiel beiseite. Er zog es über Orlas Bauch beiseite – und der Verwesungsgestank, der von ihrem Körper aufstieg, schnürte Kjarrigan den Hals zu. Er schluckte die bittere Galle wieder hinab, die ihm hochgekommen war, und legte das Holzstück über der Wunde auf ihre graue Haut. Die Spitze des Holzes berührte ihre über dem Herzen gekreuzten Hände. Er vergewisserte sich, dass es in die Wunde sank und konzentrierte sich auf Orlas Bauch, um nicht in das leere Gesicht schauen zu müssen.

Arristans braune Augen zuckten zu ihm auf. »Seid Ihr sicher, dass Ihr das könnt?«

Kjarrigan nickte langsam. Im Gespräch mit Osthelwin hatten sie erfahren, dass beide ælfischen Magiker die doppelten Zauber erkannt hatten, vor denen Orla sie gewarnt hatte. Sie hatten ihre Magik eingesetzt, um die Sprüche zu trennen, und dabei entdeckt, dass der Schutzzauber in gewisser Hinsicht eine Illusion gewesen war. Kjarrigans Schwierigkeiten, ihn zu beschreiben, hatten daran gelegen, dass er magische Energie aufsog und, sobald er genug davon aufgenommen hatte, explodierte und einen aus einer Reihe möglicher Zauber auf die Magiker schleuderte, die ihn zu lenken versuchten. Kjarrigans Erkundungszauber waren zu schwach gewesen, den Schutzspruch auszulösen, aber die Ælfen hatten ihn mit mehr als genug Energie versorgt.

Als man Orlas Leiche von der *Weißer Hai* geholt hatte, hatte Kjarrigan bemerkt, dass beide Zauber weiter tätig waren, und die Ælfen gewarnt. Während sie debattierten, hatte er sich das Problem durch den Kopf gehen lassen und war zu einer Lösung gekommen. Von seinen Überlegungen beeindruckt, hatten die Loqælfen ihm gestattet, einen Versuch zur Beseitigung der Zauber zu unternehmen.

Der Gedanke, dass sie keinen weiteren ihrer eigenen Magiker in Gefahr brachten, indem sie ihm einen Lösungsversuch erlaubten, kam ihm gar nicht. Arristan hatte sich bereitgefunden, ihm zu helfen, weil er Kjarrigans Gastgeber war, und seine magischen Fertigkeiten auf dem Gebiet der Beschwörungs- und Konstruktionszauber lagen, nicht der heilenden Magik, sodass er bei der Behandlung seiner verwundeten Gefährten nicht benötigt wurde. Loquellyns Heiler hatten alle Hände voll zu tun, Osthelwin und Lomardel beizustehen, und die Hoffnung für den Letzteren schwand von Stunde zu Stunde.

Kjarrigan atmete tief durch. Wieder strich er über den Holzblock und ließ vorsichtig Magik in ihn einsickern. Er benutzte den Zauber, mit dem er Orlas neuen Stock angefertigt hatte, und formte das Holz langsam neu. Magilex eignete sich besonders gut zu thaumaturgischer Einflussnahme, und das Holz wurde unter der Wirkung der Magik zähflüssig wie Harz, das sich drücken, ziehen und in eine neue Gestalt quetschen ließ. Kjarrigan arbeitete mit einer groben Richtschnur für die physische Gestalt und konzentrierte sich auf die Essenz des Holzblocks, um sie Orla so ähnlich wie möglich zu machen.

Er war sich nicht sicher, wie lange er benötigt hatte, um das Magilex in eine Kopie Orlas zu verwandeln, aber als er fertig war, hatte der Sonnenstrahl ihren Körper längst verlassen. Er hatte seinen Plan entwickelt, ohne Rahds Zauberstab zu benutzen oder ihn auch nur zu berühren, aber er hatte benutzt, was der Renegat darüber gesagt hatte. Sein Gedankengang fußte auf der Überlegung, dass er, wenn der Zauberstab Rahd gestattet hatte, Orlas Sprüche zu erkennen und eine Antwort darauf zu formen, in der Lage sein sollte, die Elemente ihrer Essenz zu finden, die der Stab dazu benutzt hatte. Sobald er diese Elemente erkannt und sie in das magische Modell eingepflanzt hatte, bestand die Chance, dass die in ihrem zerfallenden Fleisch versteckten Zauber sich hervorlocken ließen, weil sie das Modell für Orla hielten.

Arristan blickte auf die Arbeit des Adepten. Auf Orlas Unterleib lag die kleine hölzerne Statuette einer Frau. Es hätte sich leicht um eine Grabbeigabe für ihre Beisetzung handeln können. »Seid Ihr Euch bei diesem nächsten Schritt sicher?«

Kjarrigan rieb sich die Augen. »Nicht so ganz, aber es sollte gelingen.« Wieder berührte Kjarrigan das Modell, geleitet von der Art, wie der Zauber den Kraftströmen zurück zu dem Magiker zu folgen schien, der einen Spruch einsetzte, und benutzte es als Zwischenstation für einen einfachen Diagnosezauber. Gleichzeitig setzte Arristan einen Zauber ein, der das Modell empfänglicher für eine Verzauberung machte. Kjarrigans Spruch lockte den Aurolanenzauber mit der Illusion, sein Opfer, Orla, sei wieder verfügbar. Um diesen Eindruck zu verstärken, veränderte er die Art, in der er den Zauber einsetzte, um ihn so weitgehend wie möglich an Orlas persönliche Charakteristik anzupassen.

Der Aurolanenzauber regte sich. Kjarrigan ließ seine Magik an Orlas Armen entlangsickern, dann zog er die Ausläufer ein. Heslins Magik stieg aus ihren Gedärmen aufwärts, folgte den ätherischen Spuren. Kjarrigan verstärkte die Kraft der Magik etwas, und der Aurolanenzauber wurde schneller.

»Vorsichtig, Adept, ganz vorsichtig.« Der Ælf wischte sich mit der Linken den Schweiß von der Stirn.

»Keine Bange.« Schweiß brannte in Kjarrigans Augen. Sein Finger strich über das Modell und magische Fühler tasteten nach dem bösartigen Zauber. Langsam, ganz langsam, im Schneckentempo lockte er ihn in ihre linke Schulter hinauf, dann den Arm herab und durch das Handgelenk in die hölzerne Puppe.

Die Puppe schüttelte sich, dann öffnete sie den Mund zu einem lautlosen Schrei und versuchte, nach Kjarrigans Finger zu beißen. Sie traf nur Knochenpanzer, dann brach Arristan seinen Zauber ab, und die Puppe erstarrte mit hassverzerrten Zügen. Der menschliche Magiker hob die Puppe auf, und mit einer schnellen Geste nähte der Ælf das Leichentuch wieder zu.

Er wischte sich das Gesicht mit dem Ärmel. »Die Magik hat sie verlassen. Sie kann in Frieden ruhen. Das Ding, das Ihr da habt, gehört vernichtet.«

Kjarrigan schüttelte den Kopf. »Nein. Es kann niemandem mehr schaden.«

»Wie könnt Ihr das sagen? Ich spüre von hier aus, dass die Magik noch tätig ist.«

»Ja, aber sie unterliegt einer bedeutenden Einschränkung. Der Zauber hat Orla nicht sofort umgebracht, da ich vor einer Weile bei der Heilung einer Verletzung ihr Wesen veränderte. Der Zauber, der sie umbrachte, stellte ein genau auf sie abgestimmtes Gift her. Als er auf Eure Heiler übersprang, brachte er dasselbe Gift hervor, und es kann tödlich für sie sein, aber es ist weit weniger gefährlich für sie als für Menschen. Selbst nach ihrem Tod arbeitete der Spruch weiter und verzehrte ihren Körper, und er hätte ihn so lange verzehrt, bis nichts mehr davon zurückgeblieben wäre. Jetzt ist er hier im Holz gefangen, und er wird diesen Block verzehren. Wäre ich dumm genug, ihn in mich fahren zu lassen, wäre er nicht mehr tödlich, denn ich bestehe nicht aus Magilex.«

Der Ælf runzelte die Stirn. »Doch nach allem, was Ihr sagt, wird er das Holz zerfressen und das Modell in jedem Fall zerstören. Was ist gewonnen, wenn wir es dem Zauber überlassen statt den Flammen?«

»Zeit.« Kjarrigan schaute auf die Holzfigur hinab und über sie hinweg zu Orlas Leichnam. »Zeit, die Zauber zu studieren, zu ergründen, wie sie wirken, und herauszufinden, was man unternehmen kann, damit sie Kytrins Übel nicht länger in die Welt tragen können.«

Kapitel Achtundzwanzig

Prinzessin Alexia war es ein wenig unangenehm, die Uniform einer loqælfischen Goldfeder zu tragen. Ihre Kleidung glich der Dunerlans, der sie als ihr Gastgeber in die Ratskammer Rellaences führte. Obwohl er von königlichem Geblüt und der Prinzregent Loquellyns war, hatte er bei den Goldfedern gedient und trug die Rangabzeichen eines Meisters an Kragen, Manschetten und Schultern. Unter der taillierten goldenen Jacke mit schwarzen Ärmeln befanden sich eine schwarze Hose und Kniestiefel.

Die Kammer war als Tagungsort der Stadtregierung ausgelegt, aber trotz der bevorstehenden Debatte waren die meisten Sitzplätze leer. In mancherlei Hinsicht erinnerte der Raum sie an eine auf einer Drehbank gedrechselte Holzschale, in deren Innenseite auf einem Halbrund gegenüber den Plätzen der Delegierten hohe Bänke eingelassen worden waren. Zwischen den Bänken gab es eine Lücke, in der auf einer in die Wand eingelassenen Empore ein Thron stand.

Alle Gefährten Alyx' waren anwesend, aber nicht alle Gastgeber. Trawyn saß als Stellvertreterin ihrer Mutter auf dem Thron. Dunerlan war, obwohl der Lebensgefährte der Königin, nicht ihr Vater. Soweit Alyx es erfahren hatte, war sie die Tochter seines Vorgängers in dieser Stellung, die er erst ein Jahrhundert zuvor übernommen hatte. Arristan und Dunerlan nahmen Positionen hinter den hohen Bänken ein, und eine Hand voll anderer Loqælfen füllte die vier restlichen Sitzplätze.

Alyx saß neben Kräh in einer Reihe aus vier Sesseln in

der Mitte des Raums. Entschlossen und Will vervollständigten die Reihe, Kjarrigan, Dranæ und Qwc saßen hinter ihnen. Lombo hätte offiziell ebenfalls in diese Reihe gehört, zog es aber vor, auf dem Boden zu sitzen. Sein Stuhl war in eine dritte Reihe zurückgeschoben, und Perrine hockte auf der Sitzfläche.

Trawyn lächelte, und Alyx konnte den Gedanken nicht unterdrücken, dass die schlanke junge Frau kaum mehr als ein Kind war, auch wenn sie schon Jahrhunderte gelebt hatte. Die glatte Haut und die großen blauen Augen kündeten von Jugend, und die hohe Stimme verstärkte diesen Eindruck noch. Die Loqælfe trug sogar ein einfaches Kleid, das leicht als Kleidung für ein junges Menschenmädchen gedient haben könnte, wäre es nicht aus feinster roter Seide genäht gewesen.

»Im Namen meiner Mutter danke ich Ihnen für Ihr Erscheinen. Wir werden die Bitte Prinzessin Alexias debattieren, Sie mit aller gebotenen Eile nach Festung Draconis zu verbringen. Bevor wir dazu kommen, habe ich jedoch eine Nachricht aus Swojin, die uns von den Schwarzfedern übermittelt wurde. Ich entschuldige mich für den Mangel an Einzelheiten, doch General Adrogans hat die Kommunikation weitergehender Details nicht gestattet.«

Alyx lächelte. Wenn Adrogans nach wie vor die Berichte zensierte, lebte er offensichtlich noch und war besorgt, Kytrins Agenten könnten von seiner Position und Truppenaufstellung erfahren. Das deutete auf einen Sieg der Belagerer hin und war ein gutes Vorzeichen für den weiteren Feldzug im kommenden Frühjahr.

Trawyn legte die Stirn in Falten. »Er meldet die Einnahme Swojins. Die Stadt wurde anschließend niedergebrannt.«

Wills Jubel über die Nachricht des Sieges brach ab, als die Loqælfen-Prinzessin weiterlas. »Was ist passiert?«

Trawyn schüttelte den Kopf. »Wir wissen es nicht. Die

Vorqælfen wurden nahezu ohne Verluste gerettet. Die Schwarzfedern dienen weiter unter Adrogans' Befehl. Es gibt keine Nachricht über die Höhe der Verluste, aber die Anforderungen der Schwarzfedern für Nachschub lassen darauf schließen, dass sie zumindest für unsere Leute gering waren.«

Alyx runzelte die Stirn. Ganz offensichtlich war bei Swojin etwas ganz furchtbar schief gelaufen. *Hätte Kytrin einen Drachen eingesetzt, um die Stadt in Schutt und Asche zu legen, warum hätte sie unsere Leute verschonen sollen? Und sollte Adrogans sich gezwungen gesehen haben, die Stadt abzufackeln, was könnte ihn dazu veranlasst haben?* Es blieb eine offene Frage, wohin er ohne Swojin als Heimatbasis jetzt ziehen und was er nun tun würde, denn im Shuskenhochland hatten sie nicht überwintern wollen.

Sie schüttelte den Kopf. *Ich werde darauf vertrauen, dass Adrogans weiß, was er tut. Als bliebe mir eine Wahl.*

Trawyn legte die Hände aneinander. »Prinzessin, der Prinzregent hat meiner Mutter Euren Wunsch vorgetragen. Euer Plan, auf einer unserer Galeeren nach Festung Draconis zu fahren, während die *Weißer Hai* als Ablenkung nach Süden segelt, ist weise. Wir werden Eure Bewegung zusätzlich verbergen, indem wir die nach Norden ziehende Truppe verstärken. Unsere Stahlfeder- und Eisenross-Legionen werden Euch begleiten.«

Alyx lächelte. »Danke, meine Fürstin.«

Die Loqælfe nickte. »Wir werden die Besatzung der *Weißer Hai* für die Reise nach Süden unter dem Befehl eines der Panqui-Leutnants Kapitän Lombos entgelten. Ihre Reise sollte ausreichen, Kytrin glauben zu machen, das Drachenkronenfragment aus Lakaslin sei auf dem Weg in König Augstus' Obhut.«

»Gut. Das wird uns ermöglichen, es in Wahrheit nach Festung Draconis zu bringen.« Alyx nickte. »Wir wissen Eure Hilfe sehr zu schätzen.«

Entschlossen schaute mit funkelnden Silberaugen zu

ihr hinüber. »Nicht so hastig, Generalin. Wir sind noch nicht fertig.«

Trawyn lächelte dem Vorqælfen zu. »Du bist von schnellem Verstand, Entschlossen. Das könnte eine sympathische Eigenschaft sein.«

Alyx neigte den Kopf. »Gibt es irgendein Problem?«

Dunerlan spreizte die Finger der rechten Hand auf der Bank, dann hob er die Hand auf die Fingerspitzen und bewegte sie im Spinnengang ein Stück zurück. »Unsere Besorgnis beruht auf Eurem Plan, das Lakaslin-Fragment zur Festung Draconis zu bringen. Angesichts der Gerüchte, dass Kytrin ihre Armeen zu einem Sturm auf die Festung zusammenzieht, würdet Ihr ihr damit nur noch einen zusätzlichen Anreiz bieten. Sie wird schnell genug erfahren, dass Ihr dort seid, und davon ausgehen, dass Ihr das Kronenbruchstück dabei habt.«

Kräh strich sich über den Bart. »Ihr wollt damit sagen, mein Fürst, dass Kytrin, sobald sie von unserer Anwesenheit erfährt, einen zusätzlichen Ansporn haben wird, die Festung zu erobern, und Ihr wollt verhindern, dass sie bei einem Erfolg der Belagerung zusätzlich belohnt wird.«

Der ältere Ælf nickte. »Ihr habt mich verstanden, Kräh.«

»Warum lasst Ihr uns dann überhaupt ziehen?« Er öffnete die Hände. »Unser kleiner Haufen, selbst verstärkt durch Eure Truppen, wird das Machtgleichgewicht nicht gegen Kytrin kehren können, und Ihr scheint ihre beabsichtigte Belagerung für eine ernsthafte Gefahr zu halten.«

Eine blonde Ælfe in Uniform klopfte mit dem Zeigefinger auf die Bank. Falls die stahlgraue Farbe der Uniformjacke und die Rangabzeichen etwas zu bedeuten hatten, handelte es sich um die Kommandeurin der Stahlfedern. »Anzunehmen, die Gefahr sei nicht real oder ein Sieg nicht denkbar, wäre unklug. Die bloße Anwesenheit des Norderstetts könnte in diesem Kampf einen beträchtlichen Unterschied ausmachen.«

Entschlossen winkte ab. »Sprecht deutlich, Meisterin, denn meine Gefährten sind nicht vertraut mit den Schattierungen ælfischer Begriffe, in denen Ihr denkt. Weil die Prophezeiung erklärt, Kytrins Untergang werde von seiner Hand erfolgen, müsst Ihr ihn in die direkte Konfrontation mit ihr bringen. Jede Auseinandersetzung, in der sie einander gegenübertreten, ist ein Kampf, den sie verlieren könnte. Ihr glaubt, ohne den Knaben könnte sie vor Festung Draconis nicht scheitern.«

Alyx kniff die Augen zusammen. »Falls Entschlossen Recht hat, ist die Frage des Anreizes ohne Gewicht, nicht aber die der Belohnung. Momentan besitzt Kytrin ein Fragment, und es gibt ihr Macht über mindestens zwei Drachen. Es befinden sich noch drei weitere Fragmente in Festung Draconis. Wir würden ein viertes mitbringen.«

Trawyn nickte. »Und es gibt gute Gründe, das nicht zu tun.«

»Ihr irrt Euch.« Alyx seufzte. »Vionna hat uns darauf hingewiesen, dass wir das Drachenkronenfragment nicht benutzen würden, also könnte sie es ebenso gut Kytrin übergeben. Das würde die Chancen erhöhen, sie für das Bruchstück zu belohnen. Das hat mich zu der Überlegung geführt, ob wir nicht in Wahrheit versuchen sollten, die Teile der Drachenkrone, die sich in unserem Besitz befinden, zusammenzufügen und gegen Kytrin zu benutzen …«

Die Mehrzahl der Ælfen reagierte unverhohlen eisig auf diese Erklärung, und Alyx verstummte. »Ihr haltet das erkennbar für keine gute Idee.«

Dunerlan faltete vor sich auf der Bank die Hände. »Über ihre Klugheit könnte man Jahrhunderte streiten, aber die Schrecken des Krieges, die der erste Einsatz der Drachenkrone über die Welt brachte, verfolgen diejenigen von uns, die ihn miterlebt haben, bis heute. Ich habe gegen Yrulph Kajrûn und seine Legionen gefochten und dabei viele Freunde und selbst einen Bruder verloren. Aber vor allem kann Euer Plan nicht gelingen. Abgesehen von Kytrin, einer Hand voll Ælfen und vielleicht ein paar urSreiði gibt es keinen Magiker auf der Welt, der stark genug wäre, diese Macht zu beherrschen.«

Arristan schüttelte den Kopf. »Das stimmt nicht, mein Fürst.«

Dunerlans braune Augen weiteten sich. »Was? Wer?«

Der ælfische Magiker deutete mit einer Kopfbewegung zu Kjarrigan hinab. »Ich glaube, der junge Adept dort könnte es. Gestern habe ich sein überragendes magisches Talent beobachten können.«

Der Prinzregent schreckte zurück. »Die Macht der Drachenkrone in den Händen eines Kindes? Yrulph Kajrûn war doppelt so alt wie dieser Knabe, als er auf die Idee der Krone kam. Was sie aus ihm gemacht hat, was sie aus der Welt gemacht hat ... Nein, das dürfen wir nicht zulassen.«

Entschlossen sprang auf. »Was, wenn es die einzige Möglichkeit ist, Kytrin zu vernichten? Was, wenn es der einzige Weg ist, Vorquellyn zu befreien?«

Dunerlans Nasenflügel blähten sich. »Ein Kind, das für ein Kind spricht, liefert kein überzeugendes Argument.«

Kräh legte seinem Freund die Hand auf den Arm und zog ihn zurück in den Sessel. »Aber sein Einwand ist gerechtfertigt, mein Fürst. Will hat das Fragment Kjarrigan übergeben. Möglicherweise ist Kjarrigan das Werkzeug, mit dem Will Kytrin besiegen wird.«

Bevor Dunerlan antworten konnte, räusperte sich Trawyn. »Adept Lies, du hattest Gelegenheit, das Fragment zu studieren?«

Kjarrigan nickte. »Etwas. Auf dem Schiff, und dann noch einmal gestern, mit Magister Arristan.«

»Könntest du es einsetzen?«

Der fette Magiker bewegte mit Unbehagen die Schultern. »Wir haben darüber geredet, nachdem wir seine Magik untersucht haben. Es wäre, wie auf einer Fiedel mit nur einer Saite musizieren zu wollen. Ich könnte einen Ton erzeugen, ja, aber um Musik zu machen, bräuchte ich mehr Saiten.«

Dunerlan deutete mit offener Hand auf Kjarrigan. »Eine treffende Analogie, auf der wir aufbauen können: Kytrin besitzt die für dieses Instrument geschriebenen Melodien, du nicht. Du müsstest von Grund auf erlernen, wie du es einsetzen musst, in kurzer Zeit und unter Druck. Ich habe mir sagen lassen, dass du unter solchen Bedingungen nicht durch besondere Leistungen glänzt, Adept. Habe ich Recht?«

Kjarrigans Wangen zitterten, seine Unterlippe bebte. Er schüttelte den Kopf, dann senkte er den Blick.

Trawyn runzelte die Stirn. »Meister Prinzregent, Eure Ansichten in dieser Angelegenheit sind wohlbekannt. Es ist nicht notwendig, unsere Gäste zu beschämen.«

Dunerlan wurde bleich. »Natürlich, meine Fürstin. Bitte, Adept Lies, nimm meine Entschuldigung an. Die vorgeschlagene Strategie ist gefährlich, aber einer Überlegung würdig, einschließlich deiner Rolle darin.«

Entschlossen lachte. »Wenn das stimmt, mein Fürst, und wir lassen Euch das Lakaslin-Fragment, werdet Ihr das Vorquellyn-Fragment hervorholen, damit Kjarrigan zwei Saiten hat, auf denen er üben kann?«

Trawyn schüttelte den Kopf. »Uns ist nichts über den Verbleib dieses Fragments bekannt, Entschlossen.«

»Das sagt Loquellyn immer, aber das Fragment wurde hierher gebracht.«

Die Prinzessin wedelte tadelnd mit dem Finger. »Du hast möglicherweise gesehen, wie es von Vorquellyn evakuiert wurde, Entschlossen, aber du weißt nicht, ob es hierher kam. Ich erinnere mich an die Nacht, in der die ersten Flüchtlinge eintrafen, und ich habe kein Fragment gesehen. Aber das ist ein alter Streit, der für unsere momentane Debatte keine Relevanz hat. Es *könnte* unter Umständen helfen, Kytrin zu besiegen, wenn wir vier Kronenfragmente in der Festung Draconis wieder zusammensetzen, aber diese Chance ist gering, und die Folgen, sollte es ihr gelingen, in den Besitz dieser vier Segmente zu gelangen, wären katastrophal.«

Will hob die Hand. »Warum fertigen wir nicht einfach eine neue Drachenkrone an?«

Schweigen antwortete seinem Vorschlag und er füllte die Stille mit einer Erklärung. »Sie versucht, die alte Krone wieder zusammenzusetzen, aber mit Kjarrigan und Arristan und anderen Magikern solltet Ihr in der Lage sein, etwas herzustellen, das besser ist. Schließlich gibt es auch mehr als eine Fiedel auf der Welt, oder?«

Dunerlans Stimme klang abwesend. »Es sind die Saiten, die rar sind, Norderstett.«

Trawyn verzog besorgt das Gesicht. »Es bliebe die Frage, ob eine derartige Konzentration an Macht etwas Begrüßenswertes wäre, Will. Nach allen Chroniken war Yrulph Kajrûn ein guter Mensch, bevor er die Drachenkrone schuf. Können wir das Risiko eingehen, ein zweites Ungeheuer zu erschaffen, nur, um Kytrin zu besiegen? Es mag eine effektive Methode zur Abschreckung von Dieben sein, das eigene Haus in Brand zu stecken, aber das ist ein schwacher Trost, wenn anschließend mit dem Dieb auch das Haus fort ist.«

Will seufzte. »War ja nur ein Vorschlag.«

Alyx lächelte ihm zu. »Und möglicherweise werden wir noch gezwungen sein, ihn aufzugreifen.« Sie drehte sich zu Trawyn um. »Angesichts Eurer Kommentare schließe ich, dass wir auf Eure Unterstützung zählen können, vorausgesetzt, wir entscheiden uns, das Lakaslin-Fragment hier zu lassen. Wir könnten es Euch nur zur Aufbewahrung übergeben, denn es gehört Jerana, nicht uns.«

Dunerlan schüttelte den Kopf. »Lakaslin hat es verloren, Ihr habt es Piraten abgejagt. Rechtlich habt Ihr unter den Gesetzen der Seefahrt, die von den meisten Nationen, auch Jerana, anerkannt werden, einen Besitzanspruch auf das Fragment.«

»Ich sprach nicht von Legalitäten, sondern von moralischem Anspruch. Jerana hat ein unvermindertes Recht auf das Fragment, und wir haben bei seiner Wiederbeschaffung im Auftrag seiner Krone gehandelt. Es wäre Euch nur zur Aufbewahrung anvertraut.«

»Bis Jerana eine angemessene Unterbringung dafür bereitstellen kann, einverstanden. Wir würden es in Aufbewahrung nehmen.« Trawyn nickte. »In diesem Fall wären wir gerne bereit, Euch nach Festung Draconis zu bringen.«

Entschlossen und Kräh nickten schweigend, und Alyx setzte an, ihre Zustimmung zu geben, dann stockte sie. Sie dachte kurz nach, danach nickte sie ebenfalls. »Wann fahren wir ab?«

Dunerlan lächelte. »Die Flut geht kurz nach Mitternacht zurück. Ich hoffe, das ist Euch genehm.«

»Das ist es, danke sehr.«

Alyx lehnte sich zurück und nickte, als Dunerlan ihr mitteilte, dass er draußen auf sie warten würde. Sie ließ die Ælfen den Raum verlassen, dann setzte sie sich verkehrt herum auf den Sessel und schaute ihre Gefährten an. »Das war die richtige Entscheidung, oder?«

Entschlossen und Kräh wiederholten ihre Zustimmung. Will zuckte die Achseln, Kjarrigan ebenfalls, wenn auch weniger heftig, und Qwc zuckte mit allen vier Schultern. Dranæ lächelte und sagte »Ja«, und Peri warf ihr einen ihrer ›Ich-vertraue-deiner-Entscheidung‹-Blicke zu.

»Gut, ich wollte mich nur vergewissern.«

Kräh runzelte die Stirn. »Ihr hättet fast abgelehnt.«

»Nicht wirklich abgelehnt. Es ist so, sie wollen Will auf

der Festung haben, weil er, wie Entschlossen es gesagt hat, der Schlüssel für Kytrins Untergang ist. Es war eine Öffnung, mehr von ihnen zu verlangen, um uns dorthin zu bringen. Mehr Truppen, was immer wir wollten.« Alyx legte die Hände auf die Rückenlehne und stützte das Kinn darauf. »Fast hätte ich verlangt, dass sie aufhören, die Gyrkyme wie Tiere zu behandeln.«

Peri lachte. »Nur gut, dass du das nicht getan hast, Schwester. Das hätte einige Gyrkyme gezwungen, ihren Hass auf die Ælfen zu vergessen.«

Dranæ kratzte sich am Kopf. »Glaubt Ihr, sie hätten sich darauf eingelassen?«

Kräh schüttelte den Kopf. »Eine derartige Autorität hat die Prinzessin nicht, und die darüber entbrannte Debatte hätte länger gedauert, als ich bis jetzt gelebt habe. Euer Zögern, Prinzessin, ehrt Euch. Ihr wusstet, dass es eine politische Unmöglichkeit war, so richtig und gerecht es auch wäre, und Ihr habt darauf verzichtet.«

»Ja, etwas in der Art.« Alyx verzog das Gesicht. »Oder vielleicht hat mich auch nur der Mut verlassen.«

»Besser hier als in der Schlacht, meine Fürstin.« Entschlossen stand auf und streckte sich. »Aber ich schwöre Euch eines: Wenn Vorquellyn befreit ist, werden wir nicht vergessen, welche Rolle die Gyrkyme bei seiner Rettung gespielt haben. Eine Heimstatt zumindest wird es geben, in der die Gyrkyme nicht nur willkommen sind, sondern geehrt werden.«

Kapitel Neunundzwanzig

Die Schiffe verließen Rellaence kurz nach Mitternacht, ein leuchtendes Band von Sternen wand sich über den Nachthimmel und wies ihnen den Weg. Die Flottille bestand aus vier Schiffen, je einer Kriegsgaleere für die beiden Ælfenlegionen und die Gefährten, sowie einem bauchigen Transportschiff, das mehr an einen Wal als an einen Hai erinnerte, für die Pferde der Eisenrösser. Alle vier Schiffe bewegten sich mit der Geschwindigkeit des Transports, aber selbst der war schnell genug, um sie die Strecke in einer halben Woche zurücklegen zu lassen.

Ihre Gastgeber waren freundlich und sogar hilfsbereit, aber Alyx fand sie zugleich reserviert. Sie nahm an, dass dies zum Teil auf Peris Anwesenheit zurückging, obwohl sie keine bewusste oder unbewusste Benachteiligung bei deren Behandlung durch die Crew bemerkte. Alle Mahlzeiten wurden gemeinsam in der Kabine eingenommen, in der sie zum Schlafen die Hängematten ausspannten, und die Matrosen, die sie bedienten, wirkten herzlich.

Als die Schiffe die Loquellynhalbinsel umrundeten und die lange Fahrt nach Festung Draconis antraten, wuchs ihr Unbehagen. Sie versuchte es als Folge des kalten Winds abzutun, aber die in der Kehle aufsteigende Angst sprach eine andere Sprache.

Sie stand am Bug des Schiffes. Die Gischt sprenkelte ihre Haut und sie starrte nach Nordwesten. Hinter ihr ging die Sonne unter und warf den langen Schatten des Masts wie eine Lanze aufs Wasser. *Eine dunkle Lanze.* Sie erzitterte und legte die Arme um den Körper.

»Wenn Ihr gestattet, meine Fürstin.« Kräh legte ihr einen Ölzeugmantel um die Schultern. »Die Nacht bricht an und es wird kühl.«

Sie griff nach oben und zog sich den Umhang fest um den Leib. »Danke, aber das wird nicht helfen. Es ist nicht die Kälte, die mich zittern lässt.«

Kräh nickte und beugte sich über die Reling. Das weiße Haar schlug im Wind nach hinten. »Festung Draconis ist ein grausamer Ort. Sie hat sich im Laufe der Jahre verändert, ist düsterer und abstoßender geworden.«

»Mein Vater ist dort gefallen.«

»Ich weiß. Ich war dort. Ich habe es gesehen. Ich habe getrauert.« Kräh verstummte und schaute zum Horizont. Tränen sammelten sich in seinen Augen, und Alyx wusste: Es lag nicht am scharfen Wind. »Vor einem Vierteljahrhundert hat Festung Draconis das Schicksal der Welt entschieden. An ihr ist Kytrins Heer zerbrochen. Wenn ihr das noch einmal gelingt, wird es an uns sein, die Arbeit diesmal zu Ende zu bringen.«

Alyx schaute sich zu den wenigen Gefährten um, die sich an Deck versammelt hatten, während die anderen im Bauch des Schiffes schliefen. »Baron Norderstett hatte eine Truppe von Helden zur Unterstützung, und er ist gescheitert. Wir haben dich und Entschlossen, und eine Ansammlung halber Kinder, wobei ich mich da nicht ausnehme. Eine frische Garbe Sullanciri, die nur darauf wartet, geerntet zu werden.«

Kräh wischte sich durchs Gesicht, dann schaute er zu ihr hinüber. »Das glaubt Ihr nicht wirklich, oder? Ihr glaubt nicht, Ihr könntet ernsthaft eine von Kytrins Kreaturen werden?«

»Nein.« Sie runzelte die Stirn. »Zumindest hoffe ich es nicht, aber dann muss ich an Vionna und ihre pragmatische Einschätzung unserer Lage denken. Wir legen Grenzen für das fest, was wir tun, was wir für den Sieg zu tun bereit sind, und unsere Gegnerin nicht. Wenn ich an Baron Norderstett oder seinen Sohn denke, die voll rechtschaffenen Zorns nach Norden geritten sind, entflammt vom Verlangen, der Gerechtigkeit zum Sieg zu verhelfen, und dann sehe, wie sie umgedreht wurden, kann ich nicht anders, als zu zweifeln. Ist es dumm von mir, von uns, zu glauben, unser Sinn für Gerechtigkeit könnte unseren Geist schützen, der Wunsch, unsere Völker in Sicherheit zu sehen, unsere Herzen panzern? Kytrin hat Kinder abgeschlachtet, leichthin, vielleicht sogar freudig, und trotzdem sind wir es, die den Schmerz fühlen, wenn wir die Leichen sehen. Wir sind es, die davon ausgelaugt werden.«

Alyx deutete nach Nordosten. »Ich bin sicher, mein Vater hat Baron Norderstetts Überzeugungen geteilt. Sie sind zusammen geritten, haben ihr Vorgehen gemeinsam geplant. Hätte mein Vater ihn auf dieser letzten Expedition begleitet? Ohne Zweifel. Mein Vater könnte heute ein Sullanciri sein.«

Kräh zog die linke Braue hoch. »Und jetzt glaubt Ihr, Ihr hättet auch eine werden können? Ihr könntet noch immer zu einer werden?«

Alyx nickte, und ein kleiner Wurm schien sich durch ihre Eingeweide zu winden. »Es liegt nicht an Malarkex' Schwert oder irgendetwas Derartigem. Mein ganzes Leben war ich diszipliniert und habe hart gekämpft. Gekämpft, um mich in einer fremden Kultur zu behaupten, dann gekämpft, um meinem Ruf gerecht zu werden. Ich habe gekämpft, mich dem Andenken meines Vaters würdig zu erweisen.« Sie lächelte. »Hier, bei dir, bei Entschlossen und all den anderen fühle ich zum ersten Mal eine Freiheit, die ich bisher nie gekannt habe. Ihr habt dieselben Erwartungen an mich, die Ihr an euch selbst anlegt, dass wir zusammenarbeiten und gemeinsam alles tun werden, was in unserer Macht steht, um Kytrin aufzuhalten. Wir sind die Schmiede unseres eigenen Glücks, aber gebunden an das Ziel, sie zu stoppen. Doch völlige Freiheit zu haben ... das scheint so verführerisch.«

»Natürlich ist es das, aber Ihr werdet ihrem Lockruf nicht erliegen.« Krähs Stimme klang tief und schwer. »Ihr wisst, ganz gleich, was sie Euch versprechen würde, sie würde einen Preis dafür fordern. Indem sie Euch anböte, die Ketten zu sprengen, die Euch fesseln, würde sie bereits für neue Ketten Maß nehmen. Solange sie lebt, ist jede Freiheit, und um die geht es Euch ja, eine Einbildung. Eure einzige Möglichkeit, wirklich frei zu werden, ist durch ihren Untergang.«

Alyx nickte zögernd, dann streckte sie die Hand aus und legte sie auf Krähs Schulter. »Du hast Recht, Kräh, aber für den Fall, dass nicht, für den Fall, dass ich einen Augenblick der Schwäche erlebe ... Du bist in der Lage, eine Sullanciri zu töten. Lass nicht zu, dass ich ...«

Kräh zuckte zusammen. »Ihr verlangt mehr von mir, als Ihr ahnt. Ich kann Euch dieses Versprechen nicht geben, und nicht, weil ich Euch dieses Schicksal wünschen würde. Würde ich zustimmen, ginge Euch der letzte Rest des Widerstands verloren. Ihr hättet mich als letzte Rettung in Reserve.«

»Aber du würdest mich nicht ...«

Kräh richtete sich auf und nahm ihre Hände, strich ihr mit den Daumen über die Knöchel. »Ihr werdet nie eine Sullanciri werden, meine Fürstin. Davor habe ich keine Angst. Kytrin wird glauben, sie könnte Euch brechen, so wie alle anderen, aber ich weiß, sie kann es nicht. Das gibt Euch den Vorteil über sie, und letztlich wird sie daran scheitern, Euch unterschätzt zu haben.«

Wieder einmal in der mehrlagigen Kluft eines Piraten kam Kjarrigan an Deck, eine Stunde nachdem der Ausguck Festung Draconis gesichtet hatte. Ihnen blieben noch zwei weitere Stunden bis zur Ankunft, und im Norden begleiteten sie ein paar aurolanische Kriegsgaleeren auf parallelem Kurs. Kjarrigan verstand zwar nicht viel vom Segelhandwerk, das Wenige, was er darüber wusste, hatte er auf dieser Reise erworben. Doch er meinte, im vorherrschenden Westwind hätte es den aurolanischen Galeeren leicht fallen müssen, heranzugleiten und sie zum Kampf zu stellen.

Er wusste nicht, warum sie es nicht taten, aber nur für den Fall, dass sie es sich doch noch überlegten, bezog er im vorderen Backbordbereich des Schiffes Stellung. In Gedanken ging er die Zauber durch, die er einsetzen würde: Brechen der Riemen, Zertrümmern des Masts, besser noch, des Ruders. Er hätte den Rumpf leicht durchlöchern können, aber falls die Schiffe Magiker an Bord hatten, würden sie auf die Abwehr genau dieser Art von Angriff vorbereitet sein.

Aller Wahrscheinlichkeit nach hätte er jede Art von Abwehr, die sie aufbieten konnten, zerschlagen können, doch das Bild von Rahd, der seinen eigenen Zauber gegen ihn gekehrt hatte, verfolgte ihn. Es war nützlich, Verteidigungszauber zu zerschlagen, aber nur, wenn er die Natur dieser Zauber kannte. Es war viel einfacher, den Gegner auf eine Art anzugreifen, auf deren Abwehr er nicht vorbereitet war. In einer solchen Lage konnte schon eine geringe Anstrengung genügen, während es sich zu einem Desaster entwickelte, auf einen Gegner einzuhämmern, der auf diese Art von Angriff vorbereitet war.

Das Zögern der Aurolanengaleeren, näher zu kommen, gestattete ihm, seine Aufmerksamkeit auf Festung Draconis zu richten, und er entdeckte zu seiner Überraschung, dass sie der Festung näher waren, als er gedacht hatte. Der Morgennebel hatte den Horizont verschleiert, und da die Festung für den Kronturm berühmt war, hatte er das ferne Bauwerk für weit höher gehalten, als es tatsächlich war. Jetzt in der aufgehenden Sonne, in deren Wärme sich der Nebel auflöste, und deren Licht die Einzelheiten deutlicher hervortreten ließ, sah er, dass die hoch aufragende, elegante Festung der vorigen Generation einer gedrungenen, brutal wirkenden Monstrosität gewichen war, die einem von Dornen gespickten Granithorn glich, das aus dem Boden gebrochen und auf vielleicht halber Höhe grob abgerissen worden sein musste.

Die aurolanischen Galeeren unternahmen noch immer keinen Versuch, das ælfische Schiff aufzuhalten, als sie in den Hafen im Nordwesten der Festung einliefen. Stattdessen gingen sie in Stellung, um ein erneutes Auslaufen zu verhindern, was nichts Gutes verheißen konnte. *Wenn sie uns an der Flucht hindern wollen, bedeutet das: Sie glauben, wir werden einen Grund bekommen, fliehen zu wollen.*

In der Festung wirkte alles ruhig. Die ælfischen Schiffe hissten Signalflaggen in einem Muster, das ihnen vor der Abfahrt aus Rellaence über Arkantafal mitgeteilt worden war, und segelten danach ungehindert in das geschützte Hafenbecken, vorbei an einem wuchtigen, schrägwandigen Bunker, der es am Ende des Dammes bewachte. Geschärfte Stacheln ragten aus den Wänden, und aus den Pforten und Geschützscharten ragten ebenfalls die Messingläufe von Draconellen. Kjarrigan hatte ihre Gewalt zwar nie im Einsatz gesehen, aber was er von diesen Waffen wusste, ließ keinen Zweifel in ihm aufkommen, warum die aurolanischen Galeeren auf Abstand blieben.

Die kleine, sechseckige Hafenfeste besaß dicke, wuchtige Mauern, die sich in einem sanften Winkel dem Himmel zuneigten. Die enorme Breite an der Unterseite erschwerte es, sie zu unterminieren, und es war sicher nicht leicht, sie zum Einsturz zu bringen. Kjarrigan sah keine Zinnen, wie sie auf anderen Festungswällen üblich waren. Wachen patrouillierten auf einem vertieften Wehrgang, der nur Kopf und Schultern erkennen ließ. Sie zogen zwar so nahe an der Festung vorbei, dass die

Wachen ihr Schiff nicht sehen konnten, aber kein Schiff hatte eine Chance, ungebeten an den Draconellen vorbei bis auf diese Nähe an die Festung heranzukommen.

Das Schiff glitt an einen Landungssteg und machte fest. Die Ælfen legten eine Gangplanke aus, und Kjarrigan folgte Lombo an Land, dann gesellte er sich zu Alexia und den anderen, die bei einem groß gewachsenen Mann mit braunem Haar und Augen standen, die unter der grünen Maske kaum zu erkennen waren. Ein aufgerichteter Drache war in dunkelgrüner Farbe auf der linken Brust der stahlgrauen Uniform aufgestickt, und eine Krone auf der rechten. Dem Grün der Maske nach schloss Kjarrigan, dass er aus Oriosa stammte.

Die Stimme des Mannes klang etwas steif, als sei er angestrengt bemüht, die Form zu wahren. Er richtete seine Worte an Prinzessin Alexia. »Meine Fürstin, der Markgraf Draconis lässt sich entschuldigen. Er bedauert zutiefst, Euch nicht persönlich begrüßen zu können, aber er wurde von dringenden Geschäften aufgehalten. Er wird Euch später darüber in Kenntnis setzen, hat mich bis dahin aber gebeten, Euch herumzuführen und Eure Fragen zu beantworten. Man wird Euer Gepäck in Eure Räume bringen. Ihr werdet hier wohnen, im Kronturm.«

Will legte den Kopf auf die Seite. »Hat nicht viel von einem Turm.«

Der Kopf ihres Führers zuckte hoch, und eine Spur von Schock zerschmolz zu Nachdenklichkeit. »Ich werde es unterwegs erklären, falls Ihr möchtet. Ich bin Ermenbrecht. Von Oriosa, wie Ihr. Ihr müsst der Norderstett sein.«

Der Dieb nickte. »Und Ihr seht weit mehr nach einem Prinzen aus als Euer Bruder.«

Bei dieser Bemerkung wurde Ermenbrechts Lächeln schmaler. »Ihr seid nicht der Erste, der diese Meinung äußert. Hier entlang, bitte.« Er führte sie zu einer langen Rampe, die an mehreren Stellen von einem steilen Abhang in einen schmalen Graben unterbrochen war. »Ihr werdet diese Gräben an verschiedenen Stellen der Festung finden. Dort wartende Truppen können den tieferen Abschnitt der Rampe leicht verteidigen, und für den unwahrscheinlichen Fall, dass es einem Schiff gelingen könnte, in den Hafen einzudringen und einen Rammbock oder andere Belagerungsmaschinen abzuladen, würden die Gräben sie stoppen.«

Auf dem Weg hinauf schlug er mit der flachen Hand gegen die schräge Festungsmauer. »Ich möchte wetten, Ihr habt diese geneigten Wände nirgends sonst gesehen. Der Markgraf Draconis hat bei Experimenten mit den Draconellen herausgefunden, dass diese deshalb so wirkungsvoll im Zertrümmern von Mauern sind, weil sie ihre Geschosse auf einen bestimmten Punkt zielen können. Auf diese Weise arbeiten sie wie ein Weitstrecken-Rammbock. Niedrige, dicke, geneigte Mauern lassen die Kugeln abprallen und verringern den Schaden.«

»Falls man nicht gerade unter ihnen steht, wenn sie treffen.« Will versuchte, die Mauer hochzuklettern, kam ein paar Meter weit und rutschte zurück. »Auch ziemlich wirksam gegen Angreifer.«

»Noch weit wirksamer, wenn siedendes Öl sie hinunterspült.« Der Prinz deutete auf die Stacheln. »Sich daran festzuhalten, hilft wenig. Die meisten haben scharfe Kanten, viele sind vergiftet, manche brechen ab und andere verbergen eine Überraschung.« Am Kopf der Rampe führte der Weg die Gruppe im Zickzack zwischen zwei kleinen Mauern hindurch, die als Bremse dienten, um Angreifer aufzuhalten. »Gegen einen entschlossenen Feind werden diese Wände vermutlich nicht lange standhalten. Aber lange genug, damit wir eine Batterie ausrichten können, um ihn zu erledigen.«

Kjarrigan lief ein Schauder den Rücken hinab. Ermenbrecht stellte Sinn und Zweck der Maßnahmen locker und geschäftsmäßig dar, doch die rasenden Gedanken des jungen Magikers lieferten ihm die Einzelheiten dazu. Vor dem inneren Auge sah er am unteren Ende der Rampe einen Rammbock im Graben hängen. Er sah Ströme kochenden Öls die Mauern herabfließen und über die die Schräge heraufkletternde Angreifer schwappen. Er sah wackere Verteidiger die engen Scheidewände halten, hörte das Trompetensignal, das sie zurückrief.

Und dann bricht der Feind durch.

Als Kjarrigan hinter der zweiten Scheidewand hervortrat, starrte er in das schwarze Maul einer Draconelle. Das aus Messing gegossene Geschütz wies eine Mündung in Form eines die Zähne fletschenden Wolfskopfes auf. Er sprang erschreckt zur Seite und prallte gegen Dranæ. Kjarrigan prallte vom Leib des Hünen ab und fiel auf die Knie, der Gnade des metallenen Wolfes ausgeliefert.

Ermenbrecht grinste, als er das letzte Stück der Rampe hinaufstieg und den Kopf der Draconelle tätschelte. »Bitte verzeiht mir diesen Trick. Es ist hier eine Tradition, unseren Besuchern zu zeigen, was den Feind erwartet. Manche unserer Geschütze haben eigene Namen. Dies hier ist Donnerfang und war eine der ersten Draconellen, die der Markgraf Draconis gießen ließ. Kytrins Geschütz hatte die Form eines Drachen, doch Dathan Cavarr hat festgestellt, dass Wölfe, Bären, Katzen, Schlangen, Frostkrallen und Adler sich ebenso gut dafür eignen. Inzwischen sind nicht mehr alle unsere Draconellen so prächtig, um Metall zu sparen, aber wir haben mindestens ein Monster in jeder Batterie.«

Der junge Magiker richtete sich mühsam wieder auf und klopfte sich den Staub von den Knien. Er kämpfte sich den Rest des Abhangs hoch, dann folgte er den anderen an der Oberkante der westlichen Festungsmauer entlang. Die Nahtstelle zwischen zwei Schrägmauern formte eine Spitze, an der etwa ein Dutzend Draconellen etwa eine Mannshöhe unter der Mauerkrone postiert waren. Ihre Mündungen ragten durch schmale, waagerechte Pforten, die einen Winkel von neunzig Grad abdeckten. Dadurch überlappte sich das Schussfeld der Batterie mit denen des Hafenbunkers und gestattete den Beschuss der Rampe an der Nordwestseite.

Ermenbrecht lud sie ein, näher an das große Messingrohr auf der mit Rädern ausgestatteten Lafette zu treten. Die Draconellenbesatzungen, die komplett aus Meckanshii bestanden, zogen die Waffen mit Seilen und Winden an ihren Platz, dann richteten sie sie mit Hebelstangen aus. Auf dieselbe Weise hoben sie das Rohr bei Bedarf am hinteren Ende an, um Keile unterschieben und auf näher herangekommene Schiffe feuern zu können.

»Das hier wollen alle unsere Besucher sehen. Das sind Draconellen. Sie schlucken nur Feuerdreck, der fest in das Rohr gestopft wird. Danach wird das Geschoss geladen. Wir haben ausgezeichnete Ergebnisse mit Eisenkugeln erzielt, eine große gegen Schiffe, und viele kleine gegen Besatzungen. Aber es spielt keine wirkliche Rolle, was man auf den Feuerdreck legt, es wird mit erheblicher Geschwindigkeit ausgekotzt. Wenn es den Flug übersteht, durchschlägt es auf gehörige Entfernung fast alles, was es trifft.«

Will betrachtete neugierig das Pulver im Loch der Draconelle. »Was ist es? Wo bekommt ihr es her?«

Der Orioser Prinz lachte herzhaft und die Meckanshii stimmten ein. »Das, Norderstett, ist die Frage, deren Antwort mein Vater und alle anderen gekrönten Häupter nur zu gerne wüssten. Der Markgraf Draconis hat lange und hart an der Mischung gearbeitet. Nur die Meckanshii wissen, wie man Feuerdreck herstellt, in welchem Verhältnis die Zutaten gemischt und wie sie bearbeitet werden müssen. Ich weiß es selbst nicht. Ich weiß nur, wozu er in der Lage ist.«

Ermenbrecht streckte die Hand nach einer glimmenden Lunte in der Hand eines Meckansh aus, aber dann hielt er inne und schaute zu Kjarrigan. »Ihr seid der Magiker?«

Er nickte.

Der Prinz winkte alle aus der Nähe der Draconelle fort, dann deutete er auf das pulvergefüllte Loch. »Wenn Ihr kurz Feuer machen könntet.«

Kjarrigan konzentrierte sich, dann schnippte er einen Finger zur Draconelle. Ein golden glitzernder Funke flog auf das Loch zu, und augenblicklich stieg Qualm aus dem Pulver auf. Einen Pulsschlag später, als Prinz Ermenbrecht zurücksprang, brach mit lautem Donnerschlag eine Flammenzunge aus der Mündung des Rohrs. Die Waffe rollte durch tief in den Stein gegrabene Furchen zurück, und noch bevor der Qualm sich verzogen hatte, war die Meckanshiicrew bereits wieder dabei, die Draconelle neu zu laden und zurück in Stellung zu bringen.

Kjarrigans Augen tränten vom Rauch und seine Ohren klingelten vom Lärm der Explosion. Lombo packte ihn am Kragen und zog ihn aus der Nähe der Batterie. Sie gesellten sich zum Rest der Gruppe, der ein Stück entfernt an einer Mauer stand, und Kjarrigan bemerkte, dass Ermenbrecht ihn stolz anschaute.

Er lächelte. »War das in Ordnung so?«

Der Prinz nickte ernst. »Falls ich einen Meisterdraconier für meine Batterie brauche, verpflichte ich Euch, Adept.«

Der Knabe versuchte, seine Freude zu verbergen. »Ihr seid zu gütig, mein Fürst.«

»Ganz und gar nicht.« Ermenbrecht winkte zurück in Richtung der Festung. »Gehen wir weiter.«

Kjarrigan zog den Kopf ein und folgte schweigend, als Ermenbrecht sie durch den Rest der Anlage führte. Sie vollführten eine Vierteldrehung an den unregelmäßigen Außenmauern der Festung entlang. Hinter ihnen im

Nordosten, Osten und Südosten erhoben sich drei kleinere Festungen ähnlich der, die den Hafen sicherte. Ein breiter Hügel erhob sich zwischen ihnen und der Hauptfestung, und Ermenbrecht erklärte ihnen, dass unterirdische Nachschubtunnel die Gebäude verbanden. Die kleineren Festungen starrten vor Draconellen, zwei Dutzend pro Bauwerk, und versprachen ein mörderisches Kreuzfeuer, falls ein Feind die Festung zu stürmen versuchte. Hinzu kam, dass die Hauptfestung und die kleineren Anlagen einander deckten. Es erschien also keineswegs leichter, eine von ihnen zu erobern.

Ermenbrecht führte sie von der Außenmauer fort in die Stadt und durch die Straßen zum Kronturm. Die Stadt, erklärte er, hieß bei den Einwohnern das Labyrinth. »Es erfordert eine gewisse Gewöhnungszeit, aber wenn man die einmal hinter sich hat, kommt man schnell voran. Ein Invasionsheer würde sich hier allerdings verzetteln und niedergemetzelt werden.«

Sie traten durch einen hohen Torbogen in den Kronturm, und der Prinz deutete hinauf in den Himmel. »Vor fünfundzwanzig Jahren war der Kronturm dreimal so hoch wie heute. Wie ihr wisst, waren die Drachenkronenfragmente in der höchsten Etage untergebracht, und als Kytrin einen Drachen zwang, sie zu holen, löste er eine für diese Möglichkeit vorbereitete Falle aus. Gleich dort oben in der Mauer könnt ihr den Schädel dieses Drachen sehen.«

Die bleichen Knochen der gewaltigen Echse boten einen harten Kontrast zum grauen Stein. Die leeren Augenhöhlen starrten zu ihnen herab, und Kjarrigan hatte das Gefühl, jemanden von dort auf sie herunterschauen zu sehen. Der Schädel war fast zehn Schritt lang und am hinteren Ende sechs Schritt breit, und seine Zähne schienen so riesig, dass ein erwachsener Mensch für sie kaum mehr als einen Bissen bedeutet hätte.

Ermenbrecht setzte seine Führung fort. »Weil die Draconellen sich so ausgezeichnet eignen, Türme einzureißen, ließ der Markgraf Draconis ihn absenken und verstärken. Aber er bleibt der Aufbewahrungsort der Drachenkronenfragmente.«

Der Prinz führte sie durch den Turm, Treppen hinauf, an deren Kopfende sie auf die andere Seite des Turmes wechseln oder durch mehrere Scheidewände gelangen mussten, um weiter emporsteigen zu können. Sich durch eine entschlossene Gegenwehr an die Spitze des Turms vorzukämpfen, wäre nicht leicht gewesen, und für diese Gegenwehr sorgte eine beachtliche Garnison von Meckanshii. Die meisten schienen einen von Haken und Klingen sowie Sporen an Ellbögen, Knien und Fersen übersäten Panzer aus Metallplatten zu tragen, der auf dem Körper befestigt war.

Im Bogengang vor der Fragmentkammer drehte Ermenbrecht sich zu Kjarrigan um. »Im Innern bitte keine Magik. Dieser Raum ist mit Schutzvorrichtungen ausgestattet, von denen ich keine Ahnung habe, und die ich noch weniger verstehe, und ich habe kein Bedürfnis, sie gerade jetzt kennen zu lernen.«

Der Adept nickte, dann betrat er hinter dem Prinzen die Kammer. Der kreisrunde Raum hatte steinerne Wände ohne Fenster und keinerlei Dekoration – abgesehen von drei Steinpodesten, die im Herzen der Kammer an den Ecken eines gleichseitigen Dreiecks standen. Auf jedem Podest ruhte ein riesiger, goldgefasster Edelstein, nahezu übereinstimmend mit dem Fragment, das sie in Wruona gerettet hatten. Der ihm am nächsten liegende, ein gewaltiger Rubin, warf blutrote Reflexe über Mauern und Boden. Der mittlere Stein war ein gelbes Juwel, das an einen Saphir erinnerte, aber sein Licht schien gedämpft. Der Letzte, ein grüner Stein mit blauen Einsprengseln, leuchtete mit innerem Licht, aber nicht annähernd so prunkvoll wie der Rubin.

Ermenbrecht gestattete ihnen, die Steine kurz zu betrachten, dann verschränkte er die Arme vor der Brust. »Im Süden denkt man an die Macht der Draconellen, wenn die Sprache auf Festung Draconis kommt. Man vergisst, dass diese drei Steine Kytrin gestatten würden, Gewalten zu entfesseln, gegen die Draconellen nur ein Spielzeug sind.«

Sie folgten dem Orioser Prinzen zurück ins Erdgeschoss des Turms, wo ein Pulk zu Dienstbotenaufgaben abkommandierter Soldaten sie begrüßten. Jeder Krieger führte einen der Gefährten davon, mit Ausnahme von Kjarrigan. Ermenbrecht lächelte. »Falls Ihr nichts dagegen einzuwenden habt, werde ich Euch den Weg zeigen.«

Kjarrigan wusste keine Antwort, also folgte er nur schweigend seinem Führer. Sie stiegen schnell in die Tiefe des Turms, durch mehrere Untergeschosse, bis sie vor einer dunklen Tür anhielten. Der Prinz klopfte einmal, dann öffnete er sie und gab den Blick in einen großen Raum voller Bücherregale frei. Für einen Moment glaubte Kjarrigan sich zurück in sein Zimmer auf Vilwan versetzt, doch der Anblick des sich aus einem Sessel erhebenden Markgrafen Draconis bereitete dieser Einbildung ein schnelles Ende.

Der kleine Mann lächelte. »Ah, sehr schön. Kjarrigan Lies. Schön, dass Ihr gekommen seid. Es freut mich, dass Ihr hier seid, und ich bedauere, dass ich nicht schon in Yslin mit Euch reden konnte. Ich war mir damals noch nicht sicher, wer Ihr wirklich wart.«

Kjarrigan zwinkerte verwirrt. »Mein Fürst?«

Dathan Cavarr strich sich mit der Linken den Schnauzbart glatt. »Man hat mir berichtet, zu welchen magischen Leistungen Ihr fähig seid. In mancher Hinsicht erstaunt mich das, und in anderer ist es nur eine Bestätigung. Aber es veranlasst mich, eine Bitte an Euch zu richten.«

Der schnelle Redefluss des Markgrafen nötigte Kjarrigan eine gewisse Zeit ab, aufzuholen, dann nickte er. »Bitte, mein Fürst. Falls ich Euch zu Diensten sein kann.«

»Oh, das könnt Ihr sicher.« Cavarr winkte ihn näher. »Lasst uns reden. Falls Ihr antwortet, wie ich es erwarte, könnt Ihr mir einen Dienst erweisen. Einen großen Dienst, für den ich auf ewig in Eurer Schuld stehen werde.«

Kapitel Dreissig

Als sie kurz darüber nachdachte, erkannte Alyx, dass sie nicht überrascht war, Kräh auf dem Kirillplatz anzutreffen. Nach der Führung hatte sie sich in ihr Zimmer zurückgezogen und zu einem kurzen Nickerchen langgelegt. Sie hatte nicht vorgehabt, bis zum Morgen zu schlafen, aber ihr Körper war offenbar anderer Ansicht gewesen. Es hatten sie keine Albträume geplagt. Genauer gesagt erinnerte sie sich an überhaupt keine Träume. Als sie bestens ausgeruht erwachte, fragte sie sich, ob der Markgraf Draconis die Festung irgendwie gegen Träume abgeschirmt hatte, um Kytrin einen möglichen Angriffspunkt zu versperren.

Sie hatte sich hastig umgezogen, wobei der Garderobenschrank ihres Zimmers ausreichend Auswahl bot. Unbemerkte Dienstboten hatten ihn während der Nacht mit der von den Ælfen gewaschenen und geflickten Piratenmontur, der loqælfischen Goldfederuniform und passenderer einheimischer Kleidung gefüllt. Sie entschied sich für die stahlgraue Standarduniform der Festung, deren linke Brustpartie in ihrem Fall auf der rechten Seite ein geflügeltes Ross neben einer Krone zeigte. Beide Motive waren mit weißem Garn gestickt, aber in Schwarz nachgezeichnet, wobei ihr nicht ganz klar war, welche Bedeutung das haben sollte.

In der Messe schnappte sie sich etwas Brot und eine Tasse heiße Suppe. Sie trank die Suppe auf dem Weg aus dem Saal, vorbei an Truppen aller Herren Länder. Es fiel ihr auf, dass die Meckanshii an Stelle nationaler Insignien ein mit einem Schraubenschlüssel gekreuztes

Schwert in einem Zahnradkranz trugen, das Ganze in einer zu ihrer Heimatnation passenden Farbe gestickt. Sie bemerkte auch, dass sie dazu neigten, unter sich zu bleiben, und kaum in Berührung mit den anderen Truppen kamen. Sie wusste allerdings nicht, ob dies daran lag, dass sie sich nicht länger als Teil ihrer Nation betrachteten, oder ob ihre Landsleute sie mieden, um nicht daran erinnert zu werden, was ihnen selbst möglicherweise bevorstand.

Auf dem Brötchen kauend verließ sie den Kronturm, streifte durch einen der fünf Gärten, die ihn umgaben, und wanderte ostwärts, an den Platz, wo ihr Vater gefallen war. Sie hatte von einem Denkmal für ihn gehört, zumindest behauptete ihre Familie, es gäbe eines, auch wenn keiner von ihnen es je besucht hatte. Was sie beschrieben hatten, kam der Wirklichkeit nicht einmal ansatzweise nahe.

Der gesamte Platz hinter dem alten Inneren Festungstor war ungeachtet des Wiederaufbaus intakt erhalten geblieben, während alles darum herum sich veränderte. Die Steine um das Tor waren von Drachenodem halb zerschmolzen. Fühler aus Stein hingen in der Luft – wie von einem Wasserstrahl aufgespritzter Sand. Der Torbogen selbst hing etwas durch, das Kopfsteinpflaster des Hofes schien uneben. Fehlende Steine waren durch neuere ersetzt worden, und Alyx hatte keinen Zweifel daran, dass die gestohlenen Steine zu Talismanen zertrümmert worden waren, die Soldaten als Glücksbringer in die Schlacht mitnahmen.

An der Nordseite des Tors, unmittelbar vor der Wand, brannte ein Berg von Kerzen vor einem in der Mauer klaffenden Krater. Kleine Fetzen Papier, Stoff und Pergament flatterten in Ritzen und zwischen den Steinen. Efeu war um den Krater gewachsen, aber keine Ranke drang in ihn ein. Zwischen den Kerzen standen mehrere Statuetten verschiedener Größe und verschiedenen Material, von Terrakotta bis Bronze, und alle stellten ihren Vater dar.

Der Anblick traf sie wie ein Schock und trieb ihr die Tränen in die Augen. Sie war auf ein großes Monument vorbereitet gewesen, eine riesige Statue ihres Vaters in heldenhafter Pose, die den Platz beherrschte. Das stellten ihr Großvater und ihre liebe Urgroßtante sich vor. *Sie würden ein so bescheidenes Denkmal hassen.*

Sie nicht. Sie verstand es. Das hier waren die Opfer, die Zeichen von Respekt, die ihm andere Krieger tagtäglich erwiesen. Für sie war er einer der ihren gewesen, ein Soldat, der für den Kampf gegen Kytrin sein Leben gegeben hatte. Sie hatten keinen Bedarf für ein protziges Standbild. Der Krater sagte ihnen alles, was sie über seinen Mut zu wissen brauchten. Es war dieser Mut, den sie verehrten und von dem sie hofften, dass sie ihn ebenfalls aufbringen würden, wenn die Zeit dafür kam.

Kräh stand langsam von der Stelle auf, an der er eine Kerze aufgestellt hatte. »Guten Morgen, meine Fürstin. Verzeiht meine Aufdringlichkeit.«

Alyx schüttelte den Kopf. »Ich bin der Störenfried, Kräh.« Sie trat zu ihm hinüber, nahe genug an den Krater, um die Wärme der Kerzen zu spüren. »Ich hatte mir immer etwas Pompöses, Prunkvolles vorgestellt.«

»Etwas, das Euer Vater gehasst hätte.«

Sie nickte. »Ja, genau, und etwas, das Tante Tatjana für nicht annähernd angemessen halten würde. Die Kerzen verstehe ich, und die Figuren auch, aber die Zettel? Sie sehen aus wie Gebete.«

»Das sind sie auch.«

»Aber mein Vater ist kein Gott.«

Kräh lächelte milde. »Erstens, für diejenigen von uns, die an jenem Tag hier waren, bedeutete sein Eingreifen nichts weniger als eine göttliche Intervention.« Er wies auf eine armhohe Statuette hin, die von einem Regenbogen aus Wachs bedeckt war. »König Augustus ließ diese erste Figur entsprechend der alcidischen Sitte der Ahnenverehrung herstellen. Andere, die damit nicht vertraut sind, haben ihr eine eigene Deutung gegeben, und … nun, Ihr wisst selbst, wie abergläubisch Soldaten sind. Es gibt genügend Leute, die behaupten, Euer Vater sei hier nicht gestorben, sondern auf eine andere Seinsebene gewechselt.«

Sie schüttelte den Kopf. »Das ergibt keinen Sinn.«

Er zuckte die Achseln. »Tatsache ist, meine Fürstin, dass der Sullanciri, der Euren Vater tötete, ihn furchtbar zurichtete. Der Leichnam war nicht mehr erkennbar. Also kamen Gerüchte auf, er sei gar nicht gestorben. Leute, die von umherziehenden Banditen oder Aurolanen überfallen wurden, erzählten von einem Krieger, auf den die Beschreibung Eures Vaters passte, der sie gerettet hatte.«

»Aber diese Geschichten sind Unsinn.«

»Das mag wohl sein, doch manch einer hatte sie bitter nötig, meine Fürstin. Alle anderen Helden jener Tage, mit Ausnahme des Markgrafen Draconis und von König Augustus, sind entweder tot oder zu Kytrin übergelaufen. Die Menschen brauchten einen Helden, der sich ihr entgegenstellte, und manche haben diese Rolle Eurem Vater zugedacht.«

Sie musterte ihn mit schmalen Augen und erinnerte sich an den nächtlichen Überfall vor der Schlacht auf den Ebenen vor Swojin. »Einige dieser wundersamen Rettungen sind dein und Entschlossens Werk, oder? Ihr hattet nichts dagegen, dass diese Geschichten die Runde machten und Kytrin Zeit und Mühe mit der Suche nach einem nicht existenten Helden verschwendete.«

»Niemand hat etwas getan, das Euer Vater nicht auch getan hätte, wäre er noch am Leben gewesen. Ich bin sicher, es hat ihm gefallen. Aber bitte, seid uns nicht böse. Wir haben weder ihn noch sein Andenken entehrt.«

»Vermutlich nicht.« Alyx runzelte die Stirn. »Aber ihr habt damit aufgehört. Warum?«

Kräh kratzte sich im Nacken. »Uns ist klar geworden, dass Kytrin ohne weiteres einen ihrer Sullanciri einsetzen konnte, um den Eindruck zu erwecken, Euer Vater sei in Gefangenschaft geraten und zu ihr übergelaufen. Als Boleif Norderstett genau dies zustieß, waren wir froh, dass wir aufgehört hatten. Außerdem, nachdem Leif ein Sullanciri geworden war, mussten wir uns auf die Suche nach dem Norderstett der Prophezeiung machen. Leif konnte es jetzt nicht mehr sein, und die Suche drängte alles andere in den Hintergrund.«

Alyx schauderte trotz der Wärme, die eine Brise von den Kerzen herübertrug. »Als ich aufwuchs, wurde mir die Welt in sehr einfachen Farben gemalt. Kytrin hatte meinen Vater ermordet und meine Nation unterjocht und ich musste all das rächen. Als Kind war das ein großes Abenteuer. Als ich heranwuchs und mit der Ausbildung anfing, wurde mir langsam klar, dass es so einfach nicht sein würde, aber es gab immer noch Hoffnungsschimmer. Ich dachte nie daran, dass auch andere sich ihr entgegenstellen würden, wie ihr es getan habt, aber jetzt erkenne ich, dass all diese Anstrengungen nötig sein werden, um sie aufzuhalten. Schließlich werden wir alle, die wir gegen sie angetreten sind, gezwungen sein, dieselbe Wahl zu treffen wie mein Vater und dasselbe Opfer zu bringen, oder zumindest die Bereitschaft dazu zu beweisen.«

»Aber das habt Ihr doch schon immer gewusst.«

»Ja, aber ich habe nicht wirklich verstanden, dass auch andere dazu bereit waren. Ich sah es als meine Tochterpflicht.« Alyx deutete auf die Kerzen und Opfergaben. »Das hier zeigt mir ein Heer anderer Wege, die alle zum selben Ziel führen. Wir können nur siegen, indem wir sie alle vereinen.«

Ein Trompetenstoß aus dem Norden schnitt Krähs

Antwort ab. Andere Trompeten nahmen das Signal auf und wiederholten es drängend. Kräh nahm Alyx' Hand und rannte mit ihr durch das Labyrinth. Der Weg zwang sie, erst ein Stück westwärts zu laufen, um nach Osten abbiegen zu können, doch sie erreichten schnell die Außenmauer der Festung und liefen die Rampe hinauf zur östlichen Löwenbatterie.

Über den Hügel zwischen der Festung Draconis und der kleineren Festung im Osten galoppierten zwei Reiter auf das südöstlich gelegene Haupttor zu. Beide trieben die Pferde heftig an, und einem der beiden ragte ein Pfeil aus der rechten Schulter. Er wankte leicht im Sattel, hielt sich aber aufrecht. Seine Begleiterin winkte grüßend, dann schien sie ein Handzeichen zu geben, das den Meckanshiihauptmann der Batterie veranlasste, zum Tor hinabzurufen, damit es geöffnet wurde.

Das schmale Ausfalltor schwang auf und ließ die beiden Reiter herein. Der verwundete Mann schwang sich im Hof aus dem Sattel, während die Reiterin ihrem Ross die Sporen gab und ins Labyrinth verschwand. Alyx schaute ihr nach, dann blickte sie hoch und sah einen alcidischen Ballon an einer Leine über dem Kronturm aufsteigen. Ein Korb mit zwei Beobachtern hing unter der Hülle, deren Aufmerksamkeit ganz nach Osten gerichtet war.

Alyx war klar: Die beiden Reiter mussten Kundschafter sein. So viel war offensichtlich. Ebenso offensichtlich waren sie in einen Kampf geraten, und da ein Kundschaftertrupp aus zehn Reitern bestand, verhieß das nichts Gutes. Sie konnte sich nicht vorstellen, dass zwei Kundschafter den Rest der Einheit im Stich ließen, es sei denn, die Nachricht war von höchster Dringlichkeit und der Kampf bereits verloren.

Kurz darauf hing eine Anzahl von Signalflaggen unter dem Ballon. Der Wind ließ sie flattern und knallen. An einem Fahnenmast auf der Spitze des Kronturms hoben und senkten sich andere Flaggen, offenbar als Antwort auf die Signale des Ballons. Weder sie noch Kräh konnten die Botschaften lesen, sie wussten jedoch beide, was los war.

Eine Stunde später erfüllten sich ihre schlimmsten Befürchtungen. Kytrins Horden näherten sich aus dem Norden, durch den Borealpass. Die Reiterei kam zuerst, menschliche Renegaten auf Pferden, Schnatterer und Vylænz auf schwarzen oder weißen Frostkrallen. Gepanzerte Gestalten ritten auf den Großtemeryxen, doch deren Helme verbargen ihre Gesichter. Einige von ihnen waren jedoch schlank und groß genug, um Ælfen zu sein.

Die Kavallerie trabte auf die Ebene nördlich des Draconisteichs, der einen Teil der Nordmauer schützte. Sie formierten sich knapp außer Reichweite der Draconellen in der Nordostfestung zu einer Schlachtreihe. Hinter ihnen kam Kytrins Artillerie. Gespanne aus zwölf Frostkrallen zogen kleine Draconellen, je vier Reifreißer die schweren Geschütze. Die Reifreißer waren von einer Größe, neben der ein ausgewachsener Bär kaum größer als ein einjähriger Hundewelpe wirkte, und mit ihrem weißen Fell mussten sie in den Eiswüsten Aurolans nahezu unsichtbar sein.

Als Nächstes folgten Wagenladungen Feuerdreck und Kugeln für die Draconellen, dann Infanterie. Alexia war es gewohnt, ihre Gegner als unreglementierten Haufen anrücken zu sehen, diese Truppen marschierten aber in exakter Ausrichtung, diszipliniert und stumm. Ihre Standarte zeigte einen roten gespaltenen Ochsenschädel, und sie erinnerte sich, in mehreren Berichten von dieser Fahne gelesen zu haben. Sie waren bei ihren Überfällen zwar nicht immer erfolgreich gewesen, hatten sich aber immer als harte Gegner erwiesen.

Hinter ihnen folgte eine Legion hünenhafter Menschen und Schnatterer, die Waffen geschultert hatten, die sie noch nie gesehen hatte. »Kräh, sind das Draconettiere?«

Der alte Mann hob die Hand an die Augen, um sie gegen das Sonnenlicht abzuschirmen, dann nickte er zögernd. »Man kann erkennen, dass sie eine Draconette und einen Stock mit Hörnern auf der Spitze tragen. Sie legen den Lauf der Waffe auf die Horngabel und feuern, dann laden sie nach und feuern wieder. Die Schüsse sind nur über etwa fünfzig Meter halbwegs treffsicher, und die Feuergeschwindigkeit ist weit geringer als die eines Bogens.«

»Welchen Sinn haben sie dann?«

Kräh seufzte. »Einen Bogenschützen muss man lange ausbilden, eine Draconette abzufeuern ist dagegen weit einfacher.«

»Du hast schon früher gegen sie gekämpft?«

Er grinste. »Ich bin ihnen schon früher aus dem Weg gegangen. Ich habe nie einen Treffer einstecken müssen, aber ich habe Entschlossen mal geholfen, einem anderen Vorqælfen eine Kugel aus dem Leib zu holen. Sie hat ihm den Arm gebrochen und er ist nie wieder richtig verheilt. Wir haben ihm zwar magische Hilfe verschafft, doch es war zu spät.«

Alyx runzelte die Stirn. »Aber bei all der Magik, über die Entschlossen verfügt, hätte ich gedacht …«

»Hmm. *Heilende* Magik? Nein.« Kräh starrte angestrengt auf die kleinsten der beräderten Waffen, die langsam auf die Ebene fuhren. »Ich frage mich, was das ist. Die habe ich noch nie gesehen.«

Sie folgte seinem Blick und sah eine Reihe zweirädriger Metallgebilde, die von einzelnen Frostkrallen gezogen wurden. Sie erinnerten mächtig an Kröten, die mit offenem Maul auf dem Fahrgestell hockten, auch wenn die meisten Kreaturen, denen sie nachgebildet waren, weit echsenartiger und zähnestarrender wirkten, als es je eine gewesen war. Die Waffen gehörten sichtlich in die Draconellenfamilie, aber sie konnte sich nicht vorstellen, welchem Zweck sie dienen könnten.

Eine Legion nach der anderen strömte auf das Feld. Kavallerie und schwere Fußtruppen schirmten dabei die Artillerie und deren Nachschub gegen Angriffe aus der Festung ab. Die Infanterie machte sich daran, Gräben auszuheben und benutzte das so gewonnene Erdreich dazu, Wälle anzulegen, hinter denen die Draconellen mitsamt ihrem explosiven Feuerdreck in Stellung gingen.

Plötzlich brachen die aurolanischen Truppen in Jubel aus und Kräh zeigte nach Norden. »Da ist sie. Diesmal fährt sie offen.«

Alyx blickte nach Norden und sah eine Frau in einem von zwei Großtemeryxen gezogenen Streitwagen, flankiert von zwei weiteren und gefolgt von noch zweien. Sie trug einen regenbogenfarbenen Mantel aus durchscheinender Seide, während ihr kaum dickeres Kleid himmelblau war und eher für ein Schlafgemach geeignet schien als für ein Schlachtfeld. Langes blondes Haar flatterte ebenso im Wind wie Mantel und Kleid. Sie schien groß, stark und von nicht einzuschätzendem Alter, aber Alyx gestand sich ein, dass die beträchtliche Entfernung all diese Vermutungen zweifelhaft machte.

Sie bemerkte, wie Kräh unbehaglich die Schultern bewegte. »Was ist, Kräh?«

»Jemand läuft über mein Grab. Oder reitet möglicherweise darüber.« Er schaute sie an, und die rote Narbe trat deutlich auf dem aschfahlen Gesicht hervor. »Es ist nur ihr Anblick, mit Haar wie Eurem, groß und stark wie Ihr. Ich frage mich, ob es Absicht ist oder Zufall.«

»Absicht?«

Er nickte. »Sie kann jede beliebige Gestalt annehmen, wie eine urSreð. In Boragul hatte sie die Gestalt einer halbgefiederten urSreiði-Königin. So wie sie jetzt da draußen steht, ist sie schon vor fünfundzwanzig Jahren aufgetaucht.«

»Ist sie eine urSreð?«

Kräh zuckte die Achseln. »Ich weiß es nicht. Die Zwerge streiten es natürlich ab, aber das ist ja zu erwarten. Kjarrigan könnte Zauber kennen, die ihr gestatten, die Gestalt zu verändern. Ich bin immer davon ausgegangen, dass sie entsprechende Magik beherrscht.«

Alyx nickte langsam, während immer mehr Truppen aufmarschierten. Für jede Armee des Südens wäre Festung Draconis uneinnehmbar gewesen, aber die Aurolaner besaßen Draconellen und noch mehr. Die Festung verfügte über eine Garnison von fast siebentausend Soldaten, aber ihre Armee zählte leicht das Dreifache, und noch schien kein Ende in Sicht.

Ein schwarzer, kreuzförmiger Schatten schoss aus Westen über das Land. Ayx sah ihn die aurolanischen Linien erreichen. Sie drehte sich um, hob die Hand an die Augen und schaute hoch. Träge über dem Schlachtfeld treibend – wie ein Falke auf Jagd nach Feldmäusen –, hing ein Drache am Himmel. Seine Schuppen glitzerten golden, dann zog er in einer Spiralbahn tiefer und setzte schließlich neben dem Pavillonzelt auf, das die Aurolanen für Kytrin errichteten.

Kräh zeigte zu ihm hinüber. »Seht Ihr die Wunde an seiner Hüfte? Das war der Drache, den sie vor Vilwan dabei hatte. Ich frage mich, warum der alte Schwarze ihn nicht getötet hat.«

»Ich weiß es nicht, Kräh, aber ich habe das ungute Gefühl, dieser Drache wird nicht so schnell sterben wie der letzte, den sie hier eingesetzt hat.« Alyx verschränkte die Arme vor der Brust. »Und wenn es uns nicht gelingt, ihn zu töten, wird es beinahe unmöglich sein, Kytrin aufzuhalten.«

Kapitel Einunddreissig

»Sieht irgendwie gar nicht nach einem Garten aus, oder?«

Will schaute aus seinen Gedanken gerissen auf und sah Prinzessin Rautrud von Oriosa, die Markgräfin Draconis, im Tor des Gartens stehen. Er versuchte sich zu erheben, aber da er auf dem Geländer der kleinen Brücke saß, drohte die Bewegung, ihn nach hinten kippen zu lassen. Er hielt sich hastig am Geländer fest und hörte es knirschen, aber das Holz hielt, und er konnte den kurzen Fall ins trockene Bachbett unter sich abfangen.

Ihre Bemerkung war sehr treffend gewesen, und er nickte zustimmend, als sie über einen Trittstein zum nächsten dem kurvigen Weg zur Brücke folgte. Trotz der hereinbrechenden Nacht machte es die Decke aus weißen Kieseln auf dem Boden leicht, alle Einzelheiten des Gartens zu erkennen, in dem – abgesehen von den Hecken, die ihn einschlossen, und ein paar an den Wänden stehenden Bäumen – nichts wuchs. Stattdessen ragten größere Steine aus dem Weiß wie Inseln aus einem sturmgepeitschten Ozean, und die dunkleren Steine im Bachbett teilten dieses Meer von Weiß sauber in zwei Hälften.

Rautrud lächelte. Sie war eine hübsche Frau, soweit er das an dem starken Kinn, den vollen Lippen und der geraden Nase erkennen konnte, die ihre Maske frei ließ. Das Dämmerlicht half dabei natürlich, denn es verbarg Falten und die ersten silbernen Strähnen. Sie trug ein graues Kleid mit einem grünen aufsteigenden Drachen, ähnlich dem Motiv auf der linken Brustseite seines

Hemds. Über der rechten Brust trug sie eine Krone, während Wills Hemd ein Schwert zeigte. Rautrud bewegte sich leicht und flüssig, als wären die Steine tatsächlich Wasser – und sie wollte nicht nass werden. Bis sie die Brücke erreichte, lüpfte sie mädchenhaft die Röcke.

Sie musterte ihn einen Augenblick lang näher, dann schüttelte sie den Kopf. »Ihr zeigt kleine Spuren Eures Vaters. Ich kann sie ganz verschwommen erkennen, in den Augen, um das Kinn. Eure Augen sind natürlich heller als seine, und Euer Haar ist dunkler, außerdem war er etwas größer als Ihr. Nicht viel, aber etwas. Recht hübsch, wenn er es darauf anlegte.«

»Habt Ihr meinen Vater gut gekannt?«

Sie verschränkte die Hände und sagte nichts. Das rhythmische Donnern der aurolanischen Heertrommeln füllte die düstere Stille, bis ihre Stimme es überdeckte. »Ich kannte ihn. Nicht allzu gut, denn ich bin ihm nur kurz begegnet, beim Erntefest, aber er hat einen großen Eindruck auf mich gemacht, auch auf meinen Bruder und sogar auf unsere Mutter.« Sie lachte leise. »Wäre es anders gekommen, hätte ich Eure Mutter werden können.«

Will zuckte zusammen. »Ich dachte, Ihr sagtet, Ihr habt ihn nicht so gut gekannt.«

Rautrud nickte und blickte ihn mit fahlen Augen an. »Man hätte uns zu einem Paar gemacht. Er war ein Held, hatte drei Sullanciri erschlagen. Er übertraf noch seinen Vater, aber seine Verletzungen verhinderten, dass er ihn bei jener schicksalhaften Expedition begleiten konnte. Er kehrte nach Oriosa zurück, um sich zu erholen, nach Valsina. Die Nachricht, dass Kytrin seinen Vater in ihre Dienste gelockt hatte, traf ihn sehr hart. Er hatte sich noch nicht von dem erholt, was hier geschehen war, und dann dieser Schlag. Meine Mutter hätte unsere Ehe nicht gestatten können, selbst wenn einer von uns Anstalten gemacht hätte.«

Will runzelte die Stirn. »Verstehe ich nicht.«

Sie lächelte geduldig. »Ich gehöre dem Orioser Königshaus an. Meine Wünsche sind nichts im Vergleich mit den Erfordernissen des Reiches. Es war wünschenswert, dass der Markgraf Draconis eine Verbindung zu den Nationen des Südens unterhielt, und so wurde ich seine Braut. Wie Euch wurde mir mein Schicksal auferlegt, und ich hoffe, das Eure wird so fruchtbar sein wie das meine. Ich habe gelernt, meinen Gatten zu lieben, und ich liebe unsere Kinder. Wovor ich einmal Angst hatte, dafür danke ich jetzt in jedem wachen Augenblick.«

Der junge Dieb deutete nach Osten. »Selbst mit Kytrin da draußen bei den Trommeln, die sich bereitmacht, diese Festung zu schleifen?«

Rautrud trat auf die Brücke und lehnte sich neben ihm mit dem Rücken an das Geländer. »Ihr wisst, dass es Adrogans gelungen ist, Swojin einzunehmen. Ihr habt eine Sullanciri vor der Stadt sterben sehen, wenn ich mich nicht irre.«

»Sowas in der Art, ja.« Will rutschte unbehaglich hin und her. Er wollte nicht zugeben müssen, dass er in Ohnmacht gefallen war. »Aber das hat Kytrin nicht aufgehalten.«

»Nein, hat es nicht. Genau darauf will ich hinaus.« Sie hob die Hand und deutete zum Kronenturm. »Seht Ihr den Drachenschädel da oben? Das ist der Schädel des Drachen, der genau hier gestorben ist, draußen im Teich. Kytrin ist gescheitert, als sie zuletzt versuchte, Festung Draconis zu erobern. Es ist sie teuer zu stehen gekommen, und damals hatten wir Okrannel schon verloren. Diese Niederlage hat uns nicht aufgehalten, ebenso wenig wie die ihre sie aufgehalten hat.«

Er starrte sie fragend an. »Ich verstehe nicht, worauf Ihr hinaus wollt.«

»Einfach auf Folgendes: Ob Festung Draconis an Kytrin fällt oder nicht, verlieren können wir nur, wenn wir uns geschlagen geben. Die einzige Möglichkeit zu siegen, ist, sie dazu zu zwingen, sich geschlagen zu geben. Wenn wir ihrem Heer hier das Herz aus dem Leib reißen, wird ihr nichts anderes übrig bleiben.«

»Ihr glaubt nicht, dass sie diese Festung erobern kann, habe ich Recht?«

»So dumm bin ich nicht, ihr das nicht zuzutrauen.« Rautrud zuckte die Achseln. »Ich habe hier über zwei Jahrzehnte damit verbracht, zu lernen, wie schwer diese Festung zu erobern ist. Sie steckt ihr wie ein Knochen quer im Hals, und sie könnte leicht daran ersticken. Wir besiegen sie vielleicht nicht, aber Adrogans oder Augustus könnten zu Ende bringen, was wir beginnen.«

Will kratzte sich am Kopf. »Eure Stimme klingt angenehmer, aber Ihr könnt einem genauso die Laune verderben wie Entschlossen.«

Die Markgräfin Draconis warf den Kopf in den Nacken und lachte laut. »Nun ja, ein ausgeprägter Sinn fürs Praktische ist ein effektives Gegengift für Heldenballaden, das stimmt. Aber ich habe nicht vor, Euch melancholisch zu stimmen. Ich gebe allerdings zu, dass dieser Garten eine solche Wirkung haben kann.«

»Tatsächlich?« Er schüttelte den Kopf. »Ich verstehe nicht, wie jemand das finden könnte. Sicher, es gibt keine Blumen hier, kein Obst oder so etwas, aber damit habe ich ohnehin nicht viel am Hut. Ich will sagen, diese Brücke ist doch schön, und die Art, wie die Steine auf dem Boden liegen, und die großen aufragen. Ich kann fast hören, wie die Kieswellen sich an ihnen brechen. Wenn ich mir das ansehe, kann ich mir vorstellen, was ein Gyrkymu sehen mag, wenn er übers Meer fliegt, mit Inseln und allem.«

»Ihr findet es nicht ein wenig leer und abweisend, kalt sogar?«

»Naja, das Weiß ist vielleicht etwas zu hell, aber Ihr

müsst Euch darauf einlassen, wie alles verdeckt ist, auf die kleinen Wellen und Bögen und alles. Ich meine, wenn Ihr es nur als weiße Steine auf Dreck seht, dann ist es tot, aber so sehe ich es wohl nicht. Ich meine, natürlich sehe ich, dass es das ist, aber da gibt es noch mehr – hier. Es steckt Leben in den Steinen. Es bringt mich zum Nachdenken.«

Rautrud nickte nachdenklich. »Ich habe mir sagen lassen, Euer Vater hat viel Zeit hier verbracht und nachgedacht. Gedichte geschrieben. Es war eine friedvolle Zeit für ihn, vor der letzten Schlacht.«

Will schlug mit den Händen auf das Brückengeländer. »Ihr meint, er könnte genau hier gesessen haben, an dieser Stelle?«

»Ich weiß es nicht, aber ... möglich wäre es schon. Es könnte sein, dass das Geländer seitdem erneuert wurde, aber, ja, hier in diesem Garten.«

Will lächelte und betrachtete den Garten mit neuem Interesse, als plötzlich etwas mit Wucht gegen seine Brust und Schultern schlug und ihn in einem Salto nach hinten von der Brücke warf. Er überschlug sich einmal vollständig und landete auf den Füßen, warf sich aber sofort nach vorne auf Hände und Knie. Über sich hörte er Rautrud auf der Brücke kämpfen und Stoff zerreißen. »Lauft, Will, lauft!«

Der Dieb richtete sich in dem trockenen Bachbett auf und sah zwei dunkle Gestalten mit wild schlagenden Flügeln, die mit Krallenfüßen an Rautrud rissen. Die Kreaturen hatten einen menschlichen Kopf und Körper, aber keine Arme, kurze Vogelbeine mit Krallenfüßen und Flügel etwa von der Größe, wie sie Gyrkyme besaßen. Will war sich nicht sicher, was sie waren, aber als eine von ihnen das dürre Hexengesicht zu ihm umdrehte und zischte, wusste er zumindest, dass sie ganz und gar nicht freundlich waren.

Er zog die rechte Hand zurück, dann schleuderte er

den Stein, den er aufgehoben hatte, als er sich vom Boden abstieß, um aufzustehen. Der Stein flog schnurgerade ins Ziel und knallte der Kreatur, die an Rautruds Haaren zerrte, ins Gesicht. Ihr Zischen verwandelte sich in einen Seufzer, der mit einem Knall und einem dumpfen Grunzen endete, als sie auf das Brückengeländer schlug und hinunter ins Bachbett fiel.

Wills zweiter Stein verfehlte den Kopf der anderen Monstrosität, denn er hatte den Wurf im letzten Moment verzogen, um nicht Rautrud zu treffen. Er erwischte die Kreatur an der linken Schwinge, in der Nähe der Schulter, und brach ihr offensichtlich den Flügel. Eine dünne Metallklinge blitzte in Rautruds rechter Hand auf. Sie hatte den Dolch aus einer Scheide im Rücken gezogen und stieß dem Biest die gekrümmte Klinge von unten zwischen die Rippen. Sie drehte das Messer schnell vor und zurück, dann riss sie es frei.

Blut spritzte über die Brücke, die Kreatur stürzte herab und zuckte. Will lief unter die Brücke und hob einen schwereren Stein mit beiden Händen vom Boden. Als er wieder ins Freie trat, hob er den Stein in die Höhe und zertrümmerte dem Monster, das er abgeschossen hatte, den Schädel.

Er wollte sich aufrichten, aber Rautrud sprang zu ihm herab ins Bachbett und zog ihn zurück in die Hocke. »Es könnten noch mehr unterwegs sein.«

»Was sind das für Viecher?«

»Araftii, die nichtælfische Hälfte der Gyrkyme.« Sie lächelte. »Wenn wir das überleben, können wir ihre Federn an unsere Masken hängen, und Araftiifedern sind wirklich selten. Im letzten Krieg hat Kytrin sie nicht eingesetzt, aber vermutlich bezweckte sie ein Gegengewicht zu unseren Gyrkyme mit ihren Flammhähnen.«

»Und was tun sie hier?«

»Kundschafter. Kytrin hat ihnen wahrscheinlich befohlen, alle sich bietenden Ziele anzugreifen, und wir werden recht schutzlos ausgesehen haben. Stellt Euch vor, was es für die Moral der Festung bedeutet hätte, wäre es ihnen gelungen, uns zu töten. Es wäre der Beweis gewesen, dass wir nicht einmal hier sicher sind.«

Will grinste. »Und jetzt wird sie sich Gedanken um die zwei machen müssen, die wir getötet haben. Vielleicht sollten wir ihnen nur ein paar Federn ausrupfen und ihr den Rest zurückschicken, mit besten Empfehlungen.«

»Keine schlechte Idee.« Rautrud griff sich zwischen die Beine und zog den hinteren Rocksaum nach vorne, um ihn sich in den Gürtel zu stopfen. »Ich laufe dort hinüber zur Turmtür.«

Will hob zwei Steine auf. »Wenn irgendwas in Eure Richtung fliegt, hole ich es runter.«

Sie bückte sich und riss der toten Araftii ein Büschel Federn aus. »Damit sie sehen, womit wir es zu tun haben.«

Er nickte und wog die Steine in der Hand. »Jetzt.«

Rautrud lief los und sprang geschickt und schnell von Stein zu Stein. Sie rannte geduckt zur Turmwand und erreichte unbehelligt die Tür. Sie winkte Will zu. »Schnell.«

Der Dieb sprang aus dem Bachbett und spurtete so schnell er konnte auf die Türe zu. Die weißen Steine erwiesen sich als tückischer Untergrund. Er stieß sich mit dem linken Fuß ab, um nach rechts auf die Trittsteine zu wechseln, rutschte aber ab und fiel. Ein lautes Rauschen, die leichte Berührung von Federn im Gesicht und ein schnell leiser werdendes Zischen machten ihm klar, wie knapp er entkommen war.

Er richtete sich auf ein Knie auf und schaute nach links, in der Hoffnung, die Araftii zu sehen. Es gelang ihm, ihre dunkle Silhouette auszumachen, die mit ausgebreiteten Schwingen zu einem erneuten Angriff eindrehte. Er hob einen der Steine, aber die Kreatur duckte sich unter die Mauerkrone, und er verlor sie aus den Augen.

Sehr deutlich sah er allerdings einen weißen Blitz, gefolgt von entsetzlichem Krächzen und einem triumphierenden Kreischen. Weiße Kiesel flogen kreuz und quer davon, als Peri die Araftii in den Boden rammte. Sie blieb auf ihrem Rücken sitzen und faltete die Schwingen, die Zehen in das Gefieder des Viehs gekrallt. Die Gyrkymsu streckte die Arme aus, packte den Kopf der Araftii an Kinn und Schädeldecke und brach ihr mit einer kräftigen Drehung das Genick.

Dann hob sie den Kopf zum Himmel und kreischte erneut.

Will schüttelte sich und stand langsam auf. »Peri, den Göttern sei Dank.«

Perrine sprang von dem Kadaver auf und breitete die Schwingen weit genug aus, um Will darunter Schutz zu bieten, während sie ihn zur Turmtür brachte. Rautrud hatte sie bereits geöffnet und schloss sie fest, nachdem die beiden im Innern waren. »Bist du verletzt, Will?«

Er rieb sich die linke Schulter. Sie schmerzte, aber er war überrascht festzustellen, dass sein Hemd zerrissen und die Hand nass von Blut war. »Ich habe es gar nicht bemerkt.«

Rautrud riss einen Streifen Stoff vom Rock, knüllte ihn und wischte das Blut ab. »Zwei Kratzer, nicht sehr tief. Ein, zwei Stiche, und Sie sind verarztet.«

Will nickte. »Peri, woher wusstest du, dass sie in der Nähe waren?«

»Qwc wollte auf Käferjagd gehen, irgendwas darüber, wie schmackhaft die Motten hier im Norden sind, und hat mich eingeladen mitzukommen. Wir waren oben auf der Turmspitze, als wir sie entdeckt haben.« Sie betrachtete die blutigen Krallen an Daumen und Zeigefinger und leckte daran. Dann verzog sie das Gesicht. »Sauer. Aber immer noch besser als Motten. Wie auch immer, ein sauberer Schlag ist immer gut.«

Rautrud hob Wills Linke und drückte sie auf die Wunde. »Du musst das nachsehen lassen, Will. Danke für Eure Rettungsaktion, Perrine.«

Die Gyrkymsu schnaufte. »Was nützt ein Haustier, das sein Herrchen von Araftii töten lässt?«

Rautrud schaute fragend und Will wurde rot. »Fragt nicht.«

»Euer Wunsch ist mir Befehl, Baron Norderstett.« Prinzessin Rautrud lachte warm. »Zu wissen, dass das erste Blut dieses Kampfes das unserer Gegner war, vergossen von der Hand des Norderstetts, ist mir für heute Abend mehr als genug. Es ist kein großer Sieg, aber es wird unseren Leuten Mut machen, und das kann in der bevorstehenden Schlacht unbezahlbar werden.«

Kapitel Zweiunddreissig

Beim ersten Licht des nächsten Morgens öffneten sich die Tore der Festung Draconis, und unter der weißen Parlamentärsflagge rollte ein Geleitzug von drei Pferdekarren ins Freie, die fünf von Tüchern bedeckte Araftiikadaver trugen. Sie wurden zu Pferd von Alexia, Kräh und Entschlossen begleitet. Alyx fühlte sich in dieser Rolle etwas unbehaglich, da sie in Festung Draconis keinerlei Führungsposition bekleidete. Tatsächlich wies das schwarze Garn, das ihr Nationalitätszeichen auf dem Uniformhemd nachzeichnete, sie, wie sie inzwischen erfahren hatte, in der Organisation der Festung als Nichtkombattantin aus.

Nicht, dass sie sich irgendwelche Illusionen machte, die Begleitung der Kadaver sei ungefährlich. Der Markgraf Draconis hatte alle drei gebeten, diese Aufgabe zu übernehmen, weil sie eine Sullanciri getötet hatte und Kräh ebenso wie Entschlossen dazu ebenfalls in der Lage waren. Dass sie zudem entbehrlich waren, spielte auch eine wichtige Rolle. *Falls sie sich weigert, die Flagge anzuerkennen, werden wir in einem Orkan aus Metall sterben.*

Nachdem sie das Tor passiert hatten, staunte sie, wie schnell der Weg sich absenkte und die stachelbewehrten Mauern über ihnen immer höher wurden. Die Drohung der Draconellbatterien erschien immer drückender. Innerhalb eines Augenaufschlags konnte sich die Wiesenfläche, über die sie ritten, in ein aufgerissenes Schlammfeld verwandeln, getränkt von Blut und übersät mit kreischenden, zerfetzten Leibern.

Sie ritten in den Schatten der östlichsten Bunkerfestung und hielten an. Kräh stieß die weiße Fahne in den Boden.

Alexia zwang sich, nicht zur Vorfestung und der kleinen Ausfalltür in deren Südwestecke zu blicken. Dathan Cavarr hatte ihnen erklärt, falls Kytrin versuchte, sie umzubringen, könnten sie sich dorthin zurückziehen, doch sie hatte große Zweifel, dass es ihnen gelingen würde, die hundert Schritt Strecke zu überleben, wenn die versammelten aurolanischen Geschützbatterien gleichzeitig das Feuer eröffneten.

Ein gutturaler Aufschrei ertönte von den aurolanischen Linien. Zwei Personen, von denen die auf dem Großtemeryx eine Parlamentärsflagge hielt, lösten sich aus der Formation. Der Reiter war in eine Metallrüstung gehüllt, die aus der Ferne schwarz wirkte, aber Spuren von Rost und Metallfraß zeigte, als er näher kam. Die Kettenpanzerkapuze gestattete ihr, sein Gesicht zu sehen. Es war tot und vertrocknet, die Nase geschrumpft, bis nur noch zwei senkrechte Schlitze in der Mitte des Gesichts geblieben waren. Die ledrigen Lippen waren zurückgezogen und legten schwarze Zähne frei. Die Augen waren von einem milchigen Film überzogen und eine zähe, eitrige Flüssigkeit rann ihm aus der Nase und tropfte von Lippen und Kinn.

Seine Begleiterin, ebenfalls eine Sullanciri, brauchte kein Reittier. Ihre Beine waren zu denen eines Temeryx gestreckt und umgeformt. Schwarze Federn bedeckten ihren Leib mit Ausnahme eines grell schwefelgelben Kamms, eines Flecks derselben Farbe in Höhe der Kehle und eines schmalen Streifens, der sich V-förmig über die Brüste von den Schultern zum Unterleib zog. Ihre dunklen Augen zuckten von einem Mitglied des Dreigespanns zum nächsten.

Die urSreiði-Sullanciri legte die krallenbewehrten Hände aneinander. »Meine Herrin begrüßt diese Gelegenheit, Euch Ihre Gnade anzubieten. Ich bin Ferxigo. Dies ist Ganagrei. Ihr werdet ihn als Brencis Galagos in Erinnerung haben. Ich spreche in dieser Angelegenheit für Kytrin. Diese beiden kenne ich bereits, aber Ihr, Ihr dürftet Alexia von Okrannel sein.«

Alyx schauderte, und ihr war, als hätte die leise, geschmeidige Stimme der Sullanciri sie auf seltsame Weise völlig entkleidet. »Ich bin Alexia. Wir sind nicht hier, um über Gnadenangebote zu reden, sondern um die Kadaver Eurer toten Araftii zurückzubringen. Ihr dürft ihrer Brut mitteilen, dass sie im Kampf gefallen sind. Der Norderstett hat die Erste erschlagen, ælfische Bogenschützen zwei weitere. Die Markgräfin Draconis und die Tochter Preiknosery Eisenschwinges töteten die anderen. Wir würden es verstehen, sollte Eure Herrin sich angesichts dieses schlechten Omens und der Anwesenheit des Norderstett entscheiden, das Feld zu räumen. Da die Markgräfin Draconis morgen ihren Geburtstag feiert, bieten wir Euch zu ihren Ehren einen Tag Waffenruhe an, damit Ihr nach Norden zurückkehren könnt.«

Ferxigo schloss die großen Augen und schüttelte langsam den Kopf. »Eure Freundlichkeit ist nicht erforderlich, wie der Lauf der Ereignisse erweisen wird. Wir wünschen der Markgräfin Draconis an ihrem Ehrentag aber allen Frieden und werden versuchen, die Angelegenheit so zum Abschluss zu bringen, dass sie in ihm ruhen kann.«

Die Prinzessin nickte. »Eile wird Eure Herrin teuer zu stehen kommen.«

»Und sie wird Euch diese dumme Bemerkung vergeben.« Die Sullanciri öffnete wieder die Augen und blickte Kräh direkt an. »Ihr wisst, eine Kapitulation wird Leben retten und Schmerzen vermeiden.«

Kräh stieß ein verächtliches Schnauben aus. »Hättet Ihr noch eine Seele, wüsstet Ihr, welche Verzweiflung die

Kapitulation bringt. Niemals. Bitte richtet ihr das aus. Niemals.«

Die urSreð lachte, und Ganagrei stieß ein grauenhaftes Keuchen aus, das zu einem Gurgeln verklang, als eine dunkle Flüssigkeit zwischen seinen unteren Zähnen hervortrat. Die gestaltwandlerische Sullanciri lächelte und zeigte angespitzte Stiftzähne. »Ihr habt auch Euren Preis. Früher oder später werden wir ihn Euch abringen.«

Entschlossen knurrte. »Du wirst nicht dabei sein, um ihn zu kassieren.«

Wieder lachte sie. Es war ein grobes Lachen. »Nein, möglicherweise bin ich dann in deiner Heimstatt und errichte Voragul, oder amüsiere mich in Okrannel oder Oriosa. Ihr werdet aller Wahrscheinlichkeit nach bereits tot sein, aber wie Ihr an Ganagrei seht, ist der Tod kein Hindernis, in die Dienste meiner Herrin zu treten.«

Ferxigo richtete sich auf ihren Temeryxbeinen auf und schaute an ihnen vorbei zu den Wagen. »Was die Kadaver betrifft, sie sind wertlos. Auch wenn meine Herrin die Angewohnheit hätte, Versagen zu belohnen, wären viele andere vor denen dran. Ich werde Euch nicht Lebewohl wünschen, denn dieser Tag wird Euch nichts Gutes bringen. Ich glaube, ich werde Euch stattdessen Vernunft wünschen, damit Ihr den rechten Weg durch das findet, was Euch bevorsteht.«

Ferxigo drehte um und galoppierte zurück zu den Nordlandlinien. Ganagrei folgte ihr nach einem kurzen Zögern und ließ die Parlamentärsflagge im Boden zurück. Als die beiden Sullanciri sich entfernten, brach auf der Aurolanenseite des Feldes heftige Betriebsamkeit aus.

Kräh drehte das Pferd um. »Runter mit den Kadavern und dreht die Wagen um. Schnell. Bewegt euch, mir nach.« Er trieb das Pferd an und zog den ersten Wagenlenker von seinem Gefährt hinter sich auf das Tier. Alyx griff sich den zweiten Fahrer, Entschlossen den dritten, dann galoppierten sie zurück zur Festung, so schnell die Pferde konnten.

Hinter sich hörte Alyx eine Serie dumpf krachender Schläge, dann wurde sie von einer Serie von Explosionen durchgeschüttelt. Das Donnern hallte von den Festungsmauern wider und traf sie mit beinahe körperlicher Gewalt. Etwas flog an ihrem Kopf vorbei, aber sie konnte nicht erkennen, was es war. Sie duckte sich und folgte Kräh durch das Ausfalltor des Haupttors. Dann sprang sie aus dem Sattel und rannte die Rampe zur Löwenbatterie hinauf, um zu sehen, was dort draußen vor sich ging.

Das dumpfe Krachen ertönte weiter und folgte jeweils kurz nachdem eine Feuerzunge und eine Qualmwolke aus den gedrungenen Draconellen schlug, die sie am Tag zuvor gesehen hatten. Kräh deutete zum Himmel, und sie sahen dunkle Punkte hoch emporsteigen. Sie verfolgte eines der Geschosse mit den Blicken durch die steile Flugbahn, bis es auf dem Boden aufschlug, wo es explodierte und Metallsplitter in alle Richtungen schleuderte. Ein Teil der Splitter schlug beim Aufprall auf die Festungsmauern Funken. Ein anderes Geschoss platzte noch in der Luft, fast vier Mannsgrößen über dem Boden, riss die Erde auf und ließ das Feld tanzen wie die Oberfläche eines Tümpels in einem Regenschauer.

Von den Wagen, Pferden und Araftii blieben nur qualmende Splitter, zuckendes Fleisch und schwarze Federn, die sanft auf den zerfetzten Wiesengrund hinab schwebten.

Die kleinen Draconellen, Will taufte sie Steilschleudern, richteten sich neu aus und regneten ihre Geschosse auf die östliche Vorfestung herab. Luftexplosionen sprengten Soldaten von den Mauern, zerfetzten einige und schleuderten andere nur durch die Druckwellen hin und her. Einige der Donnerkugeln, noch eine Wortschöpfung Wills, hüpften in den Innenhof des Bunkers und detonierten dort in einem grellen Lichtblitz. Wieder andere Kugeln prallten von den Mauern ab und gingen auf dem Feld hoch, ein oder zwei explodierten gar nicht.

Will, der zwischen Kräh und Dranæ auf den Zinnen stand, fragte sich laut: »Warum schießen sie nicht zurück?«

Alyx deutete auf die Erdwälle vor den Steilschleudern. »Sie sind außer Reichweite unserer Draconellen. Aber das spielt keine große Rolle, denn mit diesen Donnerkugeln können sie die Bunkerfestung nicht einnehmen. Dazu brauchen sie Truppen, und die müssen auf Schussweite heran.«

Hinter den Aurolanenlinien dröhnten die Trommeln. Die Ränge sammelten sich. Sturmleitern wurden von hinten nach vorne an Schnatterertrupps durchgereicht. Alyx schätzte die Entfernung, die sie zu überwinden hatten, auf etwas mehr als siebenhundert Schritt. In gestrecktem Galopp würden sie etwa zwei Minuten brauchen, um die Festung zu erreichen.

Die Aurolanen rannten nicht, sondern rückten geordnet vor und marschierten im Takt der Trommelschläge, die hinter den Linien ertönten. Sie kamen langsam näher, Schritt für Schritt, furchtlos, singend, Legion um Legion, auf einer fünfhundert Meter breiten Front, die Flügel etwas schneller, sodass alle Teile der Formation den Bunker gleichzeitig erreichen würden.

Siebenhundert Schritt, sechshundert, fünfhundert. Auf fünfhundert Schritt Entfernung krachte die erste Draconellensalve aus der Vorfestung, spie Feuer und Eisen durch dichte graue Wolken. Die Eisenkugeln schlugen in die Aurolanenformationen ein, schleuderten Kadaver davon, hüpften weiter, zerquetschten andere, bis ihre Energie verbraucht war. Ein Schuss schlug mitten durch die Brust eines Hôrgun. Der Riese starrte auf das bluttriefende Loch in seinem Leib, dann kippte er nach vorne und begrub einige Schnatterer unter sich.

Vylænz bellten Befehle und die Linien richteten sich neu aus. Sie marschierten weiter vor, über das mit Kadavern übersäte Feld. Immer weiter, ohne zu wanken, die Lücken von neuen Truppen gefüllt, näher und immer näher.

Nun eröffneten auch die anderen Festungsbunker das Feuer und deckten das Schlachtfeld mit einem Kreuzfeuer aus glühendem Metall ab. Schnatterer stürzten reihenweise niedergemäht zu Boden, die Aurolanen jedoch marschierten weiter.

Rauch legte sich wie dichter Nebel über das Schlachtfeld und gestattete Alyx nur noch gelegentlich einen Blick auf das Geschehen. Als die Löwenbatterie in den Kampf eingriff, erschwerte dies die Lage noch, denn der bittere, beißende Qualm brannte in ihren Augen, bis sie tränten. Aber weder Qualm noch Tränen konnten verbergen, dass die schiere Masse der aurolanischen Truppen und die Zeit, die es kostete, die Draconellen nachzuladen und abzufeuern, es unmöglich machte, genügend Feinde zu töten, um sie am Erreichen der Vorfestung zu hindern.

Schlimmer noch, jetzt gingen die langen Draconellen auf der aurolanischen Seite des Felds in Stellung. Draconiere schirrten Frostkrallengespanne an und zogen sie vor, in neue, nähere Stellungen, und richteten sie dort neu aus. Ihre Besatzungen zielten, feuerten die Geschütze ab und hämmerten mit riesigen Eisenkugeln auf den Bunker ein. Dutzende von Draconellen wurden vorverlegt, aber sie alle hatten dasselbe Ziel und feuerten auf das Kommando eines Vylæns.

Das aurolanische Geschützfeuer schlug mit Donnerkrachen in die Bunkerfestung ein. Viele Kugeln, die meisten sogar, prallten in hohem Bogen von den glatten Wänden ab, doch jede Einzelne von ihnen hinterließ einen flachen Krater in der bis dahin ebenen Oberfläche. Manche brachen Stacheln ab, andere zertrümmerten die Fensterflügel um die Draconellen, und eine traf sogar Metall. Die Kugel schlug die Draconelle beiseite, zerquetschte einen Meckansh und schleuderte die Munition auseinander.

Die verlorene Draconelle verringerte den Metallhagel, der den anrückenden Truppen entgegenschlug. Immer wieder hämmerten die aurolanischen Draconellen auf die Bunkergeschütze ein. Die Draconiere des Festungsbunkers richteten ihre Waffen zur Erwiderung aus und konnten ein, zwei feindliche Geschütze ausschalten. Aber zu diesem Zeitpunkt hatten die Schnatterer schon die Sturmleitern an die Mauern gelegt und schwärmten hoch.

Verteidiger stiegen auf die Mauern und Steilschleudern regneten Donnerkugeln auf sie hinab. Den Aurolanen schien es gleichgültig zu sein, dass ab und zu ein Fehlschuss ein Loch in ihre eigenen Formationen riss, da die meisten Salven ihr Ziel trafen. Grau uniformierte Verteidiger flogen von Luftexplosionen erfasst davon. Andere stießen mit Speeren nach Schnatterern oder versuchten, deren Leitern von den Festungsmauern zu lösen, aber die wie ein fleckiger Schimmelpilz an den Wänden hochkletternden Schnatterer waren nicht aufzuhalten.

Mindestens eine Draconelle feuerte auf Schnatterfratzen, die durch die Geschützscharte eindrangen, und schleuderte ihre zerfetzen Kadaver über ihre Kameraden zurück. Andere drängten über den blutglitschigen Stein weiter. Die anderen Vorfestungen und Festung Draconis verlagerten ihr Geschützfeuer jetzt auf die Mauern, um die Schnatterer abzuschälen, doch es reichte nicht, sie konnten nicht schnell genug feuern.

Alyx schaute hinüber zu Kräh. »Die Bunkerfestung ist verloren.«

Er nickte, und plötzlich wirkte er weit älter und müder. »Mit ihrem Verlust werden die anderen Bunker geschwächt. Wir haben nicht genug Draconellen, um solche Horden aufzuhalten. Als sie vor fünfundzwanzig Jahren feststellte, ihre Invasion sei voreilig gewesen, hatte sie Recht, denn wenn sie damals mit dieser Masse an Truppen angegriffen hätte, hätte sie gewonnen, Draconellen hin oder her.«

Will strich sich die Araftiifeder an seiner Maske von der Nase. »Und Kytrin hat ihren Drachen noch nicht eingesetzt.«

»Nein, hat sie nicht.« Kräh fuhr sich mit den Fingern durch den Bart. »Entweder vermutet sie, Cavarr könnte noch eine weitere Falle für einen Drachen vorbereitet haben, oder sie will andeuten, dass die Bunker seinen Einsatz nicht wert sind. Gleichgültig, welcher Grund es ist, ich bin froh, dass sie auf ihn verzichtet.«

»Nicht, dass es irgendeinen Unterschied macht, oder?« Alyx schaute auf das Schlachtfeld. Das Geschützfeuer der östlichen Vorfestung war verstummt und Schnatterer tanzten jubelnd auf ihren Mauern. Gelegentlich schlug eine Kugel aus der Festung durch ihre Reihen, hatte aber keine erkennbare Wirkung. Als der Rauch sich verzog, wurde das wahre Ausmaß des Desasters erkennbar, denn die Eroberung des Festungsbunkers hatte Kytrins Horden kaum merklich geschwächt. Schon rückten Legionen und Draconellen nach Norden und Westen zur nächsten Vorfestung.

Sie stöhnte. »Wir können sie nicht schnell genug umbringen.«

Will zuckte die Achseln. »Einen Bunker erobern ist viel leichter, als die Festung einzunehmen. Ich wette, wir können sie aufhalten.«

»Ich weiß, wir *müssen* sie aufhalten, aber wetten würde ich nicht darauf.« Alyx schenkte ihm ein stilles Lächeln. »Der Einsatz ist dein Leben.«

»Mein Leben steht auf dem Spiel, seit Kräh und Entschlossen mich gefunden haben.« Will stieß einen Finger in Richtung von Kytrins Pavillon. »Sie versucht schon seit einer gehörigen Weile, das Spiel zu gewinnen. Wir müssen einfach dafür sorgen, dass es noch länger dauert. Und das werden wir, ganz gleich, was dazu nötig ist.«

Kapitel Dreiunddreissig

Die nordöstliche Bunkerfestung war kurz nach dem Abend gefallen. Das Mündungsfeuer der Draconellen beider Seiten hatte die Nacht in höllisch rotes Licht getaucht und immer wieder kurze Blicke auf zerschmetterte Kadaver, durch Blutpfützen watende Truppen und eine wogende Masse die Bunkermauern emporschwärmender Schnatterer gestattet. Alyx beobachtete den Kampf, bis ihr die Augen brannten und war schließlich froh, als Qualm und Müdigkeit ihr die Sicht nahmen.

Nicht einmal das hallende Donnern der Draconellen und Donnerkugeln konnte sie vor den Schreien der Sterbenden bewahren. Als die Dunkelheit sich über das Schlachtfeld senkte und im feindlichen Lager die Feuer aufloderten, zog sie sich in den Kronturm zurück. Sie konnte sich nicht dazu durchringen, die Lagerfeuer zu zählen. Selbst die konservativste Schätzung ergab eine Heerschar, der Festung Draconis nicht widerstehen konnte.

Der Schlaf kam schnell und endete sanft, aber die um ihre Beine gewundenen Decken zeigten, dass es keine ruhige Nacht für sie gewesen war. Auf gewisse Weise hatte sie gehofft, die Kommunion der Drachen besuchen zu können, um sich Rat zu holen. Sie wusste nicht, ob ihr der Weg magisch versperrt war oder sie nicht genügend Bedarf für diese Reise hatte. Sie hoffte auf Letzteres, befürchtete aber das Erstere.

Nach dem Erwachen fand sie zusätzlichen Grund zur Furcht. Sie verzichtete aufs Frühstück und machte sich auf der Stelle zu den Mauern auf. Trotz des über dem Schlachtfeld hängenden Nebels waren alle Spuren der Kämpfe des vorigen Tages deutlich zu sehen. In der Ferne bewegten sich schwerfällige Gestalten durch den Nebel, seltsam zuckend und unbeholfen, aber allesamt zu den aurolanischen Linien unterwegs. An der nächstgelegenen Bunkerfestung rutschten Kadaver die Mauern hinab. Sie blieben an den Stacheln hängen und drehten sich wie Stoffpuppen, bevor sie zu Boden stürzten, wo sie sich haufenweise auftürmten.

Sie verstand nicht, warum die Schnatterer ihre eigenen Toten aus der Bunkerfestung warfen, bis eine leuchtende, schlanke Frauengestalt aus dem Schatten des Bunkers trat. Alexia erkannte Myral'mara, die Vorqælf-Sullanciri, sofort. Die leuchtende Vorqælfe beugte sich hinab und streichelte einen Schnattererkadaver, der zuckend zum Leben erwachte und aufstand, obwohl ihm ein Arm fehlte. Sie berührte einen anderen Kadaver, dem beide rechten Gliedmaßen fehlten, und er zog sich ebenfalls hoch. Magik loderte blutrot aus der rechten Hand der Sullanciri. Die leere Schulterpfanne des untoten Schnatterers verschmolz mit der des anderen und verband die beiden zu einer dreibeinigen, zweiköpfigen Monstrosität, die unbeholfen zurück in die aurolanischen Reihen stolperte.

Wie als Antwort auf Alyx' unausgesprochene Frage donnerte eine der Draconis-Draconellen. Sie war gut gezielt gewesen und mit Streuschrot geladen: guten vierundzwanzig Pfund Eisenkugeln von der Größe eines Eidotters. Der Metallhagel zerfetzte das wiederbelebte Schnatterding, blies die Schädel auseinander, zertrümmerte die Gliedmaßen und zerriss den monströsen Leib. Fleisch- und Fellfetzen spritzten über die Festungsmauern und glitten langsam daran herab.

Der Schuss traf auch Myral'mara, wirbelte sie herum und schleuderte sie mit Wucht gegen die kraterübersäte

Bunkermauer. Eine Kugel zertrümmerte ihren Schädel, sodass ein Teil der Schädeldecke einschließlich des linken Auges nur noch von einem Stück Haut gehalten herabhing. Mehrere Kugeln hatten ihren Leib durchlöchert, ihr linker Oberschenkel war aufgerissen, der Oberschenkelknochen gebrochen.

Die Sullanciri schaufelte ein Stück Hirnmasse von der Schulter auf und stopfte es sich zurück in den Kopf, dann klappte sie den Schädel wieder zu. Die Tätowierungen auf ihrer fahlen Haut leuchteten silbern und verbargen sie für einen Augenblick in einem irisierenden Nebel. Als das Licht verblasste, war sie unversehrt. Sie hielt sich den Magen und beugte sich vor, dann spie sie Blut – und auch die Kugeln, die in ihrem Körper gesteckt hatten.

Der Prinzessin schauderte. Nicht nur, dass sie nicht in der Lage waren, Kytrins lebende Truppen schnell genug zu töten, alle, die nicht in kleine Stücke zerfetzt waren, konnte ihr Gegner bergen und wieder einsetzen. Sicher würden diese wiederbelebten Truppen sich nicht für irgendwelche taktischen Raffinessen eignen, aber die waren ohnehin nie eine Stärke der Aurolanen gewesen. Die Untoten würden den lebenden Truppen als langsames, mobiles Schutzschild vorausmarschieren, und die Verteidiger würden sie ein zweites Mal umbringen müssen.

Ein Bote kam und holte sie zurück in den Kronturm. Er führte sie in einen großen Raum voller Bücherregale. Der Markgraf Draconis und seine Frau warteten dort zusammen mit Prinz Ermenbrecht und dem Rest ihrer Gefährten. Kjarrigan, den sie seit der Ankunft nicht mehr gesehen hatte, wirkte ebenso verhärmt und übermüdet wie die anderen.

Dathan Cavarr winkte sie zu einem Platz in der ersten Reihe ihrer versammelten Gefährten. »Gestern Nacht hat Kytrin mir per Araftii eine Nachricht zukommen lassen.« Er deutete mit einer kurzen Kopfbewegung zu einem Dokument auf dem Schreibtisch hinter sich. »Es verspottet unser Angebot, ihr zur Feier des Geburtstags meiner Gattin einen ehrenvollen Rückzug zu gestatten, indem sie sich bereit erklärt, zu Ehren von Rautruds Heimat allen Nichtkombattanten und Oriosen in der Festung freies Geleit nach Süden und bis in ihre Heimat zu gewähren.«

Alyx schüttelte den Kopf. »Das ergibt überhaupt keinen Sinn.«

Cavarr hob eine fahle Augenbraue. »Im Gegenteil, es ist reichlich schlau. Es verleiht Oriosa mit einem Schlag eine Art bevorzugte Stellung, die andere verärgern und dadurch die gegen sie angetretene Allianz schwächen wird. Darüber hinaus erweckt es den Eindruck, als wäre sie zu Gnade und sogar zu Milde fähig, was manchen ermutigen wird, in Friedensverhandlungen mit ihr einzutreten. Vorausgesetzt, sie entschließt sich, ihr Wort zu halten und lässt Euch ziehen.«

Will lachte laut. »Wenn Ihr glaubt, sie würde uns einfach hier weg lassen, seid Ihr nicht mehr gescheit.«

Der Markgraf Draconis neigte den Kopf leicht zur Seite. »Da habt Ihr sicher Recht, aber trotzdem plane ich, ihre Großzügigkeit in Anspruch zu nehmen.«

Rautrud packte ihn an der Schulter. »Ich verlasse dich nicht. Ich bringe unsere Kinder nicht von hier fort.«

Er griff nach oben und tätschelte ihre Hand. »Du musst, Liebes, denn wenn du es nicht tust, wird niemand gehen. Ich würde dich nicht fortschicken, denn ich habe kein Verlangen danach, dich sterben zu sehen, aber noch weniger möchte ich, dass meine Truppen mit ansehen müssen, wie ihre Familien niedergemetzelt werden. Du musst dich opfern und mutig vorausgehen, meine Liebe, damit andere tun können, was nötig ist. Du wirst dich erinnern, dass Kytrin prophezeit hat: Wenn sie zurückkehrt, werden die damaligen Kinder ihre

Nachkommen nicht den Tag der Volljährigkeit erleben sehen. Die damaligen Kinder sind heute meine Krieger, und ihre Vorhersage darf nicht Wahrheit werden.«

Rautrud senkte schweigend den Blick, doch eine Träne rann ihre Wange hinab und hing einen Moment lang an ihrem Kinn, bevor sie sich abwandte.

Alexias Augen wurden schmal. »Weshalb habt Ihr uns hierher gerufen?«

»Ich möchte, dass Ihr die Expedition nach Süden anführt.«

Will schüttelte entschieden den Kopf. »Nein, kommt überhaupt nicht infrage. Ihr kennt die Prophezeiung. Ich bin derjenige, der sie besiegt. Wenn ich hier weggehe, könnt Ihr nicht gewinnen.«

Cavarr hob die Hand und unterbrach ihn. »Euer Verständnis der Lage ist viel zu oberflächlich, Will Norderstett. Die Prophezeiung bezieht sich auf den Krieg, nicht auf die eine oder andere Schlacht. Vielleicht rettet Euch der Abzug jetzt für einen größeren Sieg.«

Der junge Dieb knurrte: »Andauernd höre ich nur ›vielleicht‹. ›Vielleicht‹ habe ich geholfen, sie zu stoppen, indem ich Fettkloß hier das Lakaslinfragment gegeben habe. ›Vielleicht‹ habe ich geholfen, indem ich diese Maske angelegt habe oder auf Vilwan war. Ich bin die Vielleichterei satt. Ich will sie erledigen, hier und jetzt.«

»Ich habe es zur Kenntnis genommen, Will Norderstett.« Der Markgraf Draconis schaute auf, klopfte sich zweimal mit dem rechten Zeigefinger ans rechte Auge, dann ballte er die Hand zur Faust. »Die anderen müssen aber deutlich erkennen, dass Euer Abzug von hier der einzige Weg ist, der uns offen steht, unsere einzige gangbare Alternative.«

Alyx breitete die Hände aus. »Es ist lobenswert, die Nonkombattanten und Kinder von hier zu evakuieren, aber dazu braucht Ihr uns nicht. Ihr habt kompetente Soldaten, und Prinz Ermenbrecht kann sie anführen.«

Der Orioser Prinz, der ein Stück hinter Cavarr stand, drehte sich um, die Arme fest vor der Brust verschränkt. »Ich gehe nicht. Ich bleibe hier. Ich muss bleiben.«

Cavarr antwortete ihm, ohne sich auch nur ansatzweise umzudrehen. »Und wenn ich Euch bitte, Eure Tante und Cousins zu beschützen?«

»Ich würde sie Alexia und den Truppen anvertrauen, die wir mit heimsenden. Oberst Valkener wird ihre Sicherheit garantieren. Und ich könnte zwar seinen Platz dort einnehmen, er aber nicht meinen Platz hier. Ihr habt mich zu gut ausgebildet, um mich jetzt ziehen zu lassen.«

»Was, wenn ich allen Oriosen befehle, abzuziehen?«

Ermenbrecht lachte. »Ich werde die Maske wegwerfen und als unbekannter Soldat bleiben. Ich gehe nicht, das ist endgültig.«

Alyx nickte. »Ich bin völlig seiner Meinung. Lasst mich auch als unbekannte Soldatin bleiben. Der Gedanke, in dieser Lage Leute nach Süden zu schicken, ist verrückt. Ihr wisst genau, sie wird vermuten, dass wir Drachenkronenfragmente fortschmuggeln werden, und muss uns deshalb angreifen.«

Cavarr schmunzelte. »Das wird sie annehmen wollen, aber sie weiß gleichzeitig sehr genau, dass es unmöglich ist. Der Drache ist unter anderem hier, weil er das spüren würde. Würde auch nur ein Fragment mit Euch nach Süden ziehen, wüsste er es. Mehr als eines und selbst ihre Vylænz wüssten es.«

Kjarrigan hob nervös die Hand. »Aber die Unschuldigen zu evakuieren, nun. Wir wissen, sie hat schon früher Kinder getötet. Es ist schön und gut, Ihr wollt Euren Soldaten die Sicherheit geben, dass ihre Kinder entkommen sind, aber was, wenn sie einfach alle gefangen nimmt, als Geiseln. Wie werden Eure Männer dann kämpfen?«

»Nicht weniger hart, als wären ihre Familien hier.«

»Aber zu wissen, dass ihre Frauen und Kinder tot sind, weil sie sie aus ihrem Schutz entlassen haben, würde sie in ihrem Innersten verwunden.« Alyx schüttelte den Kopf. »Nein, das ergibt ganz und gar keinen Sinn.«

»Doch, ehrlich gesagt.« Kräh stand auf und trat vor. »Ich finde, Cavarr hat Recht. Wir müssen sie nach Süden bringen. Wir haben alle gesehen, was Kytrin gestern getan hat. Wir wissen, welche Vernichtung ihre Waffen säen können, und Festung Draconis ist ganz und gar darauf ausgerichtet, sich ihr zu widersetzen. Könnt Ihr Euch ausmalen, wie schnell die Burgen und Festungen des Südens vor ihren Waffen stürzen werden? Konventionelle Taktiken haben keine Chance gegen sie, und wenn wir den Süden nicht vor dem warnen können, was ihm bevorsteht, werden alle Opfer hier vergebens gewesen sein. Und Prinzessin, ich stimme ihm auch zu, dass *Ihr* die Expedition anführen müsst. Nicht nur wird man Euch glauben, Ihr habt die größte Chance, Strategien zu finden, die es dem Süden ermöglichen, sich dieser Gefahr entgegenzustellen.«

Will sprang auf. »Ich fasse nicht, was ich höre. Kräh, du rennst vor einem Kampf davon? Entschlossen, du wirst nicht abziehen. Du wirst bleiben und kämpfen, nicht wahr? Ich werde neben dir stehen.«

Entschlossen schüttelte den Kopf. »Ich ziehe mit nach Süden.«

»Was?« Der junge Norderstett starrte ihn entgeistert an. »Wie kannst du …? Warum?«

Der Vorqælf knurrte und stieß einen anklagenden Finger in Wills Richtung. »Deinetwegen. Ich würde es vorziehen zu bleiben, jetzt aber kann ich das nicht mehr. Kräh, gib mir Bescheid, wenn wir abziehen.«

Entschlossen stand ruckartig auf, zog sein Schwert unter dem Stuhl vor und stampfte aus dem Zimmer. Will, mit vor Wut rot angelaufenem Kopf, rannte ihm hinterher. Die anderen schauten ihnen nach.

Alyx drehte sich von der Tür zu Kräh um und versuchte, sein Mienenspiel zu lesen. »Du findest wirklich, wir müssen sie von hier fortbringen?«

Er nickte ernst.

Sie schaute zu Cavarr. »Wir werden nicht genug Pferde für alle haben und sehr langsam vorankommen.«

»Ich gehe von zehn Meilen am Tag aus. Bis Oriosa sind es vierhundert Meilen, macht vier Wochen. Ihr werdet eine Woche bis Sebtia brauchen, und ich werde Arkantafalbotschaften an die betreffenden Autoritäten schicken, um sie von Eurem Kommen zu in Kenntnis zu setzen.«

Sie nickte zögernd. »Es wird eine Woche dauern, die Düstermarken zu verlassen. Kytrin wird uns nicht verfolgen, bis sie die Festung geschliffen hat. Ihre Kavallerie kommt dreimal so schnell vorwärts wie wir. Haltet fünf Tage durch, dann sind wir weit genug in Sebtia, um in Sicherheit zu sein.«

»Ich würde vier sagen, aber sonst stimme ich Euch zu.« Cavarr seufzte. »Ich habe bereits Schritte unternommen, um für Eure Sicherheit zu sorgen. Ihr werde nur kleine Einheiten mitnehmen können, aber in deren Einsatz seid Ihr besonders erfahren, richtig, meine Fürstin?«

»Wie es scheint, steht meine Erfahrung vor der ultimativen Prüfung, mein Fürst.«

Der Markgraf Draconis nickte, dann schaute er an ihr vorbei zu Kräh. »Ihr wisst, sie wird einen Sullanciri auf Euch hetzen.«

»Es wird sein Kopf fallen – oder der meine.« Der weißhaarige Mann lächelte grimmig. »Es ehrt mich, dass Ihr mir Eure Frau und Kinder anvertraut.«

»Ich habe Eure Aktionen seit langem verfolgt, Kräh. Ich habe nie irgendeinen Grund gefunden, an Eurem Mut oder Eurer Hingabe zu zweifeln. Wir ähneln uns wie ein Ei dem anderen, und ich vertraue sie Euch ohne Vorbehalt an.«

Cavarr öffnete die Hände und nickte ihnen allen mit ernster Miene zu. »Ich wünsche Euch viel Glück und schnelles Fortkommen.«

Kräh reichte ihm die Hand. »Kytrin Verwirrung und ihren Truppen den Tod.«

Alexia stand auf und legte ihre Hand auf die der beiden Männer. »Tod ihren Truppen und noch mehr. Weit mehr.«

Will fand Entschlossen schließlich im Steingarten. Er konnte nicht fassen, wie leicht der Vorqælf ihm entkommen war. Doch nach einer schnellen Suche entdeckte er ihn dann doch noch. Er erwartete, dass Entschlossen aufsprang, aber der Ælf starrte ihn nur mit kaltem Blick und noch kälterer Miene an.

»Hältst du mich für einen Feigling, Will?«

»Bis jetzt nicht, aber inzwischen sieht es danach aus.« Wills Nasenflügel bebten bis an den Rand der Maske. »Und jetzt rennst du weg und gibst mir die Schuld dafür? Redest dir ein, dass du mir damit das Leben rettest? Ich will hier bleiben. Ich will hier kämpfen. Hast du mich nicht gehört, als ich das gesagt habe?«

»Laut und deutlich.«

»Was soll dann diese Wegrennerei? Du benutzt mich nicht als Entschuldigung, weil dir auf einmal der Mut fehlt.«

Der Vorqælf schob das Kinn vor und seine Augen verengten sich. »Sag mir Bescheid, wenn du fertig bist.«

Etwas in der eisigen Stimme warnte Will davor, weiter zu schimpfen. »Bitte. Was hast du zu deiner Verteidigung zu sagen?«

»Es *ist* deine Schuld, dass ich abziehe, aber es hat nichts damit zu tun, dass ich Angst um dein Überleben oder meines hätte. Wir könnten hier sterben oder unterwegs. Die Chance, dass wir Sebtia erreichen, ist gering, und Oriosa ist auch nicht viel besser. Ich habe vor nichts Angst, am allerwenigsten vor dem Tod.«

»Warum gehst du dann?«

»Zu Beginn unserer Reisen hast du mich gefragt, warum ich mit dem Langmesser kämpfe. Ich habe geantwortet, dass ich es bevorzuge, aber es gab noch einen anderen Grund. Ein Ælfenkrieger zu sein, ist eine große Ehre. Wenn er an seine Heimstatt gebunden wird, kennt er seine Berufung, weiß, was er zu tun hat. Und die Erlaubnis, ein Schwert zu führen, ist eine der höchsten Verantwortungen, die es für einen Ælfen geben kann. Da ich nicht an meine Heimstatt gebunden bin, war mir klar, dass ich nie die Berufung fühlen würde, ein Schwert zu führen, und deshalb habe ich es nicht getan. Ich habe Schwerter studiert, mit ihnen trainiert, aber ich habe nie eines als meine Waffe aufgenommen.«

Will runzelte die Stirn. »Doch jetzt trägst du eines.«

»So ist es.« Langsam zog Entschlossen die lange, schlanke Klinge blank. Ohne den Korbgriff und die Lederbandagen erkannte Will das Schwert der Blauen Spinne kaum. »Lange bevor du geboren wurdest, bevor dein Vater geboren wurde oder sein Vater vor ihm, hat Orakel mir prophezeit, ich würde von Vorquellyns Erlöser ein Schwert erhalten. Dies ist es. Sein Name ist Syverce. Es ist alt, sehr alt.«

Der Dieb deutete auf die Stärke des Schwerts, dicht unter dem Heft. »Da ist ein Loch in der Klinge.«

»Das ist das Nadelöhr.« Entschlossens Stimme verlor etwas an Kraft und Lautstärke. »Vor langer Zeit, als es noch mehr ælfische Heimstätten gab als heute, besaß jede von ihnen ihr Syverce. Sie waren alle vom selben Schmied geschaffen, aus demselben Erz. Sie sind nach der Nadel geformt und benannt, mit der wir Leichentücher nähen.«

»Aber Ælfen leben ewig.«

»Viele, ja, oder sie entscheiden sich, nach Westen zu

ziehen, wie alle an Vorquellyn gebundenen Erwachsenen. Doch es ereignet sich immer mal wieder ein Unfall, und in einem solchen Fall wird das Leichentuch mit einer gewöhnlichen Syverce genäht. Die Schwerter aber rufen Ælfen zu einer furchtbaren Pflicht. Wer sie aufnimmt, tut dies, um zu töten.«

»Das ist eine Meuchelmörderwaffe?«

»Ja und nein, hauptsächlich nein. Entscheidet ein Ælf sich, gegen den Ruf seiner Heimstatt zu handeln, zu rebellieren, nun, das lässt sich nur mit Wahnsinn erklären und kann zu nichts als Wahnsinn führen. Dieser Ælf wird zu einer Gefahr, und jemand muss ihn ausschalten.«

»Könnte nicht einfach einer der Wahnsinnigen eine Syverce nehmen und ein Massaker veranstalten?«

Entschlossen reichte Will das Schwert, den Griff voraus. »Nimm es.«

Will fasste nach der Waffe, aber in dem Augenblick, da er sie berührte, riss er die Hand zurück und schüttelte sie vor Schmerzen. Er wollte Entschlossen wütend anbrüllen, dass er ihm eine Falle gestellt habe, aber dann erinnerte er sich, dass er schon einmal einen ähnlichen, allerdings schwächeren Biss gespürt hatte, als er das Schwert zum ersten Mal berührte. »Ich verstehe nicht.«

»Es ist Teil der Magik, die in der Klinge steckt. Sie verletzt jeden, der nicht berechtigt ist, sie zu führen. Die Blaue Spinne hatte sie in Leder gewickelt und trug Handschuhe, um den Biss zu dämpfen.«

»Kann sie Sullanciri töten?«

Der Vorqælf nickte. »Da bin ich mir sicher. Winfellis und Siede werden von ihr sterben.«

»Siede ist Myral'mara, richtig? Sie ist hier. Du kannst sie hier töten.«

»Nein, Will, das kann ich nicht.« Entschlossen seufzte. »Bis du mir dieses Schwert gegeben hast, war die Erlösung meiner Heimstatt meine Aufgabe. Der Weg dorthin führte in gerader Linie durch Kytrin. Es war eine große Aufgabe, eine hehre Aufgabe, eine würdige Aufgabe, aber auch eine sehr selbstsüchtige. Im Laufe der Jahrzehnte habe ich dabei Gutes getan, doch es war nie mehr als eine Nebenwirkung. Wenn die Leute etwas davon hatten, dass ich Aurolanen tötete, war das in Ordnung. Wenn Leute in Schwierigkeiten steckten, die Aurolanen anlockten, die ich töten konnte, war es noch besser.«

»Wie hat Syverce das geändert?«

»Das Schwert beißt mich nicht. Ich bin berechtigt, es zu führen, obwohl ich an keine Heimstatt gebunden bin. Die Heimstatt, aus der es stammt, ist lange verloren, und es besitzt keine Heimat mehr, so wenig wie ich. Das sagt mir dies, Will: Ich habe eine größere Verantwortung, als meine eigenen selbstsüchtigen Wünsche zu verfolgen. Kytrins Pläne zu durchkreuzen, indem ich andere rette, ist wertvoller und wichtiger, als ihre Truppen umzubringen.«

Will schob sich die Maske auf den Kopf, um Entschlossen mit einem anständigen Stirnrunzeln mustern zu können. »Soll das heißen, nach all der Anstrengung, mir klar zu machen, dass ich dem Rest der Welt gegenüber eine Verantwortung trage, willst du mir erzählen, du hast das bei dir selbst nie gesehen? Du warst nicht an die Regeln gebunden, die du mir eingetrichtert hast?«

Entschlossen lachte lauthals. »Scheint nicht gerecht, was, Will? Vielleicht war ich sehr wohl die ganze Zeit an sie gebunden, und habe mich nur geweigert, es einzugestehen.« Er strich mit den Fingerspitzen über das Metall des Schwertblatts und fuhr die darin eingravierten ælvischen Symbole nach. »Ich vermute, die Blaue Spinne hat das Schwert irgendeinem Sammler gestohlen und nie geahnt, was sich da in seinem Besitz befand. Aber er musste es stehlen, es war ihm *bestimmt,* es zu stehlen, damit es durch deine Hand zu mir gelangen konnte.«

»Gern geschehen.«

»Wirklich?« Der Vorqælf warf ihm einen schrägen Blick zu. »Falls du bis jetzt geglaubt hast, ich würde auf deiner Verantwortung der Welt gegenüber herumreiten, hast du noch gar nichts erlebt.«

Der Dieb rollte die Augen. »Ich frage mich, ob Kytrin noch eine Stelle frei hat? Stoß es mir gleich in den Leib, dann kann sie mich wiederbeleben.«

»Das wird nicht gelingen, Will. Nicht, wenn ich dich hiermit durchbohre.«

»Warum nicht?«

»Es liegt an der Magik des Schwerts. Du hast gesehen, wie ich die kürzlich Verblichenen wiederbelebe.«

Will schauderte. »Ja, habe ich.«

»Nun, wenn jemand stirbt, reißt sein Faden im Gewebe des Lebens. Die Magik, die ich und die Kytrin benutzen, webt den Faden wieder zusammen. Die Verbindung ist nicht so gut wie zuvor, daher ist dieses Leben von minderer Qualität. Doch Syverce durchtrennt den Faden nicht nur, sie verknotet ihn. Deshalb das Nadelöhr. Es bleibt kein loses Ende, das sich neu verbinden ließe. Wenn du durch Syverce stirbst, stirbst du für alle Zeiten.«

»Schöne Aussichten.« Will seufzte. »Wir müssen also hier fort?«

»Ihre Kinder werden überleben, um von ihren Taten zu singen.«

»Oder sie zu rächen?«

Der Vorqælf nickte. »Oder sie zu rächen, aber nur, falls du und ich an der Aufgabe versagen, die das Schicksal uns gestellt hat.«

Ermenbrecht klopfte an die offene Tür von Alexias Zimmer. »Vergebt mir, meine Fürstin. Ich wollte nur Euer Schwert zurückbringen.«

Die weißblonde Kriegerin schaute sich zu ihm um,

während sie den letzten Riemen der Satteltasche schloss. »Ich habe es Euch geschickt, damit Ihr es behaltet.« Sie deutete mit einer kurzen Kopfbewegung zu Kräh, der am Fuß des Bettes saß. »Der Markgraf Draconis hat uns darauf hingewiesen, dass ein Sullanciri uns verfolgen wird, und Kräh kann sich seiner annehmen. Damit bleiben aber mindestens zwei hier, und Malarkex' Schwert wird Euch ermöglichen, sie zu töten, wenn es nötig wird.«

Der Offizier lächelte und trat ins Zimmer. »Ich weiß das Geschenk zu schätzen, doch Ihr habt Malarkex getötet. Die Klinge ist Eure und zu wertvoll, um sie zu verschenken.«

Alexia richtete sich auf und schaute an der schlanken Nase entlang auf ihn herab. »Um der Wahrheit die Ehre zu geben, mein Herr, ich mag dieses Schwert nicht. Es ist nicht nach meinem Geschmack, liegt nicht gut in meiner Hand. Eure Waffenkammer hier hat mir einen angemessenen Ersatz geliefert. Ich bestehe darauf, dass Ihr es behaltet.«

Ermenbrecht setzte zu einer Entgegnung an, aber Kräh kam ihm zuvor. »Spart Euch den Atem, mein Fürst. Wenn sie einmal eine Entscheidung getroffen hat, ist sie nicht mehr umzustimmen. Wir wissen, wie schlimm es hier werden wird. Dieses Schwert wird Euch eine Hilfe sein, und Ihr werdet alle Hilfe brauchen, die Ihr bekommen könnt.«

Der Orioser Prinz nickte Kräh zu. »Dann wäre es eine Schande, es an den Feind zu verlieren.«

Alexia warf sich die Satteltaschen über die Schulter. »Kytrin hat es erschaffen. Sie kann mehr davon herstellen. Aber ich vermute stark, dass es schwieriger ist, einen Sullanciri zu erschaffen. Deren Tod wird sie ablenken.«

»Ich würde auf etwas mehr als nur das hoffen, aber ich werde mich nicht beschweren, wenn es dabei bleibt.« Neuer Mut stieg in Ermenbrecht auf, als Kräh aufstand und Alexia zur Tür vorausging. »Ich werde mich Eurer Gabe würdig erweisen.«

»Daran habe ich keinen Zweifel.« Sie legte ihm die Hände auf die Schultern. »Euren Leuten wird nichts zustoßen. Dafür werden wir sorgen.«

»Daran habe ich auch keinen Zweifel.« Er lächelte sie an. »Sichere Reise.«

»Mut.« Alexia wandte sich zum Gehen, dann drehte sie sich in der Tür noch einmal um. »Habt Ihr eine Botschaft für Euren Vater?«

Ermenbrecht wollte den Kopf schütteln, dann zögerte er. »Ja, ich schätze schon. Richtet ihm von mir aus: Für das Wohl seines Reiches soll er nicht das ganze Leben lang ein Feigling bleiben.«

Die okransche Prinzessin blinzelte. »Mit genau diesen Worten?«

»Wären sie höflicher, würde er sie nicht zur Kenntnis nehmen.« Ermenbrecht seufzte. »Wären sie höflicher, wüsste er, dass sie nicht von mir stammen.«

Kapitel Vierunddreissig

Alyx ritt an die Spitze der Flüchtlingskolonne und zog ein wenig nach Osten, um zwischen den Menschen und den aurolanischen Horden zu bleiben. Die Sonne brannte vom Himmel und machte den Tag für die Jahreszeit zu heiß. Das Kettenhemd, das sie über einem gefütterten Waffenrock trug, lag ihr schwer auf den Schultern und brachte sie zum Schwitzen, aber sie dachte nicht daran, es gegen Kytrins Versprechen einzutauschen, die Flüchtlinge in Ruhe zu lassen.

Die Nonkombattanten verließen Festung Draconis durch das kleine Südtor. Die aurolanische Südflanke war zurückgewichen und bot ihnen reichlich Platz für den Treck nach Süden. Die Frauen und Kinder, die zu Fuß gehen konnten, taten das, viele gebückt unter Säcken und Taschen, die sie bis zum Bersten mit Kleidern, Decken, Reis, Pökelfleisch, Stockfisch und den wenigen Erinnerungstücken voll gestopft hatten, die zurückzulassen sie nicht übers Herz bringen konnten. Weil so viele von ihnen Oriosen waren, trugen zahlreiche die Masken der Männer, die sie zu zurückließen, und die Soldaten trugen notdürftig gefertigte Masken.

Auf gewisse Weise verstand Alyx das. Oriosen drückten sich über ihre Masken aus, und Familien bewahrten die Masken ihrer Verwandten auf, um sie zu bestaunen und zu verehren, wenn nicht sogar anzubeten. Indem sie den Flüchtlingen ihre Lebensmasken mitgaben, entkamen die Orioser Soldaten mit ihren Familien. *Ein Oriose ohne Maske ist ohnehin so gut wie tot.* Diese Krieger waren bereit, ihr Leben teuer zu verkaufen, und indem sie ihre Masken aufgaben, zeigten sie, dass sie sich bereits als tot betrachteten.

Die oriosischen Truppen hatten alle die Erlaubnis erhalten, nach Süden aufzubrechen. Den Orioser Kundschaftern hatte Dathan Cavarr sogar ausdrücklich befohlen, die Flüchtlinge zu begleiten, und er hatte ihnen zusätzlich eine ganz aus Oriosen bestehende improvisierte Meckanshiilegion mitgegeben. Andere Orioser Soldaten, sehr junge mit ihren Familien oder sehr alte, schlossen sich den Flüchtlingen an, die anderen aber blieben, um zu kämpfen. Diejenigen, die abziehen wollten, hatten häufig mit Kundschaftern, die bleiben wollten, die Plätze getauscht, sodass die meisten eine Wahl hatten.

Alyx kam der Gedanke, dass der Feldzug gegen die Okransche Mark an einem kalten, verregneten Tag begonnen hatte, und doch waren die aus Yslin ausrückenden Soldaten alle guter Laune gewesen. Jetzt, beim Aufbruch aus Festung Draconis, im strahlenden Sonnenschein, fühlte sie sich innerlich leer, und sie sah reichlich Gesichter, die ihr bestätigten, dass es ihr nicht alleine so ging.

Kräh ritt zu ihr hinüber. »Wir haben grob geschätzt zweitausend Personen. Fünfhundert sind Soldaten, hundert weitere Erwachsene, die schon einmal gekämpft haben. Der Rest sind Frauen und Kinder, nicht ganz zwei kommen auf jeden Erwachsenen. Zwanzig Wagen mit Vorräten, hundert Pferde, die meisten Zugpferde.«

Sie schaute ihn an. »Bist du sicher, wir tun das Richtige?«

Er seufzte. »Ich kann nicht behaupten, mir bei irgendetwas sicher zu sein, aber ich weiß, es ist notwendig. Cavarr hätte es nicht vorgeschlagen, wenn es nicht das Beste so wäre. Wir müssen nur dafür sorgen, dass es gelingt.«

Alyx legte ihm die Hand auf die Schulter. »Das werden wir, Kräh.«

Die Kolonne der Flüchtlinge wand ihren Weg nach Süden, angeführt von den Meckanshii. Sie bezogen knapp in Reichweite der Draconellen des südöstlichen Bunkers Stellung und wiesen die Flüchtlinge an, hinter ihnen vorbei nach Süden zu ziehen. Die Vorstellung, hundert Männer und Frauen halb aus Fleisch, halb aus Metall, hätten die aurolanischen Horden aufhalten können, wären sie auf die Flüchtlinge losgestürmt, um sie zu zermalmen, war lächerlich, aber niemand sprach es aus.

Die einzige Bewegung auf der aurolanischen Seite rührte von dem goldenen Drachen her. Er schlängelte sich nach Süden. Offenbar war der Zug der Bürger es ihm nicht wert, sich in die Lüfte zu erheben. Er hielt seinen Körper hinter der Linie der vordersten Aurolanentruppen, stieß der Kolonne aber das Maul entgegen. Seine Nüstern weiteten sich, doch kein Feuerstoß schlug hervor. Die Kreatur schnupperte und rollte sich in ausgesprochen katzenhafter Manier ein, legte sogar den Schwanz um die Beine. Sie beobachtete den Zug aufmerksam, tat aber nichts.

Weiter hinten tauchten Kjarrigan, Lombo und Qwc auf, die eine Gruppe von Kindern begleiteten. Die Flugkunststückchen des Sprijt brachten die Kinder zum Lachen, und der Panq ließ ein paar der Kleinsten auf sich reiten. Kjarrigan hatte einen Wanderstock in der Hand, und ein halbes Dutzend kleiner Buben folgte ihm wie Entenküken der Mutter. Der beleibte Magiker hatte seinen Beutel über der Schulter, und die Taschen der zwei kleinsten Kinder hingen daran herab. Doch sein Blick war misstrauisch nach Osten gerichtet. Sollten die Aurolanen angreifen, war Alyx sicher, Kjarrigan würde seine Schützlinge bis zum letzten Atemzug verteidigen.

Als endlich die Wagen aus der Festung rollten und das Südtor sich schloss, erschienen Krieger auf den Mauern und hoben die Waffen zum Salut. Verschiedene Stimmen erschallten, dann ließen die Verteidiger gemeinsam ein schallendes *Hurra!* ertönen. Wieder und wieder stießen sie es aus, drei Mal drei Mal. Die Flüchtlinge, die ängstlich und weinend aus der Festung gekommen waren, fassten bei dem Klang neuen Mut. Erwachsene richteten sich auf, Kinder marschierten zügiger, Soldaten erwiderten den Salut.

Alyx zog das Pferd herum, als der letzte Wagen an ihr vorbeirollte, dann ritt sie mit Kräh hinüber zu Entschlossen und Will, die das Schlusslicht der Kolonne bildeten. Sie ritten schweigend auf Höhe der wartenden Meckanshii, die sich als Schutzschild an der linken Flanke des Flüchtlingstrecks in Bewegung setzten. Der Zug schlängelte sich eine Meile weit ins Vorgebirge und langsam verschwanden die ersten Ausläufer zwischen den Bergen. Die Reiter trabten auf eine der Höhen und schauten sich zur Festung Draconis um.

Die Prinzessin schüttelte langsam den Kopf. Die aurolanischen Truppen hatten sich bereits wieder in Bewegung gesetzt und der Drache trieb träge über dem Schlachtfeld. »Ich weiß, es ist nötig. Ich akzeptiere die Notwendigkeit auch. Aber ich komme mir trotzdem vor wie ein Feigling.«

Entschlossens Augen verengten sich zu silbernen Schlitzen. »Denkt daran, Prinzessin, sie haben die einfachere Aufgabe. Sie brauchen nur zu töten. Wir müssen überleben. Wir bewachen nicht nur ihre Familien, sondern auch ihre Hoffnungen und Träume für die Zukunft. Und wenn wir keinen Erfolg haben, werden die ebenso tot und kalt sein, wie die Soldaten es auch bald sein werden.«

Vom Dach des Kronturms aus beobachtete Ermenbrecht, wie die letzten Flüchtlinge nach Süden zogen und wartete, ob Alexia sich noch einmal zur Festung umdrehte.

Er hoffte darauf, vielleicht sogar, dass sie nach ihm Ausschau hielt. Er machte sich keine romantischen Hoffnungen, was sie betraf … jedenfalls nicht über das hinaus, was jeder Mann verspürte, wenn er eine solche Schönheit sah. Ermenbrechts Gefühle waren vollauf gebunden, und seine Gefährtin und ihr Sohn befanden sich unter den Flüchtlingen. Oberst Valkener hatte versprochen, auf sie aufzupassen, aber Laerisa hatte darauf bestanden, nicht bevorzugt zu werden, und für den Fall, dass Kytrin sich entschloss, die Kolonne zu geißeln, würde niemand die Aufmerksamkeit auf sie oder den Knaben ziehen.

Er hoffte, Alexia würde sich umdrehen und einen Blick auf den Mahlstrom erhaschen, der Festung Draconis einzuschließen drohte. Es ließ sich nicht bestreiten, dass die Wucht und Geschwindigkeit des aurolanischen Angriffs die Verteidiger überrumpelt hatte. Steilschleudern und Donnerkugeln waren Waffen, auf die sie nicht gefasst gewesen waren. Der Schaden, den sie angerichtet hatten, raubte dem Markgrafen Draconis den Schlaf, während er nachsann und versuchte, eine Abwehrmöglichkeit zu finden. Doch ohne eine Donnerkugel, die sie auseinander nehmen und untersuchen konnten, schien es mehr als schwierig, Gegenmaßnahmen zu entwickeln.

Ermenbrecht grinste. *Aber Kytrin ist nicht die Einzige, die neue Waffen entwickeln kann.* Er hoffte inständig, Alexia und die anderen würden erkennen, dass die Truppen, die in der Festung blieben, nicht zurückgeblieben waren, um zu sterben, sondern um Aurolanen zu töten. *Und dafür sind wir gut ausgerüstet.*

Trommeln dröhnten hinter den Nordlandlinien. Untote Legionen rückten vor und Draconellen sammelten sich vor der nördlichen Mauer. Ein kleineres Kontingent weiter südöstlich ging rasch in Stellung, um das Haupttor anzugreifen. *Und der Drache kann überall zuschlagen.*

Er blickte hinüber zum Markgrafen Draconis. »Wo soll ich hin? Nach Norden zur Hydrabatterie oder mit Euch ans Haupttor zu Löwe?«

Cavarr überlegte kurz, dann deutete er nach Norden. »Dort sind Eure Leute, dort brauche ich Euch auch. Wenn sie das Haupttor angreift, werde ich da sein und Euch als meinen Stellvertreter bereit halten, den Befehl zu übernehmen.«

Ermenbrecht salutierte zackig. »Wie Ihr befehlt, mein Fürst. Nur für den Fall, dass ich später keine Gelegenheit mehr dazu bekomme, möchte ich mich für alles bedanken, was Ihr mich gelehrt habt.«

»Ihr wart ein begabter Schüler und es ist mir ein Vergnügen gewesen, Euch zu unterrichten.« Cavarr erwiderte den Gruß, dann lächelte er schief. »Eine Frage, wenn Ihr nichts dagegen habt.«

»Bitte.«

Der Markgraf tippte sich mit dem Finger an die Nase. »Ihr tragt noch immer Eure Lebensmaske. Ihr habt sie Valkener nicht mitgegeben, damit er sie nach Süden bringt?«

»Er hätte sich geweigert, oder? Hätte mir gesagt, ich soll sie selbst hinbringen.« Der Prinz schüttelte den Kopf. »Außerdem, glaubt Ihr ernsthaft, ich will sie meinem Vater überlassen?«

»Nein, schätze nicht.«

»Nein.« Ermenbrecht lächelte. »Falls Ihr mich findet, versprecht mir, meine Maske ins Meer zu werfen. Meinen Leichnam auch, falls noch etwas davon übrig ist. Bei meiner Mutter werde ich friedlicher ruhen.«

»Betrachtet es als erledigt.«

»Irgendwelche eigenen Wünsche?«

Cavarr lachte und klopfte mit der Hand auf die dicken Mauern des Kronturms. »Ich bin in einer Festung Draconis aufgewachsen und habe eine Zweite gebaut. Vielen Dank, aber ich werde hier spuken. Und jetzt setzt

Euch in Bewegung. Oberst Tatt soll alle Soldaten zu den Stellungen rufen.«

Ermenbrecht nickte und zog sich durch den Turm zurück. Er fand den für die Signaltrompeten zuständigen Meckansh und gab den Befehl des Barons weiter. Dann ging er zur nördlichsten Geschützbatterie. Er zog den Kopf ein und betrat die erste der beiden Draconellstellungen. In beide Richtungen wies ein Dutzend Waffen auf die Bunkerfestung, die in der Nacht zuvor an die Aurolanen gefallen war. Alle Draconellen hatten eine wie ein Schlangenmaul geformte Mündung und ein Schuppenmuster entlang des Laufs, daher die Bezeichnung Hydrabatterie.

Hauptmann Gerhard salutierte, als der Prinz eintrat. »Draconellen ausgerichtet und dreifach geladen. Das wird ihnen nicht gefallen.«

»Gut. Der Tunnel ist noch intakt?«

»Haupttunnel wie geplant geflutet und mit Netzen versperrt.« Der Meckanshii-Offizier grinste quietschend. »Wir haben gewartet, bis ein paar unterwegs waren, bevor wir ihn fluteten. Dürften etwa ein halbes Dutzend Trupps erwischt haben.«

»Lasst sie da unten nicht zur Ruhe kommen. Ihre Untoten werden sich von ein bisschen Wasser in der Lunge nicht aufhalten lassen.«

»Jawohl, Meister.« Gerhard trat an ein in die Wand eingelassenes Sprechrohr und rief einen Befehl zu den im Dunkeln wartenden Truppen hinunter. Eine Bestätigung schallte herauf. »Wir sind bereit.«

»Gut.« Die Trommeln draußen auf dem Schlachtfeld beschleunigten ihr Donnern zu einem Creszendo. »Sie kommen.«

Jenseits der Festungsmauern setzten sich Kytrins Einheiten in Bewegung. Hinter den Truppen feuerten die Steilschleudern ihre Donnerkugeln ab. Zusätzliche Steilschleudern wummerten in der eroberten Vorfestung und spien ihre explosive Munition tief ins Labyrinth. Die Bomben detonierten in der Luft oder nach dem Aufprall und schleuderten Metallfragmente in alle Himmelsrichtungen. Einer der Splitter jagte in die Batteriestellung, verfehlte Ermenbrecht nur knapp und prallte harmlos von Gerhards linkem Arm ab.

Der Meckansh schaute auf die helle Schramme im Metall. »Ich werde neuen Lack brauchen, wenn wir hier fertig sind.«

Die Draconellen der Bunker, bei deren Sturz in die Hände des Gegners gefallen, ließen sich weit schwieriger auf die Batteriestellungen der Festung richten als umgekehrt. Die Aurolanen hatten zwar die Schießscharten vergrößert, um den Geschützen mehr Spielraum zu geben, aber das bot Gerhard und seinen Draconieren nur größere Zielscheiben.

Die Draconellen des Bunkers spien Feuer und Stahl, schleuderten ihre Metallkugeln auf die Festung. Ein paar Steintrümmer aus einer berstenden Schartenfassung flogen durch die Stellung, aber die Geschützbesatzungen beachteten sie nicht. Ihre Waffen waren längst ausgerichtet, die Entfernung zollgenau gemessen, Feuerdreckladung und Munition sorgfältig abgewogen, die Draconellen im richtigen Winkel angehoben und feuerbereit gemacht. Ermenbrecht nickte und Gerhard gab den Feuerbefehl.

Die Draconellen krachten und rollten vom Rückstoß getrieben zurück, während die Geschosse auf Flammenzungen davonjagten. Qualm schlug durch die Stellung, und einen Pulsschlag später bebte der Boden, als die untere Batterie feuerte. Ermenbrechts Ohren klingelten, seine Augen tränten, doch der Wind trieb den Qualm davon und gab den Blick auf die Geschützbesatzungen frei, die schon wieder dabei waren, die Waffen zu säubern und neu zu laden. Hinter ihnen kam die Bunkerfestung in Sicht. Ihre Geschützscharten waren zertrümmert. Mindestens eine Draconelle war aus der Stellung gesprengt worden und an der Außenmauer herabgestürzt, während die anderen wild verstreut schienen. Ein Schnatterer-Draconier hing aus einer der Mauerbreschen, andere hatte es zerrissen.

Hinter dem Bunker wirkte die Szenerie bedrohlicher. Einige Aurolanentruppen hatten die Vorfestung als Deckung für den Anmarsch benutzt, aber jetzt schlichen sie sich um sie herum, kamen immer näher. In den vordersten Reihen erschienen die monströsen untoten Kreaturen, humpelnd und schlurfend. Über ihnen flogen weitere Donnerkugeln heran, aber das ferne Donnern der Geschütze konnte das raue Grunzen und Stöhnen der Untoten nicht übertönen.

Gerhard, dessen Gesicht von der ersten Salve rußgeschwärzt war, nickte Ermenbrecht zu. »Mit Streuschrot geladen, wie geplant.«

Der Prinz nickte. »Gut. Sieht aus, als würden sie ihre Draconellen näher rücken.«

»Zwei Batterien, zwanzig Stück, um den Dreh.« Gerhard trat an das Sprechrohr. »Bereit an Flammern, bereit an Loch.«

Die aurolanischen Draconiere schoben ihre Geschütze in Stellung und richteten sie etwas hinter der Bunkerfestung aus, um eine klare Schusslinie auf Gerhards Batterie zu haben, ohne selbst ins Schussfeld der Adlerbatterie im Westen zu geraten. Sie rammten Pulver und Munition in die Rohre und zielten. Der Meckansh wartete, bis die glimmenden Lunten auf die Draconellen verteilt waren, dann brüllte er in das Rohr: »Feuert das Loch!«

Ermenbrecht, der wusste, was kam, drückte sich mit dem Rücken an die Wand und duckte sich. Bei der ersten Belagerung der Festung Draconis, als er noch ein Kind gewesen war, hatte Kytrin nur eine Draconelle und einen begrenzten Vorrat an Feuerdreck besessen.

Der Wagen, der ihn transportiert hatte, war durch das zertrümmerte Tor in die Festung eingedrungen und in eine Sackgasse geraten, wo er Feuer fing. Die Explosion hatte einen Teil der Festungsstadt dem Erdboden gleichgemacht.

Um die Gefahr, dass sich etwas Derartiges wiederholte, möglichst gering zu halten, hatte der Markgraf Draconis angeordnet, alle Feuerdreckmagazine unterirdisch anzulegen und die Ladungen für die Draconellen von dort zu den Batterien zu schaffen. Die Gänge zwischen der Festung und den Vorbunkern verliefen knapp über den Magazinen, und nachdem die Aurolanen die Festungsbunker erobert hatten, waren die Tunnel mit Netzen abgesperrt und geflutet worden.

Kleine Seitentunnel, die parallel zu den Hauptgängen liefen und sich hinab zur Magazinebene neigten, waren trocken geblieben. UrSreiði-Sappeure hatten sich an ihnen entlang nach unten begeben, waren in die dunkleren Magazinbereiche eingedrungen und hatten eine größere Zahl Feuerdreckfässer geöffnet. Dann hatten sie zurück zur Festung eine Pulverspur durch die Seitentunnel gezogen, die sie jetzt auf Gerhards Befehl hin entzündet hatten.

Die aurolanischen Draconellen donnerten und schleuderten schwere Eisenkugeln in die Batterie. Eine prallte vom Lauf eines der Geschütze ab, drückte es zur Seite und schleuderte den Zünder davon. Dann rammte die Kugel den Lader gegen die Wand und zerquetschte seinen rechten Arm. Der Mann schrie auf, und der Arm hing ihm als nutzlose Masse von zerdrehtem Metall und zerfetzten Drähten von der Schulter. Steinsplitter aus der Mauer zerrissen ihm das Gesicht, wo die Haut nicht vom Kettenpanzer ersetzt war, während das platt gedrückte Geschoss in der Mitte der Batterie eine Pirouette drehte und dann auf die flache Seite umkippte.

Etwa eine Minute später schüttelte die erste von drei

Explosionen den Bunker. Sie klang noch wie ein dumpfes Wummern, aber das wachsende Donnern der zweiten Explosion übertönte sie schnell. Hier und da schossen Feuerfontänen empor und Rauch stieg auf, aber all das war nur die Ouvertüre zum letzten, titanischen Donnerschlag. Ein Vulkan brach im Herzen der Bunkerfestung aus, schleuderte nur – als dunkle Flecken erkennbare – Brocken Mauer, Decke und Kreaturen hoch in die Luft, dann verwandelte das Feuer die Farbe von grellem Rot zu blendendem Silberweiß. Die Bunkerwände brachen auf, schwarzer Fels zeigte weiße, spinnwebartige Risse, die Stücke wurden kleiner und kleiner, dann sammelte sich der Qualm und erhob sich in einer gewaltigen Säule, während die Explosion die Trümmer in alle Himmelsrichtungen schleuderte.

Steine und Holztrümmer der Fußbodenbohlen krachten durch die Schießscharten. Dann kam die Druckwelle, schüttelte die Draconellen, ließ den Mörtel bersten und lockerte die Pflastersteine im Boden der Stellung. Einen Augenblick flog Ermenbrecht durch die Luft, dann schlug er auf den Boden und spuckte Dreck und Qualm. Er wischte sich mit der Hand über die Augen und verschmierte Staub und Tränen, schüttelte den Kopf, um das Klingeln in den Ohren abzustellen. Er stieß die Luft aus der Nase, um den trockenen Geruch von Staub loszuwerden und fühlte Blut auf die Oberlippe laufen.

Der Rauch wirbelte durch die Stellung und wurde allmählich dünner. Der Prinz sah Gerhard lachen und nach draußen zeigen. Von der Vorfestung war nur noch ein qualmender Schuttkrater übrig, der gelegentlich von Flammenzungen und kleinen Detonationen erschüttert wurde. Die Vorhut der Aurolanen war von Schrapnell zerfetzt worden, das Schlachtfeld war mit zuckenden, blutenden Leibern übersät. Die Untoten, die die Explosion überstanden hatten, krallten sich in den Boden und zerrten die Überreste ihrer missgestalteten Körper weiter auf die Festung zu. Die aurolanischen Draconellen sah Ermenbrecht nirgends, aber ein Feuerdreckwagen brannte lichterloh und erledigte mit seiner Explosion weitere Truppen.

Der Prinz trat an das Sprechrohr und rief in die Öffnung: »Flammer einsetzen!«

In den Mauerstacheln waren unter anderem mehrere Rohre verborgen. Auf seinen Befehl öffnete sich an jedem der Rohre ein Ventil und ein verstecktes Ölreservoir entleerte sich durch die Rohrmündung. Tief im Innern der Mauer löste ein Kampfmagiker einen einfachen Zauber aus, der den Ölstrom entzündete, und flüssiges Feuer schoss hinaus aufs Schlachtfeld, einen Vorhang aus schwarzem Qualm nachziehend, um Untote und Lebende gleichermaßen einzuäschern.

Gerhard und die Hydrabatterie feuerten in stetigem Rhythmus, alle zwei Minuten eine Salve. Schwere Eisenkugeln schlugen tiefe Breschen in feindliche Formationen, Streuschrot zerfetzte näher an den Mauern ganze Einheiten. Doch obwohl sie feuerten, so schnell sie konnten, und trotz der tödlichen Fontänen aus brennendem Öl kamen die Aurolanen immer näher, und der Schutt der Vorfestung diente neuen Draconellen als Schanzwerk, hinter dem sie in Deckung gehen konnten.

Ermenbrecht verließ die Batterie und fröstelte, als ein schwarzer Schatten über ihn zog. Er schaute nach Osten und sah das Haupttor in Flammen, den Stein zerschmolzen. Der goldene Drache kreiste und stieß herab, dann setzte er auf dem Kronturm auf. Mit einem schnellen Schwanzhieb zertrümmerte er die Fahnenstange und schleuderte die hellgraue Fahne mit dem schwarzen Drachenschädel herab. Der Drache hockte auf dem breiten Rand des Turms, seine Krallen zerdrückten den Fels. Er legte sich nicht über das Turmdach, wie es sein Vorgänger getan hatte.

Kytrin hatte aus dem vorigen Angriff gelernt. Ein Vierteljahrhundert zuvor hatte ein Drache das Dach des Kronturms abgerissen und war von einer Falle, die der Markgraf Draconis vorbereitet hatte, aufgespießt worden. Dieser Kronturm war zwar viel zu klein und niedrig, um eine Wiederholung derselben Falle zu ermöglichen, trotzdem ging der Drache kein Risiko ein und schlug mit den Pranken auf die Mauern ein, um die Fragmentkammer von der Seite zu öffnen.

Die Nordlandhexe hatte dazugelernt, aber dasselbe galt für den Markgrafen Draconis. Im gesamten Labyrinth verteilt existierten weitere Bunker, Blockhäuser, in denen für den Fall einer Belagerung Nahrung und andere Vorräte eingelagert waren. In jeden dieser Bunker war eine riesige Draconelle eingebaut, viel zu schwer, um sie zu bewegen oder auch nur halbwegs leicht oder schnell zu laden. Sie alle waren auf die Spitze des Kronturms ausgerichtet, je eine an jedem Kardinalpunkt des Kompasses. Mithilfe eines komplexen Systems von Flaschenzügen und Hebeln ließen sich die Geschütze geringfügig bewegen, aber bei einem Ziel von der Größe eines Drachens waren derartige Justierungen unnötig. Den Geschützmannschaften zugeteilte Zauberer sprachen sich über Arkantafaln ab, und als der Drache durch die Mauer brach und große Steinbrocken hinab in die Stadt schleuderte, erhielten die Geschütze den Feuerbefehl.

Die Riesendraconellen feuerten nicht ganz gleichzeitig, aber das spielte kaum eine Rolle. Die gewaltigen Geschütze hatten Mündungen von der Größe eines gewöhnlichen Kriegerschilds, vielleicht einen dreiviertel Schritt im Durchmesser. Eine Eisenkugel dieser Größe hätte ein unfassbares Gewicht gehabt, und sie ins Ziel zu schleudern hätte eine Ladung Feuerdreck benötigt, die das Geschütz zerrissen hätte. Streuschrot hätte funktioniert, selbst mit faustgroßen Kugeln, aber gegen die Panzerung eines Drachen eingesetzt hätte er höchstens ein paar Schuppen zerschlagen und das Ungeheuer wütend gemacht.

Der Markgraf Draconis, der beim vorherigen Angriff einen einzelnen, riesigen Dorn benutzt hatte, um einen Drachen zu durchbohren und zu töten, setzte diese Waffe erneut ein, aber diesmal in mehrfacher Ausfertigung. Jede Riesendraconelle war mit einem hölzernen Kanister geladen, einem zylindrischen Fass von einem Schritt Länge, gefüllt mit Wachs. In das Wachs waren achtzehn ebenso lange stählerne Speere mit verdickten, rasiermesserscharfen Spitzen versenkt worden. Als die Waffen ausgelöst wurden und die Explosion durch den Lauf schlug, wurden die Kanister in Fahrt gebracht. Die Hitze schmolz das Wachs, die Druckwelle zertrümmerte das Fass und die Metallspeere mit ihren Panzer brechenden Spitzen flogen auf Flammenzungen ins Ziel.

Die Nadeln aus dem Süden schlugen durch die erst teilweise verheilte Wunde am Oberschenkel des Drachen, rissen sie wieder auf und ließen das Bein abrutschen. Die Ladung der westlichen Draconelle ging teilweise daneben, aber mehrere Stahldornen bohrten sich durch die Wange des Drachen, und eine zerfetzte ihm das linke Auge. Das Feuer des Nordgeschützes war das treffsicherste. Seine Speere spickten die rechte Flanke des Drachen an Pranken, Körper, Schwinge, Bein und Schwanz. Keine der Wunden war tödlich, aber die Nadeln bohrten sich tief ins Fleisch der Echse, zerrissen die Muskeln und ließen loderndes schwarzes Blut austreten. Der Schuss aus der östlichen Festung, von der aus Cavarr den Feuerbefehl gegeben hatte, traf mit der größten Wucht und dem besten Resultat. Sie erwischten den Drachen voll im Rücken, bohrten sich in Schultern und Hals. Sie drangen tief in den Körper ein, splitterten Knochen, zerfetzten das Gewebe. Ganz besonders ein Speer zeigte eine beträchtliche Wirkung.

Als der Drache sich vom Turm abstieß und die

Schwingen ausbreitete, um sich zu retten, verweigerte ihm der linke Flügel den Dienst. Die Nadel hatte einen Nerv durchtrennt und den Flügel gelähmt. Die gesunde Schwinge des goldenen Drachen pumpte wild, und er schlug heftig mit dem Schwanz aus, quer durch die Fragmentkammer. Der Schwung des Flügels löste einen Überschlag aus, den der Schwanz nicht aufhalten konnte, und der halbblinde Drache krachte mit großer Wucht in das Labyrinth. Er rammte mit dem Kopf einen Bunker, dann verschwand er in der von einstürzenden Gebäuden aufgewirbelten Staubwolke.

Ermenbrecht juchzte vor Begeisterung und rannte eine Rampe hinunter zu dem Gebäude, wo seine Kompanie ihn erwartete. Er deutete nach Osten, zum zertrümmerten Haupttor. Bevor er ihnen jedoch den Befehl erteilen konnte auszurücken, ertönte hinter ihm ein lautes Scheppern. Die Augen seiner Leute weiteten sich und einige duckten sich weg. Der Prinz schaute nach links und sah eine Donnerkugel träge durch die Luft taumeln und an ihm vorbeihüpfen.

Den Bruchteil einer Sekunde versuchte er, sich die Einzelheiten des Geschosses einzuprägen, um es dem Markgrafen Draconis beschreiben zu können.

Etwa in dem Augenblick, da er begriff, dass er keine Gelegenheit haben würde, diese Informationen mit seinem Lehrmeister zu teilen, explodierte die Donnerkugel.

Kapitel Fünfunddreissig

Alyx bemühte sich nach Kräften, gegen die Besorgnis anzukämpfen, die die Evakuierung in ihr ausgelöst hatte. Sie gab freimütig zu, dass es, alles in allem, besser lief als erwartet. Sie kamen am ersten Tag weiter als angenommen, und gegen Mitte des zweiten hatten sie ein Nachschublager erreicht, das Dathan Cavarr für den Fall angelegt hatte, dass er gezwungen wäre, Truppen nach Süden zu schicken. Kjarrigan konnte die darauf liegenden Schutzzauber auflösen, und das Lager hatte ihnen reichlich Nachschub geliefert, unter anderem genug Waffen für alle Erwachsenen.

Den Rest des zweiten Tages hatten die Meckanshii die Nichtkombattanten mit den Waffen vertraut gemacht. Alyx machte sich keine Illusionen, dass diese Waffen auch nur halbwegs effektive Kämpfer aus ihnen machten. Aber die Möglichkeit, sich und die Kinder mit mehr als bloßen Händen verteidigen zu können, falls es nötig wurde, vertrieb einen Teil der Angst und lieferte den Leuten neue Zuversicht. Das war auf jeden Fall von Vorteil.

Am zweiten Abend jedoch stand sie vor einer schweren Entscheidung. Peri hatte gemeldet, und ein kurzer Erkundungsritt Krähs und Entschlossens hatte es bestätigt, dass die Flüchtlingskolonne verfolgt wurde. Aurolanische Reiter bewegten sich auf einem Parallelkurs südwärts. Sie blieben östlich der Flüchtlinge und schnitten ihnen den Weg zum Tynik ab, den sie an einer Furt oberhalb des Yavatsenknies hätten überqueren können, um von dort aus auf Flößen nach Sebtia zu gelangen. Aus dieser Stellung konnten die Aurolanen sich vor sie schieben und sie wieder nordwärts zurück zur Festung Draconis drängen, wann immer es ihnen beliebte.

Die Frage, vor der sie stand, war, ob sie den Flüchtlingen sagen sollte, dass die Aurolanen ihnen bereits nachsetzten. Die Aurolanen stellten nicht nur eine unmittelbare Bedrohung dar, sie würden augenblicklich wissen, was es bedeutete, dass die Kavallerie nach Süden in Marsch gesetzt worden war. Da die Reiterei im Innern der Festung weitgehend nutzlos sein würde, ließ ihr Einsatz hier nur den einen Schluss zu, dass die im Norden verbliebenen Truppen Kytrin keine Probleme machten.

Dass der Drache nicht am Himmel aufgetaucht war, um ihre Flucht zu stoppen, widersprach dem zwar, doch Alyx rechnete jeden Augenblick damit, ihn zu sehen. Sie war sich nicht sicher, ob Kytrin jemals vorgehabt hatte, ihr Wort zu halten und die Flüchtlinge entkommen zu lassen, aber die Antwort auf diese Frage war jetzt ohnehin unwichtig. Kytrin hatte schlichtweg keinen Grund, ihr Wort zu halten, also ging Alyx davon aus, dass sie es brechen werde. Sie ziehen zu lassen, war eine Laune gewesen, nicht mehr, und ganz offensichtlich hatte Kytrin die Lust daran verloren.

Sie wartete noch einen Tag, bevor sie ihre Entscheidung traf. In dieser Zeit konnte sie herausfinden, dass nach ihren besten Kenntnissen zwei Kavallerielegionen auf die Flüchtlinge angesetzt waren. Eine bestand beinahe ausschließlich aus von Vylænz dirigierten Frostkrallen. Diese Einheit war in Kompanien aufgeteilt, die der Streitmacht vorausritten und als Augen und Ohren dienten. Die zweite Einheit war schwere Reiterei und wurde vom Sullanciri Ganagrei angeführt.

Sie verfügte über sechshundert Truppen zu deren Abwehr, aber nur die Meckanshii konnte sie zur schweren Infanterie rechnen. Die Orioser Kundschafter wären für diesen Kampf besonders geeignet gewesen, aber zwei Drittel von ihnen waren in Festung Draconis geblieben. Die Soldaten, die ihren Platz eingenommen hatten, waren zwar willig und kämpften für den Schutz ihrer Familien, doch sie hatten keine Erfahrung mit Gefechten in dünn bewaldetem Gelände.

Genau genommen war das Gelände Alyx' einziger Vorteil. Die Straße nach Süden zog sich durch bewaldete Berge, die einige ausgezeichnete Verteidigungsstellungen anboten. Peri flog voraus und fand die geeignete Stelle für einen Kampf. Ein flacher, rautenförmiger Berggipfel zwischen zwei Flüsschen bot genug Platz für die komplette Flüchtlingskolonne. Sie hielten vorzeitig an und machten sich auf der Stelle daran, sich einzugraben und Schutzwälle aufzuschütten. Die Truppen rückten nach Westen und Süden aus und gingen auf den Berghängen an den gegenüberliegenden Ufern der beiden Flüsschen in Stellung. Die eine echte Kundschafterkompanie, über die sie verfügte, rückte weiter und etwas nach Norden vor, an eine Stelle, die sie leicht verteidigen konnte. Die Meckanshii bildeten das Herzstück der Verteidigungslinie. Die anderen Späher waren südlich aufgestellt, die restlichen Truppen und Partisanen an der Nordflanke.

Alyx wartete bei den Meckanshii, als es Abend wurde. Wenn die Aurolanen angreifen würden, so viel war ihr klar, dann in der Nacht, da sie in der Dunkelheit im Vorteil waren. Diesen Vorteil musste sie ihnen nehmen. Sie ließ die Truppen Holz für Scheiterhaufen hinter ihren Linien sammeln, aber sie mussten sich vorsehen, denn der Wald war recht trocken, und der vorherrschende Wind kam aus Westen. Sie hatte kein Interesse daran, ihre eigenen Leute in einem Waldbrand zu rösten.

Den Aurolanen hingegen hätte sie das mit Freuden angetan.

Als die oberste Spitze der Mondsichel im Osten sichtbar wurde, entzündeten Entschlossen, Kräh und ein paar Meckanshii knapp fünfhundert Meter östlich eine Feuerschneise. Das Feuer breitete sich schnell aus und erhob sich mit orangenem Heißhunger über jahrhundertealte Kiefern. Der Wind trug den Rauch nach Osten, und wenn dies nicht die Aufmerksamkeit der Aurolanen erregte, würde nichts das schaffen.

Im Flüchtlingslager überprüfte Will bestimmt zum zwölften Mal den Beutel mit den Klingensternen. Er hatte nicht bei den Frauen und Kindern bleiben wollen, aber Alexia hatte ihn beiseite genommen und ihm erklärt, seine Anwesenheit würde ihnen Mut machen, weil sie alle von der Prophezeiung wussten. Dass Kjarrigan ebenfalls im Lager blieb, besänftigte ihn etwas, und es half noch mehr, zu sehen, wie die Angst in den Augen mancher Flüchtlinge sich legte, wenn er vorbeikam.

Ein alter Infanteriehauptmann hatte den Befehl übernommen, auch wenn die beiden besten Krieger im Lager Lombo und Dranæ waren. Der Panq hockte in der Mitte des Geländes und spielte mit den Kindern, während einige der Eltern die Erdwälle bemannten, die ihre Bergfestung umschlossen. Dranæ ging die Linien ab, sprach mit allen, lächelte, lachte und nickte ermutigend. Seine ruhige Zuversicht wirkte Wunder. Zwischen den Wällen und den Kindern warteten die übrigen Eltern mit Speeren, Schwertern, Dolchen und in paar Fällen mit großen Steinen.

Will wanderte hinüber zu Kjarrigan, der nervös herumstand und abwechselnd stirnrunzelnd in die Nacht schaute und auf seine Hände blickte. Der Adept hatte sich in Festung Draconis nicht die Mühe gemacht, seine Robe wieder anzulegen und trug stattdessen verschiedene alte Piratensachen und auf dem bloßen Leib ein Uniformhemd aus der Festung.

Der Dieb schaute ihn an. »Das muss klappen, hörst du. Es darf keinen Fehler geben.«

Kjarrigan knurrte. »Ich weiß!« Er ballte die Fäuste. »Kannst du mich nicht in Ruhe lassen? Geh einfach weg.«

Der Adept wollte sich abwenden, aber Will packte ihn beim Arm und drehte ihn zurück. »He, Kjarri, hier kommt man nicht weg.«

»Nenn mich nicht Kjarri.«

Will schnaufte. »Hör zu, du bist nervös. Ich bin es auch. Hier sind eine Menge Leute, die auf uns zählen. Vor allen Dingen auf dich, weil du die wichtigste Rolle in diesem Stück spielst.«

»Ich weiß, wie wichtig sie ist.«

»Gut. Ich wollte nur sichergehen, dass du anwesend bist.«

»Was soll das denn bedeuten?« Kjarrigan runzelte die Stirn und verschränkte die Arme über der Brust.

Will trat näher an ihn heran und senkte die Stimme. »Wir entkommen den Piraten, die Ælfen setzen dich an die Arbeit. Auf dem Schiff zur Festung bist du verschlossen, redest mit kaum einem außer den Ælfen, dann tauchst du in der Festung praktisch unter, bis es Zeit wird abzureisen, und hier verbringst du deine ganze Zeit bei den Kindern. Du meidest uns, diejenigen von uns, die mit auf Wruona waren. Ich glaube, du bildest dir ein, wir würden dir die Schuld für ihren Tod geben.«

Kjarrigan blinzelte überrascht. »Was glaubst du?«

Der Dieb hielt seine Stimme gedämpft. »Ich glaube nicht, dass es deine Schuld war. Das glaubt keiner. Du brauchst dich nicht vor uns zu verstecken.«

Der Adept hob den Kopf. »Du meinst, ich habe mich vor euch versteckt.«

Will grinste. »Ziemlich offensichtlich.«

»Tatsächlich?« Der Magiker kniff die Augen zusammen. »Ich kann nur hoffen, dass du ein guter Dieb bist, denn als Gedankenleser bist du erbärmlich schlecht. Ich denke nichts dergleichen. Ich verstecke mich nicht und ich habe mich nicht versteckt.«

»Nicht? Warum habe ich dich dann in der Festung nicht zu Gesicht gekriegt?«

Kjarrigan zögerte. »Ich habe geschlafen. Ich war müde und habe geschlafen.«

Will schnaubte höhnisch. »Ja, klar, sicher. Wenn du es sagst.« Der Dieb zog sich zurück und öffnete die Hände, als im Osten ein Feuerschein aufleuchtete. »Hauptsache, jetzt bist du hier … und wach … Das ist alles, worauf es ankommt.«

Das Feuer löste tatsächlich eine Reaktion der Aurolanen aus. Grüne Magik zuckte aus der Dunkelheit und erstickte die Flammen, dann ritten Vylænz durch die Lücken, gefolgt von Frostkrallen. Die Temeryxen hüpften fast komisch auf ihren kräftigen Beinen, als sie herangaloppierten, dann sprangen sie wild zischend und kreischend die Stellungen der Meckanshii an.

In Alyx' Augen schien es weniger eine Schlacht als ein Tumult. Kräh griff aus der Deckung eines Baumstamms an und feuerte Pfeile, so schnell er konnte. Er schoss auf die Vylænz, und diejenigen, die er verfehlte, wurden häufig Opfer von Entschlossens Klingensternen. Auch ohne die Leitung ihrer Kommandeure griffen die Frostkrallen weiter an, doch ihnen fehlte der Zusammenhalt. Sie teilten zwar immer noch mit Zähnen und Krallen furchtbaren Schaden aus, aber nun wählten sie ihre Opfer nach den Kriterien der eigenen Instinkte, nicht mehr mit dem Ziel, eine Flanke aufzurollen oder eine Formation aufzubrechen.

Die von den Meckanshii vorbereiteten Verteidigungsstellungen machten den Temeryxen zu schaffen. Einige waren über die Frontlinien gesprungen und hatten sich in Netzen und Seilen verheddert, die zwischen den

Baumwipfeln gespannt waren. Andere, die an den Speeren der Krieger vorbeisegelten, fanden den Boden übersät mit angespitzten Holzpflöcken, die ihnen Schenkel und Leiber durchbohrten. Die dichten Bäume erschwerten den steifschwänzigen Bestien, sich schnell zu drehen, und wenn sie nach einem Soldaten schnappten, schlugen ihre Fänge meistens auf Metall.

Die Meckanshii kämpften wie besessen, schlugen mit eigenen Krallen auf die Frostkrallen ein. Der Kampf zerfiel zu einer Ansammlung kleiner Pulks aus stechenden und stoßenden, schneidenden und ringenden Kriegern. Fast wünschte Alyx sich, sie hätte Malarkex' Schwert noch gehabt, denn es hätte ihr gestattet, das chaotische Gemetzel zu genießen und ganz im Kampf aufzugehen. Aber auch so sang ihre Klinge, zerfetzte Kehlen und hackte Gliedmaßen ab, während Frostkrallen ihr Kettenhemd zerfetzten und die Krallen schließlich auch in ihre Haut gruben.

Die leichte Kavalleriekompanie der Aurolanen erfüllte ihre Aufgabe, denn sie beschäftigte die Meckanshii lange genug, um der schweren Reiterei den Durchbruch zu ermöglichen. Die größeren Frostkrallen und ihre Reiter sprangen ungerührt und unerschrocken durch die wieder auflodernden Flammen. Sie woben ihren Weg durch die Bäume, preschten rapide näher, zielten ihren Angriff auf die zurückgedrängte Mitte der Meckanshiiformation. Einzelne Reiter lehnten sich zu weit zur Seite und wurden von einem Ast oder Baumstamm aus dem Sattel geschlagen, und andere verloren ihr Reittier, wenn es sich einen Pfahl in den Leib rammte. Aber die meisten flogen mitten durch die Meckanshiilinien und verschwanden in der Dunkelheit.

Ganagrei nicht. Er zügelte seinen Großtemeryx und bellte den Reitern, die in Gefechte mit den Meckanshii verwickelt waren, gutturale Befehle zu. Aus der Dunkelheit zischte ein Klingenstern. Er schlug durch das linke Auge der riesigen Frostkralle und versenkte eine Spitze in ihrem Hirn. Die Kreatur schüttelte sich wild, dann sprang sie hoch in die Luft und schlug hart auf, bevor sie zur Seite kippte und starb.

Der Sullanciri rollte auf die Füße, weder sonderlich schnell noch besonders beweglich. Doch er entfaltete seine gepanzerte Gestalt, dann griff er hinab und zog eine zweiblättrige Streitaxt aus der Sattelscheide. Die Waffe zuckte blitzschnell hoch und herum, dann fiel sie herab und schlug Funken aus dem Metallarm eines Meckansh, als sie ihn ganz und gar zertrümmerte.

Sallitt Valkener wirbelte davon. Sein verdrehter Arm und die Wucht des Schlages schleuderten ihn zu Boden. Der Sullanciri hob die Axt, um ihn zu töten, aber bevor der Hieb landen konnte, bohrte sich ein Pfeil durch Ganagreis rechtes Auge. Das untote Ding stolperte ein, zwei Schritte zurück, und Valkener konnte sich aufrappeln. Der beschädigte Krieger suchte mit hektischen Blicken nach einer Waffe.

Kräh tauchte auf und warf ihm den Silberholzbogen zu. »Halt das mal eben.« Dann zog der weißhaarige Krieger Tsamoc, und das Juwel in der Stärke des Schwerts leuchtete hell und badete Bart und Haar in farbiges Licht.

Ganagrei knurrte und schlug nach ihm, aber Kräh hatte keine Mühe, den Hieb zu parieren. Er wich nach links aus, dann führte er Tsamoc in einen Schlag, der dem Dunklen Lanzenreiter den Leib aufreißen musste. Die Aurolanenkreatur grunzte unter dem Aufprall, und ihre Panzerung leuchtete an der getroffenen Stelle auf, hielt aber stand. Ganagrei versetzte Kräh mit der Faust, die in einem Kettenpanzerhandschuh verpackt war, einen Rückhandhieb, der den Mann zwischen den Schulterblättern traf und zu Boden schleuderte.

Das gesunde Auge des Sullanciri glühte eitrig grün, als er auf den am Boden Liegenden zustampfte. Kräh kam schnell genug wieder hoch und parierte einen weiteren Hieb. Er sprang vor und versuchte einen Aufwärtshieb in Ganagreis Armbeuge, aber das Schwert rutschte harmlos von der glühenden Rüstung ab.

Kräh tänzelte zurück, bevor ihn ein neuer Hieb des Sullanciri spalten konnte, dann schlug er das Schwert beidhändig auf den Unterarm des Monsters. Silberne Funken stoben, als Tsamoc sich in die Panzerung des Lanzenreiters senkte. Die Klinge hinterließ eine silbern glänzende Scharte und eine Delle, schaffte es aber nicht annähernd, die Rüstung zu durchschlagen. Die Delle glühte grün auf, dann kreischte das Metall, während es seine ursprüngliche Form wieder annahm.

Alyx' Mund schien wie ausgetrocknet. Die Sullanciri waren durch magische Waffen verwundbar. Mit magischen Waffen machte Kytrin ihre Generäle zu furchtbaren Gegnern, aber mit der magischen Rüstung ließ sie Ganagrei unbesiegbar sein. *Vielleicht kann Tsamoc ihn umbringen, aber dazu muss man ihn erst einmal verwunden, und Kräh kommt nicht durch diese Rüstung.*

Wieder und wieder hieb Kräh auf Ganagrei ein. Ein Schlag trennte fast einen dreieckigen Kettenhemdfetzen aus der Kapuze des Sullanciri, aber der Fetzen fiel wieder an seinen Platz, als die Kreatur vorrückte, und die Kettenglieder verschmolzen in grünem Licht erneut. Die Schläge des Sullanciri kamen langsam und schwerfällig, aber Kräh wurde müde, und es fiel ihm immer schwerer, ihnen auszuweichen. Er parierte viele Hiebe und wich anderen seitlich aus, doch ein Schlag hinterließ eine Narbe über den Rippen, ein anderer eine auf dem linken Oberschenkel.

Kräh trat den Rückzug an und schaute sich in der Bewegung um. Je weiter er den Sullanciri von der Schlacht fortlockte, desto schneller zog er sich zurück. Das aurolanische Monster folgte ihm und wurde ebenfalls schneller. Ganagrei murmelte etwas Unverständliches, dann hob er die Hand und brach den Pfeil im Auge entzwei, bevor er den Schaft beiseite warf.

Alyx erledigte einen Schnatterer mit einem Hieb, der ihm den Schädel spaltete, und stieß den Kadaver wütend beiseite. Sie konnte nur zuschauen, wie Kräh zu einem riesigen Baum rannte, sich mit dem Rücken daran anlehnte und sein Schwert ausstreckte, in der Hoffnung, den Sullanciri darauf aufzuspießen. Ganagrei lachte heiser, als er Krähs Verzweiflungstaktik erkannte. Selbst in seiner magischen Rüstung bestand die Gefahr, dass das Schwert ihn durchbohrte, aber Kräh würde er dabei unter Garantie zerquetschen.

Der Sullanciri wurde schneller. Er zog die Axt mit der Rechten zurück und schwang sie in einem waagerechten Schlag vor dem Leib vorbei, um das Schwert beiseite zu stoßen. Vermutlich hätte diese Vorsichtsmaßnahme auch gegriffen, aber Kräh hatte das Schwert im letzten Augenblick bereits zurückgezogen. Er sprang nach rechts, offenbar, damit der Sullanciri sich an dem Baum selbst bewusstlos schlug und Kräh damit die Zeit gab, einen Weg zu finden, wie er umzubringen war.

Beinahe wäre es gelungen. Ganagrei krachte mit einem gewaltigen Donnerschlag gegen den Baumstamm. Rinde flog davon. Der Kopf des Sullanciri schlug so hart auf, dass die Wucht den Rest des Pfeils durch seinen Schädel rammte. Die breite Pfeilspitze trat durch den Hinterkopf, beulte die Kapuze aus und brach mehrere Kettenglieder, die wild grün aufleuchteten, als sie versuchten, sich um die Pfeilspitze wieder zu schließen.

Es hätte glücken können, wäre Kräh schneller gewesen. Aber durch die Verletzung am linken Bein stieß er sich nicht stark genug ab, und als der Sullanciri auf den Baum prallte, steckte Krähs Bein noch zwischen Ganagrei und dem Stamm. Seine Knochen brachen leichter als der Pfeil. Kräh schrie auf und stürzte, krallte sich in die

Luftwurzeln, um sich aus der Gefahrenzone zu zerren, als der Sullanciri abprallte und zurücktaumelte.

Der Brustharnisch der Kreatur zeigte deutliche Spuren des Aufpralls. Eine tiefe, zylinderförmige Delle zog sich vom Hals bis zur Hüfte. Das Metall stöhnte, als grüne Magik wellenartig über die Rüstung wusch. Ganagrei bog den Rücken zu einem Hohlkreuz, als könne er die eingebeulte Rüstung dadurch schneller in ihre alte Form zwingen. Mit einem letzten Glockenton formte der Panzer sich neu, dann schaute der Sullanciri sich um. Das Monster wurde langsamer, drehte sich genüsslich zu Kräh um, der mit zerschmettertem Bein auf dem Waldboden lag.

»Kräh, nein!«, brüllte Alyx und schleuderte ihr Schwert nach dem Sullanciri. Es prallte scheppernd von dessen Rücken ab, ohne irgendeinen Schaden anzurichten. Der Dunkle Lanzenreiter beachtete den Angriff gar nicht, bückte sich und hob die Axt. Alyx stürmte auf das Monster zu, obwohl ihr klar war, dass sie zu spät kommen würde, und ohne zu wissen, was sie hätte tun können, wenn sie es erreichte. Zu ihrem Glück spielte das auch keine Rolle.

»Ganagrei!« Entschlossens Stimme schnitt durch den Schlachtlärm. »Du hast was vergessen!«

Der Sullanciri drehte sich zu dem Vorqælf um. Sein gesundes Auge suchte nach der Gefahr, die sich in dessen Worten ankündigte. Alles, was er sah, war ein Ælf mit einem Stock in der Rechten und einem Schwert in der Linken. Wäre der Sullanciri in der Lage gewesen, Angst zu empfinden, dieser Anblick hätte keine bei ihm ausgelöst.

Ein blaues Leuchten zeichnete eine der Tätowierungen auf Entschlossens rechtem Unterarm nach. Einen Pulsschlag später ging der Stock in seiner Hand in Flammen auf. Das Licht des Feuers zeigte deutlich, dass das, was er da hielt, nicht einfach irgendein Stock war. Es war die gefiederte Hälfte eines Pfeils.

Dessen Spitze in Ganagreis Hirn steckte.

Flammen schlugen aus Ganagreis Nasenlöchern, als die untote Kreatur die Hände ins eigene Gesicht krallte. Der Schaft des Pfeils brannte mit orangegelber Glut und trieb brodelnde Hirnmasse aus den Ohren des Sullanciris. Die Furcht erregende Kreatur tanzte wild umher, als hätte sie etwas zu Scharfes gegessen, dann stolperte sie und stürzte, blieb sich windend am Boden liegen. Entschlossen marschierte zu dem Sullanciri hinüber und stieß Syverce durch die Stirn in seinen Schädel, drehte das Schwert und brach es frei. Ein Miniaturvulkan brodelte im Schädel der Kreatur.

Die Nacht trug das Kriegsgebrüll der Soldaten und die kreischenden Schreie der Temeryxen ungedämpft und unverzerrt bis ins Lager. Will wartete neben Dranæ. Er war nervös und unruhig. Er konnte nicht feststellen, ob der Lärm näher kam oder nicht – und in die von den fernen Feuern kaum berührte Dunkelheit zu starren, half gar nichts. Lombo drehte kaum ein Ohr in die Richtung der Kämpfe, aber das war kein großer Trost bei einem Panq, der Vergnügen daran hatte, Frostkrallen mit bloßen Händen das Genick zu brechen.

Als der Panq sich schließlich bewegte, schüttelte Dranæ die Schulter des Infanteriehauptmanns. Der Mann schaute hoch, dann rief er Kjarrigan zu: »Jetzt, bitte, Adept.«

Am südlichen Ende der Linie hob Kjarrigan eine Hand und winkte. Ein Schauer von Funken löste sich von seinen Fingerspitzen. Jeder Einzelne wuchs zu einer in bläulich weißem Licht leuchtenden Kugel von der Größe eines Männerkopfes. Sie trieben über das Tal nach Osten und verfingen sich in den Zweigen der Bäume, von wo aus sie in ein hartes Licht tauchten, das dunkle Schlagschatten über das Unterholz warf.

In diesem Licht waren die durch den Wald anrückenden Frostkrallen deutlich zu sehen. Will war froh darüber, weil er sie nicht hören konnte, erst recht nicht über dem Keuchen und Aufheulen der Flüchtlinge. Während ein Teil der Erwachsenen die Kinder in einen anderen Teil des Lagers brachte und ein großes Kontingent sich zu einer lebenden Mauer zwischen dem anrückenden Feind und ihren Nachkommen formierte, stählten sich die etwa hundert Personen an den Wällen für den Kampf und warteten auf den nächsten Befehl.

Ein Teil der Frostkrallen sprang vom gegenüberliegenden Berghang und versuchte, das Lager durch die Luft zu erreichen, doch die Entfernung war zu groß. Sie stürzten tief ins Tal und versuchten mit wild schlagenden Beinen an der steilen Bergwand Halt zu finden. Sie rutschten in einer Kaskade alten Laubs und frischer Erde abwärts, auf das Flüsschen zu, aber irgendwann gelang es ihnen, die Rutschpartie anzuhalten, und sie machten sich wieder an den Aufstieg. Ihre Gefährten, die auf der anderen Hangseite hinabgerannt waren, füllten die Lücken in den Reihen und stiegen den Berghang hinauf.

Dranæ nickte dem Hauptmann zu. »Jetzt.«

»Wenn Ihr so freundlich wärt«, ertönte dessen Stimme laut und deutlich, wenn auch ein wenig zitternd. »Feuer!«

Wie Kräh Alyx in der Festung Draconis erklärt hatte, waren Draconetten Pfeil und Bogen an Reichweite, Treffsicherheit und Feuergeschwindigkeit unterlegen, doch ihr Einsatz erforderte so gut wie keine Ausbildung. Als sie das Nachschublager öffneten, hatten sie einen reichen Vorrat der ersten Versuche des Markgrafen Draconis entdeckt, Draconetten zu entwickeln, zusammen mit Feuerdreck und Schrot. Keiner der Krieger in der Expedition war Mitglied einer Feuerkompanie gewesen – keiner dieser Soldaten hätte Festung Draconis je verlassen –, aber die Meckanshii hatten genug Kenntnisse über die Waffen gehabt, um die Leute in ihrem Gebrauch zu unterrichten.

Die Draconettpartisanen standen auf und richteten ihre Waffen hangabwärts. Die Finger spannten sich um die Abzüge, die Glimmlunten entzündeten den Feuerdreck, und die Waffen krachten in einer qualmenden, abgehackten Salve. Mehrere versagten, zwei explodierten und kosteten die Schützen das Leben, aber die meisten funktionierten hervorragend.

Metallschrot zerfetzte die Frostkrallen, füllte die Luft mit Federn und den Boden mit zuckenden Kadavern. Verwundete Kreaturen kreischten und schlugen in ihrem Schmerz blindwütig um sich, zerrissen gesunde und verletzte Kameraden gleichermaßen. Manche Temeryxen setzten ihren Sturm auf die Bergkuppe trotz der Verletzungen fort, andere, die unversehrt geblieben waren, kamen den Linien immer näher.

Die schwere Reiterei preschte laut platschend durch das Flussbett. Dranæ deutete auf Kjarrigan. »Jetzt, Adept, jetzt!«

Der Infanteriehauptmann warf dem Hünen einen sauren Blick zu – wegen dieser Usurpation seiner Autorität. Will bemerkte es, dann drehte er sich zu den Linien um, wo Kjarrigan auf einen der Schutzwälle geklettert war. Er war eine breite, schwarze Silhouette vor einem der Irrlichter und schwenkte den Arm mit beinahe theatralischer Gelassenheit.

Wieder lösten sich Funken von seinen Fingern, aber diese trieben nicht langsam im Wind und leuchteten sanft, sie loderten und stürzten hinab in den Qualm, der das kleine Tal füllte. Innerhalb weniger Lidschläge erreichten sie das Ziel, und die vorgewarnten Lagerbewohner duckten sich.

Alexia hatte sofort erkannt, dass die Draconettiere nur eine Salve würden abfeuern können. Es schien recht unwahrscheinlich, dass sie Gelegenheit bekamen, inmitten der Schlacht nachzuladen und ein zweites Mal zu feuern. Außerdem hätte durch das Lager fliegender Schrot Freund und Feind gleichermaßen bedroht, und viel eher die eigenen Leute getroffen, einfach, weil sie weit zahlreicher waren.

Da die Chancen eines längeren Feuergefechts also gleich null gewesen waren, hatten die Meckanshii drei kleine Fässer mit Feuerdreck und Schrot gefüllt und sie am Fuß des Osthangs vergraben. Kjarrigans Funken bohrten sich in die Erde, drangen durch das Holz und entzündeten das Pulver. Die resultierende Explosion sprengte die Fässchen und schleuderte Holz und Erdklumpen in alle Himmelsrichtungen.

Und jede Menge Metallschrot durch das Tal.

Will, der mit den anderen in Deckung gegangen war, sah nur eine Serie heller Lichtblitze, die von lauten Donnerschlägen begleitet waren. Erde und glimmendes Laub regnete auf sie herab. Als das Echo der Detonationen verklang, hörte er neue Schreie, neues Jaulen, aber auch gerade genug Kriegsgebrüll, um ihm zu zeigen, dass die Arbeit noch nicht getan war.

Männer stürmten zu den Erdwällen und Will war mitten unter ihnen. Ein aurolanischer Reiter sprang auf das Schanzwerk, und ein halbes Dutzend Speere durchbohrten seinen Temeryx. Der Schnatterer hieb mit einem Langmesser abwärts und schlug eine Scharte in einen der Speerschäfte, dann kippte sein Reittier weg und rollte zurück ins Tal. Der Schnatterer sprang aus dem Sattel, ging aber zu Boden, weil ihm jemand einen Speer zwischen die Beine stieß. Schwerter und Dolche blitzten, Hände fassten die Kreatur und zerrten sie über den Wall in den Tod.

Will schleuderte Klingensterne auf Schatten, die durch den Rauch glitten. Dranæ trat neben ihn und schulterte eine Draconette. Ein berittener Schnatterer drang aus dem Qualm. Dranæ feuerte, und die Kugel drückte der

Kreatur den Helm ein. Der Reiter kippte nach hinten in den Rauchvorhang, während der Großtemeryx seitlich über den Hang auswich und weiterstürmte.

Durch den schrägen Kurs stieß er die zu ihm hochzuckenden Speere beiseite und stürzte sich geradewegs auf Kjarrigan. Der Magiker starrte die Kreatur mit großen Augen an, bewegte sich aber nicht. Will peitschte einen Klingenstern in ihre Richtung. Die Waffe streifte die Bestie am Bein und verletzte sie, fiel aber wieder ab, bevor sie genügend Gift ins Blut bringen konnte, um sie zu töten.

Lombo stürzte sich mit der Begeisterung einer Katze, die einen verwundeten Vogel gefunden hatte, auf die regenbogenfarbene Frostkralle. Das Gewicht des Panqs warf die Kreatur zu Boden. Sie kreischte wild und drehte den Kopf nach hinten, um nach ihm zu schnappen. Aber Lombo legte ihr nur die Hand um den Hals und drückte zu. Das Kreischen verwandelte sich in ein schrilles Zischen, das in einem lauten Knacken endete.

Andere schwere Aurolanenreiter tauchten am entfernten Ende des Tals auf. Sie hielten an und starrten hinab ins rauchverhangene Tal, überlegten sich, ob sie hinunterreiten sollten oder nicht. Lombo hob den Großtemeryx und schleuderte ihn hinüber, aber der Kadaver erreichte sie nicht ganz. Ein paar Speere flogen ebenfalls über das Tal, richteten aber keinen Schaden an, dann streckte Kjarrigan einen Finger aus und schleuderte einen Spruch, der eine Eiche in die Luft jagte und sie mit brennenden Splittern überschüttete.

Die Reiter machten sich schnell nach Süden davon, und bald ertönten in der Ferne Trompeten. Will war sich nicht sicher, was sie bedeuteten, bis er einen Schnatterer aus dem Tal nach Süden kriechen sah.

Dranæ, der inzwischen die Draconette nachgeladen hatte, beendete die Flucht mit einem gezielten Schuss. Der Rauchvorhang hatte sich unter ihnen weitgehend verflüchtigt, und als Will hinabschaute, wünschte er sich, er hätte es nicht getan. Das Zucken der zerfetzten Leiber, das den Eindruck erweckte, der Talboden sei lebendig – oder zumindest halbtot –, machte ihm mehr zu schaffen als die Schmerzensschreie.

Er schaute zu Kjarrigan hinüber. »Kannst du das Licht löschen?«

»Unsere Überlebenden brauchen eine Möglichkeit, den Weg zurück zu finden.«

»Dann lass eines brennen oder beweg sie weiter fort.« Er deutete hinunter. »Wenn die Kinder das sehen, bekommen sie Albträume.«

Der Magiker stieg auf einen Erdwall und schaute hinab, dann zuckte er zurück und wäre gestürzt, hätte Will ihn nicht gestützt. »Ja, du hast Recht, Will.« Er wedelte mit der Hand – und die Lichter glitten nach Osten. »Niemand braucht eine solche Erinnerung.«

Kapitel Sechsunddreissig

General Markus Adrogans reichte die Arkantafal dem Signalmagiker, der sie ihm gebracht hatte.

»Er bestätige bitte ohne Kommentar den Empfang.«

Der Magiker verbeugte sich und ließ den Jeranser Militärführer im Morgenrot mit Ph'fas und Beal mot Tsuvo zurück. Er schaute sie an, dann schüttelte er traurig den Kopf. »Vor vier Tagen hat Kytrin etwa zweitausend Oriosen und Nichtkombattanten gestattet, Festung Draconis nach Süden zu verlassen. Über ihr Schicksal ist bisher nichts bekannt. Laut letzten Meldungen aus Festung Draconis haben die Aurolanen die Festung betreten.«

Beal wurde bleich. »Festung Draconis ist gefallen?«

»So scheint es.«

»Gibt es eine Nachricht von Prinzessin Alexia?«

»Der Flüchtlingszug steht unter ihrem Befehl. Er ist auf dem Weg nach Oriosa, also besteht die Chance, dass wir irgendwann eine Nachricht erhalten, ob sie es geschafft haben.« Adrogans kratzte sich das unrasierte Kinn. »Es ist ein Marsch von über vierhundert Meilen, über hundert allein bis Sebtia.«

Ph'fas zuckte unter dem fadenscheinigen Mantel mit den knochigen Schultern. »Sie werden reichlich Proviant haben. Ihre Reise ist ein Witz.«

Sein angewiderter Tonfall löste ein überraschtes Glucksen bei Adrogans aus. »Onkel, unsere Reise ist schwer, aber würdige die ihre nicht herab.«

Rings um sie herum regten sich im ersten Tageslicht

die Flüchtlinge aus Swojin. Knochendürre Männer und Frauen – *und viel zu wenig Kinder* – krochen unter Decken hervor, die dicker waren als ihre Haut. Manche schleppten sich hinab zum Fluss, um zu trinken oder zu baden, und viel zu wenige von ihnen badeten, hatten sich längst an die Horden von Läusen auf ihren Leibern gewöhnt. Andere saßen nur benommen herum, verwirrt, in einem Dämmerzustand zwischen Leben und Tod.

Adrogans hatte keine Wahl gehabt. Swojin war eine sterbende Stadt gewesen, ein stinkender Leidenspfuhl. Es hätte diesen Menschen nie erlaubt, nie erlauben können, sich zu erholen. So schnell sie es vermochten, hatten seine Truppen alle verfügbaren Vorräte eingesammelt und die Flüchtlinge nach Norden getrieben, wo sie in den Bergen abgeerntet hatten, was sie konnten. Vom Südostviertel der Stadt aus hatten sie Swojin abgefackelt und alles dem Erdboden gleichgemacht. Den Hafen hatten sie sich bis zum Schluss aufgehoben, damit die Brenntrupps auf den See entkommen und den Fluss hinaufsegeln konnten, um an der Swojinfurt zum Rest der Flüchtlingskarawane zu stoßen.

Es gab zwei mögliche Ziele für ihre Expedition, das Shuskenhochland oder die Guraninhochebenen. Das Land der Shusken lag näher, aber die dort verfügbaren Vorräte und Unterkünfte hätten niemals fünftausend kranke und unterernährte Flüchtlinge verkraften können. Die Hochebenen hingegen verfügten über eigene Städte. Die verschiedenen Sippen besaßen eigene Siedlungen und Dörfer und wetteiferten schon untereinander darum, wer sich den Swojinern gegenüber am großzügigsten zeigte.

Guraskja lag entlang der üblichen Routen hundert Meilen von Swojin entfernt. Adrogans' Truppen hätten die Strecke in einer Woche zurücklegen können, oder sogar in der Hälfte dieser Zeit, hätte er einen Gewaltmarsch verlangt. Aber die Flüchtlinge hatten schon

Mühe, fünf Meilen am Tag zu schaffen. Manchmal hatten sich die Letzten noch nicht in Bewegung gesetzt, als die Ersten schon anhielten und das Lager aufschlugen.

Und entlang der ganzen Route markierten die Leichen der Toten den Weg.

Die aurolanischen Truppen unternahmen keinen ernsthaften Versuch, den Flüchtlingszug aufzuhalten. Caro setzte die alcidische Kavallerie als Schutztruppen ein. Sie hatten kleine Trupps aurolanischer Kundschafter gestellt und getötet, und nebenher die durch das Swojinbecken verteilt lebenden Einödbauern eingesammelt und in die Kolonne einbezogen. Die Soldaten nahmen an Getreide und Vieh mit, was immer sie fanden, dann steckten sie die Bauernhöfe in Brand, damit die Aurolanen sie nicht nutzen konnten.

Beal mot Tsuvo fing sich wieder etwas. »Wir haben den kritischsten Punkt unserer Reise erreicht. Sobald der Gurakowo zwischen uns und den Aurolanen liegt, können sie uns nicht mehr angreifen. Die Menschen der Hochebenen bereiten sich bereits darauf vor, diesen Leuten zu Hilfe zu kommen.«

»Ich schätze, Ihr habt Recht, Beal, und noch mehr hoffe ich es.« Markus Adrogans stieß einen tiefen Seufzer aus. »Es wird ein langer Winter werden. Falls wir ihn überleben, dürfen wir keine freie Sekunde verschwenden. Wir werden planen, was wir im Frühjahr säen wollen.«

»Was wir säen«, grinste die Guranin, »und was wir ernten werden.«

»In der Tat.« Adrogans nickte sehr ernst. »Und wer weiß, vielleicht finden wir sogar einen Weg, alles nach Swarskija auf den Markt zu bringen.«

Die Sullanciri Ferxigo verwandelte ihre Gestalt, um Knie zu schaffen, die sie vor ihrer Herrin in Ehrfurcht beugen konnte. Sie senkte den Blick, als Kytrin den schmalen

Korridor herabkam. Schnatterer pressten sich an die Wände, als bedeutete die Berührung einer losen Haarsträhne Kytrins einen Peitschenhieb. Ihre Blicke zuckten zur leuchtenden, silbrig weißen Gestalt Myral'maras, die Kytrin folgte, in dem Wissen, dass die Sullanciri sie auf einen Wink ihrer Herrin töten und ihre Kadaver auf die unterschiedlichste Weise weiterverwenden konnte.

Kytrin stolzierte in den kleinen Raum mit den glatten Wänden tief im Innern des Felsfundaments, auf dem Festung Draconis errichtet worden war. Die Kammer wäre ohne Myral'maras Leuchten und das schillernde Licht des goldgefassten Edelsteins, der auf dem steinernen Thron im Herzen des Raums prangte, stockfinster gewesen. Das Fragment der Drachenkrone war in eine kleine Vertiefung der Rückenlehne eingesetzt, hoch über dem Kopf desjenigen, der auf dem Thron saß.

Die Aurolanenkaiserin trat an den Thron und packte den Mann beim Kinn. Sie drehte seinen Kopf nach rechts, dann nach links. Danach ließ sie ihn los, und er sackte hinab auf die Schulter. Sie drehte sich zu Ferxigo um. »Das war Dathan Cavarr?«

»So nimmt man an, Herrin.«

»Er ist tot, aber es ist keine Verletzung zu sehen. Wie ist er gestorben?« Kytrin hob den rechten Zeigefinger, und er verlängerte sich blitzartig zu einer schlanken, hornartigen Nadel. »Hat sie seine Organe aufgespießt, und ich habe die Anzeichen übersehen?«

»Nein, Herrin.« Ferxigo presste die Hand auf den Boden und wünschte sich, sie hätte ihre gefiederte Gestalt in ihn versinken lassen können. »Ihr hattet den Wunsch, dass man ihn lebend gefangen nimmt. Er wurde so aufgefunden.«

Kytrin nickte langsam. Der wild ausschlagende Schwanz des Drachen hatte die Drachenkronenfragmente des Kronturms über die ganze Festung verstreut. Ihre Soldaten und Dunklen Lanzenreiter hatten sich abgemüht, sie zu bergen. Aber die Untersuchung hatte ergeben, dass es Fälschungen waren. Die in ihnen ruhende Magik, die dem Drachen vorgespiegelt hatte, sie befänden sich im Kronturm, war ein komplexer Zauber von großer Macht gewesen, der aber nur über eine recht kurze Entfernung wirkte. Die Attrappen waren durch diesen Zauber mit den Originalsteinen verbunden und bezogen ihre magische Ladung von diesen. Das hatte es ihren Jägern möglich gemacht, die Fälschungen zu benutzen, um die Originale zu finden. Nach Tagen der Suche war dies der erste Stein, den sie entdeckt hatten.

Dass sie sich noch immer in Festung Draconis befanden, überraschte Kytrin nicht. Ebensowenig wie der Markgraf Draconis bereit gewesen war, irgendjemandem im Süden die Draconellentechnologie zu überlassen, hätte er nie zugelassen, die Kronenfragmente aufzuteilen. Cavarr hatte es als seine heilige Pflicht angesehen, sie zu schützen, und seine Anwesenheit hier unten, um eines von ihnen mit seinem Leben zu verteidigen, bewies, wie ernst er diese Verpflichtung genommen hatte.

Sie streckte den Arm aus, dehnte ihn, bis er lang genug war, den Thron zu erreichen, und pflückte das Drachenkronenfragment aus der Halterung. Die Wärme des Steins entsprach ihrer Erwartung, denn das Bruchstück, das sie zwischen den Brüsten trug, fühlte sich ähnlich an. Sie betrachtete die Fassung, die Laschen und Fugen, die aurolanischen Schriftzeichen der Gravur, und sah, dass die beiden sich nicht verbinden ließen. Eines der beiden anderen in der Festung verborgenen Fragmente würde die Lücke zwischen den Steinen schließen, und sie konnte Verbindungen herstellen lassen, um den Vierten hinzuzufügen.

Doch das lag in der Zukunft. In der Gegenwart strich sie mit der Hand über die Oberfläche des gelben Juwels und sammelte sich. Sie projizierte ihren Geist in den

Stein, und dort, tief im Innern, spürte sie eine ferne Präsenz. Eine alte, unergründliche Präsenz, die etwas überrascht von der Störung war. Zorn baute sich auf und sie zog sich zurück. Ihr Bewusstsein kehrte in die Kammer zurück.

Kytrin deutete auf Cavarrs Leiche. »Sie wird das zu den Überresten des Turms bringen und auf die Stirn des Drachenschädels binden lassen. Es wird dort oben bleiben, bis die Vögel ihm das Fleisch von den Gebeinen gepickt haben und die ausgebleichten Knochen mit dem Rest dieses Orts zu Staub zerfallen.«

Ferxigo schaute auf, als ihre Herrin den Befehl erteilte, dann nickte sie. »Es wird geschehen, wie Ihr es wünscht.«

»Sehr gut.« Kytrin schaute sich zu der Vorqælf-Sullanciri um. »Und sie, mein Schoßælfchen, wird für Wachen sorgen, die im Turm spuken. Cavarrs Leute werden aus ihren Löchern kriechen, um ihn zu retten. Sie wird sie für ihren Widerstand teuer bezahlen lassen. Sie verstehen nicht, dass sie der Gewalt eines wilden Nordwinds nackt entgegentreten. Sie wird sie lehren, wie dumm das ist. Es wird eine lehrreiche Lektion sein, und ihre Brüder im Süden werden sie ebenfalls erhalten.«

Ermenbrecht legte die Hand um das Ende des Kienspans und blies, bis die Glut rötlich golden leuchtete. Auf der anderen Seite der Straße, vor einem Schutthaufen kaum erkennbar, deutete eine Meckansh zweimal nach Süden. Der Oriose wiederholte die Geste zweimal, zählte bis zwei, dann stand er auf, schulterte die Draconette und schoss.

Eine Qualmwolke verdeckte sein erstes Ziel, aber der gutturale Aufschrei eines Schnatterers bestätigte ihm, dass er getroffen hatte. Er nahm die rechte Hand vom Abzug und zog den am Vorderlauf liegenden Hebel hoch und zurück zum Schaft, bevor er ihn wieder nach vorne umlegte. Der Hebel betätigte andere Hebel und Zahnräder, die den nächsten der vier Läufe der Draconette in Position drehten und den Hammer neu spannten. Er zog ein Pulverhorn von der rechten Hüfte, füllte die Feuerpfanne der Waffe neu, zielte und schoss.

Ein dritter Schnatterer ging zu Boden, die Tatzen auf den zerfetzten Unterleib gepresst. Auf der anderen Straßenseite feuerte auch die Meckansh und erlegte ihr zweites Ziel. Bei der ersten Salve war der Aurolanentrupp auf sie zugestürmt und ließ sich auch von der so schnell darauf folgenden zweiten Salve nicht stoppen.

Ermenbrecht betätigte den Hebel erneut und feuerte den dritten Schuss innerhalb einer Minute. Diesmal wirbelte der Treffer einen Schnatterer herum und ließ dessen Langmesser scheppernd von einer Mauer prallen, bevor er auf die Straße stürzte. Die Meckansh schoss vorbei, aber nur weil die Schnatterfratze, auf die sie gezielt hatte, vor lauter Eifer über die eigenen Füße stolperte und stürzte.

Andere Krieger, Meckanshii und unversehrte Menschen, Ælfen und eine urSreð, traten aus den dunklen Ruinen neben und hinter den restlichen Schnatterern. Zu spät erkannten die Aurolanen, dass man sie in eine Falle gelockt hatte. Ihre Erleuchtung fand ein schnelles und schmerzhaftes Ende. Die Angreifer zerrten die Kadaver von der Straße und erledigten alle, die noch nicht ganz tot waren, bevor sie ihre sterblichen Überreste verschwinden ließen.

Ermenbrecht und die Meckansh behielten die Straße noch eine Weile im Auge, dann zogen sie sich in das Tunnellabyrinth unter Festung Draconis zurück. Geheime Steintüren schoben sich in die Wände und gaben ihnen den Weg frei, dann glitten sie wieder an ihren Platz. Sie hatten schon reichlich Hinweise darauf gefunden, dass die Aurolanen sie bis unter die Erde verfolgten, aber noch blieben ihre Geheimgänge unentdeckt.

Der Prinz klopfte Oberst Jancis Eisenbart anerkennend auf die Schulter. »Gut geschossen.«

»Gleichfalls, mein Fürst.« Die Murosonin lächelte unter der Maske. »Wenn Ihr so weiterschießt, stehen wir bald gleich.«

Er lachte und folgte ihr eine Wendeltreppe hinab in einen langen, schmalen Raum. Hier hatte sich ihr Trupp versammelt, zwölf Veteranen aus der ganzen Welt, vereint im Ziel, Kytrin den Besitz Festung Draconis' streitig zu machen.

Sie hatten bei ihrer Mission Erfolg, und sie wussten: Es gab noch andere Gruppen, manche größer, manche kleiner, die mit ihnen kämpften. Es war den Aurolanen gelungen, durch das Haupttor zu brechen und das östliche Stadtviertel zu besetzen. Sie hatten auch den Kronturm eingenommen. Das Südwestviertel leistete erbitterten Widerstand und der gesamte Nordbogen trotzte den angreifenden Nordlandhorden. Die Aurolanen hatten Draconellen in das Labyrinth geholt und sprengten ganze Häuser in die Luft, um den Widerstand zu brechen, aber die Soldaten rangen ihnen für jeden gesäuberten Straßenzug einen hohen Preis ab.

Ermenbrecht konnte sich an die beiden Tage nach der Explosion der Donnerkugel nicht mehr erinnern, aber Kastellon, der einzige Überlebende des Feuertrupps, hatte die Lücken im Gedächtnis des Prinzen gefüllt. Er war schwer verwundet worden, doch Jilandessa, eine Harqælfheilerin, die sich schon seit Jahrzehnten in Festung Draconis aufhielt, hatte ihn gerettet. Bis er kräftig genug war, zurück in den Kampf zu ziehen, war der organisierte Widerstand allerdings bereits zusammengebrochen gewesen. Die Soldaten waren in die Kanalisation und das geheime Tunnelnetz geflüchtet, von dessen Existenz die wenigsten zugaben, gewusst zu haben.

Der Prinz reichte die Draconette einem alten Meckansh, der als Rüstmeister des Trupps fungierte.

»Vollkommene Abstimmung von Ladung und Munition. Sie war auf jede Entfernung treffsicher.«

Der alte Mann grinste und gab den Blick in einen halb zahnleeren Mund frei. »Und Ihr habt einen Schuss aufgespart?«

Ermenbrecht nickte. Sie hatten nur eine begrenzte Zahl von Vierschüssern. Die Soldaten, denen sie anvertraut wurden, feuerten nur drei Läufe ab und hoben einen Schuss für Notfälle auf. »Es ist der, der gerade feuerbereit ist, seht Euch also vor, wenn Ihr sie zieht.«

»Aber sicher, mein Fürst, und demnächst werdet Ihr Eurer Großmutter beibringen, wie man Suppe trinkt.« Der Mann löschte die Lunte mit der Metallhand. »Schön, Euch wieder hier zu haben.«

»Schön, wieder hier zu sein.« Der Oriose wandte sich ab und trat an den Tisch in der Mitte des Raums. Zwei der Leute, die sich um die Kadaver gekümmert hatten, hatten einem der toten Schnatterer den Beutel abgenommen und falteten jetzt eine Karte aus, die sie darin gefunden hatten. Sie war grob gezeichnet und zeigte die Festung mit einer dicken Holzkohlelinie um die Gebiete, die der Feind anscheinend als gesichert betrachtete.

Der Loqælf, ein Mitglied der Stahlfedern, schaute hoch und tippte mit einem Finger auf die Karte. »Sie glauben vielleicht, dieses Gebiet hier sicher zu haben, aber im Tageslicht durchqueren sie es nicht. Es gehört uns, wenn wir es wollen.«

»Ich weiß, aber Ihr wisst auch, dass wir es gar nicht haben wollen.« Ermenbrecht grinste. »Sie können es behalten, solange die Pacht in Blut beglichen wird.«

»Ich weiß, mein Fürst. Ich finde nur, wir sollten die Pacht anheben.«

»Alles zu seiner Zeit, Ryslin, alles zu seiner Zeit.« Der Prinz musste den Kopf über die Absurdität der Vorstellung schütteln, dass er einem Ælfen zur Geduld riet. »Vergesst nicht, so lange wir hier festsitzen, sitzt auch ein

Teil ihrer Truppen hier fest. Festung Draconis hat sich der Hexe vielleicht nicht als Gräte in den Hals gelegt und sie erstickt, wie wir uns das gedacht hatten, aber jetzt ist sie ein gieriges Maul, das ihre Truppen verschlingt. Kytrin wollte sie, sie hat einen Teil davon eingenommen, und wir werden an ihr nagen, bis es sie in den Wahnsinn treibt.«

»Oder«, tönte ein junger Soldat aus Savarra, »bis die Heere des Südens eintreffen und sie zerschmettern.«

Ermenbrecht nickte ihm zu. »Oder bis dahin, ja. Aber das wird frühestens im Frühjahr geschehen. Wir werden sehen, was Kytrin dann an Verstand noch bleibt.«

Kapitel Siebenunddreissig

Alle Schmerzen und Beschwerden, alle Müdigkeit, die Kjarrigan geplagt hatten, verschwanden, als die Straße nach Süden sich verbreiterte und die Grenzmarkierungen zwischen Muroso und Oriosa in Sicht kamen. Ihre Reise war endlich vorbei – und sie hatten tatsächlich überlebt.

Nach der großen Schlacht waren sie von den Überresten der Truppen, die Kytrin ihnen nachgeschickt hatte, noch weiter bedrängt worden. Alexia hatte es geschafft, die Truppen so einzusetzen, dass sie die Aurolanen recht herb dafür abgestraft hatten. Zusätzlich waren sebtische Truppen ihnen entgegengekommen und hatten den Nordländern eine eigene Falle gestellt, in der sie sie zerschlagen hatten, bevor sie die Flüchtlinge nach Sebtia begleiteten.

Einmal in Sebtia eingetroffen, hatten Alexia, Rautrud und ihre Gefährten Pferde und Passierscheine erhalten, die es ihnen ermöglichten, schneller nach Süden zu gelangen. Sallitt Valkener führte sie trotz des zertrümmerten Armes an, und Rautrud hatte, aus Gründen, die Kjarrigan nicht verstand, darauf bestanden, dass auch eine gewisse Frau und ihr minderjähriger Sohn sie begleiteten. Er hätte vermutlich herausfinden können, wer sie waren, doch er hatte sich von den anderen unterwegs abgesondert. Er verfügte aus den Zeiten, in denen er seine Lehrer mit gereiztem und beleidigtem Benehmen in den Wahnsinn getrieben hatte, über reichlich Erfahrung darin.

Er bedauerte Will ein wenig, nachdem der Dieb ihn

beschuldigt hatte, beim Anblick des Großtemeryx, der sich auf ihn stürzte, vor Schreck erstarrt zu sein. Kjarrigan hatte gekontert, dass der Temeryx ein Raubtier sei und Raubtiere in der Regel alles angriffen, was sich wie Beute benahm. Indem er sich nicht bewegt habe, habe er sich der Kreatur nicht als Beute angeboten. Will hatte sich geweigert, diese Erklärung anzuerkennen und ihn ausgelacht, woraufhin Kjarrigan vorgetäuscht hatte, verletzt zu sein. Entschlossen hatte Will für sein Verhalten eine Standpauke gehalten, die Will veranlasste, dem Adepten danach möglichst aus dem Weg zu gehen, und die anderen hatten ihn auch in Ruhe gelassen.

Der Adept stieß dem Pferd die Fersen in die Seite und trieb es vorwärts zu Alexia und Kräh. Er lächelte die beiden an, als er auf gleiche Höhe kam. »Wir sind fast in Oriosa, ja?«

Alexia lächelte zurück. »So ist es. Schön, Euch endlich guter Laune zu sehen, Adept Lies. Wir sind in Sicherheit, jetzt können wir uns ausruhen.«

»O ja, ich weiß.« Kjarrigan schaute an ihr vorbei zu Kräh. »Und Euer Bein ist immer noch in Ordnung?«

Der alte Mann nickte. »Ich weiß zu schätzen, was du für mich getan hast.«

Der junge Adept strahlte. Kräh war in übler Verfassung gewesen, als die anderen ihn ins Lager zurückgebracht hatten. Kjarrigan hatte sich des Beins angenommen und einen Teil des Schadens behoben, hatte aber nicht die Kraft gehabt, die Arbeit zu Ende zu bringen. Er hatte die Knochen gesetzt und die Heilung eingeleitet, sie aber nicht abschließen können, ohne von Krähs eigener Kraft zu zehren, und wie bei dem alten Panq Xleniki hatte er befürchtet, ihn damit zu überfordern.

Am nächsten Morgen war er zurückgekehrt, um die Behandlung fortzusetzen und bei der Gelegenheit auch noch andere Schäden zu beheben, wie er es bei Orla getan hatte. Doch Kräh hatte abgewehrt. »Solange ich im

Sattel sitzen kann, reicht das schon. Geh und hilf anderen, die verletzt sind.«

Kjarrigan konnte zwar auch jetzt noch deutlich sehen, dass Krähs Bein geschwollen war und schmerzte, doch er respektierte dessen Wünsche. »Falls Ihr noch irgendwelche Hilfe wegen Eures Beines braucht, bin ich Euch gerne zu Diensten, sobald ich mich ausgeruht habe.«

»Danke. Und danke, dass du nur darum hier hochgeritten bist, um mir das zu sagen.«

Kjarrigan sagte nichts weiter, bis sie an dem Steinpfeiler vorbei waren, der die Grenzlinie markierte. »Das war nicht der Grund, weswegen ich gekommen bin. Prinzessin, ich habe eine Botschaft von Dathan Cavarr an Euch. Ich musste ihm versprechen, nichts zu sagen, bis wir Oriosa erreichen oder ein Notfall eintritt.«

Ihre violetten Augen funkelten. »Sprecht weiter.«

Der Adept schob die Hand in die zerknitterten Falten seines mehrlagigen Piratenhemds und zog einen Lederbeutel hervor. »Hier drinnen habe ich ein Fragment der Drachenkrone.«

»Was?« Alyx keuchte. »Wie konntest du? Ich verstehe nicht, wie …?«

Kjarrigan nickte Kräh zu. »Der Markgraf Draconis muss Euch davon erzählt haben, Kräh, da Ihr Euch bereit erklärtet, mich damit aus der Festung zu schmuggeln.«

Die Prinzessin drehte sich zu ihrem Begleiter um. »Du hast davon gewusst?«

Der Mann schüttelte mit ernster Miene den Kopf. »Ich wusste nur, dass der Markgraf Draconis es für äußerst wichtig hielt, dass wir nach Süden ausrücken. Ich wusste nicht, warum, abgesehen von seiner Hoffnung, seine Frau und die anderen Oriosen zu retten. Das bin ich bereit zu schwören. Hätte ich geahnt, worum es wirklich ging, hätte ich mich geweigert. Ich hielt es für unmöglich, einen Teil der Drachenkrone aus Festung Draconis zu schmuggeln, ohne dass der Drache es bemerkt.«

Der Adept ließ den Beutel mit dem Juwel wieder zurück unter das Hemd gleiten. »Schon vor langer Zeit hat der Markgraf Draconis drei Kopien der echten Fragmente herstellen lassen. Er hat die echten Fragmente versteckt, doch sie waren mit Magik an die Attrappen gebunden, sodass der Drache den Eindruck hatte, alle drei Bruchstücke befänden sich noch in der Festung Draconis. Der Markgraf hat sich lange mit mir unterhalten. Ich vermute, Arristan hat ihm über eine der Stahlfedern eine Nachricht über mich zukommen lassen. Ich musste ein neues Duplikat für eines der Fragmente herstellen, den Rubin, ein besseres. Ich verstärkte die Zauber. Hätten wir mehr Zeit gehabt, hätte ich mehr tun können, aber der Markgraf Draconis meinte, der Rote sei der Wichtigste der drei. Sobald Kytrin meine Kopie findet, wird sie wissen, dass der Stein nicht echt ist.«

Alyx und Kräh blickten sich an. Sie sagten nichts, als Sallitt Valkener seinem Ross die Sporen gab, um der Kavalleriekompanie entgegenzureiten, die ihnen entgegenkam. Rautrud und ihre Kinder folgten dem Meckansh, während die anderen ihre Pferde zügelten, bis sie nur noch Schritt gingen.

Die Prinzessin blinzelte, dann trat langsam ein Lächeln auf ihre Züge. »Nun, ich schätze, es ist schon eine Art Sieg. Wir haben ihr zwei Kronenfragmente stibitzt.«

»Das ist noch nicht alles.« Kjarrigan senkte ein wenig die Stimme und bewegte unbehaglich die Schultern. »Ich habe noch etwas getan, während ich damit beschäftigt war. Ich hoffe, es gelingt.«

Kräh musterte ihn scharf. »Und was?«

»Die Magik, die sie bei Orla eingesetzt haben, war schlimm, wirklich schlimm. Sie saugte magische Energie auf und speicherte sie, um einen anderen Zauber zu schleudern. Ich habe einen Spruch von der Art in ein anderes Fragment gelegt. Wenn sie ihn bemerkt, kann sie ihn bestimmt herausziehen und es in Ordnung bringen. Doch wenn nicht …«

Kräh strich sich mit der Hand über den Bart. »Was bewirkt der Zauber?«

»Ich hatte nicht viel Zeit dafür, also ist es nur die Variation einer Illusion, ziemlich subtil, kaum vorhanden eigentlich.« Die Miene des jungen Adepten wurde hart. »Es wird sie, ganz gleich wie viel sie darüber weiß, was wir tun, immer noch etwas anderes, etwas Verborgenes wittern lassen, etwas, dem sie nicht trauen kann. Sie wird ständig damit rechnen, verraten zu werden. Als säße ihr ein Geist im Nacken.«

Alexia legte ihm die Hand auf die Schulter. »Ihr mögt glauben, das sei nicht viel, aber es könnte die Entscheidung bringen. Ihr habt Eure Sache gut gemacht, Adept Lies, sehr gut.«

»Ich werde noch mehr tun, meine Fürstin.«

»Dessen bin ich mir sicher.« Sie schenkte ihm ein Lächeln, das ihn erröten ließ.

Die Aufmerksamkeit der Prinzessin wurde abgelenkt, als die Kavalleriekompanie näher kam und sich aus einer Kolonne in eine Kampfreihe formierte. Die Reihe schloss sie im Halbkreis ein. Sie hielt das Pferd an und Kjarrigan tat es ihr nach. Hinter den Soldaten ritt ein Trupp mit Rautrud und ihren Kindern davon. Sallitt Valkener blieb in der Mitte der Straße zurück, zusammen mit einer Bürgerin, einer jungen Frau.

Will ritt heran und deutete auf sie. »Ist das nicht Sephi?«

Ein Bürger trieb sein Pferd vor. Er trug ein breites Medaillon an einer schweren Kette um den Hals. »Ich bin Call Mably, Magistrat der Stadt Tolsin. Wir heißen Euch in Oriosa willkommen. Wir haben Unterkünfte für Euren Aufenthalt vorbereitet und hoffen, Ihr werdet Euch wohl fühlen.«

Prinzessin Alexia nickte. »Ich bin Alexia von Okrannel, und dies sind …«

Mably hob die Hand. »Wir wissen, wer sie sind, meine Fürstin. Ihre Namen wurden uns aus Festung Draconis über Arkantafal mitgeteilt. Wir haben Eure Ankunft erwartet.«

Der Magistrat versperrte mit seinem Pferd Krähs Weg. »Ihr seid bekannt als Kedyns Krähe, genannt Kräh?«

»Das bin ich.«

Mablys nickte. Die Orioser Kavalleristen zogen Reiterbögen aus den Sattelscheiden und legten an. »Auf Befehl der allererhabensten Majestät, Königs Swindger, steht Ihr unter Arrest. Ihr werdet im Kerker Tolsins auf die Ankunft von Truppen warten, die Euch nach Meredo überführen.«

Alexias Hand fiel auf den Griff des Säbels. »Ich glaube, Ihr begeht einen furchtbaren Fehler, Magistrat.«

Mablys Stimme klang eisig. »Der Fehler ist der Eure, falls Ihr versucht, Euch einzumischen, meine Fürstin. Diese Männer werden Euch und jeden töten, der sich dem Lauf der Justiz entgegenstellt.«

Kräh streckte den Arm aus und drückte Alexias Hand. »Tut nichts, keiner von Euch. Das ist Euer Leben nicht wert.«

Kräh schaute Kjarrigan in die Augen und fügte hinzu: »Wenn Geheimnisse ans Licht kommen, kann das tödlich sein. Dieses hätte verborgen bleiben sollen. Jetzt ist es offenbar, aber den Preis braucht Ihr nicht zu zahlen. Das ist meine Sache.«

Er hob den Kopf. »Ich gebe Euch mein Wort, dass ich keinen Fluchtversuch unternehmen werde. Lasst meine Freunde in Ruhe.«

»Glaubt Ihr etwa, ich traue *Eurem* Wort?« Mably winkte zwei Soldaten heran, die Kräh in die Mitte nahmen. Sie nahmen ihm alle Waffen ab und warfen sie auf den Boden. Dann fesselten sie ihm die Hände auf den Rücken. Einer der beiden packte seine Zügel und führte ihn fort.

Kjarrigan wollte etwas unternehmen, Alexia aber schüttelte den Kopf. Die Reiter führten Kräh durch ihre Linien und weiter in Richtung Stadt. Sallitt Valkener drehte sein Pferd nach Süden und galoppierte davon, in einer Staubwolke, die sich wie Nebel über Kräh legte.

Sephi wartete, lächelte, dann trabte sie Sallitt hinterher.

Alexia trieb ihr Pferd vor. »Ich verlange zu erfahren, was hier vorgeht. Kräh hat sich nichts zu Schulden kommen lassen, was diese Art von Behandlung rechtfertigen könnte.«

Mably starrte sie überrascht an, dann lachte er. »Ihr habt keine Ahnung, wer er ist, oder? Euer Kräh wurde vor einem Vierteljahrhundert in Abwesenheit des Hochverrats für schuldig befunden. Euer Kräh ist Plumper. Er ist der Verräter. Er ist Tarrant Valkener, und wenn er in Meredo eintrifft, wird ihn der Tod erwarten, den er mehr als verdient.«

William King

Gigantenkrieger

Die Abenteuer von Gotrek und Felix 7. Aus dem Englischen von Christian Jentzsch. 399 Seiten. Serie Piper

Der kampfeslustige Zwerg Gotrek und sein menschlicher Gefährte Felix geraten in das Wegesystem der Alten, eine magische Verbindung zwischen den Kontinenten. Doch finstere Zauberer entziehen dem Netzwerk die Kraft, und Gotrek und Felix müssen es mit einer übermächtigen Horde Riesen, Orks und Tiermenschen aufnehmen, um das Elfenland zu retten – ein Konflikt, der schlagkräftige Argumente erfordert …

Endlich das neue furiose Abenteuer der erfolgreichsten »Warhammer«-Helden!

»Großartige Romane zum beliebtesten Fantasy-Spiel, das es je gab.«
The Daily Star

05/1806/01/L

Daniela Knor

Klingenschwestern

Rhiana die Amazone 5. 352 Seiten. Serie Piper

Rhiana die Amazone befindet sich noch immer auf der Flucht vor den Häschern des Flammenbunds. Gemeinsam mit ihren Gefährten verschlägt es sie zu einer abseits gelegenen Burg, in der sie als Gäste eines geheimnisvollen Ordens logieren dürfen. Doch in ihrem neuen Unterschlupf ist nichts so friedlich wie es scheint. Denn der Flammenbund hat Rhiana aufgespürt und treibt einen Keil in die Bande von Rondras Klingenschwestern. Und als Rhiana und ihre Freunde sich gegen die strengen Gesetze des Ordens auflehnen, zeigen die Gastgeber ihr wahres Gesicht: Der Aufenthalt auf der Burg wird zur tödlichen Gefahr …
Ein neues Abenteuer um »Rhiana die Amazone«, die tapferste Kriegerin von Aventurien.

05/1874/01/R

Markus Heitz

Trügerischer Friede

Ulldart – Zeit des Neuen 1. 448 Seiten. Serie Piper

Nach der großen, verheerenden Schlacht ist auf dem Kontinent Ulldart wieder Frieden eingekehrt. Doch die Ruhe trügt: Während Lodrik sich immer weiter zurückzieht, plant seine erste Frau Aljascha, die Herrschaft über Tarpol zu erlangen. Und im fernen Norden ist jemand erschienen, den alle für tot gehalten haben. Die ehemaligen Kampfgefährten müssen erneut zusammentreffen, um die Katastrophe zu verhindern …

Mit dem Zyklus »Zeit des Neuen« kehrt der Bestsellerautor auf den Kontinent Ulldart zurück – ein idealer Einstieg für Neuleser und zugleich ein Wiedersehen mit den beliebtesten Helden und größten Schurken.

05/1869/01/L

Simon R. Green

Das dunkle Fort

Ein Dämonen-Roman. Aus dem Amerikanischen von Michael Windgassen. 304 Seiten. Serie Piper

Ein mächtiges Fort bewacht den finsteren Teil des Grenzwaldes. Doch nun ist der Kontakt zu den Wachtruppen abgerissen. Eine Gruppe Ranger um Duncan MacNeil wird ausgeschickt, um die Geschehnisse aufzuklären. Sie finden das Gebäude verlassen vor, und alles deutet auf ein schreckliches Verbrechen hin. Tief unter dem Fort lauert etwas Unvorstellbares. Und als auch noch eine Gruppe Gesetzloser in die Festung eindringt, schlagen die Mächte der Finsternis zu. Einer nach dem anderen fällt ihren Angriffen zum Opfer, bis Duncan dem mächtigsten aller Dämonen gegenübertreten muss …

»Green schafft eine sehr unheimliche, unwirkliche Atmosphäre, die den Leser sofort in ihren Bann zieht.«
Franz Rottensteiner

05/1858/01/R